€ 5,50
K
13

HEYNE ‹

Das Buch
Die ferne Zukunft. Vor Jahrhunderten ist die Menschheit ins All aufgebrochen – mit fatalen Folgen. Sie traf auf die außerirdischen Majoda, einen Zusammenschluss von Alien-Völkern. Es kam zu einem interstellaren Krieg, in dem die Aliens eine Geheimwaffe gegen die Erde einsetzten, die unseren Planeten vernichtet hat. Jetzt, Jahrzehnte später, ist die Raumstation Gaia alles, was von der Menschheit noch übrig ist. Kyr und ihr Zwillingsbruder Magnus, Nachfahren von genetisch modifizierten Supersoldaten, stehen kurz vor ihrem achtzehnten Geburtstag. Kyr hat ihr ganzes Leben auf Gaia verbracht und kennt nur ein Ziel: Rache für die Erde zu nehmen. Doch dann erobern Gaias Soldaten ein Alien-Schiff, und kurz darauf verschwindet Magnus – angeblich desertiert. Kyr tut das Undenkbare: Sie widersetzt sich dem Oberkommando, befreit das Alien und flieht mit dessen Raumschiff – und muss feststellen, dass alles, was sie über die Galaxis, die Majoda und den Krieg zu wissen glaubte, Lügen sind ...

Die Autorin
Emily Tesh veröffentlichte zwei Kurzromane, für die sie mit dem World Fantasy Award ausgezeichnet wurde. *Die letzte Heldin* ist ihr erster Science-Fiction-Roman.

Mehr über Emily Tesh und ihre Werke erfahren Sie auf:
diezukunft.de

EMILY TESH

DIE LETZTE HELDIN

ROMAN

*Aus dem Amerikanischen
von Nina Lieke*

WILHELM HEYNE VERLAG
MÜNCHEN

Titel der Originalausgabe:
SOME DESPERATE GLORY

Der Verlag behält sich die Verwertung der urheberrechtlich geschützten Inhalte dieses Werkes für Zwecke des Text- und Data-Minings nach § 44 b UrhG ausdrücklich vor. Jegliche unbefugte Nutzung ist hiermit ausgeschlossen.

Penguin Random House Verlagsgruppe FSC® N001967

Deutsche Erstausgabe 08/2024
Redaktion: Uta Dahnke
Copyright © 2023 by Emily Tesh
Copyright © 2024 dieser Ausgabe und der Übersetzung
by Wilhelm Heyne Verlag, München,
in der Penguin Random House Verlagsgruppe GmbH,
Neumarkter Straße 28, 81673 München
Printed in Germany
Umschlaggestaltung: Das Illustrat, München,
unter Verwendung des Originalmotivs von Cynthia Sheppard
Satz: satz-bau Leingärtner, Nabburg
Druck und Bindung: GGP Media GmbH, Pößneck
ISBN 978-3-453-32319-3

www.diezukunft.de

Trigger-Warnung:

Die letzte Heldin zeigt sexistische, homophobe, transphobe, rassistische und ableistische Haltungen, thematisiert sexuellen Missbrauch und erzwungene Schwangerschaften, Gewalt, Kindesmissbrauch, missbräuchliche Radikalisierung von Kindern, Genozid, Suizidgedanken und Suizid.

ὡς τρὶς ἂν παρ' ἀσπίδα
στῆναι θέλοιμ' ἂν μᾶλλον ἢ τεκεῖν ἅπαξ.

*Lieber kämpfe ich in drei Schlachten,
als auch nur ein Kind zu gebären.*

Euripides: Medea

ERSTER TEIL
GAIA

Wer sind die Menschen?

Diese missverstandenen Nachzügler*innen auf der intergalaktischen Bühne haben eine stolze Geschichte. Es wird oft vergessen, dass die Menschheit zu den drei einzigen nachgewiesenen Spezies gehört, die die Schattenraum-Technologie ohne Hilfe von außen entdeckt haben. Niemand würde den Lirem mangelnde Intelligenz vorwerfen, ganz zu schweigen von den Majo Zi, und genauso sollte man auch die Fähigkeiten des menschlichen Verstandes nicht unterschätzen.
Ein weitverbreiteter Irrtum ist, dass Menschen unkontrollierbar und brutal sind. Es stimmt, dass sie sich in einem gefährlichen Lebensraum zu den mächtigsten Prädator*innen entwickelten und daher über einige bemerkenswerte physische Eigenschaften verfügen. Sie sind stärker und schneller als die meisten anderen Spezies, und ihre anpassungsfähigen, äußerst belastbaren Körper sind in der Lage, schlimmste Verletzungen zu überleben. Diese Tatsachen bedeuten jedoch keineswegs, dass sie unentwegt und ohne Grund gewaltsam vorgehen. Man sollte sich immer im Klaren darüber sein, dass ein Mensch stets in dem Bewusstsein handelt, etwas absolut Angemessenes zu tun, wenn er oder sie angreift.

(...) zumeist in weiblich und männlich unterteilt, obschon es beachtliche Minderheiten gibt, die weder noch sind. Diese Kategorisierung wird als so bedeutsam betrachtet, dass die meisten menschlichen Sprachen, so auch das gebräuchliche Terran- oder T-Standard, diese Unterscheidung ausdrücken. Sie werden feststellen, dass Menschen, mit denen Sie Umgang haben, darauf

bestehen werden, auch Sie einer der menschlichen Geschlechterkategorien zuzuordnen. Gelingt ihnen das nicht, kann das bei ihnen Stress oder Verlegenheit auslösen. Die Zuordnung ist völlig willkürlich: Die Menschen betrachten die Lirem gemeinhin als weiblich (wobei sie das Pronomen »sie« verwenden), alle Zunimmer als männlich (er) und die meisten anderen als keines von beidem (hier wiederholen sie zum Beispiel den Namen der Person, aber es existieren auch andere Lösungen). Wenn ein Mensch das Pronomen es verwendet, dann dürfen Sie annehmen, dass er Sie beleidigen oder sogar bedrohen will, und sollten sich schleunigst aus dem Staub machen (…).

(…) Beachten Sie die jeweiligen Statusmerkmale und verhalten Sie sich hochrangigen Menschen gegenüber respektvoll. Denken Sie daran, Verhalten zu vermeiden, das als Bedrohung gedeutet werden könnte, besonders großen jungen Männern gegenüber, die biologisch zu Überreaktionen veranlagt sind. Machen Sie sich bewusst, dass längerer Blickkontakt oft als Provokation interpretiert wird. Die anderen Menschen sind für gewöhnlich weniger aufbrausend, aber sie alle neigen dazu, unruhig zu werden, wenn sie sich bedroht fühlen. Was auch immer Sie tun, nähern Sie sich niemals einem Menschenkind ohne Erlaubnis seiner »Familie« (…).

(…) Ein Mensch versucht instinktiv und mit allen Mitteln, die Interessen seines Stammes zu verteidigen. Besonders die männlichen Menschen sind dabei von Natur aus aggressiv und territorial. Die gängige Vorstellung von Menschen als gewalttätigen Wahnsinnigen rührt im Grunde von der Tatsache her, dass wir nicht verstehen, wie genau die physischen Fähigkeiten der Menschen mit ihren Instinkten zusammenhängen. Die Geschichte der Menschen und auch deren Medien sind voll von »Soldaten« und »Heldinnen« – von Individuen, die im Namen *ihres Stammes Gewalt ausüben –, und erstaunlicherweise werden diese als bewunderungswürdig angesehen.*

Die Menschheit,
ein bekannter Ratgeber der Majoda

Welchem Gott auch immer ihr folgen mögt, KAUFT DIESES BUCH NICHT, WENN IHR WIRKLICH ETWAS ÜBER MENSCHEN ERFAHREN WOLLT. Nichts als ein Haufen bioessenzialistischer Scheiße.

Anonyme Rezension,
in einem chrysothemischen Netzwerk gepostet

1

AGOGE

Der Himmel wurde von grünen, subrealen Blitzen durchzuckt, als ein Weisheitskreuzer aus dem Schattenraum stürzte. Kyr atmete tief ein, kniff die Augen zusammen, um in den Hyperraum dahinter sehen zu können, und hielt nach dem winzigen Geschoss Ausschau, das im Windschatten des Kreuzers den Durchbruch schaffte, fast unsichtbar hinter dessen glänzender Masse. Ihr ramponierter Kampfanzug registrierte es noch nicht, aber im sichtbaren Lichtspektrum waren menschliche Augen Sensoren mit großer Reichweite, die die Majo immer wieder unterschätzten.

Da.

Sie hatte noch zwei Ladungen ihres Sprunghakens übrig. Ihn jetzt einzusetzen, würde jedoch den Alarm des Majo-Schiffs auslösen. Im letzten Nahkampf war ihre Maske zerbrochen und nur Kleber und Hoffnung hielten sie noch notdürftig zusammen. Wenn sie erneut riss, hier oben, weit über den Wolken in der äußeren Erdatmosphäre, wo die Schlacht tobte, würde Kyr ersticken.

Ein Kreuzer dieser Größe bot locker siebentausend Soldat*innen und zahllosen tödlichen Drohnen Platz, aber er war nur eine Ablenkung. Der Pfeil war die eigentliche Bedrohung. Die faustgroße Bombe aus Antimaterie, die er mit sich trug, hatte die Kraft, das Herz des Planeten dort unten zu zerfetzen. Die Sekundärnutzlast würde Kern und Kruste vernichten. Wenn Kyr das Geschoss nicht erwischte und unschädlich machte, würde von der lebendigen blauen Rundung des Planeten unter ihr bald nichts mehr übrig sein als eine endlose Spur aus Eis, irgendwo zwischen Mars und Merkur.

Kyr zögerte, dachte nach. Sie hatte noch sechs Minuten, ehe der Lauf der Rakete nicht mehr zu verändern und der Planet verloren war. Sie konnte ihren Sprunghaken verwenden, um sie zu erreichen. Dadurch würde sie jedoch den Kreuzer alarmieren und sich mit der Kampfkunst der Majo auseinandersetzen müssen, während sie versuchte, die Bombe zu entschärfen. Oder sie konnte ihre Gegner*innen überlisten. Die Verteidigungsplattform, auf der sie stand, war übersät mit Wracks abgeschossener feindlicher Kampfflugzeuge. Kyr konnte versuchen, eines davon wieder zum Fliegen zu bringen, um sich an dem Kreuzer vorbei zu dem tödlichen Stachel an dessen Schwanzende zu stehlen. Der Rest ihrer Einheit war weg, die Plattform zerstört. Selbst wenn die Majo ahnten, dass noch eine menschliche Kriegerin übrig war, würden sie sie nicht als Bedrohung empfinden.

Und das war ihr Fehler.

Solange die Kinder der Erde leben, soll der Feind uns fürchten.

Die in Kyrs Kampfanzug eingebauten Alarmvorrichtungen schrillten los, und der Feed am Rand ihres Sichtfeldes informierte sie darüber, dass sie dauerhafte neurologische Schäden riskierte, als sie, mit einer kaputten Kampfmaske als einzigem Schutz, seitwärts durch den Schattenraum geschleudert wurde. Sie rang nach Luft, spürte, wie erst arktische Kälte und dann unerträgliche Hitze durch ihre Adern jagten und wieder verschwanden. Wellen grünen Lichts wogten um sie herum, als sie auf der schmalen Nase der Rakete landete. Sie warf sich flach auf den Bauch, klammerte sich mit ihren Schenkeln fest und fing an, mit dem Knauf ihres Feldmessers auf deren Verkleidung einzuschlagen.

Fremdartige Worte waren in die Abdeckung eingeritzt, und ein Wort darunter kannte Kyr: *Ma-jo*. Es war der Name, den sie sich selbst gegeben hatten, ihrem Volk, ihrer Sprache und ihrer Kraftquelle.

Es bedeutete »Weisheit«.

Die Unterseite des Kreuzers öffnete sich nun, und aus dem dunklen Inneren strömten Reihen um Reihen von Majo-Krieger*innen hinaus in die Finsternis. Die unbemannte Rakete schwankte beträchtlich von einer Seite zur anderen.

Kyr fluchte triumphierend, als sich die Verkleidung löste, um fünfzehntausend Meter unter ihr ins Meer zu stürzen. Ohne sich umzusehen, erledigte sie zwei herannahende Majo mit ihrer Schusswaffe.

Die planetenvernichtende Bombe steckte in einer Kugel aus Kupfer. Mit angehaltenem Atem starrte Kyr sie an. Sie hatte keine Ahnung, wie man sie öffnete oder gar entschärfte. Doch der Auslösemechanismus kam ihr bekannt vor. So etwas hatte sie schon einmal auf einer Skizze gesehen. *Ruhig, ganz ruhig*, dachte Kyr und machte sich mit langsamen Handgriffen an die Arbeit, wobei sie versuchte, an alles zu denken, was sie über die Ingenieurskunst der Majo gelernt hatte.

Nur noch vierzig Sekunden. Kyr hatte es fast geschafft, da schob sich plötzlich eine zweite Abdeckung über die Kugel, grün glitzernd im Licht der Schattenraum-Materialisierung, und eine Stimme sagte: »Sie handeln im Widerspruch zur Weisheit. Unterlassen Sie diese Handlung.«

»Ihr könnt mich mal«, knurrte Kyr und holte erneut ihr Messer hervor.

»Ihre Handlungen sind unklug«, wiederholte die Stimme. »Ihre Handlungen sind unklug. Die Weisheit handelt zum Wohle der Allgemeinheit. Ihre Handlungen sind unklug.«

»Da unten leben vierzehn Milliarden Menschen, verdammt«, keuchte Kyr und schlug auf die Abdeckung ein. Sie war noch nie so weit gekommen wie heute.

Ein stechender Schmerz fuhr ihr in den Oberschenkel. Der Schuss des Majo-Kriegers war an einer bereits beschädigten Stelle ihres Kampfanzugs eingetreten. Kyr verlor den Halt und fiel und fiel und fiel, und im Fallen sah sie, wie der Kreuzer so schnell, wie er aufgetaucht war, wieder im Nichts verschwand. Die Rakete schoss hinab, dem Blau entgegen.

Das Letzte, was Kyr sah, war die Explosion der Antimaterie, die nun begann. Das Ende ihrer Welt. So, wie sie es schon Hunderte Male beobachtet hatte.

Die Simulation endete. Langsam setzte sich Kyr auf dem grauen Boden aus Plastahl auf und verbarg ihr Gesicht in den Händen. Zum vierten Mal hatte sie das Doomsday-Szenario heute durchgespielt, und jetzt quälte sie der dumpfe Kopfschmerz, der einsetzte, wenn man zu viel Zeit in der Agoge verbrachte. Sie rieb sich den Kiefer, als könnte sie den Schmerz einfach wegmassieren, und kam dann langsam auf die Füße.

»Gut gemacht, Valkyr«, rief ihr Onkel Jole zu.

Er machte einen schleppenden Schritt auf sie zu. Selbst mit der alten Kriegsverletzung war Commander Aulus Jole noch immer eine beeindruckende Erscheinung. Wie die meisten Soldaten überragte auch er seine Mitbürger*innen deutlich – Kyr um einen ganzen Kopf, und sie war nicht gerade klein –, und auch der Rest seiner Physis wies auf für den Krieg selektierte Gene hin, auf militärtaugliche Nanotechnologie-Implantate und darauf, dass hier jemand als Kind immer genug zu essen bekommen hatte. Er sah Kyr ähnlich genug, um tatsächlich ihr Onkel sein zu können. Sie beide hatten die gleiche weltraumblasse Haut wie die meisten hier auf Station Gaia. Aber auch das Grau ihrer Augen war gleich, genau wie das Blond ihrer Haare – obschon Onkel Joles kurz geschnitten waren, während Kyr, wie vorgeschrieben, einen Pferdeschwanz trug. An Commander Joles Kragen prangten zwei Geschwaderabzeichen: die eingravierte Erdkugel des Führungsstabs und eine Nadel in Lilienform für das Hagenen-Geschwader, die Elite des Terranischen Expeditionskorps, seiner alten Einheit.

»Training in der Pause?«, fragte er. »Du bist ja schlimmer als ich.«

Das war ein Witz: Niemand war schlimmer als Aulus Jole, wenn es um Agoge-Simulationen ging. Die meisten oberen Level basierten auf seinen eigenen Erfahrungen als Mitglied des Hagenen-Geschwaders, in dem er einer der erfolgreichsten Agent*innen der Terranischen Föderation gewesen war. Er hatte Stützpunkte der Majo hochgenommen, bürgerliche Einrichtungen verteidigt und seine Truppen in die offenen Feuergefechte der letzten Kriegstage geführt. Und dann war da natürlich noch das Szenario, das Kyr gerade durchlaufen hatte. Aulus Jole war es gewesen, der auf einer manövrierunfähigen Verteidigungsplattform gestanden und dem Ende seiner Welt entgegengesehen hatte. Aulus Jole war es gewesen, versehrt durch das Feuer der Majo, der nur Sekunden zu spät gekommen war.

Kyr wusste, dass er einmal versucht hatte, sich das Leben zu nehmen, denn ihre ältere Schwester Ursa hatte ihn gefunden. Wahrscheinlich, dachte sie, war es mehr als einmal gewesen. In ihren Träumen sah sie, wie sich der Blaue Planet auflöste. Es fühlte sich an, als würde die entstandene Leere frisch behauene Eissplitter aus ihrem Herzen ziehen – und sie war noch nicht einmal dabei gewesen. Sie war noch nicht einmal geboren.

»Ich habe trotzdem versagt«, sagte Kyr. »Ich habe es nicht geschafft. Tut mir leid.«

»Wir alle haben versagt. Doch die Kinder der Erde harren aus. Und solange wir leben ...«

»... soll der Feind uns fürchten«, schloss Kyr gemeinsam mit ihm.

Jole legte eine Hand auf ihre Schulter, sodass sie zusammenfuhr und zu ihm aufblickte. »Ich bin stolz auf dich, Kyr«, sagte er. »Ich sage dir das nicht oft genug. Geh zu den anderen und ruh dich aus. Du hast jetzt eine Pausenschicht.«

Pause war ein Witz. Kyr wusste, wo die anderen Mädchen vom Haus der Sperlinge waren: Sie übten sich im Nahkampf auf den Bodenmatten, machten Schießübungen oder absolvierten ihren Freiwilligendienst im Systeme-Geschwader oder in der Krippe. Pausen waren Zeitverschwendung, ein Luxus für Leute, die einen Planeten ihr Eigen nennen konnten. Für die Soldat*innen der Station Gaia, die letzten echten Kinder der Erde, existierten so etwas wie Pausen nicht.

Kyr ging trotzdem, wenn auch widerwillig. Ihr Kopf tat noch immer weh. Als sich die Agoge hinter ihr schloss, sah sie ein Schimmern in der Luft, wo die Verteidigungsplattform wieder auftauchte. Jole spielte das Szenario noch einmal durch.

Sie war noch keine fünf Schritte den düsteren, schlecht beleuchteten Korridor hinuntergelaufen, der von den Räumen der Agoge zurück zu den Drill-Räumen führte, als Cleo aus dem Schatten eines Nebengangs auf sie zutrat. Sie war genau wie Kyr ein Sperling und hatte wahrscheinlich selbst gerade irgendein Programm beendet. Cleo hatte dunkelbraune Haut und dicht gelocktes Haar, das sie kurz geschnitten tragen durfte, weil es sich unmöglich zu einem ordentlichen Pferdeschwanz bändigen ließ. Wie Kyr war auch sie eine Zuchtkriegerin, ein Kind der genetisch erweiterten Blutlinie der besten Soldatinnen und Soldaten der Menschheit. Ihre Trainingsergebnisse waren nur geringfügig schlechter als Kyrs und sogar einmal besser gewesen, bevor die Pubertät Kyr einen unschlagbaren Vorteil in Größe und Stärke eingebracht hatte.

Cleo war die größte ihres Hauses gewesen, als sie damals mit sieben Jahren ihre Kadettinnenausbildung begonnen hatten, war dann aber nicht in dem Maß weitergewachsen, wie es der genetische Plan für sie vorgesehen hatte. Sie war eine hervorragende Schützin und das einzige Mädchen in ihrer Alterskohorte, dem es von Zeit zu Zeit gelang, Kyr im Nahkampf zu schlagen, aber bis ins zwölfte Level einer Agoge-Simulation wie Doomsday hatte sie es bisher nicht geschafft – und es war unwahrscheinlich, dass sie es jemals schaffen würde. Aber bald würden die Zuordnungen vorgenommen werden und dann hatte das Kadettinnentraining keine Bedeutung mehr.

Cleo funkelte Kyr finster an, die Arme vor der Brust verschränkt. »Was hat er zu dir gesagt?«

Nicht schon wieder. »Nichts«, sagte Kyr. »*Gut gemacht*, das war alles.«

»Und was hast du gesagt?«

»Ich hab Danke gesagt«, antwortete Kyr.

»Was ist mit den Zuordnungen?«

»Was soll damit sein?«

»Du hast nicht gefragt?«

»Nein, Cleo, ich hab nicht gefragt«, sagte Kyr mit schwindender Geduld. »Er ist der befehlshabende Offizier.«

»Aber auch dein Onkel, oder etwa nicht?«, zischte Cleo. »Du könntest ihn fragen. Zur Abwechslung könnte einmal was dabei herausspringen, dass du was Besseres bist. Aber du hast nicht an uns andere gedacht, denn du bist ja die große Valkyr, und dein Haus spielt nur eine Rolle, wenn es dich gut dastehen lässt.«

»Was bist du, acht?«, erwiderte Kyr. »Hör auf, Streit mit mir zu suchen. Arbeite an dir, wenn du neidisch bist. Wenn du ins Kampf-Geschwader willst, dann verdien es dir. Du kannst es noch bis Level Zwölf schaffen, wenn du dich anstrengst.«

Kyr hatte Cleo ermutigen wollen. Aber Cleo nahm es anders auf. Ihr Gesichtsausdruck wurde kalt, und aus ihren schwarzen Augen sprach unverhohlene Antipathie. »Du hast echt keine

Ahnung, oder, Valkyr?«, sagte sie. »Keine Ahnung. In Ordnung. Dann verpiss dich einfach.«

Aber Kyr wusste nicht, wohin. Die Kasernen waren zum Schlafen gedacht, und niemand verschwendete seine Zeit in der Spielhalle, außer Schwächlingen und zukünftigen Verräter*innen. Und ungeachtet dessen, was Kyr stets beigebracht worden war und was sie ihrer Spezies schuldig war – als Überlebende und als Frau –, überkamen sie in der Krippe, dem Flügel, der weibliche Freiwillige niemals abwies, immer Langeweile und Unwohlsein. Doch Commander Joles Rat, sie solle sich ausruhen, hatte etwas von einem Befehl gehabt, und Kyr gehorchte seinen Befehlen. Sie lief weiter, den Blick auf ihre Füße und die angeschlagenen Plastahl-Fliesen gerichtet, und versuchte, Cleo aus ihren Gedanken zu verdrängen. Sie war in letzter Zeit immer schwieriger im Umgang geworden, und Kyr wollte nicht mehr an sie denken. Stattdessen dachte sie an gar nichts. Aber dieses Garnichts verwandelte sich wieder und wieder in den Tod ihres Planeten.

Als sie die blecherne Musik aus der Spielhalle hörte, blickte Kyr auf. Dort drinnen war es hell, und sie konnte ein paar Gestalten rumhängen sehen. Niemanden, den Kyr kannte oder kennenlernen wollte. Niemanden, der es wert war, kennengelernt zu werden.

Ursa hätte sie ermahnt, nicht so voreingenommen zu sein, aber Ursas Meinung hatte aufgehört, wichtig zu sein, als sie fortgegangen war.

Mit plötzlicher Entschlossenheit machte Kyr auf dem Absatz kehrt und lief zurück durch die steinernen Tunnel, die zum Herzen der Station führten, zur Agricola.

Station Gaia war mit Mühe und Not gerade so autark. Für die Bevölkerung war die Tatsache, dass sie keinen Planeten in der Lebenszone bewohnten, wo Wasser und Luft und Nahrung und Wärme einen verlässlichen Luxus darstellten, sondern auf und in einem steinigen Planetoiden, der vierhundert Jahre brauchte, um einmal Persara zu umrunden, einen fernen blauen Stern, Gegenstand von Stolz und großem Leid zugleich. Das Wasser auf Gaia stammte von einem vereisten Asteroiden, der mit einem Kabel aus Militärbeständen an ihrem kleinen Gesteinsbrocken festgemacht war. Die Wärmeversorgung stellten riesige notdürftige Solarreflektoren von ehemaligen Weltraum-Schlachtschiffen sicher, und das Sonnentracker-Geschwader war unermüdlich im Einsatz, um sie vor umherfliegenden Trümmerteilen zu schützen. Für die Versorgung mit Nahrung und Luft war das Agricola-Geschwader zuständig.

Kyr hielt kurz inne, bevor sie durch die Plastikplane in die große Halle schlüpfte, die Gaia am Leben hielt. Sie spürte den altbekannten Anflug von Stolz. Gaia mochte vielleicht nicht schön oder reich sein, aber es war doch unglaublich, wozu die Menschheit fähig war, selbst hier, auf diesem toten Gesteinsbrocken in diesem wertlosen Teil des Universums.

Aus Sonnenleuchten strömte gelbes Licht auf das gierige Grün. Jeder Zentimeter wurde hier genutzt: Wein rankte an den Leitern empor, die aus der dunklen Tiefe bis ganz oben zur steinernen Decke reichten. Kondenströpfchen liefen die Wände hinunter und dichter Nebel hing in der Luft. Und inmitten der vollgestopften Ordnung dieses in alle Richtungen wuchernden Gartens ragten große dunkle Umrisse empor, die all dies zusammenhielten: die riesigen Stämme von Gaias eigenem Wald, sorgsam veredelten Bäumen, die die Atmosphäre aufbereiteten und sie alle davor bewahrten, hier draußen in den dunklen Tiefen des Weltraums zu ersticken.

Die Bäume waren von großem Wert, denn sie waren unersetzbar. Vor fünfzehn Jahren, als Kyr zwei war, waren die Schattenmotoren im Inneren der Station durch Überlastung ausgefallen. Es war gelungen, Gaia zu retten, aber achtundsechzig Menschen hatten ihr Leben verloren, und die interdimensionale Explosion hatte ihr empfindliches Genlabor zerstört. Gaia hatte nicht die Mittel, es wiederaufzubauen. Diese Bäume hier waren steril und konnten nun auch nicht mehr geklont werden. Sie mussten also lange halten.

Kyr wusste genau, wonach sie suchte. Sie steuerte die nächstgelegene Leiter an und begann zu klettern, bis sie die schattigen Höhen der Agricola erreicht hatte, wo sich die Zweige zu einem großen grünen Schutzdach vereinten. Wie ein dösender Löwe lag Magnus auf einem breiten Ast. Kyrs Zwilling war noch größer als sie. Keiner von ihnen war mit Naniten ausgestattet, aber sie waren vor dem Unglück geboren, als die Krippe noch echte Zuchtkrieger*innen hervorzubringen vermochte. Beide waren durch Kreuzung derselben Individuen wie Ursa entstanden, bevor ihre genetischen Vorfahren starben. Ursa hatte bereits besondere Anzeichen gezeigt, darum erschien es damals sinnvoll, Geschwister zu erzeugen, selbst wenn es dem Populationsgesetz widersprach.

Und sie waren tatsächlich etwas Besonderes. Kyr wusste das. Sie waren unter den besten Krieger*innenkindern der Erde die besten. Kyr war groß und muskulös, und Mags hatte diesen Eigenschaften inzwischen noch eine Massigkeit hinzugefügt, die ihm nun den breiten, kraftvollen Körper verlieh, bei dessen Anblick sich die Majo in die Hosen schissen. Unter den vielen empfindungsfähigen Alien-Arten, die die Gruppe der sogenannten Majoda bildeten, wurden nur die staksigen Zunimmer größer als einen Meter siebzig. In der Agoge hatte Kyr gegen zwei Meter fünfzig große Zunimmer gekämpft. Deren Knochen waren leicht und spröde, und wenn man sie im richtigen Winkel erwischte, konnte man ihnen mühelos das Rückgrat brechen. Kyr wog mehr als einer von ihnen, und Mags wahrscheinlich mehr als zwei.

Andererseits wirkte er wie ein wandelndes Propagandaplakat. Früher hätte man ihm – riesig, blond, breitschultrig – einen *Gemeinsam-stark*-Slogan auf die Stirn klatschen und damit Nachwuchs für das Interstellare Terranische Expeditionskorps anwerben können. Seit dem Untergang der Welt spielten menschliche Schauspieler mit seinem Aussehen die Bösewichte in Majo-Filmen. Kollaborateure. Kyr ekelte allein der Gedanke daran.

Ihre Stimme klang etwas zu scharf, als sie ihn fragte: »Was machst du?«

Mags öffnete die Augen. »Hi, Kyr.«

»Warum schläfst du?«

»Wir haben Pause«, antwortete Mags. »Schlaf dient der Erholung.«

»Wir können es uns nicht leisten zu schlafen.«

»Was nützt es einem, am Leben zu sein, wenn man nicht schlafen darf?«

Etwas in Kyr fing an zu brodeln. »Magnus, wir befinden uns in einem *Krieg*, wir *sterben*, sie haben uns alles genommen, und *du* ...«

»Oh, hey, hey, Vallie, hey«, sagte Mags beschwichtigend und setzte sich auf. Dabei verwandelte er sich vor Kyrs Augen von einem unbesiegbaren Giganten zurück in den weichherzigen Dummkopf von früher, der ein willkommenes Opfer für jeden Raufbold in der Krippe gewesen war. »Weine doch nicht. Warum weinst du?«

»Tue ich gar nicht«, sagte Kyr. Sie saß neben ihm auf dem breiten Ast. Die Luft roch schwer und süß, und auf ihrem Gesicht und ihren Armen bildeten sich kleine Kondenströpfchen. Agricola war lebendiger als jeder andere Ort auf Gaia. Mags legte ihr einen Arm um die Schultern. »Ich hab sie fast besiegt«, sagte Kyr. »In Onkel Joles Szenario. Doomsday. Ich hab sie fast besiegt. Und dann doch nicht.«

»Oh«, sagte Mags.

»Nichts *oh*. Das ist wichtig! Du weißt, dass es wichtig ist. Und für dich ist das vielleicht in Ordnung, du hast es ja schon geschafft.«

»Einmal«, sagte Mags. »Und ich glaube, danach hat Onkel Jole es schwerer gemacht. Dir ist klar, dass man es nicht schaffen können *soll*, oder?«

»Es war wegen der Weisheit«, sagte Kyr. »Ich hatte es bis zur Rakete geschafft, und dann hat die Weisheit einen neuen Schild über die Bombe gestülpt und dann ...«

»Ja, genau«, sagte Mags. »Das meine ich doch. Die Weisheit macht, dass man nicht gewinnen kann. Weil sie unbesiegbar sind mit der Weisheit.«

»Wie hast du es dann geschafft?«, wollte Kyr wissen. Sie hatte nie danach gefragt, weil sie es selbst hatte versuchen wollen. Aber jetzt war sie so nah dran gewesen. »Wie hast du gewonnen?«

Mags nahm seinen Arm von Kyrs Schultern, legte sich wieder auf seinen gewaltigen Ast und blickte hinauf in das Muster, das Zweige und Blätter über ihnen bildeten. Dann fragte er: »Kennst du Avi?«

»Wen?«

»Avi. Haus der Otter, eine Kohorte über uns. Systeme-Geschwader.«

»Oh, der Queere?« Sie hatte lediglich ein vages Bild der Person, um die es ging, im Kopf. Klein, rote Haare, Silberblick. Keine Kriegszucht. Gaia war zwar von Überlebenden des Terranischen Expeditionskorps gegründet worden, aber Armeen bestanden nie nur aus Soldaten und Soldatinnen, und in den Häusern der Kadetten und Kadettinnen gab es immer auch Techniker*innen, Reinigungskräfte, medizinisches und Verwaltungspersonal. Kyr wusste, wie wichtig diese Personen waren. Genetische Vielfalt war überlebenswichtig für eine Spezies, und es waren ohnehin nur so wenige echte Menschen übrig. Ohne Menschen wie ... wie Lisabel, aus ihrem Haus, die wie gemacht für das Krippen-Geschwader war, hatte die Menschheit keine Zukunft.

»Klar«, sagte Mags mit einem seltsamen Unterton in der Stimme. »Der Queere.«

»Was denn?«

Mags antwortete nicht.

»Was ist mit ihm?«, fragte Kyr. »Woher kennst du ihn?«

»Hab ihn in der Spielhalle getroffen, während einer Pausenschicht.«

»Was hast du in der Spielhalle gemacht?«

»Ausgeruht und entspannt?«, antwortete Mags. »Ich finde es entspannend, haushoch bei Videospielen zu verlieren.«

»Du verlierst?«

»Alle verlieren mal irgendwo, Vallie.«

Kyr, auf die das nicht zutraf, sah ihn streng an. Aber Mags ließ nur wieder friedlich den Blick hinauf in die verschlungenen Zweige wandern. Direkt über ihren Köpfen hatte eine Pflanze gerade angefangen zu blühen. Sie hing voller praller, wächsern-lilafarbener Blüten. Kyr kannte den Namen der Pflanze nicht. Sie hatte keinerlei Hoffnung, jemals der Agricola zugeordnet zu werden. »Also, was ist denn nun mit Avi?«

»Avi«, sagte Magnus, »verliert nicht bei Videospielen. Er hat mich geschlagen. Und dann sind wir ins Gespräch gekommen.«

»Worüber redet man mit so jemandem?«, fragte Kyr. »Er geht weg, oder nicht?« Es war unglaublich, wie selbstsüchtig manche Menschen waren. Fast alle, die so gestrickt waren wie dieser Avi, hatten ihre Zuordnung verweigert und Station Gaia verlassen, um zu den Majo überzulaufen. Als wäre Sex wichtiger, als die eigene Art zu retten oder Rache zu nehmen für eine vernichtete Welt.

»Ich weiß nicht, ob er geht. Es wäre schade, ihn zu verlieren. Er ist so gut in dem, was er tut«, antwortete Mags.

»Systeme?«, sagte Kyr. »Das ist wichtig, klar ...«

»Videospiele«, sagte Mags.

»Ach komm schon.«

»Ich meine es ernst! So habe ich gewonnen. Avi hat mich durch die Simulation geführt.«

»Ich kann mich nicht erinnern, jemals gehört zu haben, dass er in einer Doomsday-Simulation mal Level Zwölf erreicht hätte.« Und das wäre Kyr nicht entgangen: Sie verfolgte die Trainingsergebnisse genau, von den Jungs wie von den Mädchen. Daher wusste sie auch, dass es in ihrer ganzen Kohorte nur eine Handvoll Jungen gab (fünf, genau fünf), die besser abgeschnitten hatten als sie. Insgesamt trainierten sechs andere regelmäßig auf Level Zwölf, dem schwersten. Unter den Mädchen, das war klar, konnte niemand Kyr das Wasser reichen. Jungs hatten von Natur aus einen Vorteil. Mags, der perfekte Soldat, war einer von den fünfen. Die Ergebnisse seit seinem letzten Wachstumsschub waren die besten in der kurzen Geschichte Gaias.

»Na ja, wir waren ein Team«, sagte Magnus. »Ich bin mit Ohrstöpseln rein, und er hat die ganze Zeit über mit mir geredet. Dabei hat er die Agoge noch nicht einmal mitkonzipiert ...« Kyr schnaubte. Natürlich wurde ein kurzsichtiger Neunzehnjähriger, der es nie in die Top Dreißig geschafft hatte, nicht auch nur in der Nähe des Militärtrainings geduldet, dem Herzstück von Gaias Macht. »Wirklich, Vallie, es war einfach unglaublich. Er ist der klügste Mensch, den ich je getroffen habe. Er hat mir bei ein paar erfolglosen Durchgängen zugeguckt und dann vorgeschlagen, dass ich es noch einmal ernsthaft versuchen soll, während er sagt, wo's langgeht. Und mit ihm in meinem Ohr hat es einfach ... es hat einfach irgendwie Spaß gemacht. Er wusste immer, was als Nächstes passieren würde und was ich tun musste. Ich habe einfach mitgemacht. Es war magisch.«

»Also hast du geschummelt«, sagte Kyr.

»Es war nicht offiziell«, erwiderte Mags. »Es war ein Pausen-Ding, und ich kriege keine Punkte dafür.« Mags wusste, wie wichtig die Trainingsergebnisse waren.

»Die ganze Station wusste davon«, sagte Kyr. »Alle wussten, dass du Level Zwölf geschafft hast.« *Magnus hätte unsere Welt retten können*, so hatten es die Leute ausgedrückt. Magnus. Kyr hatte jede freie Minute das Doomsday-Szenario trainiert, seit sie es erfahren hatte. Und jetzt stellte sich heraus, dass alles nur Fake war, dass irgendein Spielhallenwaschlappen, für den die Agoge nur ein Spiel war, Magnus ausgenutzt hatte, so, wie er immer von allen ausgenutzt worden war.

»Es war eine einmalige Sache«, sagte Mags. »Avi wollte herausfinden, ob wir es schaffen könnten.« Er stützte sich auf einen Ellenbogen auf und sah Kyr nun durchdringend an. »Aber du verstehst, was ich meine, oder? Wir sollten einen wie ihn nicht verlieren.«

»Einen Betrüger wie ihn?«

»Die betrügen doch auch, oder etwa nicht? Die Weisheit betrügt. Warum sollten wir nicht unsere eigenen Betrüger haben? Abgesehen davon, ist es kein Betrug, wenn jemand anders einem in der Agoge Anweisungen gibt. Das machen wir doch auch bei Taktikübungen so, das ist normal. Avi ist einfach wirklich schlau. Ich finde, sie sollten ihm ein Kommando übertragen.«

»Na klar«, sagte Kyr und schnaubte, konnte aber gleichzeitig ein Lächeln nicht unterdrücken. So war Mags eben, er hatte ein Herz für hoffnungslose Fälle. »Okay, na schön, es ist gut von dir, so nett zu sein. Jemand wie Avi hat wahrscheinlich nicht viele Freund*innen, oder? Sei aber bitte nicht zu traurig, wenn er geht.«

Mags legte sich wieder hin. Eine lila Blüte hatte sich aus dem wächsernen Wirrwarr über ihnen gelöst und segelte nun zu ihnen auf den Ast hinunter. Er hob sie auf und legte sie sich vorsichtig auf die Stirn. Ohne Kyr anzusehen, sagte er: »Ich will nicht, dass er geht.«

»Menschen gehen«, sagte Kyr. »Wenn sie nicht stark genug, engagiert genug oder ehrbar genug sind. Ursa ist gegangen.«

Mags machte das gleiche gequälte Gesicht, das er immer machte, wenn jemand ihre ältere Schwester erwähnte. »Ja«, sagte er. »Das ist sie wohl.«

2

SPERLINGE

Kyr war so an den Rhythmus der Achtstundenschichten auf Station Gaia gewöhnt, dass sie nie zu spät kam. Zehn Minuten vor Schichtwechsel hatte sie sich bereits aus den versteckten Baumwipfeln der Agricola geschwungen, während Mags sich weigerte, sich zu bewegen. »Ich gehe erst, wenn ich die Glocke höre«, sagte er. »Pause ist auch eine Schicht. Fünfminutenregel.«

Fünf Minuten blieben einem zwischen dem Schichtwechsel und einem schwarzen Punkt. Kyr hatte in ihrem Leben genau zwei schwarze Punkte bekommen, beide mit sieben, als sie die Krippe gerade verlassen hatte. Das war in ihrem Haus die beste Bilanz. Mags war beinahe genauso gut, auch wenn er immer eine recht unbekümmerte Haltung bezüglich Pünktlichkeit an den Tag legte. Kyr wusste, dass zwischen ihm und ein paar anderen Jungs aus dem Haus der Kojoten ein Wettbewerb lief, bei dem es darum ging, nach genau vier Minuten und neunundfünfzig Sekunden am Ziel anzukommen. Am schwersten war das, wenn man von der Sonnentracker- zur Drill-Schicht musste, aber mithilfe eines Wurfhakens war es möglich.

Kyr schaffte vier Minuten fünfundfünfzig.

Nicht, dass sie es darauf ankommen lassen würde. Sie wollte sich nur beweisen, dass sie es mit jedem Einzelnen von den Kojoten aufnehmen konnte.

Kyrs Haus, die Sperlinge, hatten vor der Pause Drill gehabt, würden nun also etwas essen und vor dem Schlafengehen noch eine Viertelstunde im Oikos absolvieren. Kyr joggte von der Agricola aus durch die Felstunnel, zwei Ebenen hinunter zu den mit Plastahl ausgekleideten Korridoren des Oikos-Flügels im Erdgeschoss der Station. Die Schicht war meistens langweilig – Reparieren, Putzen, Nähen. Als Kyr die Küchenräume erreichte, beendete das Haus, das vor den Sperlingen dran war, gerade seine Schicht: Es waren Amseln, eine Schar zwölfjähriger Mädchen, die sich gackernd mit dem Wasser aus ihren Wischeimern bespritzten. Kyr sah, dass sie ihren Job noch nicht erledigt hatten. Der schwarze Staub des Planetoiden, der in jede Ritze der Station gelangte und selbst vor gefliesten Räumen wie diesem nicht haltmachte, zog sich in feuchten Schlieren über den Boden. Kyr trat auf den Nachwuchs zu und verschränkte die Arme vor der Brust.

Das Kichern erstarb.

»Sagt mir, warum wir Wasser brauchen«, forderte Kyr die Mädchen auf. Sie war nicht wütend. Es hatte keinen Sinn, auf Schwachköpfe wütend zu werden. Sie war nur verstimmt, denn Kadettinnen im Alter der Amseln sollten es besser wissen. Und außerdem genoss sie es wie immer, im Recht zu sein.

Schweigen.

»Du da«, sagte Kyr und pickte sich die Kleine raus, die am lautesten gelacht hatte. »Sag es mir.«

»Ähm, zum Trinken, Valkyr?«, sagte das Mädchen. Kyr spürte einen Anflug von Genugtuung darüber, dass sie ihren Namen kannte. »Und zum Waschen und zum Kochen und zum Saubermachen.«

»Zum Leben«, sagte Kyr. Sie zog die Augenbrauen hoch. Die Menschen von Gaia sollten ihre Pflichten kennen. Und es war Kyrs Pflicht wie auch ihr Vergnügen, dafür zu sorgen, dass sich Kinder wie diese hier benahmen.

»Zum Leben«, wiederholten die Amseln zerknirscht im Chor.

»Und warum habt ihr dann damit gespielt?«, fragte Kyr und zeigte auf eine Pfütze zu ihren Füßen. Das kostbare Wasser sickerte bereits zwischen den Fliesen in den Boden. Wer auch immer diese Küchenräume gebaut hatte, hatte bestimmt sein Bestes getan, aber dieses Material war nie für eine Raumstation vorgesehen gewesen; zwischen den Fliesen waren breite Fugen, deren Mörtel bröckelte und den schwarzen Stein darunter freilegte. »Trink das.«

»Da ist aber Seife drin ...«

»*Trink das.*«

Das Mädchen drehte sich Hilfe suchend zu den anderen um, doch die wichen ihrem Blick aus. Dann sah es Kyr mit erbärmlich feuchten Augen an. Kyr runzelte die Stirn. Es gab wenig, was sie mehr ärgerte, als wenn jemand manipulativ auf die Tränendrüse drückte. Gefühle waren nicht wichtig. Und sie zu benutzen, um sich einer verdienten Strafe zu widersetzen, war erbärmlich. »Glaubst du, dein Geheule wird dich vor den Majo retten?«, fragte sie. »Ich warte.«

Die Tränen der kleinen Amsel kullerten ihr nun über die Wangen, aber sie war schlau genug, nicht zu schluchzen. Sie kniete sich hin und begann, den Fleck aufzulecken, der mittlerweile nur noch aus feuchtem schwarzem Staub bestand. Mit schwarz verschmiertem Kinn blickte sie hoch zu Kyr. Kyr konnte sehen, dass sie sich Mühe gab, nicht das Gesicht zu verziehen.

Sie wartete mit grimmiger Miene.

Die Amsel beugte sich erneut hinab und fuhr mit der Zunge über den Boden.

»Und, kann man das gut trinken?«

»Nein, Valkyr«, sagte das Mädchen. Die schwarzen Schlieren zogen sich inzwischen über ihr halbes Gesicht.

»Wird es hier morgen *regnen*?«

»Nein, Valkyr.«

»Hol dir einen schwarzen Punkt«, sagte Kyr. Die älteren Kadett*innen hatten das Recht, sie an die jüngeren zu vergeben. »Und dann räumt das alles hier auf.«

Noch während Kyr sprach, läutete die Glocke zum Schichtwechsel. Die Amseln sahen einander an. Sie hatten fünf Minuten. Kyr beobachtete sie ohne Mitgefühl. Wenn sie klug waren, würden sie eine unter ihnen bestimmen, die für alle sauber machte; auf diesem Wege würde ihr Haus weniger schwarze Punkte wegen Unpünktlichkeit bekommen. Diejenige, die zu spät käme, in diesem Fall *deutlich* zu spät, würde statt der nächsten Pausenschicht eine Strafschicht absolvieren müssen, aber das Haus wäre aus dem Schneider. Und in Zukunft würde niemand von ihnen mehr Wasser für so etwas Dummes wie Spielen verschwenden.

»Geht ruhig«, sagte die Kleine, die von Kyr gezwungen worden war, den Dreck aufzulecken. Sie weinte noch immer, aber ihre Stimme war fest. Dafür musste Kyr ihr Respekt zollen. »Ich mach das.«

Die übrigen Amseln zerstreuten sich und huschten an den größeren Sperlingen vorbei, die mit dem letzten Glockenläuten hereinströmten. Lisabel – die Einzige in Kyrs Haus, die dumme Kinder bemitleidete – warf dem zurückgebliebenen Mädchen einen mitfühlenden Blick zu. Kyr tat so, als hätte sie es nicht gesehen, denn sie mochte Lisabel sehr.

Sie waren zu siebt im Haus der Sperlinge: Cleo und Jeanne, Zenobia und Victoria und Artemisia, Lisabel – die eigentlich Isabella hieß, benannt nach einer historischen Kriegerin und Königin – und Kyr. Sie bildeten das einzige reine Mädchenhaus in ihrer Alterskohorte. Die Jungs verteilten sich auf das Haus der Kojoten und das Haus der Katzen. Die Ergebnisse der Sperlinge übertrafen die der Katzen, was weitgehend an

Kyr lag. Und darauf war Kyr stolz. Die Kojoten zu schlagen, war jedoch unmöglich, denn sie waren allesamt Zuchtkrieger. Bei den Sperlingen stammten nur Kyr, Jeanne und Cleo von Zuchtkrieger*innen ab. Cleo war trotz ihrer geringen Größe eine exzellente, fokussierte und aggressive Kämpferin. Jeanne war eins fünfundachtzig groß, rothaarig, sommersprossig und drahtig. Ihre Stärke lag in ihrer vollkommen unerschütterlichen Ruhe. Während der letzten zwei Monate hatte Jeanne ab und zu zusammen mit Kyr Level-Zwölf-Szenarios durchgespielt. Kyr selbst tat das seit fast einem Jahr.

Sie drei, dachte Kyr, würden sich mit größter Wahrscheinlichkeit für eines der Kampf-Geschwader qualifizieren, obwohl sie Mädchen waren. Was die anderen Sperlinge anging – sie hatte hart mit ihnen gearbeitet, hatte sie bis an ihre Grenzen gebracht, das Beste aus ihnen herausgeholt. Ihr Haus war besser als jedes andere Mädchenhaus. Kyr überlegte, dass Arti, die keine Zuchtkriegerin war, aber tough und zäh und überraschend breitschultrig für eine Menschenfrau aus der Basislinie, ebenfalls gute Chancen hatte.

Dass Cleo sich solche Sorgen machte, was die Zuordnungen anging, verstand Kyr nicht. Der Führungsstab hatte ihre Trainingsergebnisse vorliegen, kannte ihre Talente, hatte sie zehn Jahre lang als Kadettinnen beobachtet. Er wusste, was sie alle wert waren. Vic war klein und nervös, aber clever. Mit ihrer großen Leidenschaft für Solarsegel gehörte sie eindeutig zu den Sonnentrackern. Lisabel mit ihrer Schönheit, ihren blauen Augen und ihrem glänzenden dunklen Haar, die noch dazu unglaublich warmherzig war, würde in die Krippe kommen. Und Zenobia mit ihren klaren Zügen, ihrer nüchternen Ausdrucksweise und ihrem gelassenen Pragmatismus war wie für den Oikos gemacht. Es war alles glasklar.

Und sie alle gehörten Kyr.

»Wo ist Jeanne?«, fragte sie, als sie sich nach dem gemeinsamen Kochen zum Essen hinsetzten. Die fünf Gnadenminuten waren längst vergangen.

Die anderen tauschten verstohlene Blicke.

»Sie wurde zugeordnet«, sagte Cleo schließlich. »Während der Pause.« Sie schien die eigenartige kleine Auseinandersetzung mit Kyr vor der Agoge vergessen zu haben. Aufmerksam blickte sie nun in Kyrs Gesicht, fast so, als würde sie nach etwas suchen oder als würde sie ihr etwas sagen wollen. Kyr wünschte, Cleo wäre nicht so verdammt seltsam.

Dann plötzlich ging ihr auf, was Cleo da überhaupt gesagt hatte. »Wirklich?«, fragte sie. Auf einmal bekam Commander Joles Bemerkung, er sei stolz auf sie, eine ganz neue Bedeutung. Er musste gerade vom Treffen mit dem Führungsstab zurückgekommen sein. Zehn Jahre Training für diesen Moment. Alles, was Kyr im Leben wollte, war, der Menschheit zu dienen. »Welches Geschwader?«

»Ferox«, sagte Cleo, immer noch auf Kyr konzentriert. Die anderen Sperlinge schwiegen.

»Ja«, sagte Kyr schließlich und konnte ein Grinsen nicht unterdrücken. Die Kampf-Geschwader brachten einem Respekt und Luxusvergütungen ein und boten einem die Chance, im Rang aufzusteigen. Das war eine fantastische Zuordnung und entsprach voll und ganz Jeannes Können. Außerdem war sie ein gutes Zeichen für Cleo. Und auch für Kyr, wenn sie auch nie die geringsten Zweifel an ihren eigenen Möglichkeiten gehabt hatte. Jetzt sprang sie auf, ließ ihren halb aufgegessenen Kartoffeleintopf stehen und lief in die Küche, um einen Kanister klaren, dreifach gebrannten Korn aus dem oberen Regal zu holen, dazu ein paar verbeulte Blechbecher. »Lisabel!«, rief sie.

Lisabel kam und nahm ihr die Becher ab, die Kyr mit einer bescheidenen Menge Schnaps füllte, bevor sie sich lächelnd auf ihren Stuhl zurückfallen ließ. Ihr gesamtes dreizehntes Lebensjahr hatte sie damit zugebracht, mit Jeanne die Nahkampfszenen von Level Fünf zu durchlaufen. Immer und immer wieder hatte sie sie gezwungen, sich Mühe zu geben, hatte ihr gezeigt, wie man Handgranaten abfing und die Nichtkombattanten unter den Majo als Schilde benutzte. Es war das alles wert gewesen.

»Das Glück ist mit den Tapferen!«, sagte Kyr und hob ihren Becher. Das war das Motto des Ferox-Geschwaders. Die übrigen Sperlinge wiederholten es, und Arti und Vic stießen an, bevor sie den höllisch scharfen Wodka hinunterstürzten. Kyr gab vor, nichts zu bemerken. Die beiden dachten wohl, sie wüsste nicht, dass sie heimlich rumknutschten. Aber das spielte keine Rolle, das wusste Kyr. Manchmal gab es eben genetische Sackgassen, das wusste jeder, und das Einzige, was zählte, war die eigene Pflicht.

Kyr grinste. »Vielleicht seid ihr als Nächstes dran«, sagte sie. »Wo willst du hin, Arti? Auch Ferox?«

Stille. Dann endlich antwortete Arti: »Zu den Scythica. Ich mag die kleinen Pferdeanstecker.«

Vic knuffte sie liebevoll in die Seite. »Ich will zu den Sonnentrackern«, sagte sie. »Ich *weiß*, dass der Winkel der oberen Zellen verändert werden kann. Wenn ich dorthin komme, *müssen* sie mir einfach zuhören.«

»Wahnsinn, Victoria, wir hatten ja keine Ahnung. Erzähl uns mehr!«, rief Cleo mit gespielter Neugier. Aber ihr Lächeln war nun nicht mehr so starr und angespannt. Wenn Cleo gut drauf war, liebte sie es, andere aufzuziehen. Allerdings war es schon eine Weile her, dass Kyr sie gut gelaunt erlebt hatte. Jetzt war sie überrascht, wie gut es tat, sich entspannen und Cleo die Gesprächsführung überlassen zu können, ohne fürchten zu müssen, wieder wegen irgendetwas angeblafft zu werden. Kyr selbst war bei den Mahlzeiten nicht sehr gesprächig. Während sich die anderen unterhielten, schaufelte sie sich ihren klumpigen Kartoffeleintopf hinein. Nicht das beste Essen – das stand Kadett*innen nicht zu –, aber Kyrs für den Krieg gezüchteter Körper, der heute schon viermal das Doomsday-Szenario durchlaufen hatte, gierte nach Treibstoff.

Erhitzt von ihren Schnäpsen, diskutierten die Sperlinge weiter mögliche Zuordnungen. Die besten waren die vier Kampf-Geschwader: die Ferox, die Scythica, die Augusta und die Victrix. Hier bekam man die schneidigen Uniformen des Terranischen Expeditionskorps und die besten Quartiere. Man durfte als Erstes wählen, wenn es um außerstationäre Lieferungen ging, und die Gefahr, der man hier ausgesetzt war, wurde mit allen möglichen Luxusgütern aufgewogen. Denn ohne die Kampf-Geschwader war die Station nicht überlebensfähig. Die Majo hassten die Tatsache, dass es noch immer Menschen im Universum gab, die sie nicht unter ihre Kontrolle bekamen. Die Kampf-Geschwader wehrten feindliche Angriffe ab, jagten Spione in die Flucht und belehrten die Langstrecken-Händler*innen der Majo eines Besseren, die dreist genug waren, in gaianisches Territorium einzudringen, ohne die Herrschaft der Menschen überhaupt ernst zu nehmen. Nur die Kadett*innen mit den besten Ergebnissen in Drill und Agoge schafften es in diese Geschwader. Und das bedeutete natürlich, dass die Jungs hier in der Überzahl waren.

Nach den vier Kampfeinheiten kamen diejenigen, die die Station am Laufen hielten: Systeme, Sonnentracker, Agricola. Jede von ihnen war auf ihre Art überlebenswichtig. Kyr hatte ihre Schichten immer bereitwillig absolviert, wenn sie Vics Besessenheit von den Sonnentrackern auch nie hatte nachvollziehen können. Im Gegenteil, es kam ihr merkwürdig vor, dass man sich in einem solchen Ausmaß für Solaranlagen interessieren konnte. Aber genau darum würde Vic ja auch eine gute Sonnentrackerin abgeben und Kyr nicht. Die letzten beiden

Einheiten waren die Krippe und der Oikos, beide absolut notwendig: Ohne Oikos blieben all die stumpfen Wartungs- und Reparaturarbeiten liegen, genau wie die Organisation der Schichten. Ohne die Frauen in der Krippe gab es keine Zukunft für die Menschheit.

Mindestens zwei der Sperlinge würden der Krippe zugeordnet werden müssen, um die Populationsziele zu erreichen. Kyr hatte sich alles gut überlegt. Lisabel war klar, aber die Wahl der zweiten Person war schwieriger. Vielleicht Zen? Statt Oikos? Vielleicht Arti? Die Menschheit würde für den Moment eine Soldatin verlieren, aber jedes Kind, das sie gebären würde, für die Zukunft gewinnen.

»Wir werden früh genug Bescheid wissen«, sagte Kyr, als sich die Gespräche langsam im Kreis zu drehen begannen. »Der Führungsstab weiß, was er tut.«

»Oh, natürlich, wie dumm von uns. Was ist mit dir, Kyr?«, sagte Cleo. »Direkt in den Führungsstab?«

Kyrs Miene verfinsterte sich. Dem Führungsstab wurde man nicht offiziell zugeordnet. Man musste die Beste der Besten sein. Bis Kyr bereit war, würden noch Jahre vergehen.

»Sei nicht albern. Noch nicht. Scythica oder Victrix.«

Cleos ausdrucksloser Blick war zurück. Was würde nun kommen?

»Noch nicht, genau. Wie bescheiden von dir. Da können wir uns alle ein Beispiel dran nehmen.«

Die Worte sollten lustig sein, aber der Ton war es nicht. »Cleo, was ist los?«, fragte Kyr.

»Was los ist?«, wiederholte Cleo.

Kyr fiel beim besten Willen nichts ein. »Hattest du ein bisschen Pause?«

Stille. Kyr merkte, wie die anderen Sperlinge schweigend Blicke tauschten. Vier Augenpaare, ohne Jeanne. Lisabels besorgter Gesichtsausdruck. Vic, die aussah, als würde sie sich schuldig fühlen, schließlich hatte sie das alles losgetreten. Arti, die unter dem Tisch ihre Hand nahm. Zen ausdruckslos – ihre Reaktionen fielen immer sparsam aus.

Irgendwann während des Tischgesprächs war Kyr etwas entgangen. Aber sie wusste einfach nicht, was.

»Pause«, sagte Cleo schließlich mit unverhohlener Verachtung in der Stimme. »Klar. Ich hab 'ne freiwillige Schicht in der Krippe eingelegt. Hab 'nem Haufen Gören Unterricht gegeben und dann jedem Admiral noch schnell einen geblasen. Das war so erhebend.«

»Cleo«, sagte Lisabel leise.

Cleo stand auf. »Auf uns wartet eine Viertelschicht«, sagte sie. »Außer, wir wollen weiter rumsitzen und auf Jeanne trinken, bis wir alle aus der Station rausgeschmissen werden, weil wir zu viel Spaß haben. Oder hat unsere furchtlose Anführerin eine bessere Idee?«

»Ich bin nicht deine Anführerin, Cleo«, sagte Kyr. »Ich bin deine Hausgenossin.«

»Ach ja, stimmt, mein Fehler«, antwortete Cleo. »Wie konnte ich nur vergessen, dass du eine von uns bist?«

»Jeanne hat es ins Ferox-Geschwader geschafft«, sagte Lisabel leise. Sie hatte Cleo besänftigend eine Hand auf den Unterarm gelegt. »Du kommst auch in die Kampfeinheit. Hab keine Angst.«

Cleo atmete tief ein, seufzte und schüttelte Lisabels Hand ab. »Tja. Der Führungsstab weiß, was er tut. Mir ist das egal.«

»Wirklich?«, fragte Kyr.

»Ja«, sagte Cleo. »Alles außer Angriff. Ich will einfach nur leben.«

»Es gibt keinen Angriff«, sagte Kyr. *Angriff*, das war Feindpropaganda: Als hätte Gaia nichts Besseres zu tun, als ihre wertvollen Bewohner*innen rauszuschicken und sie Bomben und Tötungskommandos auszusetzen. Die Menschen da draußen, die sich opferten, verdienten ihren Respekt. Sie waren Kinder der Erde, auch wenn sie unter Kollaborateur*innen lebten. Einem Angriffsgeschwader jedoch konnte man nicht zugeordnet werden, weil ein solches nicht existierte.

Cleo lachte ein kurzes, hartes Lachen. »Wo bleibt der Vortrag? *Süß und recht*, stimmt's? Sollte ich mich nicht danach sehnen, für eine tote Welt zu sterben?«

Es ist süß und recht, für dein Vaterland zu sterben – Poesie aus der alten Welt, die sie alle in der Krippe auswendig gelernt hatten.

»Es ist okay, Angst zu haben«, sagte Kyr.

»Hast *du* Angst?«

Kyr antwortete nicht gleich. Nein, hatte sie nicht. Und ihr war auch nicht bewusst gewesen, dass Cleo Angst hatte. »Es gibt verschiedene Möglichkeiten zu dienen«, sagte sie schließlich. »Solange du nur dienst. Das ist alles, was zählt.«

»Du gehörst in den Angriff«, sagte Cleo. »Geh und lass dich in die Luft jagen, um den Majo eine Lektion zu erteilen. Du würdest das, ohne zu zögern, tun.«

»Danke«, sagte Kyr. »Aber es gibt keinen Angriff.«

Sie mussten zu ihrer Viertelschicht im Oikos. Schnell wuschen sie ihr Geschirr ab. Aus den Augenwinkeln beobachtete Kyr, wie Lisabel einen Fleck wegwischte, den die kleine Amsel offenbar übersehen hatte.

Nun, solange die Arbeit erledigt wurde.

Als sie gerade ihre sauberen Teller wegräumten, kam ein Läufer von den Tigern hereingestürmt, dem Haus mit den kleinsten Jungen. Nervös hüpfte er von einem Bein auf das andere und wartete ungeduldig, bis Kyr sich ihm zuwandte, dann sagte er: »Sergeant Harriman fordert die Sperlinge auf, in den Victrix-Hangar zu kommen!«

Sergeant war ein Ehrentitel für den Anführer im Oikos. »Wir kommen sofort«, sagte Kyr. »Wegtreten.«

Als sie auf die riesigen Metalltüren des Victrix-Hangars zujoggten, wartete Harriman bereits auf sie. Er war ein großer, weitgehend kahlköpfiger alter Soldat, dem ein ergrauender Haarkranz verblieben war und ein Schimmer in den Augen, der auf sein einst künstlich gesteigertes Sehvermögen hinwies. »Da seid ihr ja«, rief er und reichte Kyr eine Schlüsselkarte und ein Klemmbrett mit einem leeren Lagerprotokoll. »Lagerraum sechzehn«, sagte er. »Ausräumen, katalogisieren, verpacken. Los geht's, Mädels.«

Kyr salutierte. »Sergeant.«

Die anderen Sperlinge stießen einander an und flüsterten miteinander. *Ausräumen, katalogisieren und verpacken* lautete einer der Befehle, die bei Gefangennahme eines feindlichen Raumschiffs erteilt wurden. Eine Victrix-Patrouille hatte offensichtlich den Kampf gegen eindringende Majo gewonnen. Was würde sie erwarten? Ein fettes, dummes Handelsschiff mit irgendwelchen Luxusgütern war das Wahrscheinlichste. Aber vor zwei Jahren hatten die Scythica einen echten Kampfflieger im Schlepptau gehabt, der immer noch irgendwas über die Befehle der Weisheit vor sich hin krächzte. Eine schnittige Killermaschine, wie Kyr sie erst einmal zuvor gesehen hatte, bevor die Systeme-Einheit sie schließlich auseinandernahm.

»... oder Schokolade«, hörte sie Vic Arti zuflüstern. Sie verdrehte die Augen.

Über die Serviceklappe krochen die Sperlinge in den Hangar. Hier hielt eine Victrix-Staffel Wache. Kyr salutierte, die Kämpfer*innen nickten knapp und winkten die Sperlinge durch. Einer von ihnen rauchte eine Zigarette, die er nun aus dem Mund nahm, um sie alle – nein, speziell Lisabel anzulächeln. Lisabel war zu klein, um im Kampf von Nutzen zu sein, aber sie war hübsch. Tabak war Luxus, also waren diese Männer wahrscheinlich in den Kampf verwickelt gewesen und hatten ihn überlebt. Kein Wunder, dass sie so gute Laune hatten.

Der Victrix-Hangar, einer von vieren, war eine lange Höhle, die tief in das Innere des Planetoiden hineinführte. Unter ihnen, am Fuß einer langen, spiralförmig hinabführenden Steinrampe, lag der riesige metallene Rumpf eines nicht mehr funktionsfähigen Raumschiffs. Die *Victrix* hatte einst Tausende durch die Leere getragen, um fremde Welten zu erobern. Große Teile ihres Schiffskörpers fehlten. Sie waren zweckentfremdet worden, um die Station aufzubauen. Der Rest war verbogen und verbeult durch den Beschuss mit Gravitationswaffen. Die Ausstattung des Schlachtschiffs mit leichten Nuklearwaffen und Isaac-Geschossen bildete nun die Basis der Verteidigungsversorgung draußen vor dem Atmosphäresiegel des Hangars. Letzterer war jetzt fast ganz mit liebevoll polierten Kampfschiffen gefüllt, Kurzstreckenmaschinen für ein bis zwei Personen – zur Zeit vor Kyrs Geburt das Beste, was es gab. Sie alle hatten einst im Bauch des zertrümmerten Schlachtschiffs Platz gefunden.

Am Ende des Hangars befand sich etwas Fremdartiges.

Kyr merkte, wie die Sperlinge zögerlich zu ihr aufschlossen.

Mit dem erbeuteten Majo-Schiff war kein Handel getrieben worden, wenn sie auch einen der wenigen Lagerböcke für große Handelsschiffe dafür hatten einsetzen müssen. Es war so schnittig wie ein Kampfschiff, aber zweimal so groß, sodass die Victrix-Wachleute wie Zwerge daneben aussahen. Kyr verengte ihre Augen zu Schlitzen. Noch nie hatte sie so etwas Verrücktes gesehen: Die gesamte Schiffshülle war in extravaganten hellen Farben gestrichen, ein bunter Strudel aus Rot und Blau und Gold.

Unter dem außerirdischen Schiff war ein Majo mit beiden über dem Kopf erhobenen Händen an einen Pfeiler des Lagerbocks gefesselt. Kyr erkannte die Spezies nicht. In der Agoge hatte sie so etwas noch nie gesehen. Das Wesen hatte einen flossenartigen, feinen weißen Kamm, der nun flach an seinem

Schädel anlag, als würde es sich fürchten. Seine zu großen Augen waren von einem sehr blassen Silber. Kyr starrte es an.

Die Victrix-Soldaten versuchten, das Wesen zu bewachen, ohne es ansehen zu müssen. Kyr konnte es ihnen nicht verübeln. »Warum lebt das Ding noch?«, fragte sie.

Das Majo hob seinen Kopf, wobei sich der Kamm ein wenig aufrichtete. In klarem, wenn auch etwas seltsam betonten T-Standard antwortete es: »Weil mein wunderschönes Schiff explodieren wird, sobald ihr mich tötet, und zwar bevor irgendeiner eurer Möchtegernwissenschaftler*innen an diesem kümmerlichen Ort etwas Nützliches davon wird lernen können.«

»Halt's Maul«, sagte eine der Wachen und schlug dem Ding mit dem Handrücken ins Gesicht.

»Bitte denkt daran, dass ich nicht annähernd so robust bin wie ein Mensch«, keuchte das Majo, nachdem es einige Momente um Luft gerungen hatte. Um sein linkes Auge herum erblühte bereits ein gigantisches Veilchen.

»Halt's Maul!«

»Knebelt es«, sagte Kyr pragmatisch.

Der Wächter schnaubte missmutig. Vermutlich ärgerte er sich, dass er nicht als Erster auf diese Idee gekommen war. Kyr nickte Lisabel zu, die ihren Gürtel zur Verfügung stellte. Als der Wächter ihn dem Majo in den Mund stopfte, wehrte es sich nicht. Sobald es auf die Weise zum Schweigen gebracht worden war, zwang sich Kyr, ihren Blick von ihm loszureißen. Es fühlte sich an, als würde sie eine scharfe Handgranate ignorieren, aber sie weigerte sich, Angst zu haben.

»Wir sind hier, um das Schiff auszuräumen und zu verpacken«, erklärte sie den Victrix-Wächtern und zeigte ihnen ihr Klemmbrett.

»Mpf«, machte das Alien und wackelte mit den gefesselten Händen. Wie ein Kind in der Krippe, das im Unterricht drangenommen werden wollte. Das Wesen hatte drei lange Finger und einen kurzen Daumen. Als alle fortfuhren, es zu ignorieren – Kyr bemüht unbekümmert, die Wächter missmutig, die übrigen Sperlinge nervös –, wiederholte es sein »Mpf« noch einmal mit mehr Dringlichkeit.

»Was ist, wenn es wichtig ist?«, flüsterte Lisabel.

Kyr verdrehte die Augen, ging hinüber zur bemalten Fahrzeugluke und griff nach der Klinke.

Grünes Licht blitzte auf, brüllende Hitze, fürchterliche Kälte, und plötzlich lag Kyr drei Meter weiter weg auf dem Boden. Einer der Wächter kicherte. Wütend sprang Kyr auf die Füße. Wer, bitte schön, verbaute Dimensionsfallen in Zivilfahrzeugen?

Dem Majo war es unterdessen gelungen, Lisabels Gürtel auszuspucken. »Was ich sagen wollte«, erklärte es milde, »ist, dass der Schlüssel in meiner Tasche steckt.«

Das Innere des Raumschiffs war genauso albern wie sein Äußeres. Nichts hier drin war nützlich, alles war ein einziges absurdes Durcheinander: schickes Glasgeschirr in den Schränken, die Wände überzogen von einer fremdartigen, mit Ornamenten geschmückten Biomasse, ein ganzer Bereich, der sich als überquellender Kleiderschrank herausstellte. Einige der Kleidungsstücke waren aus seltenen Stoffen genäht. Kyr, die eins nach dem anderen über die Schulter hinter sich warf, hielt inne, als sie auf einmal ein seltsam vertrautes Material zwischen den Fingern spürte. Wolle. Ursa hatte einmal einen Wollschal besessen. Sie hatte gesagt, er habe ihrer Mutter gehört. Dieses Kleidungsstück war eine Art weiße Robe, durchsetzt mit silbernen Wollfäden. An seiner Innenseite war ein Schild angebracht. Kyr entzifferte die Worte auf Majodai. *Hergestellt auf Chrysothemis aus Echter Terranischer Biomasse! Alle Erlöse gehen an das Projekt Geflüchtetenheime zur Umsiedelung der Menschheit.*

Kyr knüllte das Ding zu einem weiß-silbernen Ball zusammen und schleuderte es mit aller Kraft hinaus in den Hangar. Widerlich.

Die gesamte Kleidung wurde unter »Luxusgewebe« ins Lagerprotokoll aufgenommen. Vor den Augen des gefesselten Majo verstauten sie alles in Kisten. Sie hatten das Alien nicht wieder geknebelt, denn es schien so, als wäre es zur Vernunft gekommen. Emotionslos schaute es dabei zu, wie seine Anziehsachen entlang der Nähte aufgerissen wurden. Kyr konnte seinen Gesichtsausdruck nicht genau deuten, aber es wirkte relativ gleichgültig auf sie. Und das machte sie wütend. Sie wollte das Alien *verletzt* sehen.

Kyr tat, als würde sie stolpern, und trat es dabei in die Seite. Dann zog sie sich wieder am Lagerbock hoch und verschwand erneut im Schiffsbauch. Die Wachen ignorierten den Vorfall. Einer von ihnen grinste, aber in die andere Richtung.

Nach etwa einer halben Stunde unterbrach ein weiterer Läufer der Tiger ihre Arbeit. »Sperlinge!«, stieß er hervor. Er salutierte und hielt Kyr ein Durchschlagpapier hin. Die anderen Sperlinge hielten inne. Cleo war gerade dabei gewesen, eine Kiste mit Glasgeschirr auf ihre Hüfte zu stemmen. »Geschwader-Zuordnung!«, rief der Läufer. Kyr nahm den Durchschlag, las den Namen, der daraufstand, und reichte ihn an Lisabel weiter.

Aufmerksam beobachteten alle, wie Lisabel den Durchschlag auseinanderfaltete, obwohl sie bereits wussten, was darinstand. Sogar die Victrix-Wachen sahen neugierig zu. Geschwader-Zuordnungen waren nicht gerade an der Tagesordnung.

Lisabel las und faltete das Papier wieder zusammen. Dann hob sie den Kopf und lächelte. »Krippe.«

»Herzlichen Glückwunsch«, sagte Zen nach einem kurzen Moment der Stille.

Kyr drehte sich zu einem in der Nähe stehenden Soldaten um. »Soldat, deine Flasche?«

Cleo erfasste Kyrs Gedanken und angelte ein paar Gläser aus ihrer Kiste. Sie hatten schließlich auch auf Jeanne angestoßen. Als Kyr den Schnaps auf die Gläser verteilte, spürte sie, wie jemand sie ansah, und blickte auf. Es war Vic. »Du kannst dich nicht immer an alle Regeln halten«, sagte Kyr. »Haus ist Haus.«

Vic zögerte kurz, dann lächelte sie Kyr unsicher, beinahe überrascht an. »Haus ist Haus.«

Arti war leise zu Vic getreten und schlang nun einen Arm um ihre Taille. Albern, dachte Kyr, aber sie würde nichts sagen. Sie gab den beiden ihre Gläser und sie stießen miteinander an. Zen schnaubte ein wenig, als sie ihr Glas bekam, nippte vorsichtig und verzog das Gesicht. Cleo feixte, das scharfe Lächeln wie die Schneide eines Messers, ihre aufrechte Haltung perfekt wie immer. Wortlos erhob sie ihr Glas in Kyrs Richtung, um ihr zuzuprosten, als wären sie seit ihrem Zusammenstoß vor der Agoge in eine Auseinandersetzung verwickelt gewesen, die Kyr nun irgendwie beigelegt hatte.

Als Letztes wandte sich Kyr Lisabel zu und reichte auch ihr ein Glas, umfing die Hände, die es in Empfang nahmen, mit den ihren. Lisabels Augen waren tiefblau. Das Glas funkelte zwischen ihren Handflächen. Kyr hielt noch ein wenig länger fest.

Dann bemerkte sie, dass das Majo sie beobachtete. Es hatte bestimmt gedacht, sie würden hier auf Station Gaia ein trostloses, elendes Leben fristen. Selbst hatte es sein Raumschiff voller Luxusgüter, sein angenehmes Leben, seine kostbaren Gewänder, hergestellt aus den geplünderten Überresten der Erde und ihrer ganzen biologischen Pracht. Aber was es nicht hatte und niemals haben würde, war das, was Kyr das Teuerste war: ihr Haus und ihr Auftrag.

Das Wesen ruckte sein Kinn in Richtung des kristallklaren, mit silbernen Mustern verzierten Glases und sagte: »Die sind *ziemlich* wertvoll, wisst ihr?«

Kyr ließ Lisabels Hand los. Sie trat einen Schritt zurück, nahm sich das letzte Glas und hielt es Lisabel entgegen. »Lieber kämpfe ich in drei Schlachten, als auch nur ein Kind zu gebären.«

Das war der Leitspruch der Krippe. Ein weiteres Stück uralter Erdendichtkunst und eine Anerkennung der Tatsache, dass die Aufgaben der Krippe ebenfalls ein Akt der Tapferkeit waren. Einen Moment lang sah Lisabel Kyr schweigend ins Gesicht. Schließlich lächelte sie, kaum mehr als ein Zucken ihrer Mundwinkel. »Danke.«

»Drei Schlachten«, sagte Cleo plötzlich und hob ihr Glas.

»Drei Schlachten«, echote Vic, und dann wiederholten es die anderen Sperlinge. Alle bis auf Jeanne, die auch hätte dort sein sollen. Dein Haus war schließlich dein Haus, das galt auch nach der Zuordnung.

»Vielleicht haben wir ja Glück und kommen dich bald besuchen«, sagte die Wache, die ihre Flasche gespendet hatte. Lisabel lief rot an und wandte sich ab. Kyr grinste und gab dem Soldaten seinen Flachmann wieder. Dann blickte sie hinüber zum Majo.

»Ziemlich wertvoll, sagst du?«

Das Alien blinzelte sie aus großen silbrigen Augen an. »Genau. Und auch von einigem ideellem Wert.«

»Oh, na, in dem Fall«, sagte Kyr und kippte den letzten Schluck Schnaps hinunter. Sie hielt das kleine schimmernde Glas in die Höhe und betrachtete die seltsamen Muster, die die silbernen Verzierungen im Licht auf den Boden warfen. Dann schleuderte sie es in die Höhe, fing es wieder auf und knallte es gegen die bemalte Verkleidung des Vergnügungsraumschiffs. »Cleo!«

Cleo lachte scharf auf und warf ihr Glas hinterher. Danach taten die anderen es ihnen gleich, erst Vic, dann Arti, dann Zen. Ein Klirren nach dem anderen, als die kleinen, glänzenden Gläser zerbarsten und ihre kristallenen und silbernen Scherben in alle Himmelsrichtungen davonflogen. Zen rief etwas, als sie ihr Glas gegen den Schiffskörper warf, was Kyr nicht verstand, und für einen kurzen Moment kam Leben in ihr sonst so unbewegtes Gesicht. Nur Lisabel stand noch da, das Glas in der Hand. »Los! Trau dich!«, sagte Kyr.

Lisabel warf das letzte Glas so hart vor sich auf den Boden, dass die Scherben wie glitzernde Gischt umherflogen.

»Das halten wir von deinen *ziemlich* kostbaren Gläsern«, sagte Kyr, an das Majo gewandt.

Es erwiderte nichts. Sein blasser Kamm lag wieder flach auf seinem Schädel. Sie hatten ihm Angst eingejagt.

3

FAMILIE

In den darauffolgenden drei Tagen wurden noch zwei weitere von Kyrs Hausgenossinnen zugeordnet: erst Arti zu den Augusta, dann Vic zu ihren geliebten Sonnentrackern. Noch während Artis Zuordnung wurde sie zum Alarmstart gerufen: Majo-Drohnen im Mousa-System, das, galaktisch betrachtet, direkt um die Ecke lag. Kyr spürte, wie ihr die Brust vor unehrenhaftem Neid eng wurde, als sie Arti in Richtung Augusta-Hangar davonsprinten sah.

Vic rief Arti hinterher, aber die drehte sich nicht um.

Kyr stufte Vic an dem Tag zurück auf Level Sieben, nachdem diese in Level Acht gestolpert war und sich zum Affen gemacht hatte. Sie hatte nie verstanden, wie Leute es zulassen konnten, dass irgendeine Sex-Geschichte sie so sehr ablenkte. Es bereitete ihr ein wenig Sorge, dass Vic so offensichtlich Probleme damit hatte. Vic war doch ohnehin schon so flatterhaft und nervös, und es würde für sie alle peinlich werden, wenn sie sich zum Gespött der Leute machte.

Später erreichte sie die Nachricht, dass das Augusta-Geschwader gesiegt hatte, aber noch in Mousa bleiben würde, bis wirklich alles unter Kontrolle war – vier oder fünf Wochen lang. Als Vic am selben Abend ihre Sonnentracker-Zuordnung erhielt, war Kyr erleichtert, denn Vic hatte so ausgesehen, als würde sie sich später in den Schlaf weinen. Ohne Lisabel wäre es in ihrer engen Kadettinnenunterkunft wahrscheinlich Kyrs Aufgabe gewesen, weinenden Genossinnen den Rücken zu tätscheln, aber dazu hatte sie einfach nicht die Geduld.

Drei Sperlinge waren nun noch übrig: Cleo, Kyr und Zenobia. Sie verbrachten ihre Zeit mit Arbeiten im Oikos: mit Kochen, Putzen und dem Umräumen der Lagerräume. Am dritten Tag nach Augustas Abflug wurden sie den Textilien zugeteilt, die sich in einer langen dunklen Kammer weit hinten im Oikos befanden, ganz am anderen Ende, von der Treppe aus gesehen, die zu den Drill-Räumen führte. Sie übernahmen die Schicht von den Staren, sieben fünfzehnjährigen Mädchen, und saßen auf metallenen Klappstühlen zwischen umfunktionierten Plastahl-Regalen, in denen haufenweise Stoffe und Kleidungsstücke lagerten. Sorgfältig nähten sie Risse in blutbespritzten Uniformen und verstärkten Knie und Ellenbogen mit Flicken. Kyr erkannte den Stoff, den sie benutzten. Er war weich und dennoch reißfest und sein Farbton lag knapp neben Marineblau. Er stammte aus dem Kleiderschrank des gefangenen Majo. Kyr fragte sich, ob es schon hingerichtet worden war.

Cleo war genervt. »Wenn sie schon nicht mit der Sprache rausrücken, könnten sie uns wenigstens eine Pausenschicht einlegen lassen, während wir warten«, sagte sie. »Denn wenn wir erst einmal im Training sind, werden wir monatelang keine haben. Mist ...« Sie hatte sich mit ihrer Nadel in den Finger gestochen. »Glaubt ihr, die Majo benutzen für solche Sachen die Weisheit? O mächtiger und gütiger Meister der Realität, mach aus diesen Lumpen wieder Klamotten!«

»Cleo«, sagte Kyr mahnend. Cleo verdrehte die Augen, hielt dann aber den Mund.

Zen schwieg. Sie war immer still gewesen, aber jetzt, da sie nur noch zu dritt waren, machte es sich stärker bemerkbar.

Auch Kyr wäre eine Pausenschicht recht gewesen. Seit ihrem letzten Treffen in der Agricola hatte sie Mags nicht mehr gesehen.

Sie wollte wissen, ob ihr Bruder zugeordnet worden war. Sie wollte wissen, welchem der Geschwader.

Vielleicht Augusta, vielleicht war er draußen auf Patrouille mit Arti. Kyr spürte, wie sich ihre Schultern bei dem Gedanken anspannten. Wenn Mags schon bei einem der Kampf-Geschwader war, während sie hier im Oikos beim *Nähen* festsaß ...

Sie wagte es nie, den Gedanken zu Ende zu denken.

Ein Läufer kam mit einem Durchschlag für Zen herein. Zen wartete, bis er wieder weg war, dann faltete sie sehr langsam den Zettel auseinander. Kyr und Cleo beobachteten sie in merkwürdiger, angespannter Stille. Oikos oder Krippe, dachte Kyr. Auf jeden Fall vorhersehbar. Warum fürchten wir uns so?

»Oh«, sagte Zen schließlich.

»Was?«, fragte Kyr.

Zen antwortete nicht. Dann hielt sie Kyr den Durchschlag hin. *Sperlinge/Zenobia: OIKOS*, las Kyr. Die Unterschrift bestand aus einem J und einem Schnörkel. Jole. Cleo rutschte an Kyr heran und las ebenfalls. Dann atmete sie scharf aus.

»Was?«, fragte Kyr wieder.

Zen sah sie lange an und zog dann die Augenbrauen hoch. »Das Populationsziel.«

»Was ist damit?«

Da spürte Kyr zum ersten Mal den kalten Stachel der Unsicherheit, und dann fiel es ihr wie Schuppen von den Augen. Eine von ihnen musste in die Krippe. Und jetzt waren nur noch zwei übrig: zwei Zuchtkriegerinnen mit den besten Trainingsergebnissen in ihrem Haus. Sie hatte sogar gedacht, es könnte Arti treffen, denn deren Söhne würden gute Soldaten abgeben. Aber der Führungsstab war nicht interessiert an *gut*, oder? Er wollte ... Cleos Söhne. Natürlich! Es musste Cleo sein. Es konnte ja unmöglich Kyr sein. Aber der kalte und logische Teil von Kyrs Gehirn sagte: *Cleo hat nie ihre volle Größe und Stärke erreicht, wenn sie also die Beste wollen* ...

Nein.

Zen nahm Kyr das Papier aus den Händen und blickte sie und Cleo ausdruckslos an.

Dann sagte sie: »Ich habe keine von euch je gemocht. Aber es tut mir leid.«

Und damit ging sie.

Kyr und Cleo saßen auf ihren wackeligen Metallstühlen, zwischen sich nun eine Lücke. Beide hielten sie noch immer ihre Näharbeiten im Schoß. Ohne die fünf anderen Sperlinge fühlte sich der Raum sehr leer an. Schließlich, um die schreckliche Stille zu durchbrechen, sagte Kyr: »Wie hat sie das gemeint, dass sie uns nie gemocht hat?«

»Das war ziemlich eindeutig, Kyr«, sagte Cleo. »Finde ich jedenfalls.« Sie nahm ihre Nadel und stach sie scheinbar wahllos durch ihr Stück Stoff. Dann warf sie dieses ganze marineblaue Durcheinander auf den Boden und sah Kyr an. »Du kennst Commander Jole. Er ist dein Onkel. Du musst es wissen. Wer wird es sein, du oder ich?«

»Was?«

»Krippe«, sagte Cleo. »Du oder ich, Valkyr? Oder wir beide, ha, das wäre doch mal eine Überraschung. Zehn Jahre habe ich damit zugebracht, dich zu besiegen, und zur Belohnung dürfen wir *beide* die nächsten zwanzig Jahre hindurch schwanger sein. Also? Weißt du irgendwas?« In ihrem Gesichtsausdruck lag etwas nicht Lesbares, etwas Fremdes. Kyr hätte behauptet, sie kenne alle Sperlinge so gut wie sich selbst, aber so hatte sie Cleo noch nie erlebt. Mit dünner, harter Stimme sagte sie: »Ich würde es einfach gern wissen. Jetzt. Ich verstehe nicht, warum sie die Entscheidung so in die Länge ziehen. Vielleicht gibt es im Führungsstab jemanden, dem es gefällt, wenn wir uns quälen.«

»Nein«, sagte Kyr bestimmt. Der Führungsstab stand an der Spitze der Menschheit, er diente ihr. So war er nicht. Ihr Onkel Jole war so nicht.

»Du glaubst das wirklich«, sagte Cleo. »Ich wünschte, ich wäre wie du. Ich wünschte, ich könnte auch einfach Dinge nicht *sehen*, so wie du.« Ihre Augen, tiefbraun und ungewöhnlich leuchtend, ruhten auf Kyr. Kyr erinnerte sich an Lisabel, wie sie ihr glänzendes Glas neben dem Majo-Raumschiff emporgehoben hatte. »Du weißt also nichts.«

»Nein«, wiederholte Kyr. Plötzlich hatte sie einen Kloß im Hals. »Die Krippe ist nicht schlecht«, sagte sie. »Es ist ... ein Opfer. Ein edles Opfer. Und man bekommt viele Sachen. Luxus. Schokolade. Man kann sich die Haare wachsen lassen.«

Cleo lehnte sich auf ihrem gefährlich ächzenden Metallstuhl zurück und schloss die Augen. Mit den Fingern fuhr sie über die kleinen Locken ihres kurzen Haars. »Na, *das* wäre doch schön«, sagte sie tonlos. »Und so viel Sex, wie man will.«

»Wirklich?«, fragte Kyr, die darüber noch nie nachgedacht hatte. Aber ja, auch das stimmte.

»Was für ein Spaß«, sagte Cleo. Sie öffnete die Augen und hob ihre Nähsachen vom Boden auf. »Wir haben zu tun, Valkyr. Na los.«

In dieser Nacht waren Kyr und Cleo allein im Schlafraum. Kyr schlief schlecht. Um sie herum standen die leeren Pritschen, auf denen nicht einmal mehr die Decken lagen, die die Kadettinnen bekamen. Energie wurde für wichtige Bereiche der Station gespart, und ohne die fünf weiteren menschlichen Körper war es hier drin wirklich kalt.

Es musste Cleo sein. Sie konnten unmöglich Kyr der Krippe zuordnen. *Unmöglich.* Die Krippe war was für Mädchen wie Lisabel. Irgendjemand musste es schließlich tun, und aus Lisabel wäre nie eine Kriegerin geworden. Kyr hatte lange versucht, eine aus ihr zu machen, und war immer gescheitert. Und wenn es ihr nicht gelang, gelang es niemandem.

Es war nicht so, dass die Arbeit in der Krippe schwer war.

Kyr hatte keine Angst vor schwerer Arbeit, hatte keine Angst zu *dienen*. Und die Krippe war notwendig. Vor dem Krieg hatten die Menschen einfach Kinder gehabt oder eben nicht, ganz so, wie es ihnen gefiel. Bei vierzehn Milliarden Menschen auf der Erde und weiteren acht Milliarden in den Kolonien war das nicht wichtig gewesen. Jetzt sah das anders aus. Bei einem derart kleinen Genpool und ohne die Möglichkeiten genetischer Optimierung musste alles genau geplant werden. Niemand konnte es sich hier leisten, echte Arbeit über Jahre ruhen zu lassen, um ein oder zwei irgendwie geartete Kinder auf wer weiß was für eine misslungene Art aufzuziehen. Die Kinder der Erde waren deren Zukunft und einzige Hoffnung auf Vergeltung.

Die Frauen im Krippen-Geschwader gebaren die Kinder: alle zwei Jahre eins, organisiert nach einem ausgeklügelten Kreuzungsplan, der die genetisch verbesserte Militärlinie der Kriegszucht-Blutlinien so gut wie möglich förderte. Bis zu einem Alter von sieben Jahren wurden die Kinder auch von den Müttern großgezogen. Um unfaire Bevorzugungen zu vermeiden, hatte keine der Frauen Verantwortung für die Kinder, die sie geboren hatte. Kyr war von Corporal Ekker in Hand-Augen-Koordination geschult worden, sie hatte sie Lesen gelehrt, bei Fehlverhalten geschlagen und abends ins Bett gebracht. Corporal Ekker war vor Jahren gestorben. Kyr hatte das Gesicht der Person in dem recyclebaren Sarg nicht erkannt. Ekker war mager geworden, das Fleisch hing ihr schlaff am Körper, die Haare waren grau und dünn.

Mags hatte ein wenig geweint.

Natürlich wusste Kyr, von wem sie abstammte. Commander Jole hatte es ihr erklärt: Warum er ein besonderes Interesse an ihr und Mags hatte, warum sie zu zweit waren, warum sie ihn Onkel nennen durften. Ihr Vater hatte mit Jole zusammen im Hagenen-Geschwader gedient. Ihre Mutter war Junioroffizierin auf der *Victrix* gewesen. Ursa war noch auf die alte Art entstanden, so, wie man es vor dem Krieg gemacht hatte. Kyr und Mags aber wurden erst geboren, als ihre biologischen Eltern bereits tot waren. Der Versuch, eine hochwertige Kreuzung zu erhalten.

Kyr empfand nichts als Respekt für Corporal Ekker. Auch Lisabel gegenüber. Sie würde gut darin sein, Kinder ins Bett zu bringen, sie Lesen und Schreiben zu lehren, sie gesund großzuziehen, bis sie alt genug waren, um in ihr echtes Leben entlassen zu werden, das sich in ihren Häusern und in der Agoge abspielen würde. Aber Kyr selbst ...

Ihre Schultern und ihr Rücken waren steif vor Kälte und Anspannung. Sie *konnten* sie nicht der Krippe zuordnen. Sie war eine Kriegerin, eine Soldatin im Namen der Menschheit. Es wäre Verschwendung. Kyrs Gedanken drehten sich im Kreis. Irgendwann schlief sie über dem Zählen Cleos gleichmäßiger Atemzüge ein.

Auch am nächsten Morgen gab es noch keine Zuordnung für Kyr und Cleo, und auf der Infotafel im Flur vor den Schlafräumen der Kadettinnen waren keine Schichten angeschlagen. Nichts. Ratlos standen die beiden zwischen den geschäftig umherwuselnden Mitgliedern der anderen Häuser. Nun waren die Finken mit den Sechzehnjährigen das Ältesten-Haus. Dann kamen die Stare. Niemand von ihnen sagte etwas zu Kyr, die sich nie die Mühe gemacht hatte, deren Namen zu lernen. Ein Finken-Mädchen blieb stehen, als wollte es etwas sagen, aber Cleo warf ihm einen vernichtenden Blick zu – sogar Kyr, die nur danebenstand, spürte die Kraft darin –, und da überlegte das Mädchen es sich anders.

»Tja«, sagte Cleo schließlich, als der Flur sich geleert hatte. »Vielleicht wollen sie, dass wir raten.«

»Pause«, sagte Kyr. »Wir haben jetzt eine Pausenschicht.«

Kurz schwiegen beide.

»Na gut, warum nicht«, sagte Cleo. »Pause. Wahrscheinlich das letzte Mal für Monate. Oder Jahre, je nachdem. Es gibt ja keine Pause in ...«

»Hör auf damit«, sagte Kyr.

»Glaubst du immer noch, dass es nicht darum geht, uns zappeln zu lassen?«, fragte Cleo. »Welcher Grund könnte sonst dahinterstecken?«

»So wichtig sind wir nicht«, antwortete Kyr. »Der Führungsstab hat Besseres zu tun. Sie sind einfach noch nicht dazu gekommen.«

»Ich frage mich, ob die Jungs schon alle zugeordnet wurden«, sagte Cleo.

Ohne es auszusprechen, machten sich die beiden auf den Weg zu den eigentlich für sie verbotenen Fluren vor den Kasernen der Kadetten. Hier war alles sehr viel größer, denn es gab fast doppelt so viele Jungs wie Mädchen, und auch ein wenig förmlicher. Bänke waren in Reihen aufgestellt, denn manchmal bekamen die Jungs Unterricht oder Schulungen. Den Mädchen war es erlaubt, sofern es ihre Schichten zuließen, sich bei diesen Gelegenheiten hinten zusammenzuquetschen und zuzuhören.

Auch die Infotafel war hier größer, denn in jeder Alterskohorte gab es zwei Häuser. Die Kojoten und die Katzen fehlten, genau wie bei den Mädchen die Sperlinge.

»Wenigstens musst du dir um Mags keine Sorgen machen, der ist bestimmt im Kampf-Geschwader«, sagte Cleo. Als Kyr nicht antwortete, fuhr sie in versöhnlichem Ton fort: »Wir könnten ihn suchen gehen, hm?«

»Nein«, sagte Kyr. Neu zugeordnete Erwachsene begannen sofort mit dem Training. Mags würde beschäftigt sein. »Wir könnten etwas Sinnvolles machen.«

Cleo lachte auf. »Zum Beispiel?«

Sie gingen zum Drill-Trakt. Alle Agoge-Räume waren von den trainierenden Kampf-Geschwadern und Kadett*innen belegt, sie konnten also weder Doomsday noch andere Szenarios durchlaufen und gingen stattdessen zu den Matten.

Kyr hatte in der dunklen, höhlenartigen Haupthalle des Drill-Trakts zu kämpfen gelernt. In der Agoge war sie gegen unzählige Majo-Legionen angetreten. Wenn sich die Gelegenheit bot und ihre Pausenschicht mit einer von Mags zusammenfiel, hatte sie gegen ihn gekämpft. Und auch gegen andere Kojoten, die ihnen zuvor zugesehen hatten, denn kein vernünftiger Kadett ließ die Chance ungenutzt, an sich zu arbeiten. Aber ihre häufigsten Kampfpartnerinnen waren die Sperlinge gewesen. Sie kämpfte mit ihnen, sie kämpfte gegen sie. Sie kannte ihre Körper ganz genau, deren Stärken und Schwächen und Verletzungen, und dennoch konnte sie sich immer noch nicht entspannen, wenn sie hier auf der Matte gegen Cleo antrat. Cleo kannte Kyrs Gewohnheiten und Schwächen genauso gut, wie Kyr die ihren kannte, und im Kampf war sie aggressiv, gnadenlos und unfassbar schnell.

Sie kämpften. Kyr siegte. Sie kämpften weiter. Kyr siegte wieder, aber nur knapp. Die dritte Runde ging an Cleo. Leise führte der aufsichtshabende Trainer seine Schützlinge – die siebenjährigen Zuchtkrieger aus dem Haus der Tiger – durch die Halle, damit sie zuschauen konnten. Kyr blendete das Hintergrundstakkato seiner Kommentare und Kritik aus, sie galten nicht ihr. Cleo und sie waren nur mit sich beschäftigt, sie griffen an, verteidigten sich, schlugen wieder zu, fielen zurück, umkreisten einander, atmeten schwer – und, oh Gott, es war so gut. Cleo rang Kyr einen weiteren Sieg ab. Die Vergeltung folgte auf dem Fuße, Kyr drückte sie mit dem Gesicht nach unten in die Matte und verdrehte ihr die Arme auf dem Rücken. »*Fick dich*«, keuchte Cleo, als Kyr sie losließ, die funkelnden Zähne zu einem Grinsen entblößt.

Das könnte das letzte Mal sein, hörte Kyr sich selbst denken. Sie schob den Gedanken mit aller Kraft beiseite.

Die Schichtglocke läutete ein ums andere Mal. Die Tiger liefen zu ihrer nächsten Schicht und machten Platz im Publikum für eine Gruppe erwachsener Männer in marineblauen Uniformen aus dem Scythica-Geschwader, das Abzeichen mit dem silbernen Pferd am Kragen. Immer noch schenkte Kyr den Vorgängen um sich herum keine Aufmerksamkeit, doch plötzlich nahm sie ein vertrautes, jüngeres Gesicht wahr. Das letzte Mal, als sie ihn gesehen hatte, war er noch ein Kojote gewesen, einer von Mags' Hausgenossen. Wahrscheinlich hatte er den anderen ihre Namen verraten – *Cleopatra* und *Valkyr* –, die die Soldaten um sie herum nun riefen, wann immer eine von ihnen einen Treffer landete. Kyr ignorierte sie genauso, wie sie die Tiger ignoriert hatte, auch dann noch, als sie lauter und aufdringlicher wurden. Allein der nächste Schlag hier auf der Matte zählte, der nächste und wieder der nächste ...

Mit voller Wucht rammte Cleo sie in den Boden. Jubel brandete auf, gefolgt von einem merkwürdigen Lachen. Kyr sah auf. Cleo hielt ihr die Hand entgegen, ihr Ausdruck wieder kalt und undurchdringlich. Aber er schien nicht Kyr zu gelten. »Wir sind fertig«, sagte sie und zog Kyr auf die Füße. »Lass uns verschwinden.«

Bis sie den Drill-Trakt verlassen hatten, sagte sie nichts mehr. Beide waren sie schweißnass, aber Cleo marschierte geradewegs an den Duschen vorbei. Kyr merkte, dass ihr Pferdeschwanz sich gelöst hatte, und richtete ihn. »Arschlöcher, Arschlöcher, Arschlöcher«, murmelte Cleo. »Ich wasche mich in der Kaserne. Komm.«

Vor Kälte zitternd, saß Kyr geduscht im unbeheizten Schlafraum. Aus ihrem Pferdeschwanz tropfte kaltes Wasser in ihren Nacken. »Immer noch keine Zuordnung«, stellte Cleo fest.

Kyr sagte nichts.

»Hast du sie gehört?«, fragte Cleo. »Hast du gehört, was sie gerufen haben?«

»Ist doch egal«, antwortete Kyr. »Das ist nicht wichtig. Das sind einfach nur Soldaten, die sich wie Soldaten aufführen. Sie arbeiten hart und dürfen auch mal ...«

Sie brach ab, weil sie immer noch nicht genau wusste, was die Soldaten eigentlich getan hatten. Oder warum es sich so seltsam unangenehm anfühlte, daran zu denken.

»Es ist nicht wichtig«, wiederholte sie.

Cleo saß auf ihrer Pritsche, das Gesicht in den Händen verborgen. »Ich wünschte, ich wäre tot.«

Kyr verstand nicht gleich. »Das meinst du nicht so.«

»Du hast keine Ahnung, was ich meine, Kyr. Du hast von nichts eine Ahnung«, blaffte Cleo sie an. »WORAUF WARTEN SIE? Sag es mir! Sag es mir endlich!« Für einen kurzen Moment blieb sie still, dann sagte sie: »Ich werde es sein. Ich werde es sein, die in die Krippe kommt, oder? Lisabel und ich.«

»Ich weiß es nicht«, erwiderte Kyr.

»Du kannst es nicht sein«, sagte Cleo. »Du bist die Beste von uns. Unsere unerschrockene Anführerin. Joles Liebling. Du kannst es nicht sein, also bin ich es.« Sie legte sich auf den Rücken und starrte an die Decke. »Ich möchte es einfach hinter mir haben. Ich halte es nicht mehr aus.«

Kyr stand auf.

»Was machst du?«

»Ich gehe fragen«, sagte Kyr. »Er ist mein Onkel, du hast recht.« Sie schluckte. »Ich gehe und frage Commander Jole.«

Joles Unterkunft befand sich bei den Quartieren des Führungsstabs, in der Nähe der Agricola. Es gab eine Abkürzung, die durch den Krippen-Trakt führte, aber Kyr entschied sich für den längeren Weg am Augusta-Hangar vorbei. Jole bewohnte nur zwei Räume, ein bescheidenes Wohnzimmer und eine Schlafkammer, die einer Mönchszelle glich. Ihm hätte mehr zugestanden, und Kyr respektierte und liebte ihn umso mehr dafür, dass er nichts davon in Anspruch nahm. Jole war vollkommen selbstlos. Alles, was er tat, tat er für andere. Sogar das Minimum an Luxus, auf das jeder Soldat und jede Soldatin ein Anrecht hatte, lehnte er für sich selbst ab.

Kyr legte die Hand an die Tür und schob sie auf. Ein warmes Gefühl durchströmte sie. Das letzte Mal, als sie hierhergekommen war, war sie sieben Jahre alt gewesen und hatte über den schwarzen Punkt geweint, den sie für ihre Unpünktlichkeit bekommen hatte. Damals hatte sie noch nicht begriffen, dass es ihren Hausgenossinnen gegenüber nicht fair war, zu ihrem Onkel zu laufen, um sich über ihre Bestrafung zu beschweren. Er hatte ihr die Tränen mit einem altmodisch gemusterten Taschentuch weggewischt und ihr die Sache geduldig erklärt. Ja, Mags und sie lagen ihm am Herzen. Ja, sie waren seine Familie und damit etwas Besonderes. Aber alle echten Menschen gehörten zu dieser Familie und waren besonders: Ganz Gaia diente dem großen Ziel. Die Sperlinge waren Kyrs Schwestern.

Kyr war an jenem Tag mit Onkel Joles Gesichtsausdruck im Kopf, der eine neue Entschlossenheit in ihr entfacht hatte, in ihr Haus zurückgekehrt. Es bedeutete so viel, von einem Menschen wie ihm ernst genommen zu werden. Er war ein Held. An jenem Tag hatte Kyr entschieden, dass auch sie eine Heldin werden wollte.

Onkel Jole hatte ihr damals gesagt, sie solle ihn nicht wieder aufsuchen, und das hatte sie bisher auch nicht getan. Aber sie hatte nach wie vor eine gewisse Priorität. Sie waren nach wie vor eine Familie.

Jole war nicht da. Das Wohnzimmer war noch immer so schlicht, wie sie es in Erinnerung hatte. Auf dem Schreibtisch stand ein gerahmtes Bild von Kyrs biologischer Mutter, einer breit lächelnden blonden Frau, deren Name am Bildrand geschrieben stand: *Elora*. Daneben lag ein Gerät, das Kyr nicht im Traum angefasst hätte – der Führungsstab hatte alle möglichen Befugnisse, die die ihren bei Weitem überstiegen. Auch die Fotografie sah sie sich nicht aus der Nähe an. Sie setzte sich auf den Stuhl, der der Tür am nächsten war, und wartete.

Als sie noch klein war, hatte es in diesem Zimmer ein Ausziehbett gegeben, das ihrer Schwester Ursa. Ursa hatte natürlich zu einem Haus gehört, aber geschlafen hatte sie hier. Vor dem Ende der Welt hatte Jole ihrer Mutter das Versprechen gegeben, sich um Ursa zu kümmern, und dieses Versprechen hatte er nie vergessen. Die schönste Belohnung in Kyrs Kindheit hatte darin bestanden, dass sie aus der Krippe abgerufen und hierhergebracht wurde, in diese schlichten Räume im Führungsstab-Quartier, um ihre große Schwester und ihren Onkel zu sehen. Niemand sonst hatte eine große Schwester wie Kyr und Mags. Niemand sonst hatte einen Onkel. Die acht Jahre ältere Ursa hatte Kyr oft auf den Schoß genommen und ihr das Bild ihrer gemeinsamen Mutter gezeigt. Mags hatte ihr über die Schulter geschaut – Kyr war Ursas Liebling gewesen.

Vielleicht war es diese Sonderbehandlung, die Ursa auf den falschen Weg geführt hatte.

Kyr wollte nicht eindösen, aber die lange, schlaflose Nacht und die Stunden im Drill-Trakt hatten ihre Spuren hinterlassen. Immer wieder fielen ihr die Augen zu. Sie schlief ja nicht, sie wartete nur. Sie konnte doch mit geschlossenen Augen warten. Hier musste sie vor nichts auf der Hut sein. Diese Räume waren die sichersten im ganzen Universum.

Ein lautes Krachen und Rufen weckten sie. Sie erschrak so sehr, dass sie beinahe vom Stuhl gefallen wäre. Im Türrahmen stand Jole mit gezogener Waffe, seine Brust hob und senkte sich in schnellem Rhythmus. Kyr starrte ihn an. Das Krachen musste von der aufgerissenen Tür gekommen sein.

»Valkyr«, sagte Jole nach einer endlos scheinenden Sekunde. Er atmete tief ein und senkte seine Waffe. »Entschuldige. Mir wurde nur ein unerwartetes Betreten meiner Räume gemeldet.«

»Sir?«

»Es wäre nicht das erste Mal gewesen, dass es jemand mit bösen Absichten bis zum Führungsstab schafft, Liebes. Ich habe nicht mit dir gerechnet.«

Kyrs Körper versteifte sich. »Sie schicken Leute, um dich zu töten?«

»Verräter und Kollaborateurinnen«, antwortete Jole. »Und die üblichen Fehlgeleiteten, Dummen und Schwachen. Ist schon vorgekommen.«

Kyr konnte es nicht fassen. Mörder*innen? *Hier?*

»Aber ... Und du hast noch nicht einmal einen Leibwächter!«

»Ich habe keine Angst«, sagte Jole und lächelte. »Aber wenn es den Feinden und Feindinnen der Menschheit je gelungen wäre, jemanden wie dich zu rekrutieren, Valkyr, dann sähe das wahrscheinlich anders aus.«

»Ich würde *niemals* ...«

»Natürlich nicht. Das weiß ich doch.« Jole kam ins Zimmer gehumpelt und schloss die Tür hinter sich. Mit leisem Stöhnen setzte er sich auf den Schreibtischstuhl. Seine Hand fuhr über seine Seite, kurz oberhalb des schlechten Beins, und einen Moment lang grub er seinen Daumen hinein. Dann sah er Kyr mit seinen grauen, freundlichen Augen an. »Ich bin froh, dass du gekommen bist«, sagte er. »Es war eine anstrengende Woche, aber ich hatte vor, morgen nach euch zu schicken. Ich schätze, die letzten Tage waren nicht einfach.«

»Wir haben keine Zuordnung erhalten«, sagte Kyr. »Cleo und ich. Und heute Morgen hatten wir keine Schicht.« Sie schluckte. »Sir. Ich bin gekommen, um zu fragen. Für uns beide. Ich weiß, dass ich das nicht tun sollte. Aber Cleo ...« Kyr brach ab, denn es schien keinen Weg zu geben, ihm zu erklären, wie es um Cleo stand, ohne sie vor einem befehlshabenden Offizier schwach zu nennen, was in Kyrs Augen auch nicht der Wahrheit entsprach. »Bitte«, sagte sie nur.

»Ihr habt Zuordnungen, Valkyr. Ich habe sie selbst unterschrieben.« Jole griff in seine Tasche und holte zwei Durchschläge heraus. »Hier. Einen Tag früher.«

Zwei Blätter: eines mit ihrem Namen darauf, eines mit *Cleopatra*. Langsam steckte Kyr Cleos Durchschlag ein und entfaltete ihren.

Sie ließ das Papier beinahe fallen, während sie es glatt strich.

Sperlinge/Valkyr: KRIPPE. Und darunter das J und der Schnörkel.

Kyr atmete aus. Atmete ein. Und wieder aus. Als sie glaubte, ihr Gesicht wieder unter Kontrolle zu haben, blickte sie auf. Jole sah sie ernst an.

»Warum?« Kyrs Stimme brach.

»Muss ich dir wirklich unsere Populationsziele erklären?«

»Nein, ich, ich meinte ...« Kyr unterbrach sich, denn sie diskutierte gerade mit einem älteren Offizier – ihrem *Commander* –, was sie normalerweise niemals getan hätte.

»Du meintest, warum du?«

Sie spürte Cleos Zuordnung in ihrer Tasche. Es war nicht die Krippe. Es würde etwas anderes sein, denn Kyr war diejenige, die in die Krippe geschickt wurde. Sie sagte nichts.

»Wir müssen dienen, Valkyr. Das weißt du.«

»Ja, ich weiß«, sagte Kyr. Ihre Stimme klang immer noch nicht ganz richtig.

»Ich verstehe, was du sagen möchtest«, sagte Jole. »Du möchtest mich an deine Trainingsergebnisse erinnern, an deine

Fähigkeiten, daran, wie hart du gearbeitet hast. Das ist nicht der Dienst, den du wolltest. Ich verstehe.«

»Ich kann kämpfen«, sagte Kyr.

»Das kannst du«, erwiderte Jole. »Und du kannst andere im Kampf trainieren, was du mit deiner Arbeit in deinem Haus bewiesen hast. Und du bist in einer herausragenden körperlichen Verfassung. Und deine Söhne, Valkyr, werden alles sein, was du bist, und mehr. Du könntest eine großartige Soldatin werden, aber du wärst nur eine. Wir brauchen viele mehr. Gaia bittet dich darum, den Kindern der Erde eine Mutter zu sein. Hast du Angst?«

»Es ist nicht fair«, sagte Kyr leise und schämte sich sofort. War sie ein Kleinkind? Nicht einmal die dumme kleine Amsel, die das Wasser verschwendet hatte, hatte sich beschwert.

»Lehnst du deine Zuordnung ab, Valkyr?«, fragte Jole streng. In seinem Gesicht war nun keine Spur mehr von Kyrs Onkel, in diesem Augenblick war er nur ihr Commander. Kyr starrte ihn an und erinnerte sich beschämt an die Gerüchte, die Ursas Verschwinden von der Station begleitet hatten.

Kyr war nicht wie ihre Schwester. Die Verräterin.

»Ich werde dienen, Sir.« Es gelang ihr nicht, ihre Stimme fest klingen zu lassen, aber sie versuchte es dennoch.

Ein Moment der Stille trat ein.

»Gibt es noch irgendetwas, Kyr?«, fragte Jole.

Was ist mit Mags? Kyr konnte die Worte nicht sagen. Warum sollte es auch wichtig sein? Sie kannte nun ihre Pflicht.

»Nein, Sir.«

»Du kannst dir den restlichen Tag freinehmen. Sergeant Sif erwartet dich erst morgen in der Krippe.«

»Jawohl, Sir.«

»Wegtreten.«

Kyr nickte. Blindlings lief sie zur Tür, erinnerte sich zu spät daran zu salutieren.

»Kyr«, sagte ihr Onkel hinter ihr.
Kyr zögerte.
Jole lächelte, als sie sich zu ihm umwandte, aber in seinen Zügen lag dennoch eine gewisse Traurigkeit. »Ich bin stolz auf dich«, sagte er. »Ich sage das nicht oft genug.«

4

KRIPPE

Kyr stolperte aus Joles Quartier, eine Hand an der Wand, um sich abzustützen. Ihre Füße schienen ihr nicht zu gehorchen, und ihr Magen rebellierte. Sogar ihre Sicht war verschwommen – Schock. Sie stand unter Schock. Das war erlaubt. Es war in Ordnung, dass sie schockiert war.

Aber Kyrs Körper war das an ihr, was sie am besten verstand, und sie ertrug es nicht, dass er sich so derart danebenbenahm. Als sie ein gutes Stück zwischen sich und die Unterkunft ihres Onkels gebracht hatte, duckte sie sich in einen kleinen Nebengang – gedämpftes Licht, nackte schwarze Steinwände, niemand kam je hierher – und machte ein paar Atemübungen, um sich ein wenig zu beruhigen.

Und ausatmen.

Kyr stellte sich gerade hin. Sie wackelte mit den Zehen. Sie schüttelte ihre Schultern aus. Sie verschränkte die Finger und streckte ihre Arme nach oben über ihren Kopf, dann nach vorn, dann hinter sich. Sie spürte, wie sich ihre Wirbel lockerten. Sie tat genau das, was sie immer tat, kurz bevor sie ein höheres Level im Doomsday-Szenario durchlief. Genauso hatte sie sich gedehnt, als sie das letzte Mal versucht hatte zu gewinnen. Was ihr nicht gelungen war. Weil es nicht möglich war. Und das war alles, worum es hier ging.

Und ausatmen.

Das ist nicht der Dienst, den du wolltest, hatte Jole gesagt. Aber es war der Dienst, den die gewaltsam zerstörte Erde von Kyr verlangte. Er war bedeutsam. Er war wichtig. Sie würde einen wertvollen Beitrag leisten, einen Beitrag, den jemand wie Lisabel nicht leisten konnte. Körperliche Ertüchtigung. Vorbereitung. Der Führungsstab hatte beobachtet, wie Kyr mit den schwächeren Sperlingen trainierte, um ihre Ergebnisse zu verbessern, und er hatte befunden, dass das von Nutzen sein würde. Kyr hätte stolz sein sollen.

Aber es fühlte sich an, als hätte man ihr ein Messer in den Rücken gerammt.

Sei *stolz*. Ihr Onkel Jole war stolz auf sie. Bedeutete das gar nichts? Aber wenn er wirklich stolz auf sie war, warum ...

Ausatmen. Beende diesen Gedanken nicht.

Kyr hob den Kopf und verlagerte ihr Gewicht von einem Fuß auf den anderen. Der Durchschlag mit Cleos Zuordnung steckte noch immer in ihrer Tasche. Das Herz voller Scham, zog sie ihn heraus und faltete ihn auseinander. Er war nicht für sie. Sie hatte kein Recht.

Sperlinge/Cleopatra: VICTRIX. Commander Joles Unterschrift und darunter die von Admiral Russell, dem Oberbefehlshaber des Victrix-Geschwaders.

Okay.

Kyr steckte den Zettel zurück in ihre Tasche.

Sie überlegte, ob sie zur Agoge zurückgehen sollte. Sie hatte einen freien Tag – nicht nur eine freie Schicht, einen ganzen Tag. Sie konnte tun, was auch immer sie wollte. Das Doomsday-Szenario durchlaufen, Stunde um Stunde. Vielleicht würde sie ja heute gewinnen. Wenn sie gewann, vielleicht ...

Kyr wusste, dass es absolut nichts an ihrer Situation ändern würde, wenn sie gewann. Wenn man in der Agoge bewies, dass man imstande war, die Welt zu retten, hieß das noch lange nicht, dass man es auch tatsächlich konnte oder dass auch nur irgendjemand es einen versuchen lassen würde.

Sie stand noch immer in dem dunklen, stillen Felsgang, den Rücken nun an die Wand gelehnt. Der Stein ihres Heimatplanetoiden war so kalt, dass sie ihn durch ihre graue Kadettinnenuniform spürte. *Einatmen, ausatmen.* Aber sie konnte trotzdem zur Agoge gehen. Wenn sie erst einmal schwanger war, würde ihr niemand mehr erlauben, Level Zwölf zu durchlaufen.

Wahrscheinlich würde sie überhaupt nicht mehr trainieren dürfen. Alle machten ihre Späße darüber, wie einen die Krippe verweichlichen ließ. Ärztliche Versorgung den ganzen Tag auf Abruf, nur das beste Essen. Mehr Luxus, als es irgendjemandem außer Soldat*innen zustand, und die Erlaubnis, nach allem zu verlangen außer Alkohol. Aber sogar den bekamen sie, denn die Soldaten boten nur zu gern ihre eigenen Luxusgüter an, wenn sie dafür etwas Zeit mit einem verbringen durften, ein wenig Trost erhielten, vielleicht eine kleine Liebesaffäre anfangen konnten und daraus Kinder hervorgingen, die ihnen das Gefühl gaben, eine Zukunft zu haben, wenn sie draußen in der Ödnis des Weltraums, die alles war, was von der einstigen Herrlichkeit des Menschengeschlechts noch übrig war, auf Patrouille gingen. Niemand erwartete von den Frauen in der Krippe, dass sie sich für den Kampf fit hielten. Sie mussten nicht mehr vorweisen als das Zertifikat für kleine Waffen, das man als zehnjähriges Kind erlangte, denn, ganz ehrlich, sie hatten ja auch keine Zeit für so etwas.

Kyr würde also keine Gelegenheit zum Trainieren mehr haben. Sie würde nichts haben. Nicht einmal ihr Körper würde noch ihr gehören. Corporal Ekker war in ihrer Erinnerung immer beeinträchtigt gewesen, hatte sich immer über ihre geschwollenen, schmerzenden Füße, ihren schmerzenden Rücken und Kopf beklagt und dauernd etwas gebraucht, worauf sie sich setzen konnte. Der höchste Rang, den man in der

Krippe erlangen konnte, war Sergeant, Geschwader-Chefin, und sogar der war lediglich ein Ehrentitel.

Niemand nahm die Frauen in der Krippe ernst. Dafür waren sie nicht da.

»Atme«, sagte Kyr laut zu sich selbst und erkannte ihre eigene Stimme nicht.

Sie machte sich auf den Weg zurück zur Kaserne.

»Und?«, fragte Cleo und richtete sich ruckartig auf ihrer Pritsche auf. »Wie tief steckst du in der Scheiße?«

»Überhaupt nicht«, sagte Kyr. »Alles in Ordnung.« Sie holte das Papier aus ihrer Tasche und warf es Cleo zu. Es eignete sich nicht dazu, geworfen zu werden, und driftete ab. Cleo schnappte es sich dank ihres guten Auges für räumliche Bewegung aus der Luft. *Ist es, weil sie eine bessere Schützin ist als ich?*, dachte Kyr. Aber der Gebrauch von Projektilwaffen war eine untergeordnete Disziplin. In einer weltraumgebundenen Umgebung konnte man sie nicht verwenden; man ging das Risiko ein, zu ersticken, wenn man ein Loch in die Außenwand schoss. Kyr war definitiv besser im *echten* Kampf. Zwei von drei Kämpfen hatte sie heute Morgen gewonnen, als erst die Tiger und dann die Scythica zugeschaut hatten.

Hastig faltete Cleo das Papier auseinander. Dann hielt sie inne.

»Victrix?«, sagte sie leise.

Kyr schwieg.

Cleo sah auf, die dunklen Augen stechend. »Was ist mit dir?«

Und Kyr log.

»Keine Ahnung«, sagte sie. »Anscheinend gibt es noch keine Entscheidung. Ich habe immer noch Pause.«

Sie hatte erwartet, dass Cleo Zweifel an ihrer Geschichte haben würde. Aber dem war nicht so. Sie schüttelte einfach nur den Kopf und sah wieder hinab auf das Papier in ihren

Händen, als erwartete sie, dass dort nun etwas anderes stehen würde. »Victrix«, wiederholte sie. »Kampf-Geschwader. Ich hab es *geschafft*.«

»Herzlichen Glückwunsch«, sagte Kyr. Sie hatten nichts, womit sie hätten anstoßen können, also tat sie so, als würde sie ein Glas hochheben, und kam sich dann blöd vor. Trotzdem sagte sie den Victrix-Leitspruch für Cleo auf: »Sieg oder Tod.«

»Sieg oder Tod«, flüsterte Cleo.

Sie stand auf, steckte das Papier in ihre Tasche und sah dann Kyr an. »Es gibt etwas, was ich dir schon immer einmal sagen wollte. Und vielleicht ist dies die letzte Gelegenheit.«

»Dann raus damit«, erwiderte Kyr.

Cleos Mundwinkel hoben sich. »Okay«, sagte sie. »Du bist eine verdammte Bitch, Kyr, und alle hassen dich. Ich hoffe, du kommst in den Angriff und stirbst.«

Kyr schluckte. Eigentümlicherweise hatte sie das Verlangen, zu weinen. *Angriff*: die Rache der Menschheit. Das Geschwader, das es nicht gab.

Cleo atmete aus. »Das hat sich nicht so gut angefühlt, wie ich es mir vorgestellt habe«, sagte sie. »Trotzdem, jedes Wort ist wahr. Versprochen.«

»Ich weiß«, sagte Kyr.

»Vielleicht nicht jedes Wort«, sagte Cleo. »Ich melde mich lieber zum Dienst.«

»Sie erwarten dich sicher.«

»Genau. Also ... mach's gut.«

Cleo legte kurz die Hand auf Kyrs Schulter, als sie an ihr vorbei und das letzte Mal aus dem Schlafsaal der Sperlinge marschierte. Kyr sah ihr nach. Cleo drehte sich nicht um. Kein Sperling hatte sich umgedreht.

Kyr war allein.

Sie wollte mit jemandem reden. Sie wollte ihr Haus, ihre Schwestern, genau wie Jole es ihr vor so langer Zeit gesagt hatte – ihre Familie. Aber nun waren alle über die Station verteilt, jede hatte einen neuen Schlafsaal, eine neue Schwesternschaft. Und Kyr dachte in diesem Moment nicht an Cleo, die gesagt hatte: *Alle hassen dich.* Cleo war dramatisch. Man durfte sie nicht zu ernst nehmen.

Doch Zen war ganz ruhig gewesen, bevor sie ging. Sie war immer ruhig. Und so nüchtern, als würde sie nach einem Wischmopp fragen, hatte sie gesagt: *Ich habe keine von euch je gemocht.*

Es war unmöglich, dass die Sperlinge Kyr wirklich hassten. Es war doch ihr Haus! Sie *gehörten* ihr. Aber aus dem hintersten Winkel ihres Gedächtnisses kroch nun eine drei Jahre alte Erinnerung an Jeanne, Arti und Cleo hervor. (Sie waren die drei tapfersten, dachte Kyr nun zum ersten Mal.) Gemeinsam hatten sie Kyr für den harten Drill kritisiert, den sie Lisabel aufgezwungen hatte. Sie hatten sie gebeten aufzuhören, und das hatte sie dann auch getan.

Sie hatte das sowieso schon selbst in Betracht gezogen. Lisabel war einfach nicht gut in den wirklich wichtigen Dingen. Die winzigen Verbesserungen, die Kyr aus ihr hatte herausholen können, waren die Zeit nicht wert gewesen, die Kyr dafür von ihrem eigenen Training geopfert hatte. Und auch nicht, Lisabels erschöpften, hoffnungslosen Heulattacken beiwohnen zu müssen. Und abgesehen davon, war es ihnen allen schon im Alter von vierzehn Jahren klar gewesen, dass Lisabel in der Krippe landen würde.

Das Haus gehörte zu einem, und man war für jede einzelne Hausgenossin verantwortlich. Es war richtig von Kyr gewesen, es zu versuchen, und es war richtig von ihr gewesen, wieder damit aufzuhören. Sie hatte sich nie weiter Gedanken über die ganze Geschichte gemacht.

Ich hab euch nie gemocht, hatte Zen gesagt, als wäre es eine allgemein bekannte Tatsache. Als hätte Kyr es sowieso schon wissen müssen.

Wo sollte sie nun hin? Mit Sicherheit nicht in die Agoge, um sich in allem zu suhlen, was sie nun verlieren würde. Nicht in ihr Haus, das es nicht mehr gab. Nicht zu ihrem Bruder. Kyr wusste ja nicht einmal, wo er war. Und es ging sie auch nichts an. Ihre einzige Aufgabe war es zu dienen.

Es gab wirklich nur einen Ort, an den Kyr gehen konnte.

Sie machte sich auf den Weg zur Krippe.

»Kyr!«, rief Lisabel.

Sie sah verändert aus. Die Kleiderordnung in der Krippe war nicht allzu streng, und Lisabel trug zwar eine ordentliche graue Uniformjacke, dazu aber einen *Rock*. Und sie hatte ihr dunkles Haar nicht zusammengebunden, es fiel offen über ihre Schultern. Als sie lächelte, traten kleine Fältchen in ihre Augenwinkel. Sie schien sich zu freuen, Kyr zu sehen. »Was machst du hier?«, fragte sie.

»Ich bin bis morgen noch nicht offiziell zugeordnet und habe heute einen Tag Pause.«

Das stimmte beides und entsprach trotzdem nicht der Wahrheit. Kyr hatte bis eben nicht gewusst, was sie sagen würde. Lügen zu erzählen war sie nicht gewohnt, sie waren unter ihrer Würde. Aber sie schob die Gedanken beiseite, überwältigt von der Erleichterung, Lisabel lächeln zu sehen. *Da*, sagte ihr Herz. Wenn irgendjemand im Haus der Sperlinge das Recht dazu hatte, böse auf Kyr zu sein, dann Lisabel. Aber sie war es nicht. Alles war gut.

»Bist du gekommen, um mich zu sehen?«, fragte Lisabel und lächelte noch mehr. »Wir können beim nächsten Läuten sprechen. Wartest du auf mich?«

»Okay«, sagte Kyr.

Es lag nicht in Kyrs Natur, herumzusitzen und nichts zu tun, also half sie bei der Essensausgabe. Müde Frauen teilten abgemessene Portionen Eiweißfraß und Gemüse an die Kinder zwischen zwei und sieben aus, die alt genug waren, selbst zu essen. Ältere Mitglieder der Einheit liefen zwischen den Tischen umher und achteten mit Argusaugen darauf, dass sich alle ordentlich benahmen. Kyr entdeckte Sergeant Sif, eine große dunkelhäutige Frau, ihre zukünftige Befehlshaberin, die gerade einer geschwätzigen Gruppe einen Vortrag hielt. Sergeant Sif war nie durch die Agoge gekommen. Sie kam von draußen, war eine der Erwachsenen, die Kollaboration und Unterwerfung hinter sich gelassen und die Station Gaia aufgesucht hatten, um aus freien Stücken einen neuen Namen und eine neue, höhere Aufgabe anzunehmen. Dafür musste man ihr Respekt zollen.

Kyr beobachtete sie einen Augenblick lang. Sie war hochschwanger und legte sich immer wieder eine Hand ins Kreuz.

Die Mahlzeiten in der Krippe waren ernsthafte Angelegenheiten. Lebensmittelverschwendung war das schlimmste aller Verbrechen. Gleich danach kamen Albernheit und Geschnatter und seinen Teller nicht leer zu essen. Freiwillige, die gerade eine Pausenschicht hatten, waren zum Abwaschdienst eingeteilt. Am anderen Ende der langen Halle beaufsichtigten Frauen, wie die Kleinkinder gefüttert wurden. Wer gerade stillte, war bei den Babys.

Kyr suchte sich einen Platz bei den Geschirrwannen, nahm Schüsseln aus den kleinen Händen nervös dreinblickender Kinder entgegen und schleppte die Stapel zu den Waschbecken. Es war langweilig, aber wenigstens erwartete niemand von ihr, dass sie mit den Kindern redete. Aus den Augenwinkeln konnte sie sehen, wie Lisabel geduldig ein Kleinkind fütterte, das ganz eindeutig nicht gefüttert werden wollte.

Als die Glocke ertönte, ging die ganze Einheit reibungslos zur Unterrichtsschicht über, die nur hier in der Krippe existierte. Kyr vermisste sie nicht. Auch zehn Jahre später erinnerte sie sich noch daran, wie sehr sie sich immer gelangweilt hatte in den nicht enden wollenden Lektionen zur Menschheitsgeschichte. Sie hatte den unfairen Vorteil gehabt, zu wissen, dass ihre Lehrerin schlecht war: Sowohl Onkel Jole als auch Ursa hatten sie in Geschichte unterrichtet, und das war so *lebendig* gewesen.

Lisabel kam zu ihr herüber. »Wir können uns in die Küche setzen«, sagte sie. »Hier lang.«

»Du hast da ...« Kyr zeigte auf Lisabels Jacke.

Lisabel versuchte, den Spritzer Eiweißmatsch von ihrer Uniform zu wischen. Zurück blieb ein verschmierter bräunlicher Fleck. »Na ja«, seufzte sie. »Setz dich doch.«

Die Küchenräume der Krippe waren kleiner als die im Oikos, welche oft spontan und von der gesamten Station genutzt wurden und in denen außerdem alle Häuser ihre Mahlzeiten einnahmen. Drei erschöpft wirkende Frauen waren gerade mit dem Abwasch fertig geworden. Kyr half, ohne nachzudenken, beim Abtrocknen und Wegräumen des Geschirrs. Sie spürte Lisabel dicht neben sich. Sie sprachen nicht.

Vielleicht würde sie das hier von nun an jeden Tag tun.

Als die Küche sauber und die Gruppe der anderen Frauen gegangen war, setzte sich Kyr auf einen der uralten Metallklappstühle. Lisabel ging zu einem Schrank und holte zwei Gläser heraus. »Die kenne ich doch«, sagte Kyr.

Sie stammten vom Majo-Vergnügungsschiff und trugen das gleiche Muster wie die, die die Sperlinge zerschmissen hatten. »Oh«, sagte Lisabel. »Ja. Ich glaube, einer der Victrix-Offiziere hat sie uns gebracht.« Einen Moment lang betrachtete sie die Gläser in ihren Händen und verzog ein wenig das Gesicht. »Also. Wasser? Oder ... wir haben auch Tee.«

»Die Krippe badet tatsächlich im Luxus«, sagte Kyr.

»Tee«, sagte Lisabel, als wäre ihre Frage beantwortet worden. Während Kyr dasaß und sie beobachtete, goss Lisabel den Tee auf. War sie womöglich schon schwanger? Sie war erst seit ein paar Tagen hier. Aber man musste schließlich an die Populationsziele denken.

Der Tee in ihren Gläsern schimmerte wie Bernstein. Schweigend nippte Kyr an ihrem, und Lisabel nahm auf einem wackeligen weißen Hocker ihr gegenüber Platz und tat es ihr gleich. Kyr trug ihre Uniform, die schlichte graue Hose und das Hemd der Kadett*innenhäuser. Ihr helles Haar war wie immer zu einem strengen Pferdeschwanz gebunden, ganz so, als hätte sie vorgehabt, noch zum Training zu gehen. Aber es ließ sich nicht so tun, als wäre alles wie immer. Lisabel sah so anders aus. Und niemand sonst war hier.

Es war nicht möglich, aber Kyr versuchte es dennoch für die Dauer ihres Tees. Das Glas wärmte ihre Hände, war aber nicht schmerzhaft heiß, was sie sich insgeheim erhofft hatte. Sie sagte nichts, weil sie nicht wusste, wie sie ein Gespräch beginnen sollte, ohne über die anderen Sperlinge zu sprechen, und wenn sie von Cleo und Victrix und Zenobia und Oikos erzählen würde, dann wüsste Lisabel Bescheid. Sie würde es sofort kapieren, genau wie Cleo, die großzügig genug gewesen war, so zu tun, als wäre es nicht so. Und dann würde es unumstößlich wahr sein.

Kyr konnte es nicht ewig aufschieben. Sie war kein Feigling. Sie hatte keine Angst, vor nichts. Nicht einmal davor, dass Lisabel sie von nun an mit anderen Augen sehen würde.

Sie stellte ihr leeres Glas ab – es erzeugte ein helles Klirren auf dem Tisch – und atmete tief ein.

»Ich bin froh, dass du gekommen bist, Kyr. Geht es dir gut?«

»Ich ...«

»Als ich von Magnus gehört habe, war ich in Sorge um dich.«

»Ich ... was?«, sagte Kyr. »Was ist mit Mags?« Ihr Puls begann zu rasen. »Weißt du was von seiner Zuordnung?«

Lisabel starrte sie an. Dann schlug sie sich die Hand vor den Mund. »Ich dachte, du wüsstest Bescheid«, flüsterte sie. »Ich dachte ... als ich dich gesehen habe ...«

»*Wo ist mein Bruder?*«, fragte Kyr mit fester Stimme.

Lisabel stand auf und nahm Kyrs Hände in ihre. »Ich weiß nur, was ich gehört habe«, sagte sie. Lisabel hörte immer alles. Sie war die Erste gewesen, die davon erfahren hatte, dass Mags im Doomsday-Szenario gesiegt hatte. Kyr spürte, wie die Anspannung, die sich beim Teetrinken allmählich gelöst hatte, zurück in ihre Schultern kroch.

»Seine Zuordnung«, sagte Kyr. War ihm das Gleiche passiert wie ihr? War bei ihm auch alles so furchtbar schiefgelaufen? Jungs wurden nicht der Krippe zugeordnet, das würde keinen Sinn ergeben – aber es würde das, was Kyr gerade passierte, wenigstens einigermaßen *fair* erscheinen lassen …

»Ferox«, sagte Lisabel und schnitt damit Kyrs Gedankengang ab. »Aber er hat abgelehnt.«

»Wie bitte?«

»Magnus hat sich seiner Zuordnung widersetzt. Er hat die Station verlassen. Er ist fort.«

Mit einem Ruck entzog Kyr Lisabel ihre Hände. »Nein!«

»Das ist zumindest, was ich gehört habe«, sagte Lisabel. »Aber vielleicht stimmt es nicht.«

»Es stimmt garantiert nicht!«

Lisabel streckte wieder eine Hand nach ihr aus, aber Kyr sprang auf und warf mit lautem Scheppern den Metallstuhl um. Das ergab keinen Sinn. Mags war kein Verräter. Mags hatte das Doomsday-Szenario mindestens so oft durchlaufen wie Kyr, er hatte mit eigenen Augen *gesehen*, was die Majo ihrer Welt angetan hatten. Er hatte genau wie Kyr viele Abende damit zugebracht, Onkel Joles Geschichten über die Menschheit zu lauschen. Und er war Kyrs Bruder.

»Das würde er niemals tun«, sagte Kyr. »Er hätte es mir gesagt.«

»Du hast sicher recht.«

»Er hätte es mir gesagt«, wiederholte Kyr.

Aber wenn Gaia Mags wirklich verloren hatte, dann hätte Kyrs eigene Zuordnung plötzlich einen schrecklichen Sinn ergeben. Kyr war die Fünftbeste ihrer Alterskohorte, Mags war der Beste. Die Ergebnisse, die er seit seinem letzten Wachstumsschub eingefahren hatte, waren unübertroffen in der kurzen Geschichte der Station. Wenn Gaias Genpool fortan auf ihn verzichten musste, dann brauchten sie Kyr. Brauchten sie, um einen wie ihn zu ersetzen. Kyrs Bruder war zu wertvoll, um ihn verloren zu geben.

Und das *wusste* er. »Er würde nicht einfach abhauen«, sagte Kyr. Das war unlogisch. Es gab keinen Grund. Es gab keine Erklärung dafür.

»Du hast bestimmt recht«, sagte Lisabel.

Kyr funkelte sie an. »Erzähl mir, was sie gesagt haben.« Lisabel blickte sie mitfühlend an. Kyr hasste das. »Sag es mir!«

»Er hat Ferox abgelehnt«, erwiderte Lisabel. »Also hat der Führungsstab ihm angeboten, das Geschwader selbst zu wählen. Und er hat wieder Nein gesagt. Und sie haben gemeint, es hätte was mit eurer ... mit Ursa zu tun.« Wenn Lisabel die Worte *eurer Schwester* rausgerutscht wären, hätte Kyr sie geschlagen. »Dass er die ganze Zeit unter ihrem Einfluss gestanden habe.«

»Unter ihrem Einfluss?«, fragte Kyr ungläubig. »Wie denn?« Es gab keinen Austausch zwischen Station Gaia und dem Rest des Universums. Warum hätte es sie auch interessieren sollen, was die Majo zu sagen hatten? Seit Ursa die Station verlassen hatte, war sie *weg*. Wenn Mags sie nicht hin und wieder erwähnt hätte, wäre es gewesen, als hätte sie nie existiert.

Machte Mags die bloße Erwähnung Ursas zum Verräter? Nein. Es ging um Mags selbst. Er mochte übermäßig gefühlsduselig sein, aber Kyr wusste, sie *wusste*, dass sie ihm mehr bedeutete als ihre sogenannte Schwester, die sie beide, ihr Zuhause und ihre gesamte Spezies im Stich gelassen hatte.

»Das ist es, was geredet wird, Kyr«, sagte Lisabel. »Tut mir leid.«

Kyr schwieg.

»Ich bin sicher, es geht ihm gut.«

In den Häusern gab es Gerüchte darüber, was mit Leuten passierte, die ihre Zuordnung ablehnten. Manche behaupteten, sie würden hingerichtet. Das war Schwachsinn. Jole hatte es ihnen einmal erklärt: Die Menschheit konnte es sich nicht leisten, auch nur auf ein Menschenleben zu verzichten, nicht einmal auf das eines Verräters. Also wurden diejenigen, die sich als des Dienstes unwürdig erwiesen, einfach weggeschickt. Gaia war ein Leuchtfeuer, ein Ort der Hoffnung. Es war kein Gefängnis. »Sei nicht albern«, antwortete Kyr.

Lisabels Gesichtsausdruck war noch immer mitfühlend, aber Kyr wusste, eigentlich war da Mitleid in ihrem Blick. Der Gedanke, von Lisabel bemitleidet zu werden, war unerträglich. Lisabel war liebenswürdig, sie war süß und warmherzig. Kyr war froh, dass sie Hausgenossinnen gewesen waren, selbst wenn sie die Gesamtergebnisse der Sperlinge nach unten gezogen hatte, aber sie konnte auf keinen Fall von jemandem wie Lisabel bemitleidet werden. »Ich muss ...«

Was? Zum ersten Mal in ihrem Leben hatte Kyr nicht den blassesten Schimmer, was sie als Nächstes tun sollte.

Eine leise Stimme in ihrem Kopf flüsterte ihr zu: *Du könntest dich weigern.*

Kyr konnte den Dienst verweigern, so, wie Mags es augenscheinlich getan hatte. Sie konnte Nein zur Krippe sagen, Nein zu ihrer Spezies, Nein zu ihrer Zukunft. Sie konnte ihrer Pflicht und ihrer vernichteten Welt den Rücken kehren und sich davonmachen und ... und was? Sich an die reichen Majo verkaufen, die menschliche Leibwächter*innen mochten, weil sie Furcht einflößender waren? Ihr Leben in tiefer Schande verbringen, immer in dem Bewusstsein, was sie verraten hatte?

Das konnte sie nicht tun, und das würde sie nicht tun. Wenn Mags wirklich fort war – und Kyr war sich inzwischen fast sicher, dass es so sein musste, denn nichts anderes ergab Sinn –, dann musste sie nun allein die Bürde tragen, die eigentlich für sie beide bestimmt gewesen war. Es war ihr eine Ehre, und es war ihre Pflicht.

Plötzlich spürte sie, wie sich eine warme Hand in die ihre schob, und blickte Lisabel an, die aussah, als würde sie jeden Augenblick anfangen zu weinen. Kyr runzelte die Stirn. Warum war Lisabel nach Weinen zumute? »Na gut, bis später dann«, sagte sie und zwang sich zu einem Lächeln. »Danke für den Tee. Und mach nicht so ein Gewese.«

Lisabel begleitete Kyr zum Ausgang der Krippe. Es war offensichtlich, dass sie den Drang unterdrückte, sehr viel Gewese zu machen, und irgendwie war es lustig: Je trauriger Lisabel dreinschaute, und je mehr sie versuchte, sich irgendwelche ermunternden Dinge aus der Nase zu ziehen, desto ruhiger wurde Kyr innerlich, und als sie die Flügeltüren erreicht hatten, lächelte sie sogar. Lisabel sah mit großen Augen zu ihr hoch und schlang dann plötzlich die Arme um sie. Kyr lachte auf und tätschelte Lisabel den Rücken, ehe sie sie von sich wegschob. »Du bist ja schlimmer als die Babys.«

»Pass auf dich auf«, sagte Lisabel.

Sie dachte offensichtlich, dass Kyr bald einem Kampf-Geschwader zugeordnet werden würde. Kyr wehrte sich gegen den kleinen Stich, den ihr dieser Gedanke versetzte und der größer zu werden und sie zu durchbohren drohte. Da waren zu viele Dinge, die in ihrem Kopf herumschwirrten: Commander Jole, der stolz auf sie war. Lisabel, deren Tränen immer bewirkten, dass sich Kyr merkwürdig schuldig fühlte. Zen und ihr *Ich hab euch nie gemocht* und Mags unter den lila Blumen in der Agricola ...

Er konnte kein Verräter sein, das war einfach unmöglich. Irgendetwas anderes war hier im Gange, Kyr war sich da sicher.

Als sie sich ganz aus Lisabels Umarmung lösen wollte, hörten sie hinter sich jemanden husten. Sie drehten sich um. Kyr salutierte, und Lisabel tat es ihr nach kurzem Zögern gleich.

Admiral Russell lächelte sie nachsichtig unter seinem üppigen weißen Schnauzbart an. An seinem Revers steckte das glänzende Flügelabzeichen des Victrix-Geschwaders, gleich daneben seine Dienstnadel als Commander. Russell war im Führungsstab das zweithöchste Mitglied, über ihm kam nur noch Commander Jole. Er hatte zahlreiche Schlachten für die Menschheit gewonnen und ganze Welten erobert. Kyr zollte ihm Respekt, denn sie wusste, dass auch ihr Onkel Jole es tat.

»Entschuldigt die Unterbrechung, Mädels«, sagte er jetzt. »Ich dachte, ich statte den tapferen Damen der Krippe mal einen Besuch ab.«

»Sir«, erwiderte Kyr, denn Lisabel schien inzwischen völlig versteinert zu sein. Sie hatte vermutlich noch nie mit einem Admiral gesprochen, anders als Kyr, die ja ihren Onkel hatte.

Admiral Russell fühlte sich allerdings keineswegs angegriffen. Er kam zu ihnen herüber, nahm Lisabels Hand, tätschelte sie und hakte sie dann unter. »Du siehst sehr hübsch aus in diesem Rock, Liebes«, sagte er. »Wir sollten veranlassen, dass ihr mehr dieser Art aus der Textilienabteilung bekommt. Darum werde ich mich persönlich kümmern. Ich habe dich hier bisher noch nicht gesehen, oder? Herzlichen Glückwunsch zu deiner Zuordnung, junges Fräulein. Ich bin überzeugt, du wirst die Menschheit stolz machen.«

»Danke, Sir«, antwortete Lisabel.

Kyr zog sich höflich zurück. Es war deutlich, dass der Admiral sie nicht dabeihaben wollte. Lisabel wandte ihm ihr Gesicht zu und lächelte schwach. Der Admiral schnalzte mit der Zunge. »Hast du etwa geweint?«, fragte er. »Na na, das geht aber nicht.«

»Nein, Sir.«

»Wie heißt du?«

»Isabella, Sir. Lisabel.«

»Sehr hübsch«, sagte Admiral Russell und lächelte milde. »Ein hübscher Name für ein hübsches Mädchen. Und hier haben wir, ah, Valkyr.«

»Jawohl, Sir.«

»Du wolltest gerade gehen, habe ich recht?«

»Jawohl, Sir.«

»Wegtreten.«

Ehe Admiral Russell sich wieder Lisabel zuwandte, musterte er Kyr noch einmal genau.

Plötzlich kam Kyr der Gedanke, dass er Lisabels Namen gar nicht hätte erfragen müssen. Die Zuordnungen wurden vom Führungsstab beschlossen, und die Unterschrift des Admirals hatte auf Cleos Bescheid gestanden, gleich unter Commander Joles. Es stand völlig außer Frage, dass er mit im Versammlungsraum gesessen und Trainingsergebnisse und Personalakten studiert hatte. Es waren ja nicht gerade viele Kadettinnen. Nur sieben Mädchen.

Er hätte Lisabel nicht nach ihrem Namen fragen müssen, aber Admiral Russells schwere Pranke lag noch immer auf ihrer schmalen Hand, die wiederum auf seinem Arm ruhte. An seinem Mittelfinger steckte ein silberner Ring. Er war ein Zuchtkrieger der alten Schule, in jeder Hinsicht überragend. Noch mit fast siebzig Jahren hatte er den starken und gefährlichen Körper eines Soldaten.

Er kannte Kyrs Zuordnung. Das wusste Kyr in dem Moment, in dem er sie so ansah. Sie blickte zurück in seine wissenden Augen und dachte – es war keine Entscheidung, keine Erkenntnis, einfach nur ein glasklarer Fakt: *Wenn du es je wagst, mich anzufassen, breche ich dir das Handgelenk.*

Admiral Russell wandte den Blick ab.

Kyr war überrascht von dem Ausmaß der Verachtung, die sie für ihn empfand. Er war der Anführer der Menschheit, ein Held, ein großer Mann. Sie hasste ihn.

»Komm, mein Kind«, sagte der Admiral. Er blickte sich nicht um, während er Lisabel wegführte. Und auch sie tat das nicht. Kyr sah ihnen nach und zwang ihre Fäuste, sich zu lockern.

Sie war der Krippe zugeteilt worden. Sie kannte ihre Pflicht.

Sie konnte keine Verräterin sein.

Sie konnte nicht gehorchen.

Es musste einen anderen Weg geben. Es *musste*.

Kyr vermisste Mags, vermisste ihn verzweifelt. Da war zu viel Gefühl in ihr, und bei Mags war sie damit in Sicherheit: Wie im ersten Level der Agoge, wo man alles riskieren und jeden Fehler machen konnte und trotzdem am Ende siegte. Was auch immer Lisabel erzählt hatte, was auch immer auf der Station getratscht wurde, Kyr konnte nicht – *sie konnte nicht* – glauben, dass sich ihr Bruder gegen die Menschheit stellen würde.

Nichts passte zusammen. Mit Kyrs Gedanken war es wie mit dem Doomsday-Szenario: Kein Lösungsversuch funktionierte. Kyr konnte nicht gewinnen.

Wie hatte Mags das Unmögliche geschafft?

»Oh«, sagte Kyr laut, als die Erinnerung plötzlich zurückkehrte.

Er hatte geschummelt.

5

AVICENNA

Kyr versuchte es zuerst beim Systeme-Geschwader. Systeme und Sonnentracker besetzten die beiden oberen Geschosse der Station. Die Energie, die die Solarsegel der Sonnentracker erzeugten, wurde in Systeme eingespeist, um das bisschen zu ergänzen, das aus den Schattenmotoren im Herzen der Station kam. Der Hauptarbeitsplatz der Einheit war ein Labyrinth aus Steuerpulten, das sich über mehrere Ebenen der natürlichen Höhlen des Planetoiden erstreckte. Kyr kannte den Ort nicht gut. Sie hatte keinerlei Talent für die Arbeit des Systeme-Geschwaders. Während ihrer Schichten dort war sie meistens diejenige gewesen, die für die Szenario-Designer*innen neue Simulationen getestet hatte. Nachdem sie die Abteilung betreten hatte, kamen ihr plötzlich Zweifel. Sie konnte schließlich nicht einfach dort hineinspazieren und fragen, ob jemand Mags' queeren Freund gesehen hatte.

Während sie noch in der Luft hing und sich fragte, wie sie es angehen sollte, sah eine Frau mit eisengrauem Haar und einem Corporal-Abzeichen am Ärmel von ihren Pulten auf und fragte: »Kann man dir helfen, Kadettin?«

Kyr brachte die Zähne nicht auseinander. »Corporal«, stotterte sie. Die Frau zog die Augenbrauen hoch und fügte nach einer längeren Pause hinzu: »... Lin. Corporal Lin, Valkyr. Seit du zehn Jahre alt warst, ist dein Haus hier jede Woche vorbeigekommen. Suchst du Victoria? Sie wird oben bei den Sonnentrackern sein.«

»Nein«, sagte Valkyr.

»Spuck's schon aus«, sagte Lin. »Was ist los?«

»Nichts«, entgegnete Kyr hastig.

Lin sah sie lange an. Kyr presste die Lippen fest zusammen. Wieder einmal beschlich sie der fürchterliche Verdacht, bemitleidet zu werden.

»Avi«, brach es aus ihr heraus. »Ich suche Avi.«

Lins Augenbrauen gingen noch weiter in die Höhe. »Avicenna, wirklich?«

Kyr verkniff sich ein *Na und*, denn Corporal Lin war, formal gesehen, ihre Vorgesetzte.

»Versuchs mal in der Spielhalle.«

Es hatte eine Zeit gegeben, da hatte jedes der vier Schlachtschiffe, die auseinandergenommen worden waren, um die Station aufzubauen, eine eigene Spielhalle besessen. Ein weiterer Beweis dafür, wie reich die Menschheit einmal gewesen war: Selbst auf Kriegsschiffen im aktiven Dienst hatte es einen Platz gegeben, der für Unterhaltung reserviert gewesen war. Die Steuerpulte und Mediatheken aus allen vieren waren zu einem großen Entertainmentcenter für Gaia zusammengelegt worden, einem lang gestreckten, niedrigen Raum mit Kabinen und Gaming-Stationen mit leuchtenden Displays. Das Licht war gedämpft, und es lief alte Musik. Kyr zuckte zusammen, als sie eintrat. Es war nicht laut, aber *ununterbrochen*, und sie hasste die ganze Verschwendung, die mit diesem Ort einherging: Energie, für die die Sonnentracker ihr Leben riskierten, wurde hier an bedeutungslosen Lärm verschwendet.

Bis auf ein Nachwuchs-Haus, das gerade Pause hatte, war niemand in dem langen dunklen Raum. Kyr warf ihnen aus den Augenwinkeln einen Blick zu, als sie an ihnen vorbeiging. Nur die Amseln. Sie spielten gerade ein Spiel, bei dem man tanzen und dabei Lichter fangen musste, die hier und da aufblitzten. Blechern tönte die Musik aus den Lautsprechern der Maschine und vermischte sich mit dem Gedudel im Hintergrund. Kyr sah, wie eine der Amseln sie entdeckte, daraufhin schwankte und ihren Sprung nach einem gelben Blitz vermasselte, der im Rhythmus des stampfenden Beats mal hier, mal da aufflackerte.

Kyr richtete ihren Blick wieder nach vorn und ging weiter.

Fast hätte sie den jungen Mann übersehen. Allein saß er zusammengesackt in einer halbhohen Kabine am hinteren Ende der Halle, die Haltung beinahe horizontal, die Füße an der Kante des Sitzes ihm gegenüber. Es war schwer, ihn richtig zu erkennen, aber dass er zu kurz geraten war, war eindeutig.

Kyr hatte nicht erwartet, ihn allein anzutreffen. So, wie Mags immer von Avi gesprochen hatte, war bei ihr der Eindruck entstanden, er sei irgendwie imposant. Sie hatte angenommen, er wäre Teil einer Gruppe ganz ähnlicher Typen, den schlimmsten aus Systeme und Oikos: keine Freunde, sondern Schwächlinge, die sich aus Sicherheitsgründen aneinanderklammerten.

Avi aber war beinahe demonstrativ allein. Er sah sich irgendwas auf dem Bildschirm vor sich an. Es war noch nicht einmal ein Spiel. Wenn man schon in der Spielhalle rumhing, dann konnte man wenigstens etwas einigermaßen Sinnvolles tun. Die Amseln arbeiteten an ihrem Gruppenzusammenhalt und ihrer Koordination, während sie da herumsprangen und versuchten, Blitze zu fangen.

Kyr versuchte, sich zu entspannen, sagte sich, es wäre unklug, ihn gleich zu Beginn zu verärgern, und ging zu ihm hinüber.

»Avi?«

Der junge Mann antwortete nicht.

»Entschuldigung?«, blaffte Kyr ihn an.

»Schsch«, machte er. Das Flimmern des Bildschirms tauchte sein Gesicht in unangenehmes Licht. Er schielte unter seiner roten, zotteligen Haarmasse hervor. »Ich will das hier sehen.« Ohne sie anzugucken, wedelte er sie mit einer Hand fort.

Kyr war mit ihrer Geduld am Ende.

Sie griff über die niedrige Kabinenwand hinweg, packte ihn am Kragen und zog ihn in eine aufrechte Position. Avi rutschte ein überraschtes Kreischen heraus. Er war so dürr. Kyr hätte keinerlei Mühe gehabt, ihn hochzuheben.

»Mach das aus«, sagte sie.

Er reagierte nicht. Kyr griff nach dem Schalter und tat es für ihn. Der Bildschirm wurde schwarz.

Avi stand auf. Er reichte Kyr nur bis ans Kinn. Mit vor der Brust verschränkten Armen trat er einen Schritt zurück. Kyr entging nicht, dass er die Rückwand der Kabine als Schild zwischen ihnen beiden begriff. Er sah sie an, sein Ausdruck betont gelangweilt, aber Kyr wusste, dass er Angst hatte.

»Was willst du?«, fragte er.

Kyr zwang sich auszuatmen. Sie hatte das Ganze anders angehen wollen. »Du bist Avi«, sagte sie. »Du bist ein Freund meines Bruders.«

»Ich frag mich, wer das sein soll«, antwortete Avi. »Ich hab nicht so viele Freunde, die aussehen wie Schränke. Aber lass mich raten – du musst *Vallie* sein.«

»Valkyr«, korrigierte ihn Kyr.

Avi lächelte unangenehm. »Dann bin ich für dich wohl Avicenna«, sagte er. »Schön, dich kennenzulernen. Was willst du?«

»Ich will wissen, wo Mags ist.«

»Und?«

»Und«, sagte Kyr, »du wirst das für mich herausfinden.«

Avi war bei Systeme, hatte also Zugang zu allerhand Informationen. Er war anscheinend der cleverste Mensch, den Mags je getroffen hatte. Und er war ein Betrüger. Das musste doch zu etwas nütze sein.

»Oder was?«, fragte er.

Kyrs Augen verengten sich zu Schlitzen.

Avi grinste spöttisch. »Ja, ich weiß, es gibt eine ganze Reihe von Dingen, die du mir sonst antun könntest. Ich frage mich nur, welche von den mit Sicherheit blaue Flecken hinterlassenden Brutalitäten, die du mir gleich anbieten wirst, schlimmer sein könnte, als ins Exil geschickt oder dafür hingerichtet zu werden, dass ich mich an verbotenen Akten zu schaffen gemacht habe.«

Kyr verlagerte ihr Gewicht und beobachtete mit Genugtuung, wie Avi erschrocken zurückzuckte, obwohl die Kabinenwand noch immer zwischen ihnen stand.

»Ich *wurde* schon mal verprügelt, weißt du«, sagte er, aber seine gelangweilte Stimme wollte nicht so recht zu seinem angespannten Körper passen.

»Interessiert es dich denn überhaupt, ob du verbannt wirst? Leute wie du gehen doch sowieso irgendwann.«

»Ich ignoriere mal das *Leute-wie-Du*. Was mich wirklich beunruhigt, ist der Teil mit der Hinrichtung«, sagte Avi. »Verrückt, ich weiß, aber ich will am Leben bleiben.«

»Warum mag er dich?«, fragte Kyr mit aufrichtiger Verwirrung.

»Muss an meiner gewinnenden Art liegen«, sagte Avi. Aber dann löste er die verschränkten Arme und seufzte. Kyr hatte keine Ahnung, was den Sinneswandel bewirkt hatte, aber es war ihr auch nicht wichtig, denn jetzt trat Avi aus der Kabine und sagte geschlagen: »Verdammt. Okay, okay. Komm.«

Avi führte Kyr zu den Drill-Räumen. »Was machen wir hier?«, fragte Kyr. »Ich will ...«

»Ich weiß, was du willst«, unterbrach sie Avi. »Geh weiter.« Er öffnete einen Raum der Agoge mit seiner Schlüsselkarte. »Rein mit dir. Nimm das hier.« Er reichte ihr einen Ohrstöpsel.

»Was soll das?«

»Willst du jetzt meine Hilfe oder nicht?«, fragte Avi gereizt.

Kyr stolperte in die Agoge. Der Plastahl-Boden leuchtete schattenraumgrün auf, während die Simulation summend hochfuhr. Kyr steckte ihren Stöpsel ins Ohr. »Was zur Hölle hast du vor?«

»Na ja, ich werde die Agoge als Absprungstelle benutzen, von der aus ich an Orte gelangen kann, an denen ich eigentlich nichts zu suchen habe«, sagte Avi in ihrem Ohr. »Was zufällig sowieso eins meiner Hobbys ist, dein Glück. Und du wirst so tun, als würdest du ein paar Simulationen testen.«

»Warum kannst du das nicht einfach bei euch in den Systeme-Räumen machen?«

»Erstens, langweilig. Zweitens, die Chance, an Yingli Lin vorbeizukommen, geht gegen null.«

»Echt? Aber sie ist nur Unteroffizierin.«

»Und natürlich gehörst du zu den Leuten, die glauben, dass sich die Fähigkeiten eines Menschen in seinem Rang niederschlagen.«

»Dir ist aber klar, dass die Protokolle der Agoge eingesehen werden können«, sagte Kyr. »Sie werden mir sogar zuschauen können.«

»Nein, das wusste ich nicht. Ich bin kein Experte und hatte keine Ahnung. Danke für die Info. Na gut.«

»Was, na gut?«

»Ich wollte das Ganze ja abkürzen, aber du bist eindeutig unerträglich, wenn du nichts zu tun hast«, sagte Avi. »Hier, bitte.«

Das grüne Flackern verschwand, und der Raum wurde heller und heller, bis er ganz in gleißendes, schattenloses Weiß getaucht war. Geisterähnliche Formen begannen sich in der Luft abzuzeichnen.

»Das sollte dich beschäftigt halten«, sagte Avi. »Viel Spaß!«

Die Simulation verengte sich zu einer schmalen Straße. Kyr hatte schon einmal Straßen gesehen, hatte, seit sie zwölf war, in urbanen Settings trainiert, aber das hier war keine Majo-Stadt.

Die weißen Mauern, die rechts und links neben ihr aufragten, bestanden aus einfachen glatten Steinblöcken. Ein Bogen schloss das Ende der Straße ab. Irgendwo weit über ihr war ein sehr blauer Himmel.

Kyr hatte keine Zeit, noch mehr von ihrer Umgebung zu erfassen, denn das, was dort unter dem Bogen langsam Gestalt anzunehmen begann, stellte sich als drei, nein fünf, nein *acht* einzelne feindliche Kämpfer heraus, die anders waren als alles, was sie jemals gesehen hatte. Das waren keine Majo. Der kleinste von ihnen maß etwa zwei Meter, und unter seiner Rüstung ließ sich seine schwere, breite Statur erahnen. Kyr kannte auch die Machart der Rüstung nicht: dunkles organisches Material, an dem Metallplatten befestigt waren. Der Feind sah Kyr an und stieß ein tiefes, rasselndes Geräusch aus, das wie ein Lachen klang.

Der Anführer der Gruppe war noch ein gutes Stück größer und hatte spitze Fangzähne, die, für sich genommen, schon gefährliche Waffen darstellten. Dazu hielt er noch eine beachtliche Metallkeule in der Pranke. Die Agoge konnte einem ordentlich Schmerz zufügen, um den Krieg wirklich erlebbar zu machen, und Kyr wusste, das Ding dort bedeutete Qual.

Sie war völlig unbewaffnet. Jahrelang hatte sie trainiert, wie man den simulierten Feind*innen ihre Majo-Waffen abnahm und sie gegen sie selbst richtete, aber allein das Gewicht dieser Keule ließ diese Taktik ganz und gar unbrauchbar erscheinen. Kyr bezweifelte, dass sie sie überhaupt würde anheben können.

»Was sind das für Kreaturen?«, wollte sie wissen.

»Orks«, antwortete Avi.

Das sagte Kyr nichts. Sie nahm die Wesen wieder in Augenschein. Zögerlich standen sie unter dem steinernen Bogen. In Level Zwölf hatte sie nie so viel Zeit gehabt, um über ihre nächsten Schritte nachzudenken.

Wenigstens schien sie außer Reichweite zu sein.

Just als sie das dachte, begann der kleinste Ork, eine Art Steinschleuder aus dem dunklen organischen Material über seinem Kopf zu schwingen. Kyrs Körper reagierte schneller als ihr Gehirn. Acht Feinde, und sie war unbewaffnet. Als das Geschoss die Schleuder verließ, lief sie bereits.

Kyr rannte zwischen den Mauern aus glattem weißem Stein entlang und unter glänzenden Bögen hindurch, die Feinde dicht auf den Fersen. Egal, wie schnell sie lief, die Entfernung zwischen ihnen blieb immer die gleiche: groß genug, dass ihre Geschosse sie nicht erreichten, gering genug, um die Steinschleuder zu einem wirklichen Problem werden zu lassen, sollte Kyr langsamer werden. Von Zeit zu Zeit krachten die Geschosse neben ihr in die Mauer – die Kreatur schien einige Probleme mit beweglichen Zielen zu haben. »Was soll das, verdammt noch mal?«, brüllte Kyr.

»Mit Verlaub, ich arbeite«, sagte Avi. »An etwas, worum du mich gebeten hast, falls du dich erinnerst.«

»Ich brauche eine Waffe!«

»Dann such dir eine. Da bist du nicht besonders gut drin, oder?«

Kyr biss sich auf die Zunge, schluckte eine Antwort hinunter und sah sich um, während sie weiterlief. In Stadtkampfszenarios waren normalerweise überall Menschen, aber hier in der weißen Stadt gab es nur Kyr und Avis absurde Monster.

Und Mauern. Einfache weiße Steinmauern, aus deren Rissen der Mörtel herausbröckelte. Kyr schaffte es von den Sonnentrackern ganz oben in der Station bis zu den Drill-Räumen ganz unten in unter fünf Minuten. Sie schlitterte um eine Kurve, um nur für ein paar Sekunden aus der Sichtachse der Orks zu sein, und schwang sich hoch.

Der Stein unter ihren nach Halt suchenden Händen war kalt. Wie sie sich so die Mauer hochzog, das wusste Kyr nur allzu gut, bot sie ihren Verfolgern und der Steinschleuder ein sehr viel leichteres Ziel. Jetzt hörte sie, wie unter ihr die Orks um die Ecke bogen und anfingen, miteinander zu sprechen. Ihr Grunzen war nicht zu verstehen, aber sie schienen verwirrt zu sein.

Als Kyr fast oben angekommen war, entdeckten sie die Monster. Während sie sich auf die Mauerzinne hochzog, schlug neben ihrer Hand ein Stein ein. Sie rollte sich über die Mauerkante auf die andere Seite und kauerte sich, unten angekommen, schwer atmend zusammen.

Über ihr war der Himmel noch immer unendlich blau. Kyr legte den Kopf in den Nacken und blickte einen Moment hinauf, während ihre Lungen sich gierig mit Luft füllten.

Dann sah sich Kyr um. Sie befand sich auf einem Flachdach in einer Art Garten. In mit Erde gefüllten Kübeln wuchs Gemüse, und neben dem Eingang zu einem Gebäude, was auch immer es für eins sein mochte, stapelten sich Holzkisten. Vielleicht wohnte hier jemand? Kyr kauerte in Ermangelung eines besseren Verstecks nach wie vor unter den Zinnen. Würden diese Viecher ihr hinterherklettern? Sie konnte sie noch immer unten auf der Straße grunzen hören, möglicherweise also nicht.

»Warum machst du das?«, fragte Kyr, als sie genug Luft zum Sprechen hatte. »Das ist eine Verschwendung von Stationsressourcen.«

»Wohl kaum. Die Agoge verbraucht ununterbrochen Energie für alles Mögliche.«

»*Du* bist eine Ressource der Station.«

»Du kannst selbst entscheiden, wie du deine Pause gestaltest, das ist die Regel. Du stehst doch auf Regeln, oder nicht? Ich finde, du bist ein Regeltyp.« Avi klang amüsiert. »Du bist auf dem Dach, oder? Ich hab's zu einfach gemacht, sie sind zu blöd zum Klettern, aber ich hab schlechte Nachrichten für dich, denn irgendwann werden sie die Treppe entdecken. Hast du schon eine Waffe?«

»Schon klar, du bist gut in dem Kram. Du könntest etwas Bedeutsames machen«, sagte Kyr. »Du könntest Dinge kreieren, die unseren Soldat*innen tatsächlich nützen.«

»Denkst du nicht, dass es ihnen nützt, zu wissen, wie es sich anfühlt, von einer Horde riesiger gnadenloser Kriegsmonster gejagt zu werden?«

»Die Majo sind klein«, erinnerte ihn Kyr.

Die Stimme in ihrem Ohr antwortete nicht. Kyr bahnte sich einen Weg durch die Pflanztöpfe auf den Holzkistenstapel zu, den Blick auf die Tür gerichtet. Das Grunzen auf der Straße war nicht mehr zu hören. Wahrscheinlich ein schlechtes Zeichen.

Im Schatten der Kisten lehnte ein Stab, der an beiden Enden mit glänzendem Silber überzogen war. Er würde ihr eine gewisse Reichweite geben, und was den größten Koloss unter den Orks anging, würde sie die brauchen. Kyr griff nach ihm.

Ein dumpfer Aufprall. Die Tür zitterte in den Angeln. Kyr positionierte sich vor ihr. Der Türrahmen war normal groß und damit nicht groß genug, um jeweils mehr als eines von Avis Monstern durchzulassen.

Ein weiteres Dröhnen. Und dann zersprang die Tür um eine gewaltige gepanzerte Schulter herum in tausend Stücke.

Kyr griff an.

Die Schulter gehörte dem Großen mit der Keule. Kyr hatte am Anfang der Simulation keinen genauen Blick auf den primitiven Körperpanzer werfen können, aber da sie selbst lediglich eine ziemlich schlichte Waffe besaß, bezweifelte sie, dass sie gegen ihn viel würde ausrichten können. Also konzentrierte sie sich auf das Gesicht und stieß das schwere Ende ihrer Stange geradewegs in den mit Hauern bewehrten Kiefer, woraufhin der Kopf des Orks zur Seite flog. Die Gelegenheit nutzte Kyr, um dem Monster die Füße unter dem Körper wegzufegen. Im Hochkommen trat sie ihm mit aller Kraft gegen die Brust, und der Aufprall fuhr ihr heftig ins Knie. Der Ork stolperte mit wild umherrudernden Armen rückwärts und zog im Fallen die drei anderen mit sich.

»Die sind tatsächlich ziemlich blöd ...«

Doch sofort kam der Koloss wieder auf die Füße. Er knurrte und schüttelte heftig seinen Kopf hin und her. Die anderen lagen verwirrt auf einem Haufen. Einer hatte im Fallen die Axt seines Mitstreiters in den Oberschenkel gekriegt. Kyr sprang auf und machte sich bereit, und als der Riese sich näherte, rammte sie ihm ihre Stange erneut ins Gesicht – diesmal hatte sie auf seine Nase gezielt.

Der Ork heulte auf und krachte zu Boden.

»Hm«, machte Avi.

»Ich bin *wirklich* gut in so was«, sagte Kyr. Der Große war einfach liegen geblieben. Hinter ihm versuchten zwei weitere, sich gleichzeitig an ihm vorbei durch den Türrahmen zu zwängen. »Sind die menschlich? Sie bewegen sich wie Menschen.« Das Ganze ähnelte mehr einem Mattentraining als Arbeit in der Agoge, denn für gewöhnlich kämpfte man dort gegen Majo. Mattentraining gegen die Kojoten vielleicht – aber selbst die Zuchtkrieger-Jungs waren nicht derart viel größer als Kyr.

Avis Orks waren wirklich ziemlich dumm. Die einzige Taktik, die sie zu haben schienen, war, sie zu jagen. Auf einer freien Fläche hätte das vielleicht funktioniert. Wenn einer dieser Giganten Kyr in die Finger gekriegt hätte, wäre sie nicht imstande gewesen, sich zu befreien. Solange sie aber die Kontrolle darüber hatte, wie sie sich ihr näherten, war ihre Größe nicht von Bedeutung.

»Na ja, auf irgendetwas musste ich aufbauen«, sagte Avi und klang irritiert. »Hast du etwa Spaß?«

»Das Ganze ist immer noch ziemlich dumm«, sagte Kyr.

»Übrigens, das soll ein Zauberstab sein«, sagte Avi. »Du schlägst ihnen damit ins Gesicht, dabei könntest du sie auch einfach alle in Brand setzen.«

»Wo liegt denn da der Sinn?«, fragte Kyr, brachte einen weiteren Ork zu Fall und trat ihm kräftig auf die Finger. Sein Griff um sein gefährlich aussehendes, sägeartiges Messer lockerte sich kurz. Kyr nahm es ihm ab und schnitt ihm die Kehle durch. Schwarzes Blut spritzte in alle Richtungen.

»Es muss nicht alles immer einen Sinn haben!«, sagte Avi. »Bist du sicher, dass du die Schwester von Magnus bist?«

»Ja«, keuchte Kyr, »ganz sicher.«

Während sie Avi antwortete, tötete sie den Letzten der dämlichen Orks. Das Dach begann zu schimmern und löste sich schließlich um sie herum auf, bis Kyr am Ende auf dem grauen Plastahl-Boden eines leeren Raums stand. Sie spürte einen kleinen Anflug von Verlust – die einfache Stadt aus Stein, in der alle Stufen und Türen genau die richtige Größe hatten, und der blau leuchtende Himmel fehlten ihr.

»War das ein echter Ort?«, fragte sie Avi.

»Nein«, antwortete die Stimme in ihrem Ohr nach einer kurzen Pause. »Den habe ich aus einem Buch geklaut.«

Das machte Kyr aus unerfindlichen Gründen wütend. Damit verbrachte diese *sehr kluge* Person also ihre freien Stunden in der Spielhalle: Kramte alte Medien hervor und las Bücher über Dinge, die es nie gegeben hatte. »Hast du das so auch mit meinem Bruder gemacht? Seine Zeit verschwendet und so getan, als wäre die Agoge ein Spiel?«

»Die Agoge ist ein Spiel«, sagte Avi.

»Die Agoge trainiert uns für den Kriegsfall.«

»Wenn du meinst.«

»Hast du ihn schon gefunden?«, wollte Kyr wissen.

»Nein«, sagte Avi. »Aber es würde helfen, wenn du die Klappe halten könntest.«

Kyr ballte ihre Hände zu Fäusten. Sie konnte sich nicht erinnern, jemals einen ähnlich großen Drang verspürt zu haben, jemanden zu schlagen, wie sie gerade Avi schlagen wollte. Das hier hatte nichts mit der kalten Klarheit zu tun, mit der sie gewusst hatte, dass sie Admiral Russells Handgelenk brechen würde. Avi wollte sie direkt ins Gesicht schlagen, wollte spüren, wie der Knorpel unter ihren Knöcheln knirschte, wenn seine Nase brach. Mags war fort, und Avi hätte sein Freund sein sollen, und alles, was er tat, war zu spotten.

Es war zu kalt in dem grauen Raum. Kyr sehnte sich nach dem Himmel.

»Zeig mir noch ein Szenario«, forderte sie. »Etwas, was du für meinen Bruder entwickelt hast.«

»Vielleicht entwickle ich ja auch für mich selbst«, sagte Avi.

»Glaubst du etwa, ich schaffe das nicht? Ich bin genauso gut wie er. Ich besiege deine Monster. Her damit.«

»Na gut.«

Der Raum löste sich auf. Kyr sah sich um und blickte dann hoch in den sich neu formenden Himmel.

Sie stand in einem halbrunden Hof. Hinter ihr ragte ein Gebäude aus weißem Stein hoch in den Himmel auf. In den oberen Stockwerken ersetzte Glas das Mauerwerk, es leuchtete hell im Sonnenlicht. In einer Ecke des Hofes stand ein Brunnen, dessen Wasser munter sprudelnd über den Rand eines Bassins lief. Kletterpflanzen rankten an ihm empor, das Wasser tropfte an ihren dunkelgrünen Blättern hinab und hinterließ dort einen feuchten Schimmer.

In Beeten, die dem Halbrund des Hofes folgten, wuchsen noch mehr Pflanzen, die allesamt in voller Blüte zu stehen schienen. Nichts davon hatte Kyr je in der Agricola gesehen – nichts war nützlich, nichts essbar. Überall nur Farben, fast mehr, als sie überhaupt auf der Welt vermutet hätte. Weiß und Creme und Rot und Pink und Blau und Gelb und Lila. Kleine geflügelte Insekten flogen zwischen den Blüten umher und machten tiefe, summende Geräusche.

Der Hof lag am Rand einer Klippe. Eine geschwungene Balustrade markierte sein Ende, und dahinter brach die Welt einfach weg. Kyr ging zur Abbruchkante und blickte in die Tiefe.

Dort unten im Fels nisteten Vögel. Kyr kannte Vögel aus der Krippe, aus Ursas Geschichten und von den Namen der Kadettinnenhäuser her. Diese Vögel hier hatten ihre Nester in kleine Felsspalten gebaut, in denen sich trübes Grün hartnäckig am Stein festklammerte. Weit unten, am Fuße der Klippe, lag eine weiße Steinstadt. Winzige menschliche Gestalten bewegten sich durch die Straßen. Kyr dachte, wenn sie nur lange genug schaute, würde sie vielleicht das Dach entdecken, auf dem sie eben noch Monster getötet hatte.

»Was ist das?«, fragte sie.

»Etwas, was ich für Magnus gemacht habe«, sagte Avi. »Du hast gefragt.«

Kyr blickte hinauf in den Himmel. Sein Licht war so hell, sie musste ihre Augen mit der Hand beschirmen. Nichts kam dort aus der leuchtenden Weite auf sie zugeschossen. »Wo sind die Feinde?«

»Ich fürchte, dazu bin ich noch nicht gekommen.«

Kyr schwieg.

»Sag mir Bescheid, wenn das alles zu langweilig für dich wird«, sagte Avi jetzt, aber Kyr merkte, dass es ihr zunehmend besser gelang, ihn zu ignorieren.

Sie blickte noch ein wenig länger hinunter zu der weißen Stadt und ging dann zum Brunnen hinüber. Als sie die Hände ins Wasser tauchte, fühlte es sich echt an. Der Duft der verschiedenen Blumen vermischte sich in der Luft zu einem wilden Parfum. Ein bisschen war es hier wie in der Agricola, nur dass die keinen Himmel besaß.

Kyr zog ihre Hände aus dem Wasser und setzte sich auf den Boden. Kühle Tropfen rannen ihre Handgelenke hinab. Am

Rande des Brunnenbeckens hing ein tiefgrünes Blatt, von dessen Spitze ein steter Tropfen fiel. Kyr hielt die Hand darunter.

Langsam veränderte sich das Licht. Die Sonne sank am Himmel. Einige der Blütenkelche schlossen sich. Kyr hörte Geräusche von der Klippe herüberschallen, die sie nicht einordnen konnte, bis ihr auf einmal klar wurde, dass das die Vögel waren, die sich etwas zuriefen. Sie blieb sitzen und sah dem Wasser zu, wie es blubbernd und spritzend in das Steinbassin lief und über grüne Blätter tropfend im Erdboden versickerte.

Schließlich sagte eine Stimme in ihrem Ohr: »Hab ihn gefunden.«

6

ANGRIFF

Der Garten am Rand der Klippe begann zu flackern und verwandelte sich zurück in den Plastahl-Raum der Agoge. Kyr kam auf die Füße, und eine Sekunde später stand Avi vor ihr, das Gesicht ausdruckslos. Sein wildes rotes Haar war noch stärker zerzaust als zuvor, als wäre er mit den Händen hindurchgefahren.

»Wo?«, fragte Kyr und nahm ihren Ohrstöpsel raus.

»Warte«, sagte Avi. Er vergewisserte sich, dass die Tür verschlossen war, und vollführte dann eine Bewegung mit der Hand. Aus dem Nichts materialisierte sich eine Reihe von Steuerpulten.

Kyr fuhr zusammen. »Wie ...«

»Jeder Raum der Agoge hat so etwas«, sagte Avi. »Niemand verrät einem, wozu sie da sind. Du sollst nicht verstehen, was vor sich geht, du sollst einfach nur kämpfen. Als sie gemerkt haben, dass ich ihr Geheimnis herausgefunden habe, haben sie mir sechs schwarze Punkte verpasst. Dann haben sie mich in Systeme gesteckt, wo es mir verboten ist, an irgendwas auch nur annähernd Interessantem zu arbeiten. Ich Glückspilz.«

»Was hast du mit dem Wissen gemacht?«

»Geschummelt«, sagte Avi. »Während es für die Drill-Aufsicht so ausgesehen hat, als würde ich gemütlich Level Sieben durchlaufen, habe ich die Zeit eigentlich damit verbracht, Dinge zu konstruieren. Jetzt guck nicht so empört. Nur weil ich verstehe, wie die Agoge funktioniert, konnte ich deinen ach so geliebten Bruder finden. Hier.« Seine Hände hatten sich über das Steuerpult bewegt, während er sprach. Jetzt schenkte er ihr ein dünnes Lächeln. »Privatsphäre. Wenn jemand guckt, sieht er nur, wie du eine Drill-Einheit absolvierst, während ich mir Notizen mache.«

»Okay. Wo ist Mags?«

Statt zu antworten, sagte Avi: »Wusstest du, dass all das hier auf Majo-Technologie basiert? Genau wie die Sprunghaken und die Dimensionsfallen rund um die Hangar-Ausgänge. Immer, wenn du es mit fein abgestimmter Realitätsverzerrung zu tun hast, mit Dingen, die sich im Schattenraum abspielen, dann bedienst du dich bei den Majo. Sie kennen sich damit besser aus, als wir es jemals getan haben. Und wahrscheinlich auch jemals tun werden, wenn man bedenkt, dass wir nicht mit ihnen reden und der Führungsstab jegliche Form von Spaß hasst.«

»Ich nehme mal an, du findest die richtig toll«, sagte Kyr.

Avis Hände ruhten auf dem Steuerpult. »Sie haben unsere Welt vernichtet.«

Mit dieser Antwort hatte Kyr nicht gerechnet.

Und erst recht nicht damit, dass er seine Worte ernst meinen würde, was er aber offensichtlich tat.

»Also?«, gelang es ihr einen kurzen Moment später zu fragen. »Ich dachte, du hättest ihn gefunden.«

»Das habe ich«, sagte Avi. »Schau.«

Eine Wand der Agoge schmolz zusammen und wurde durch ein lebensgroßes Bild von Kyrs Bruder ersetzt – breite Schultern, blondes Haar. KOJOTEN/MAGNUS stand über seinem Kopf in die Luft geschrieben. Textblöcke blitzten auf und verschwanden zu schnell wieder, als dass Kyr sie hätte lesen können. Avi verengte die Augen und vollführte blätternde Handbewegungen in der Luft.

Kyr ignorierte ihn. Sie hatte Mags tagelang nicht gesehen. Sein geisterhaftes Abbild sah eher durch sie hindurch als direkt in ihr Gesicht, doch es zeigte perfekt Mags' leicht gekrümmte Körperhaltung und die endlos scheinende Geduld, die in seinen Zügen gelegen hatte. Aber waren seine Augen immer so leer gewesen?

»Ist das die *Führungsstab-Akte?*«, fragte sie.

»Natürlich.«

Das hier war nicht für Kyrs Augen bestimmt. Aber wenigstens las sie nichts. Das tat Avi. Er las sehr schnell, nach der Geschwindigkeit zu urteilen, mit der die Textblöcke aufleuchteten und lässig wieder weggewischt wurden.

»Da haben wir's«, sagte Avi schließlich. Neben Magnus' Name tauchte ein weißer Text auf und schwebte dort eine Weile in der Luft: FEROX (REF). »Ferox zugeordnet. Zuordnung abgelehnt. Aus Dienst entlassen. Hat die Station vor zwei Tagen verlassen.«

»Nein«, flüsterte Kyr. Ihr Magen rebellierte. »Nein, das würde er niemals tun.«

Einen Moment lang schwiegen sie und Avi. Dann merkte Kyr, dass er sie anschaute. Sie weigerte sich, seinen Blick zu erwidern, zwang sich, gerade zu stehen.

Alles in ihr tat weh. Aber sie würde nicht zulassen, dass dieses widerliche kleine Nichts von einer Person, dieser *Betrüger*, es sah.

»Nein«, sagte Avi schließlich. »Das würde er nicht, oder?«

Kyr stürzte sich auf ihn. Vielleicht würde sie ihm *jetzt* die Nase brechen. »Wenn du glaubst, dass du dich über mich lustig machen ...«

»Das tue ich nicht«, sagte Avi. »Er war mein Freund, weißt du!«

»Warum zur Hölle war mein Bruder mit jemandem wie dir befreundet?«

»Ich schätze, weil wir ein paar Dinge gemeinsam haben«, antwortete Avi. Er sah sie noch immer so merkwürdig an. »Ich glaube, dass du recht hast, Valkyr. Magnus wäre nicht einfach so abgehauen.«

»Er würde die Menschheit niemals im Stich lassen ...«

»Ach, vergiss den Scheiß. Er hätte *dich* niemals im Stich gelassen.«

Kyr erstarrte.

»Entschuldige«, sagte Avi schnell und wandte den Blick ab. »Ich wollte dich nicht zum Weinen bringen.«

»Ich weine nicht!«

»Irgendetwas stimmt hier nicht, das ist alles, was ich weiß.« Er wandte seine Aufmerksamkeit wieder den Steuerpulten zu. »Ich frage mich, ob ich ... Hm. Ja, das geht.« Er hielt inne. »Bist du ganz sicher, dass du weitermachen willst?«

»Natürlich will ich das!«

»Ich frage nur, weil klar ist, dass sie uns erwischen werden«, sagte Avi. »Nicht sofort, aber was ich vorhabe, wird rauskommen, sobald Corporal Lin den nächsten Sicherheitscheck macht. Wahrscheinlich morgen früh. Und dann werden wir beide eine Menge Ärger kriegen. Ich kenne das, aber du ...«

»Tu es«, sagte Kyr.

»Letzte Chance.«

»Tu es!«

Avi nickte und konzentrierte sich wieder auf das Steuerpult. Eine Sekunde später löste sich das geisterhafte Bild von Magnus langsam auf. Kyr war versucht, Avi zu bitten, es zurückzuholen. Der aber war hochkonzentriert. »Okay«, murmelte er leise. »Okay, okay ... wunderbar, da haben wir's.«

Die gegenüberliegende Wand verwandelte sich in einen Flachbildschirm, auf dem das Bild eines Menschen auftauchte, den Kyr noch nie gesehen hatte. Er hatte langes, dickes Haar, trug eine ärmellose geknöpfte Jacke und etwas, was Kyr ein wenig an Lisabels roten Rock erinnerte – ja, das war definitiv ein Rock, aber er war genau auf den Körper dieser Person zugeschnitten, so, wie die Uniformen des Führungsstabs, er war sorgfältig drapiert, und der Stoff schimmerte sanft. Kyr hatte noch nie einen Menschen in derart kostbare Stoffe gekleidet gesehen. Um den kräftigen Bizeps der Person – war es ein Er? Eine Sie? – waren juwelenbesetzte Bänder gewickelt, und die Form seiner oder ihrer Jacke verriet, dass die Brust darunter flach war. Unter dem Bild erschien ein Banner mit der Aufschrift: ARI SHAH, GALAKTISCHE KORRESPONDENZ. »Ist das ein Mann oder eine Frau?«, fragte Kyr.

Avi verdrehte die Augen. »Ari ist Journalist*in«, antwortete er. »Bist du bereit, ein Verbrechen, das Exil oder Hinrichtung nach sich zieht, zu begehen?« Er warf ihr über seine Schulter hinweg ein breites Grinsen zu. »Wir gucken uns jetzt ein bisschen Feindpropaganda an.«

Er schnippte theatralisch mit den Fingern, und das Bild begann, sich zu bewegen. Der Mann – so hatte Kyr einzig und allein aufgrund seiner Arme entschieden – sagte »Entwicklung« und lächelte seinem unsichtbaren Publikum zu. »Ganz Chrysothemis ist in heller Aufregung seit der Bekanntmachung, dass das Kind der Weisheit zu Besuch kommen wird. Wir schalten live zu einer Expertin am Xenia-Institut, Professorin Hussain. Professorin ...« Der Bildschirm teilte sich und zeigte nun eine ältere dunkelhäutige Frau, die vor einem weißen Hintergrund mit einem kreisförmigen Muster aus grünen, diamantenähnlichen Ornamenten saß. Auch sie war kostbar gekleidet, trug ein lilafarbenes Kopftuch und ein üppig fallendes Schultertuch in derselben Farbe. »Wer – oder was – ist das Kind der Weisheit?«

»Zunächst einmal muss man verstehen, dass die Weisheit eine überaus komplizierte Technologie besitzt«, sagte die Frau mit tiefer, fester Stimme. »Nicht nur *wir* verstehen sie nicht.

Auch die Majo haben ihre Funktionsweise nicht vollständig begriffen.«

»Wie kann man eine Maschine bauen, die man nicht versteht?«, fragte der Journalist. Kyr begann sich zu fragen, ob es sich womöglich doch um eine Frau handelte, aber sie konnte sich einfach nicht endgültig entscheiden. Egal, auf welches Geschlecht sich Kyrs Hirn einschoss, die Person war gut aussehend. Das Ganze behagte ihr nicht, und es fiel ihr schwer, sich auf das zu konzentrieren, was die Professorin erzählte.

»Es ist gut möglich, dass die Majo sie sehr wohl verstanden haben, als sie sie bauten«, sagte Professorin Hussain, »aber das war vor Tausenden von Jahren. Bemerkenswerterweise ist die Weisheit imstande, sich selbst weiterzuentwickeln und zu verbessern, immer mit dem Antrieb, ihr ultimatives Ziel zu erreichen, nämlich Frieden und Glück für alle empfindungsfähigen Wesen.«

Kyr horchte auf. Sie hörte sich selbst unwillkürlich schnauben. Zwar hatte sie gewusst, dass es menschliche Kollaborateur*innen gab, aber diese schöne alte Frau die Worte *Weisheit* und *Frieden* im selben Satz sagen zu hören, hatte etwas außerordentlich Beängstigendes.

Der Journalist nickte nur. »Erzählen Sie uns also, wie das Kind der Weisheit ins Bild passt. Stimmt es, dass es über die Majoda herrscht?«

»Das ist ein weitverbreiteter Irrglaube«, antwortete Professorin Hussain. »Die Majoda ist kein einzelner Staat. Sie ist weniger eine Föderation, sondern vielmehr eine lose zusammenhängende Gesellschaft aus vielen Tausend unabhängigen Welten – und darum gibt es auch keinen Anführer und keine Anführerin.«

»Aber die Weisheit vereint diese unabhängigen Welten«, sagte der Journalist.

»Das stimmt. Die Weisheit ist eine Technologie, die dazu

gedacht ist, die gesamte Majoda in Richtung Allgemeinwohl zu steuern – was auch immer das bedeuten mag.«

»Und was genau, wenn kein Anführer, ist dann ein Kind der Weisheit?«

»Nun ja«, sagte Professorin Hussain, »in vielerlei Hinsicht lautet die Antwort: Wir wissen es nicht. Die Weisheit entwickelt diese Individuen nach ihren eigenen Vorgaben und produziert sie in künstlichen Reproduktionsumgebungen. Sie selbst scheinen nicht zu wissen, wozu sie da sind. Viele von ihnen sind als Wissenschaftler*innen, Philosoph*innen oder sogar Anführer*innen in die Geschichte der Majoda eingegangen – aber noch weit mehr haben ein ganz gewöhnliches, unauffälliges Leben geführt. Die am weitesten verbreitete Annahme ist die, dass die Weisheit ihre Schöpfungen – die Kinder der Weisheit – als Fallstudien betrachtet. Was natürlich die Frage aufwirft, wie empfindungsfähig die Weisheit selbst überhaupt ist. Und die Antwort darauf lautet: Auch das wissen wir nicht.«

»Was hat es denn nun mit unserem Besuch auf sich, Professorin Hussain?«

»Leru Ihenni Tan Yi«, sagte die Professorin, und der Bildschirm zeigte das Porträt eines Alien. Kyr versteifte sich. Schlanke Gestalt, riesige Augen, ein flossenartiger feiner Kamm ... Zuerst dachte Kyr, es handelte sich um den Majo, den die Victrix gefangen genommen hatten. Aber nein, das war nur ein Alien desselben Typs.

»Es muss Sie nicht überraschen, wenn Sie die Art nicht erkennen«, sagte Professorin Hussain. »Die Majo Zi werden gemeinhin als Gründungsstamm der Majoda angesehen. *Majo* ist übrigens ihr Wort für ›empfindungsfähig‹. Es gibt nur wenige von ihnen, und sie leben sehr zurückgezogen. Leru, in der Eigenschaft als Diplomat*in, ist wahrscheinlich das bekannteste Beispiel dieser Art ...«

»Stimmt es, dass Leru während des Terranischen Krieges die Majoda angeführt hat?«, unterbrach sie der Journalist.

Eine winzige Spur von Bestürzung huschte über Professorin Hussains Gesicht und war sofort wieder verschwunden. »Nun, das liegt in der Vergangenheit, und ich bin keine Historikerin«, sagte sie. »Ich bin sicher, Leru freut sich bereits auf den Besuch auf Chrysothemis und die Gastfreundschaft der Menschen, genauso wie auf die Aktivierung des Weisheitsknotens, die der nächste Schritt hin zu Frieden und Freundschaft zwischen der Menschheit und dem restlichen Universum sein wird.«

Avi schnippte mit den Fingern und hielt den Clip an, als der Journalist gerade seinen Mund öffnete, um etwas zu erwidern. Ein *Mann*, wie Kyr sich selbst mit Nachdruck ermahnte. »Okay«, sagte er. »Das war's.«

»Frieden und Freundschaft«, schnaubte Kyr. »Die sind doch krank.«

»Chrysothemis ist die einzige noch existierende Welt, die größtenteils von Menschen bewohnt wird«, sagte Avi. »Eine ehemalige Kolonie. Hat schon bald nach Beginn des Krieges kapituliert. Etwa zwei Millionen Personen leben dort.«

»*Wie* viele?« Kyr hatte nicht gewusst, dass es noch so viele Menschen im Universum gab.

»Die ganzen Aliens nicht mitgezählt«, sagte Avi. »Wusstest du das nicht?«

»Warum sollte ich irgendetwas über einen Planeten voller Verräter und Verräterinnen wissen?«

»Deine Schwester lebt dort«, sagte Avi. »Magnus hat mich mal gebeten, das herauszufinden.«

Kyr spürte den altvertrauten Stich bitterer Beunruhigung bei dem Gedanken an Ursa. Aber dieses Mal war nicht Wut allein das vorherrschende Gefühl. Da war auch eine große Angst. Sie würden die Weisheit in diese Welt abtrünniger Menschen bringen. Ursa würde ihrer Macht unterstellt sein.

»Also«, sagte sie, »glaubst du, Magnus wusste, dass sie auf Chrysothemis einen Weisheitsknoten installieren wollen, und ist dann aufgebrochen, um Ursa zu retten?«

Das klang plausibel. Mags liebte Ursa noch immer, egal, was sie getan hatte. Sogar noch, nachdem sie Kyr und Mags und Gaia im Stich gelassen hatte.

»Nein«, sagte Avi. »Dieser Interviewclip war mit Mags' Akte verknüpft. Ich glaube, der Führungsstab wusste es. Und sie waren es, die ihn dorthin geschickt haben.«

»Um was zu tun?«

Avi holte tief Luft. »Und jetzt kommt das, was uns definitiv verraten wird«, sagte er und holte wieder Mags' Akte hervor, dieses überlebensgroße Bild, um das herum jeder Eintrag schwirrte, den der Führungsstab je über Kyrs Bruder gemacht hatte. Dann verschwanden plötzlich all diese Textfetzen bis auf einen: KOJOTEN/MAGNUS – FEROX (VERW.).

Avi zog die Augenbrauen hoch. Er schnippte mit den Fingern in Richtung Steuerpult, und der Text änderte seine Farbe. Er war nun rot und lautete: KOJOTE/MAGNUS – ANGRIFF.

»Sie haben ihn dorthin geschickt, um zu töten«, sagte Avi. »Und zu sterben.«

Kyr starrte auf die roten Wörter.

»Aber«, stammelte sie, »aber es gibt keinen *Angriff*. Das ist keine echte Zuordnung.«

»Also, für mich sieht das ziemlich echt aus.« Avi beförderte nun noch mehr roten Text zutage, außerdem Bilder von Straßen in Menschengröße unter einem bewölkten Himmel. »Hier ist die Mission. Daten, Zeiten, Kontakte, Ziele, Karten. Findest du das nicht auch komisch? Das ganze Universum bombardiert uns Tag und Nacht mit Nachrichten, aber nur dem Führungsstab ist es erlaubt, sie sich anzusehen. Das Traurige ist, dass die meisten von ihnen ihren Zugang nur dazu nutzen, Pornos zu gucken. Andere wiederum nehmen die Dinge ernster.« Avi deutete auf eine Unterschrift unter einer Reihe von stichwortartigen Anweisungen: J und ein Schnörkel. »Aulus Jole. Weißt du, ich habe mir immer schon gedacht, dass der Angriff sein Baby sein muss. Er ist der Einzige im Führungsstab ohne eigene Einheit.«

»Weil er ein Kriegsheld ist«, sagte Kyr. »Weil er für uns alle steht, weil er ...«

Aber das alles ergab Sinn. Kyr kannte Onkel Jole. Alle hier wussten, wie viel Zeit er in der Agoge damit verbrachte, seinen verlorenen Kampf wieder und wieder zu kämpfen. Er hatte das Doomsday-Szenario auf der Grundlage dessen entwickelt, was er gesehen und erlitten hatte. Er war dabei gewesen an jenem Tag, als die Majo die Erde vernichteten. Hatte sie wirklich geglaubt, er würde nicht mehr kämpfen, kein Interesse mehr an Gaias Kämpferherz haben? Es hatte einen Grund, warum er sich nicht in die Arbeit der Kampf-Geschwader eingemischt hatte.

Er besaß ein eigenes.

Und dafür hatte er Magnus gebraucht.

»Warum sollten sie sonst immer wieder Leute gehen lassen?«, fragte Avi. »Das ganze Gequatsche über die Unantastbarkeit des menschlichen Lebens und dass niemand dienen muss. Glaubst du wirklich, sie gehen das Risiko ein, dass irgendwelche Überläufer*innen den Majo etwas über unser Verteidigungssystem erzählen?« Avi lächelte grimmig. »Nein. Aber sie lassen es dennoch zu, denn dann und wann wollen sie den Rest des Universums daran erinnern, dass wir noch da sind, dass wir noch wütend sind, und dann und wann gibt es da einen Verräter, der in Wahrheit keiner ist.«

Kyr trat einen Schritt näher an den in der Luft schwebenden Namen ihres Onkels heran. Sie begann zu lesen, was darüberstand – es klang wie die Beschreibung eines Agoge-Levels. *Ziele. Hindernisse. Warnungen.* Kyr presste die Lippen aufeinander und atmete laut durch die Nase.

Während sie noch las, fuhr Avi mit seiner Hand über das Steuerpult, und alles, was er hervorgeholt hatte, verschwand wieder: der Journalist von Chrysothemis, das überlebensgroße Abbild von Mags, der Block mit den Anweisungen und Fotografien und Karten. »Ich war noch nicht fertig«, beschwerte sich Kyr.

»Mach die Dinge nicht noch schwerer für dich«, sagte Avi. »Wenn Lin morgen Wind von der Sache bekommt, sollst du sagen können, dass du ein braves Mädchen warst und aufgehört hast zu lesen, als dir klar wurde, dass der Kram vertraulich ist. Schieb's ruhig auf mich, wenn du willst.«

»Das Ganze war meine Idee«, sagte Kyr. »Ich hab dir gesagt, dass du es tun sollst.«

»Heißt das, du würdest mir *nicht* die Schuld geben?«

»Nein.«

»Hm.«

Ohne die Agoge, die den Raum mit Informationen füllte, standen sie beide nun ein wenig ratlos in dem kalten Plastahl-Raum mit seiner hohen Decke und dem dumpfen Summen in der Luft. Avi schob sich das hässliche Gewirr roter Haare aus dem Gesicht. »Tja. Dein Bruder ist fortgegangen, um ein Held zu werden. Zufrieden?«

Seine Worte drangen kaum an Kyrs Ohr. Ihr Kopf schwirrte von den Textbausteinen, die sie hatte lesen können. Mags' Trainingsergebnisse waren besser als ihre, weil er größer, stärker und schneller war. Alle Kojoten waren größer, stärker und schneller als Kyr. Sie war für den Krieg gemacht, aber das waren auch sie. Schon früh war ihr klar geworden, dass sie, auch wenn sie an die Grenzen ihrer körperlichen Fähigkeiten ging, dennoch niemals die Jungs schlagen würde. Sie musste es anders versuchen. Mags hatte Avi gebraucht, um ihn durch Doomsday zu bringen, Kyr aber hatte es vor weniger als einer Woche beinahe allein geschafft – *nachdem* Jole es schwerer gemacht hatte. Sie war gut darin, sich einen Weg durch einen scheinbar unmöglichen Kampf zu denken. Das war die eine Sache, in der sie besser war als Mags.

»Ich bin nicht zufrieden«, sagte sie.

Mags' Angriffsmission konzentrierte sich auf einen ganz bestimmten Augenblick: die Ankunft Lerus auf Chrysothemis. Und auf die Menge, die sich einfinden würde, um zuzusehen, wie die verräterischen menschlichen Diplomat*innen das Alien begrüßten. Jole hatte einen Ausblick auf die zu erwartenden Sicherheitsmaßnahmen gegeben: Aliens und Menschen, die schlagkräftigsten Waffen der Majoda – die Majo waren körperlich schwach, ihre Drohnen aber Furcht einflößend – und die Weisheit, die zu allen möglichen die Realität verzerrenden Tricks imstande war.

»Er wird sterben«, sagte Kyr.

»Was glaubst du, wozu das Angriff-Geschwader da ist?«, fragte Avi. »Na klar wird er sterben. Das war von Anfang an der Plan.«

Kyr hatte den Eindruck, dass Avis lässiger Ton nicht aufrichtig war. In seinem Silberblick lag Leere. Er war Mags' Freund. »Er wird sterben, und das wird nicht einmal einen Unterschied machen«, sagte sie. »Er soll sich auf die Menge konzentrieren. Die Majo sind überhaupt nicht sein Ziel. Er wird nichts ändern, er wird nichts aufhalten, er wird einfach sterben, während er Menschen tötet, und es wird ganz egal sein und ... Die Mission ist falsch!«

Kyr konnte nicht glauben, was sie ihre Stimme da sagen hörte. Aber es stimmte. Der Führungsstab tat das Falsche. Onkel Jole tat das Falsche. Sie schickten Kyrs Bruder in einen bedeutungslosen Tod. Es war ihrer aller Pflicht, zu gehorchen, aber das hier war Verschwendung, das war unsinnig, das war *dumm*.

Kyr versuchte, sich daran zu hindern, den Gedanken, der

in ihrem Kopf aufblitzte, zu Ende zu denken. Aber die Möglichkeit, die darin lag, hatte so viel Gewicht, dass alles um sie herum verschwamm. Wenn der Führungsstab in Bezug auf Mags so derart falschliegen konnte – vielleicht war das dann nicht der einzige Fehler, den er bisher gemacht hatte. Vielleicht lagen sie auch bei Kyr falsch. Vielleicht hatten sie falsch beurteilt, auf welche Art sie der Menschheit dienen sollte.

Sie konnte alles verändern.

Sie konnte dem Führungsstab zeigen, wozu sie wirklich fähig war. Sie konnte ihren Bruder vor einem sinnlosen Tod retten. Sie konnte zum Universum, zum Universum der Weisheit, das die Majo zu besitzen glaubten, sagen: *Ihr habt unsere Welt vernichtet, aber wir sind noch am Leben. Wir haben nicht vergessen. Wir werden nicht vergeben.*

Die Kinder der Erde leben.

Und solange wir leben, soll der Feind uns fürchten.

Kyr presste ihre Faust gegen die Brust, als fühlte sie, wie sich die Erkenntnis hell wie ein Stern von dort aus ausbreitete. Dann drehte sie sich zu Avi um, der sie unsicher beäugte. Zeit, sie hatten keine Zeit. Wie lange noch, bis sie sich bei Sergeant Sif zum Dienst melden musste? Die Zuordnung zu verweigern, bedeutete, sich erklären zu müssen, und Kyr glaubte nicht, dass sie die strahlende Entscheidung in ihrem Inneren würde verbergen können. Es würde auch nicht ausreichen, Commander Jole zu sagen, dass er im Unrecht war. Sie musste es beweisen.

»Ich brauche deine Hilfe«, sagte sie.

»Ich habe dir geholfen«, sagte Avi. »Was willst du noch?«

»Ich werde ihm folgen.«

Avis Kiefer arbeitete. »Okay, ich nehm's zurück«, sagte er. »Du bist nicht der Regeltyp. Du bist *verrückt*. Und was, bitte, glaubst du, wirst du dann tun?«

Kyr antwortete wahrheitsgemäß. »Ich werde meinem Bruder das Leben retten. Und du wirst mir dabei helfen.«

»Warum sollte ich?«

»Du bist in ihn verliebt«, sagte Kyr siegessicher. »Oder etwa nicht?«

Nur so ergab ihre merkwürdige Freundschaft Sinn. Nur so. Mags' Schwäche für hoffnungslose Fälle bedurfte keiner Erklärung, aber auf der anderen Seite der Gleichung stand Avi, der eindeutig ein Arschloch war. Kyr und Mags gehörten derselben sorgfältig gezüchteten Kriegszucht-Linie an. Es ging einzig und allein um den physisch perfekten Menschen. Als Mags also – groß, schön, der perfekte Soldat – Avi bemerkt und angefangen hatte, mit ihm zu sprechen, sich für seine Spiele und Tagträumereien zu interessieren, für seine imaginären Städte und seinen Garten am Kliff, wie hätte sich Avi, der scharfzüngige, einsame, kleine queere Typ, der er nun mal war, da nicht in ihn verlieben sollen?

Er tat Kyr fast ein wenig leid.

Avi guckte sie genauso verdutzt an wie eben, als sie gesagt hatte, sie würde ihm nicht die Schuld an ihrer Aktion geben.

»Und das stört dich nicht?«

»Ist mir egal. Hilf mir, ihn zu retten.«

»Gaia besitzt keine mittelgroßen Schiffe«, sagte Avi. »Wir haben immer noch die Schattenmotoren der Schlachtschiffe, aber ohne etwas von der Größe eines solchen Schlachtschiffs, das den Dimensionssprung abfedern könnte, sind sie ziemlich nutzlos. Sie kriegen Abtrünnige von der Station, indem sie sie auf einem Asteroiden in der Neutralen Zone absetzen, mit Luft für drei Tage und einem Notsignalgerät. Das funktioniert aber nur, wenn sie nicht versuchen, dich hierzubehalten. Doch das werden sie, Valkyr.«

Kyr antwortete nicht.

»Es ist die Krippe geworden, stimmt's? Sie wollen noch weitere zehn Magnusse, und du sollst sie ihnen geben.«

»Das ist alles egal«, sagte Kyr. »Ich hole ihn nach Hause.«

»Ich habe eine Bedingung«, sagte Avi.
»Welche?«
»Du musst mich mitnehmen.«

Kyr musterte ihn. Er war zu dünn und zu klein und hatte seine Kadettenjahre damit zugebracht, die Drill-Stunden zu schwänzen. Seit er dem Systeme-Geschwader zugeordnet worden war, standen die Chancen gut, dass er lediglich das Minimum an den geforderten Fitnesseinheiten absolvierte. Darüber hinaus legte sein Schielen nahe, dass er Probleme mit dem Sehen hatte. Er würde komplett nutzlos sein, ein Klotz an Kyrs Bein, wenn sie versuchen würde, ihr eigenes Schicksal und das des letzten existierenden Menschenplaneten umzukehren und das Leben ihres Bruders zu retten.

»Warum bist du eigentlich nicht schon längst abgehauen?«

»Sie haben unsere Welt vernichtet«, sagte Avi. »Die Agoge ist hier.« Er zählte die Gründe an den Fingern ab: eins, zwei. Dann streckte er den dritten aus. »Und ... der Führungsstab weiß nicht, wie viel ich über Gaias Funktionsweise weiß, nur, dass es mehr ist, als ich wissen sollte. Wenn du deine Zuordnung ablehnst, wirst du abtrünnig. Sie lassen dich gehen, bevor du den Majo irgendwas Wichtiges verraten kannst, denn nicht zugeordnete Kids wissen nichts. Nur ich, ich wusste schon mit vierzehn zu viel.«

»Also würden sie dich nicht gehen lassen ...«, schloss Kyr. Eine vernünftige Sicherheitsmaßnahme.

»Sie haben mir am Tag meiner Zuordnung sehr deutlich zu verstehen gegeben, dass sie mich erschießen, sollte ich es versuchen.«

»Warum haben sie dich nicht so oder so erschossen?«

»Wahrscheinlich, weil ich ein Genie bin«, sagte Avi. »Auf Gaia gibt es viele Leute wie dich. Gute Soldat*innen, die bereit sind, für die Menschheit zu sterben. Aber jemanden wie mich haben sie nicht noch einmal.« Er verschränkte die Arme vor der Brust. »Also, wie sieht es aus? Wenn du meine Hilfe willst, ist das der Preis. Nimm mich mit. Und du kannst gern versuchen, Magnus nach Hause zu holen, aber ich werde nicht zurückkommen.«

Kyrs Plan würde Gaia und die Menschheit also einen wichtigen Akteur kosten. Widerwillig musste sie zugeben, dass Avi nützlich sein konnte, solange man ihn von jeglicher Art von körperlichem Kampf fernhielt. Er war schlau. Das Agoge-Szenario, das er entwickelt hatte, war detailreicher und realer gewesen als alles, was Kyr bis dahin untergekommen war, ausgenommen vielleicht die Szenarios, die Jole kreiert hatte. Wahrscheinlich hoffte der Führungsstab, Avi durch die langweilige Systeme-Arbeit, die er ganz offensichtlich hasste, die Ecken und Kanten zu nehmen, um ihn dann später für Gaias Zwecke einsetzen zu können.

Aber all das war nicht wichtig. Am Ende des Tages waren Mags und Kyr zusammen für die Zukunft der Menschheit von größerem Wert, als es jemand wie Avi jemals sein würde. Es war den Handel wert. Es musste sein.

»Na gut«, sagte sie. »Ich nehme dich mit.«

7

SCHLACHTSCHIFF

Es hatte nie genug Ressourcen gegeben, um auf Gaia ein Gefängnis zu bauen. Abgesehen davon brauchte es das eigentlich auch nicht, denn jedes der vier Schlachtschiffe im Herzen der Station besaß ein Schiffsgefängnis. Wenn es doch einmal nötig wurde, Ressourcen zu verschwenden, indem man jemanden am Leben hielt, der nichts leistete, musste die Systeme-Einheit lediglich die Überwachungstechnik reaktivieren.

Kyr war noch nie im leeren Rumpf der *Victrix* gewesen.

Sie ließ Avi, ausgestattet mit einem Wurfhaken, in den schattigen Höhlen unterhalb der Sonnentracker stehen. Er sah hinab auf das Ding in seiner Hand, als hätte sie ihm eine Ranke einer Giftpflanze gereicht.

»Der wird dich schon nicht beißen«, sagte sie.

»Ist das wirklich nötig?«, fragte Avi. »Wäre es nicht schlauer, wenn ich irgendwo bei den Lagerräumen im Oikos warten würde ...«

»Okay«, unterbrach ihn Kyr, »willst du nun, dass ich dich mitnehme, oder nicht?«

»Ich meine ja nur, dass ...«

»Sergeant Harriman und seine Wachen würden dich nach zehn Minuten einsammeln«, sagte Kyr. Avi wusste das selbst, das konnte sie an seinem Gesicht ablesen. Er war einfach nur ein Feigling. »Niemand kommt vor dem nächsten Schichtwechsel hier vorbei. Warte auf mein Zeichen und dann spring. Du hast sechs Minuten.«

Avi sah aus, als würde ihm schlecht werden. »Ich hätte mich nie auf diesen Scheiß einlassen sollen. Bist du sicher, dass das genug Zeit ...«

»Ich schaffe es von hier bis zu den Drill-Räumen in unter fünf«, sagte Kyr, »und das ist zweimal so weit.«

»Du bist ja auch eine genmanipulierte Killermaschine«, murmelte Avi. »Okay, okay.«

»Oder wir nehmen stattdessen eine Rakete«, sagte Kyr. Sie war dafür gewesen. Avis Plan behagte ihr nicht.

»Nein«, sagte er. »Glaub mir, wir würden sterben. Die Einzige, der je die Flucht auf diesem Wege gelungen ist, war deine Schwester. Und die hatte eine Geisel genommen.«

Eine Geisel? Davon hatte Kyr noch nie gehört. Aber es war ihr auch egal, was Ursa getan hatte. Sie war nicht wie sie, und das hier hatte rein gar nichts mit ihr zu tun. »In Ordnung«, sagte sie.

Kyr selbst hatte keinen Wurfhaken. Man konnte nicht zu viel auf einmal aus dem Drill-Lager ausleihen, und nach reiflicher Überlegung hatte sie gar nichts genommen. Eine Schusswaffe wäre gut gewesen, aber um die zu bekommen, musste man fragen und dann direkt zum Schießplatz gehen. Die Gefahr, erwischt zu werden, war zu groß. Die Erwachsenen trugen alle ein Feldmesser bei sich, aber Kyr, die offiziell noch nicht zugeordnet war, zählte noch nicht dazu. Und Avi hatte seins gegen eine Essensration eingetauscht.

»Okay«, sagte Kyr. Sie stand an dem Felsspalt, der durch die Mitte der Höhle lief. Gaias Zentrum war von Tunneln durchzogen. Kyr kannte sie alle gut, denn sie hatte sehr viel Zeit damit verbracht, hier ihren Fünf-Minuten-Sprint zu üben. Sie konnte es schaffen.

Und dann sprang sie.

Der erste Felsvorsprung war knapp zwei Meter weiter unten. Kyr kam auf und schwang sich über die Felskante, suchte automatisch mit den Händen nach Halt. Normalerweise benutzte sie auf diesem Abschnitt ein Seil aus Synthetikfaser; das hieß aber längst nicht, dass sie auch eines brauchte. Die Tunnelwände bestanden aus natürlichem rauem Stein. Kyr hatte keine Handschuhe, und schon bald waren ihre Hände aufgerissen und brannten wie Feuer. Sie musste sich mit ihren Fingerspitzen festklammern und immer dann loslassen, wenn sie an einem Tunneleingang vorbeikam, der auf einem Seitenweg zu den Systeme-Räumen führte.

Jetzt wurde es schwieriger.

Je näher man den Schattenmotoren im Herzen von Station Gaias Heimatplanetoiden kam, desto weniger gab es ein Unten oder Oben. Kyr kroch so schnell voran, wie sie es wagte, und klammerte sich auch dann an den Fels, wenn sie hätte aufstehen und ihn Boden nennen können. Sie ignorierte das Kribbeln in ihrer Magengegend, wenn sie sicher war, mit dem Kopf nach unten zu hängen. Manchmal war es leichter, einfach die Augen zu schließen. Alles war an diesem Punkt leichter mit einem Seil, so viel stand fest. Kyr biss die Zähne zusammen. Avi würde das hier niemals ohne Wurfhaken schaffen, sie schon, also schaffte sie es auch.

Als sie ein Geräusch hörte, öffnete Kyr die Augen wieder. Es klang ein bisschen wie das Summen in der Agoge, nur lauter, und war von einer Qualität, die Kyr in den Zähnen schmerzte. Sie hatte schon Leute behaupten hören, dass einem, wenn man hier länger bliebe, die Zähne ausfielen. Es hieß auch, man würde aus den Augen bluten. Es gab Gerüchte über einen Kadetten, der angeblich danebengesprungen und, über fünfzehn Dimensionen verschmiert, gestorben war.

Kyr kauerte auf einem Felsvorsprung unter dem Rand eines Tunnels, durch den sie gerade gekrochen war. Ihr verwirrtes

Innenohr hatte sich für *hoch* entschieden, also blickte sie nach oben, nicht hinunter in Gaias zentrale Höhlenkammer. Über ihrem Kopf hingen in mächtigen improvisierten Gestellen, zusammengehalten von dicken, frei liegenden und bei Berührung absolut tödlichen Kabeln, die vier großen Schattenmotoren, die Gaias Schwerkraft sicherstellten. Grüne Geisterlichter flackerten über sie hinweg, während sie zwischen den Universen wanderten.

Sie taten nicht viel mehr, als sich um die Schwerkraft zu kümmern. Als Vic sich damals auf die Sache eingeschossen hatte, sprach sie wochenlang von nichts anderem mehr: Gaia besaß doch tatsächlich eine Energiequelle, mindestens vierhundertmal so ertragreich wie das, was die Sonnentracker aus ihren alternden Solarsegeln herauszuholen vermochten. Aber die Schattenmotoren bei voller Leistung laufen zu lassen, war tödlich ohne die ausgeklügelten Verschalungen und Schutzschichten, die durch das Ausschlachten der Schlachtschiffe gewonnen worden waren, bevor es ein paar Patrioten gelang, den Rest zu retten. Niemand wagte es, sie auf über fünf Prozent zu bringen – nicht seit der verhängnisvollen Explosion vor fünfzehn Jahren, bei der das Genlabor zerstört worden war.

Die ungeschützten Motoren, die lediglich fünf Prozent der möglichen Energie lieferten, summten nun also leise und tödlich über Kyrs Kopf. Sie blickte sie einen kleinen Moment zu lange an. Es war ein dummer Gedanke, aber manchmal schien es fast so, als wären sie lebendig.

Die Motoren aus den Schiffen herauszubekommen, in denen sie einst verbaut waren, war nicht einfach gewesen. Die Schiffe hatten ihre Nahkampf-Schwerkraftkanonen benutzt, um Öffnungen in den Fels zu jagen, und sich dann selbst hineingestürzt. Die höhlenartigen Hangars der Ferox-, Augusta-, Scythica- und Victrix-Geschwader mündeten alle in Tunnel, die hier hinunterführten und von denen jeder mit einem Schlachtschiffwrack verschlossen wurde, das den Kern des Planetoiden abdichtete. Kyr kniff die Augen zusammen, um sie vor dem grünen Glühen zu schützen, und suchte die schablonenartige Form eines stilisierten Vs, die an den Körper einer geflügelten Frau erinnerte. Das war der Schattenmotor der *Victrix*, und er lag ganz oben in der Höhle. Der dunkle Hohlraum darüber war der einzige ungesicherte Eingang zum Victrix-Hangar.

Ungesichert war relativ. Immerhin war da noch ein aktiver Schattenmotor im Weg. Selbst mit seinen fünf Prozent Auslastung hatte er immer noch die Kraft, auch Kyr über fünfzehn Dimensionen zu verschmieren, sollte sie ihn versehentlich berühren. Außerdem verzerrten sich Zeit und Raum, je näher man kam. Darum war es nicht nur eine Frage von Vorsicht.

Es war dieser Teil der Unternehmung, den Avi ganz sicher nicht bewerkstelligen würde, das wusste Kyr genau. Und darum musste er später nachkommen.

Auch sie hatte das hier noch nie gemacht. Die Sonnentracker-Drill-Strecke führte einen mit voller Geschwindigkeit und unter Einsatz eines Wurfhakens direkt hinunter in die Mitte der Höhle, in sicherem Abstand zu den Schattenmotoren. Um schneller zu werden, musste man sich in die Schwerkraftverzerrung hineinwerfen. Auf halber Strecke stellte sich die Welt auf den Kopf, und man fiel *hinauf*, und für einen winzigen, wunderbaren Moment fühlte sich das an wie Fliegen.

In der Agoge hatte Kyr mit Sprunghaken trainiert. Spätestens in Level Elf brauchte man sie. Sie waren Schattenmotoren im Kleinformat, ausgestattet mit einem Richtungsbooster, aber man musste sich in die Ströme der Raumzeit hineinfühlen können, sonst wurde man in irgendeine Richtung geschleudert, was ähnlich fatal war, wie in eine Dimensionsfalle zu tappen. Stromschnellen hatte Onkel Jole das mal genannt. Und dann hatte er plötzlich alt ausgesehen und ungeheuer traurig.

Die vier summenden Motoren waren sehr viel größer als so ein Sprunghaken.

Der Schauder, der Kyr überlief, fühlte sich mehr nach Freude an als nach Angst.

Sie sprang.

In dem Raum zwischen den vier Motoren hatte die Schwerkraft nahezu keine Bedeutung. Avi hatte versucht, Kyr zu erklären, wie sie es anstellen musste, hatte von Feedback-Schleifen und Verzerrungsschächten gesprochen. Kyr hatte gesagt: »Man muss es wenigstens einmal selbst gesehen haben, um sicher sein zu können, oder nicht?« Genau das hatte Mags über sein Doomsday-Szenario gesagt: *Er hat mir bei ein paar erfolglosen Durchgängen zugeguckt und dann ...*

Avi schaute ernst drein. »Ja.«

»Mach dir keine Gedanken, überlasse die Sache mir.«

»Wenn du stirbst ...«

»Das werde ich nicht«, sagte Kyr. »Das kann ich nicht.«

Die Ferox lagen am nächsten. Kyr überließ sich dem Sog des Motors und wurde zur Seite gezogen. Er flackerte in einem pulsierenden Rhythmus, und Kyr spürte seine geisterhaften Herzschläge wie winzige Lichtpunkte über sich hinwegjagen – grünes Licht, warm und kalt, und dann plötzlich das Einsetzen geräuschlosen Lärms ... Der menschliche Körper vermochte nicht zu verarbeiten, was geschah, wenn man den Schattenraum durchquerte, aber er versuchte es trotzdem.

Puls. Puls. Puls. *Jetzt!*

Kyr stieß sich ab von diesem nachgebenden Nichts, das nur den Bruchteil einer Sekunde existierte, bevor es sich in eine Art alles verschlingenden Schacht verwandelte, der sie auf direktem Weg in den Schlund des Ferox-Motors befördert hätte. Kyrs Sicht begann zu flimmern, und sie sah sich selbst, halb fliegend, halb fallend, durch die hallende Höhlenkammer sausen, sah den schlanken, langbeinigen Körper aus zwei Winkeln gleichzeitig aneinander vorbeirasen: ein Zeitriss, gespiegelt. Im schrägen Winkel zu ihrem Ausgangspunkt, als sie das schlimmste Verzerrungsfeld hinter sich gebracht hatte, berührte sie einen kurzen Augenblick lang die Höhlenwand und holte Atem, wartete aber nicht. Sie war jetzt beim Motor der Augusta angekommen und musste noch weiter bis Victrix. Sie ließ sich nach hinten und hinein in den Strom des schnellen Eins-zwei-drei-Herzschlags des Augusta-Motors fallen, der einen ganz anderen Rhythmus und eine andere Verzerrungskette hatte, und ließ sich von ihm bis zur Mitte der Höhle tragen. Ihr ganzer Körper war leuchtende Bewegung. Sie spürte, wie die große, langsame Welle des Scythica-Motors sie aus der anderen Richtung zu erfassen versuchte. Sie wand sich, setzte zum Sprung an und ...

flog ...

... beinahe ungebremst in eines der Stromkabel hinein, das die Ausgangsleistung der vier Motoren miteinander verband. Kyr schrie und zog blitzschnell die Hand zurück, die sie instinktiv nach der Verstrebung der Motorenstützvorrichtung ausgestreckt hatte, um der Gefahr zu entgehen, die sie zweifellos getötet hätte. Nur wenige Zentimeter mit ihrem Gesicht vom Kabel entfernt, rauschte sie daran vorbei.

Krachend landete Kyr auf dem Höhlenboden unter dem Victrix-Motor und brach in schallendes Gelächter aus.

Das war wie Fliegen, wie der Glücksrausch, der sie durchfahren hatte, als sie Avis Ork ins Gesicht geschlagen hatte. Wie Stromschnellen. Kyrs Herz pumpte. Sie fühlte sich großartig.

Der Eingang, durch den sie hochgeklettert war, war nun ein Schacht in der Decke. Kyr klopfte an den Ohrstöpsel, den Avi ihr gegeben hatte. »Ich bin durch«, sagte sie. »Ab hier ist es einfach.«

Nach einem kurzen Moment der Stille hörte sie seine Stimme in ihrem Ohr: »Du bist wirklich komplett verrückt.«

Kyr ärgerte sich nicht einmal über ihn, sie musste ihr Lachen runterschlucken, bevor sie antwortete: »Sechs Minuten, verstanden? Ich sag dir, wann du dich in Bewegung setzen musst.«

Das einstige Kriegsschiff war komplett ausgeschlachtet. Die Panzerverschalung war schon vor Kyrs Geburt abgenommen worden, aber die Patriot*innen von Gaia hatten es nicht fertiggebracht, auch den Teil am Bug zu entfernen, auf dem in Buchstaben, die zweimal so groß waren wie Kyr, der Name des Schiffs geschrieben stand: TE-66 VICTRIX. Darunter hing ein Stück Metall, das mit der geflügelten Frau, dem Symbol der Victrix, versehen war. Ihr riesiges Gesicht blickte aus dem Schatten auf Kyr hinab, streng und still. Das einzige Licht, ein flackerndes Grün, kam aus dem Tunnel hinter Kyr, der hinunter zu den Schattenmotoren im Herzen der Station führte.

Kyr erlaubte sich keine Pause. Sie kletterte über die Reste von Waffengehäusen, außen liegenden Schildgeneratoren und Solarsegelhalterungen, bis sie auf eine kaputte Luftschleuse stieß. Avi hatte eine Skizze auftreiben können und es ihr gezeigt: Hier lag der Weg zur Brücke.

Kyr stemmte die innere Klappe auf, die Beine gegen einen der Schleusenflügel gestemmt, den Rücken gegen den anderen. Als sie sich plötzlich öffnete, fiel Kyr zusammen mit einem Stück Metall hindurch – sehr geräuschvoll, wie es ihr schien. Kyr erstarrte.

Nichts passierte. Dann flackerte um sie herum eine schwach rote Notbeleuchtung auf. Kyr rief sich in Erinnerung, was sie von außen gesehen hatte: Die *Victrix* lehnte, Nase voran, in Richtung Mitte der Station. Technisch gesehen musste sie eigentlich nach oben, aber jetzt gerade fühlte es sich eher so an, als müsste es hinuntergehen.

Kyr folgte dem geneigten Korridor bis zu einer Kurve. Und die Notbeleuchtung folgte ihr. Sie hätte sich gewünscht, dass sie das nicht tat, auch wenn es unmöglich war, dass sich irgendjemand in diesem Teil des leeren Schlachtschiffs aufhielt. Das rote Leuchten zog immer wieder ihre Aufmerksamkeit an, und selbst ihr Atem schien zu laut.

»Ich bin da«, flüsterte Kyr, als sie die Brücke erreicht hatte. »Was soll ich machen?«

»Hilfsenergie«, sagte Avi in ihrem Ohr. »Links von dir. Schlag das Glas ein, Hand auf die Fläche.«

Das Glas war bereits eingeschlagen worden. Um Kyrs Füße herum lagen überall Scherben. Sie legte die Hand auf die schwarze, wie eine Hand geformte Fläche dahinter und hörte – oder fühlte? – ein Summen als Antwort. Die rote Notbeleuchtung, so kam es ihr vor, leuchtete ein wenig heller auf. »Und jetzt?«

»Brückenkonsole manipulieren. Genau vor dir. Und vor der Nase des Admirals.«

Kyr sah, was Avi meinte. Die Kommandobrücke des Schiffs war so angelegt, dass jemand, der auf der Plattform im hinteren Bereich, der Admiralsbrücke, auf einem Stuhl saß, alles im Blick hatte, was dort vor sich ging, und sofort Augenkontakt mit jeder beliebigen Person auf der Kommandobrücke herstellen konnte, mit der er zu sprechen wünschte. Die Konsole, die Avi meinte, befand sich direkt darunter. Als Kyr sie berührte, leuchtete eine Reihe von Lichtern auf. Eines von ihnen flackerte in einem ihr nur allzu bekannten Muster: *Notfall.* Kyr runzelte die Stirn und legte eine Hand auf das Licht.

»Was machst du da?!«

»...ston. Ich wiederhole, hier ist Admiralin Elora Marston, *TE-66 Victrix.*« Die Stimme einer Frau. Kyr rührte sich nicht. Elora. Kannte sie den Namen nicht irgendwoher?

Der Name stand auf der Fotografie in Joles Büro, richtig: Kyrs biologische Mutter. Aber sie war nur Junioroffizierin gewesen, das hatte ihnen Onkel Jole erzählt. Diese Elora hier war

Admiralin im Terranischen Expeditionskorps. In Gaias Kommandostruktur gab es für Frauen keinen höheren Rang als Sergeant. Und auch den trugen nur wenige. Eine davon war Sergeant Sif in der Krippe, und bei ihr handelte es sich um einen reinen Ehrentitel.

Die Stimme brach mit einem Aufkreischen ab und setzte dann erneut an: »...*ix*. Die Entführer haben die Waffen achtern und den Raketen-Hangar unter ihre Kontrolle gebracht. Mein Second-in-Command und mein Systeme-Chef sind bestochen worden. Die Offiziere Nguyen und Villeneuve sind tot. Ich habe die Brücke abgeriegelt. Ich werde versuchen ...«

Ein weiteres Kreischen.

»... Schattenmotor«, keuchte Admiralin Marston. »Wenn diese verdammten Idioten den Krieg wirklich *jetzt* neu entfachen wollen, dann müssen sie erst einmal an mir vorbei.« Mehr Kreischen. Dann begann der Notruf von Neuem.

Kyr hielt die Aufnahme an, als Admiralin Marston gerade damit fertig war, sich vorzustellen. Sie blickte von der Konsole hinauf zur Admiralsbrücke. An der weißen Plastahl-Wand befand sich eine lange dunkle Schmierspur.

Sie wusste nicht, warum sie sich das so lange angehört hatte. Eine Admiralin, aber auch eine Verräterin. Sie hatte sich den Patriot*innen in den Weg gestellt, die die *Victrix* für Station Gaia beanspruchten. In Kyrs Augen war sie ein Nichts.

Aber offensichtlich hatte sie sowieso versagt und bekommen, was sie verdiente.

»Warum war das immer noch hier?«, fragte Kyr.

»Ich weiß es nicht«, antwortete Avi leise. Kyr stellte sich vor, wie er allein in den Höhlen unter dem Systeme-Trakt stand, oben am Tunneleingang, der hier hinunterführte, und sich an dem Wurfhaken festklammerte, den sie ihm gegeben hatte. Er wäre ohne sie wirklich hoffnungslos verloren.

Jetzt leitete Avi Kyr zurück zu der Konsole und ließ sie, wie ursprünglich geplant, eine Reihe von Befehlen eingeben, die sie nicht verstand. »Alles klar«, sagte er schließlich. »Jetzt liegt es an dir. Ich kann das alles von hier aus auf den Weg bringen, wenn du mir das Stichwort gibst. Würde uns etwas Zeit verschaffen.«

»Und dann springst du«, sagte Kyr. »Wenn du wirklich mitkommen willst.«

»Wenn ich jetzt nicht mitkomme, bin ich tot, Genie hin oder her«, erwiderte Avi. »Verdammt, was ich alles anstellen könnte mit diesen wunderschönen Motoren ... Na gut. Du bist auf dich gestellt.« Und dann fügte er widerwillig hinzu: »Viel Glück.«

»Danke.«

Kyrs Stimme hallte durch die Stille auf der Kommandobrücke. Noch nie war sie hier gewesen. Sie sah sich ein letztes Mal um. In einer Ecke entdeckte sie Spuren schwarzen Gaia-Staubs. Das war merkwürdig, weil es bedeutete, dass jemand hier gewesen war, aber offensichtlich nichts verändert hatte, als wäre dieser Ort eine Art heiliger Schrein. Kyr vermied es, die verschmierten Blutspuren oben an der Wand hinter der Admiralsbrücke direkt anzusehen. Wenn man einen Menschen ohne viel Aufwand umbringen wollte, ging das normalerweise ordentlicher. Wenn es so sehr spritzte, steckte Absicht dahinter. Da musste es jemand ernst gemeint haben.

Aus irgendeinem Grund dachte Kyr an Avis Orks mit ihren riesigen Hauern, wie sie auf sie zugelaufen waren, acht Feinde, alle zweimal so groß wie sie.

Die Blutspuren reichten bis auf den Boden. Kyr entdeckte Fußabdrücke darin. Zumindest waren es keine acht Paare.

Sie verschwendete ihre Zeit.

Nur eine einzige Wache war im Schiffsgefängnis stationiert. Das Problem mit Gefangenen war, dass sie auf mindestens zwei Arten Ressourcen verschwendeten: erst einmal das, was der

Gefangene zum Überleben brauchte, und dann die Person, die herumstand und nichts tat, außer aufzupassen. Trotzdem hatte Kyr zwei Wachen erwartet. Sie kroch über Balken, die einmal eine Decke gestützt hatten, um besser sehen zu können, aber ihr erster Eindruck hatte gestimmt.

Sie erkannte den Soldaten nicht. Er war alt genug, um ein paar graue Haare auf dem Kopf zu haben, und er gähnte ununterbrochen. Er schaute nicht ein einziges Mal auf. Kyr wünschte sich beinahe, er würde es tun. Sie malte es sich aus: Er würde hochschauen und fürchterlich erschrecken, sie würde daraufhin springen, auf seinen Schultern landen und ihn umwerfen, ehe er überhaupt reagieren konnte ...

Er sah nicht auf. Kyr kroch auf ihrem Balken zurück, bis sie außer Sicht war, dann ließ sie sich sachte auf den Boden gleiten, fuhr mit den Fingern durch ihren Pony, um den groben schwarzen Schmutz loszuwerden, und kam selbstbewusst um die Ecke spaziert. »Eine Nachricht für Sie, Sir«, sagte sie und salutierte.

»Sir« war geschmeichelt: Er besaß keinerlei Abzeichen.

Der überraschte Soldat streckte seine Hand aus, um das Papier in Empfang zu nehmen. Kyr reichte ihm das Einzige, das sie besaß: ihre Zuordnung. *Sperlinge/Valkyr: KRIPPE*. Es war völlig zerknittert.

Während der Soldat das Papier noch auseinanderfaltete, brachte ihn Kyr mit einem gezielten Schlag zu Fall, legte ihm den Arm um den Hals und drückte zu. Er hatte kaum genug Zeit, aufzuschreien.

Noch ein paar erstickte Geräusche, dann sackte er bewusstlos zusammen. Kyr wartete bewegungslos. In ihrem Ohr meldete sich Avi: »Er hatte ein Funkgerät, aber eins von den beschissenen. Schlechte Übertragung, Systeme hat nichts mitgekriegt.«

»Okay«, sagte Kyr.

Der Soldat atmete jetzt einigermaßen stabil, wenn auch ein wenig rasselnd. Es wäre sicherer gewesen, ihn zu töten. Wäre er ein Alien und Kyr in der Agoge gewesen, sie hätte ihn getötet. Wäre sie ihrem ersten Impuls gefolgt und auf ihn draufgesprungen, hätte sie es vermutlich ebenfalls getan.

Aber er war eine reale Person, er war ein Mensch.

Sie nahm ihm das Papier aus den regungslosen Fingern und entwendete ihm dann sein Feldmesser und seine Pistole. Andere Waffen trug er nicht bei sich. Wenn man nichts weiter tat, als vor einer Gefängniszelle herumzustehen, brauchte man die auch nicht. Trotzdem – Soldat*innen im Dienst sollten Kyrs Meinung nach immer vollständig ausgerüstet sein, falls die Majo angriffen.

Sie bückte sich erneut und nahm dem Soldaten sein Victrix-Abzeichen ab. Es war eins von den alten: Die geflügelte Frau war hier äußerst sorgfältig eingraviert, bis hin zu den Details ihres ernsten Gesichts und den einzelnen Federn auf ihren Schultern. Kyr hatte geglaubt, sie würde inzwischen längst so etwas in der Art selbst tragen.

Sie ließ das Abzeichen zusammen mit dem Durchschlag in ihrer Tasche verschwinden. Messer und Pistole befestigte sie an ihrem Gürtel.

»Jetzt die Energie hier unten«, murmelte sie Avi zu und wandte sich zur Gefängniszelle um.

Eine Sekunde später erlosch das schwache Licht über dem Zellenschloss. Es war kaum noch ein Flackern, aber Kyr hatte genug Zeit, die Tür mit der Schulter aufzudrücken.

Das Majo saß auf dem nackten Zellenboden. Einen kurzen Moment machte es den Anschein, als hätte es keine Arme, aber dann erkannte Kyr, dass sie auf seinem Rücken gefesselt waren. Jemand hatte ihm Menschenkleidung angezogen, eine geflickte graue Kadettenuniform. Auf einer seiner Wangen war noch immer eine lila Verfärbung zu sehen, und dort, wo der Kragen seines Hemdes zu locker am Hals saß, noch weitere. Seine silbrigen Augen waren auf die Tür gerichtet, oder zumindest vermutete Kyr das, denn ohne Pupillen war das nicht eindeutig zu sagen. Der Kamm lag flach an seinem Schädel an, und die langen, schmalen Ohren regten sich nicht. Bis auf ein schwaches rötliches Schimmern um den Türrahmen herum war es dunkel in der Zelle. Kyr konnte sehen, wie sich die rote rechteckige Form in den Augen des Aliens spiegelte.

Sie sah das Alien an, und das Alien sah sie an. Zuerst reagierte es nicht, dann aber zuckten seine Ohren, und sein Kamm stellte sich ein wenig auf.

»Haben wir uns nicht schon einmal gesehen?«, fragte es leise.

Kyr antwortete nicht.

Das Alien legte den Kopf schief. Sein Blick wanderte zu Kyrs Hand, die sich auf den Knauf ihres gestohlenen Feldmessers gelegt hatte.

»Warum hast *du* Angst vor *mir*?«, fragte es.

Kyr zog das Messer aus seiner Scheide. Sie ging auf das Majo zu, kniete sich hin und durchtrennte das Seil, mit dem dessen Hände zusammengebunden waren. Es war viel Seil. Irgendjemand hatte sicherstellen wollen, dass er sich auch wirklich nicht würde bewegen können. Einer seiner komischen langen Finger war geschwollen und zeigte in die falsche Richtung. Vermutlich gebrochen.

Es war schwierig, das Alien beim Durchschneiden des Seils nicht zu berühren, denn es versuchte unaufhörlich, seinen Kopf zu drehen, um erkennen zu können, was Kyr dort machte. Eines seiner langen beweglichen Ohren streifte ihren Arm. Kyr gab sich Mühe, nicht zusammenzufahren. Vor *einem* Majo hatte sie keine Angst.

»Steh auf«, sagte sie, als das Seil durchtrennt war.

Das Majo rührte sich nicht. »Ich verstehe nicht. Bist du gekommen, um mich zu töten?«

»Sei still. *Steh auf.*«

»Ich will nicht sterben«, sagte es. »Ich bin eine Person. Ich bin empfindungsfähig. Ich will nicht sterben. Verstehst du das?«

»Ich hab keine Zeit für diesen Quatsch«, sagte Kyr, schob ihre Hände unter die Achseln des Majo und trug es aus der Zelle. Es wimmerte. Seine umherfuchtelnde Hand berührte Kyrs. Seine Haut war kühl, und von seinen Handgelenken aus wuchs ihm ein gleichmäßiges Muster aus kurzen, feinen Haaren – Pelz oder was auch immer – in diagonalen, dunkler werdenden Linien die Arme hinauf.

»Kannst du laufen?«, fragte Kyr barsch und beeilte sich, das Alien loszulassen.

»Vielleicht.«

»Kannst du *rennen*?«

»Ziemlich sicher nicht so schnell wie du, und das galt auch schon, bevor ihr alle angefangen habt, mich zu treten. Ehrlich gesagt möchte ich lieber hier getötet werden, glaube ich.«

Es versuchte, sich wieder hinzusetzen. Kyr griff nach seinem Handgelenk und zerrte es hoch. Das Majo schrie auf. Und dann war plötzlich für einen kurzen Moment alles sehr seltsam. Kyrs Sicht verschwamm. Für eine Sekunde war sie ganz sicher, dass sie den Soldaten dort draußen doch getötet hatte, dass sie ihm das Genick gebrochen und ihn hatte fallen sehen; sie erinnerte sich an das schreckliche Geräusch brechender Knochen.

Das Majo zog blitzschnell seine Hand zurück, als hätte das Alien es ebenso komisch gefunden, Kyr zu berühren, wie umgekehrt. »Was war das?«, fuhr Kyr es an.

»Was?«, fragte das Majo unschuldig. »Nichts. Ich habe keine Ahnung, wovon du sprichst.«

»Verdammt, Kyr, sei nett zu ihm«, zischte Avi in ihrem Ohr. »Hast du davon schon mal was gehört? Soll ich dir das auch vorsagen? Stell dir einfach vor, du wärst Magnus.«

Kyr versteifte sich. Die langen Ohren des Majo bewegten

sich hin und her. »Wer war das?«, fragte es. »Wer bist *du*? Ich weiß, dass ich dich schon einmal irgendwo gesehen habe.«

Kyr konnte nicht Mags sein. Sie war nicht nett. War es nie gewesen. Vielleicht hätte Mags irgendetwas Positives an diesem ramponierten Feind mit den unmenschlichen silbernen Augen finden können.

»Ich bin diejenige, die dich rettet«, sagte sie zu dem Majo. »Folge mir.«

Draußen vor der Zelle war der Soldat noch immer bewusstlos. Sein Atem ging ruhig. Kyr hätte nicht anhalten dürfen, um nachzusehen. Sie hatte keine Zeit. Trotzdem war sie sehr erleichtert.

8

YISO

Nervös führte Kyr das Majo durch das Innere des toten Schiffs. Immer wieder versuchte es, mit ihr zu reden. »Ich kenne dich. Ich erinnere mich an dich«, sagte es. »Wir sind uns schon einmal begegnet. Und da hast du ein Glas zerschmissen. Oder? Warst du das? Ihr seht einfach alle sehr ähnlich aus.«

»Halt's Maul«, murmelte Kyr.

»Ich heiße Yiso.«

»Halt's Maul!«

»Das warst du, richtig? Ich glaube, du könntest mich auch getreten haben. Allerdings haben das ziemlich viele von euch getan, da habe ich keinen Überblick mehr. Verrätst du mir deinen Namen?«

Kyr fuhr zu dem Alien herum. Die Ohren flach an den Schädel angelegt, starrte es erschrocken zu ihr hoch. Avi musste sie nicht darüber belehren, dass dieses Ding noch weiter zu verängstigen vielleicht nicht der richtige Weg war, um zu bekommen, was sie wollte. Aber warum hätte sie nett zu ihm sein sollen? Wer wusste denn überhaupt, was die Majo unter *nett* verstanden?

»Ich heiße Valkyr«, sagte sie. »Wenn du nicht still bist, werden sie uns erwischen. *Bitte sei still.*«

Bitte, wiederholte das Alien tonlos. Kyr wünschte, sie hätte seinen Gesichtsausdruck besser deuten können. »Tut mir leid«, sagte es. »Ich habe sehr starke Schmerzen. Das macht es schwerer für mich, mein Verhalten zu kontrollieren. Das ist normal für mich.«

»Es interessiert mich nicht, was für dich normal ist«, knurrte Kyr.

»Ich bekomme langsam den Eindruck, dass das wiederum normal für dich ist«, sagte das Majo. »Menschen. Nein, nicht Menschen, Gaianer*innen. Es tut mir leid, jemals hierhergekommen zu sein. Oh nein, du wolltest ja, dass ich still bin.« Es öffnete den Mund und schloss ihn wieder. Kyr meinte, eine dunkle Zunge gesehen zu haben. »*Bitte*«, murmelte es. Seine langen Ohren zuckten, und schließlich hörte es endlich auf zu reden.

Kyr war erleichtert. Sie erreichten die verstärkte Öffnung, die vor langer Zeit in den Rumpf der *Victrix* geschnitten worden war, um die Gestelle der Kampfflieger herauszubekommen. Kyr streckte den Arm aus und bedeutete dem Majo anzuhalten. Es reagierte zu spät und lief geradewegs in sie hinein. »Entschuldigung«, sagte es mit dünner Stimme, was scheinbar als Flüstern gemeint war, und drückte sich mit seiner kühlen Hand an Kyrs Arm ab, um wieder auf die Beine zu kommen. Wieder zwang sich Kyr, nicht zusammenzuzucken, und warf dem Alien einen finsteren Blick zu. »Still«, wiederholte es und starrte aus großen silbernen Augen zurück. Dann ging ein Zittern durch seinen Kamm, und es legte die gesunde Hand auf seine Brust. Eine Geste der Entschuldigung, vermutete Kyr.

Es fiel ihr schwer, von ihm als *es* zu denken, während das Alien mit ihr sprach. Aber was sonst hätte sie denken sollen? Es war schließlich ein *Alien*.

Der Victrix-Hangar öffnete sich in einer Spirale über ihnen. Er war leer. Die Geschwader-Kasernen waren ganz in der Nähe, aber niemand kam hier rein zufällig vorbei, wenn keine Schicht anstand, denn es bestand immer das Risiko, dass das Atmosphäresiegel während einer Neuaustarierung im Systeme- oder Sonnentracker-Geschwader beeinträchtigt wurde. Das Majo-Schiff auf seinem riesigen Lagerbock war gut zu erkennen, die bunten Farben leuchteten in der Dunkelheit. Eine ganze Weile stand Kyr da und beobachtete, ob sich dort oben irgendetwas bewegte. Avi hatte gesagt, sie hätten die Wachen abgezogen, als sie endlich herausgefunden hatten, wie sie das Schiff davon abhielten, sich selbst in die Luft zu jagen, sobald sich sein Majo außer Reichweite befand. Das Systeme-Geschwader war dafür zuständig, herauszufinden, wie sich das Schiff für die Station nutzbar machen ließ. Avi musste es also wissen. Trotzdem wartete Kyr noch ein wenig länger, denn sie wollte wirklich sicher sein. Außerdem würde es keinen Weg zurück geben, wenn sie erst einmal losgelegt hatte.

Der höhlenartige Hangar war leer. Es gab keine Wachen. Das hier würde nicht schwer werden.

»Avi«, sagte Kyr leise.

Sie hörte ihn tief einatmen.

»Spring!«

Ohne auf Avis Bewegungen zu lauschen, packte sie das Majo am Handgelenk und zog es hinaus in den Hangar. Im selben Moment schlossen sich mit einem unglaublichen Getöse die Eingänge zum Hangar und verriegelten sich selbst, ganz so, wie es Avi mithilfe der *Victrix* veranlasst hatte. Warnlichter blitzten auf, und begleitet von kreischendem Alarm, schaltete sich das Atmosphäresiegel ab. Kyr erkannte schnell, dass das Majo nicht mit ihr mithalten konnte, auch nicht, wenn sie es hinter sich herzog. »Komm schon«, keuchte sie, »komm.« Was hatte das Ding gesagt, war noch gleich sein Name? »*Yiso, komm!*«

»Ich kann nicht«, jammerte das Majo. »Ich schaffe es nicht. Es tut mir leid. Ich kann nicht.«

Sobald Kyr es losließ, fiel es um. Sie ging in die Knie und hob es hoch – es war überraschenderweise schwerer, als es aussah –, und weil sie mit dem Gewicht in den Armen nicht rennen konnte, warf sie sich das Alien kurzerhand über die Schulter. Es gab eine Sequenz in Level Zehn, wo man das während eines Feuers mit einer bewusstlosen Kameradin machen musste. Lisabel hatte sich Kyr während der Pausen als Übungsobjekt zur Verfügung gestellt, auch wenn es ihr nie gelungen war, bewusstlos zu spielen, weil sie immer zu viel hatte lachen müssen ...

Kyr hielt das wimmernde Majo mit einem Arm um seine Hüfte fest, steuerte die Rampe an und *rannte*.

Hinter den Hangar-Eingängen, an denen sie vorbeilief, ertönten Schüsse und Rufe, das Victrix-Geschwader hatte also gemerkt, dass irgendwas nicht stimmte. »Avi«, schnaufte sie.

»Beschäftigt!«, schrie er ihr ins Ohr. »Ich hasse es!«

Kyr war mittlerweile an der letzten Kurve der Rampe angekommen und befand sich nun direkt unter dem Schiff, als es plötzlich so schien, als würde die ganze Station anfangen zu wackeln. Aber das tat sie nicht wirklich – nicht einmal Avi konnte so was –, es fühlte sich nur so an, weil der Schattenmotor der *Victrix* vom Netz gegangen war und vorübergehend die anderen drei mitgenommen hatte. Sie hatten keine andere Wahl gehabt, wenn Avi es irgendwie durch diese Höhle der Realitätsverzerrungen schaffen sollte – er hatte noch nie einen Sprunghaken verwendet. Die Kampfraketen schepperten in ihren Halterungen. Metall knirschte auf Metall. Kyr taumelte, schob das Majo so auf ihrer Schulter zurecht, dass es sich nicht den Kopf an der Wand stieß, bückte sich, kam wieder hoch und rannte weiter. Der Alarm des Atmosphäresiegels wurde nun noch übertönt von kreischenden Sirenen. Kyr wusste, ohne nachzudenken, was dieser Alarm bedeutete: *Feindeinwirkung.*

Rutschend kam sie zum Stehen, und das Majo purzelte von ihrer Schulter. »Los jetzt!«, rief Kyr ihm zu. Die Ohren des Aliens legten sich flach an seinen Schädel an, es schreckte zurück, ließ sich dann aber von ihr aufhelfen und durch die Schiffsluke bugsieren. Die nächste Stahltür des Hangars war nur wenige Meter entfernt, und Kyr sah, wie sie sich mehr und mehr ausbeulte. Wie viel von den sechs Minuten, die sie Avi gegeben hatte, war bereits vergangen? Sie hatte keine Kampfmaske, die sie mit Informationen versorgte, aber ihr Gespür sagte ihr: in etwa drei. Er sollte inzwischen die Schattenmotoren passiert haben und die Gänge des Wracks entlanglaufen. Seit Kyr das Majo bei dem Versuch, zu rennen, beobachtet hatte, wusste sie, was langsam war, also mahnte sie sich selbst zur Geduld. Vielleicht bereitete ihm die Rampe Schwierigkeiten, daran hatte sie nicht gedacht. Wenn er den Wurfhaken noch bei sich hatte – *bitte mach, dass er den Wurfhaken noch bei sich hat!* –, könnte Kyr ihn vielleicht hinaufziehen. Noch zwei Minuten. *Wo war er?*

»Valkyr?« Das Majo steckte den Kopf aus der Luke des bemalten Schiffs und sah sie fragend an.

»Wir warten noch auf jemanden.« Der Hangar bebte und wackelte noch immer, aber nicht mehr so stark wie zuvor. Systeme musste die Motoren schnell wieder hochgefahren und stabilisiert haben, genau, wie Avi es vorhergesehen hatte. Das Atmosphäresiegel befand sich allerdings nach wie vor im Abschaltvorgang. Noch. Avi hatte irgendetwas über Corporal Lin gemurmelt. Kyr sah auf. Wenn sich das Siegel vollständig abschaltete, bevor sie im Inneren des Schiffs angekommen war, würde sie ersticken. Wenn Systeme verhinderte, dass es sich abschaltete, gab es keinen anderen Weg aus dem Hangar, und sie würden sich dem kompletten Victrix-Geschwader auf einmal stellen müssen. Wenn, wenn, wenn ...

Wenn sie hier und jetzt starb, dann würde Mags auf Chrysothemis sterben.

Kyr durfte nicht versagen.

»Avi!«, schrie sie über den heulenden Siegel-Alarm und die Feindeinwirkungssirene hinweg.

Keine spöttische Stimme antwortete ihr. Aber unter sich nahm sie Bewegungen wahr – eine Gestalt trat aus dem Schatten des Schlachtschiffs.

Sie hielt die Hände über ihrem Kopf erhoben.

Hinter ihr folgte eine weitere Person.

Zwei Wachen, dachte Kyr plötzlich. Das Majo in seiner Zelle. Und nur eine Wache, obwohl es zwei hätten sein müssen. Sie war erleichtert gewesen.

Dumm. Unfassbar dumm. Absoluter Anfängerfehler. Hätte irgendeiner der Sperlinge eine solche Vermutung in der Agoge geäußert, Kyr hätte ihn auseinandergenommen.

Es raschelte in ihrem Ohr. Dann sprach die Victrix-Wache. Ihre Stimme war völlig klar, trotz all der Sirenen, als stünde sie direkt neben Kyr.

»Valkyr«, sagte sie. »Stopp.«

Es war Cleo.

Kyr erstarrte. Sie blickte hinunter und sah, wie die hintere Person die vordere zwang, sich hinzuknien. Avi hielt die Hände hinter dem gesenkten Kopf verschränkt. Dann guckte Cleo zu ihr hoch. Ihre Blicke trafen sich.

»Kyr«, sagte Cleo in Kyrs Ohr. Sie hielt das Gerät, das sie Avi abgenommen hatte, vor ihren Mund. »Ich warne dich.«

Kyr starrte hinunter auf die vertraute Gestalt ihrer Kameradin, auf ihre dunkle Haut, ihre hohen Wangenknochen und die soldatisch kurz geschnittenen Locken. Sie konnte sich nicht bewegen. Der Alarm heulte. Aus den Ecken der Stahltür, an der sich die Victrix-Soldat*innen weiter zu schaffen machten, sprangen zischend leuchtende Funken. Plötzlich erwachte das bunte Majo-Schiff hinter ihr zum Leben und hob sich mit einem schwachen Brummen einige Zentimeter vom Boden. Wieder lehnte sich das Majo aus der Luke.

»Kommst du?«, fragte es.

Nichts hinderte Kyr daran, sich umzudrehen und *Ja, los geht's!* zu rufen. Die sechs Minuten waren längst rum, und Systeme würde bald dahinterkommen, was Avi mit dem Atmosphäresiegel angestellt hatte, so viel stand fest. Und wer war Avi schon? Ein Niemand. Noch vor vierundzwanzig Stunden hatte Kyr noch nie mit ihm gesprochen. Vor einer Woche hatte sie sich noch keinen Funken für ihn interessiert – seinen Namen hatte sie schon einmal aufgeschnappt, denn Lisabel kannte immer den neuesten Klatsch der Station *(Habt ihr schon gehört, dass Avi, der Queere von den Ottern, bei Systeme gelandet und trotzdem noch da ist?)*, aber nie im Leben hätte sie ein Gespräch mit ihm angefangen.

»Kyr«, wiederholte Cleo sanft, und ohne ihren Blick von Kyrs Gesicht abzuwenden, drückte sie ihre Waffe noch fester gegen Avis gesenkten Hinterkopf.

Sie würden ihn hinrichten.

Vielleicht würden sie Kyr verschonen, trotz allem, was sie getan hatte. Onkel Jole würde sich für sie einsetzen, der Führungsstab entscheiden, dass sie sie brauchten. Damit sie die Mutter neuer Erdenkinder sein konnte. Es würde nicht zählen, was sie getan oder wen sie verraten hatte, Hauptsache, sie konnten ihrem Körper ein weiteres Dutzend Magnusse abringen, Jungs, die sie hinaus in den Tod schicken würden, der auch Mags erwartete, wenn Kyr ihm nicht half.

Vielleicht würden sie Kyr verschonen. Aber wenn sie Avi jetzt im Stich ließ, einen Niemand ohne Vertraute, der darüber hinaus nachweislich ein Verräter mit der Fähigkeit war, mal so nebenbei die Schattenmotoren lahmzulegen, dann würde er den Abend nicht mehr erleben.

Sie stand da und starrte hinunter zu Cleo. Nur ein paar Sekunden lang. Sie kamen Kyr wie Stunden vor.

Die kämpfenden Schattenmotoren stotterten noch einmal

ordentlich und schickten eine Welle grün flackernder, verzerrter Schwerkraft los. Die Chance war einfach zu gut. Es war wie in der Agoge, wenn auf einmal alles passte und Kyr wusste, dass sie wirklich gewinnen konnte. Als würde ihr der Zufall auf die Schulter tippen und ihr ermutigend zuflüstern: *Spring!*

»Yiso«, sagte Kyr. »Wage es nicht, ohne uns zu starten.«

Und dann sprang sie.

Cleo war eine bessere Schützin als Kyr. Sie schätzte das Ausmaß der Verzerrung nur ein kleines bisschen falsch ein, sodass ihre erste Kugel an Kyrs Ohr vorbeisauste, ohne sie zu treffen. Kyr war jetzt am Boden angekommen, der dunkle Schiffsrumpf der *Victrix* ragte über ihr empor. Sie stürzte vorwärts. Die Pistole, die sie der Wache abgenommen hatte, würde ihr nicht helfen, das war Kyr klar. Sie *kannte* Cleo, hatte sich jahrelang mit ihr gemessen, in der Agoge, auf der Matte, sogar noch an diesem Morgen. Kyr und Cleo waren die Besten unter den Sperlingen, und Kyr wusste, dass Cleo großartig war, schnell und aggressiv und schlau und begabt. Nur rohe Gewalt konnte sie aufhalten.

Also brauchte Kyr rohe Gewalt.

Ihr Angriff erfolgte schnell und gezielt. Kyrs Schulter krachte in Cleos Brustkorb, und der Aufprall schleuderte Cleo nach hinten. Kyr packte ihren Arm und bog ihn zurück; dabei grub sie ihre kurzen Nägel in die weiche Haut an Cleos Handgelenk. Cleo ächzte. Die Waffe rutschte ihr aus der Hand, Kyr kickte sie weg. »Steh auf! Lauf!«, schrie sie, ohne sich umzusehen. »Avicenna ...«

Cleo trat ihr die Füße weg, bevor Kyr bereit war, und sie landete, Cleo mit sich reißend, hart auf dem Boden. Sie rangen miteinander, aber hier unten waren Kyrs Größe und Gewicht von Vorteil, und Cleo gelang es nicht, sie festzuhalten. Beide besaßen sie Feldmesser, die sie noch nicht gezogen hatten. Kyr würde nicht die Erste sein, die das tat, wenn sie nicht dazu gezwungen war. Cleo war ein Sperling. Cleo war ihre Schwester.

Das Gesicht ihrer Kameradin war jetzt völlig verzerrt, eine Maske aus Wut und Trauer, die Kyr nicht verstand. Sie rollten über den Boden, mal die eine oben, mal die andere, und Cleo griff mit der Hand in Kyrs Pony und zog so fest daran, dass ganze Haarbüschel herausgerissen wurden. Kyr biss sie. Dann lösten sie sich voneinander, kamen auf die Füße, und Cleo erinnerte sich an ihr Messer.

Matt schien die Klinge in ihrer Hand auf. Das Victrix-Abzeichen funkelte an ihrem Kragen. Es war ein neueres, lediglich ein stilisiertes V statt der geflügelten Frau. Auch Kyr zog jetzt ihr gestohlenes Messer, und beide blickten sie sich an, schweigend, schwer atmend, zur Seite gedreht, um weniger Angriffsfläche zu bieten. Die Sache mit Messerkämpfen war, dass es nicht allzu viel brachte, wenn man eine größere Reichweite hatte wie Kyr. Genauso wenig, wie es etwas brachte, dass Cleo ordentlich uniformiert war, einen dünnen Brustharnisch unter Terranischem Marineblau trug. Kyrs Klinge würde ihn durchdringen. Cleos Klinge würde ihr tief zwischen die Rippen fahren, sollte sie treffen.

»Ich wusste es«, fauchte Cleo. Ihre Augen funkelten.

»Cleo ...«

»Nach allem, was war. Nach allem, was passiert ist. Ich *wusste*, dir kann man nicht trauen.«

»Du verstehst das nicht ...«

»Immer hast du so getan, als wärst du besser als alle anderen«, sagte Cleo. »Immer warst du so besonders. Mit deinem tollen Bruder, deiner Schwester, dieser Verräterin, und deinem *Onkel*. Wir sind Gaias Kinder! Wir haben keine Familie außer den anderen Kindern der Erde! Aber das gilt nicht für dich.« Sie täuschte links an. Kyr wich aus und musste einen Schritt zurück machen. Cleo stand zwischen ihr und der Rampe, die zum

Majo-Schiff hinaufführte. Wenigstens war Avi offenbar schlau genug gewesen, die Beine in die Hand zu nehmen. »So sieht also die Wahrheit aus«, sagte Cleo. »Unsere furchtlose Anführerin. Am Ende des Tages hast du genauso viel Schiss wie alle anderen. Nein, du bist schlimmer! Niemand hat je behauptet, es sei leicht zu dienen, aber nicht einmal Lisabel hat versucht abzuhauen!«

Dreimal sauste Cleos Klinge durch die Luft, einmal traf sie Kyr und hinterließ einen langen Riss in ihrem Ärmel und einen oberflächlichen Schnitt in ihrem waffenlosen Arm. Das war nicht die Art, auf die Cleo sonst in der Agoge gegen die Majo kämpfte. Es war nicht die Art, wie sie auf der Matte im Drill-Raum übereinander hergefallen waren. Die Art zu kämpfen, wie sie es von klein auf gelernt hatten.

Weit oben über ihren Köpfen erstarkten die Lichter, die um das Atmosphäresiegel herum geflackert hatten, strahlten hell in alle Richtungen, füllten den Hangar mit zitternden Schatten zwischen den Kampfraketen und warfen grelle Strahlen hinaus in die endlose Nacht des Weltalls, um die Wege zwischen den Dimensionsfallen zu markieren. Kyr lief die Zeit davon. »Cleo!«, keuchte sie. »Du bist meine Kameradin. Meine Freundin. Du bist meine Schwester.«

»Ich bin nicht die Schwester einer Verräterin!« Cleo weinte jetzt, Tränen und Schnodder liefen über ihr verzerrtes Gesicht, doch die Hand, die das Messer hielt, war ruhig. »Du hast mich immer so wütend gemacht! Aber du warst die Perfekte unter uns!«

»Es geht um Mags«, sagte Kyr. »Er wird sterben, bitte ...«

Mit einem Schrei griff Cleo erneut an. Kyr musste kämpfen, es ging nicht anders, sie musste sich verteidigen.

»Valkyr!«, rief jemand von oben. Avi. Er hatte es zum Majo-Schiff geschafft. »Vallie, verdammt, *Kyr*, komm jetzt! Wir haben keine Zeit mehr!«

Er wusste nicht, was er von ihr verlangte.

Er verlangte, dass sie Cleo tötete.

Kyr hatte noch nie eine echte Person getötet, einen echten Menschen. Wahrscheinlich würde sie es hinkriegen. Sie war in der Tat besser als Cleo. Sie war stärker und schneller. Und wenn sie versagte, wenn sie jetzt versagte ...

Kyr zögerte eine Sekunde zu lange – mit einem heiseren Triumphbrüllen rammte Cleo ihr das Messer in den Oberschenkel.

Kyr spürte, wie es durch ihre Hose schnitt, durch ihre Haut, in einem glatten Streich. Ihr Bein gab nach, und das Messer drehte sich in der Wunde, als sie fiel. *Arterie*, dachte sie. Nein. Falsche Seite. Aber trotzdem zu tief. Alles um sie herum war auf einmal sehr still und hell und klar: die schwindelerregend grellen Scheinwerfer, die hohlen Schatten des toten Kriegsschiffs, die nun endlich nachgebende Stahltür und die gesichtslosen Gestalten der Victrix-Soldat*innen, die hindurchströmten; und Cleos Gesicht, so nah, Tränen auf den Wangen, aufgerissene Augen, Lippen, die sich bewegten: *Kyr, es tut ...*

Die Welt drehte sich. Kyr spürte schneidende Kälte und sengende Hitze, spürte, wie sich etwas geisterhaft Weiches um ihre Körpermitte legte und zudrückte. Ihre Sicht blieb seltsam klar, aber nun sah sie Dinge, die es nicht gab: die Kante eines Kliffs, kreisende Vögel.

Dann wurde sie auf einen vertraut glitzernden Boden gewuchtet. Das Innere des Majo-Schiffs wirkte viel größer, jetzt, da all die Möbel, die sich darin befunden hatten, im Oikos lagerten. »Und jetzt hauen wir ab! Los!«, schrie Avi.

»Ähm, sie leckt, äh, blutet ziemlich stark«, sagte irgendjemand kurz darauf. »Weißt du, was man da tun muss? Was muss ich tun?« Die Stimme war melodiös, hatte einen merkwürdigen Akzent und klang ein wenig panisch.

»Du zeigst mir jetzt die Steuerung, und wenn wir an den

Dimensionsfallen vorbei sind und außer Reichweite der Isaac-Geschosse, kümmern wir uns um Erste Hilfe!«

Gut. Schlau. Richtige Priorisierung. Der Boden schien beträchtlich zu schwanken. Vielleicht war es auch das ganze Schiff.

Ein wenig später versuchte Kyr mit aller Macht, ihre Augen zu öffnen. Sie hatte keine Zeit, hier herumzuliegen. Da war ... da war Mags. Das Alien, das Majo, beugte sich über sie. Er, sie, es, was auch immer, sah auf dem Kopf sogar noch merkwürdiger aus als sowieso schon. Es streckte eine kühle Hand aus und berührte ihr Gesicht.

»Danke, dass du mich gerettet hast, Valkyr«, sagte es feierlich.

Das habe ich nicht für dich getan, dachte Kyr.

Dann wurde alles schwarz.

ZWEITER TEIL

CHRYSOTHEMIS

Die Unterzeichnung des Zi-Sin-Abkommens bestätigte nur, was das Universum bereits wusste: Der Krieg war vorbei, und die Menschen hatten ihn verloren. Die Erde, Heimatwelt und Hauptsitz der Menschen, hielt über achtzig Prozent der finanziellen Mittel der Terranischen Föderation und stellte außerdem die Mehrheit ihrer Bevölkerung. Nach ihrer Zerstörung war die Menschheit führungslos, verheerend getroffen und extrem arm. Das Zi-Sin-Abkommen legte die Maßnahmen zur Zerschlagung des Terranischen Expeditionskorps fest. Diese riesige Militärorganisation repräsentierte einen beträchtlichen Teil dessen, was die Menschheit zurückgelassen hatte. Die Welten erobernden Schlachtschiffe, die das Herz des Korps gebildet hatten, blieben als Kriegsmaschinen in der Geschichte der Majoda unerreicht, und die Truppenstärke der Menschen ging in die Millionen. Eine Rückkaufvereinbarung wurde mit den freien sinnetischen Welten vereinbart, die die Hauptlast der Kämpfe getragen hatten (…)

(…) Vier der Schlachtschiffe weigerten sich, die Gefechtsbereitschaft aufzugeben, und lösten sich von der Flotte. Im Nachhinein wurde deutlich, dass dieser dreiste Diebstahl sorgfältig geplant gewesen war. Eine Notfallbesatzung, die eigentlich keinen Zutritt hätte haben dürfen, wartete an Bord der Victrix, der Ferox, der Augusta und der Scythica. Die entscheidenden Kommunikationsfrequenzen wurden alle im selben Moment blockiert. Der einzige Hinweis darauf, was tatsächlich passiert ist, stammt aus einem Notruf, den Admiralin Elora Marston auf der Victrix abgesetzt

hat. Daher wissen wir auch, dass nicht alle an Bord der vier schuldigen Schiffe auch Teil der Verschwörung waren (...)

(...) in Richtung Persara-System abgesetzt, unter dem Kommando von Admiral Isamy Russell. Bis zu dem Moment war Russell ein beispielhafter Terranischer Offizier, beliebt bei den Truppen, berühmt für seine Großzügigkeit gegenüber besiegten nicht menschlichen Streitkräften und besonders gegenüber Zivilist*innen. Russell war der Offizier, der das Kommando über die Gyssono-IV-Rettung innehatte, bei der er mit seinem aus Menschen bestehenden Kampf-Geschwader unter großem Risiko eine schwer beschädigte Majo-Raumstation evakuierte. Seine Entscheidung, sein Schicksal in die Hände der Radikalen zu legen, spricht Bände über die Intensität der Wut und der Qualen, die menschliche Überlebende nach der Vernichtung ihrer Welt zu ertragen hatten (...)

(...) wurde deutlich, dass Russell, wenn auch nominell kommandoführend, weder Anstifter noch wirklicher Anführer der gaianischen Separatist*innen war. Die undurchsichtige Rolle von Commander Aulus Jole ist schwer von den irreführenden Eindrücken zu trennen, die weitverbreitete Schilderungen vermitteln. Wir wissen sehr wenig über seine persönliche Geschichte, und die Unterlagen, die uns mehr hätten verraten können, wurden zusammen mit der Erde zerstört. Mit Bestimmtheit lässt sich sagen, dass er irgendwann einmal Mitglied des legendären »Hagenen-Geschwaders« war, einer Eliteeinheit des TE, ins Leben gerufen als Antwort auf die Frage nach den militärischen Fähigkeiten der Majoda. »Trefft sie, wo wir stark sind«, so die Losung. Die Hagenen-Truppen, deren Kämpfer*innen hauptsächlich aus dem umstrittenen »Kriegszucht«-Programm zur genetischen Veredelung des Menschengeschlechts stammten, wurden mit dem Ziel trainiert, extreme Ergebnisse im Bereich ihrer physischen

Fähigkeiten hervorzubringen – Stärke, Geschwindigkeit, räumliches Verständnis und Schmerztoleranz. Es spricht wohl für sich, dass der Gebrauch des bekanntermaßen vollkommen irrsinnigen Sprunghakens – das Zurücklegen kurzer Distanzen durch den subrealen Raum, allein und weitgehend ungeschützt – zum Standard im Hagenen-Geschwader gehörte.

Dass Jole ein Mitglied des Geschwaders war, ist gesichert, obschon sein Rang als Commander zweifelhaft scheint. Diejenigen, die ihn aus seiner Jugend kannten, beschreiben ihn als ernsthaften und nachdenklichen jungen Mann mit »großem Potenzial«. Von finsterem Charisma und offensichtlicher Wahnhaftigkeit ist in den populären Medien im Zusammenhang mit ihm keine Rede.

F. R. Levy:
Der himmlische Krieg

Bewohnbare Planeten (»Welten«), nach Typen sortiert

FRUCHTLOSE WELT: Eine »fruchtlose Welt« muss nicht wirklich fruchtlos sein, aber sie besitzt keine heimische Biosphäre und bedarf umfangreicher Entwicklungsarbeit, um bewohnbar gemacht zu werden. Siehe auch FREIE WELT.

HAUPTSTADT-WELT: Seit Jahrtausenden besiedelt, charakterisiert durch hohe Siedlungsdichte (> 90 % der Oberfläche des Planeten urban); diese Planeten bilden gemeinhin das Herzstück größerer politischer und ökonomischer Einheiten und beherbergen oft mehrere Weisheitsknoten. Siehe auch HEIMAT-WELT.

BÜRGER*INNEN-WELT: Weniger intensiv erschlossen als Hauptstadt-Welten, dennoch sind auch diese Planeten vorwiegend durch Städte und fortschrittliche Ökonomie geprägt; auch hier befindet sich mindestens ein Weisheitsknoten.

ENKLAVEN-WELT: Ein Planet, der von einer primitiven, empfindungsfähigen Gesellschaft bewohnt wird, die sich irgendwann für die Majoda qualifizieren wird. Diese Welten stehen unter dem Schutz der Weisheit; fremden Eindringlingen drohen harte Strafen. Siehe auch TERRANISCHER KRIEG.

FREIE WELT: Diese neu besiedelten Planeten sind noch nicht politisch oder ökonomisch abgesichert. Die Siedlungstypen variieren (Unternehmensprojekte, religiöse Zugehörigkeit etc.), für gewöhnlich bedarf es jedoch umfangreicher externer Investitionen, um die Probleme bei der biosphärischen Gestaltung und Entwicklung zu kompensieren. Freie Welten sollten sich irgendwann zu Bürger*innen-Welten mit eigenen Weisheitsknoten entwickeln; dies gelingt jedoch nicht allen von ihnen.

GARTEN-WELT: Ein Planet mit einer eigenen hoch entwickelten Biosphäre, aus der neue Lebensformen hervorgehen, ist eine Garten-Welt. Per definitionem sind alle Heimat-Welten auch Garten-Welten, selbst wenn viele von ihnen ihre ursprüngliche einheimische Biosphäre durch in den Anfängen schlecht geplante Entwicklungsmaßnahmen beschädigt haben. Die meisten Garten-Welten bieten seit langer Zeit empfindungsfähigen Lebensformen ein Zuhause (siehe auch HAUPTSTADT-WELT, BÜRGER*INNEN-WELT, ENKLAVEN-WELT); neue Freie-Welt-Siedlungen müssen sich auf fruchtlosen (und daher »freien«) Welten bilden.

HEIMAT-WELT: Der ursprüngliche Heimatplanet einer empfindungsfähigen Spezies. Siehe auch HAUPTSTADT-WELT.

MUSEUMS-WELT: Wird manchmal mit Enklaven-Welt verwechselt. Ein Museums-Welt-Planet kann theoretisch bewohnt werden, die Besiedlung ist jedoch von der Weisheit oder einer anderen entsprechenden Autorität untersagt. Trifft für gewöhnlich nur auf Planeten zu, die vormals von hoch entwickelten, empfindungsfähigen Lebensformen bewohnt waren. Das Verbot ist teilweise umstritten, wurde bisher nachweislich aber lediglich einmal missachtet – siehe auch HFA (CHRYSOTHEMIS) und TERRANISCHER KRIEG.

9

RAINGOLD

»Hab ihn gefunden«, sagte Avi.

Es war ihr zwölfter Morgen auf Chrysothemis. Der zwölfte Morgen bleierner Müdigkeit nach einer zu stillen Nacht. Kyr hatte Schwierigkeiten einzuschlafen, ohne das Atmen ihrer Kameradinnen auf ihren Pritschen und das beruhigende Brummen der Schattenmotoren am Rande ihres Bewusstseins.

Die Hütte am Stadtrand von Raingold war gerade groß genug für sie drei. Sie hatten ihr bemaltes Raumschiff im Tausch gegen Einreisepapiere und Identitätschips einer Gruppe von illegalen Plünderern überlassen, zu denen Avi sie geführt hatte. An so etwas hatte Kyr überhaupt nicht gedacht. Avis spöttischer Blick hatte ihr verraten, dass ihm das vollkommen klar gewesen war.

Die Piraten hatten auch angeboten, ihnen Yiso abzukaufen. »Majo Zi sind selten«, hatte der Anführer gesagt. »Wir finden einen Käufer. Wir kennen uns aus mit gaianischen Produkten.« Er hatte gegrinst und dabei seine ebenmäßigen weißen Zähne entblößt.

Bevor Avi irgendwas hatte sagen können, hatte Kyr abgelehnt.

Sie wusste nicht, warum. Das dumme Alien war nur ein Majo. Aber den Piraten konnte sie auch nicht leiden. Er war ein Krimineller, er hatte keine Ehre.

Avis Gesichtsausdruck war ironisch-amüsiert geblieben, und dann war er losgezogen und hatte den Piraten gevögelt, woraufhin sie Einreisepapiere, Identitätschips und Geld für Miete bekommen hatten – noch so etwas, wovon Kyr keine Ahnung hatte. Sie fühlte sich wie ein Störfaktor in einem Szenario, das Avi bereits Hunderte von Malen bis ins letzte Detail in seinem Kopf durchgespielt hatte, mit einer einzigen Ausnahme, nämlich der entscheidenden Frage, wie er es bewerkstelligen würde, die Station zu verlassen.

Dieses Gefühl war elf Tage lang unverändert geblieben: Als Avi eine Unterkunft für sie gefunden hatte, deren Besitzer nicht an irgendwelchen Referenzen oder ihrer Vergangenheit interessiert war, eine kleine Wellblechhütte, in der sie vor dem unablässig herabprasselnden Regen geschützt waren. Immer, wenn Avi zu mysteriösen Besorgungstouren aufgebrochen war, während sie, verletzt und wutschnaubend, mit dem Alien in der Hütte geblieben war. »Du wolltest es nicht verkaufen, also behältst du es auch im Auge«, hatte er gesagt. Als wäre Yiso von nun an allein Kyrs Angelegenheit, nur weil sie den Piraten nicht gemocht hatte. Als Avi die Hälfte ihres Geldes für persönliche Gerätschaften und einen Zugang zu einem chrysothemischen Netzwerk ausgegeben hatte – »Hey, wenn du auch Taschengeld willst, dann mach die Beine breit und verdiene es dir, so wie ich«, hatte er gehöhnt.

Yiso schlief viele Stunden am Tag auf einem Stapel Bettlaken in einer Ecke der Hütte, während der kalte Regen von Chrysothemis auf das Blechdach trommelte. Die Blutergüsse im Gesicht des Aliens heilten langsamer als die gereinigte und genähte Wunde an Kyrs Oberschenkel. Als es zehn Tage nach ihrer Flucht endlich richtig aufwachte, blickte es Kyr aus seinen riesigen silbrigen Augen an. Sie waren mit etwas angefüllt, das zu verstehen Kyr sich weigerte.

Nun, da es wach war, bastelte ihm Kyr eine Schiene für seinen gebrochenen Finger, weil sie der Anblick des offensichtlich falschen Winkels, in dem er von der Hand abstand, schlichtweg nervte. Yiso wimmerte, während Kyr den Finger bandagierte, und wurde schließlich wieder bewusstlos. Kyr wusste nicht, ob Verletzungen bei Majo Zi ordentlich ausheilten. Aliens waren nicht so hart im Nehmen wie Menschen.

Allerdings war ihr das auch egal. Es war schwer, Yiso als Bedrohung oder als Monster wahrzunehmen. Das Alien war einfach so eindeutig jung. Vielleicht war es noch nicht einmal geboren, als die Erde und ihre vierzehn Milliarden Einwohner*innen vernichtet wurden.

Dies waren Kyrs Gedanken gewesen, als es mit der bandagierten Hand in Ohnmacht fiel, und sie fühlte sich auf eigenartige Weise im Recht. Es war nicht fair, dass Kyr keine eigene Welt hatte, nur, weil sie zu spät geboren worden war.

Und folglich war es nur logisch, dass dieses Majo hier sie nicht beunruhigte, denn bei ihm verhielt es sich wahrscheinlich genauso. Auf Gaia liefen die Dinge anders, denn auf Gaia mussten die Dinge einen Zweck erfüllen, und so ein feindliches gefangenes Alien tat das vielleicht. Nachdem Yiso nun aber so völlig nutzlos für alle geworden war, war es auch in Ordnung, es zu behandeln wie ein ...

Na ja, jedenfalls nicht wie einen *Menschen*.

Wie ein Tier, entschied Kyr schließlich. Sie wusste nicht viel über Tiere. In der Krippe hatten sie das Alphabet gelernt: Affe, Bär, Chamäleon, Dachs, bis ganz hinten zum Zebra. Und es gab die Kadett*innenhäuser mit ihren Tierabzeichen. Hier hatten sie ihre gaianischen Uniformen versteckt und sie durch bunte T-Shirts und Hosen ersetzt, wie man sie auf Chrysothemis trug, aber Kyr vermisste ihren Sperlingsaufnäher. Sie hatte ihn selbst genäht, als sie sieben Jahre alt gewesen war, und dabei sorgfältig Corporal Ekkers Bild kopiert, das diese im Archiv gefunden hatte. Nur Zen war es gelungen, etwas zu fabrizieren, was annähernd wie ein Sperling aussah.

Die Menschen hatten ihre Welt einmal mit Tieren geteilt. Sie waren geringere Arten, fühlten aber dennoch Schmerz. Wenn man also ein Majo nicht hasste, weil es zehn Tage lang weitgehend bewusstlos gewesen war und insgesamt auch nicht besonders unheimlich; wenn man es in seinen Armen getragen und gespürt hatte, wie klein und verängstigt es war, und wenn es einen ein bisschen an jemanden erinnerte ...

Nun. Dann war ein Alien vielleicht so etwas wie ein Tier und man selbst keine Verräterin, weil es einen nicht weiter beunruhigte. Vielleicht war es in Ordnung, wenn man sich manchmal dabei ertappte, wie man *er* dachte, und nicht *es*.

Unglücklicherweise wachte Yiso aber wieder auf und stellte sich als äußerst redselig heraus, also hasste Kyr ihn am Ende doch. Nicht so, wie man die Majo eigentlich hassen sollte, mit kalter, unversöhnlicher Wut und unstillbarem Rachedurst. Sie hasste ihn ungefähr so, wie sie die Krippen-Schichten hasste, wenn sie Sechsjährige unterrichten musste, die einfach *niemals aufhörten zu reden*.

Dinge, über die Yiso reden wollte:

Kyrs Stichwunde; ob Kyr an der Stichwunde sterben würde; wie es möglich sein sollte, dass Kyr nicht an dieser Stichwunde starb, die sie so viel Blut – Blut! – gekostet hatte; wie angsteinflößend der Mensch gewesen war, der Kyr die Stichwunde zugefügt hatte; wie tapfer Kyr war – war sie nicht unglaublich tapfer?

Kriegszucht-Gene; was Kyr meinte mit Kriegszucht-Genen; seine Meinung zu den hohen körperlichen Kosten, die mit einer beschleunigten Heilung einhergingen; seine Meinung zu etwas, was er Eugenik nannte ...

Die Krippe auf Gaia; Babys; wie genau menschliche Fortpflanzung funktionierte – was Kyr zu peinlich fand, um es

Yiso zu erklären, sodass sie ihn stattdessen anschnauzte und damit völlig verschreckte. Später befragte Yiso Avi dazu, und Avi grinste und lieferte ihm eine detaillierte Beschreibung, was wiederum Kyr völlig verschreckte.

Yiso klärte sie auch über die sexuellen Gewohnheiten seiner eigenen Spezies auf, wovon Kyr wirklich nichts wissen wollte, was Avi aber sehr amüsierte. Er ermunterte Yiso, mehr zu erzählen. Yiso zufolge gab es bei den Majo Zi kein männlich und weiblich. Das Alien bestand darauf, dass es weder noch war (und wollte daher nur als Yiso bezeichnet werden), was in Kyrs Augen ganz offensichtlich nicht stimmte. Sie war überzeugt, Yiso sei ein *Er*, woraufhin Avi das Ganze zu einer Diskussion aufbauschte, in der er vergnügt beide Positionen gleichzeitig unterstützte. Es ging die halbe verregnete Nacht hin und her – und endlich schlief Kyr einmal gut.

Chrysothemis und sein Reichtum war noch so ein Thema, über das Yiso gern redete. Kyr hatte nichts von diesem Reichtum gewusst, aber Yiso sehr wohl. Im Asteroidengürtel dieses Systems wurde eine Substanz abgebaut, die *Irris* genannt wurde und eine Schlüsselrolle bei der Abschirmung von Schattenmotoren spielte. Dieser Planet hier aber, so Yiso, stand unter Besiedlungsverbot, und das war auch der Grund für den Ausbruch des Krieges gewesen.

Und Station Gaia. Was Yiso über Station Gaia dachte. Kyr war es egal, dass er ihr Zuhause nicht gemocht hatte. Er war ein Alien, und sie stammte aus der letzten Festung der Patriot*innen – natürlich mochte Yiso es nicht, und das war auch so vorgesehen.

Aber Yiso sagte auch Dinge, die Kyr nicht mehr aus dem Kopf gehen wollten. Er fragte danach, wie die Luxusgüterverteilung funktionierte und wie der Zugang von Führungsstab und Kampf-Geschwadern zur Krippe geregelt war, und während Kyr ihm alles erklärte, fragte sie sich auf einmal selbst Dinge, die sie sich vorher nie gefragt hatte. Warum war es so, dass der Führungsstab mehr bei der genetischen Zukunft der Menschheit mitzureden hatte als dienende Soldat*innen? Warum war es Admiral Russell gestattet, Lisabel überall anzufassen, und warum konnte Kyr nichts dagegen tun?

Und dann fragte Yiso, wie oft die Kampf-Geschwader auf Patrouille gingen und was eigentlich in der Agricola angebaut wurde. Kyr merkte plötzlich, dass sie manipuliert wurde, und weigerte sich, mehr Informationen preiszugeben, also antwortete Avi. Daraufhin betete Yiso ihnen eine ganze Reihe von Statistiken herunter, die mit dem intergalaktischen Schwarzmarkt zu tun hatten, mit illegalen Drogen und Piraterie und Plünderungen und Sklaverei, alles natürlich Majo-Propaganda und Majo-Lügen ... Aber Kyr kam nicht umhin, sich zu fragen, woher Avi gewusst hatte, wo die Piraten zu finden sein würden. Er konnte diese Information nur aus dem System haben. Und dann der Pirat, der sie, ohne überrascht zu scheinen, angegrinst und gesagt hatte, er würde Yiso kaufen. *Wir kennen uns aus mit gaianischen Produkten ...*

Dieses ganze Nachdenken! Seit zwölf Tagen hatte Kyr nichts anderes zu tun, als nachzudenken. Erst durfte sie sich nicht zu viel bewegen, weil ihr Bein heilen musste, und als es dann endlich besser wurde und sie froh gewesen wäre, einmal aus der Blechhütte herauszukommen, bestand Avi darauf, dass es zu gefährlich sei. Kyr war mittlerweile geneigt, ihm die richtige Einschätzung einer Situation zuzutrauen, und rief sich mit Unbehagen die sorgfältig geplante Flucht in Erinnerung, der sie sich um Mags' willen angeschlossen hatte. Also machte sie Push-ups und Crunches, wenn sie vom Nichtstun gereizt war, und schlang den geschmacklosen Fraß hinunter, den Avi ihr mitbrachte, denn der Heilungsprozess in ihrem Körper machte sie unheimlich hungrig.

Und sie dachte nach. Sie dachte Gedanken, die sie nicht

mochte, und sie versuchte, sich einzureden, dass Avi, der Dissident, und Yiso, das Alien, ihre Gedanken irgendwie manipuliert hatten. Gleichzeitig war sie von ihrer mentalen Stärke überzeugt und glaubte nicht, dass ihnen das wirklich gelingen könnte. Avi war, wenn es darauf ankam, immer noch derselbe weinerliche Schwächling wie zuvor, und Yiso war nur ein Majo ... Aber die Gedanken hörten nicht auf.

Vielleicht lag es daran, dass die beiden so viel redeten. Es brachte ihr Gehirn dazu, mit sich selbst zu reden.

Und während sie all das dachte, wucherte irgendwo in ihrer Brust eine leise Angst. Da war so vieles, was sie nicht bedacht hatte, als sie ihr Zuhause und ihre Art verließ, als sie in Cleos Augen und in Onkel Joles Augen zur Verräterin wurde, zum Beispiel die Tatsache, dass Mags auf einem Planeten mit zwei Millionen Bewohner*innen nicht so auffiel wie auf Station Gaia.

Auf Chrysothemis war Kyrs Bruder nichts Besonderes. Auf Crysothemis wusste sie nicht, wie sie ihn finden sollte.

Aber dann, am zwölften Tag, stellte sich heraus, dass Avi das sehr wohl wusste.

»Wen gefunden?«, fragte Yiso und blickte zwischen ihnen hin und her. Seine Ohren richteten sich auf und nach außen, was Neugier bedeutete, das wusste Kyr inzwischen. Yiso war immer neugierig.

»Geht dich nichts an«, sagten Kyr und Avi gleichzeitig und wechselten einen einvernehmlichen Blick. Etwas, worüber Kyr unter anderem nachgedacht hatte – in dem Versuch, nicht über Yisos Ansichten zu Eugenik nachzudenken, die irritierend logisch waren, aber zu so unaussprechlichen Schlussfolgerungen führten, dass es sich einfach um Lügen handeln *musste* –, war Avi. Genauer gesagt, Avis Gefühle, oder was auch immer das war, was er da für Mags hegte. Jemand, der so einen Garten kreieren konnte, der verstand ihren Bruder zumindest im Ansatz. Das beunruhigte Kyr und weckte ihren Beschützerinstinkt, den sie nicht mehr gespürt hatte, seit Mags endlich an Größe und Gewicht zugelegt hatte. Gleichzeitig fühlte sie sich seltsam getröstet, denn das musste bedeuten, dass Avi es genauso ernst meinte wie sie, wenn er sagte, sie würden ihren Bruder nicht sterben lassen.

»Hier«, sagte Avi und gab ihr das Gerät, das er sich von seinem Piraten-vögel-Geld gekauft hatte. »Das Passwort ist *Magnolie*.«

»Magnolie«, wiederholte Kyr, und am Rand ihres Sichtfelds erschien ein einfacher Feed mit einer Wettervorhersage und einer Karte. Es war ein bisschen wie in der Agoge, nur ohne die wertvollen Kampfdaten, die Kyr gewohnt war. »Tja, hier musst du niemanden um die Ecke bringen«, sagte Avi. »Die Karte zeigt dir den Weg. Apartment fünf. Sag ihm einen schönen Gruß.«

»Du gibst mir das hier?«, fragte Kyr ungläubig. Er hatte an diesem Ding gehangen wie an einem Säugling, seit er es sich besorgt hatte. »Und du kommst nicht mit?«

»Jemand muss sich um unseren kleinen Freund hier kümmern«, sagte Avi und lächelte sein dünnes Lächeln. »Na ja, außerdem hab ich noch was zu erledigen.«

Also machte sich Kyr allein auf den Weg in die Innenstadt von Raingold. Der Morgen war trüb und neblig, die Atmosphäre dicht und schwer wie kurz vor einem Gewitter. Das Sonnenlicht, das von dem fröhlichen kleinen Stern des Planeten herrührte, fiel in schrägen Strahlen herab und funkelte hell in den Tautropfen. Es war nicht kalt, aber sehr feucht. Irgendwo ertönte eine Glocke. Es war nicht das vertraute, den Schichtwechsel ankündigende Schrillen auf Gaia, sondern ein träge nachhallendes Läuten, das von irgendeinem weit entfernten Turm in die Morgenluft hinausscholl. Es schien keinerlei Zweck zu dienen.

Seit ihrer Ankunft am einzigen Weltraumbahnhof des Planeten war Kyr nicht länger als für ein paar Momente draußen gewesen, noch desorientiert und ausgelaugt von ihrer Verletzung. Sie hatte noch keine Gelegenheit gehabt, sich mit dem Wunder vertraut zu machen, das dieser riesige Himmel darstellte. Sie hatte gedacht, sie wüsste, was ein Himmel war, doch es stellte sich heraus, dass es etwas vollkommen anderes war, diese wolkenverhangene, gekrümmte, lebendige Atmosphäre die ganze Zeit über sich zu haben. So gigantisch und hell und ganz und gar uninteressiert an einem. Kyr schwindelte. Es fühlte sich an, als würde sie nach oben fallen, hinein in den endlosen Himmel.

Sie machte die ersten Schritte.

Als wäre der Himmel nicht schon beunruhigend genug gewesen, war Chrysothemis auch noch *feucht*. Kyrs zerzauster Pferdeschwanz klebte an ihrem Nacken, und Wasser perlte von ihrem Gesicht. Ihr buntes Shirt und ihre Hose waren tatsächlich völlig normal hier, erkannte sie mit einem Blick auf die Leute, die um sie herum die engen Gassen entlangeilten. Allerdings hätte sie mit Regenkleidung noch normaler ausgesehen. Sie lief an einer Gruppe von Kindern im Kadett*innenalter vorbei, und sie alle trugen wasserfeste Overalls. In einer großen Pfütze spritzten sie einander nass und spielten ein schwer durchschaubares Ballspiel. Eines von ihnen warf ein wenig zu weit, und der Ball kam direkt auf Kyr zugeflogen.

Sie fing ihn mit einer Hand – er war schwerer und glatter, als er ausgesehen hatte – und warf ihn wieder zurück. Die Kinder riefen ihr etwas zu, was sie nicht verstand.

Kyr wusste, dass es einmal andere menschliche Sprachen außer T-Standard gegeben hatte, aber sie hatte angenommen, dass sie alle mit der Erde ausgelöscht worden waren.

Der Karte am Rand ihres Sichtfelds folgend, lief sie weiter, entschlossen, in der Feuchtigkeit nicht anzufangen zu zittern.

Ihr Weg führte sie durch die gewundenen Straßen der Vororte Raingolds, wo die meisten Gebäude so aussahen wie das, was Avi für sie gemietet hatte: rechteckige Fertigbauten mit Blechdach, an denen das Wasser herablief. Es gab auch Straßen mit Geschäften, hell erleuchtete Gebäude, durch deren Türen mehr Menschen, als Kyr je auf einmal gesehen hatte, hinein- und hinausgingen. Andere standen wie Kinder in kleinen Grüppchen zusammen und schwatzten.

Eine Person, die entweder eine sehr maskulin aussehende Frau war oder aber ein sehr feminin aussehender Mann (*oder keines von beidem, Valkyr, das gibt es nämlich auch, gewöhn dich endlich dran* – Avi hatte eine nervtötende Art, einem im Kopf zu bleiben), jagte Kyr auf der Straße hinterher. Ihre Muskeln spannten sich beunruhigt an, aber sie, er, beides, von mir aus, dachte Kyr gereizt, sagte nur: »Hallo! Hier, bitte nimm das doch.«

Die Person gab ihr ein Bündel wächsernen Stoffs. Kyr schüttelte es aus. Es war ein hellgelber Regenmantel.

»Gerade angekommen?«, fragte sie und sah sie mitfühlend an. »So ein Raingold-Morgen kann ein kleiner Schock sein. Zieh ihn an! Und wenn du allein hier bist und Hilfe brauchst: Es gibt eine Einrichtung in der Nähe, sie heißt Ein Heim für Menschen ...«

»Ich brauche keine Hilfe«, sagte Kyr knapp.

Die Person trat einen Schritt zurück und hob die Hände. »Okay, okay.«

Kyr zog den Regenmantel an. Die Kapuze sparte sie sich, denn Gesicht und Haare waren sowieso schon nass. So viel *Wasser*. Die Amseln zu Hause, die mit dem Eimer Seifenwasser gespielt hatten, für das mit größter Sorgfalt ein Klumpen Weltraumeis geschmolzen worden war, kannten solche Reichtümer nicht.

Und dann ließ Kyr die Einkaufsstraße hinter sich und stand

plötzlich auf einer breiten Promenade mit Blick auf das, was die Karte in ihrem Sichtfeld als Raingold Bay bezeichnete.

Über der See brach der Nebel auf, und das Sonnenlicht schien verschwenderisch hinunter auf die glitzernden Schaumkronen und die sanft aufbrandenden Wellen. Kleine Boote mit weißen Segeln glitten zügig über das Blau. Die Menschen, die sie segelten, waren helle Punkte in Rot und Grün und Gelb. Ein gutes Stück entfernt, am Rande der Bucht, erhob sich ein leuchtend weißes Gebäude auf einer Landzunge, so glatt und glänzend wie in Avis Traumstadt aus der Agoge. Noch immer ertönte das Geläut der Glocke über dem Wasser; es schien irgendwo aus der Richtung dort zu kommen.

Das hier war alles echt. All die Zeit über, die Kyr gearbeitet und trainiert und alles gegeben hatte, was in ihr steckte, um der Menschheit zu dienen, hatte es einen Ort wie diesen gegeben. Kyrs Gedanken purzelten in ihrem Kopf durcheinander, bizarren Mustern folgend. Lisabel. Die Amseln. Avis merkwürdiges Lächeln. Onkel Jole. *Ich bin stolz auf dich.* Ein Heim für Menschen. Yisos Lügen, Yisos dumme Statistiken.

Eine kolossale Frauenstatue stand auf der Promenade, den Blick hinaus aufs Wasser gerichtet. Sie sah ein wenig so aus wie die Frau auf dem Victrix-Abzeichen, das nun zusammen mit Kyrs Messer und Pistole, in ihre Uniform eingewickelt, in der Hütte versteckt lag. Das Gewand der Statue fiel in fließenden weißen Falten an ihr herab, und Kyr konnte nicht glauben, dass es wirklich aus Stein gehauen war. Einen Arm hielt sie ausgestreckt dem Meer entgegen.

Kyr trat ein wenig näher heran. Unter den Füßen der Statue war eine Tafel angebracht.

IN ERINNERUNG & IN HOFFNUNG stand dort.

Kyr betrachtete die Tafel eine Weile lang.

Wut stieg in ihr auf, langsam und heiß. Wie das Brennen nach dem Toast auf die Zuordnung einer Kameradin. Die Hand, die nicht hinaus aufs Wasser zeigte, ruhte auf der Brust der riesigen Statue. Über ihr schwebte eine blasse blaue Kugel im Nichts, leuchtete auf, verschwand wieder: die bekannte Darstellung der zerstörten Erde.

Das ist alles, dachte Kyr. Vierzehn Milliarden Menschen, und das ist alles.

Sie blieb nicht länger. Sie hielt nicht an, um über den Ozean hinwegzugaffen, zu der gelben Färbung, die er weit draußen jenseits der Bucht annahm, wo Schwaden von im Meer treibenden winzigen Organismen dem Wasser ihre Farbe verliehen und der Stadt ihren Namen. Sie drängte sich an den Horden reicher, glücklicher, verwöhnter Menschen vorbei, die in dieser Stadt lebten und keine Sekunde daran verschwendeten, über die Kosten ihrer Kollaboration, ihrer *Unterwerfung* nachzudenken.

Sie begann zu laufen, und als sie mit langen Schritten die weißen Steine von Raingolds Promenade hinter sich ließ, wurde die feuchte Luft zu einem Sprühnebel, in den sie geradewegs hineinlief. Er schmeckte nach Salz.

10

ALLY

Avis Karte führte Kyr zu einer Gruppe von Wohnblöcken mit Fassaden aus gelbem Ziegelstein und schimmerndem Glas, die sich im Schatten des gigantischen weißen Gebäudes befanden, das sie von der Bucht aus gesehen hatte. Je näher sie kam, desto langsamer wurden ihre Schritte. Sie hatte erwartet ... Sie wusste nicht, was sie erwartet hatte. Eine Militärbasis vielleicht, wie auch immer die hätte aussehen sollen. Aber die Menschen, die hier durch die Straßen spazierten, trugen Schirme und Regenmäntel und hohe glänzende Stiefel, um die Feuchtigkeit fernzuhalten. Dieser Ort wirkte reich.

Und das bedeutete, nach Kyrs Maßstäben, dekadent.

Trotz der Karte brauchte Kyr eine Weile, um das richtige Gebäude zu finden. Der Eingang war von der Straße zurückgesetzt. Man musste einen Bogengang passieren, der in einen kleinen Hof führte, in dem in Kübeln hohe Grünpflanzen wuchsen. Kyr ging zu einer von ihnen hinüber. Auf dem Kübel war ein Schild angebracht, das einen darüber aufklärte, dass hier eine *Cordyline australis* wuchs, auch Keulenlilie genannt, die auf der Erde an irgendeinem Ort namens Neuseeland beheimatet gewesen war, und dass der Ableger, der dieses Exemplar hervorgebracht hatte, der großzügigen Spende eines sinnetischen Oligarchen namens Asal Mlur für das Terranische

Biogeschichtsprojekt des Xenia-Instituts zu verdanken war. Kyr betrachtete die Pflanze eine Weile.

Zwei Männer in gestreiften Regenmänteln kamen aus dem Gebäude, einer von ihnen warf Kyr einen merkwürdigen Blick zu. »Nur einer von diesen Ökofreaks«, sagte sein Freund, während sie hinter einer Hausecke verschwanden.

»Das eine ist Begeisterung für Botanik, das andere Gefühlsduselei. Bei Kindern kann ich das nie genau sagen, Jac«, hörte Kyr den anderen antworten.

Sie blickte zum Eingang mit seiner Glasdoppeltür. Dahinter konnte sie die kräftige Gestalt einer Wache ausmachen. Irgendetwas stimmte hier nicht. Jetzt, da sie an das gelbe Ziegelsteingebäude als eines dachte, das von Sicherheitspersonal bewacht wurde, fielen ihr auch die Kameras auf: eine am Eingang zum Hof, eine über der Glastür. Und drinnen im Gebäude gab es vermutlich noch weitere. Vielleicht sollte sie lieber zurückkommen, wenn der Planet seinen Nachtzyklus antrat – *wenn Nacht war* –, und über die Mauer klettern ... Der gelbe Stein sah weich genug aus, um ihren Händen ein wenig Halt zu bieten, und weiter oben konnte sie geöffnete Fenster entdecken.

»Hallo.«

Kyr erstarrte. Ihr nasser Schuh glitt über den rutschigen Boden, und sie konnte gerade so eben ihr Gleichgewicht halten und einen peinlichen Sturz verhindern.

Die Stimme gehörte zu einem Jungen. Er war klein und blass und eingehüllt in einen hellpinken Regenmantel. Wie Kyr trug auch er keine Kapuze. Der Nieselregen hatte sein Haar an seinen Kopf geklatscht; es konnte jede Farbe zwischen Blond und Braun haben. Seine Nase und seine Wangen waren rosig, und seine Augen waren hinter einer beschlagenen Brille versteckt.

Kyr hatte schon einmal eine Brille gesehen. Commander Jole benutzte eine zum Lesen. Die meisten der unglücklichen Gaianer*innen – es waren nur eine Handvoll, deren Sicht nicht gut war – kniffen einfach die Augen zusammen oder schielten, so wie Avi. Das Kind beobachtete Kyr durch seine Brille mit neugierigem Ernst. »Ich bin Ally«, sagte es dann. »Alles in Ordnung?«

»Ja, danke«, sagte Kyr. »Geh. Geh ...« Sie schluckte ihr *zurück an die Arbeit* hinunter. Was machten die Kinder hier den ganzen Tag? Sie entschied sich für: »... und spiel weiter.«

»Ich bin kein Baby mehr«, sagte Ally verächtlich. »Ich bin acht. Geht es dir wirklich gut? Du siehst traurig aus. Und du bist ganz nass.«

»Genau wie du.«

»Weinst du? Weinst du wegen eines Baums?«

»Nein!«, sagte Kyr.

»Meine Mama weint manchmal wegen Bäumen«, informierte sie Ally. »Es ist okay, über Sachen traurig zu sein, wenn sich das nun einmal so anfühlt.«

Kyr warf ihm den finstersten Blick zu, den sie zustande brachte. Er hatte keinen sichtbaren Effekt.

»Weißt du, was invasive Flora ist?«, fragte Ally. »Das haben wir letztes Jahr in der Schule durchgenommen. Das ist, wenn die Terranischen Pflanzen die heimischen verdrängen und die dann alle aussterben. Das passiert, weil die Sachen von der Erde ziemlich stark sind, besonders die, die es bis ins All geschafft haben und von denen wir darum Ableger haben. Ich finde das eigentlich ziemlich schlimm. Weil Chrysothemis doch ein ganz eigener Planet ist mit seinen ganz eigenen Sachen, und wir können die doch nicht einfach alle töten, bevor sie die Chance hatten, sich zu entwickeln, wie sie wollen, wo wir ja noch nicht einmal von hier sind. Das ist meine Meinung.«

»Äh, wie bitte ...?«

»Darum finde ich, wir sollten keine Pflanzen von der Erde in den Universitätskübeln haben«, sagte Ally. »Ich finde, da sollten nur heimische Pflanzen wachsen. Ich hab dem Rektor dazu geschrieben. Meine Mama hat gesagt, das darf ich.« Er nahm seine Brille von der Nase, wischte sie an seinem Regenmantel ab, was das Ganze nur noch schlimmer machte, und setzte sie wieder auf. »Na ja, wenn du traurig bist wegen der Bäume, vielleicht hilft das ja? Meiner Mutter hat das geholfen. Sie hat gesagt, sie hat sich viel besser gefühlt, nachdem ich ihr das erklärt hatte.«

»Hau ab.«

»Okay«, sagte Ally und klang verletzt. »Ich wollte nur helfen.« Er drehte sich um und schlurfte in Richtung Glastür davon. Ein kleiner pinker Luftballon, zusammengeschrumpft durch willkürliche Ungerechtigkeit.

»Warte!«, rief Kyr ihm hinterher.

Ally drehte sich um.

»Vielleicht kannst du mir doch helfen«, sagte Kyr. »Ich, äh, ich besuche jemanden, der hier wohnt.«

»Wen?«, fragte Ally. »Vielleicht kenne ich die Person. Ich kenne alle, die hier wohnen.«

Er sagte das mit einiger Selbstgefälligkeit. *Er ist nur ein Kind*, dachte Kyr und versuchte, sich etwas im Kopf zurechtzulegen. Es konnte doch nicht so schwer sein, ein Kind anzuflunkern. Was sie schließlich aber sagte, war: »Meinen ... meinen Bruder.«

Ally sah sie stirnrunzelnd an. »Wer ist dein Bruder? Bist du Jacs Schwester? Du siehst Jac gar nicht ähnlich. Bist du die Schwester von Jacs Freund? Wie der siehst du auch nicht aus.«

»Es ist kompliziert«, sagte Kyr. Sie wusste ja noch nicht einmal, welchen Namen Mags hier benutzte. »Er ... Okay, hör zu, ich weiß die Nummer von seinem Apartment. Nummer fünf.«

»Oh!«, machte Ally.

»Was denn?«

»Du bist die Schwester von Magnus?«

»Kennst du ihn?«, fragte Kyr aufgeregt. »Hast du ihn gesehen?«

»Klar. Das ist schließlich unser Apartment«, sagte Ally. »Er wohnt in unserem Gästezimmer.«

»Aber ... wie ...« Was auch immer sich Kyr unter einer Militärbasis des Angriff-Geschwaders vorgestellt hatte, ein achtjähriges Plappermaul in einem pinkfarbenen Regenmantel hatte nicht zum Bild gehört.

»Er ist mein geheimer Onkel«, erklärte Ally. »Warte mal, bist du dann etwa meine geheime Tante?«

»*Wie bitte?*«

»Mama ist noch auf der Arbeit«, sagte Ally. »Möchtest du reinkommen? Es fängt bald wieder an zu regnen. Und ich kann dir ein Sandwich machen!«

An der Wand neben der Tür von Apartment fünf hing eine Tafel, auf der in glänzenden Buchstaben MARSTON stand. Kyr starrte sie an. *Admiralin Elona Marston, TE-66 Victrix*, dachte sie, nur um den Gedanken sofort wieder wegzuschieben. Das hatte nichts mit ihr zu tun. Marston war vor dem Ende der Welt wahrscheinlich ein weitverbreiteter Name gewesen.

Ally schloss die Tür mit zwei verschiedenen Schlüsseln auf, stand dann einen Moment ganz still, blickte in eine Sicherheitskamera über der Tür und sagte: »Ally Marston und Gästin«, bevor sich die Tür endlich öffnete. »Mama ist wirklich paranoid«, sagte er entschuldigend. »Was für Sandwiches isst du gern?«

Ally deutete auf einen Haken für Kyrs gelben Regenmantel und hängte dann seinen pinken auf. Darunter trug er etwas, was an eine Uniform erinnerte: eine rote, fast militärisch anmutende Jacke. Dann führte er Kyr durch das Apartment – Blau und Grau und weich gepolsterte Möbel – und in einen Raum, den sie als in etwa vergleichbar mit den Küchenräumen, mit denen sie aufgewachsen war, empfand. Da gab es einen Herd und Töpfe und Pfannen. Aber alles war zu klein, hier konnte man nur für zwei Personen kochen, nicht für ein ganzes Dutzend.

Das hier war die Art von Zuhause, von der Kyr angenommen hatte, dass sie nicht mehr existierte. Das Zuhause einer Familie. Kein Kadett*innenhaus, kein Führungsstab – nur Ally und seine Mutter, deren Gesichter überall in der Wohnung verteilt in glänzenden weißen Rahmen steckten.

Kyr sah sie sich nur flüchtig an; sie wollte nichts Genaues sehen. Sie erlaubte Ally, dass er ihr ein Sandwich machte und sie mit sonst was vollquatschte. Was sie verbrochen hatte, um ein Leben zu verdienen, das plötzlich voll war von hochgradig gesprächigen Leuten, wusste sie auch nicht. Erst Avi, dann Yiso und jetzt dieses *Kind*. Sie aß ihr Sandwich. Das Brot war weich und fluffig, die Proteinstreifen darauf schmeckten tatsächlich nach etwas, und zusätzlich hatte Avi noch eine scharfe Soße darüber verstrichen, die in Kyrs Körper einen rasenden Hunger heraufbeschwor. Sie hatte sich eine ernste Verletzung zugezogen, als sie Station Gaia verlassen hatten, und seither nur von Schrott gelebt.

Ally machte Kyr noch ein zweites Sandwich und sah ihr mit Bewunderung in den Augen beim Essen zu. »Du hast Chilisoße an deinem Kinn«, sagte er. »Du hast das wirklich schnell verdrückt. Ich wette, du kannst fast so viel essen wie Magnus. Einmal hat er einen ganzen Kuchen auf einmal gegessen und hatte danach immer noch Hunger. Ich hab nichts abbekommen.«

»Was ist Kuchen?«, fragte Kyr.

Ally sah sie mit einem sorgenvollen und zugleich entsetzten Blick an. »Du weißt nicht, was *Kuchen* ist?«

Es stellte sich heraus, dass Kuchen so etwas wie Brot war, nur süßer. Mit Schokolade drauf. Schokolade hatte Kyr natürlich schon einmal probiert, denn die bekam man auf Gaia als Belohnung, wenn man sich besonders hervorgetan hatte beim Training oder bei der Arbeit, oder dafür, dass man die Beste in irgendwas gewesen war. Bis jetzt hätte sie behauptet, Schokolade nicht besonders zu mögen.

Aber das Zeug auf dem Kuchen war lecker.

Ally sah ihr dabei zu, wie sie vier Stücke verschlang, und erklärte ihr dann, dass man für gewöhnlich nur eins aß. »Aber das ist in Ordnung!«, fügte er schnell hinzu. »Du bist schließlich zu Gast.«

Kyr schob den Teller von sich. Ihr Blick fiel auf ein weiteres dieser Bilder, die überall hingen. Dieses hier war mit einem Magneten in Form eines Baumes an einer metallischen Oberfläche befestigt. Sie riss ihren Blick los und starrte entschlossen in die einzige Richtung, die ihr sicher erschien: hinaus aus dem Fenster, wo sich der trübe chrysothemische Tag in einen Tag voller glitzerndem Sonnenschein verwandelt hatte. Kyr blickte auf die gelb schimmernde See.

Solange sie die Bilder nicht ansah, war das alles hier auch nicht wahr, und sie musste nicht darüber nachdenken. Über das *Marston* an der Tür. Über irgendetwas.

Aber ein Teil von ihr begann trotzdem nachzudenken, und es gab nichts, was sie dagegen hätte tun können. Bisher war sie immer imstande gewesen, ihre Gedanken zu stoppen. Sie war ja auch beschäftigt gewesen. Selbst in den wenigen Pausenschichten hatte sie immer Szenarios in der Agoge durchgespielt oder sich auf der Matte gegen Cleo oder Jeanne oder einen von den Kojoten verausgabt. Oder sie hatte Lisabel gezwungen, so lange im Schießstand zu üben, bis diese von vier Malen dreimal getroffen hatte – oft genug, um bei der nächsten Bewertung durchzukommen. Wenn mal gar nichts ging, hatte sie immer noch nach Mags suchen können. Wenn sie bei ihm war, machte sie sich nie über irgendwas Gedanken. Niemals hätte sie geglaubt, dass sie einmal zu diesen dummen Leuten gehören würde, die nicht aufhören konnten zu denken.

Aber Mags war in die Angriffseinheit gesteckt worden, Mags

war hier. Hier in diesem wohlhabenden, bequemen Zuhause, in dem ein Achtjähriger mit schlechten Augen und sandfarbenem Haar mit seiner Mutter wohnte, die Kyr aus jedem einzelnen dieser blöden Bilder anzuglotzen schien.

Ally sah seiner Mutter nicht ähnlich, denn die Frau auf diesen Fotos sah aus wie Kyr, und er sah nicht aus wie Kyr.

Im Profil war das noch deutlicher zu erkennen. Von vorn war es einfach ein pausbäckiges, ernstes Kindergesicht. Als er aber auf einen Stuhl kletterte, um an einen Küchenschrank zu kommen, in dem sich eine Dose mit noch mehr schokoladigen Dingen befand – Kekse, nannte er sie –, entdeckte Kyr die gerade Linie seiner Nase und die scharf ausgeprägten Kieferknochen unter der kindlichen Weichheit seines Gesichts. Die Sommersprossen konnten es nicht verbergen, genauso wenig wie die Brille, und als sein Haar langsam trocknete, wurde die Erkenntnis unausweichlich.

Kyr war zehn Jahre alt gewesen, als Ursa zur Verräterin wurde. Als ihre ältere Schwester, die ihnen Geschichten erzählt und ihre Schokolade an sie abgetreten hatte, ihr Zuhause und ihren Dienst an der Menschheit verriet. Ursa war bereits erwachsen gewesen und hatte ihre Zuordnung erhalten. Sie war Teil des Führungsstabs. Kyr hatte nie zuvor von jemandem gehört, der direkt in den Führungsstab aufgenommen worden war. Sie selbst hatte keineswegs davon geträumt, hatte das nicht gewollt. Denn alle sagten, es sei genau diese Sonderbehandlung gewesen, die Ursa zu Fall gebracht habe.

Ursa war abgehauen. Sie hatte eine Augusta-Kampfrakete gestohlen, ihren Führungsstab-Code benutzt, um die Verteidigungsanlage der Station außer Kraft zu setzen, und der Systeme-Einheit eine wütende Nachricht hinterlassen, die so schockierend war, dass sich niemand getraut hatte, ihre tatsächlichen Worte zu wiederholen. Sie war gegangen, ohne Mags etwas zu sagen, ohne Kyr etwas zu sagen.

Mags hatte geweint. Kyr nicht. Mags hatte versucht, mit Kyr darüber zu sprechen. Kyr hatte es ihm nicht erlaubt. Sie war zu wütend gewesen. Es waren Jahre vergangen, ehe Mags auch nur Ursas Namen in Kyrs Beisein aussprechen durfte.

Hatte Avi nicht gesagt, Ursa habe eine Geisel genommen? Kyr hatte ihn nicht weiter danach gefragt, aber jetzt war das alles, woran sie denken konnte. Sie saß schweigend in der gemütlichen hellen Küche ihrer Dissidenten-Schwester, aß Kekse und dachte nach. Und als ihr das Kind, das unbestreitbar Aulus Joles Sohn war, zu ihrem Keks ein Glas Orangensaft anbot, sagte sie Ja.

Draußen fing es wieder an zu regnen, und als es irgendwann aufhörte, veränderte sich das Licht in der Küche. Während Kyr ihren Saft trank, dozierte Ally über die Vernichtung von Leben im Ozean für Terranische Fischkulturen, wovon sie in erster Linie zu verstehen glaubte, dass es in der Raingold-Bucht Fische gab, die von den Menschen gefangen wurden, und dass Ally das aus irgendeinem Grund nicht gut fand. Es war ihr egal. Sie dachte noch immer nach und versuchte auch noch immer, es nicht zu tun. Alles in dieser kleinen Küche war so sauber und ordentlich, dass Kyr selbst sich trampelig, dreckig und fremd vorkam. Sie legte die Hände übereinander und vergrub ihre Fingernägel in der dünnen Haut an ihren Handgelenken. Ihre Nägel waren kurz und stumpf, aber sie erzeugten trotzdem einen stechenden Schmerz, der ihre Sinne wieder ein klein wenig zu schärfen vermochte.

»Gehört das dir? Kann ich mal sehen?«, fragte Ally. »Warum ist dein visueller Feed die ganze Zeit aktiv? Das ist wirklich nicht gut für dich.« Er fummelte an Avis Gerät herum, und Karte, Wetter- und Temperaturanzeige verschwanden aus Kyrs Sichtfeld. Es fühlte sich an, als hätte jemand die Leinen gelöst. Wie bei einem der kleinen Segelboote, die draußen in der Bucht durch Wind und Regen brausten, auf der Oberfläche von etwas Großem, etwas Unbekanntem.

»Weinst du? Bist du traurig?«, fragte Ally besorgt. »Bist du traurig wegen der Fische?«

Und dann war Ursa da.

Das letzte Mal, als Kyr ihre Schwester gesehen hatte, war sie in voller Montur gewesen: eine schicke marineblaue Hose mit akkuraten Bundfalten, glänzende schwarze Stiefel, ein weißes, bis zum Hals zugeknöpftes Hemd, ein marineblauer gegürteter Uniformrock, ein langer marineblauer Mantel mit goldenen Stickereien an Kragen, Säumen und Schultern, dazu das Führungsstab-Abzeichen an ihrem Hals. Kyr hatte die Abzeichen der unterschiedlichen Geschwader ihr Leben lang vor Augen gehabt: Pferd, Jagdhund, Krone und geflügelte Frau für die Kampf-Geschwader; Stern, Baum, Blitz und Schlüssel für Sonnentracker, Agricola, Systeme und Oikos; die Wiege für die Krippe. Das Abzeichen des Führungsstabs war anders. Die flache Scheibe an Ursas Hals war wie Onkel Joles; in beide waren die vertrauten Umrisse der verschwundenen Kontinente eingraviert.

Der Führungsstab trug die Erde bei sich.

Ursa hatte ihr Haar lang getragen, ordentlich zurückgebunden zu einem tief sitzenden blonden Pferdeschwanz unter marineblauer Kappe. Kyr war schon damals längst aus dem Alter heraus gewesen, in dem sie ihr die Kappe vom Kopf gezogen hätte. Natürlich, sie war zehn gewesen, *zugeordnet*, ein Sperling! Aber Ursa hatte immer noch so getan, als müsste sie ihre Kappe festhalten. Sie hatte über Kyr gelacht, und das hatte sie geärgert.

An jenem Tag war sie zu den Drill-Räumen runtergekommen, um den Sperlingen dabei zuzusehen, wie sie Level Fünf durchliefen. Kyr erinnerte sich noch, wie ihre Schwester neben dem mürrisch dreinblickenden Sergeant Marius gestanden hatte, der die Sperlinge anleitete. Es war nicht gut gelaufen, und Kyr war wütend gewesen. Sie erinnerte sich nicht, was genau das Problem gewesen war; wahrscheinlich Lisabel, denn die war meistens der Grund.

Es war das erste Mal seit fast einem Jahr gewesen, dass sie ihre Schwester gesehen hatte, denn wenn man zugeordnet wurde, waren die Kameradinnen die neuen Schwestern. Kyr erinnerte sich, dass Ursa irgendwie verändert ausgesehen hatte, wenn sie auch nicht mit Bestimmtheit hätte sagen können, inwiefern und warum. Sie hatte Sergeant Marius mit einer schmaleren Version ihres normalerweise sehr breiten Lächelns bedacht und gesagt: »Tja, Ladys, da ist noch Luft nach oben.« Sie hatte sich dabei an alle Sperlinge gewandt und Kyr nicht besonders beachtet.

Und dann, fünf Tage später, war sie eine Verräterin gewesen. Eine Verräterin und eine Verbannte und *verschwunden*.

Sie war nicht geschrumpft. Nur Kyr war mittlerweile groß.

Ihr langes Haar war weg, der blonde Pferdeschwanz auf Kinnhöhe abgeschnitten. Frauen sollten ihre Haare eigentlich lang genug tragen, um sich einen ordentlichen Zopf machen zu können, es sei denn, sie waren zu lockig und ließen sich nicht bändigen. Ursas Pferdeschwanz war sogar länger gewesen als beim Durchschnitt. Eine weitere Sonderbehandlung, hatte Kyr später gedacht. Nur Krippen-Frauen trugen normalerweise ihre Haare über Schulterlänge.

Ursa reichte Kyr bis ans Kinn. Vielleicht ein Meter fünfundsiebzig. Sie hatte Muskelmasse verloren und an Fett zugelegt, Gesicht und Arme waren weicher und runder geworden. Sie trug einen ärmellosen Kittel mit pinkem Muster und eine weiße Hose. Ihre Augen blitzten unverändert unter den geraden Brauen hervor: harte graue, gaianische Augen, die Augen einer Frau, die noch vor ihrem achtzehnten Geburtstag den Oberbefehl über eine Weltraumfestung innehatte. Kyr war einmal so stolz auf ihre talentierte Schwester gewesen.

Das durchs Küchenfenster einfallende Licht wurde von den Wassertropfen an der Scheibe verzerrt. Es warf Schatten in den Raum, die das pinke Muster auf Ursas Kittel merkwürdig unregelmäßig und fremdartig aussehen ließen. Kyr stand auf. Sie wischte sich mit dem Handrücken übers Gesicht, ein kleiner Schokokrümel löste sich. Ursa stand im Türrahmen, beschienen vom merkwürdigen chrysothemischen Licht, und starrte sie an. Kyr starrte zurück.

»Hey, Mama!«, zwitscherte Ally. »Das hier ist ... oh, das habe ich dich gar nicht gefragt«, sagte er, an Kyr gewandt. »Wie heißt du eigentlich?«

»Alexander«, sagte Ursa mit monotoner Stimme, »was habe ich dir zum Thema Fremde gesagt?«

»Ach, Mama«, sagte Ally. »Das ist keine Fremde. Das ist ...«

»Deine Tante Valkyr«, sagte Ursa, ohne den Blick auch nur für eine Sekunde von Kyr abzuwenden. Kyr kannte diesen abschätzenden Blick, seine Schwere. »Wenn sie nicht zumindest teilweise fremd wäre, Ally, hätte sie dir ihren Namen gesagt. Komm zu mir.«

Ally guckte unsicher und ging dann hinüber auf Ursas Seite des Raums. Ursas harter Blick sagte es so klar wie Worte: *Ich glaube, du könntest ihm wehtun, und wenn du das tust, werde ich dich stoppen.* Kyr, mit ihrer eigenen Version dieses Blicks, bemerkte plötzlich die Ausbeulung in Hüfthöhe unter Ursas Kittel, die entweder von einer Pistole oder einem Schlagstock herrühren musste. Sie hatte den ganzen Tag über nicht eine Person mit Waffe gesehen. Raingold stand feucht und fröhlich am Rand dieses fremden Ozeans, als hätte es noch nie etwas von einem Krieg gehört.

Als Ally bei Ursa angekommen war, legte sie einen Arm um

seine Schultern, was er mit einer Spur von Verwirrung akzeptierte. »Ich wollte doch nur nett sein«, sagte er.

»Alles in Ordnung, Alexander, keine Sorge. Ich möchte, dass du jetzt bitte in dein Zimmer gehst. Deine Tante und ich müssen uns unterhalten.«

»Sei nicht gemein zu ihr«, sagte Ally. »Sie ist traurig wegen der Bäume. Und sie hat so viel Kuchen gegessen. Mama, wusstest du, dass manche Leute keinen Kuchen kennen?«

»Ja«, sagte Ursa. »Das wusste ich. Bitte geh jetzt, Ally.«

»Sei nicht gemein«, wiederholte Ally.

»Ich habe nicht vor, gemein zu meiner kleinen Schwester zu sein«, sagte Ursa und wandte zum ersten Mal den Blick von Kyr ab, um ihrem Kind zulächeln zu können. Kyr kannte dieses Lächeln, so breit und verschmitzt und ermutigend. Ein Lächeln, das sagte: *Du kannst mir vertrauen. Ich verstehe dich. Ich liebe dich.*

»Geh«, sagte Ursa, und Ally ging.

Und dann waren es nur noch sie beide, dort, im hellen Licht der kleinen Küche. Ursas abschätzender Blick veränderte sich. Die geraden Brauen hoben sich und zitterten ein wenig, während sie Kyr in ihrer vollen Größe von oben bis unten musterte.

»Vallie«, sagte sie.

Sie war es gewesen, die Kyr als Erste so genannt hatte, und Mags war der Einzige, dem sie erlaubte, diesen Namen noch zu benutzen. Avi hatte trotzdem damit angefangen, weil er ein Idiot war. Kyr sagte nichts.

»Du bist so groß geworden«, sagte Ursa.

Was für ein unendlich bescheuerter Kommentar. Kyr verschränkte die Arme vor der Brust.

»Es ...«, sagte Ursa. »Es tut mir so leid.«

Sie stürzte durch den Raum auf Kyr zu und nahm sie fest in ihre Arme, als wäre Kyr immer noch zehn Jahre alt und kleiner als sie. Kyr erstarrte. Ihre verschränkten Arme bildeten einen komischen Klumpen zwischen ihr und Ursa. Sie wurde nicht oft berührt. Kyr erlaubte es nicht. Die letzte Person, die sie berührt hatte, war Yiso gewesen, als sie ihm, ihr, was auch immer, den Finger geschient hatte. Obwohl, Yiso war ja keine Person ...

Sie musste sich selbst auffordern aufzutauen. Als sie so weit war, hatte sich Ursa schon von ihr zurückgezogen und schüttelte nun energisch den Kopf mit den kurzen blonden Haaren. Unsicher lächelte sie Kyr an. Sie hatte eine kleine Lücke zwischen ihren Schneidezähnen, genau wie Mags.

Kyr bekam eine Gänsehaut.

»Ich kann nicht glauben, dass du wirklich hier bist«, sagte Ursa. »Ihr beide seid gekommen.«

»Mags«, sagte Kyr.

Ursa lächelte ihr verwirrendes, verheerendes, wunderbar vertrautes Lächeln und sagte: »Er ist in der Schule. In der *Schule*. Als er mich gefunden hat ... Aber ich dachte, du wärst noch immer ...«

Ursa streckte eine Hand nach Kyr aus. »Es tut mir leid.« Sie lächelte noch immer, aber diese Augen, die Kyr wiederzuerkennen geglaubt hatte, waren voller Tränen. Kyr kannte diese Frau nicht. Diese Frau war ihr vollkommen fremd. Sie schluckte hart.

»Also«, sagte sie, »dann waren das alles Lügen?«

»Ja, natürlich. Alles war gelogen. Ich hatte keine Wahl, und du warst zu jung, als dass ich es dir hätte erklären können ...«

Kyr versuchte erneut, den Kloß in ihrem Hals hinunterzuschlucken. »Du bist gar keine Verräterin.«

Das war es, worauf all ihr Denken schließlich hinauslief: Ursa war hier, und Mags war hier, und Ally war offensichtlich der Sohn des Oberbefehlshabers von Station Gaia, sein genetisches Vermächtnis und sein Anteil an der Zukunft der Menschheit.

»Du wolltest uns gar nicht verlassen. Du hast es für die Menschheit getan. Du bist hierhergekommen und hast, na ja, dich versteckt, oder? Und der Grund dafür war Ally, weil er nicht so stark ist, wie er sein sollte.« Es war alles vollkommen logisch, und das machte aus Onkel Jole einen Heuchler, was Kyr ein unerträglicher Gedanke war. Aber sie verstand, dass es einen Unterschied machte, wenn jemand zu einem gehörte. Sie wusste das. Sie hatte zugesehen, wie Arti und Vic sich ineinander verliebt und alle Regeln gebrochen hatten, und sie hatte nie ein Sterbenswörtchen gesagt. Niemals hätte sie das getan. Sie waren Sperlinge, und die Sperlinge gehörten zu Kyr, und Kyr liebte sie.

»Du hast dich nicht von der Menschheit abgewandt«, sagte Kyr zu ihrer Schwester, deren Verrat sie einst tiefer verletzt hatte als alles andere. Es war sogar schlimmer gewesen als die Zuordnung zur Krippe, denn die hatte doch wenigstens beinahe Sinn ergeben.

»Es lag nicht an irgendwas, was wir getan haben. Es war nicht meine oder Mags' Schuld. Du bist noch immer eine von uns – du bist noch immer Teil des Führungsstabs, oder? Du hast hier den Oberbefehl über das Angriff-Geschwader.« Die Erleichterung, die Kyr spürte, als sie dies sagte! Das Zittern, das ihren Körper erfasste! Wenn Ursa noch beim Führungsstab war, würde sie sofort verstehen, warum Mags' Mission falsch war. Ursa war genial, Ursa war klug, und ihre Trainingsergebnisse – Kyr hatte sie einmal nachgesehen und es niemandem verraten, aber es hatte nur eine andere Kadettin gegeben, die sie hatte überbieten können, und das war Kyr selbst gewesen.

Oh, dieser Triumph, diese Freiheit! Endlich! Alles hatte sich so schwer angefühlt: Avis spitze Bemerkungen, Yisos ernsthafte Erklärungen, der widerliche Pirat, der Notruf auf der *Victrix*, Ally Marston, der die Nase seines Vaters hatte ... Kyr hatte das Gefühl gehabt, all die Gedanken, die sie so sehr nicht zu denken versuchte, würden mit ihrem schieren Gewicht ein Loch ins Universum reißen. Aber eine Vorgesetzte zu haben, der man vertrauen konnte, nahm ihr all diese Schwere von den Schultern. Sie musste einfach nur gehorchen.

»*Mir* tut es leid«, sagte Kyr. »Ich habe dich so gehasst. Aber ich hätte an dich glauben sollen. Ich bin hier. Ich bin stark. Nicht so stark wie Mags, aber dafür klüger. Ich werde tun, was auch immer du von mir verlangst.«

Und dann sah sie Ursas Gesichtsausdruck.

»Nein«, sagte sie.

»Valkyr ...«

»*Nein!*«

»Vallie«, sagte Ursa leise. »Alles war eine Lüge.«

Ganz langsam, wie in Zeitlupe, griff Ursa unter ihren Kittel und zog ihre Waffe hervor. Es war tatsächlich ein Schlagstock. Sie legte ihn auf den Boden und kickte ihn dann mit dem Fuß zu Kyr hinüber. »Hier«, sagte sie. Ihre Stirn glänzte feucht, aber ihre Augen waren wieder hart und grau. Berechnend, gnadenlos. Kyr ignorierte den Schlagstock. Sie brauchte ihn nicht. Es befanden sich mindestens sechs Küchenmesser in ihrer Reichweite. Dass Ursa sich selbst entwaffnete, war völlig überflüssig.

»Es waren immer alles bloß Lügen«, sagte Ursa jetzt. »Du wurdest dein ganzes Leben lang angelogen.«

»Das ist es, was eine Verräterin sagen würde.«

»Sie waren die Verräter*innen!«, zischte Ursa. Dann sammelte sie sich wieder, drückte den Rücken durch wie eine Soldatin bei der Inspektion und sagte: »Valkyr. An dem Tag, als die Zi-Sin-Vereinbarung unterzeichnet wurde, gab es in der alten Werft von Charon eine Meuterei. Die Anführer waren ...«

»Helden!«, Kyr kannte diese Geschichte, diesen Anfang.

»Ein paar Ex-Kommandeure des Hagenen-Geschwaders, die nach einem Verfahren vor einem Kriegsgericht unehrenhaft entlassen worden waren und Glück hatten, nicht schlimmer bestraft worden zu sein«, brachte Ursa den Satz zu Ende. »Unter ihrer Führung wurden vier Schlachtschiffe gekapert, deren Besatzungen vor die Wahl gestellt wurden, sich den Meuterern anzuschließen oder zu sterben. Ihre befehlshabenden Offiziere und Offizierinnen wurden getötet. Während der Flucht schlossen sich noch weitere Abtrünnige an, die sehr wahrscheinlich vorhatten, die mittelständisch-industrielle Bevölkerung auf Mousa III anzugreifen, einer geschützten ...«

»... primitiven ...«

»... Enklaven-Welt, um dort Güter und Waffen an sich zu bringen. Aber ihr Mangel an Disziplin machte ihnen einen Strich durch die Rechnung. Erst als einer der ursprünglichen Anführer den anderen skrupellos tötete und die Kontrolle über das Unternehmen an sich brachte, konnten sie erste Fortschritte verzeichnen. Zu dem Zeitpunkt hatte ein Weisheitskreuzer eine Station am Rande von Mousa eingenommen ...«

»Bist du ein Majo?«, fauchte Kyr. »Das sind Lügen! *Lügen!* Hör dir doch mal selbst zu! Weißt du das etwa nicht? Du solltest eine von uns sein! Du bist eines der Kinder der Erde ...«

»Ich bin Historikerin«, gab Ursa scharf zurück. »Und doch, Valkyr, ich weiß es, weil ich nämlich die Bilder gesehen habe, weil ich die Berichte gelesen habe und, allem voran, weil ich *dabei* war, selbst wenn ich noch ein Kind war. Aulus Jole ist nicht dein Onkel. Er ist ein Verbrecher. Mein Name ist Ursula Marston, und dieser Mann hat meine Mutter auf ihrer eigenen Kommandobrücke getötet, genau wie deinen anderen genetischen Spender, auch Vater genannt, um die Kontrolle über die Meuterei von Charon zu gewinnen. Er regiert über Station Gaia, sein kümmerliches Königreich, zu keinem anderen Zweck, als sich selbst anbeten zu lassen und Kinder hinaus in den Tod zu schicken ...«

»Damit dient er der Menschheit!«

»... genau, wie es Tausende von Despoten vor ihm getan

haben«, fuhr Ursa mit lauter werdender Stimme fort. »Denn unsere Spezies hat die Sorte Mensch, die Jole ist, seit Anbeginn der Zeit hervorgebracht, und das weiß er verdammt gut. Er weiß, was er tut, und er weiß, was er ist, und er tut es trotzdem, weil ...«

»Weil sie unsere Welt vernichtet haben!«, schrie Kyr.

Ursa schwieg.

»Ist das auch eine Lüge? Ja?« Kyr schnappte nach Luft. »Haben die Majo unsere Welt vernichtet?«

Ursa hielt ihrem Blick stand, antwortete aber nicht.

»Wie kannst du an irgendwas anderes denken?«, fragte Kyr verzweifelt. »Wie kannst du das nicht sehen? Es geht nur um die Menschheit. Nicht um die Menschen hier, nicht um die Verräter*innen und die Kollaborateur*innen, die sich einfach nur fügen, sondern um sie, die Toten.« Kyr weinte jetzt, es war peinlich und ekelhaft. »*In Erinnerung und in Hoffnung*, ja, ich habe die blöde Statue gesehen.«

»Welche Hoffnung, Vallie?«, fragte Ursa sanft. »Was kann das Schicksal der Erde ändern? Nichts.«

»Aber solange wir leben ...«

»... soll der Feind uns fürchten?« Ursa schüttelte den Kopf. »Oder vielleicht: Solange wir leben, leben wir, und das ist alles.«

»Wenn du ihn so sehr hasst, warum spielst du dann Krippe für seinen Sohn?«, spie Kyr verzweifelt hervor.

Ursas Ausdruck wurde hart. »Ally gehört zu mir.«

»Er ist ja wohl offensichtlich ...«

»Er ist mein Sohn. *Mein Sohn.*«

11

MAGNUS

Es gab nichts mehr zu sagen. Kyr wollte nur weg und auf irgendwas einschlagen, jemanden verletzen, diese ganze helle Stadt in Trümmer legen. Aber wohin konnte sie gehen? Zurück in die Slums von Raingold, zurück zu Avi und seinem höhnischen Grinsen, zurück zu Yiso und seinen, ihren, *Yisos* angeblichen Fakten?

Oder nach Hause, wo sie ihre Pflichten zugunsten einer eigensüchtigen Mission vernachlässigt hatte? Kyr schämte sich. Sie wollte nicht zurück nach Hause. Sie wollte nicht den einzigen ehrbaren Weg einschlagen und sich dem Kriegsgericht stellen, um dann zu akzeptieren, was auch immer der Führungsstab für richtig erachtete, ob es nun eine Hinrichtung war, das angemessene Schicksal von Verräter*innen, oder die gnädige Rückkehr auf den ihr zugedachten Platz in der Krippe.

Wahrscheinlicher war Letzteres. Gaia brauchte Kyrs Söhne für das Heer der Menschheit. Sie versuchte, es sich vorzustellen: nach Hause zurückzukehren, bestraft zu werden. Mit Lisabel im Krippen-Flügel zu wohnen. Cleo wieder in die Augen schauen zu müssen, nachdem diese sie eine Verräterin genannt hatte.

Nein.

Kyr wollte nur zu ihrem Bruder.

Sie wollte die Sprossen einer Leiter in der Agricola hinaufklettern und ihn dann dort oben im Geäst des geheimen Waldes von Gaia finden, riesengroß und faul, wahrscheinlich schlafend, zu groß, um verletzt zu werden, zu gut, um zu versagen. Und der einzige Mensch, dem Kyr je erlaubt hatte, sie schwach zu sehen.

»Vallie«, sagte Ursa leise. »Liebes.« Die Zärtlichkeit im Tonfall ihrer Schwester war wie eine fremde Sprache, die Kyr nicht kannte. Sie setzte sich hin und verbarg ihr Gesicht in den Händen, starrte durch ihre Finger hindurch auf den Tisch, der mit braunen Kuchenkrümeln übersät war. Auf dem Boden lag noch immer der Schlagstock. Als Ursa versuchte, ihr eine Hand auf die Schulter zu legen, zuckte Kyr so heftig zusammen, dass Ursa zwei Schritte zurückwich.

»Verräterin«, stieß Kyr hervor. »Du bist eine Verräterin, du bist gegangen, rühr mich nicht an.«

Ursa atmete hörbar aus. »Ich werde dir helfen«, sagte sie. »Ich will dir helfen.«

»Nein.«

»Alle Menschen bekommen die chrysothemische Staatsbürgerschaft, wenn sie es wollen. Auch Geflüchtete von Gaia. Jeder Mensch kann hier leben.«

»Ich bin keine Geflüchtete.«

»Du kannst hier leben. Du kannst in die Schule gehen. Du musst nichts tun, was du nicht tun willst. Du bist frei, Vallie. Du kannst hier bei uns bleiben, bei mir und Ally und Magnus. Und ich werde nie wieder zulassen, dass Gaia einem von euch etwas tut. Du bekommst Hilfe, Liebes, hier gibt es Menschen, mit denen man über die Dinge sprechen kann, die man erlebt hat, Deradikalisierungsprofis. Und ... und wir werden eine Familie sein. Vallie, ich liebe dich. Jeden einzelnen Tag habe ich an dich gedacht. Ich bin so stolz auf euch beide, darauf, dass ihr weggelaufen seid. Ihr wart so mutig. Wir werden wieder eine Familie sein.«

Kyr hob den Kopf. Ursa kniete neben ihrem Stuhl. Da war wieder das Lächeln, das Kyr an früher erinnerte. Das Lächeln, mit dem sie Ally angesehen hatte. Kyr schluckte.

Ich bin so stolz auf euch beide, darauf, dass ihr weggelaufen seid.

Ursa dachte also, dass Magnus das Gleiche getan hatte wie Kyr. Ursa dachte, Magnus sei weggelaufen.

Ursa wusste nicht, dass er zum Angriff-Geschwader gehörte.

Kyr hatte auf diesem Planeten nicht mit Menschen gerechnet, denen sie trauen, mit denen sie »über Dinge sprechen« konnte. Sie brauchte solche Menschen nicht. Ursa war also doch eine Verräterin. Das war sie immer gewesen. Nichts hatte sich geändert. Kyr musste jetzt einfach nur ihren Bruder finden und mit ihm zusammen überlegen, was sie beide nun tun würden. Sie musste ihre eigene Oberbefehlshaberin sein, wenn niemand sonst es sein wollte, und dann ...

Dann würden sie nach Hause zurückkehren.

Sie wischte sich mit dem Handrücken über die Augen. Ursa hielt ihr die Hände entgegen.

Kyr erlaubte sich, eine davon zu nehmen, nur für einen kurzen Moment. »Ich wollte ...«, sagte sie zögerlich. »Ich wollte nur Mags finden.«

»Er ist in Sicherheit«, sagte Ursa. »Er ist in Sicherheit, er kommt bald nach Hause.«

»Okay«, sagte Kyr. »Dann ... gut.«

»Was ist gut?«

»Alles«, sagte Kyr. »Hierbleiben, Schule« – schickten sie hier wirklich Leute in Kyrs Alter in die Schule? – »und auch das De... was auch immer, das mit dem Reden halt, gut. *Gut.* Wenn Mags auch hier ist, dann gut.«

Ursa rief Ally wieder zu ihnen und berichtete ihm von den Neuigkeiten. »Ich *wusste*, dass sie bleiben würde«, sagte er verächtlich. »Moment mal, kriegt sie mein Zimmer? Muss ich eins mit Magnus teilen? Ich will mein Zimmer nicht teilen. Das ist mein Zimmer!«

»Nein, mein Schatz, erst einmal bekommt sie mein Zimmer«, sagte Ursa beschwichtigend. »Ich schlafe im Arbeitszimmer. Und dann bewerbe ich mich beim Institut um eine größere Wohnung. Könnt ihr beide euch jetzt vielleicht gegenseitig Gesellschaft im Wohnzimmer leisten? Ich muss ein bisschen rumtelefonieren.«

»Ich muss noch Hausaufgaben machen«, sagte Ally und warf Kyr einen prüfenden Blick zu. »Sie kann mir ja helfen, wenn sie will.«

Also hatte Kyr wieder das Kind an der Backe, diesmal in dem blaugrauen Raum, dem größten der Wohnung. Ursa hatte sich ins Arbeitszimmer zurückgezogen. Kyr war nervös bis in die Haarspitzen. Lügen war unter ihrer Würde, und sie hatte nicht viel Übung darin. Außerdem war ihr unangenehm bewusst, dass Ally ziemlich schlau war. Natürlich. Was auch immer Ursa behauptete, er war Joles Sohn.

Glücklicherweise schien Ally nicht besonders interessiert an Kyr zu sein, wenn man von ihrer Fähigkeit, viel Kuchen zu essen und ihm Aufmerksamkeit zu schenken, einmal absah. Sie bekam noch zwei Lektionen in chrysothemischer Biologie, dann zeigte er ihr feierlich seine Hausaufgaben, als würde er ihr ein Geschenk überreichen. Es war alles vollkommen unverständlich. Kyr weigerte sich, ihm irgendwelche Fragen dazu zu stellen, was Ally zu enttäuschen schien, aber dann setzte er sich hin und fing an zu arbeiten. Nach einer Weile holte er Buntstifte und ein merkwürdig steifes Papier hervor und begann, dumme Bilder zu malen. Ressourcenverschwendung, dachte Kyr verächtlich. »Du sollst doch arbeiten«, sagte sie, ohne es verhindern zu können.

»Das ist meine Kunst-Hausaufgabe«, erklärte Ally. »Möchtest du auch? Du kannst meine Stifte benutzen.«

Kyr hatte nichts so Irrelevantes mehr gemacht, seit sie in der Krippe gewesen war, halb so alt wie Ally. Offensichtlich wurden die Kinder hier verwöhnt. »Nein.«

Ursa kam nicht wieder. Kyr konnte das Auf und Ab ihrer Stimme durch die Tür des Arbeitszimmers hören. Ally war ganz in seine bescheuerten Bilder versunken. Kyr saß herum, tat nichts und hasste jede Sekunde. Sie hasste es sogar noch mehr, als in der Hütte mit Yiso und Avi herumzusitzen und nichts zu tun, denn dort hatte sie wenigstens noch ein Ziel gehabt, und außerdem hingen dort nicht überall Fotos von Ursa und ihrem gestohlenen Sohn an den Wänden.

Aber sie hatte auch jetzt ein Ziel, rief sie sich in Erinnerung. Kein Grund zur Sorge. Kein Grund, weiter nachzugrübeln. Sie wusste, was sie zu tun hatte.

Fast eine ganze Stunde lang musste Kyr geduldig vor sich hin leiden, ehe sie plötzlich draußen im Hof männliche Stimmen vernahm, die durch das geöffnete Fenster in Allys großes Zimmer drangen. Sie sprang auf.

Es waren die zwei Männer, die auch in der Anlage wohnten – *Jac und Jacs Freund* –, die wieder nach Hause kamen, ihre gestreiften Regenmäntel jetzt über dem Arm, denn die Sonne war hervorgekommen.

Und bei ihnen war Mags.

Er war da. Er lebte. Er verlagerte sein Gewicht von einem Fuß auf den anderen, während die anderen beiden redeten, aber er sah nicht unglücklich oder ängstlich aus. Nur wenige Menschen wussten, dass Mags eigentlich schüchtern war. Aber Kyr schon.

Mags war einen ganzen Kopf größer als die anderen beiden Männer und auch fast doppelt so breit. Er hatte etwas merkwürdig Vertrautes an sich, wie er da so stand, groß und blond, in einer roten Schuluniform, dort unten in dem hübschen Hof, wo von Aliens gespendete Terranische Pflanzen in bemalten

Blumentöpfen wuchsen. Kyrs Gedanken wanderten zurück zu Avis Traumstadt in der Agoge – zu den riesigen Monstern, die er Orks genannt hatte und die auf einmal am Ende der weißen Straße aufgetaucht waren. Mags hier in Raingold zu sehen, erinnerte Kyr irgendwie daran.

Ihre Finger schmerzten, so fest krallte sie sich am Fensterrahmen fest.

Sie machte kein Geräusch. Vielleicht lag es an der Intensität ihres Blicks – ihr Bruder sah zu ihr hoch.

Auch die anderen beiden hoben den Blick, um zu sehen, wohin Mags da starrte, aber sie waren Kyr egal.

Mags wandte den Blick ab und stierte einen Moment lang etwas verloren in der Gegend umher. Dann sah Kyr, wie sein Blick auf die großen Glastüren mit ihren Sicherheitskameras fiel, als wüsste er nicht, was er damit anfangen sollte. Mags trug einen kleinen Beutel über der Schulter. Jetzt drehte er sich zu dem Mann um, der neben ihm stand. »Entschuldigung«, hörte Kyr ihn sagen. Mags gab ihm seinen Beutel und blickte dann wieder hoch zu Kyr.

Und mit urplötzlicher, wilder Gewissheit wusste Kyr, was Mags jetzt tun würde. Sie lachte laut auf, als Mags mit kurzem Anlauf gegen die zartgelben Ziegel der Hauswand sprang – seine vertikale Sprungkraft war ausgeprägter als ihre, er sprang locker zwei Meter hoch –, den Türrahmen zu fassen kriegte und sich hochwuchtete, den Fuß gegen die Halterung der Sicherheitskamera gestützt. Dann ein weiterer Sprung an den Fensterrahmen im ersten Stock, ein Griff in die Steine und mit einem Schwung nach oben. Kyr lachte so sehr, dass es ihr fast nicht gelungen wäre, das Fenster weiter zu öffnen, um hinauszugreifen und ihn zu packen, als er sich hochschwang zum Fenster von Apartment fünf im zweiten Stock.

Sie stützte sich mit einem Fuß an der Wand unterhalb des Fensters ab, um Mags ins Zimmer ziehen zu können. Als er ein

Knie auf dem Fensterrahmen hatte, verloren sie das Gleichgewicht und purzelten zusammen ins Zimmer. Mags machte eine Drehung, und beide kamen aufrecht zum Stehen, fest aneinandergeklammert. Sie sahen sich lange an. *Das* war Familie, nicht dieses seltsame Spiegelbild, das Ursas Gesicht mit ihren harten grauen Augen gewesen war. So fühlte es sich an, wenn man sich selbst in jemandem wiedererkannte. Gleichzeitig zerrten sie einander in eine kräftige Umarmung, und anders als bei Ursas, anders als bei Yisos Fingerverarztung, war nichts an dieser Berührung unangenehm für Kyr.

»Du bist hier«, flüsterte Mags.

Ally war zum Fenster hinübergegangen und spähte fassungslos nach draußen. »Wie bist du hier reingekommen?«, fragte er. Seine Stimme war nur ein Rauschen im Hintergrund.

»Ich bin hier«, sagte Kyr.

»Das sind zwei Stockwerke.«

»Wie kann das sein?«

»Das ist wirklich hoch.«

»Ich hatte Pause.«

»Es gibt doch Treppen.«

»Also hast du dich entschieden ...«

»Du hättest die Treppen hochkommen können.«

»... eine kleine Pause zu machen. Du sagst doch immer, ich nutze die Pausenschicht nicht richtig.«

»Du bist hier.«

»*Du* bist hier.«

Irgendwo, an einem unwichtigen Ort, klingelte es an der Tür. Ally öffnete sie und nahm Magnus' Beutel von Jac entgegen, der irgendwas sagte. Jemand lachte im Hintergrund. Ursa kam aus dem Arbeitszimmer, brauchte einen Moment, um zu verstehen, was vor sich ging, und sagte dann ebenfalls irgendwas. Und die ganze Zeit über grinsten sich Kyr und Mags nur an. Zum ersten Mal, seit Onkel Jole ihr den Durchschlag mit ihrer

Zuordnung übergeben hatte, machte sich in Kyr das Gefühl wieder breit, dass das Universum seine feste Ordnung hatte.

Jetzt war alles wieder unter Kontrolle. Sie waren Kinder der Erde, und sie waren zusammen, und es gab nichts, was sie nicht schaffen konnten.

Der Feind *würde* sie fürchten.

An diesem Abend kochte Ursa für sie alle. Es gab flockiges weißes Proteinzeug und Kartoffeln und zum Nachtisch Scheiben einer großen rotfleischigen Frucht, deren Namen Kyr nicht kannte. Es war das Köstlichste, was Kyr jemals gegessen hatte. Danach erklärte sie Ursa, dass sie und Mags sich ein Zimmer teilen würden, vielen Dank. Sie hatten noch keine Sekunde Zeit gehabt, sich über eine Strategie klarzuwerden.

Magnus' Bett war mit einem grünen, mit militärischer Genauigkeit glatt gestrichenen Laken bezogen. Ursa bestand darauf, ein zweites Klappbett daneben aufzustellen, obwohl Kyr der weiche Teppich genügt hätte. Es dauerte ewig, bis Ursa endlich ging. Sie entschuldigte sich mehrfach dafür, dass das Zimmer so klein war, was Kyr wunderte, denn Ursa wusste genau, wie klein die Schlafräume der Kadett*innen auf Gaia waren. In diesen Raum hier hätten locker fünf Etagenbetten gepasst, in der Mitte wäre sogar noch etwas Platz gewesen. Aber Kyr erlaubte sich nicht, weiter an die Kaserne der Sperlinge zu denken.

Gelangweilt, weil er sich außen vor fühlte, kam Ally zu ihnen ins Zimmer, und Mags hob ihn hoch und ließ ihn mit dem Kopf nach unten baumeln. Ally kreischte laut, als Mags ihn auf sein ordentliches Bett plumpsen ließ. Kyr beobachtete, wie sich Ursa aus irgendeinem Grund mit der Hand über die Augen fuhr. Sie wünschte, ihre verräterische Schwester würde mitsamt ihrem entführten Balg endlich verschwinden.

Und dann, endlich, war es so weit.

Kyr und Mags fingen gleichzeitig an zu sprechen, und Kyr unterbrach sich selbst. »Du zuerst!«

»Ich kann's nicht fassen«, sagte Mags. »Vallie, wie zur Hölle ... Du bist unglaublich! Wie bist du da rausgekommen?«

»Wer sagt denn, dass ich nicht zugeordnet wurde?«, sagte Kyr, blickte Mags ins Gesicht und verstand. »Du weißt von meiner Zuordnung.«

»Ich wusste, dass du es hassen würdest. Aber ...«

»Aber was?«

Magnus setzte sich auf die Kante seines kleinen grünen Bettes. Kyr ließ sich neben ihm nieder. »Ich weiß nicht«, sagte er. »Ich dachte, wenn du nicht in ein Kampf-Geschwader kommst, wirst du wahrscheinlich auch nicht sterben. Ich dachte, so wärst du wenigstens in Sicherheit.«

»Ich bin kein Feigling«, sagte Kyr schroff.

»Natürlich nicht. Ich weiß auch nicht. Es war dumm von mir.«

Nach einem ungläubigen Moment irgendwo zwischen tödlich beleidigt und ein wenig berührt, sagte Kyr: »Lieber kämpfe ich in drei Schlachten, als auch nur ein Kind zu gebären. Der Krippen-Leitspruch. Du weißt warum, oder?«

Mags guckte finster. »Weil man dort auf Ruhm verzichten muss, ja. Hey, ich weiß, wie viel dir der Kampf bedeutet, aber ...«

»Nein, du Idiot, weil es gefährlich ist«, unterbrach ihn Kyr. »In der Krippe ist man nicht sicher. Weißt du nicht, wie viele Frauen dort sterben?«

»Wie bitte?«

Sie hatten noch nie über die Krippe gesprochen, wurde Kyr jetzt klar. Nicht ein Mal, seit sie sie als Kinder verlassen hatten. Und Jungs absolvierten keine Krippen-Schichten. Nie. Kyr hatte die leise Ahnung, dass es etwas mit Vertrauen zu tun hatte, das man den älteren unter ihnen nicht entgegenbrachte, wenn es um die Kinder ging. Oder um die Frauen? Aber auch von den jüngeren Kadetten hatte sie nie einen dort gesehen. Keine Katzen, keine Wiesel, von denen die meisten keine Kriegszucht waren und keine Soldaten zeugen sollten.

»Jep, sie sterben«, bestätigte Kyr. »Eine von dreien.«

»Aber, ähm, sind Frauenkörper nicht dazu gemacht, Kinder zu bekommen? Warum sollten sie sterben?«

»Keine Ahnung«, sagte Kyr. »Es passiert eben einfach. Wusstest du das nicht?« Obwohl sie sich jetzt, da sie darüber nachdachte, nicht einmal sicher war, woher sie selbst es wusste. Wer ihr verraten hatte, warum hochschwangere Frauen auf einmal aus der trubeligen Haupthalle der Krippe verschwanden und nicht wieder zurückkehrten. Es war einfach etwas, was man wusste.

»Aber sie ... sie sind für die Kinder da. Und sie dürfen mit ihnen zusammen sein und mit ihnen spielen, und ...« Mags sah Kyr fest an. »Und sie dürfen Menschen berühren und, du weißt schon, Liebesaffären haben. Wir haben uns bei den Kojoten immer darüber lustig gemacht, aber eigentlich nur, weil ... weil wir das unfair fanden.«

»Unfair ist eine von dreien«, sagte Kyr. »Und es geht nicht um die Kinder. Es geht um die *Erde*.«

Sie schwiegen einen Moment.

Dann griff Mags nach Kyrs Hand und drückte sie. Kyr nahm die Entschuldigung an und drückte zurück.

»Ich verstehe immer noch nicht, wie es sein kann, dass du hier bist«, sagte Mags nach einer Weile.

»Kennst du deinen guten Freund Avi?«

Mags grinste. »Nein, das ist nicht wahr ... Oder? Mein Gott, *natürlich*!« Doch dann änderte sich sein Gesichtsausdruck plötzlich. »Wenn sie ihn erwischen ...«

»Oh, sie wissen, dass er es war«, sagte Kyr. »Er hat einen Schattenmotor für zwanzig Minuten lahmgelegt.«

Mags wurde kreidebleich. »Sie werden ihn töten.«

»Was? Nein. Ich hab ihn mitgenommen. Stimmt, ich sollte dich von ihm grüßen.« So, wie sie es erzählte, konnte man meinen, Avi sei nur ein Detail *ihres* Plans gewesen. Na ja, Avi hätte es ohne sie niemals geschafft, Station Gaia zu verlassen. Sie hatte die ganze Arbeit erledigt. War sogar zurückgekommen, als Cleo ihm eine Pistole an den Kopf gehalten hatte, obwohl sie einfach hätte abhauen können. Die ganze Sache so zu sehen, heiterte Kyr ungemein auf. »Ich habe ihm das Leben gerettet«, sagte sie. »Aber er nervt echt ganz schön. Ich verstehe, warum du ihn magst, aber mal ehrlich ...«

Mags, immer noch blass, starrte sie an. »Er ist auf Chrysothemis? Er ... Hat er dir erzählt, dass ...«

»Was erzählt?« Sie konnte sich nichts vorstellen, was diesen gequälten Ausdruck auf Mags Gesicht gerechtfertigt hätte. »Meinst du, dass er queer ist? Das wusste ich schon vorher, alle wissen das, aber das ist doch nicht wichtig. Dieser Geschlechterkram.« Sie hielt inne – Mags sah noch immer keinen Deut besser aus. »Oder meinst du, dass er auf dich steht? Nein, das hat er mir nicht erzählt, ich hab's selbst rausgefunden. Es war so offensichtlich.«

»Nein«, sagte Mags. »Er steht nicht auf mich.«

Kyr verdrehte die Augen. »Was diese Sache angeht, ist er ein bisschen weniger arschig als bei den meisten anderen, also, was juckt es dich?«

»Er steht nicht auf mich.«

Kyr sah ihren Bruder an. Er benahm sich nicht so, wie sie es von ihm gewohnt war. Mags war immer ruhig, selbst dann, wenn er es nicht sein sollte. Mags regte sich nicht auf. »Was ist los?«, fragte sie.

Mags atmete tief ein. »Ich wollte sagen – hat er dir erzählt ... aber nein, hat er nicht. Das würde er nicht tun. Also hat er dich wohl einfach in dem Glauben gelassen ...«

»Wovon redest du?«

»Von mir. Hat er dir von mir erzählt?«

»Was denn? Was hätte er von dir erzählen sollen?« Kyr fühlte sich beleidigt von der Vorstellung, dass Avi etwas über Mags wissen könnte, was sie nicht über ihn wusste. Aber das war unmöglich. »Oh, meinst du den Garten, den er für dich gemacht hat? Den habe ich gesehen, ja. Aber ich wusste schon vorher, dass du ein Softie bist, was Bäume und Blumen und solche Sachen angeht, Mags, komm schon. Das ist wirklich kein Geheimnis.«

»Es ist so schwierig, mit dir zu reden«, sagte Mags. Die Art, wie er das sagte, ließ Kyr innerlich zusammenfahren. Es erinnerte sie an etwas. Mags in der Agricola, wie er hochschaute in die Baumkrone und Kyrs Blick auswich. Wie er sich von ihr wegdrehte bei ihrem letzten Gespräch auf Station Gaia. *Es ist so schwierig, mit dir zu reden*, hatte er gesagt. Und dann musste sie plötzlich an etwas anderes denken – an Zen, wie sie ihr Papier mit der Oikos-Zuordnung weggesteckt und gesagt hatte: *Ich habe keine von euch je gemocht.*

»Warum?«, fragte sie, schärfer als beabsichtigt.

»Weißt du wirklich nicht, warum ich mit Avi befreundet bin?«

»Ist es denn wichtig?«

»Ich habe mich auf die Suche nach ihm gemacht,« sagte Mags, »weil er der Einzige war, von dem ich wusste, dass er ... Ich habe mich auf die Suche nach ihm gemacht. Und er spielte gerade irgendein altes Spiel, bei dem man Sachen kreieren muss. Und ich hab Hallo gesagt. Und er hat mich angeguckt und gesagt: *Oh Freude, noch einer.*«

»Noch ein was?«

»Noch ein *Queerer*, Vallie«, fuhr Mags sie ungeduldig an. »Ich bin queer, okay?«

Nachdem er das gesagt hatte, schnappte Mags hörbar nach

Luft, als wäre er gerade aus tiefem Wasser aufgetaucht. Kyr starrte ihn an.

»Ich will ... Ich fühle ... Ich bin einfach wie er, okay?«

Kyr sagte nichts. Sie sah, wie Mags seine Gesichtszüge entglitten, und dachte, *wenn er jetzt weint, weine ich auch.* Sie hatte es nicht gewusst. Mit leiser, unbewegter Stimme sagte sie das Erste, was ihr in den Sinn kam. »Hatte er das gemeint mit *noch einer?*«

Mags stieß die Luft zwischen seine Zähne hindurch. »Nein, er meinte, dass alle sechs Monate jemand wie ich auftaucht und ihn belästigt«, sagte er. »Er ... er steht nicht auf mich. Also ...«

»Also was?«

»Also ... warum sagst du nichts?«

Es entstand eine Pause. Eine lange Pause.

»Mir ist das egal«, sagte Kyr schließlich. »Es ist nicht wichtig. Warum sollte es das sein?«

»Weil ...«

»Es ist nur Sex-Kram«, sagte Kyr. »Es ist nicht wichtig, solange du es nicht zu etwas Wichtigem machst. Wen interessiert's? Das ist nur eine Ablenkung, die den Leuten zu Kopf steigt und sie blind für echte Probleme macht wie den Krieg. Wir sind die Kinder der Erde. Die letzten Menschen. Gefühle sind unwichtig. Unsere Taten sind es, die zählen.« Sie versuchte, ein tröstendes Gesicht zu machen, aber es fühlte sich nicht natürlich an. Das Ganze wühlte Mags offenbar sehr auf. »Avi ist ...« Sie konnte sich nicht dazu bringen, *nett* oder *hübsch* zu sagen, denn Ersteres war er definitiv nicht, und Letzteres konnte sie nicht beurteilen. »Na ja, ich nehme an, es hat Spaß gemacht, seine bescheuerten Spiele mit ihm zu spielen, und du hast Doomsday gewonnen, schön, aber weißt du, am Ende ist das doch alles egal! Also ist alles ... gut. Es ist mir egal, und dir sollte es auch egal sein.«

Mags sprang auf, lief durch den Raum und schlang die Arme

fest um seinen Oberkörper. Kyr wunderte sich darüber, wie unpassend das aussah: Die breiten Schultern waren die eines perfekten Kriegers, die Körpersprache war die eines unglücklichen Kindes. »Und das ist alles?«, fragte er. »Das ist alles, was du dazu zu sagen hast?«

»Wo liegt das Problem?«

»Es ist nicht egal. Wie kannst du das nicht sehen?«

»Doch, es ist egal!«

»Hast du noch nie jemanden gerngehabt, war dir noch nie jemand wichtig?«

»Du bist mir wichtig«, sagte Kyr.

»Nicht auf die Art!«, fuhr Mags sie an. »Hast du noch nie jemanden *gewollt?*« Kyr stand auf. Sie mochte den Ausdruck in Mags' Gesicht nicht, aber ehe sie noch etwas sagen konnte, sprudelte es weiter aus ihm heraus. Seit Jahren, seit Ursa gegangen war, hatte er nicht so viel auf einmal geredet und so viele Emotionen gezeigt. »Vergiss das mit dem Queersein«, rief er aufgebracht. »Wolltest du nie einfach jemanden berühren? Willst du nie mit jemandem zusammen sein, jemanden lieben ...«

Keuchend brach er ab.

Kyrs Körper setzte sich in Bewegung, bevor sie überhaupt wusste, was zu tun war. Er war immer schon das Beste an ihr gewesen. Sie ging zu Mags und legte ihre Arme um ihn. Er zitterte, als würde ihn die Berührung schmerzen, und fiel dann in ihren Armen in sich zusammen. Kyr spürte sein heißes, feuchtes Gesicht an ihrer Schläfe. »Alles gut«, flüsterte sie. »Alles gut.« Er bebte am ganzen Leib. Kyr beobachtete verwundert, wie ihre Hand ihm in kreisenden Bewegungen beruhigend die Schulter streichelte. »Es tut mir leid«, sagte sie. »Es tut mir leid. Alles ist gut.«

Findest du wirklich, es zählt nichts, dass du mir wichtig bist?, wollte sie ihn fragen. *Findest du, es zählt nichts, dass ich meine*

Zuordnung verweigert, mein Zuhause verlassen habe, dass Cleo mich eine Verräterin genannt hat – ich bin mit einem Messer verletzt worden, wusstest du das? –, dass ich auf diesen blöden Kollaborateur*innen-Planeten gekommen bin und zwei Wochen lang mit einem Majo in einem Schuppen gehaust habe und dann Ursa wiedersehen musste ... All das zählt in deinen Augen nichts, weil es nichts mit Sex zu tun hat?

Das wollte sie sagen, aber Mags hatte sich noch immer in ihrem Haar vergraben und gab erstickte Schluchzer von sich, und sogar Kyr mit ihrer beschränkten Toleranz gegenüber weinenden Menschen wusste, dass jetzt nicht der richtige Zeitpunkt war.

Also blieben sie noch ein wenig länger so stehen.

Kyr hatte nichts gewusst, sie hatte nicht einmal etwas geahnt. Sie fühlte sich seltsam. Avi hatte tatsächlich etwas über ihren Bruder gewusst, was ihr verborgen geblieben war. Und Avi und Mags hatten monatelang ihre komische kleine Freundschaft ausgelebt, hatten in der Agoge herumgealbert, bis Mags das Doomsday-Szenario gewann. Solange sie davon ausgegangen war, dass Avi in Mags verknallt war, hatte alles irgendwie Sinn ergeben. Aber jetzt erinnerte sie sich wieder an Avis Grimasse, als sie ihn damit konfrontiert hatte.

Es war die ganze Zeit über umgekehrt gewesen. Was bedeutete, dass Mags dies monatelang vor ihr verheimlicht hatte. Vielleicht sogar länger. Wie lange wusste er es schon? Wann wusste man, dass man queer war? Kyr hatte keine Ahnung. Die einzigen Anhaltspunkte bildeten Arti und Vic, die seit mindestens drei Jahren miteinander rummachten.

Hatte ihr Bruder seit drei Jahren ein Geheimnis vor ihr?

Als sich Mags schließlich aus ihrer Umarmung löste, sah er beschämt aus. »Entschuldige«, sagte er. »Danke. Ich hätte nicht gedacht, dass du ... Danke.«

»Was hättest du nicht gedacht?«

»Dass du es so gut aufnimmst«, sagte Mags. »Ein paar Typen in meinem Haus haben es herausgefunden und mich gezwungen, ihnen die Hälfte meiner Essensrationen zu geben, sonst hätten sie mich verpfiffen. Eine Zeit lang habe ich ziemlich viel von der Agricola geschnorrt, bis Avi herausgefunden hat, wie man die Schlösser zu den Lagerräumen knackt.«

»Wer?«, knurrte Kyr, gelähmt vor Wut. Nahrung war überlebenswichtig; für jemanden von Mags' Statur, der so viel Zeit mit Drill-Einheiten zubrachte, war es gefährlich, auf die Hälfte seiner Mahlzeiten zu verzichten. Und die Vorstellung, dass irgendwelche erbärmlichen unbedeutenden Kojoten ihren Bruder erpresst hatten …

Aber Mags zuckte nur mit den Schultern. »Ist egal.« Er saß wieder auf seinem grünen Bett, seine Hände zu Fäusten geballt. Jetzt öffnete er sie. »Wir müssen nicht zurück. Ich werde sie nie wieder sehen.«

»Was ist mit deiner Mission?«

»Meiner Mission?«

»Du musst nicht lügen. Ich weiß, dass du im Angriff gelandet bist.«

»Oh«, sagte Mags. »Das meinst du.«

»Ja, der Grund dafür, dass wir hier sind. Das meine ich.«

»Es stimmt nicht.«

»Was?«

»Ich bin nicht im Angriff«, sagte Mags. »Ich mache das nicht. Hatte ich nie vor, Vallie. Sie wollten, dass ich Menschen töte.«

»Okay, es war die falsche Mission«, stimmte Kyr ihm zu. »Das Ziel muss das Kind der Weisheit sein.«

»Nein.«

»Es ist nicht mehr viel Zeit, aber wir könnten … Wie meinst du das, nein?«

»Ich meine: nein. Ich werde das nicht tun. Ich gehöre nicht

zum Angriff«, wiederholte Mags. »Nicht für sie und auch nicht für dich. Ich werde niemanden töten. Das will ich nicht.«

»Du hast keine Wahl«, hielt Kyr verwirrt dagegen. »Wir sind die Kinder der Erde. Wir sind das Heer der Menschheit.«

»Das kannst du gern sein, wenn du das willst. Aber ich nicht«, sagte Mags. »Ich bin fertig damit. Ich bin *frei*. Die Erde ist weg, und Gaia ist ein Drecksloch.«

Kyr starrte ihn an. Mags sah aus, als würde es ihm kein bisschen leidtun.

»Ich will kein Soldat sein«, sagte er. »Niemand hat mich je gefragt, ob ich einer sein will. Und jetzt bin ich keiner mehr. Ich bin raus.«

12

WASSER

Kyr schlief, weil es dumm war, nicht zu schlafen.

Sie erwachte im trüben gelben Licht, bevor der Tageszyklus des Planeten – der *Tag* – begann. Mags' Atem ging gleichmäßig in seinem kleinen Bett mit den grünen Laken.

Sie sah ihn eine Weile an, seine große, ruhige Gestalt. Er war unglücklich gewesen. Er hatte sie jahrelang angelogen, und er war unglücklich gewesen. Kyr hatte es nicht gewusst.

Vielleicht würde er hier glücklich sein.

Kyr gab sich Mühe, leise zu sein, als sie aufstand, denn selbst wenn Mags vorhatte, wie Ursa zu enden, schwach und ohne Schlagkraft, noch war es nicht so weit. Sein Gehör war so scharf wie ihres, er war genauso stark und fit und furchterregend wie eh und je. Er würde sie aufhalten können.

Im Badezimmer zog sie das billige bunte Shirt und die Hose an, die Avi ihr von den Piraten besorgt hatte. Dann nahm sie den gelben Regenmantel vom Haken an der Tür. Im Wohnzimmer, wo Ally seine Hausaufgaben gemacht hatte, lagen noch immer Stifte und Papier – *Papier*, diese Verschwendung! – auf dem Tisch. Was für ein seltsames, glückliches kleines Leben er doch hatte. Was für ein seltsames, glückliches kleines Leben sie alle hatten. Vielleicht war so ein Leben vor dem Ende der Welt normal gewesen. Kyr setzte sich an den Tisch, nahm einen Stift und starrte ins Leere. Sie hatte getan, wozu sie aufgebrochen war. Sie hatte sichergehen wollen, dass Magnus nicht sterben würde, und Magnus würde nicht sterben. Er war zu keinem Zeitpunkt in Lebensgefahr gewesen. Er kämpfte nicht, er riskierte nichts für die Menschheit, er war nicht einmal Teil der Angriffseinheit.

Und Ursa war hier, sie wirkte glücklich. Allein, hier in diesem dämmrigen Zimmer, konnte Kyr zugeben, dass sie froh war. Es würde Mags gut gehen. Es ging Ursa gut. Sie war sogar froh über Ally, den sie erst gestern kennengelernt hatte. Auch ihm würde es gut gehen. Was auch immer das für Wahnvorstellungen waren, die Ursa in Bezug auf Commander Jole hatte, für Kyr war er Familie – *ich bin stolz auf dich* –, also war auch sein Sohn Familie.

Einen Moment lang versuchte Kyr sogar, sich vorzustellen, wie es wäre zu bleiben. Sie würde all die Dinge tun können, von denen Ursa gesprochen hatte. Teil dieses Lebens sein, Teil dieser Familie. Zur Schule gehen und lernen, was auch immer man hier in der Schule lernte.

Alles, was es sie kosten würde, war der Krieg. Alles, was es sie kosten würde, war das Andenken der Toten, der Dienst, für den sie geboren war, und das Wissen, dass sich irgendwo dort draußen im Weltall die letzten Soldat*innen der Menschheit an einen kalten Fels klammerten, der einen unfreundlichen Stern umrundete, und sich weigerten aufzugeben. Und dass Kyr nicht unter ihnen war. Cleo und Jeanne und Arti, Vic und Zen und Lisabel: Kyrs Haus, ihre Schwestern, die Sperlinge. Die Kinder der Erde.

Kyr senkte den Kopf.

Niemals.

Sie kannte ihre Pflicht, und sie kannte ihren Weg. Sie schuldete Verräter*innen keine Erklärung. Mit einem Seufzer legte sie den Stift zurück auf den Tisch.

»Was machst du da?«, fragte Ally hinter ihr.

Kyr drehte sich um. Ally trug eine blau gestreifte Hose und ein dazu passendes Hemd. In der Hand hielt er ein Glas Wasser. Darin schwammen drei Eiswürfel.

Kyr hätte ihn hören müssen. Sie hatte sich ablenken lassen.

»Nachdenken«, sagte sie.

»Gehst du irgendwohin?«

Kyr antwortete nicht. Allys Blick wanderte zu dem Regenmantel, der neben ihr auf dem Tisch lag. Leise trommelten die Regentropfen gegen das große Fenster.

»Gehst du joggen?«, fragte Ally und zog dann die Augenbrauen zusammen. »Läufst du weg?«

»Ich laufe nicht weg«, sagte Kyr.

»Vielleicht sollte ich Mama wecken.«

Kyr kam mit einem Satz auf die Füße. »Denk nicht einmal dran.«

Ally blinzelte wie eine Eule hinter seinen Brillengläsern zu ihr hoch. Er hatte keine Angst. Kyr war doppelt so groß wie er. Sie konnte ihm Arme und Beine brechen. Sie konnte ihn gegen die Wand knallen und ihn kurz und klein schlagen. Sie konnte ihn töten.

Genau, wie sie das Alien Yiso hätte töten können, wenn sie gewollt hätte. Genau, wie sie das Amsel-Mädchen hätte töten können, das sie bei der Verschwendung von Wasser erwischt hatte. War das erst ein paar Wochen her? Und sie hätte jedes einzelne Kind aus Raingold, das sie gestern auf der Straße hatte spielen sehen, töten können. Und sie hätte, sie hätte Ursa töten können, sie hätte ein Messer nehmen und die Verräterin hinrichten können, und sie hätte Mags im Schlaf töten können, denn – sie zwang sich, diesen Gedanken zu denken –, denn er war genauso ein Verräter wie Ursa. Ein ganzes Spektrum von Gewalt und Macht und Möglichkeiten strahlte in Kyrs Kopf auf, und Ally guckte sie nur verwirrt an. Er hatte keine Angst. Es kam ihm einfach gar nicht in den Sinn, Angst zu haben. Er lebte ein Leben, in dem es keine Angst gab.

Es war nicht fair.

Kyr brachte sich dazu, ihre Fäuste zu öffnen. Er war ein Menschenkind. »Bitte«, sagte sie. »Bitte weck niemanden auf.«

Bitte sagte sie und meinte damit, dass sie ihn würde aufhalten müssen, wenn er es doch tat, und das nicht wollte.

Ally runzelte die Stirn. »Du gehst wirklich.«

»Ja«, sagte Kyr.

»Versprich mir, dass du wiederkommst.«

»Wie bitte?«

»Versprich es mir, und ich werde es Mama nicht verraten.«

»Warum?«

»Sie ist meine *Mama*. Ich mag es nicht, wenn sie traurig ist.«

»In Ordnung«, sagte Kyr. »Aber nur, wenn du versprichst, dass du ihr nicht erzählst, dass du mich gesehen hast.«

Ally überlegte. »Okay. Ich verspreche, es Mama nicht zu verraten«, sagte er feierlich.

»Gut«, sagte Kyr. »Ich verspreche, dass ich wiederkomme.« Sie log, aber Kinder anzulügen, war nicht so schlimm. Sie zog den Regenmantel an. »Und jetzt gehe ich.«

»Okay«, sagte Ally. »Auf Wiedersehen. Und vergiss dein Versprechen nicht!«

Die Straßen von Raingold lagen im Nebel, und von der Promenade aus war das Meer fast nicht zu erkennen. Kyr ging an der riesigen Gedenkstatue, der Frau mit der Erdkugel, vorbei und vermied es, sie anzusehen.

Die Straßen waren nicht leer. Sie sah Leute in einheitlichen grünen Regenuniformen, die mit langen Greifern Müll aufsammelten. Ein Majo, ein Lirem mit vier Armen, schlenderte ihr mit irgendeiner Art Tier an einem Seil entgegen. Kyr wechselte die Straßenseite. Eine Gruppe von jungen, gähnenden Frauen, die

die Arme umeinandergelegt hatten, torkelte an ihr vorbei. Sie waren knapp bekleidet, die Haare lagen ihnen nass geschwitzt am Kopf an, manche von ihnen waren barfuß und hielten etwas in den Händen, was wie sehr unpraktische Schuhe aussah. Kyr lief weiter. Als der Himmel aufbrach, passierte sie ein Gebäude mit einem Turm, von dessen Spitze aus jemand ein ihr unbekanntes Lied sang, dessen Melodie auf und ab ging. Es hallte ihr durch die feucht-goldene Luft hinterher, während sie sich einen Weg durch die letzte Menschenstadt bahnte.

Die Blechdachhütte stand noch genauso da wie bei Kyrs Aufbruch. Sie benutzte ihren ID-Chip für das, was Avi ein beschissenes Billigschloss genannt hatte.

Er funktionierte nicht.

Sie versuchte es noch einmal.

Nichts.

Kyr biss die Zähne zusammen. Sie hatten sie ausgesperrt. Sie starrte die Tür voller Verachtung an, lehnte dann die Schulter dagegen und verpasste ihr einen ordentlichen Stoß. Sie gab sofort nach, und Kyr stolperte in den engen Hauptraum der Hütte.

Er war leer.

Kyr sah auch im einzigen anderen Raum, dem Badezimmer, nach, nur um sicherzugehen. Nichts war mehr da, nicht einmal mehr die Haarschneidemaschine, für die Avi ihr Geld verschwendet hatte, um sich die roten Locken abzurasieren. Auch die Ecke im Hauptraum, in der sich Yiso eine Art Nest aus Tüchern und Bettlaken gebaut hatte, war leer. Kein Essen in den Schränken. Kyr kniete sich hin und entfernte das Brett, das den Raum unter der Spüle verbarg. Eingewickelt in die blutigen Lumpen ihrer Uniform, hatten hier das Feldmesser und die Pistole gelegen, die sie der Wache auf der *Victrix* abgenommen hatte. Und das Abzeichen. Kyr hatte es behalten, obwohl Avi angedeutet hatte, dass die Piraten gutes Geld für »gaianische Devotionalien« zahlen würden.

Alles verschwunden.

Kyr hatte ihre Hoffnung auf die Waffen gestützt.

Sie sprang auf, als sie plötzlich ein Geräusch an der Tür vernahm. »Hausbesetzer«, hörte sie die Stimme des Vermieters. Meistens hatte Avi mit ihm gesprochen, Kyr wusste nicht einmal seinen Namen. »Typisch. Jetzt hört mir mal gut zu, das hier ist keine Wohltätigkeitsveranstaltung ...«

Kyr drehte sich um und sah ihn an. Er war alt – älter, als je irgendjemand auf Gaia ausgesehen hatte. Reste weißen Haars rahmten sein gebräuntes Gesicht, dessen Wangen faltig herabhingen. Er trug einen unförmigen braunen Mantel, der Stoff schimmerte feucht. Am Revers hafteten verschiedene Abzeichen. »Wo sind sie?«, fragte Kyr.

Der Vermieter trat einen Schritt zurück. »Darüber weiß ich nichts.«

Die Vielzahl von gewalttätigen Antworten in Kyrs Kopf verschmolz zu einer einzigen, schlichten Bewegung. Sie packte den Mann am Handgelenk, drehte ihn schwungvoll um und drückte ihn gegen die Wand. Der Regen trommelte auf das Blechdach. »Wo *sind* sie?«, knurrte sie.

»Ich wollte von Anfang an kein dreckiges Majo in einer meiner Immobilien!«, jaulte er. »Ich weiß es nicht, ich weiß es wirklich nicht!«

Kyr verstärkte ihren Griff um sein Handgelenk.

Dem Vermieter entfuhr ein Wimmern. »Abgehauen«, keuchte er. »Haben die nächste Woche noch bezahlt und sind weg. Weiß nicht, wohin. *Ich weiß es nicht.* Ich bin Patriot. Du willst doch einem Menschen nichts antun!«

Kyr ließ ihn los und trat einen Schritt zurück. Er blieb, wo er war, und heulte. »Du weißt etwas über mich«, sagte Kyr.

»Weiß nichts, weiß überhaupt gar nichts ...«

Angewidert sah Kyr ihn an. Zwischen den Anstecknadeln und Abzeichen am Revers seines alten braunen Mantels entdeckte sie einen silbernen Kreis mit einer geflügelten Frau. Kyr griff danach, ignorierte sein panisches Zusammenzucken und riss es ihm vom Kragen. »Hey!«, protestierte er.

»Die Pistole«, sagte sie. »Das Messer. Wo sind die Sachen?«

»Ich weiß nicht, wovon du sprichst«, sagte er. »Ich habe nie etwas Verbotenes gemacht ...«

Kyr packte ihn am Kragen.

»Weg! Die waren schon weg!«, japste er. »Ich hab die Uniform verkauft, ich kann dir den Namen des Käufers sagen, hab ihm gesagt, dass sie von einem Mädchen ist, und sie haben gezahlt, aber die Waffen waren weg, ich hab nur das Abzeichen behalten, ich bin doch Patriot! Ein echter Mensch! Ich hätte schließlich auch die Polizei rufen können, als ihr hier aufgetaucht seid, oder? Ich weiß, wie Kriegszucht-Kids aussehen – ich habe gedient –, und deine *Größe* ... Das verdammte Majo war eine Geisel, richtig? Ich bin auf deiner Seite!«

Kyr schleuderte ihn zu Boden. »Du hast also keine Ahnung, wo er hin ist«, sagte sie. »Der Mensch. Das Majo ist mir egal.«

Vielleicht hatte Avi Yiso an einen Sklavenhändler verkauft, um sich noch weitere Dinge leisten zu können. Es kam ihr wahrscheinlich vor. Avi war so selbstsüchtig. Wer machte sich einfach so aus dem Staub? Was glaubte er eigentlich, wer er war? Kyr war wütend, weil sie sich auf Avi verlassen hatte, genau wie auf die Waffen. Sie wusste, sie hätte ihn dazu bringen können, zu tun, was sie wollte. Er war ein Feigling.

Und das war auch der Vermieter. Kyr nahm einen säuerlichen Geruch wahr. Er hatte sich vor Angst in die Hose gepisst.

»Du hast nie gedient«, zischte sie voller Wut, während er sich, vor sich hin brabbelnd, zu ihren Füßen zusammenkauerte. »Du bist ein Nichts.« Sie hielt inne und dachte einen Augenblick nach. »Wenn du die Polizei rufst oder irgendjemanden sonst, dann werde ich dich finden und töten.«

Die Augen des alten Mannes weiteten sich. »Ich weiß nichts«, wiederholte er. »Ich weiß nicht, wo sie sind.«

Kyr blickte sich ein letztes Mal um. Dann nahm sie das Victrix-Abzeichen und steckte es sich vorsichtig an die Innenseite ihrer Hosentasche. Ihr war klar, dass manche Leute hier gaianische Insignien kannten. Es zu tragen, war also durchaus ein Risiko. Aber sie konnte sich einfach nicht dazu durchringen, es nicht zu tun. Es gehörte ihr. Es hätte von Anfang an ihr gehören sollen. Und selbst wenn niemand es sah, sie würde wissen, dass es da war.

Und wenn man später ihren Körper fand, würde es noch immer da sein. Und Chrysothemis würde wissen, das Majo würde wissen, wer sie war und warum sie hatte tun müssen, was sie tat.

Bis zu diesem Zeitpunkt war Kyr nicht klar gewesen, wie sicher sie war, dass es nur ihr Körper sein würde, und nicht sie selbst. Später. Aber, natürlich, so musste es sein. Wenn sie und Mags zusammen gewesen wären, hätte die Sache anders ausgesehen. Oder wenn sie Avi gehabt hätte, der ihr Vorschläge und Anweisungen ins Ohr flüsterte. Aber Kyr würde allein sein. Ein Teil der Kriegsstrategie bestand darin, die Kosten anzuerkennen. Kyr allein war nichts anderes als Mags allein.

Nur schwächer, natürlich. Sie war sich immer des Abstands zwischen ihren Trainingsergebnissen bewusst gewesen.

Sie verließ die Blechdachhütte und ging eilig davon, ohne zu wissen, wohin.

»Scheiß Schlampe!«, brüllte der Vermieter mit plötzlich erwachtem Mut hinter ihr her. »Verdammte Hure! Was glaubst du eigentlich, wer du bist?«

Kyr ignorierte ihn und lief weiter, zufrieden mit dem Gedanken, dass sie tatsächlich umdrehen und ihn töten könnte, wenn sie wollte. Sie konnte alles tun. Auch allein ihre Pflicht erfüllen, wenn es nun einmal so sein sollte.

»Was ist mit meiner Tür?«, brüllte der Alte. »Wer bezahlt mir eine neue Tür?«

Während Kyr weiterlief, plante sie ihre nächsten Schritte. Leru Ihenni Tan Yi, so hieß das Majo Zi, das Kind der Weisheit, das nach Chrysothemis kommen würde. Sie wünschte, sie hätte das Briefing, das Avi in Mags' Akte gefunden hatte, etwas gründlicher gelesen. Und sie hatte gehofft, Avi würde sich besser an den Inhalt erinnern. Sie selbst hatte nur eine ungefähre Vorstellung. Es war vorgesehen gewesen, dass Mags bei der Ankunft des Aliens von einem erhöhten Standpunkt aus das Feuer auf die Menschenmenge eröffnen sollte.

Kyr hatte kein Problem damit, Menschen zu verletzen. Nicht einmal diese Menschen hier.

Chrysothemis besaß bereits einen Weisheitsknoten, der allerdings inaktiv war – der Planet war einmal von einer mittlerweile ausgestorbenen Alien-Art besiedelt gewesen. Kyr besaß ein gutes Gedächtnis für Karten. Wenn sie einer Bahnlinie östlich von Raingold folgte, würde sie zu der kleinen archäologischen Siedlung Hfa gelangen, die nur ein paar Meilen von einer Markierung in Form eines Sterns entfernt lag, die auf Gaias Karten mit einem W gekennzeichnet war (INAKTIV – GESICHERT).

Um die Weisheit in dieser Welt wieder zum Leben zu erwecken, würde Leru früher oder später auch dorthin kommen müssen.

Der Plan war noch lückenhaft, was zu diesem Zeitpunkt noch unvermeidbar war. Kyr vertraute ihrer Fähigkeit, zu improvisieren.

Sie würde den ruhenden Weisheitsknoten finden, sich in Position bringen, warten, und wenn das Kind der Weisheit auftauchte, würde sie es töten. Mit etwas Glück würde es ihr auch gelingen, seine Maschine zu beschädigen. Die Ermordung eines

Majo-Oberhaupts und die Sabotage einer Installation der Weisheit – diese Ziele waren es wert, für sie zu sterben.

Und Kyr zweifelte nicht daran, dass sie sterben würde. Sie fühlte sich unendlich leicht. Fast zwei Wochen hatte sie auf Chrysothemis verbracht, und zwischen Yiso und Avi, zwischen Ursa und Ally und Mags war ihre Welt in den Grundfesten erschüttert worden. Aber Kyr war stärker als sie alle. Sollten sie doch alle beten und lächeln und streiten und lügen – sie war noch immer eine Soldatin der Menschheit. Ihre Familie war ihre Station. Ihre Familie war ihre Mission. Ihre Familie waren vierzehn Milliarden Tote, und ihre Mutter war die vernichtete Welt.

Sie war wieder an der Promenade angelangt. Dieses Mal lief sie einfach weiter, ignorierte die Statue, die Leute, das freundliche Rufen einer Frau, die an einer Bude Essen verkaufte. Sie lief weiter, bis hinunter zu dem Streifen schwarzen Sandes am Rande des Wassers.

Dort, wo sich die kleinen Wellen am Ufer brachen, war ein feines goldenes Muster zu erkennen. Kyr trat dagegen, und die Algen fielen auseinander.

Dann stand sie eine Weile da, sah hinaus auf all das Wasser und stellte sich vor, wie es wohl gewesen wäre, oh, wie es gewesen wäre, Ally zu sein. Wie es gewesen wäre, als Kleinkind Gaia verlassen zu haben, um hier aufzuwachsen, in einer schönen Wohnung in einer Welt, die zu zwei Dritteln aus Wasser bestand, in einer Welt, in der es immerzu regnete.

Aber das alles war wertlos. All der Reichtum und die Schönheit von Chrysothemis waren nur eine Ablenkung, eine verführerische, aber verräterische Lüge.

Kyr schob die Hand in ihre Tasche und befühlte das Victrix-Abzeichen darin. Ihre Fingerspitze fuhr die feinen Linien des ernsten Gesichts der geflügelten Frau nach, das zarte Muster ihrer winzigen Federn.

DRITTER TEIL
WEISHEIT

All jene Reisende, die sich schon einmal unter Menschen befanden, kennen das Problem. Stellen Sie sich folgendes Szenario vor: Es entwickelt sich ein freundliches Gespräch, das in T-Standard geführt wird, einer stabilen, standardisierten Sprache, die von nahezu sämtlichen Übersetzungsprogrammen leicht verstanden wird. (Die Menschen haben bisher keine linguistische Technik entwickelt, die zu ihrer Biologie passen würde; das Sprachenlernen ist für Erwachsene ein aufwendiger Prozess, daher rühren auch ihre Schwierigkeiten mit Majodai, Sinneltha und anderen verbreiteten Verkehrssprachen.) Die subtileren Kommunikationselemente, die bei informellen Anlässen über die Körpersprache gezeigt werden, sind manchmal schwer zu entschlüsseln, wobei die Basiselemente »lächeln« und »lachen« recht eindeutig und daher leicht zu verstehen sind.
Doch plötzlich nimmt der Besuch eine Veränderung wahr, ohne dass es ihm möglich wäre, zu sagen, wann genau im Laufe dieses freundlichen Gesprächs sie eingetreten ist. Der Mensch merkt nicht, dass es ein Problem gibt, und lächelt und lacht munter weiter, während das befremdete Majo sich unter vor sich hin brabbelnden Aliens wähnt, deren Worte es sporadisch versteht, die insgesamt jedoch keinen Sinn zu ergeben scheinen.
Was ist geschehen?
Die Antwort ist einfach. Man trifft so gut wie nie auf einen Menschen, dessen bevorzugte Sprache T-Standard ist. Fast alle sprechen sie – obschon es auch ein paar Gruppen linguistischer Purist*innen gibt, die sich bewusst aus der intergalaktischen Kommunikation heraushalten, um ihre traditionellen Sprachformen

zu bewahren –, aber in Wahrheit ist sie eine vereinfachte, »Übersetzungsbot«-basierte Sprache, die auf einer weitaus älteren Erdensprache beruht. Die Menschen beabsichtigen keineswegs, Sie auszuschließen. Es ist nur eben so, dass sie, wenn sie beginnen, sich wohlzufühlen, vergessen, wen sie vor sich haben, und in einen der zahlreichen Dialekte des klassischen Englisch verfallen.

Diese Dialekte variieren zwischen ungewöhnlich, aber weitgehend verständlich (International Business English und ihr Verwandter, »US« oder »American« English), bis hin zu ganz und gar merkwürdig (diese Autorin fand sich einmal auf einer Veranstaltung wieder, bei der vorwiegend »Schottisch« gesprochen wurde, ein uralter Dialekt).

Daneben besteht die Möglichkeit, dass die bevorzugte Sprache Ihres menschlichen Gegenübers nicht einmal entfernt verwandt ist mit T-Standard. Beinahe alle modernen menschlichen Siedlungen besitzen wenigstens eine offizielle Sprache, die in keiner irgendwie gearteten Verbindung zur galaktischen Menschensprache steht. Die am weitesten verbreiteten »Muttersprachen« moderner Menschen sind IB-Englisch, Neu-Suaheli und Milchstraßen-Chinesisch. Es existiert nur eine menschliche Gemeinschaft, deren bevorzugte Sprache T-Standard ist. Ironischerweise haben sich die Extremist*innen von Station Gaia selbst zu einer galaktischen Enklave mit entsprechender Sprache gemacht, indem sie sich als einzig »wahre« Menschen postulieren. Diese Wendung des Schicksals ist keine Überraschung für diejenigen unter uns, die sich mit menschlicher Geschichte auskennen. Weil Sprache und Identität in der menschlichen Kultur eng miteinander verzahnt sind, ist es nur logisch, dass eine Gesellschaft, die danach strebt, individuelle kulturelle Identitäten und Historien zugunsten einer fiktiven panterranischen »Mission« auszuradieren, damit anfängt, die Menschen ihrer Sprache zu berauben.

S. Lopor: Kommunikation:
Eine menschliche Geschichte.

Der »Krieger-Kodex« oder »Ehren-Kodex«, der so oft erwähnt wird, wenn es darum geht, anderen empfindungsfähigen Völkern menschliches Verhalten zu erklären, wird in Wahrheit öfter gebrochen als befolgt. Menschen mögen behaupten, sie seien ehrenhaft, aber wenn es ihren Zwecken dient, dann lügen, betrügen und benutzen sie andere, ohne mit der Wimper zu zucken. Taten, die in anderen Situationen selbst von Menschen als abscheuliche Verbrechen betrachtet werden würden, sind im Kriegskontext als Preis für den Sieg vollkommen akzeptiert. Man muss sich diese Art von Ehre also als individuelles und anlassabhängiges Werkzeug vorstellen, das die maßgeblichen Triebkräfte der menschlichen Militärgestaltung fortwährend auf der Basis einer durch und durch skrupellosen Kosten-Nutzen-Rechnung anwenden.
Eine wertvolle Fallstudie stellt der Gyssono-IV-Vorfall dar. Im Gyssono-Doppelsternsystem gibt es keine bewohnbaren Welten, aber sein vierfacher Asteroidengürtel enthält einige der größten bekannten Vorkommen an Irris, einer scioaktiven Substanz, die unverzichtbar ist für den Bau der gigantischen Schattenmotoren, mit denen die Schlachtschiffe der Menschen angetrieben werden. Zu Beginn des Terranischen Krieges (unter Menschen bekannt als Majo-Krieg) zog das Terranische Expeditionskorps los, um das Gyssono-System zu retten. Die Bevölkerung Gyssonos – Bergarbeiter*innen und Techniker*innen, meist Siedler*innen der sinnetischen Bürger*innen-Welten nahe gelegener Systeme – bewohnte eine Reihe von Raumstationen, die von I bis VIII durchnummeriert waren. Im Laufe des Konflikts wurde

Station IV in ein Krankenhaus umgewandelt, und in Anbetracht der prekären Natur der Siedlungen im Gyssono-System wurde außerdem entschieden, auch die kleine zivile Population auf Station IV unterzubringen, was die Verteidigung erleichtern sollte.

Es war zu erwarten gewesen, dass das TE die Station unter Beschuss nehmen würde, und das tat es dann auch. Die Weisheitskreuzer konnten schlimmere Schäden verhindern, aber niemand hatte den Unfall voraussagen können, der sich bald darauf ereignete. Die überladene Station, die aus ihrer sicheren Umlaufbahn an eine schwerer zu erreichende Position in der Mitte eines der Asteroidengürtel verlegt worden war, kollidierte mit einem Asteroiden, der ein riesiges, bis dato unbekanntes Irris-Vorkommen beherbergte. In seiner unverarbeiteten Form ist Irris hochexplosiv, besonders in den subrealen Dimensionen, in denen allein die Systeme der Weisheit funktionieren. Nach der Explosion waren die Weisheitskreuzer gelähmt und blind, und Station IV war auf eine todgeweihte, weil instabile, Umlaufbahn um Gyssonos Zwillingssterne geraten.

An diesem Punkt versagt jede logische Erklärung. Das Terranische Expeditionskorps hätte nun nur noch die beschädigten und wehrlosen Weisheitskreuzer zerstören müssen, um die totale Kontrolle über Gyssono zu gewinnen, und hätte dabei selbst keinerlei Schaden genommen. Stattdessen aber startete die Besatzung der Temeraria unter dem Kommando von Admiral Isamy Russell einen gefährlichen Vorstoß zur Rettung der Menschen auf Station IV sowie der dort untergebrachten verletzten feindlichen Kämpfer*innen. Menschliche Soldat*innen riskierten ihr Leben, um feindliche Aliens zu evakuieren. Viele von ihnen ließen in der letzten Phase der Rettungsaktion ihr Leben, als die Station auf den Doppelstern zustürzte und die Menschen die fruchtlosen Versuche, Kampfraketen zu Raumfähren umzufunktionieren, schlussendlich aufgaben und stattdessen dazu übergingen, weitere Personen, immer eine oder zwei gleichzeitig, mithilfe von

Schattenraum-Sprunghaken zu bergen – zu jener Zeit eine noch kaum getestete Technik, die in vielen Fällen versagte.

Erst als wirklich alles versucht worden war, um die Bevölkerung von Gyssono-IV zu retten, wandte Admiral Russell seine Aufmerksamkeit den Weisheitskreuzern zu und griff an. Zu diesem Zeitpunkt hatten sie sich von der Irris-Explosion weitgehend erholt, und was folgte, war ein brutaler Kampf auf Augenhöhe, den die menschlichen Streitkräfte nur sehr knapp für sich entschieden.

Die Rettung Unschuldiger vor der Niederwerfung des Feindes – dies, so die Menschen, sei Ehre. Aber um Russell selbst in Bezug auf die Angelegenheit zu zitieren: »Hätte ich die anschließende Schlacht nicht gewonnen, wäre ich auf der Stelle erschossen worden.«

Ehre ist eine persönliche Entscheidung, und die Menschen halten sie hoch – bis zu einem bestimmten Punkt. Aber allein Russells Sieg konnte dessen militärische Karriere vor dem Vergessen retten. Er wurde vom Kriegsgericht vom Vorwurf des Fehlverhaltens freigesprochen und von Majo und Menschen gleichermaßen gefeiert. Später bekam er noch eine Medaille von den Bewohner*innen Gyssonos verliehen, die diesen menschlichen Brauch sorgfältig recherchiert hatten.

Es existieren bewegende Berichte über das Geschehen: Es sei, so ein Evakuierter, ein außergewöhnliches Gefühl gewesen, eine riesige menschliche Soldatin auf sich zurennen zu sehen und dabei Erleichterung zu empfinden.

Bis heute besitzen alle Menschen die Ehrenbürgerschaft des Gyssono-Systems. Und nach der Zerstörung der Erde votierte die überwiegend sinnetische Bevölkerung der acht Raumstationen in einem symbolischen Akt dafür, sich von der Majoda abzuspalten. Die acht Stationen von Gyssono sind nun das Zuhause der zweitgrößten Population von Menschen im Universum, ungefähr siebenhunderttausend Individuen, die bemerkenswert harmonisch mit der alteingesessenen sinnetischen Bevölkerung zusammenleben. Für die menschlichen Geflüchteten, die den militärischen Extremismus von Enklaven wie Gaia ablehnen und es trotzdem nicht über sich bringen, unter der Weisheit zu leben, gibt es keinen anderen Ort.

Isia Mlo-Samar:
Gedanken zur Frage der Menschheit.

13

ALLEIN

Nie in ihrem Leben war Kyr schon einmal wirklich und wahrhaftig allein gewesen.

Gaia war zu klein und zu durchorganisiert, um sich über so unwichtige Dinge wie Privatsphäre Gedanken machen zu können. Von klein auf war Kyr Teil von Gruppen gewesen, war immer beobachtet und mit anderen verglichen worden. Sie hatte immer in Gemeinschaftsräumen geschlafen, erst mit den anderen Kleinen unter der Aufsicht von Corporal Ekker, und dann in ihrem Haus. Und selbst hier auf Chrysothemis war sie nicht allein gewesen. Sie hatte die einräumige Hütte mit Avi geteilt, und mit Yiso, wenn man das so nennen wollte. Und dann war da die eine Nacht in Ursas Wohnung gewesen, als sie auf Magnus' Atem gelauscht hatte, bevor sie davongeschlichen war. Es war nicht das erste Mal gewesen, dass sie bei Magnus war, während er schlief. Er hatte jede Pausenschicht für ein Nickerchen genutzt, wenn man ihn ließ.

Jetzt, da sie darüber nachdachte, fand sie es irgendwie seltsam, dass Mags immer darauf bestanden hatte, so viel wie möglich zu schlafen – fast so, als hätte er es dem Wachsein vorgezogen. Einige von Kyrs Erinnerungen erschienen in einem ganz neuen Licht, jetzt, da sie wusste, dass ihr Bruder die ganze Zeit über unglücklich gewesen war: Das war keine selbstbewusste Faulheit gewesen, sondern er hatte sich einfach nur gedrückt; keine Spöttelei, sondern echtes verräterisches Gerede; keine Langeweile, sondern Angst. Je länger sie über diese Dinge nachdachte, desto stärker schrumpfte Mags in ihrem Ansehen, und das hatte etwas merkwürdig Befriedigendes. Er war einfach so viel besser als sie gewesen, immer und überall. Aber wenigstens war *sie* loyal. Wenigstens war *sie* ehrlich.

Darüber sinnierte Kyr, als sie wach unter einem braunen Felsvorsprung am Rande des Außenpostens der winzigen Hfa-Siedlung lag, unfähig zu schlafen, weil es zu hell und zu ruhig war.

Es war nicht völlig ruhig. Eine belebte Welt, das wusste sie jetzt, machte alle möglichen Geräusche. Der Wind pfiff durch die schemenhafte einheimische Vegetation und durchwehte die Blätter der wenigen Erdenbäume, die hier standen. Der Regen hörte auf und setzte wieder ein, und sein Trommeln klang immer anders, je nachdem, ob die Tropfen auf einen Baum, auf den Boden, auf die Wasseroberfläche des nahe gelegenen Flüsschens oder auf das Steindach fielen, unter dem Kyr Zuflucht gesucht hatte. Wenn der Regen aufhörte, kamen sofort kleine Insekten hervor; es schien fast, als würden sie in der feuchten Luft sprießen. Es gab viele verschiedene Arten, aber sie alle leuchteten von innen und erzeugten kleine Lichtschweife, wenn sie zu Kyr unter den Felsvorsprung geflogen kamen. Beim Fliegen machten sie surrende und brummende Geräusche, fast, aber nicht ganz so wie das entfernte Surren und Brummen, an das Kyr gewohnt war, das Summen und Brummen einer aktiven Raumfestung.

Es war schwer, auf dem harten Untergrund einzuschlafen, nicht weil es ungemütlich, sondern weil es ungewohnt war. Es war schwer einzuschlafen ohne das tiefe Lied der Schattenmotoren am Rande ihres Bewusstseins. Es war schwer einzuschlafen, wenn man ganz allein war und niemanden atmen hörte.

Kyr zwang sich, still zu liegen und nicht bei jedem Geräusch zusammenzuzucken, das dieser hellwache Planet von sich gab. Sie drehte sich auf die Seite und verschränkte die Hände unter ihrem Kopf. So bemerkte sie die Pfütze, die sich in einer Ecke der geschützten Nische, in der sie lag, gebildet hatte. Sie hatte eigentlich ein wenig ausruhen und auf den Einbruch der Dunkelheit warten wollen, bevor sie den Versuch unternehmen würde, in den Weisheitsknoten einzudringen. Wenn die Karte in ihrem Kopf korrekt war, lag er nur einen Bergrücken entfernt.

Aber Ausruhen war unmöglich. Also konnte sie ebenso gut ihren Weg fortsetzen.

Kyr erklomm den Bergrücken und bahnte sich einen Weg durch die gelb-goldene einheimische Vegetation und das grelle Grün der wenigen Terranischen Pflanzen, die hier wuchsen. *Invasive Flora*, kommentierte Ally in ihrem Kopf. Dumm. Blödsinn.

Oben angekommen ließ sie den Blick über die kreisförmige Vertiefung in der Landschaft schweifen. Der Regen hatte aufgehört, und das gelbe Licht der chrysothemischen Nachmittagssonne wurde gleißend hell von dem See dort unten zu ihr zurückgeworfen. Es glühte auch auf den Blechdächern einiger niedriger Gebäude am Seeufer. Kyr wartete. In den Unterlagen des Angriff-Geschwaders hatte nichts über irgendwelche Sicherheitseinrichtungen an diesem Ort gestanden. Mags' Auftrag hatte darin bestanden, Tod und Schmerz über die Menschenmengen in Raingold zu bringen. Man hatte nicht von ihm erwartet hierherzukommen. Aber irgendwas musste es hier geben.

Eine winzige Bewegung zwischen den Gebäuden. Eine Wache? Nein, keine Person, bloß ein ziemlich großes Insekt. Kyr kniff die Augen zusammen und sah genauer hin. Es bewegte sich nicht so wie die Insekten, die ihr unter dem Felsvorsprung auf die Nerven gegangen waren. Dieses langsame Gekreise erinnerte mehr an ...

Einen schlecht getarnten Überwachungsflug. Kein Tier. Eine Majo-Drohne. Und vermutlich nicht die einzige. Es dämmerte bereits, aber Kyrs Sehvermögen war extrem gut. Sie setzte sich hin, wartete, beobachtete. Als die Sonne nur noch ein fernes Leuchten am hügeligen Horizont war, hatte sie zwölf weitere Drohnen ausgemacht. Es war unmöglich, etwas über ihre Waffenfähigkeit zu sagen.

Keine Spur von irgendwelchen menschlichen Wachen. Keine Aliens. Merkwürdig.

Kyr erinnerte sich an ihren Fehler auf der Brücke der *Victrix*, als sie vergessen hatte, sich nach der zweiten Wache umzusehen; als sie nicht mit Cleo gerechnet hatte und diese dann plötzlich wie aus dem Nichts gekommen war. Aber je länger sie alles beobachtete, und während der kleine, längliche Mond von Chrysothemis schon zügig den Himmel erklomm, desto sicherer wurde sie. Außer den Drohnen gab es hier rein gar nichts.

Versuch, da reinzukommen, dachte Kyr. *Erst sabotieren oder zumindest herausfinden, wie es gehen könnte. Dann auf das Ziel warten.*

Es gab keine willkommene Lücke im Überwachungsflug der Drohnen. So etwas passierte nur in Szenarios für Babys. Das hier war echt, das hier war kein Level-Zwölf-Szenario, das hier war nicht Doomsday. Mags hatte nur ein Spiel gewonnen, aber Kyr war wirklich hier, an diesem sehr realen Ort, und wurde von Insekten gestochen, während sie sich dem Tal näherte. Sie kam so dicht an die Ansammlung von Gebäuden heran, wie sie es wagte. Erst hatte sie gedacht, es wären einfache vorgefertigte Hütten wie in den Slums von Raingold, aber je näher sie kam, desto merkwürdiger sahen die Gebäude aus. Die Metalldächer glänzten feucht, und die Wände bestanden aus bröckeligem

Stein, an dem blasses einheimisches Moos emporkroch. Die Hütten sahen alt aus.

Menschen hatten sie sicher nicht gebaut.

Kyrs Magen knurrte, während sie flach im Gestrüpp lag, das rund um den See wuchs, die Ellenbogen im Dreck. Sie würde irgendwann Nahrung brauchen. Und die effizienten Drohnen flogen noch immer Schleife um Schleife. Das war nicht fair.

Das Leben war nicht fair.

Sie riskierte es und kroch näher heran. Immer noch keine Wachen. Sie nahm einen kleinen Stein und warf ihn in Richtung einer Hütte. Er traf das Dach der nächstgelegenen, die immer noch ein gutes Stück von Kyr weg war. Das Geräusch hallte über das Wasser. Eine der Drohnen unterbrach ihren Rundflug, um der Störung auf den Grund zu gehen, und sofort füllte eine andere die Lücke. Großartig.

Die Maschinen wirkten nicht sehr robust. Sie sahen tatsächlich ziemlich organisch aus, Kyrs erster Gedanke mit den Insekten war also nicht völlig verkehrt gewesen: kleine gelb-schwarze Körper, keine dreißig Zentimeter lang und mit sechseckigen Sensoren besetzt, die sich wie Augen hin- und herbewegten. Dazu transparente, sich sehr schnell bewegende Flügel.

Kyr schoss die Bezeichnung »Bienen« in den Kopf, die sie von einem Bild in der Krippe kannte. Nachdem sie sie eine ganze Zeit lang von ihrem schlammigen, unkomfortablen Platz auf dem Boden aus beobachtet hatte – *Geduld*, hatte Commander Jole einmal gesagt, *Geduld ist eine ebenso unverzichtbare Waffe wie Stärke* –, war sie beinahe sicher, dass sie unbewaffnet waren. Der gelbe Mond über Chrysothemis war nun fast vollständig aufgegangen, und Nebel war heraufgezogen. Kyr konnte nun nicht mehr das gesamte Überwachungsgeschehen überblicken, sondern nur jeweils zwei oder drei der am dichtesten fliegenden Bienen sehen. Noch immer keine

Spur von Menschen, keine Gestalten im Nebel, keine Stimmen. Kyrs Magen knurrte erneut.

Langsam kam sie aus ihrer liegenden Position in eine zusammengekauerte hoch. Es gab keine Freigabe, es gab kein Kommando. Sie wartete einfach, bis die nächste Biene dicht genug dran war, und machte dann einen Satz nach vorn.

Sie war viel leichter, als Kyr erwartet hatte. Ihre Finger stachen Löcher in die hauchdünnen Flügel, als sie sie packte. Die Drohne machte kein Geräusch, bewegte sich aber wie wahnsinnig und versuchte verzweifelt, sich aus Kyrs Griff zu befreien. Vielleicht waren sie wirklich lebendig, zumindest teilweise. Kyr warf sie zu Boden und trat, so kräftig sie konnte, darauf.

Es knackte. Die Biene bewegte sich nicht mehr.

Wie Kyr erwartet hatte, tauchten ihre Kolleginnen aus dem Nebel auf, um nach ihrer gefallenen Kameradin zu sehen. Mit einem Satz war sie an ihnen vorbei und lief nun zwischen die regennassen Mauern der alten Steinhütten am Seeufer. Sie trugen Inschriften aus menschlichen Buchstaben und Symbolen, die Kyr als Majodai identifizierte.

GESCHÜTZTER STANDORT – BETRETEN VERBOTEN – LEBENSGEFAHR, stand dort.

Die Majo-Buchstaben bedeuteten im Grunde das Gleiche, aber zusätzlich war da noch ein weiteres Symbol, das Kyr schon einmal gesehen hatte: im Doomsday-Szenario, immer und immer wieder, bis es als eine Art Verzierung auf dem Geschoss auftauchte, das ihrer Welt den Tod bringen würde. Sie wusste, es bedeutete »Weisheit«.

Das größte der Steingebäude besaß an einer Schmalseite eine kleine dunkle Öffnung anstelle einer Tür. Kyr musste sich ducken, um hindurchzupassen. Sie hatte keine Ahnung, was sie im Inneren der Hütte erwarten würde. Vielleicht eine ausgefeiltere Version des Systeme-Zentrums mit seinen Bildschirmen und Lichtern. Oder etwas eher Chrysothemisches, hübsch ordentlich und glänzend. Oder einfach nur ein paar Alien-Hinterlassenschaften.

Wo im Inneren des Gebäudes der Boden hätte sein sollen, klaffte ein Loch. Es reichte so nah an die Türöffnung heran, dass Kyr beinahe hineingefallen wäre, und es füllte den ganzen Raum aus.

Es war nicht so, als hätte Kyr noch nie zuvor einen Tunnel gesehen, Gaias Planetoid war voll davon. Sie kannte deren Ein- und Ausgänge ganz genau. Sie schaffte es von Drill bis Sonnentracker in unter fünf Minuten ...

Kyr starrte in das Loch hinab. Die Wände bestanden aus einem perlmuttartig schimmernden Material, dem das Alter stark zugesetzt zu haben schien. Das fahle Mondlicht, das hinter Kyr durch die Öffnung fiel, beleuchtete den oberen Rand des Loches, die Risse und das Glänzen darunter. Wie zuvor bei den Bienen hatte Kyr auch hier das unheimliche Gefühl, es mit etwas Belebtem zu tun zu haben.

Darunter lag alles im Dunkeln. Unterhalb der Grenze des Mondlichts war es unmöglich, zu bestimmen, wie tief der Tunnel reichte. Es gab keine Treppe, keine Leiter, kein Seil. Und Kyr war zwar an Tunnel gewöhnt, aber eben auch daran, zu wissen, wohin diese führten. Oder zumindest hatte es bisher nur eine Handvoll Möglichkeiten gegeben, wohin sie hatten führen *können*.

Aber jetzt war nicht die Zeit, rumzustehen und darüber nachzudenken, wie groß und unbekannt doch ein Planet sein konnte. Kyr hatte ausreichend Erfahrung damit, an gefährlichen Oberflächen entlangzuklettern. Sie war richtig hier: Das Weisheitssymbol war der Beweis. Zeit für Taten.

Die perlmuttartige Tunnelwand war voller versteckter scharfer Stellen; wo sie glänzte, war sie glatt, aber überall dort, wo sich Risse zeigten, schien sie aus kleinen Nadeln zu bestehen, die Kyrs Haut aufrissen, wenn sie sie auf ihrem Weg hinunter in die Dunkelheit streifte. Es dauerte nicht lange, da war der Eingang nur noch ein blass erleuchteter Ring über ihrem Kopf. Ihre Augen gewöhnten sich schnell an die Dunkelheit, aber sie musste sich bei der Suche nach Möglichkeiten, sich festzuhalten, trotzdem auf ihren Tastsinn verlassen. Erst hatte sie gedacht, der Grund des Lochs würde vielleicht nach etwa fünf Metern kommen, dann nach zehn. Aber er kam nicht. Kyrs Hände wurden immer feuchter vom Schweiß, und irgendwann fanden sie keinen Halt mehr. Sie spürte einen unbeschreiblichen Schwindel.

Und dem Schwindel dicht auf den Fersen folgte der Selbsthass: schwach, schwach, *schwach*. Einen kurzen Moment lang hatte sie eine Vision von sich selbst, nicht als die starke Soldatin der Menschheit, als die sie sich immer verstanden hatte, sondern als ein winziges Krümelchen Leben, das sich blind an einer unglaublich steilen Wand festklammerte, die Sicherheit zu weit oben und unter sich nur unermessliche Tiefe.

»Solange wir leben«, sagte sie laut, und die glatte Tunnelwand um sie herum fing ihre Worte auf und ließ sie widerhallen.

Nichts denken. Nichts fürchten. Einen Schritt nach dem anderen. Im Krebsgang bewegte sich Kyr an der Wand hinab. Der Ring aus Mondlicht war nun wirklich weit über ihr. Einen Schritt. Nach dem anderen. Irgendwann hatte sie das Gefühl, auf einem Felsvorsprung zu stehen, fest in die Wand gekrallt. Dann versuchte sie, mit dem Fuß das Ausmaß des Vorsprungs zu ertasten, und stellte fest, dass es der Boden war.

Kyr drehte sich mit dem Rücken zur Wand, lehnte sich an und atmete einmal kräftig aus. Ihre Hände waren aufgerissen, ihre Arme und Beine bleischwer. Selbst als sie sich ohne Seil durch das Herz der Station gearbeitet hatte, war da immer noch Avi in ihrem Ohr gewesen. Wenn sie ihr Haus gehabt hätte, ihr Haus und einen Wurfhaken ...

Wie seltsam, dass die Agoge einen nicht darauf vorbereitete, allein zu sein, wo die Kinder der Erde doch auf *alles* vorbereitet sein sollten. Kyr würde das ansprechen, wenn sie nach Hause zurückkam.

Oh, jetzt erinnerte sie sich. Sie würde nicht nach Hause zurückkommen. Sie war jetzt im Angriff. Die versteckte Klinge im anhaltenden Kampf der Menschheit, sie war hier, um zu töten und um zu sterben.

Wie als Antwort auf ihre Gedanken veränderte sich auf einmal die Qualität der Dunkelheit. Etwas bewegte sich. Kyr wandte sich dem Geräusch zu und sah flüchtig zwei runde, leuchtende Scheiben. *Augen?*, dachte sie noch.

Das war die einzige Warnung gewesen, im nächsten Augenblick stürzte es sich auf sie.

Es war unmöglich, im Dunkeln etwas von seiner Gestalt auszumachen, aber es war etwas Großes, Schweres, und es stank widerlich. Das Maul war voller Zähne, und sein Atem blies Kyr heiß und ekelhaft übers Gesicht, als sie versuchte, sich vor ihm wegzuducken. Sie lag mit dem Rücken auf dem Boden unter dem Ding – dem *Tier?* –, und alles, was sie tun konnte, war, um sich zu schlagen und sich mit aller Kraft zu winden. Ab und zu erhaschte sie einen Blick auf die leuchtenden Augen. Der Kampf ging beinahe geräuschlos vonstatten, von Kyr war nur ein leises Keuchen und Ächzen zu vernehmen; das Tier gab ein tiefes Grollen von sich und versuchte weiter, sie zu überwältigen. Immer wieder zielte es mit seinen Zähnen auf ihren Hals. Kyr war nicht stark genug, es aufzuhalten, denn neben allem anderen war es auch noch schnell. *Nichts, was die Majo auf euch loslassen können, ist Furcht einflößender, als ihr es seid*, hatte ein Drill-Sergeant ihnen einmal zugerufen. *Wir sind die größte und die stärkste und die gefährlichste Art dort draußen. Selbst wenn sie euch ohne Waffen erwischen, sind es immer noch sie, die Angst haben sollten. Kämpft!*

Beißt! Selbst so kleine Mädchen wie ihr! Nichts ist so gefährlich wie ein wütender Mensch!

Kyrs Nägel und Zähne waren lächerliche Kitzeleien auf der pelzigen Haut des Schattendings. Nein, sagte sie wütend zu sich selbst. Nein, sie würde nicht auf diese Art sterben, allein im Dunkeln. Auch nicht für einen guten Zweck.

Der Speichel des Tieres tropfte unablässig auf Kyrs Gesicht, heiß und faulig. »Nein«, keuchte sie, »nein ... geh ... *runter* ...«

Und dann fiel das Monster plötzlich tatsächlich rückwärts von ihr herunter – nein, es wurde nach hinten gezogen. Ein weiterer großer dunkler Schatten war auf seinem Rücken gelandet. Kyr rang nach Luft. Sie blutete überall an Armen und Oberkörper aus langen Kratzern. Zwei riesige Leiber rangen nun im Dunkeln miteinander. Kyr konnte ihre Gestalt nicht erkennen, sie waren zu sehr ineinander verkeilt. Da waren Arme und Beine und – war das ein Schwanz? Es war die Unsicherheit, die sie zurückhielt; sie lag auf dem Boden, zitternd, blutend. Nie zuvor war sie so sicher gewesen, dass sie sterben würde, und nie zuvor hatte sie die Dinge, die sie immer für selbstverständlich gehalten hatte, so sehr vermisst: den Stöpsel in ihrem Ohr, den Kampf-Feed in der Ecke ihres Sichtfeldes, die Gewissheit, was sie zu tun hatte ...

Mit einem lauten Krachen prallte das kämpfende Gespann gegen die Wand, und Lichter leuchteten grün flackernd im Perlmutt auf. Das Ding, das Kyr angefallen hatte, war eine Katze – Kyr kannte auch sie von Bildern. Es hatte zumindest die gleiche Gestalt wie eine Katze, aber es war um ein Vielfaches größer. Um seinen muskulösen Hals hatte die andere Gestalt von hinten fest ihren mächtigen Arm gelegt ...

»Mags!«, schrie Kyr.

Mags antwortete mit einem leichten Schnaufen. Er war mit Zudrücken beschäftigt. Die übergroße Katze schlug mit ihren Krallen um sich und schnappte nach Mags, aber der Winkel war ungünstig. Kyr vernahm ein Knacken, als ein Knochen unter Mags' tödlichem Griff nachgab. Das Untier zuckte noch ein paarmal und wurde dann still.

Mags kauerte sich einen Moment neben der Katze zusammen und zwang sich dann wieder auf die Füße. Er schwankte. Über den leblosen Körper des Tieres hinweg sahen sie einander an.

Kyr kam als Erste wieder zu sich. »Was machst du hier?«

»Ally ist zu mir gekommen«, sagte Mags. Er trug chrysothemische Klamotten, ein blaues T-Shirt und locker sitzende Hosen mit Reißverschlusstaschen. Das Shirt war blutbespritzt. Mags' blonde Haare waren dunkel von Feuchtigkeit; er musste in den Regen gekommen sein. An seinem Arm war eine weitere blutende Wunde, die Katze hatte ihm einen ordentlichen Hieb verpasst.

Kyr spürte Wut in sich aufsteigen. »Er hat mir versprochen ...«

... *Ursa* nichts zu verraten. Sie erinnerte sich daran, wie feierlich und ernst er ihr das Versprechen vorgetragen hatte. Kleine Schlange! Hatte sich selbst ein Schlupfloch gelassen. Kyr war auch auf sich selbst wütend. *Hattest du wirklich angenommen, Aulus Joles Sohn sei dumm?*

»Das war meine Mission«, sagte Mags. »Ich habe vermutet, dass du hier bist. Ursa weiß nichts.«

»Du solltest nicht hier sein«, sagte Kyr.

»Niemand sollte hier sein«, erwiderte Mags. »Niemand hat etwas bemerkt. Noch ist nichts passiert. Komm nach Hause, Vallie. Tu das nicht.«

»Du bist der, der wegläuft. Nicht ich.«

»Ich habe dir gerade das Leben gerettet«, sagte Mags.

Stille.

»Danke«, erwiderte Kyr. »Und jetzt geh.«

»Was ist los mit dir?«, sagte Mags und dann: »Oh, ich weiß, worum es dir geht.«

»Um Ehre«, antwortete Kyr. »Darum geht es mir. Aber davon verstehst du ja nichts.«

»Ehre, genau. Oder vielleicht doch ums Gewinnen? Du bist eifersüchtig, oder etwa nicht?«, sagte Mags. »Du bist eifersüchtig, weil sie mich zum Angriff geschickt haben. Du bist eifersüchtig, weil Jole nicht dich für diese Selbstmordmission ausgesucht hat. Ist es das?« Sein Ausdruck verhärtete sich. »Das ist es, oder? Das ist alles, was dich interessiert.«

»Ich bin kein kleines Kind«, entgegnete Kyr. »Ich bin nicht nachtragend.«

»Nein? Trotzdem kannst du mir meine monatlichen Trainingsergebnisse der letzten vier Jahre runterbeten, oder? Und die der anderen Kojoten. Und die deines Hauses, auch wenn du keine zwei Minuten an die anderen Sperlinge gedacht hast, seit du aufgebrochen bist, stimmt's? Niemand ist in deinen Augen ein Mensch. Alle sind Feinde oder Konkurrentinnen. Es war dir sogar egal, dass Ursa gegangen ist.«

»Es war mir nicht egal, dass sie uns verraten hat!«

»Es war dir egal, dass sie deine Schwester ist. Du hast nie versucht herauszufinden, was wirklich passiert ist. Du hast mir nie erlaubt, über das alles zu sprechen. Mir war es nicht egal. Und ich habe es herausgefunden.«

»Genau«, sagte Kyr. »Du hast dich in die Spielhalle geschlichen, hast dich vor deiner Pflicht gedrückt. Ja klar, es ging einzig und allein um Ursa, und nicht etwa darum, dass du dich in diesen fiesen kleinen Dissidenten ...«

»Fick dich!«, sagte Mags. »Du hast mich doch nie ernst genommen.«

»Du bist der Beste in unserer Alterskohorte, natürlich nehme ich dich ernst ...«

»Als Mensch, ich bin ein Mensch! Ich habe dir gesagt, dass ich kein Soldat sein will!«

»Das hat niemand selbst zu entscheiden.«

»Ich bin kein Killer.«

»Erzähl das der Katze.«

Mags verzog das Gesicht und blickte hinab auf die riesige Katze, die er gerade erwürgt hatte. »Ich dachte, die sind kleiner.«

»Du bist egoistisch, Mags«, sagte Kyr. »Es hat keinen Sinn, rumzuheulen. *Ich will dies* oder *Ich will das nicht.* Die Erde wurde von vierzehn Milliarden Menschen bewohnt, glaubst du etwa, die wollten alle sterben?«

»Wen interessiert das? Sie sind tot! Und was hast du überhaupt vor?«

»Das habe ich mich auch schon gefragt«, war auf einmal eine Stimme zu vernehmen.

Mags und Kyr fuhren zusammen. Kyr war wütend auf sich selbst, sie hätte etwas merken müssen.

»Außerdem, ehrlich, Valkyr, was zur Hölle machst du hier?«, sagte Avi und löste sich aus den Schatten. »Ich habe dir ein normales Leben geschenkt, mit Schleife drum. Hi, Magnus.«

»Avi«, stammelte Mags.

Avi sah ... verändert aus. Er hatte sich in der Hütte einige von seinen unordentlichen roten Locken abrasiert und nur oben am Kopf etwas stehen lassen, aber das war es nicht. Irgendwo hatte er offensichtlich eine Brille aufgetrieben. Er trug chrysothemische Kleidung, die besser zu ihm passte als zu Kyr oder Mags, eine enge schwarze Hose und ein gelbes Shirt mit Symbolen, die Kyr nicht kannte. Aber auch das war es nicht. Es war die Art, wie er stand. Die Art, wie er lächelte. Bisher hatte er immer leicht unterwürfig ausgesehen, und Kyr hatte gedacht, das sei seine natürliche Haltung. Aber hier unten im Halbdunkel der Weisheitsanlage wirkte er plötzlich selbstsicher. Als würde er hierhergehören.

»Ich kann nicht fassen, dass du meinen Tiger getötet hast«, sagte er. »Ich habe so hart daran gearbeitet.«

»Was machst du hier?«, fragte Kyr.

»Das Gleiche könnte ich dich fragen«, antwortete Avi. Er lehnte mit verschränkten Armen an der Wand. Nein, das war ein Türrahmen da hinter ihm. »Also, ich habe mehrere Tage heikler Spionagearbeit hinter mir. Gaias Systeme sind übrigens wirklich zwanzig Jahre zurück, ich musste mir fast alles selbst beibringen. Am Ende habe ich herausgefunden, wie man den Weisheitsknoten von Chrysothemis knackt, auch wenn ich dafür einiges an, technisch gesehen, imaginärem Geld von irgendeinem sinnetischen Oligarchen klauen musste. Ich kann euch gar nicht sagen, wie schwierig es war, alle davon zu überzeugen, dass ich dazugehöre ... Na ja, ich könnte schon, aber ihr würdet kein Wort kapieren. Und das war offenbar sowieso alles eine furchtbare Zeitverschwendung, denn wie sich herausstellt, hatten die Schwachköpfe, mit denen ich aufgewachsen bin, tatsächlich die ganze Zeit über recht, und das Beste, was die Menschheit zu bieten hat, sind übergroße Volltrottel, die durch die Wildnis stolpern und Dinge töten, bis sie zufällig am richtigen Ort landen.«

»Ich bin nicht zufällig hier«, sagte Kyr.

»Und ich bin ihr gefolgt«, fügte Mags hinzu.

»Ich habe zwar nicht gefragt, aber cool, großartig, jetzt hab ich zwei von euch an der Backe.« Avi seufzte. »Und keinen Tiger. Na gut, ich erklär's euch. Hier lang. Was ist mit dir?«

»Das verheilt schon«, sagte Mags.

Mit völliger Selbstverständlichkeit führte Avi sie durch die Finsternis. Kyr und Mags gehörten nicht der Kriegszucht-Linie mit verbesserter Nachtsicht an – das war in Kyrs Haus nur Cleo gewesen –, aber sie spürte die nahen Mauern, die Enge des Raums. Dieser Ort war nicht für Menschen gebaut worden. Hier und da berührte ihr Haar die Decke, und Mags stieß sich einmal heftig den Kopf und jaulte kurz auf vor Schmerz.

Es gelang ihr nicht, sich die Route zu merken, obgleich sie es versuchte. Eine Hand an der Wand entlangführend, spürte sie, dass der Gang aus demselben glatten scharfen Zeug bestand wie die Tunnelwand, die sie hinabgeklettert war, und dass es Öffnungen und Abzweigungen gab. An manchen liefen sie vorbei, dann wieder bogen sie ab. Einmal sagte Avi: »Wartet, Mist«, und sie mussten umkehren und zurücklaufen, bis sie den richtigen Durchgang gefunden hatten. Dieser Ort war ein Labyrinth unten in der Dunkelheit, tief unter der Oberfläche der belebten Welt. »Wo sind wir?«, fragte Kyr.

»Schsch«, machte Avi und sprach eine Weile kein Wort mehr.

Endlich tauchten sie aus der Dunkelheit auf. Kyr merkte die Veränderung daran, dass sich ihrer aller Atem auf einmal anders anhörte. Sie roch auch etwas, etwas Schweres, Süßes. »Nicht bewegen«, flüsterte Avi.

»Mags«, sagte Kyr, denn sein Atem klang in ihren Ohren nicht ganz richtig.

»Es geht mir gut«, sagte Mags.

»*Mags.*«

»Es ...«

»Gefunden«, sagte Avi, und im nächsten Moment flutete Licht die Höhle.

Und was für eine Höhle das war. Mit glatten hohen Wänden, die in einem perlmutternen Gewölbe endeten. Es war, als würde man in eine der zarten Muscheln steigen, wie man sie an den Ufern der Raingold-Bucht finden konnte.

Der Ort war ein Paradies. Der schwere, süße Duft rührte von hundert verschiedenen Arten von Blumen her. Blumen? Es mussten Blumen sein, wenn auch keine von ihnen denen glich, die Kyr kannte. Ihre Blüten waren gelb und golden und leuchtend blau. Drohnen, ähnlich den Bienen, die Kyr draußen gesehen hatte, flogen zwischen ihnen umher und bis ganz hinauf zur Höhlendecke, und ihre durchscheinenden

Flügel reflektierten das nirgendwo erkennbar herkommende Licht in einem hellen Pfirsichton. Das, was an den fahlen Wänden so schimmerte, war teilweise Wasser: ein spinnwebenzarter, endloser Wasserfall, der leise zu flüstern schien. Die Höhle erinnerte Kyr an die Agricola und ihren Überfluss an Leben, an die Art, wie Stämme und Äste und Zweige ineinander übergingen und das Auge verwirrten, bis man nicht mehr sicher sagen konnte, wo irgendetwas anfing oder endete. Gleichzeitig war es ganz anders als in der Agricola, denn hier schien nichts irgendeinen Nutzen zu haben.

»Wie findet ihr's?«, fragte Avi. »Magnus?« Selbstzufrieden drehte er sich zu ihm um: *Schau doch nur, wie wahnsinnig clever ich bin.*

»Entschuldigung«, hauchte Magnus und fiel um.

Kyr fing ihn auf; sein gewaltiges Gewicht, sein Kriegszucht-Gewicht, sein Niemand-ist-so-gefährlich-wie-ein-Mensch-Gewicht. Sie konnte ihn nicht aufrecht halten, also ging sie in die Knie, als er zusammensackte, damit er sich wenigstens nicht den Kopf auf dem harten Perlmuttboden aufschlug. Er war bei Bewusstsein. »Entschuldigung«, sagte er noch einmal, und Kyr sah, dass sich der Blutfleck auf seinem Shirt ausgebreitet hatte. Er war jetzt groß und dunkel, lediglich an den Rändern rot, und verlief in drei gezackten, in der Mitte fast schwarzen Linien quer über Mags' Bauch.

»Scheiße«, wisperte Avi.

Kyr zog den durchtränkten Stoff hoch. Die Risse waren Klauenspuren. Mags hatte kein Wort gesagt.

Bauchwunden verursachten einen unschönen Tod, das wusste Kyr. Ihre medizinische Ausbildung: *Wenn du das und das und das besorgen kannst, wenn im feindlichen Vorrat das und das und das zu finden ist, wenn, wenn, wenn ... Ansonsten kannst du noch Folgendes tun ... Wenn du eine Kriegszucht bist, überlebst du wahrscheinlich, wenn nicht, wer weiß.*

Mags hatte gute Gene. Beschleunigte Heilung. *Das Problem mit Eugenik*, hatte Yiso gesagt, weil Yiso keine Ahnung von nichts hatte, zumindest nicht davon, was es bedeutete, ein Mensch zu sein. Kyr schob den Gedanken beiseite, um ihren Geist hart und kalt und klar zu bekommen. »Alkohol«, sagte sie. »Spirituosen.« *Säubere die Wunde, bevor sie sich schließt. Kein noch so guter Stich wird dir helfen, wenn sich die Wunde infiziert.* Sie hatte kein Messer. Nicht einmal ein ... »Gib mir dein Messer«, sagte sie und streckte ihre Hand aus. Avi legte das Messer hinein, mit dem sie beinahe Cleo getötet hatte. Kyr schnitt das T-Shirt auf. *Perforierter Darm, verschwende keine Zeit*, sagte ein Medizin-Sergeant vom Augusta-Geschwader in ihrem Kopf, ein alter Mann mit müden Augen. *Früher haben wir intravenös Antibiotikum verabreicht, haben euch aufgeschnitten und wieder zusammengeflickt, und ihr Supersoldat*innen habt nach einer Woche wieder auf dem Feld gestanden. Aber heute*, sagte er und schnaubte verächtlich, *schneidet man euch die Kehle durch. Schnellerer Tod. Wie man weiß, dass der Darm perforiert ist? Gib der Person was Stinkendes zu essen und warte ab, ob du es riechst ...*

»Alkohol«, sagte Avi und reichte ihr eine Flasche aus unregelmäßig marmoriertem Achatglas. Kyr nahm sie und tränkte ein Stück sauber gebliebenen Stoff von Mags' ansonsten ruiniertem Shirt damit. »Warum hat er nichts gesagt?«

»Weil man keine Schwäche zeigt«, antwortete Kyr. »Das war dein Tiger, oder?«

»Ich habe ihn gebaut«, sagte Avi. »Ich wusste nicht ...« Er brach ab. Kyr war es egal, sie säuberte weiter die Wunde. Mags stöhnte und verlor irgendwann das Bewusstsein. Eine Biene kam angeflogen und zog ihre Kreise über Kyrs Kopf, dann über Mags' Gesicht, wobei sie all ihre sechseckigen Drohnenaugen bewegte, um ihn zu untersuchen. Kyr drückte die Wunden mit beiden Händen an den Rändern zusammen. Sie hatte keine

Nadel. All diese Textillagerschichten, und nie hatte sie auch nur eine Nadel mitgehen lassen. *Reinigt die Wunde, übt Druck aus*, intonierte der Sergeant in ihrer Erinnerung. *Früher haben wir das, was ich weiß, über einen Zeitraum von acht Jahren beigebracht bekommen. Ihr kriegt vier Schichten. Speichert sie gut ab.*

14

DIE TIEFEN

Als sich die Wundränder der Klauenspuren auf Mags' Bauch sichtbar schlossen, nahm Kyr die Flasche und gönnte sich einen kräftigen Schluck. Es brannte, aber auch nicht schlimmer als Gaias Kartoffelschnaps. Um sie herum war alles blau und golden und prächtig. Der Geruch von Mags' Blut hing Kyr in der Nase.

»Ich hab mich um Whiskey bemüht«, sagte Avi. Er hatte wieder seine alte duckmäuserische Haltung angenommen. »Ich weiß nicht, ob die Weisheit es nicht draufhat oder ob ich einfach keinen Whiskey mag. Liegt er gut? Können wir ihn bewegen?«

»*Du* sicher nicht«, sagte Kyr.

Aber auch sie konnte es nicht. Mags war einfach zu groß. Es würde ihm gut gehen. Es würde ihm gut gehen, vorausgesetzt, die Katze hatte ihn nicht so tief erwischt, dass er jetzt einen perforierten Darm hatte, denn dann war er bereits tot, wenn er auch noch atmete. Dann war er tot, und es gab nichts, was Kyr hätte tun können.

So eine bescheuerte Art zu sterben. So sinnlos. Kyr war nach Chrysothemis gekommen, um das Leben ihres Bruders zu retten. Wenn Mags nun starb, weil er versucht hatte, sie vor einer Katze zu retten, was um alles in der Welt sollte sie dann tun?

Was sie immer getan hatte, war die Antwort. Der Menschheit dienen. Den Majo Widerstand leisten. Der Tatsache gerecht werden, dass jemand befunden hatte, ihr Leben sei es wert, gerettet zu werden.

»Du hast mein Messer genommen. Meine Pistole.«

»Keins von beidem gehörte, technisch gesehen, dir«, sagte Avi, aber er wand sich unter ihrem Blick und setzte sich dann auf den harten Perlmuttboden. »Ja, okay. Ich dachte, du würdest die eh nicht brauchen. Ich hatte dich nach Hause geschickt.«

»Du hast mich zu einer Verräterin geschickt«, sagte Kyr.

Avi schwieg einen Moment, dann erwiderte er: »Nichts kann dich je aufhalten, oder?«

»Nein.«

»Es ist fast beeindruckend«, sagte Avi. »Es ist fast beeindruckend.«

»Wozu hast du meine Waffen gebraucht?«

Er zuckte mit einer Schulter. »Yiso«, sagte er. »Vor mir hat er nicht so viel Angst.« Er nickte zu Mags hinüber. »Geht es ihm gut?«

Avi hatte in den Medizin-Schichten nicht aufgepasst, stellte Kyr fest. Er war zu sehr damit beschäftigt gewesen, eine imaginäre Stadt zu kreieren oder seine Flucht zu planen, die er ohne sie niemals in die Tat hätte umsetzen können. Sie erzählte ihm nichts von der Sache mit dem perforierten Darm. »Es heilt«, sagte sie nur. »Er wird noch eine Weile bewusstlos sein.«

»Wie du nach der Stichwunde«, sagte Avi. »Und ich weiß, meine Näharbeit war nicht gerade perfekt, aber dir geht es immer noch gut.«

Cleos Messer war tief in ihren Schenkel eingedrungen, aber da war kein Ziepen gewesen, als sie endlich wieder länger wach zu bleiben vermochte. Sie nickte.

»Das hält mich wohl davon ab, Gewissensbisse zu haben«, sagte er. »Ich wusste schon am zweiten Tag, wo Magnus ist.«

»Und du hast es mir nach *zwei Wochen* gesagt?«

»Ich dachte, ich könnte dich brauchen«, sagte Avi. »Du bist groß, du bist tough. Nützlich. Aber dann dachte ich *nein*. Du hast mir geholfen, von Gaia zu fliehen, und fair ist fair. Ich habe dich hingebracht, wo du hinwolltest. Und was groß und tough angeht, dafür habe ich mir einen Tiger gemacht.«

»Du hast einen Tiger *gemacht*?«, wiederholte Kyr.

»Ein paar von ihnen gibt es noch. In Majo-Menagerien. Die Weisheit hat die Gensequenz aus der Akte irgendeines Oligarchen.« Er blickte wieder auf Mags hinunter und schluckte sichtbar. »Ich kann kein Blut sehen«, sagte er schnell, als wollte er es eigentlich nicht zugeben. »War schon immer so. Die Otter – mein Haus waren die Otter –, fanden das super, das kannst du mir glauben. Sollten wir ihn ins Krankenhaus bringen? Es gibt eins in Raingold.«

Ja, wollte Kyr sofort rufen, *ja, natürlich*, bring Mags in ein Krankenhaus mit einem Dutzend Männern wie dem alten Medizin-Sergeant mit den traurigen Augen und achtjähriger Ausbildung, mit Antibiotika und OP und wieder einsatzfähig in einer Woche ... Aber irgendetwas an der Art, wie Avi das gesagt hatte, ließ sie aufhorchen und fragen: »Oder?«

Avi schwieg.

»Warum dachtest du, du könntest mich brauchen?«

»Ach, sicherheitshalber«, sagte Avi. »Ich habe dich aber nicht gebraucht, oder? Ich habe es selbst hierhergeschafft.«

»Warum bist du hier?«

Avi verdrehte die Augen. »Aus demselben Grund wie du, schätze ich. Dem einzigen Grund. Um für die Menschheit zu kämpfen.«

»Du bist also gekommen – *du* –, um den Weisheitsknoten zu sabotieren«, sagte Kyr ungläubig. Avi, der Schwächling, der seine Medizin-Schichten geschwänzt hatte, weil er kein Blut sehen konnte? Avi, der Rächer der Menschheit?

»Nein«, sagte Avi. »Ich bin gekommen, um die Kontrolle darüber an mich zu nehmen.«

Es dauerte einen Moment, bis Kyr seine Worte wirklich verstanden hatte. Sie starrte ihn an.

»Weißt du nicht, wozu sie fähig ist? Zu *allem*! Willst du einen Whiskey? Einen Tiger? Oder willst du vielleicht einen Planeten zerstören? Verdammt, willst du die Herrschaft übers Universum übernehmen? Hier, bitte sehr!«

Avis graue Augen waren hell und stechend und gefährlich. »Sie liegt hier, die Macht über all das. Sie ist überall dort, wo die Weisheit ist. Weißt du, warum die Erde den Krieg verloren hat?«

»Weil die Majo geschummelt haben«, sagte Kyr.

»Nein«, erwiderte Avi. »Natürlich haben sie geschummelt. Alle schummeln. Wir haben auch geschummelt. Schon ein halbes Jahrhundert bevor der Krieg überhaupt angefangen hat, haben die Geheimdienste an ihrer eigenen Version der Weisheit gebastelt. An einer Technologie, mit der sich die Kontrolle über die Realität gewinnen lässt. Die Kontrolle über die Zukunft.«

»Aber die Weisheit ist bösartig«, sagte Kyr.

»Nicht, wenn sie uns gehört«, entgegnete Avi. »Nichts ist bösartig, wenn es auf deiner Seite steht, Valkyr. Was glaubst du denn, ist die Agoge?«

»Training ...«

»Ein gescheiterter Versuch«, sagte Avi. »Es ist kein Zufall – *Victrix, Ferox, Augusta, Scythica*. Es hatte einen Grund, dass die gaianischen Aufständischen genau diese Schiffe genommen haben. Das waren Kriegsschiffe, klar, aber davon hatten wir viele tausend Stück. Doch sie waren die Schiffe mit den Realität bildenden Prototypen an Bord, riesigen Schattenmotoren, die ihnen den Antrieb lieferten. Wir waren so knapp davor, die Sache zu knacken. Wir haben nicht verloren, weil die Majo geschummelt haben. Wir haben verloren, weil wir nicht schnell genug geschummelt haben.«

»Also?«, fragte Kyr.

»Du entscheidest«, sagte Avi. »Wir können den Notdienst aus Raingold herrufen. Ich habe Zugang zu allen planetarischen Netzwerken hier. Du kannst Mags nicht bewegen, ich kann ihn nicht bewegen, und wir sollten definitiv nicht sein, wo wir gerade sind. Sie werden mit medizinischem Personal kommen, das ihm hilft, und mit der Polizei, die uns verhaftet.« Pfeilschnell sah er hinunter zu Mags und dann wieder weg. »Und das wär's dann, Valkyr. Mit allem, was du hier vorhattest, was, schätze ich mal, ziemlich kopflos und dumm war, und auch mit allem, was *ich* vorhatte, was ziemlich genial war. Aber das Gefängnis auf Chrysothemis ist auch nicht schlimmer als Station Gaia.« Er machte ein ersticktes leises Geräusch, das wohl ein Lachen sein sollte. »Das könnten wir also tun. Oder ... Das Kind der Weisheit kommt in fünf Tagen. Ich hatte geplant, bis dahin die volle Kontrolle über den Knoten zu haben, und mit dir hier könnte ich es tatsächlich noch schaffen.«

»Sicher. Und dann holst du zum entscheidenden Schlag für die Menschheit aus«, sagte Kyr sarkastisch. *»Du.«*

»Vergiss es«, sagte Avi. »Ich habe nicht vor, irgendwem etwas zu beweisen oder mein Leben zu opfern für ... was auch immer ihr Heiligen glaubt, wofür es wert wäre zu sterben. Ich bin hier, um den Krieg zu gewinnen.«

»Wie bitte?«

»Du hast mich verstanden.«

Aber das kannst du nicht, wollte Kyr erwidern. *Aber niemand kann das. Aber wir sollen doch gar nicht ...*

»Niemand redet übers Gewinnen«, sagte Avi. »Niemand stellt sich das auch nur vor. Und nur für den Fall, dass jemand anfängt, sich Illusionen vom Sieg hinzugeben, schickt Jole die

Besten der Besten durch sein Doomsday-Szenario, das er so gestaltet hat, dass es unmöglich ist zu gewinnen. Das hat mich immer so geärgert. Wofür ist es überhaupt da, außer, um dich fertigzumachen?« Wieder sah er Mags an, und dieses Mal gelang es ihm, nicht gleich wieder den Blick abzuwenden. »Ich wollte etwas mit unserem Sieg bezwecken. Aber niemand hat zugehört. Brauchst du eigentlich Hilfe dabei?«

»Fass ihn nicht an«, zischte Kyr. Sie hielt noch immer die Ränder der Wunde zusammengedrückt. Mags' Haut war heiß an der Stelle, sein Körper drehte die Temperatur hoch, um sich selbst zu heilen. Sofern das möglich war.

Avi hob die Hände. »Okay. Tut mir leid. Es ... Verdammt, es tut mir echt leid, okay? Ich habe den Tiger erschaffen. Ich wollte immer einen echten sehen. Und dann hat es angefangen, Spaß zu machen. Also ... Krankenhaus?«

»Wie hast du das gemeint, *mit mir hier*?«

»Was?«

»Du hast gesagt, *mit mir hier*«, wiederholte Kyr. »Du dachtest, so könntest du die Kontrolle über den Weisheitsknoten bekommen.«

»Die Basics habe ich«, sagte Avi. »Erzeugung. Wiederherstellung und so.« Er hielt die Whiskeyflasche hoch. »Aber ich schaffe es nicht, an den wirklichen Sitz der Macht heranzukommen. Das System blockiert mich immer wieder. Es spuckt lauter miniaturisierte Dimensions-Raumspalten-Paradigmen aus.« Er bemerkte Kyrs verständnislosen Blick und formulierte neu: »Es kreiert beliebige Szenarien. Wie die Agoge, nur größer.«

»Und du willst, dass ich diese Szenarios für dich durchlaufe.«

»Ich dachte, wir rufen den Krankenwagen.« Avi sah sie abwartend an.

Kyr blickte auf Mags hinab. Seine Augen waren geschlossen. Wenn sie die Ränder der Klauenspuren losließ, blieben sie in der Position, in die Kyr sie gedrückt hatte. Wie tief waren die

Wunden? Sie war sich nicht sicher. Wenn sie nicht zu tief waren, würde Mags leben. Alles wäre okay.

Anderenfalls, wenn Mags starb, weil Kyr nicht *Ja, in Ordnung, wir bringen ihn ins Krankenhaus und werden dafür verhaftet* gesagt hatte ...

Der Gedanke wurde zu einem finsteren Spiegel seiner selbst. Aber was war, wenn Avi recht hatte und sie hier die Chance bekamen, den Majo nicht nur einen Schlag zu versetzen, sondern sie zu besiegen? Bisher hatte sie davon nicht einmal zu träumen gewagt – ein Sieg war unmöglich, unerreichbar, unvorstellbar! Aber es war nicht immer unmöglich gewesen. Das Victrix-Geschwader trug den Namen der geflügelten Gestalt, die den Triumph gebrachte hatte. In Kyrs Hosentasche steckte ein Victrix-Abzeichen. Ihre Hand fuhr hinein und berührte den Metallrand der körperwarmen Nadel.

Wir haben nicht schnell genug geschummelt.

Sie stellte sich vor, wie sie schnell genug schummelte, schnell genug war, die Gelegenheit beim Schopf ergriff. Sie stellte sich vor, wie sie vor Onkel Jole stand, vor Ursa, vor dem gesamten Universum einschließlich Yiso und sagte: *Seht her, was ich getan habe.*

Was war, wenn die Menschheit wirklich siegen konnte, Kyr in ihrer selbstsüchtigen Sorge um ihren Bruder aber die Chance verstreichen ließ?

»Valkyr?«

»Er wird es schaffen«, sagte Kyr, zwang sich, es zu glauben, und befahl dem Universum, sich mit ihr zu verbünden. »Ich werde deine Szenarios durchlaufen. Wie lange haben wir noch gleich?«

»Noch fünf Tage«, sagte Avi. »Dann kommt das Kind der Weisheit. Mit so einem in der Nähe werde ich den Knoten nicht halten können. Sie wurden dafür geboren, ich bin nur ein gewöhnlicher Dieb.«

»Wenn das Alien auftaucht«, sagte Kyr, »töte ich es.«
»Gut«, sagte Avi. »Das wird definitiv helfen.«

Es stand außer Frage, Mags zu bewegen, aber Avi rief eine der Bienen zu sich und murmelte ihr irgendwelche Befehle zu – nicht in einer menschlichen Sprache, aber auch nicht in Majodai, wie es Kyr schien. Die Drohnen begannen daraufhin, aus Blättern und dem perlmuttartigen Zeug, aus dem das ganze System aus Tunneln und Höhlen zu bestehen schien, eine Art Laube um Mags' reglosen Körper zu bauen. Grün schimmernd wuchs diese hinter ihnen empor, während sie geschäftig hin- und herflogen. »Wenn du lieber warten möchtest, bis er aufwacht ...«, setzte Avi an.

»Fünf Tage«, erwiderte Kyr.

Avi sah erleichtert aus. »Gut, dann komm.«

Er drehte sich nicht ein einziges Mal um. Anders als Kyr. Eine kleine Wolke aus Bienen hatte sich um den Fleck versammelt, an dem Mags zusammengebrochen war. Ihre zarten Flügel bewegten sich unablässig, ihre gelben Körper zischten durch die Luft.

»Ich bekomme eine Benachrichtigung, wenn sich irgendwas ändert«, sagte Avi. »Sie machen es einem gerne recht. Ich habe eine von ihnen repariert, jetzt lieben sie mich alle.«

»Was sind das für Dinger?«

»Ich glaube, sie sind für die Wartung hier zuständig«, sagte Avi. »Dieser Ort ist schon lange verlassen – seit die Hfa, die letzte empfindungsfähige Spezies, die hier lebte, es irgendwie hingekriegt hat, sich selbst auszulöschen. Ich frage mich, was hier damals schiefgelaufen ist.« Er lachte auf. »Ich wette, dir ist das egal. Vielleicht frage ich einfach den Knoten, wenn ich ihn unter Kontrolle habe.«

Ein weiterer Tunnel folgte, der sie noch tiefer führte, eine spiralförmige Rampe, die um eine Art Stamm aus Perlmuttzeug

herumführte, der zerfurcht war wie die Rinde eines Baumes.
»Wie bist du den Hauptschacht hinuntergekommen?«, fragte Avi.

»Geklettert.«

»Scheiße, echt? Magnus dann wohl auch.«

»Keine Ahnung. Wahrscheinlich.«

»Scheiße ...«, sagte Avi noch einmal, dann schwieg er. Ein paar Minuten lang liefen sie schweigend weiter hinunter in die Tiefe, dann hörte Kyr plötzlich etwas in der Dunkelheit. Ein zitterndes Getöse, ein Nichtgeräusch ... Ihre Haare stellten sich auf. Es dauerte ein paar Sekunden, bis sie das vertraute Gefühl einordnen konnte. Das war ein Schattenmotor, und zwar ein aktiver.

»Was zur *Hölle* ...«, fing Avi an und rannte los.

Kyr folgte ihm. Sie erkannte in der Höhle, die sie irgendwann erreichten – Avi um Luft ringend, Kyr gerade so eben warm gelaufen –, nicht gleich einen Kontrollraum. Die Wände waren glatt und glänzend und tropfnass von Kondenswasser. Hier und da schien wellenartig grünes Licht auf, dessen Quelle nicht auszumachen war. Auch hier wuchsen die blau-goldenen Pflanzen aus der Paradies-Höhle. Kyr schob sich durch die Zweige.

Der Raum fiel schräg ab. Unten in seiner Mitte befand sich ein großes, mit klarem, glitzerndem Wasser gefülltes Becken. Seine Form entsprach exakt der des Tales an der Oberfläche, wo die Bienen patrouillierten. Über dem Becken an der Höhlendecke zeichneten sich die funkelnden Konturen einer Schattenmotorhalterung ab. Die pochende Kraft aus dem Inneren des Motors war so stark, dass Kyr die Pausen zwischen dem Pulsieren abwarten musste, um sich nähern zu können. Der Motor musste sorgfältig abgeschirmt sein, anders als auf Gaia, denn normalerweise verzerrte er die Schwerkraft des Planeten, Kyrs Füße aber standen fest auf dem Boden.

Allerdings ... fühlte er sich nicht abgeschirmt an. Eher so, als würde man sich die Höhle mit einem weiteren Tiger teilen.

»Hör auf, hör auf, hör auf damit«, brabbelte Avi vor sich hin. Jetzt erkannte Kyr, dass es sich wirklich um einen Kontrollraum handelte, denn Avi bearbeitete ein merkwürdig unscharfes Pult, das halb da und halb nicht da war im fahlgrünen Licht der Nichtrealität. Das Pult sah genauso aus wie jenes in der Agoge, als Kyr Avi dazu gebracht hatte, Mags für sie zu finden. »Schluss jetzt«, sagte Avi, »bring mich nicht dazu ...« Dann warf er in einer verärgerten Geste die Hände hoch, und das Steuerpult löste sich auf, als hätte es tatsächlich bloß aus Nebel bestanden. Avi drehte sich zu Kyr um. »Messer«, verlangte er, und Kyr gehorchte seinem Befehl, ohne nachzudenken.

Avi wandte sich wieder um und redete ... mit dem Schattenmotor? Mit dem Wasser? »Benimm dich«, fauchte er. »Ich warne dich.«

Das ist eine Maschine, wäre es Kyr beinahe herausgerutscht. Sie verstand das alles nicht. Avi durchschritt den Raum, die Schultern quer zu den zitternden Impulsen des Schattenmotors, und etwas, was Kyr als Laubwerk, als Bündel aus Zweigen oder so etwas in der Art wahrgenommen hatte, nahm in ihren Augenwinkeln plötzlich Form an: eine zusammengekauerte Gestalt, an Händen und Füßen gefesselt. Avi packte sie am Kamm und hielt ihr das Messer an den Hals.

Kyr hätte ihm sagen können, dass der Winkel nicht stimmte. Bei den meisten Majo-Arten stellte der Hals eine Schwachstelle dar, zumindest bei den zweibeinigen. Aber Yiso, da war sie sich ziemlich sicher, hatte dort eine Art subkutanen Panzer. An ihm wäre ein Messer abgerutscht, ohne irgendetwas Wichtiges zu verletzen.

Die Lider der großen fahlen Augen des Aliens flatterten. Es war schwer zu sagen, ob es bei Bewusstsein war.

Avi schrie nun in die Höhle hinein: »Zwing mich nicht dazu!«

Der Schattenmotor verstummte. Das wellenartige Licht an den Wänden verschwand. Zurück blieb bloß das schwache helle Leuchten, das vom Wasserbecken zu kommen schien. Die plötzliche Abwesenheit des mächtigen Surrens des Motors war beinahe genauso erdrückend wie dessen Anwesenheit. Es war, als hätte die Luft aus fester Erde bestanden, und nun war dort nur noch Leere. Kyr schwankte.

»Ihre Handlungen sind unklug«, sagte eine sanfte Stimme. Sie klang, als würde deren Quelle direkt hinter Kyr stehen. Blitzschnell drehte sie sich um – aber da war nichts. Nur Schatten, Zweige, Stille. Sie schien nirgendwoher zu kommen. »Ihre Handlungen sind unklug«, wiederholte die Stimme der Weisheit. Kyr kannte sie. Sie hatte sie schon einmal gehört, im Doomsday-Szenario.

»Deine Botschaft ist *langweilig*«, blaffte Avi.

»Erwägen Sie, weniger unklug zu sein«, sagte die Weisheit. Dann schwieg sie.

»Das Ding nervt echt«, sagte Avi. Er versuchte es offensichtlich mal wieder mit der für ihn typischen zynischen Distanziertheit, aber sie wollte ihm nicht gelingen. Er klang zu ernst. »Komm her und mach dich nützlich«, sagte er und reichte ihr das Messer.

Yiso sah furchtbar aus, fast so furchtbar wie in seiner Zelle auf Station Gaia. Die Haut des Aliens war gelb-grau, das eckige Muster von Haaren auf seinen Armen ausgedünnt und farblos. Der Finger, den Kyr aus irgendeinem unerkenntlichen Grund geschient hatte – sie war einfach durcheinander gewesen –, war wieder gebrochen und stand in einem fürchterlichen Winkel ab. Die ganze dreifingrige Hand war ein einziger blauer Fleck, der sich bis hinauf auf Yisos schmalen Arm erstreckte.

»Halt dein Messer schön nah dran, damit die Weisheit nicht auf dumme Gedanken kommt, während ich sie wieder an die

Leine lege«, wies Avi sie an. »Könnte etwas dauern. Das verdammte Ding lernt dazu. Aber das tue ich auch.«

Kyr hockte sich hin und legte das Messer an eines von Yisos langen Ohren an. Es hatte eine Kerbe, das sah sie jetzt. Ein kleines Dreieck war herausgeschnitten worden, und das Ohr war noch nicht verheilt. Das war neu. »Aber du wolltest ihn doch verkaufen«, sagte Kyr. »Es. Yiso. An die Piraten.«

»Das hätte ich unter keinen Umständen getan«, erwiderte Avi. »Es war in der Situation nicht ganz einfach, Nein zu sagen, ohne dass dieses Arschloch bemerkt hätte, wie wertvoll Yiso in Wirklichkeit ist. Glücklicherweise hattest du deinen Prinzipienanfall. Sie hatten Angst vor dir.«

»Wirklich?«

»Valkyr, alle, die dich sehen, haben Angst vor dir.«

Kyr saß bei dem bewusstlosen Majo und beobachtete Avi an seinem Nebelpult. »Warum interessiert sich die Weisheit für ihn?«, fragte sie. »Für es.«

»Schsch«, machte Avi.

Kyr dachte an den bewusstlosen, vielleicht sterbenden Mags in der Paradies-Höhle weit oben über ihren Köpfen. Wie tief im Planeteninneren waren sie mittlerweile? Kyr hätte den Himmel über Chrysothemis nicht vermissen dürfen. Sie hatte nicht so viel Zeit gehabt, sich daran zu gewöhnen. Würde Mags aufwachen, bevor er starb? Würde er merken, dass Kyr nicht bei ihm war?

Yiso gab leise röchelnde Geräusche von sich. Das klang nicht sehr gesund, dachte sie, wenn sie in ihren Medizin-Schichten auch nichts über Erste Hilfe für Aliens gelernt hatte. »Du hättest dich ein bisschen zurückhalten können«, sagte sie zu Avi, »wenn das dein einziges Druckmittel ist.«

Avi sah auf und fixierte sie mit einem giftigen Blick. »Lass mich eines klarstellen«, sagte er. »Du bist nicht hier, weil ich an deinen Ansichten interessiert bin.«

Bitte denkt daran, dass ich nicht annähernd so robust bin wie ein Mensch, hatte Yiso gesagt. Es kam ihr vor, als wäre das tausend Jahre her. *Ich bin eine Person. Ich bin empfindungsfähig. Ich will nicht sterben.* Wer hatte den Majo beigebracht, wie Menschen zu reden? Das hätte verboten sein sollen. Kyr testete das Messer an ihrem Daumen und sah, dass es stumpf war. Sie hatte nichts, womit sie es hätte schärfen können.

»Ah«, machte Avi. »Hab ich dich.«

Der Schattenmotor erwachte wieder, aber jetzt summte er sanft und gefügig und pochte nicht mehr so unerträglich wie zuvor. Das Wasserbecken unter seiner Halterung veränderte seine Farbe und verschwand dann hinter einer dichten Schicht aus blassem Nebel, der plötzlich aufgezogen war und sich nun zu einer Form verwandelte, die Kyr kannte: das Rechteck der schweren, verstärkten Türen, die zu den Agoge-Räumen führten.

»Was denn?«, Avi tat überrascht. »Ich dachte, du willst dich vielleicht ein bisschen zu Hause fühlen.«

»Ziel«, sagte Kyr und stand auf. Sie hatte keine Scheide für das Messer, also behielt sie es in der Hand.

»Wie bitte?«

»Ein Szenario hat ein Ziel«, erklärte Kyr. »Sag mir, was ich tun soll.«

»Das weiß ich nicht.«

»Was soll das heißen, das weißt du nicht?«

»Ich habe es nicht entworfen«, sagte Avi. »Das hat die Weisheit getan. Ich kann versuchen, dich rauszuholen, wenn du mich rufst. Ansonsten ...« Er zuckte die Schultern. »Warum, glaubst du, geh ich da nicht selbst rein?«

»Du bist ein Feigling«, sagte Kyr.

»Von mir aus. Wenn ich raten müsste ... da gibt es irgendwo eine Tür. Und einen Schlüssel. Finde die Tür, und schließe sie auf. Von da müsste ich dann auch durchkommen.«

»Eine Tür, ein Schlüssel«, wiederholte Kyr. Sie widerstand dem Impuls, noch einen Blick auf Yisos reglose Gestalt zu werfen. Yiso war nur ein Alien. Yiso war nicht wichtig. »Okay. Ich geh rein.«

15

EINE TÜR, EIN SCHLÜSSEL

Die leere Halle bestand aus einem blass schimmernden Material, das ein wenig wie das Innere einer Muschel aussah. Es erinnerte Kyr an ...

Sie wusste es nicht.

Es gab keine Spalten, keine Öffnungen. Dieser Ort gehörte zu einer Welt, deren Atmosphäre schon vor langer Zeit von ihr abgepellt worden war wie die Schale von einem Ei. Kyr wusste das so sicher wie ihren eigenen Namen, sie hieß ...

Valkyr, dachte sie, entschlossen und klar, und beinahe konnte sie einen Ton hören wie das Läuten einer tiefen, fernen Glocke.

Also gut. Sie war Valkyr. Der Name passte. (Warum? Irgendwoher kannte sie das Wort Walküre; sie kannte Tausende von Geschichten, all die denkenden Völker in ihren kleinen Welten, wie Blätter an einem unendlich hohen Baum – nein, alles war weg.) Sie wusste auch ...

Zu spät! Sie war zu spät!

Kyr rannte los. Die Enge in ihrer Brust war Scham, nicht Kurzatmigkeit; sie konnte laufen, so weit sie wollte, sie war ein starkes, gesundes Tier. Aber sie konnte nicht weiter so spät dran sein ...

Ich bin nie zu spät, dachte Kyr. *Zwei schwarze Punkte, als ich sieben war. Das war's.*

Sie hielt an und blickte auf ihre Hände hinab.

Sie waren leer. Warum hatte sie ein Messer erwartet?

Die Dringlichkeit in ihr schnalzte wie eine Peitsche. Zu spät, zu spät, schäm dich! »Hör auf«, sagte Kyr. Sie war wütend. Sie hatte noch nie von einem Szenario gehört, das versuchte, für einen zu *denken*. Sie hasste es. »Ich bin nicht zu spät. Das ist Quatsch.«

Da war eine Tür in der muschelartigen Wand. Sie war eben noch nicht da gewesen. Kyr verschränkte die Arme und schaute sie an. Sie hatte ein Ziel, dachte sie. Sie wusste nicht genau, wie es aussah. Etwas brachte sie dazu, die Türklinke hinunterzudrücken.

Verschlossen.

»Okay«, sagte sie. »Dann lass uns mal sehen, was du noch für mich hast. Aber zu spät bin ich nicht!«

Keine Antwort. Kyr folgte dem Weg, den ihre Füße ihr wiesen, zwang sich stur dazu, zu trödeln und sich in der muschelfarbigen Einöde umzusehen wie eine Touristin in den Straßen von ...

... irgendeiner Stadt. Der Name fiel ihr nicht ein. Aber sie war vor Kurzem in einer Stadt gewesen. Eine ferne Erinnerung an glänzende Türme und eine schreckliche Verfolgungsjagd schoss flackernd durch ihre Gedanken und war im nächsten Moment schon wieder verschwunden.

»Oh!«

Eine Gestalt am Ende des Gangs. Erschrocken hielt sie an und starrte zu Kyr hinüber. Sie war in mehrere Stoffschichten gehüllt, die alle dieselbe rostrote Farbe hatten, aber ein halbes Dutzend unterschiedlicher Texturen aufwiesen. Glänzend über glatt über zerknittert über weich. »Hallo«, sagte Kyr. Das war ein Alien, aber es wirkte nicht bedrohlich. Warum sah sie sich nach Bedrohungen um? Offensichtlich war nichts eine Bedrohung hier an diesem Ort, dessen Namen sie gleich wieder wissen würde.

»Woher kommst du?«, fragte das Alien.

»Ich bin gerade angekommen«, antwortete Kyr. »Ich heiße Valkyr.«

»Yiso«, sagte das Alien. »Sprichst du meine Sprache, oder spreche ich deine?«

Kyr überlegte. »Ich glaube, du sprichst meine«, sagte sie vorsichtig.

»Ich höre es auch«, sagte Yiso, die Worte ein Wispern, genau wie ihre. »Bist du ein Mensch?«

»Natürlich bin ich ein Mensch.«

»Ich habe noch nie einen gesehen«, erklärte Yiso. »Wollte ich aber immer. Ich glaube, wir sprechen beide unsere eigene Sprache, und die Weisheit übersetzt. Was wäre, wenn ich so sprechen würde?«

Yiso hatte jetzt einen Akzent, melodisch, mit merkwürdiger Tonlage. Aus irgendeinem Grund klang das richtig so. »Besser«, nickte Kyr.

»T-Standard«, sagte Yiso. »Wenn die Weisheit mit meiner Sprachwahrnehmung rumspielt, ist das hier wahrscheinlich einfach nur ein weiteres Szenario. Bist du echt?«

»Ich bin echt«, sagte Kyr.

Yiso ließ die Ohren sinken. »Das sagen allerdings alle. Ich wette, es ist wieder die Weisheit. Warte, ich kenne eine Redewendung.« Der Kamm senkte sich, die Ohren zuckten, richteten sich auf. »Beleidigte Leberwurst spielen«, verkündete Yiso sehr zufrieden.

»Nie gehört«, sagte Kyr. »Das hast du dir ausgedacht.«

»Hab ich nicht!«

»Warum glaube ich, dass ich spät dran bin?«

»Oh«, sagte Yiso düster mit nun wieder herabhängenden Ohren. »Das gilt wahrscheinlich mir. Ich sollte jetzt eigentlich meine Übungen machen.«

Kyr musterte Yiso. Die rotbraunen Stoffschichten waren

wunderschön und äußerst unpraktisch, das würde ein ziemliches Gestolper geben. »Tja, dann ziehst du dich wohl besser um.«

»Bist du deswegen hier?«, fragte Yiso. »Um mich zum Sport anzutreiben?«

»Klar, warum nicht«, sagte Kyr. Es klang vernünftig. An einem bestimmten Punkt ihres Daseins war das ihre Lebensaufgabe gewesen. »Training«, sagte sie. »Ich habe immer mit meinem Haus trainiert.« Auch wenn eine von ihnen mal keine Lust gehabt hatte, war es ihr gelungen, sie anzuspornen. »Du kannst nicht schlimmer sein als Lisabel.«

»Wer ist das?«

»Keine Ahnung«, sagte Kyr, und ihre Schultern versteiften sich, ihr Kopf schmerzte. »Keine Ahnung.«

Der Muschelpalast schien ein Irrgarten aus Lagerräumen zu sein. Yiso kannte sie alle, und während sie sie einen nach dem anderen durchquerten, hörte Kyr Dinge wie »Traditionelle Lirem-Steinarbeiten«, »Kosmetika, geschlechtsspezifisch«, »Kosmetika, geschlechtsunspezifisch«, »Edelsteine von geringer religiöser Bedeutung« und »Möbel, geeignet für Vierfüßer«. Die Gegenstände waren zu beiden Seiten bis an die Decke gestapelt. Es kam Kyr alles seltsam vertraut vor.

»Wie der Oikos«, murmelte sie.

»Was auch immer das sein soll, wahrscheinlich haben wir einen Raum randvoll damit«, sagte Yiso. »In diesem Gang befindet sich die Kleidung.«

»Was ist das hier alles?«, fragte Kyr, als Yiso eine Kammer mit roten und gelben Stoffbahnen öffnete, die teilweise herausgenommen und über den Boden verstreut waren. Als Yiso anfing, die einzelnen Gewandschichten abzulegen, sah Kyr, dass es sich dabei nicht wirklich um richtige Kleidung handelte, sondern eher um ein Verkleidungsspiel mit einer Auswahl an Dingen, die eigentlich für andere Körper gedacht waren, mal für kleinere, mal für größere, alle unterschiedlich gestaltet. Darunter trug Yiso Weiß.

»Die Hallen der Weisen. War mal ein Palast«, sagte Yiso. »Und dann ein geheiligter Ort. Und jetzt ist es nur noch einer, an dem sehr viele Dinge lagern, die niemand benutzt.«

»Bist du allein hier?«

»Das kommt darauf an, ob du echt bist, oder?«, sagte Yiso. »Und auch darauf, ob ich echt bin. Aber ich glaube, ich kann mich an ein und demselben Tag nicht dieser Frage und Sport auf einmal stellen.«

»Zeig mir, was du machen sollst«, sagte Kyr.

Sie betraten einen Raum mit einem gummiartigen weißen Boden. Mit übertriebener Kammanlegerei und betontem Ohrengezucke, die wohl Langeweile und Unfähigkeit suggerieren sollten, griff Yiso nach einem Stock und vollführte damit einen albernen Tanz.

»Das war's?«, fragte Kyr, als das Alien fertig war.

»Warum, was machst du denn, wenn du trainierst?«

Kyr begann, ein Fortgeschrittenen-Drillworkout abzuspulen.

»Alles auf einmal?«, unterbrach Yiso, obwohl sie noch nicht einmal zur Hälfte fertig war.

Kyr sah Yiso an, sah sich die schmalen Arme und Beine, den finnenartigen Kamm und die beweglichen Ohren ganz genau an, die seltsame Form der langen dreifingrigen Hände, zu denen die sogar noch längeren und knochigeren nackten Füße passten. *Wie funktioniert dein Körper?*, hätte sie beinahe gefragt. Das war keine Frage, die sie schon einmal jemandem gestellt hatte. Welche Antwort gab es darauf, außer *Wie meiner, nur besser* oder *Wie meiner, nur schlechter*?

»Zeig mir noch mal den Stocktanz«, bat sie.

»Äh«, sagte Yiso beunruhigt. »Okay.«

Ein paar Augenblicke später sagte Kyr: »Langsamer«, und dann: »Stopp.«

»Was denn?«

»Noch mal«, befahl Kyr und beobachtete Yisos Bewegungen noch einmal genau. »Du machst das falsch.«

»Entschuldige mal«, rief Yiso empört. »Das ist zufällig eine traditionelle Darbietung von großer ritueller Bedeutung, und du bist eine sehr große Repräsentantin einer barbarischen Kriegskultur – sind Menschen wirklich so groß wie du?«

»Manche sogar größer«, sagte Kyr. »Männer. Männchen.«

»Du bist ein Weibchen?«

»Gib mir den Stock. Du machst es falsch.« Sie nahm Yiso den Stock aus der keinen Widerstand leistenden Hand und zeigte dem Alien, was sie meinte. Ihr Ellenbogen ließ sich nicht ganz durchdrücken, wie sie es eigentlich wollte, aber der Rest war ziemlich logisch, dachte sie. »Gesehen? Jetzt du.«

»Das hast du so schön gemacht«, sagte Yiso. »Magst du es mir noch einmal zeigen?«

»Netter Versuch«, erwiderte Kyr und gab ihm den Stock zurück. »Okay. Los. Nein, langsamer. Mach langsam, bis du es kannst, und dann mach es nur noch richtig.«

»Sind alle Menschen so stressig wie du?«

»Woher soll ich das wissen? Sind alle Majo so faul wie du?«

»Weiß ich nicht«, antwortete Yiso.

»Stimmt das?«

»Was?«

»Das mit der rituellen Bedeutsamkeit und so.«

»Ja«, sagte Yiso. »Wahrscheinlich. Alles, was ich tue, ist bedeutsam. Ich kann nicht mal bedeutungslos *niesen*. Das ist nicht das richtige Wort.« Yiso wiederholte die Schritte noch einmal langsamer, wie Kyr es empfohlen hatte. »Was ist ein Wort für eine geringfügig peinliche autonome Körperfunktion?«

»Furzen.«

»Das kann ich auch nicht ohne Bedeutung machen.«

Kyr musste lachen.

»Gesundheit!«

»Wie bitte?«

»Sagt ihr das nicht, wenn jemand niest?«

»Nein.« Kyr schüttelte den Kopf. »Das war Lachen.«

»Was ist der Unterschied?«

Wie funktioniert dein Körper? Kyr merkte, dass Yiso sie genauso ansah wie sie Yiso. Mit derselben Neugier, derselben Unsicherheit, demselben Interesse.

Sie wusste nicht, wie sie Niesen erklären sollte. »Man lacht, wenn etwas lustig ist«, sagte sie und fügte dann, um Yisos prüfendem Blick zu entkommen, hinzu: »Hast du noch einen Stock?«

Yiso brachte Kyr den albernen Stocktanz bei. Er hatte einen Namen, den Yiso ihr mehrere Male vorsagte, aber Kyr brachte das gerollte R einfach nicht über die Lippen. Sie war sich sicher, dass weder sie noch Yiso den Tanz richtig tanzten – ihr Körper hatte nicht die richtige Statur, und Yiso war einfach nicht gut darin. Trotzdem machte es ihr Spaß. »Hast du noch mehr auf Lager?«, fragte sie, als Yiso bereits vor Anstrengung ordentlich keuchte.

»Ich hab mich entschieden: Du bist nicht echt«, sagte Yiso. »Selbst Menschen halten nicht so lange durch. Du bist eine Sinnestäuschung, die mir die Weisheit geschickt hat, um mich zu quälen.«

»Warum sollte dir die Weisheit irgendwas schicken, was dich quält?«

»Das frage ich mich selbst oft.«

»Ich bin echt«, sagte Kyr. »Und ich bin auf der Suche nach etwas.«

»Wonach?«

»Einer Tür«, sagte Kyr. »Einem Schlüssel.«

»Warum?«

»Um ... jemandem einen Schlag zu versetzen.«

»Das klingt brutal.«

Die Antwort war nicht ganz richtig gewesen. Warum konnte Kyr bloß keinen klaren Gedanken fassen? Wer hatte ihr diese Ziele vorgegeben? »Ist es möglich, dass die Weisheit für einen denkt?«, fragte sie.

»Sie versucht es«, antwortete Yiso. »Aber ich gewinne. Wo könnten denn diese Tür und dieser Schlüssel sein?«

»Ich habe eben eine verschlossene Tür gesehen.«

Als sie jedoch ihren Weg zurück durch das Labyrinth aus Lagerräumen hinter sich hatten, war die Tür verschwunden.

»Oh, dann ist das hier wirklich ein Szenario«, sagte Yiso niedergeschlagen. »Das macht sie nämlich. Dinge bewegen, wenn du nicht hinguckst.«

»Woher weißt du so viel über sie?«

»Ist das nicht offensichtlich?«, entgegnete Yiso. »Ich lebe hier.« Er stieß mit hängenden Ohren ein tiefes Seufzen aus. »Es ist fürchterlich.«

»Mir erscheint es gar nicht so schlimm«, sagte Kyr.

»Kannst du dir vorstellen, wie es ist, dein ganzes Leben lang deine Bestimmung zu kennen? Dass alles für dich vorgegeben ist und immer alles gleich bleibt? Stell keine Fragen, diskutier nicht rum, mach deinen Sport, erledige deine Aufgaben, lies jedes selbstoptimierende Buch, das es gibt – die sind *alle* langweilig –, geh nie irgendwohin, lerne nie jemand Neues kennen und verbring die Hälfte deiner Zeit damit, die Ergebnisse blöder kleiner Subrealitäten zu beobachten, die nie Wirklichkeit waren und auch nie Wirklichkeit werden und nichts ändern und niemandem helfen ... Ach, was interessiert dich das schon, du bist ja nicht einmal echt. Sie hat gesehen, dass ich Interesse an etwas entwickle, und beschlossen, es mir kaputt zu machen.«

»Was mache ich denn kaputt?«, fragte Kyr beleidigt.

»Die Menschen«, sagte Yiso. »Ich wollte immer einen treffen.«

»Bist du etwa enttäuscht?«

»Du bist im Grunde wie alle anderen«, sagte Yiso. »Ich dachte, ihr wärt ...«

»Was?«

»Unheimlich.«

»Alle, die mich treffen, haben Angst vor mir«, sagte Kyr.

»Warum? Weil du sie zum Sport zwingen könntest?«

»Ich kann Leuten wehtun«, sagte Kyr. »Ich kann wehtun, wem ich will. Ich könnte dich töten.« Sie wusste, das war die absolute Wahrheit.

Yiso sah sie an, die Augen silbern und nachdenklich, den Kamm erhoben. »Aber das möchtest du nicht, oder? Also ist doch alles gut.«

»Was ich will, spielt keine Rolle.«

»Wenn du etwas nicht tun willst, dann tue es nicht«, sagte Yiso. »Du bist nicht ich. Du bist nicht gefangen.«

»Hier gibt es doch nicht einmal Wachen. Geh doch, wenn du es hier so sehr hasst.«

»Und wohin soll ich gehen?«, fragte Yiso. »Wohin geht man, wenn man nicht möchte, dass einen die Weisheit findet?«

»Du magst sie nicht?«

»Sie ist eine übermächtige, gottgleiche Maschine«, sagte Yiso. »Mit guten Absichten, wahrscheinlich.«

»Du magst sie nicht.«

»Ich hasse sie«, sagte Yiso. »Und ich gehöre ihr, so ist das eben mit Kindern der Weisheit, dafür sind sie da.« Yisos Blick verfinsterte sich. »Ich habe das schon einmal gesagt, zu jemand anderem. Das hier ist eine Neuaufbereitung, und Neuaufbereitungen sind die schlimmsten. Morgen wache ich mit Kopfschmerzen auf und weiß nicht, welcher Tag ist.«

»Du bist ein Kind der Weisheit?«, fragte Kyr entgeistert.

»Auf T-Standard klingt das so beeindruckend«, sagte Yiso. »Ich bin ihr untergeben. Ich bin ein Testobjekt. Was ist los?«

Kyr schüttelte den Kopf. Sie wusste es nicht.

»Ich muss diese Tür finden«, sagte sie. »Und den Schlüssel.«

»Okay, mich langweilt das alles hier sowieso«, sagte Yiso. »Das ist alles so dumm. Vielleicht hau ich wirklich irgendwann ab.«

»Und dann gehst du irgendwohin, wo dich die Weisheit nicht findet«, sagte Kyr.

»Sie wird mich immer finden«, sagte Yiso. »Sie ist in meinem Kopf. Na gut, du willst eine Tür und einen Schlüssel?« Yiso streckte seine lange dünne Hand aus. Zum ersten Mal, so schien es Kyr, bemerkte sie das Muster der diagonal wachsenden Haare am Arm des Aliens. »Tür«, sagte Yiso gebieterisch. Die verschlossene Tür wurde vor ihr sichtbar, nicht in einer Wand, sondern einfach so, mitten im muschelartigen Gang. »Schlüssel«, sagte Yiso. Grünes Licht glitt schimmernd über Yisos Finger und fügte sich zu einer Schlüsselkarte zusammen.

Yiso sah sie stirnrunzelnd an. »Ich glaube nicht, dass so ein Schlüssel aussieht. Woher ...« Yiso blickte wieder zu Kyr auf. »Bist du echt?«

»Nein, tut mir leid«, sagte Kyr schnell und schnappte dem Alien den Schlüssel aus der Hand. »Mach's gut!«

Das Szenario löste sich in Nebel auf. Kyr stand knöcheltief im Wasserbecken des Kontrollraums. Die perlmuttartige Substanz an den Wänden war tatsächlich die gleiche wie die, die Kyr in den Hallen der Weisen gesehen hatte. Nur die hier in Hülle und Fülle blühende blau-goldene Vegetation hatte es dort nicht gegeben.

»Na endlich«, sagte Avi und betätigte hastig irgendwelche Knöpfe an seinem Steuerpult. Das entfernte Summen des Schattenmotors veränderte seine Tonlage, und Kyr stieg der

Geruch von Ozon in die Nase. »Das hat ganz schön lange gedauert. Jetzt haben wir nur noch vier Tage.«

»Hast du das gewusst?«, fragte Kyr.

»Was gewusst?«

»Yiso«, sagte sie. »Wusstest du, dass Yiso ein Kind der Weisheit ist?«

»Du bist ziemlich langsam, oder?«, erwiderte Avi. »Natürlich habe ich das gewusst. Ich hab's dir doch gesagt: wertvoll. Was, glaubst du, war los, als ich es bedroht habe, damit sich die Weisheit benimmt? Denkst du vielleicht, diese gottgleiche Maschine ist zimperlich?«

»Wie?«

»Hm?«

»Wie konntest du das wissen?«, fragte Kyr. Yiso hatte fast wie eine richtige Person gewirkt während ihrer Tage in den Slums von Raingold. Dieses ununterbrochene Gequatsche. Sie hatte den gebrochenen Finger geschient. Und dabei hatte Yiso die ganze Zeit über im Dienst dieses Dings gestanden, das die Erde vernichtet hatte.

»Ich glaube, Systeme hätte es herausgefunden, wenn sie etwas mehr Zeit gehabt hätten, sich das Schiff anzusehen. Ich war nicht der einzige schlaue Mensch auf Gaia. Corporal Lin wäre irgendwann dahintergekommen«, sagte Avi.

»Es war also das Schiff?«, fragte Kyr. Sie hatte das Schiff mit entladen, all die luxuriösen Stoffe und Gläser – *Kosmetika, geschlechtsspezifisch; Edelsteine von geringer religiöser Bedeutung* –, und es hatte nicht unheimlicher auf sie gewirkt als jedes beliebige Vergnügungsschiff der Majo.

»Miniaturisierter Schattenmotor und subreale Langstrecken-Sprungkapazität auf etwas, was nicht viel größer war als eine Kampfrakete«, sagte Avi. »Die Majo sind uns voraus, aber so weit nun auch wieder nicht – mit einer Ausnahme.«

»Und es gab keine andere Möglichkeit, das zu erkennen«,

sagte Kyr. Das ergab Sinn. Die Majo waren Lügner*innen. Sie kämpften mit unfairen Mitteln. Sie zeigten ihr wahres Gesicht erst, wenn es zu spät war.

»Na ja, mit Ausnahme des völlig Offensichtlichen«, sagte Avi.

»Und das wäre?«

»Es ist ein Majo Zi«, sagt er. »Die Ursprungsart der Majoda. Hast du das wenigstens gewusst? Nein, hast du nicht, denn die kommen nicht in Kampfszenarios vor, und du warst bestimmt auch noch nie in den Archiven.«

Kyr mochte es nicht, belehrt zu werden. »Und was hat das mit allem hier zu tun?«

»Es gibt genau vier Majo Zi«, erwiderte Avi, »die jemals jemand zu Gesicht bekommt. Die Kinder der Weisheit. Die anderen leben angeblich in ihrer extrem abgelegenen und privaten Heimat-Welt, von der niemand weiß, wo sie ist, bla, bla, bla, alles sehr mysteriös.«

»Also muss Yiso eines von den vieren sein ...«

»Nein, du Schwachkopf, Yiso ist offensichtlich jung«, sagte Avi ungeduldig. »Diese vier Zi existieren schon seit Jahrhunderten, seit Jahrtausenden sogar. Aber dieses hier ist neu. Und den galaktischen Gerüchten nach zu urteilen, die uns Kindern der Erde natürlich *völlig* egal sind, gibt es gar keine Zi-Heimat-Welt. Sie ist tot.«

»Wie, tot?«

»Keine Ahnung, der Punkt ist, die Welt gibt es nicht mehr, die Spezies gibt es nicht mehr«, sagte Avi. »Sie ist ausgestorben, bis die Weisheit entscheidet, eine neue zu erschaffen. Was sie offensichtlich getan hat.«

»Aber du warst nett zu Yiso«, sagte Kyr. »Und du bist nie nett zu jemandem.«

»Außer, es springt dabei etwas für mich heraus«, stimmte Avi ihr zu und verzog den Mund. »Ruh dich aus. Ich kann dir jetzt schon sagen, dass du da später noch mal reinmusst.«

»Nein«, sagte Kyr. Sie sah nicht hinüber zu der zusammengekauerten Gestalt in der Ecke, die ein Kind der Weisheit war, gefesselt und verletzt, mit einer Kerbe im Ohr und einem im falschen Winkel abstehenden Finger. Sie hielt das Messer in der Hand, hatte es schon gehabt, als sie aus dem Szenario aufgetaucht war, obwohl es an dem Ort, den Yiso die Hallen der Weisen genannt hatte, nicht da gewesen war. Sie schob sich die Waffe in ihren Gürtel. »Ich sehe nach Mags.«

Das Paradies in der weiter oben gelegenen Höhle hatte sich nicht verändert. Ein milder Duft erfüllte die Weiten des Gewölbes. Die Laube, die die Bienen um Mags herumgebaut hatten, war leer.

Kyr stand ganz still und weigerte sich, der Angst Raum zu geben, die ihr das Blut in den Adern gefrieren ließ.

»Hier drüben!« Die Stimme ihres Bruders. Sie biss sich auf die Lippe.

Mags war ins Gebüsch gekrochen, ein paar der Bienen waren ihm gefolgt und schwebten jetzt ein Stück über ihm, dort, wo er lag: flach auf dem Rücken unter einem Gewirr aus Blau und Gold, mit ein paar blauen Blüten im hellen Haar. Der Anblick war seltsam vertraut. Mags in der Agricola.

Er lebte. Und war bei Bewusstsein. Kyrs Sicht verschwamm.

»Oh, hey, Vallie«, sagte Mags sanft.

»Alles gut«, sagte Kyr. »Lass mal sehen.«

Sie wischte sich ein paarmal kräftig übers Gesicht und untersuchte dann die Wunden. Drei dünne Narben, wo vorher drei gezackte Risse gewesen waren. Wenn Mags sich zu viel bewegte, würden sie wieder aufreißen. »Du hättest stillliegen sollen«, rügte sie ihn leise.

»Mir war langweilig. Wo warst du?«

»Die Zeit ist begrenzt. Avi hat gesagt«, hier unterbrach sich Kyr und wandte das Gesicht ab. »Entschuldige.«

»Du wirst nicht aufhören, oder?«, fragte Mags. Er setzte sich langsam auf. Kyr legte einen Arm um seine Schultern.

»Ich kann nicht«, sagte sie. »Ich kann nicht.«

Mags seufzte. »Und wenn ich sagen würde, du schuldest mir was?«, fragte er nach einer Weile. »Für den Tiger?«

»Avi glaubt, dass wir den Krieg gewinnen könnten.«

»Gewinnen?«

»Ja.«

Einen Moment lang schwiegen sie beide.

Dann sagte Mags: »Es ist komisch, aber daran habe ich nie gedacht.«

»Nein«, stimmte Kyr ihm zu. »Ich auch nicht.«

»Du bist immer noch aufgewühlt«, sagte Mags. »Meinetwegen? Mir geht es gut. Ich bin zäh.«

»Ich weiß«, sagte Kyr. »Es ist nicht deinetwegen.«

»Ist es wegen ... zu Hause? Vermisst du dein Haus?«

Die Sperlinge. Kyr hatte sich solche Mühe gegeben, nicht an sie zu denken. Es ging ihnen gut. Sie alle waren sicher zugeordnet, eine jede dem für sie richtigen Ort. Arti und Jeanne waren im Kampf-Geschwader. Vic bei den Sonnentrackern, wie sie es sich immer gewünscht hatte. (War es nicht so gewesen?) Die praktisch veranlagte Zen im Oikos. Cleo bei den Victrix und Lisabel in der Krippe. Kyr musste sich keine Gedanken machen. Über nichts. Aber sie tat es trotzdem.

Es war Cleo nicht gelungen, Kyr aufzuhalten – würden sie sie dafür bestrafen? Admiral Russell hatte seinen Arm durch Lisabels geschoben, und sie hatte mit ihren freundlichen Augen zu ihm hochgelächelt, was sie immer tat, ob sie jemanden mochte oder nicht, denn Lisabel war ein Mensch, der wusste, wie man überlebte.

Ich bin nicht aufgewühlt. Aber Mags gegenüber war es ihr unmöglich, so zu tun, als hätte sie keine Gefühle, als wäre sie unberührbar.

»Sie hatten ein Alien gefangen genommen«, sagte sie. »Kurz vor unserer Zuordnung.« Es kam ihr vor, als wäre das vor einer Million Jahren im Leben einer anderen Person passiert. Kyr konnte sich nicht mehr daran erinnern, was sie von ihrer Zuordnung zur Krippe gehalten hatte. »Avi hat mich dazu gebracht, es zu befreien, ehe wir abgehauen sind. Wir haben es gebraucht, um das Schiff zu stehlen. Also haben wir es mitgenommen. Ihn. Sie.« Sie atmete tief ein. »Es.«

»Ein Majo«, murmelte Mags. »War es ... Wie war es?«

»Wie eine Person«, rutschte es Kyr heraus. »Niemand hat je gesagt, sie wären so.«

»Avi wahrscheinlich schon«, sagte Mags. »Er hat alles Mögliche gelesen und mir gezeigt, er hat gesagt ...«

»Avi, Avi, Avi«, sagte Kyr und lachte schwach. »Du stehst wirklich auf den Typen, oder?«

»Hm, ja«, gab Mags zu. »Er meinte, ich würde drüber hinwegkommen.«

»Und, wirst du das?«

»Nein«, sagte Mags mit Gewissheit. »Ich denke nicht.«

Kyr verstand Gewissheit, wie sie einen erdete und zugleich überwältigte. Sie spürte undeutlich, dass sie nun etwas ähnlich Gewichtiges sagen musste. Was aus ihrem Mund kam, war: »Ich mag Yiso.«

»Wen?«

»Yiso«, wiederholte Kyr. »Das Majo. Yiso ist eine Person, und ich mag Yiso.«

»Vallie«, wandte Mags ein, »du magst niemanden.«

»Doch, dich«, sagte Kyr. »Und mein Haus ...« Aber mochte sie die Sperlinge wirklich, oder waren sie einfach nur eine weitere Gewissheit, die sie immer gehabt hatte? *Ich hab euch nie gemocht*, hatte Zen gesagt. Kyr schluckte. »Lisabel«, korrigierte sie sich selbst, denn wenigstens bei ihr war sie sich sicher, dass es stimmte. »Cleo, nehme ich an. Und wie es aussieht, ein Majo.«

»Ursa? Ally?«, fragte Mags.

Kyr schüttelte den Kopf. Nein. Keine verräterische Schwester. Kein fremdes Kind. Sie fühlte etwas, beiden gegenüber, aber mögen war das nicht.

»Ursa macht sich bestimmt Sorgen um uns«, sagte Mags.

Kyr verbiss sich ihr *Sie hat sich keine Sorgen gemacht, als sie abgehauen ist*, denn es würde ja doch nichts helfen. Außerdem war auch das etwas, was vor einer Million Jahren geschehen war. Und genau das war das Problem mit den Gefühlen: Man verheddert sich darin, sie lenkten einen ab. Es war eine Ablenkung, jetzt an Ursa zu denken, die sich Sorgen machte. Und es war eine Ablenkung, an Yiso zu denken – sowohl an das stille verletzte Alien, das Avi dort unten gefesselt hatte, als auch an das Wesen im Szenario der Weisheit, das wahrscheinlich sowieso nicht echt war, sagte sich Kyr. So machte das die Weisheit; sie betrog und erzählte Lügen. Yiso, die echte Person, hatte sich bestimmt nie in einem Lagerraum verkleidet oder einen albernen Stocktanz aufgeführt.

»Glaubst du, du kannst gehen?«, fragte Kyr.

»Ein Versuch tut ja keinem weh«, erwiderte Mags und lachte dann auf. »Also keinem außer mir.«

16

VERFLUCHT

Avi sah nicht auf, als Kyr Mags in den Kontrollraum brachte. Das Wasser unter dem Schattenmotor kräuselte sich, als würde ein heftiger Wind darüber hinwegfahren. Avi stand missmutig an seinem Steuerpult und arbeitete.

Kyr half Mags, sich hinzusetzen, und begutachtete noch einmal seine Wunden. Einer der Risse war wieder aufgegangen. Sie holte die Whiskeyflasche hervor und säuberte ihn. Mags stöhnte leise vor Schmerz. Dann fiel er entweder in Ohnmacht oder in einen so plötzlichen und tiefen Schlaf, dass es so aussah, als würde er in Ohnmacht fallen. Eine beschleunigte Heilung verlangte einem einiges ab. Auch Kyr hatte viel geschlafen, nachdem Cleo sie verwundet hatte. Das war schon okay.

Mags war okay.

Kyr rollte sich neben ihrem Bruder zusammen und schlief ebenfalls ein. Als sie aufwachte, war alles unverändert. Avi stand gebeugt da, murmelte vor sich hin und kämpfte augenscheinlich mit der Weisheit. Er sah dämonisch aus. Kyr stand auf, und weil sie ihm kaum würde behilflich sein können, sah sie nach Yiso.

Nun, zumindest lebte Yiso.

»Musstest du Yiso unbedingt wehtun?«, fragte sie Avi.

»Ich werde eine Liste mit Leuten machen, denen es nicht zusteht, mich zu verurteilen, und du wirst ganz oben stehen«, sagte er, ohne aufzublicken. Eine Pause folgte, in der nur das Rauschen schnell fließenden Wassers zu hören war, dann fügte er leise hinzu: »Ich hab es nicht gern getan.«

Kyr antwortete nicht. Sie besah sich die Prellungen, das verletzte Ohr, den gebrochenen Finger. Yisos Augen waren nicht vollständig geschlossen, aber wach war das Alien auch nicht. Es atmete schnell. »Der Weisheit liegt etwas an Yiso«, sagte sie. »Yiso ist ein Druckmittel.«

»Das trifft es wahrscheinlich nicht ganz«, sagte Avi. »Es wäre extrem hilfreich, wenn jemand, und zwar wirklich auch nur *irgendjemand* in diesem Universum, begreifen würde, wie die Weisheit tatsächlich funktioniert.«

»Kannst du sie kontrollieren, wenn du sie nicht verstehst?«

»Die Majo scheinen es hinzukriegen.«

»Ich werde Yiso zusammenflicken«, sagte Kyr. »Falls du wieder ein Druckmittel brauchen solltest.«

»Von mir aus, tu, was du nicht lassen kannst.«

Also versuchte Kyr, Erste Hilfe zu leisten. In den Medizin-Schichten hatten sie nie etwas über die Versorgung von Aliens gelernt. Beim Drill sah das anders aus, nur dass sie dort eben das Gegenteil gezeigt bekommen hatten, nämlich, wie man sie verletzte, wie man sie tötete. Kyr fing mit dem gebrochenen Finger an, denn das hatte sie schon einmal gemacht. Sie benutzte den Whiskey zum Desinfizieren und die Fetzen von Mags Shirt zum Verbinden. Sie reinigte die Wunde an Yisos Ohr und tat ihr Bestes, was die anderen kleinen Schnitte anging, die sie fand. Wie sie mit den blauen Flecken verfahren sollte, wusste sie nicht, auch nicht, was diese bedeuteten. Zeigten sie innere Blutungen an? Sie hatte keine Ahnung, wie Yiso von innen aussah. *Wie funktioniert dein Körper?*

Als sie aufblickte, stand Avi über sie gebeugt. Gut möglich, dass er schon eine Weile dort gestanden hatte, sie war so fokussiert gewesen.

»Ich hatte keine Wahl«, brach es plötzlich aus ihm heraus. »Wie geht es Magnus?«

»Er ist hierhergelaufen«, sagte Kyr. »Er wird überleben.«

»Wir können immer noch einen Arzt rufen«, sagte Avi. »Und es gibt bestimmt irgendwo auf Chrysothemis auch einen, der weiß, wie man Majo behandelt.«

»Wenn du Gefangene folterst, folterst du Gefangene«, sagte Kyr. Sie band Yisos Hände wieder zusammen. Die Beine ließ sie frei, Yiso konnte sowieso nicht schneller laufen als sie. »Sich danach komisch zu fühlen, ändert auch nichts.«

»Denk an meine Liste«, sagte Avi.

»Ich würde es auch tun«, sagte Kyr. »Wenn ich müsste. Um den Krieg zu gewinnen.« Aber in Wahrheit konnte sie sich nicht vorstellen, ein Messer zu nehmen und fein säuberlich ein Dreieck aus Yisos Ohr herauszuschneiden. Warum konnte sie sich das nicht vorstellen? Im Victrix-Hangar hatte sie Yiso in die Seite getreten, die Wachen hatten gekichert. Es war ihr egal gewesen. Was hatte sich seitdem geändert? Yiso sicher nicht. Sie hätten Yiso gar nicht erst von Gaia mitnehmen müssen, es hatte ihnen nichts gebracht …

»Ich frage mich, wie es ist, du zu sein«, sagte Avi. »Ich stelle es mir komischerweise irgendwie beruhigend vor.«

»Beruhigend?«

»Ich wäre gern so sicher in allem wie du.«

»Du denkst zu viel«, sagte Kyr.

»Da bist du nicht die Erste, die das sagt.«

»Warum arbeitest du nicht?«

»Ich brauche eine Pause.«

»Vier Tage …«

»Inzwischen nur noch drei«, sagte Avi. »Aber ich bin nicht aus Stein, ich muss schlafen. Sie versucht sowieso die ganze Zeit, ein weiteres Szenario zu kreieren. Ich werde dich bald wieder reinschicken.«

»Während du schläfst?«

»Nein, dafür bleibe ich wach.«

Kyr sah wieder auf Yiso hinunter. Sie dachte an den Stocktanz, an die Hallen der Weisen, die unzähligen Lagerräume. »Sind die Szenarios echt?«

»Sie sind genauso echt, wie die Agoge es immer war.«

»Ich meine ...«

»Ich weiß, was du meinst«, unterbrach Avi sie. »Und das ist die Antwort. Die Weisheit basiert auf Schattenraum, Subrealitäten, Miniaturuniversen. Genau wie die Agoge-Szenarios.«

»Ich dachte, das wäre alles Virtual Reality«, sagte Kyr. »Täuschungen.«

»Nee«, sagte Avi. »Die Agoge ist ziemlich echt. Jedes Mal, wenn jemand im Doomsday-Szenario versagt, sterben vierzehn Milliarden Menschen.«

Kyr schwieg. Eine flüchtige Sekunde lang konnte sie die abgestandene Luft hinter ihrer Kampfmaske schmecken, dort oben auf der Verteidigungsplattform, von der aus sie beobachtete, wie sich die Erde auflöste ...

»Wenn es dich tröstet«, sagte Avi mit einem kleinen gemeinen Grinsen, »es sind dieselben vierzehn Milliarden, und mittlerweile sind sie wahrscheinlich dran gewöhnt.«

»Du machst Witze«, sagte Kyr.

»Stimmt. Sie sind nicht dran gewöhnt. Sie wissen es nicht«, sagte Avi, und Kyr erkannte, dass er es ernst meinte, dass das alles stimmte. »Ziemlich abgefuckt, aber auch nicht mehr als alles andere, was auf Gaia so abgeht. Na ja, so echt sind jedenfalls die kleinen Varianten der Weisheit. Das sind Taschenuniversen, Subuniversen, Zeitsprünge, Schattenraum-Kram eben. Ich könnte versuchen, ihn dir zu erklären, aber du würdest mich nur weiter so verwirrt anschauen wie jetzt. Warum eigentlich? War da drin irgendwas Interessantes los?«

»Nein.« Kyr fuhr sich mit der Zunge über die trockenen Lippen. »Da war nur irgendein alter heiliger Ort. Die Hallen der Weisen.«

»Nie gehört«, sagte Avi. »Hast du mit jemandem gesprochen?«

»Nein, da war niemand.«

»Oh, du bist zurück«, sagte Yiso – oder die Version von Yiso, die die Weisheit erschaffen hatte. Das Summen, das die Übersetzung begleitete, war deutlich zu hören. Yiso saß rücklings auf etwas, bei dem Kyr ziemlich sicher war, dass es sich um ein *Möbel, geeignet für Vierfüßer* handelte, und ließ die kurzen Beine in den weißen Hosen baumeln. Yiso sah bedrückt aus. Das konnte Kyr an der Stellung von Kamm und Ohren ablesen.

»Erinnerst du dich an mich?«, fragte sie.

»Ich weiß immer noch nicht, ob du echt bist oder nicht«, gab Yiso zur Antwort. »Wahrscheinlich nicht. Ich frage mich, was da so lange dauert. Normalerweise entscheidet sie sich schneller. Muss 'ne harte Nuss sein. Vielleicht vernichten wir gerade eine andere Art.«

»Wie bitte?«

»Leru hat gesagt, dass die Weisheit, als es um die Frage der Menschheit ging, Monate gebraucht hat. So lange wie nie zuvor.«

Kyr kannte den Namen. Leru Ihenni Tan Yi war das Kind der Weisheit, das bald nach Chrysothemis kommen würde. Das Alien, bei dem sie sich vorgenommen hatte, es umzubringen.

»Du kennst Leru?«, fragte sie.

»Leru hat mir meinen Namen gegeben«, sagte Yiso, und als Kyr ihn verständnislos anguckte, fügte das Alien hinzu: »Oh, richtig, du sollst ja ein Mensch sein. Ich weiß nicht, was das Äquivalent bei menschlichen Beziehungen ist. Vielleicht«, und das Summen verschwand, als Yiso zu T-Standard wechselte, »Onkel? Ich habe mich immer gefragt, gibt es einen Unterschied zwischen einem Onkel mütterlicherseits und einem väterlicherseits? Spielen die genetischen Verbindungen zu dir eine Rolle?«

»Das weiß ich nicht«, sagte Kyr. »Ich hatte nie Eltern.«

»Hast du Onkel?«

»Einen. Aber der ist nicht ... genetisch.«

»Oh«, sagte Yiso. Lustlos trat er gegen seinen komplizierten Stuhl. »Das wusste ich nicht. Ich weiß gar nichts. Es ist nicht das Gleiche, wenn man immer nur liest oder sich Aufzeichnungen anschaut oder wenn sich alles in Szenarios abspielt. Ich werde einfach nie von diesem blöden Felsen wegkommen. Ich werde nie ein normales Wesen treffen, ganz zu schweigen von einem Menschen. Leru wird mich wahrscheinlich nicht einmal auf einen Planeten lassen, auf dem es Menschen gibt.«

»Warum nicht?«

»Weil ihr so gefährlich seid«, sagte Yiso. »Du nicht, wette ich. Hast du schon einmal jemanden getötet?«

»Nein«, sagte Kyr.

»Na siehst du«, sagte Yiso, als wäre das Beweis genug.

»Aber ich *bin* gefährlich«, sagte Kyr. »Ich könnte dich töten.« Und als Yiso noch immer nicht sehr beeindruckt wirkte, setzte sie hinzu: »Ich werde deinen Onkel töten.«

»Das glaub ich erst, wenn ich es sehe«, sagte Yiso.

»Glaubst du mir nicht?«

»Na ja, wenn du echt bist«, sarkastisches Ohrengezucke, »kannst du es ja *versuchen*.«

»Warum glaubst du, dass ich nicht echt bin?«, fragte Kyr. »Das hier ist ein Taschenuniversum, oder?«

»Oder eine Zeitschleife oder ein Nebenschauplatz oder was auch immer.«

»Aber muss ich dann nicht echt sein? Wie sollte ich dann unecht sein?«

»Oh, nicht *unecht* unecht. Zufällig erzeugt. Eine Maske, eine Rolle. Warum fragst du?«

Es sind dieselben vierzehn Milliarden, und mittlerweile sind sie wahrscheinlich dran gewöhnt. »Ich will wissen, wie sie funktioniert«, sagte Kyr.

»Wie die *Weisheit* funktioniert?«

»Wenn du ihr dienst, solltest du es dann nicht wissen?«

»Leru glaubt, dass wir es mal wussten«, sagte Yiso. »Bevor alles so kompliziert wurde.«

»Erzähl's mir.«

Avi hatte behauptet, sie funktioniere wie die Agoge, also hatte Kyr Systeme-Kram erwartet. Aber Yiso erzählte ihr eine Geschichte, die denen ähnelte, die Kyr in der Krippe gehört hatte, den alten Sagen von der Erde.

»Es war einmal ein Volk, das sehr unglücklich und niederträchtig war«, sagte Yiso. »Das verwirrte die Leute, denn sie hatten angenommen, sie seien vom Wesen her gut. Sie versuchten, einen König einzusetzen, der gut war, damit er ihnen sagen konnte, was sie tun mussten. Aber egal, wer ihr König war, er wurde immer irgendwann nur noch unglücklicher und niederträchtiger als der Rest. Dann versuchten sie, Verantwortung für sich selbst zu übernehmen, aber das funktionierte auch nicht, denn das führte lediglich dazu, dass sie niemanden mehr hatten, dem sie die Schuld zuschieben konnten. Am Ende wurde ihnen klar, dass sie unter einem Fluch standen.«

»Einem Fluch?«, fragte Kyr. »Ehrlich jetzt?«

»Schsch«, machte Yiso. »So geht nun mal die Geschichte. Das unglückliche Volk reiste weit umher in der Hoffnung, eine Lösung zu finden. Aber egal, wo sie hinkamen, überall war es genauso schlimm. Ihnen wurde bewusst, dass das gesamte Universum verflucht war.«

»Ehrlich?«, wiederholte Kyr.

»Eines Tages also«, Yisos Kamm flatterte vor Ungeduld mit ihr, »kam eine schlaue Person auf den Gedanken, dass das Problem darin lag, dass sie, egal, was sie taten, nie wussten, was als

Nächstes passieren würde. Und niemand von ihnen *wollte* böse Dinge tun; sie wussten einfach nicht, was die richtigen Dinge waren. Also baute die schlaue Person eine Maschine, die alles wusste. Man konnte die Maschine fragen, was man am besten tun sollte, und selbst wenn das am Ende etwas Schlechtes war, so wusste man doch wenigstens, dass all die anderen Dinge, die man hätte tun können, noch schlechter gewesen wären.«

»Aber die Majo fragen die Weisheit nichts«, warf Kyr ein. »Die Weisheit trifft alle Entscheidungen selbst.«

»Warum nicht Zeit sparen? Na egal, das war jedenfalls die Idee. Eine Maschine, die alles weiß. Knoten in jeder zivilisierten Welt, damit sie alles lernen kann. Und dann gibt es noch diesen Ort hier, wo sie Möglichkeiten durchspielen kann. Und das Universum ist immer noch verflucht – sei still, das ist eine Metapher! –, die Situation ist also nicht perfekt, aber der Grundsatz der Weisheit lautet: Es könnte schlimmer sein.«

»Und was ist dann deine Aufgabe?«

Yiso zeigte eine Reihe kleiner Zähne mit einem merkwürdigen Gesichtsausdruck, den Kyr nach einem kurzen Moment als Grimasse deutete. »Verrät mir Leru nicht.«

»Du bist nicht wirklich hier, weißt du?«, sagte Kyr.

»Das Ganze wird langsam kompliziert.«

»Ich glaube, du bist weggelaufen. Du wolltest irgendwohin, wo dich die Weisheit nicht finden würde, stimmt's? Und du wolltest etwas über die Menschen erfahren.«

»Es ärgert mich einfach«, sagte Yiso. »Ihr seid angeblich keine Majo, aber das seid ihr eben doch, oder solltet es zumindest sein: Ihr denkt, ihr fühlt. Und eine ganze Garten-Welt zu zerstören, eine ganze empfindungsfähige Art mitsamt dem Ökosystem, das sie hervorgebracht hat! Der Zweck der Weisheit liegt darin, dass sie immer die *richtige* Entscheidung trifft. Die am wenigsten schlechte. Aber wie kann das richtig sein?«

»Vielleicht weiß deine Maschine doch nicht so viel, wie du glaubst.«

»Ich hasse sie«, knurrte Yiso. »Ich hasse sie, ich hasse sie.«

»Du bist wirklich weggelaufen«, sagte Kyr. »Du hast nach einem Ort gesucht, an dem es die Weisheit nicht gibt. Du warst nicht irgendein Idiot, der sich verflogen hat; du hast nach Gaia *gesucht*.«

»Gaia«, wiederholte Yiso. »Das sind die menschlichen Separatist*innen, richtig? Die Terrorist*innen.« Yiso sah sie neugierig an. »Vielleicht tue ich das irgendwann.«

»Sie werden dich töten«, sagte Kyr.

»Nun«, antwortete Yiso. »Vielleicht ist das nur fair.«

»Wie kann das fair sein? Du bist nur ein Majo«, protestierte Kyr. »Du bist nicht die Weisheit.« Kyr schloss den Mund, denn ihre eigenen Worte trafen sie mit fürchterlicher Wucht. Yiso war nur ein Majo. Yiso hatte ihre Welt nicht zerstört. Was, wenn sie *alle* ...

Ihre Gedanken taumelten am Rande einer Erkenntnis, die sie nicht haben wollte. Kyr schüttelte sich und hätte beinahe überhört, wie Yiso sagte: »Ich glaube aber, dass ich das bin.«

»Was?«

»Ich glaube, das ist es, was Leru mir nicht sagt. Ich glaube, das ist der Grund für meine Existenz.«

»Sei nicht albern«, sagte Kyr. »Du bist eine Person. Sie ist eine Maschine.«

»Was weißt du schon darüber? Du bist ein Hirngespinst.«

»Bin ich nicht!«

»Das führt zu nichts«, seufzte Yiso. »Warum bist du hier? Türen und Schlüssel?«

»Nein, ich bin noch nicht fertig«, sagte Kyr. »Hör mal zu ...«

»Tür, Schlüssel«, sagte Yiso und machte eine gebieterische Geste. Aus grünem Licht formte sich ein Türrahmen um Kyr herum, und im nächsten Augenblick wurde sie von einer unsichtbaren Kraft rückwärts hindurchgeschoben. Das Letzte, was sie hörte, war: »Wir sehen uns auf Gaia. Wenn du existierst.«

Das Szenario löste sich auf, und Kyr fand sich erneut knöcheltief im Wasser stehend wieder. Sie wartete darauf, dass Avi irgendwas Sarkastisches sagen würde.

Doch es kam nichts. Avi war nicht da, genauso wenig wie die von ihm heraufbeschworene Kontrollstation. Kyr schnaubte irritiert und ging hinüber zu der Stelle, wo Yiso gelegen hatte.

Haben wir uns nicht schon einmal gesehen?, hatte Yiso gefragt, ganz am Anfang.

»Du bist wirklich dumm«, sagte Kyr. Yiso war bewusstlos und antwortete nicht. »Einfach ... so dumm. Warum Gaia? Es muss doch noch andere Orte für ein weggelaufenes Majo geben. Das Universum ist so groß. Du hättest doch einfach ... einen Felsbrocken finden und darauf leben können.« Aber das hatte Yiso ja bereits getan, auf einem Felsbrocken gelebt, dachte sie. In einer Welt ohne Atmosphäre, einem fast vergessenen Palast mit Lagerräumen voller Antiquitäten und geisterhaften Abbildern nicht existierender Universen.

Kyr kniete sich hin, um nach dem gebrochenen Finger und dem verletzten Ohr zu sehen. Yisos Ohr zuckte unter ihren Händen, und sie meinte zu sehen, wie sich die Augen des Aliens einen Spalt breit öffneten.

»Warst das wirklich du da drin?«, fragte sie. Vielleicht versuchte die Weisheit ja auch, sie zu manipulieren. Andererseits ... was nützte es der Weisheit, wenn sie einen Stocktanz lernte?

Yiso murmelte etwas, aber Kyr verstand es nicht. Dann trat wieder Stille ein.

Kyr stand auf und machte sich auf die Suche nach Avi.

Er war nicht im Kontrollraum. Und Mags auch nicht. Aufgebracht lief Kyr zurück zur Paradies-Höhle. Warum musste er gerade jetzt hier herumstreunen ...

Aber es war nicht schwer, sie zu finden. Kyr folgte einfach den Bienen, die ihrerseits von Bewegungen angezogen wurden. Ein paar von ihnen flogen ihr hinterher, als sie den Kontrollraum in Richtung Paradies-Höhle verließ, und stoben dann in die üppige blaue Vegetation zu ihrer Linken davon. Kyr schlug sich ebenfalls ins Gebüsch.

Mags und Avi hatten ein paar Stufen gefunden, die aus dem Nichts ins Nichts führten – von einer wild wuchernden Pflanzenmasse zur anderen –, und dort saßen sie zusammen. Es war ein hübscher Flecken, darum hatte Mags ihn wohl auch gefunden. Wenn er ihm auch in diesem Augenblick keine Aufmerksamkeit zu schenken schien.

Sie küssten sich. Mags hatte die Hände auf Avis Gesicht gelegt und Avi seine auf Mags Schultern, als hätte er ihn zurückstoßen wollen, es dann aber vergessen.

Fast wäre Kyr weggelaufen, dann ärgerte sie sich über sich selbst und hustete stattdessen einmal laut.

Mags hörte auf, Avi zu küssen, aber nicht, weil er Kyr bemerkt hatte. »Also ...«

»Du bist frei, du Idiot«, sagte Avi. »Du hast es geschafft. Lern jemanden an deiner dummen Schule kennen. Du findest bestimmt was Besseres.«

»Aber ...«

»Nichts aber. Ich finde bestimmt auch was Besseres. Hey, den Teenager, der mich anbetet, nicht auszunutzen, ist sehr wahrscheinlich das einzige Gute, was ich in den letzten achtzehn Monaten getan habe.« Er lachte. »Wir sind alle am Arsch. Gaia ist am Arsch. Lass es uns nicht noch schlimmer machen. Außerdem habe ich zu tun.«

»Du bist auch ein Teenager«, sagte Mags. »Es ist nur ein Jahr. Ich ...«

»Hey!«, sagte Kyr laut.

Mags fuhr zusammen und fiel von seiner Stufe. Stöhnend

legte er die Hand auf seinen Bauch. Im selben Moment war Avi aufgesprungen und hatte sich ein paar Schritte von Mags entfernt, als hätte er damit ungeschehen machen können, dass Kyr sie gerade beobachtet hatte.

Mags blickte Kyr mit großen Augen an. »Lass mich mal sehen«, sagte sie ungehalten.

Eine der Krallenspuren war aufgegangen und blutete. Aber nur ein wenig, es war in Ordnung. Kyr sah auf, und Mags guckte sie noch immer ganz erschrocken an. Er sah beinahe verängstigt aus.

»Warum hast du Angst vor mir?«, fragte sie leise.

Mags sagte erst nichts, dann ließ er den Kopf hängen und antwortete: »Tut mir leid. Es ist ... Gaia.«

»Ich bin nicht Gaia.«

Es dauerte einen Augenblick, aber dann nickte Mags und wandte den Blick ab. Kyr richtete sich auf. Avi beobachtete sie mit einem kühlen, zynischen Blick, als würde er erwarten ... ja, was?

Es gab Gründe, gute Gründe, warum Station Gaia so war, wie sie war. Populationsziele. Pflichten. Die Notwendigkeit von Ordnung, die Notwendigkeit eines Plans, die Notwendigkeit eines gewissen Maßes an Kontrolle darüber, wie es mit der Menschheit weiterging. Aber gleichzeitig dachte Kyr – und es war einzig und allein ihr Gedanke, nicht eine von Avis sarkastischen Bemerkungen, nicht eine von Yisos nagenden Fragen –, *Sie hätten uns sagen können, dass es noch andere Menschen gibt.*

Das hatten sie natürlich. Kyr hatte von den Kollaborateur*innen gewusst. Sie hatte von den Abtrünnigen gewusst. Aber niemand hatte ihnen jemals erzählt, dass es ein Chrysothemis im Universum gab, eine Menschenstadt, eine Menschenwelt. Niemand hatte das getan, obwohl der Führungsstab es gewusst haben musste. Sie hatten Mags in den Angriff geschickt und Kyr in die Krippe, obwohl sie es gewusst hatten.

Und Mags war unglücklich gewesen. Und Kyr war ... wütend gewesen. Und wütend war sie auch jetzt.

Seit dem Moment ihrer Zuordnung war sie wütend.

Sie haben Lisabel in die Krippe gesteckt, dachte sie. *Admiral Russel hat sie angefasst. Cleo war panisch vor Angst, sie könnte es nicht ins Kampf-Geschwader schaffen, und Mags dachte, er müsste mich anlügen. Avi ist ein Freak. Und Yiso war immer schon eine Person. Und Ursa ist gegangen, sobald sie konnte, und ihren Sohn hat sie mitgenommen.*

Und warum so tun, als wäre es nicht wahr? Hör auf damit, hör auf, dich selbst anzulügen! Natürlich war Ally Ursas und Joles Sohn. Ursa hatte ein Bett in Onkel Joles Unterkunft gehabt. Sie wurde bevorzugt behandelt. Alle sagten, das hätte sie verdorben. Kyr hatte sich so viel Mühe gegeben, das alles nicht wahrhaben zu müssen, und warum? Ursa hatte ihr Kind genommen und war abgehauen. Kyr hatte sich selbst, ihren eigenen Körper, genommen, bevor der Führungsstab ihn dem Zweck zuführen konnte, für den er ihn bestimmt hatte. Kyr war abgehauen.

Etwas stimmte nicht mit Station Gaia. Irgendetwas hatte nie gestimmt mit Station Gaia. Und Gaias Herr war Kyrs Onkel Jole, der ihre Zuordnung mit seiner geschwungenen Signatur abgesegnet hatte.

»Vallie?«, fragte Mags unsicher.

»Mir geht es gut«, sagte Kyr. »Dir geht es gut. Alles ist gut. *Rühr mich nicht an.*«

Mags zuckte zurück.

»Nein, tut mir leid, ich bin nur ... Es liegt daran, dass ich diese ganzen Szenarios durchlaufen habe«, sagte sie, und dann log sie: »Es ist anstrengend.«

»Ich kann das nächste machen«, bot Mags an.

»Nein!«, erwiderte Kyr. Und auf der Suche nach einer Begründung fügte sie hinzu: »Du bist verletzt.«

Zurück im Kontrollraum murmelte Avi der Biene etwas zu, die es sich auf seiner Schulter bequem gemacht und gleich noch ein paar Kolleginnen herbeigerufen hatte. Zusammen errichteten sie aus schimmerndem Nichts ein weiches, schwammartiges Lager. »Ich wette, du bist immer noch müde«, sagte Avi zu Mags.

Mags verdrehte die Augen, legte sich aber hin und war sofort tief eingeschlafen.

»Sag ihnen, dass sie auch ein Bett für Yiso machen sollen«, verlangte Kyr.

»Klar«, erwiderte Avi und schickte die Bienen mit einer Geste in die Ecke des Raumes. Er vermied es noch immer, in Yisos Richtung zu gucken, wenn er konnte. Dann ließ er sein nebelartiges Steuerpult erscheinen, sah es kurz an, rief überrascht »Ha!« und ließ es wieder verschwinden. »Das kann noch ein wenig allein weiterlaufen«, sagte er. »Ich bin fast durch.«

»Oh, gut«, sagte Kyr.

»Holt dich die kognitive Dissonanz schon ein?«, fragte er.

»Was soll das sein?«

»Du bist nicht wirklich so blöd, oder? Blöder als ich, okay, aber wer ist das nicht?«, sagte Avi. »Was hat dich geknackt?«

»Ich glaube, Commander Jole hat meiner Schwester wehgetan.« Es war, als würde sie in einem Polar-Szenario ins eiskalte Wasser springen. Es war nicht so schlimm, solange man nicht zögerte.

»Wehgetan?«, hakte Avi nach, distanziert und vorsichtig, als würde er das Wort mit einer Pinzette aufnehmen, um es zu untersuchen.

»Du weißt schon, was ich meine.«

Es entstand eine Pause, in der aus unerfindlichen Gründen der Schattenmotor mit leisem Summen und Knistern erwachte. Kyr gewöhnte sich langsam daran, wie seltsam er war. Dieses ganze Gebäude war seltsam. Die Weisheit war seltsam.

Mit überraschender Freundlichkeit sagte Avi: »Tut mir leid. Es ist alles im Innern so kaputt, oder?«

»Aber das sollte es nicht sein«, sagte Kyr. »Wir sind die Heldinnen, wir sind die Patrioten, wir sind diejenigen, die nicht eingeknickt sind, als die Majo ...«

»Als die Majo unsere Welt vernichtet haben«, beendete Avi den Satz für sie. Er seufzte. »Gaia wurde auf Lügen aufgebaut. Ich habe es schon früh kapiert. Magnus hat es wie ein Zaunpfahl getroffen, als er sich in jemanden verliebt hat, in den er sich nicht hätte verlieben dürfen. Und du, Valkyr, du weißt es, seit sie dir zehn Jahre lang ach so wichtige Trainingsergebnisse vor die Nase gehalten und dich dann am Ende trotzdem in die Krippe gesteckt haben, stimmt's?«

»Ja«, antwortete Kyr.

Ja, sie wusste es. Ja.

»Aber das Stück am Anfang ist keine Lüge«, sagte Avi. »Das Einzige, was wirklich stimmt, ist dies: Es hat einen Krieg gegeben, den wir verloren haben, und die Majo haben unseren Planeten zerstört, um wirklich sichergehen zu können. Vierzehn Milliarden Menschen.«

»Du hast gesagt, es passiert jedes Mal, wenn jemand im Doomsday-Szenario verliert«, hakte Kyr nach. »Ich habe so oft ...«

»Ich bin ein Trottel.« Avi schüttelte den Kopf. »Aber die Agoge – na ja, sie ist echt und dann wieder nicht. Diese kleinen Universen, die sie entstehen lässt, hören sofort auf zu existieren, wenn das Szenario endet. Also, ja, du hast sehr oft verloren, als es nicht zählte. Und das eine Mal, als es zählte, waren eben die Majo erfolgreich.«

Kyr schwieg.

»Wir sind die Kinder der Erde«, fuhr Avi fort und lachte dann schrill auf. »Du und Magnus, oh Mann. Ich war seit der Krippe mit niemandem mehr befreundet. Und seit der Pubertät weiß ich, dass ich queer bin. Aber ein giftiger kleiner Scheißer bin ich schon viel länger.«

»Wir sind befreundet?«, fragte Kyr ungläubig.

»Gaias Auswurf«, sagte Avi. »Commander Joles Schande. Chrysothemische Geflüchtete – hey, hat irgendwer von diesen Wohltätigkeitstypen dich mal auf der Straße angequatscht? Nicht einmal ich bin jemals so bevormundet worden.« Wieder lachte er, aber tiefer, und hinter seinen Brillengläsern funkelten seine Augen hellwach. »Aber wir sind immer noch die Kinder der Erde, Valkyr. Das ist das Einzige, womit Station Gaia immer richtiglag. Und wenn du es willst, dann stimmt auch dies: Solange wir leben, soll der Feind uns fürchten. Oh ja.«

Avis Worte hallten in der Stille nach, die nun eintrat. Kyr konnte Mags atmen hören, langsam und ruhig. Der Schattenmotor summte gleichmäßig. Dort, wo im Becken die Szenarios entstanden, war die Wasseroberfläche gekräuselt.

»Du kannst den Krieg wirklich gewinnen«, sagte sie.

»Leru kommt in zwei Tagen«, sagte Avi. »In sechs Stunden habe ich die Kontrolle. Ich weiß nicht, was genau du im letzten Durchgang gemacht hast, aber im Moment ist alles möglich. Und wenn ich erst einmal die Kontrolle über die Weisheit habe oder auch nur über einen einzigen Weisheitsknoten, tja, dann ... Wart's ab.«

»Ich glaube dir«, sagte Kyr. Der Schattenmotor schickte sein grünes, unwirkliches Licht in Wellen über die Wände des Kontrollraums. »Sie werden uns fürchten. Warum macht der Motor das?«

»Weil«, hob Avi an und unterbrach sich dann selbst. »Oh scheiße!« Er stand auf.

»Brauchst du mich?«, fragte Kyr. Sie sah, wie sich nebelhafte Gebilde über dem Wasser formten. »Ich geh rein!«

»Nein, das tust du nicht«, sagte Avi. »Weck Magnus. Er muss

es machen. Magnus!« Er hatte einen überraschend guten Befehlston drauf. Mit geschlossenen Augen richtete sich Mags ruckartig auf. »Steh auf!«

»Er ist verletzt«, wandte Kyr ein.

»Ich weiß! Aber ich habe nichts in der Hand, weil ihr meinen verdammten Tiger gekillt habt!« Avi drehte sich um und funkelte Kyr an. »Wie ernst war es dir damit, als du gesagt hast, du würdest das Kind der Weisheit töten, wenn es kommt?«

»Völlig ernst natürlich.«

»Gut«, sagte Avi. »Denn es kommt zwei Tage früher, und wenn Leru es hier reinschafft, bevor ich die totale Kontrolle habe, sind wir verloren.«

17

DAS KIND DER WEISHEIT

Die spektakuläre Vegetation der Paradies-Höhle bot ein hervorragendes Versteck.

Kyr lag da und wartete in angespannter Stille. Sie hatte die Pistole abgelehnt, die Avi ihr angeboten hatte, denn sie wollte das Alien aus nächster Nähe erledigen. Sie wollte spüren, wie das Messer hineinfuhr, tief, tief hinein. *Leru Ihenni Tan Yi. Mein Onkel*, hatte Yiso gesagt.

Ihr Leben lang hatte Kyr darauf gewartet, irgendeinem Wesen von Angesicht zu Angesicht gegenüberstehen und ihm die Schuld geben zu können.

Es war ein einfacher Hinterhalt. Warum sollte sie es unnötig kompliziert machen? Das war die Art der Majo: Technologie, Politik, Lügen. Die Menschen besaßen nichts außer ihrer bloßen Stärke, die ihnen die Erde geschenkt hatte. Kyr war größer als jedes Majo. Sie war schneller als jedes Majo. Sie konnte größere Hitze ertragen, größere Kälte, größeren Schmerz, größeres Elend – sie konnte alles ertragen. Und wenn Leru durch den Bogen des Eingangs in die Paradies-Höhle kommen würde, dann würde Kyr aus dem Gebüsch stürzen und ihr Messer geradewegs in eines dieser großen glänzenden Alien-Augen stoßen.

Eine gerechte Hinrichtung. Ein Leben für eine vernichtete Welt.

Doch die Gestalten, die nun die Höhle betraten, waren viel zu groß, um Aliens zu sein. Sie waren schwarz gekleidet und trugen Pistolen, jede Einzelne von ihnen, und sie waren zu sechst. Die Visiere über ihren Augen verbargen nicht die Tatsache, dass es sich bei ihnen um Menschen handelte. Kyr atmete aus. Verräter*innen, Abtrünnige. Es war nicht wichtig. Eine gegen sechs. Das würde schwierig werden.

Aber Kyr konnte es schaffen. Sie konnte alles schaffen.

Dann betrat das Kind der Weisheit hinter den sechs Menschen die Höhle. »Bitte seid so gut und wartet hier«, sagte Leru mit dem gleichen melodiösen Akzent wie Yiso, obgleich die Stimme etwas tiefer und entschieden ruhiger war.

Kyr starrte Leru an und versuchte, irgendwelche Unterschiede zu dem einzigen anderen Majo Zi auszumachen, das sie bisher zu Gesicht bekommen hatte. Lerus Bewegungen waren langsamer und sicherer, die Ohren zuckten weniger. Leru war dunkler, von Grau bis fast Marineblau changierten die diagonalen Muster auf Lerus Armen bis hinauf zu den zarten Spitzen des langen Kamms. Die pupillenlosen Augen waren tieflila, beinahe wie ein Bluterguss. Leru trug ein weißes Gewand, das sich vorn über schlichter weißer Unterkleidung öffnete, die Kyr schon bei Yiso in den Hallen der Weisen aufgefallen war.

»Sir, ich muss widersprechen«, sagte eine der menschlichen Leibwachen, offensichtlich eine Frau, deren weibliche Stimme aus einem kräftigen Körper kam und Kyr zusammenfahren ließ. Sie erkannte auch die Streifen auf den Uniformschultern wieder – sie war Sergeant –, und auch das war wie ein Schlag in die Magengrube. Mit aller Kraft versuchte Kyr, ihre Atmung ruhig und gleichmäßig zu halten. Das hier waren menschliche Soldat*innen. Vielleicht hatte jemand unter ihnen einen besonders guten Gehörsinn, oder sogar alle, und sie wollte keine plötzlichen Veränderungen in der Geräuschkulisse produzieren, aber wenn sie gekonnt hätte, hätte sie nun ihren Atem angehalten. *Bitte, bitte bleibt, wo ihr seid. Ich möchte euch nicht auch töten müssen,* dachte sie.

Leru murmelte der Leibwächterin etwas zu, die nicht gerade glücklich aussah. Trotz Visier und Kampfanzug konnte Kyr es an ihren Schultern ablesen. Dann aber gab sie nach und zischte ihren Leuten einen Befehl zu, die sich daraufhin um den Eingang zum Tunnellabyrinth herum in Position brachten.

»Ich versichere dir«, sagte Leru, »dass meine Sicherheit hier nicht bedroht ist.«

Leru hielt eine lange, dünne, dreifingrige Hand mit der gleichen gebieterischen Art in die Höhe, die Kyr schon bei Yiso beobachtet hatte. Die Luft schimmerte grün, und dann kam zwischen den blau-grauen Fingern des Majo ein langer Stock zum Vorschein. Eine Handvoll Bienen kam mit ihren zarten Flügeln und ihren Facettenaugen herabgeflogen und umkreiste Leru nun in einer trägen Spiralformation. Die Ohren des Aliens zuckten leicht. »Ah, die Dienerinnen. Wie schön. Bitte, meine Lieben, genießt den Garten. Es ist lange her, dass ich zuletzt hier war, und das hier sollte ein Ort der Freude sein.«

Die Körpersprache der Leibwächterin machte unmissverständlich klar, dass sie keineswegs beabsichtigte, den Garten zu genießen. Leru konnte sie entweder nicht lesen, oder aber er war nicht daran interessiert. Ohne sich umzusehen, begann er, durch das wunderschöne blau-goldene Chaos zu lustwandeln.

Kyr folgte ihm leise und gut versteckt, stärker auf die Blickachse der Menschen konzentriert als auf das Alien.

Leru begab sich nicht auf direktem Weg hinunter zum Kontrollraum. Stattdessen wandelte das Kind der Weisheit in der Paradies-Höhle umher und klopfte hier und da mit dem Stock gegen eine der zahlreich wuchernden Knollen, die daraufhin ihre pudrigen Pollen verstreute. Bald schon war Lerus weißes Gewand mit feinem scharlachrotem Blütenstaub überzogen.

Kyr, so redete sie sich selbst ein, wartete auf eine passende Gelegenheit.

Der Weg des Majo führte es zu den Stufen, auf denen Mags Avi geküsst hatte. Dort hielt Leru inne. Ein Dutzend Bienen zog ihre Kreise in der Höhe, es sah aus wie das Wirbeln eines Zyklons.

»Du hattest nun mehrere Chancen. Ich muss annehmen, dass du doch nicht hier bist, um mich zu töten«, bemerkte Leru Ihenni Tan Yi, Kind der Weisheit, Oberhaupt der Majoda.

Kyr erstarrte.

»Meine Augen sind schlechter als die der Menschen, aber mein Gehör ist etwas besser«, fuhr das Majo fort. »Wir waren einst, ich bin nicht sicher, ob du das weißt, eine dämmerungsaktive Spezies. Geräusche sind die großen Verräter im Zwielicht. Ich bin hervorragend dazu geeignet, ein großes, durchs Gebüsch schleichendes Raubtier auszumachen. Komm, lass uns deinen Unmut wie vernünftige Leute besprechen. Von Angesicht zu Angesicht, schätze ich, ist der passende Ausdruck. In meiner eigenen Sprache hieße es«, jetzt folgte eine Reihe von Trillerlauten, »aber das hat eine ganz ähnliche Bedeutung.«

Langsam erhob sich Kyr, das Feldmesser in der Hand. Dessen Parierstange drückte wohltuend gegen ihre geschlossenen Finger. Die lilafarbenen Augen des Aliens musterten sie, die langen Ohren bewegten sich. »Aha. Ein Mensch.«

»Was hattest du erwartet?«

»Nun ja, einen Menschen, zugegeben«, sagte Leru. »Bei Weitem die wahrscheinlichste aller Möglichkeiten. Aber das Universum ist voller Überraschungen. Zum Beispiel war es sehr unwahrscheinlich, dass es jemand wagen würde, dieses Gebäude zu betreten. Und es war darüber hinaus sehr unwahrscheinlich, dass diese Person dann auch noch an den vielen Fallen und Sicherheitsmaßnahmen vorbeikommt. Du musst ein fähiges Exemplar sein.«

Kyr hatte keine Ahnung gehabt, dass es überhaupt Fallen gab. Sie erinnerte sich daran, wie Avi sie durch das Labyrinth aus Tunneln geführt hatte. Sie sagte nichts.

»Besonders für dein Alter«, fuhr Leru fort. »Bist du ein Jüngling?«

»Warum willst du das wissen?«, fragte Kyr.

»Wissen ist meine Stärke«, erwiderte Leru. »Verzeih, wenn ich unhöflich bin, aber ich finde es schwieriger, das menschliche Geschlecht zu erraten, wenn es keine offensichtlichen kulturellen Hinweise gibt, wie zum Beispiel einen ... Boot? Ach nein, Verzeihung, Bart. Hast du eine klare Präferenz?«

Kyr schwieg.

»Nein?«

»Es spielt keine Rolle, ob ich ein Junge oder ein Mädchen bin«, sagte Kyr.

»Zwei Möglichkeiten«, sagte Leru. »Du besitzt demzufolge einen traditionalistischen Hintergrund.«

»Du weißt nichts über mich.«

»Ganz im Gegenteil«, widersprach Leru. »Ich weiß eine ganze Menge über dich, und du weißt nichts über mich. Du bist ein Jüngling, weder körperlich noch geistig voll ausgebildet, wenn auch absolut in der Lage, die Verantwortung für die eigenen Handlungen zu verstehen und zu tragen. Du gehörst zum, wenn man so sagen will, aufsässigen Zweig der menschlichen Gesellschaft, der sich im Angesicht der gegenwärtigen Schwierigkeiten für einen radikalen, romantischen Rückzug in die Vergangenheit entschieden hat. Ich bin mir sicher, dass Anwandlungen davon auch auf Chrysothemis existieren, obgleich sie höflich vor mir verborgen gehalten werden; aber ich bezweifle, dass du auf Chrysothemis aufgewachsen bist. Hier gibt es nur sehr wenige sogenannte Zuchtkrieger*innen der letzten Tage des Terranischen Krieges, und niemand unter ihnen ist jünger als Anfang dreißig.«

»Des Majo-Krieges«, sagte Kyr.

Leru neigte den Kopf. »Das verrät mir, dass du sehr wahrscheinlich ein Vertreter oder eine Vertreterin des abtrünnigen Kleinstaats namens Station Gaia bist. Eure Politik ist radikal, militant und separatistisch, und in euren Augen stehe ich persönlich in schrecklicher Opposition zur menschlichen Spezies. Habe ich recht?«

»Es bringt nichts, um Hilfe zu rufen. Deine verräterischen Leibwachen werden nicht rechtzeitig hier sein.«

»Ich habe nicht die Absicht, um Hilfe zu rufen«, erwiderte Leru. »Hast du die Absicht, mich zu töten?«

»Warum hast du keine Angst?«

»Ich bin fast zehntausend Jahre alt«, antwortete das Alien. »All diese Zeit über habe ich der Weisheit gedient. Du bist recht jung und nicht besonders Furcht einflößend.«

Kyr verstärkte den Griff ihrer schweißnassen Hand um ihr Messer. Lerus Blick wanderte hinunter, und der Kamm senkte sich kurz, dann aber sagte das Alien sanft: »Auch der Tod ist nicht besonders Furcht einflößend. Ich möchte, dass du weißt, dass ich der Menschheit keineswegs feindlich gesinnt bin.«

»Du hast selbst gesagt, dass du der Weisheit dienst!«, entgegnete Kyr.

»Das tue ich«, erwiderte Leru. »Aber auch die Weisheit ist der Menschheit nicht feindlich gesinnt.«

»Ihr habt unsere Welt vernichtet!«

»Ein tragisches, unvermeidbares Opfer.«

»Vierzehn Milliarden Menschen«, sagte Kyr.

»Ja. Die dem Wohlergehen von Trillionen gegenüberstanden. Ich bezweifle, dass dich das überzeugen wird. Die meisten Menschen sind ziemlich schlecht mit Zahlen. Und außerdem verstehe ich, warum man manche Dinge persönlich nehmen muss. Ich selbst habe das seit sehr langer Zeit nicht mehr getan, aber die meisten Empfindungsfähigen tun es, und das ist einer der Gründe, warum sie so schützenswert sind. Darf ich dir etwas über die Zukunft deiner Art erzählen?«

»Ihr wollt über uns herrschen!«

»Nein. Die Majoda ist kein Reich, keine Tyrannis, nicht einmal eine Föderation«, sagte Leru. »Die Majoda besteht aus empfindungsfähigen Völkern, so, wie das Universum aus Sternenstaub und Leere besteht. Hier ist eine Zukunft, junger Mensch: Die Menschheit besteht fort. Die Menschen leben auf die Art, die ihnen am besten erscheint. Sie sind Majo. Wenn sie leiden, dann nicht an körperlicher Not. Und wenn sie auch nicht die Größten unter den Sternen sind, so sind sie auch nicht die Geringsten. Sie regieren sich selbst, und sie tun es weise. Sie fürchten sich nicht, und sie erwecken keine Furcht in anderen. Und sie vermischen sich, in der Wissenschaft, im Handel, in der Liebe – ich bin mir dessen bewusst, dass ihr entschlossen zur Paarbildung neigt –, und so tragen die besten Anteile jedes einzelnen Menschen zum Wohl der Majoda bei, will sagen zum Wohl aller, die denken und fühlen. Dies ist eine Zukunft voller Frieden und Wohlstand und, wie ich hoffe, auch voller Glück für viele, denn nicht einmal die Weisheit vermag es, Glück für alle zu garantieren. Dies ist die Zukunft, nach der ich strebe, seit ich von der Existenz der Menschen weiß, und zwar, das versichere ich dir, aus den höchsten und uneigennützigsten Motiven.«

»Und darum hast du«, sagte Kyr und kam näher, korrigierte ihren Griff, blickte dem Alien in die Augen – *das rechte Auge*, dachte sie, *ich werde diesem Alien ins rechte Auge stechen, und es wird sterben* –, »da du die Kontrolle über die Weisheit hast ...«

»Wohl kaum«, murmelte Leru.

»... eine tödliche Bombe über unserer Heimat-Welt abgeworfen, hast alles und alle zerstört ...«

»Wohl kaum«, wiederholte Leru. »Du existierst schließlich.«

»Und nach alldem soll ich dir glauben, dass du immer nur das Beste für uns gewollt hast?«

»Das Beste für euch und für alle anderen«, berichtigte sie Leru, noch immer mit unerträglicher, undurchdringlicher Ruhe. »Das ist meine Pflicht.«

»Ich glaube dir nicht«, stieß Kyr hervor, und wie das Schnalzen einer Peitsche wurde sie ganz Bewegung, ihr Messer schoss auf das unlesbare pupillenlose Auge zu und …

Und stoppte. Kyr spürte, wie der Ruck durch ihren ganzen Arm und ihre Schulter fuhr, als Leru schnell und ohne eine Bewegung zu viel ihren Stoß mit dem Stock abfing. Kyrs Messer rutschte seitlich daran hinab, und obwohl das Material dünn und nicht sehr robust aussah, hinterließ die gaianische Klinge lediglich eine kleine Kerbe darin. Leru sagte nichts, bewegte sich nicht.

Kyr vergaß die Leibwachen auf der anderen Seite der Höhle, brüllte frustriert auf und machte einen weiteren Vorstoß. Diesmal bewegte sich Leru, aber nur, um ihr aus dem Weg zu gehen. Kyr verlor das Gleichgewicht und stolperte über eine der Stufen, von denen sie vergessen hatte, dass sie dort waren. Leru hielt den Stock in den Händen, balancierte ihn mit dem lockeren Griff zwischen den langen Fingern, den Kyr aus Yisos Stocktanz kannte.

Und während sie wieder und wieder versuchte, dem Kind der Weisheit einen Schlag zu versetzen, begriff sie, dass dies nie nur ein alberner Tanz gewesen war. Es war eine Waffenübung gewesen, mit einer Waffe, die Kyr nicht als solche erkannt hatte, weil Yiso so unfassbar schlecht im Umgang damit gewesen war.

Leru war das Gegenteil von Yiso: schnell, konzentriert, erfahren. Leru blieb in der Defensive, wich Kyrs Messer wieder und wieder aus und wehrte es nur dann mit dem Stock ab, wenn es nicht anders ging. Das Ganze wurde zu einem sehr komischen, einseitigen Kampf. Fast ein bisschen dumm. Kyr *hasste* es, sich dumm zu fühlen.

»Du wirst vor mir müde werden«, sagte sie und umkreiste das Alien. Lerus Kopf bewegte sich nicht, Lerus Augen folgten ihr nicht, nur die Ohren veränderten ihre Stellung und registrierten Kyrs Bewegungen.

»Natürlich«, sagte Leru nur sehr sanft.

»Du kannst nicht schnell genug laufen, um mir zu entkommen.«

»Das stimmt wohl.«

»Was willst du also tun? Um Hilfe schreien?« Kyr lachte atemlos. »Die Menschen holen, damit sie dich vor dem Menschen retten?«

»Das wäre mir unlieb«, sagte Leru. »Sie würden dich mit Sicherheit töten, und du würdest deinerseits wahrscheinlich einen oder mehrere von ihnen töten. Das wäre ein trauriges Ergebnis.«

Kyr duckte sich und zielte mit ihrem Messer auf Lerus Unterleib. Mit einem Ausdruck höflicher Entschuldigung trat Leru einen Schritt zur Seite, während der Stock derart rapide herabsauste und dabei nach vorn schoss – das verdammte Alien war so schnell! –, dass Kyr darüberstolperte und der Länge nach im Unterholz landete. Sie knurrte und versuchte, wieder aufzuspringen.

Aber sie konnte nicht.

Die blauen und goldenen Pflanzen hatten Ranken entwickelt, die sie an Knöcheln und Handgelenken festhielten. Sie waren nicht besonders stark, Kyr befreite sich mit zwei oder drei Rucken und rappelte sich wieder auf. Währenddessen hatte Leru ein paar besonnene Schritte rückwärts gemacht, um seinem Stock wieder den Vorteil der Reichweite zu verschaffen. Aber das war es nicht, was Kyr nun Kopfzerbrechen bereitete. Wie hatte das Majo die Pflanzen dazu gekriegt, das zu tun? Ihre Augen schossen von einer Seite der Höhle zur anderen. Hier gab es sehr viele Pflanzen. Bisher hatten sie keinerlei Bedeutung gehabt, waren ein nützliches Versteck gewesen, ein hübscher Hintergrund. Wenn sie nun aber zu einer Bedrohung wurden, was zur Hölle sollte Kyr dann tun? Sie hatte ein Messer und brauchte einen Flammenwerfer.

»Deine Handlungen sind sehr unklug«, sagte Leru. »Bitte besinne dich.«

»Du kannst mich mal«, keuchte Kyr. Das war alles nicht richtig. Sie sollte stärker sein als das Alien. Sie *war* stärker als das Alien. Es sollte einen Unterschied machen.

Die Schar der Bienen über ihren Köpfen war größer geworden. Am Anfang war es eine Handvoll gewesen, aber mittlerweile mussten sich sämtliche Exemplare aus der Höhle in diesem Wirbel aus unbestimmter Bewegung befinden. Leru sah zu ihnen empor.

Kyr griff an. Sie hielt das Messer in der Hand, dachte aber kaum noch daran. Sie war groß und sie war stark und sie war schrecklich, und mit all ihrer Kraft rannte sie in das Kind der Weisheit hinein. Sie gerieten ins Taumeln und gingen zu Boden, Kyr oben. *Endlich!*

Ein grünlicher Lichtblitz, ein geisterhaftes Flackern, heiß, kalt, ein Kribbeln in den Fingern, ein großes Gewicht, das sie von oben niederdrückte ...

Und plötzlich stand Kyr wieder genau da, wo sie einen Moment zuvor gestanden hatte.

»Eine Dimensionsfalle«, keuchte sie und fuhr sich mit der Zunge über die Lippen. Blut. »Glaubst du etwa, das macht mir Angst? Ich hab mit Sprunghaken trainiert!«

Leru seufzte nur und hob dann eine seiner dünnen Hände in die Höhe, die ohne Stock.

Und die Wolke aus Bienen sank herab.

Sie griffen nicht an, sie waren bloß im Weg. Kyr hatte, als

sie auf das Gelände vordrang, bereits eines der Dinger auseinandergenommen und wusste daher, wie zerbrechlich sie waren, wie einfach sich die Panzer zerstören und die Flügel abreißen ließen. Und genau das tat sie nun. Blind schlug sie um sich. Es waren so viele – sie konnte das Alien nicht mehr sehen, konnte kaum noch das Blau und Gold der Pflanzen erkennen. Sie hatte nicht versagt. Sie würde nicht versagen. Sie *durfte* nicht versagen.

Dann zerstreuten sich die Bienen plötzlich abrupt, eine traurige Spur zerstörter Panzer hinterlassend. Und Leru war nicht mehr da.

»Scheiße«, fluchte Kyr, schwer atmend. Sie lief zu dem Schacht, der hinunter in den Kontrollraum führte. Mit langen Schritten durchquerte sie die Paradies-Höhle, nahm die gewundene Rampe und konnte das unerklärliche Gefühl nicht abschütteln, dass sich die Welt um sie herum zu drehen begann ...

Das war kein Schwindel. Das war ein Schattenmotor.

Er brüllte geräuschlos, und Kyr spürte das Schlingern der Schwerkraft in ihrer Magengrube. Aus einem ausladenden Schritt wurde ein linkischer Sprung. Sie landete hart auf dem Boden und rollte sich ab, während der Planet sein Gewicht unter Wehklagen gegen die dimensionale Verzerrung stemmte. Ein gleißender Schmerz fuhr durch ihren Arm – ein guter Teil ihrer Haut fehlte dort. Der Bereich in Kyrs Kopf, der immer besonders gut darin gewesen war, den gefährlichen Kern eines Szenarios auszumachen, erinnerte sie nun daran, dass hier irgendwo sechs menschliche Leibwachen herumliefen, die mittlerweile gemerkt haben mussten, dass etwas nicht stimmte. Sechs menschliche Soldaten und Soldatinnen mit Schusswaffen.

Aber das war erst das *nächste* Problem, zuerst war dieses an der Reihe: Leru vor ihr im Tunnel, mit Sicherheit begleitet von ein paar Bienen. Und um sie herum das trübe grüne Schimmern des aktiven Schattenmotors.

Kyr rannte. Aber es war, als ob sie in einem Albtraum zu rennen versuchte: Sie spürte, wie sich ihre Beine bewegten, sie spürte das Brennen in ihrer Lunge, aber nichts passierte. Eine weitere Verzerrungswelle rollte auf sie zu, wobei diesmal eher der Raum als die Schwerkraft betroffen war, sodass sie den Tunnel vorübergehend zu einer endlos scheinenden Fläche aus Dunkelheit erweiterte.

Und dann schnalzte sie mit einem Tempo zurück, dass Kyr die Ohren klingelten. Aber sie kümmerte sich nicht darum, sondern warf sich mit aller Kraft nach vorn in den Kontrollraum.

Sie erkannte ihn fast nicht wieder. Die Wände hatten sich aufgefaltet, und an ihrer Stelle befand sich nun funkelnde, sternengespickte Leere. Die Pflanzen waren noch da, aber die meisten von ihnen waren braun geworden und hatten ihre Blätter eingerollt, während die wenigen anderen in unermessliche Höhen hinaufgewachsen waren, höher, als es die Decke der Höhlenkammer gewesen war, höher als die Paradies-Höhle darüber – ein sich unendlich ausdehnender blauer Urwald.

»Hmmm«, hörte Kyr Leru überrascht, aber immer noch ruhig murmeln. »Wirklich interessante Rissbildung.«

Lediglich das Wasserbecken sah noch aus wie vorher. Still und glitzernd lag es unter dem Schattenmotor. Und dieser Motor, das wurde Kyr klar, als sie nach oben sah, war riesig. Es schien, als hätte er sich in alle Richtungen in organischen, wellenartigen Bewegungen ausgedehnt, wie verschlungene Eingeweide. Einige Teile wuchsen noch weiter, weiter hinein in die Leere, und vermittelten den vagen Eindruck, dass dort draußen weitere verknotete Maschinenkonglomerate existierten. Hier im Kontrollraum schimmerten seine metallischen Arme im grünlichen Licht des Schattenraums. Wie ein räuberisches Insekt lauerte er über ihnen.

»Sie handeln im Widerspruch zur Weisheit«, ertönte die liebliche Stimme der großen Maschine plötzlich um sie herum. Sie schien aus dem Nichts zu kommen und war doch überall. »Ihre Handlungen sind unklug. Ihre Handlungen sind unklug. Ihre Handlungen sind unklug ...«

»Schon kapiert«, hörte Kyr Avi rufen. Und dann sah sie ihn, eine winzige Gestalt im Herzen des Chaos. »Magnus, komm da raus!«

Mags wurde taumelnd sichtbar, knöcheltief im Wasser, den Blick voller Angst.

»Ihre Handlungen sind ...«, begann die Weisheit und brach dann ab.

»Beeindruckend«, unterbrach Leru die entstandene Stille.

Avi drehte sich um. Dort stand das Kind der Weisheit mit seiner Entourage aus Bienen. Avis Gesicht verzog sich zu einer bitteren Grimasse.

»Valkyr«, sagte er. »Du hattest *eine* Aufgabe.«

Kyr knurrte und stürzte sich auf Leru. Doch Leru war plötzlich verschwunden und tauchte eine Sekunde später neben Avi und dessen nebelhaftem Steuerpult wieder auf.

»Ungewöhnlich, aber effektiv«, bemerkte Leru, an Avi gewandt, der erschrocken nach seiner Waffe tastete. »Nein, bitte versuch nicht, mich zu erschießen. Du musst inzwischen verstanden haben, dass das nicht funktionieren würde. Nur aus Neugier, wie hast du ... ah!«

Leru hatte das traurige zusammengerollte Bündel entdeckt. Yiso war bewusstlos.

»Erbarmungslos«, sagte Leru leise.

»Du hast nicht über ihn zu urteilen«, blaffte Kyr, während sie sich auf der Suche nach einem guten Angriffswinkel langsam durch den bizarr ausgedehnten Kontrollraum bewegte. Leru stand sehr dicht bei Avi und dem Steuerpult. Leru auf den Boden niederzuringen, hatte nicht geklappt, okay, aber wenigstens hatte es kurz für Ablenkung gesorgt. Nichts würde funktionieren, solange das Alien die absurde Macht der Weisheit auf seiner Seite hatte.

Kyr versuchte, Avis Blick aufzufangen. *Ich lenke das Majo ab, du erledigst den Job.* Avi sah nicht in ihre Richtung.

Aber Mags tat es. Er sah noch immer verängstigt aus, aber Kyr nickte ihm zu, und dann näherten sie sich beide langsam und stetig dem Alien, das sie völlig vergessen zu haben schien. Lerus Aufmerksamkeit war auf die wirre Verzerrung des Schattenmotors gerichtet, die sich hinaus in die unendliche Weite erstreckte, die es auf einem Planeten nicht hätte geben sollen. »Ich nehme an, auch du bist ein Terrorist?«, fragte Leru Avi im Plauderton. »Was für eine fürchterliche Verschwendung deiner Fähigkeiten. Es ist bemerkenswert, was du erreicht hast.«

Avi schwieg.

»Aber was auch immer du dachtest, was du hier tun würdest, es hört jetzt auf«, sagte Leru. »Dein Fehler war es, die Dienerinnen nicht außer Gefecht zu setzen, fürchte ich. Ihre Funktionsweise ist sehr viel ausgeklügelter, als sie erscheint.« Mit dem Stock wies Leru in Richtung der herumschwirrenden Bienen.

Die Bienen taten nichts. Sie schwirrten weiter umher.

Avi lächelte dünn. »Ja, mittlerweile ist mir das auch aufgefallen.«

Wie eine einzige Person bewegten sich Mags und Kyr vorwärts: zwei Kinder der Erde. Zwei Soldat*innen von Gaia. Sie brauchten keine Worte, um einander perfekt zu verstehen. Sie waren unaufhaltbar. Mags warf Leru zu Boden, genau wie Kyr es getan hatte. Und genau wie sie wurde er durch den Raum geschleudert, aber diesmal war Kyr zur Stelle, um seinen Platz einzunehmen. Sie entriss Leru den Stock und brach ihn mit einem kräftigen Ruck entzwei, bevor auch sie in die Dimensionsfalle tappte und nach hinten gerissen wurde. Diesmal war sie vorbereitet: Hitze, Kälte, ein neuer Standort. Aber Kyr hatte mit Sprunghaken trainiert, und das hier war dasselbe Prinzip, nur dass jemand anders am Steuer saß.

Abgesehen davon war Mags da, der sich Leru inzwischen wieder näherte. Das Majo mochte noch weitere Asse im Ärmel haben, aber sie beide waren *Menschen*, sie waren groß und stark und schnell, und sie brauchten keine Zauberei, um gefährlich zu sein. Mit dem Messer in der Hand warf sich Kyr erneut in den Kampf. Magnus hatte das strampelnde Alien in den Schwitzkasten genommen, und wieder schoss die Vision durch Kyrs Kopf, wie ihre Klinge in dessen Auge und in die Hirnmasse dahinter fuhr – ein eleganter, perfekter Streich, Rache, *endlich* ...

Sie hörte ein knirschendes Geräusch, gefolgt von einem kümmerlichen kleinen Knacken.

Mags ließ Lerus Leiche zu Boden fallen. Der Kopf des Majo war ungut verdreht, und die lilafarbenen Augen blickten stumpf geradeaus.

Kyr starrte ihren Bruder an. Sie hielt ihr Messer noch in der Hand. Dabei war das *ihr* Mordauftrag gewesen. Sie hätte es tun sollen. Sie hatte es tun wollen. Magnus' Gesichtsausdruck war merkwürdig leer. Seine Hände waren noch in der Position, die sie für seine Tat innegehabt hatten – drehen, um den Halspanzer zu knacken, reißen, um das Genick zu brechen. Und dann hatte er ... das Majo einfach losgelassen.

Wie ein Sack Kartoffeln lag Leru nun zu seinen Füßen, ein Körper so klein wie der eines Kindes.

»Oh Mann, dem Himmel sei Dank«, schnaubte Avi erleichtert, und in dem Moment kam die Leibwache hereingestürmt.

Der weibliche Sergeant führte die anderen an, die sich hinter ihr auffächerten, beide Hände an den nach unten gerichteten

Pistolen. Und wie das hier gehen würde, wusste Kyr ebenfalls: Das hier war Drill, das hier war Nahkampf, wie sie ihn aus dem Training gegen die anderen Sperlinge kannte. Kyr musste nicht einmal nachdenken. Sie konzentrierte sich auf die Anführerin, die jetzt ihre Waffe hob. Kyr war schneller. Ihre Gegnerin trug einen Kampfanzug aus Synthweave und ein Visier. Kyr stieß so fest mit ihrem Messer zu, dass es die Stoffschichten am Hals der Frau durchdrang und tief im Fleisch stecken blieb. Kyr musste kräftig drehen und ziehen, um es wieder freizubekommen.

Die Soldatin fiel zu Boden. Der ganze Vorgang hatte lediglich Sekunden gedauert. Kyr hatte einen Menschen getötet, und nun musste sie fünf weitere töten, was ihr wahrscheinlich nicht gelingen würde, wenn sie alle bewaffnet waren. Aber sie musste es versuchen, sonst hatte Mags Leru umsonst getötet ... All das ging ihr in einem unglaublich langsamen Tempo durch den Kopf, zäh wie Sirup. Und dann explodierten alle fünf übrigen Leibwachen.

Wo gerade noch feindliche Kämpfer und Kämpferinnen gewesen waren, stieg jetzt eine Wolke aus rotem Nebel empor, die sich rasch in dunkle, stinkende Pfützen verwandelte, um ihre Füße und um den leblosen Körper der erstochenen Anführerin herum. Auch Kyrs Klamotten bekamen etwas ab. Es war überall.

Sie dachte an Yiso in dem leeren Palast. *Hast du schon einmal jemanden getötet?*

Sie drehte sich um.

Magnus hatte sich nicht bewegt. Er stand noch immer neben dem Körper des Kindes der Weisheit, Avi am Steuerpult. Die Bienen, die Leru hinunter in den Kontrollraum gefolgt waren, schwebten nun über ihm. Eine hatte sich auf seine Schulter gehockt. Das grüne Schattenflackern, das Kyr mit der Weisheit assoziierte, hüllte Avi ganz ein.

»Gern geschehen«, sagte er. Avi meinte die fünf explodierten Leibwachen, begriff Kyr. Das war sein Werk gewesen. Er lachte – ein gebrochenes, unangenehmes Geräusch. »Zeit, das alles zu Ende zu bringen.«

Und dann wachte Yiso auf.

18

SIEG

Yiso erwachte mit einem die Luft zerreißenden Schrei, sein abgemagerter Körper schoss in die Höhe. Die Hände des Aliens waren noch immer gefesselt, Kamm und Ohren lagen flach am Schädel an. Mit einem Gesichtsausdruck, als hätte er gerade eine Giftschlange entdeckt, drehte sich Avi um.

»Was«, stammelte Yiso, »was ...«

Kyr war noch immer mit dem Blut der ermordeten Leibwachen besudelt, das Messer war ihr aus der Hand gefallen. Sie beobachtete, wie Yiso sich umsah und dann sie erblickte, wie sich die Ohren des Aliens aufstellten und so etwas wie Erleichterung auf sein Gesicht trat. Sie hatte nichts getan, was diese Erleichterung gerechtfertigt hätte. Yiso stand im Dienst der Weisheit. Kyr schuldete dem Majo nichts.

»Muss ich ...«, fragte sie, an Avi gewandt, ohne den Satz beenden zu können. Wenn das Alien sterben musste, dann würde Kyr es erledigen müssen. Mags taumelte ein paar Schritte von Lerus Leiche weg, er sah fürchterlich wächsern aus.

»Kommt drauf an. Hey, Yiso«, rief Avi und machte eine kleine Bewegung mit zwei Fingern: Der Ton des Schattenmotors änderte sich, und die Knoten, mit denen Kyr das Majo an den Handgelenken gefesselt hatte, öffneten sich. »Sie will, dass du auf die Beine kommst. Also steh auf.«

»Was ist los?«, fragte Yiso. »Du ... du hast mir wehgetan.« Yiso kam mühsam in die Hocke hoch, schaffte es aber nicht, sich hinzustellen. »Ich dachte, du wärst nett. Ich dachte, Valkyr wäre diejenige, die ... Du hast mir wehgetan.«

»Ja, tut mir leid«, sagte Avi. »Steh *auf.*«

Yiso entfuhr ein leises Stöhnen. Das Alien hatte Lerus leblosen Körper entdeckt. »Was habt ihr getan?«

»Das versuche ich gerade herauszufinden«, antwortete Avi. »Du bist ein Kind der Weisheit – nein, lüg nicht, wir wissen es. Ich habe es immer gewusst.«

Yiso kam schwankend auf die Beine. Kyr wollte das Alien stützen, aber Avi hielt sie mit einer Handbewegung davon ab. Die Biene hob von seiner Schulter ab und zog träge eine Acht um ihn, bevor sie sich wieder niederließ. »Halt mich auf.«

»Wie bitte?«

»Mach dein Ding. Weltraummagie oder was auch immer. Mach die Weisheit glücklich. Schummle. Das ist es doch, was ihr tut, richtig?«, sagte Avi. »Hier, wie wäre es damit?« Er hob seine Hand, und Lerus Körper richtete sich ruckartig auf. Der Kopf des toten Majo hing in einem schrecklichen Winkel nach hinten. Yiso wimmerte. »Ein bisschen Puppentheater«, sagte Avi. »Scheint mir angemessen. Gefällt es dir etwa nicht? Dann halt mich auf.«

Yiso schniefte. Kyrs Blick fiel auf Yisos Hand, auf den gebrochenen Finger, den sie zweimal gerichtet hatte. Leru hatte die dreifingrige Hand benutzt, um Befehle zu geben. Avi machte noch immer die Zupfbewegung mit seinen Fingern, und mit jedem Zupfen wanderte Lerus Körper weiter vorwärts und auf Yiso zu, die leblosen Glieder beleuchtet vom flackernden Tanz des Schattenmotors. Es war ein grauenhafter Anblick, selbst für Kyr, der das alles ja eigentlich egal war. Ihr war es egal. *Leru hat mir meinen Namen gegeben*, hatte Yiso in dem Szenario gesagt.

Yiso stieß einen leisen Schrei aus und versuchte, den Leichnam mit beiden Händen von sich wegzuschieben.

Kyr wusste nicht, warum sie den Atem anhielt.

»Nichts«, sagte Avi. »Ha! Du kannst es nicht, oder? Du bist ausgesperrt.«

»Bitte«, sagte Yiso. »Was du tust, ist gefährlich. Bitte hör auf.«

Aus irgendeinem Grund war es das, was Bewegung in Kyr brachte. Sie ging zu Yiso hinüber, stellte sich vor ihn und fegte die Leiche des Aliens beiseite. Leicht wie Papier rollte sie davon, wobei sie sich mehrfach überschlug. Die zehntausend Jahre alte Herablassung Lerus, reduziert auf eine lächerliche Hülle. Kyr ragte über Yiso empor und sagte mit sehr leiser Stimme: »Wir machen nicht, was die Majo sagen.«

Yiso zuckte zusammen, und Kyr griff nach den Schultern des Aliens, damit es nicht zusammenbrach, denn sie wollte nicht, dass es das tat. Sie wollte, dass es hier stand und dabei zusah, wie die Majo den Krieg verloren.

»Okay, Avicenna«, sagte sie. »Bring es zu Ende.«

Avi verdrehte die Augen, aber sein Mundwinkel hob sich zu einem echten Lächeln. Mags trat zu Kyr und legte Yiso seine Hand auf die Schulter. »Schon gut, schon gut, ich mach ja schon«, sagte Avi. »Hm. Was will ich denn? Ach ja!«

Die Leere im Kontrollraum füllte sich plötzlich mit Tausenden aufglimmenden Lichtern, die sich an den beunruhigend organischen Windungen des Schattenmotors entlang hinaus in die verzerrte Weite erstreckten.

»Na also«, sagte Avi zufrieden. »Das bekannte Universum. Verzeihung, die Majoda. Zwanzig Trillionen empfindungsfähige Wesen, verteilt über wer weiß wie viele Welten.« Er streckte die Hand aus und griff nach einem der Lichtpunkte. Dieser verwandelte sich in einen von weißen Wolken eingehüllten Planeten mit unbekannten Kontinenten, beschienen vom Licht eines nicht sichtbaren Sterns. Die Details waren gestochen scharf, das Licht tanzte auf Avis Brillengläsern. »Zwanzig Trillionen empfindungsfähige Wesen, die zu, warte noch gleich, siebzehn Arten gehören?«, fragte Avi. »Einige von ihnen gibt es schon so lange, dass niemand mehr weiß, welche ihrer Hauptstadt-Welten eigentlich ihre Heimat-Welt ist. Was meiner ursprünglichen Idee einen Strich durch die Rechnung macht. Aber ich glaube, die neue ist sowieso besser. Das Geburtsrecht der Menschheit war ein Planet und eine unendliche Grenze. Das war *mein* Geburtsrecht. Und was habe ich bekommen?« Er schnaubte verächtlich. »Gaia. Eine beschissene kleine Station auf einem beschissenen kleinen Felsbrocken. Also. Siebzehn Arten, richtig?«

»Neunzehn«, sagte Yiso leise.

»Ups«, sagte Avi. »Na ja, zu dumm. Ich hab keine Lust mehr auf Recherche. Hier.« Der Planet, der sich zwischen Avis Händen hin- und herbewegte, schrumpfte wieder zu einem Lichtpunkt zusammen. »Sechzehn Welten, denn deine Spezies hat keine. Guck mal, ich bin echt nett, alle kommen irgendwohin, wo es Luft zum Atmen gibt. Also, jedenfalls alle, die überleben.«

»Was hast du vor?«, fragte Yiso.

»Gerechtigkeit walten zu lassen«, sagte Avi. »Es ist eigentlich ganz einfach: Du hast meine Welt zerstört, ich zerstöre deine. Alle. Oder fast alle.«

Yiso machte ein entsetztes Gesicht, und Avis Lächeln wurde noch breiter. Sein Blick wanderte zu Kyr, dann zu Mags. »Irgendwelche Einwände?«

»Nein«, sagte Mags. Er klang, als wäre ihm übel. »Nein. Ich ... Nein.«

»Nein, tu es nicht, oder nein, keine Einwände?«

Mags antwortete nicht.

»Wie ...«, sagte eine Stimme, die Kyr als ihre erkannte. »Wie soll das helfen?«

»Du checkst es nicht?«

»Du hast gesagt, wir würden gewinnen«, sagte Kyr.

»Das hier *ist* gewinnen«, erwiderte Avi. »Nicht sofort, das gebe ich zu. Ich könnte alle Majo-Welten auslöschen, aber zählt es wirklich als Sieg, wenn es nicht wenigstens eine Handvoll Verlierer und Verliererinnen gibt, die den Verlust auch spüren? Ich glaube nicht. Und ihr auch nicht, oder? Das haben wir auf Gaia gelernt.« Avi grinste. »Immer schön den Überblick behalten. Wie auch immer, ihre zwei großen Vorteile wären damit Geschichte: Zahlen und Technik. Keine Weisheitskreuzer mehr, keine Realitätsbeugung, nichts. Ein stehendes Heer hatten sie eigentlich nie. Bis die Menschen kamen, hatten sie auch keins benötigt. Und Systeme wird nicht lange brauchen, um diese Schlachtschiffe wieder zusammenzusetzen. Sie sind dazu gemacht, über das Universum zu herrschen. Ein Teil meines Herzens hasst es wirklich, dass der Pisser Jole kriegt, was er will, aber was soll's. Ich würde gern den Ausdruck auf seinem Gesicht sehen, wenn er herausfindet, dass ich es war. Meinst du, du könntest es ihm sagen und die Reaktion aufnehmen?«

Kyr schwieg.

»Ich schätze mal, du wirst zurückgehen«, sagte Avi. »Sie werden dich nicht an die Krippe verschwenden, wenn es Welten zu erobern gilt, das kann ich dir versprechen.«

Nein, das würden sie nicht, da war sich Kyr sicher. Und das mussten sie auch nicht, denn ihr erstes Ziel – natürlich, völlig klar –, ihr erstes Ziel würde die letzte von Menschen bewohnte Welt sein. Gaianische Schlachtschiffe würden auf Chrysothemis landen. Chrysothemis mit seiner gelben See und seiner glänzenden Stadt. Eine planetarische Basis und die reichen Iris-Vorkommen im Asteroidengürtel – es war nur logisch.

Wenn Gaia erst einmal einen Planeten und dessen Volk sein Eigen nannte, dann würden irgendwelche Populationsziele Kyr nichts mehr angehen.

Bilder entstanden in ihrem Kopf: Ursas ordentliche Wohnung.

Ally, wie er über Fische dozierte. Kyrs Schwester, die kaum älter als Kyr jetzt gewesen war, als sie ihr Kind genommen und sich aus dem Staub gemacht hatte. Kyr hatte ihr nie vergeben. Noch immer konnte sie sich nicht vorstellen, es jemals zu tun.

Aber auch Kyr war weggelaufen, als sie die Gelegenheit dazu hatte.

Jole würde kommen, um nach seinem Sohn zu suchen. Kyr wusste das so sicher wie sonst nichts.

Demgegenüber stand jedes einzelne Majo, das endlich am eigenen Leib das Elend erfahren würde, das Kyr immer schon mit sich herumgetragen hatte. Demgegenüber stand Kyrs persönliche Apokalypse, multipliziert mit zwanzig Trillionen. Ursa und ihr Sohn gegen Gerechtigkeit, gegen das, was richtig war, gegen das, was die Majo für ihre Taten verdienten.

Kyr befeuchtete sich die Lippen mit der Zunge.

»Nein, bitte«, sagte Yiso. »Bitte, das dürft ihr nicht tun. Ich flehe euch an.« Yiso befreite sich aus Mags' und Kyrs Griff und fiel auf die Knie. Avis Augenbrauen gingen hoch, sein Lächeln kehrte zurück. »Bitte, bitte«, flehte Yiso. »Wenn ihr Rache nehmen müsst, dann tötet mich stattdessen. Tötet mich!«

»Glaubst du, das reicht uns?«, fragte Avi.

»Die Weisheit hat mich hervorgebracht«, sagte Yiso. »Sie hat mich geformt, hat für meine Sicherheit gesorgt, hat mich alles gelehrt, was ich weiß. Bitte.«

»Die Sache ist«, sagte Avi beinahe freundlich, »dass du das Gleiche über das ganze verdammte Universum sagen könntest. Verstehst du?«

»Avi?«, meldete sich Mags. »Ich ... Ich denke nicht ...«
Er brach ab.

»Ach komm schon, Magnus«, sagte Avi lachend. »Du würdest dich mir doch nie in den Weg stellen.«

Und das stimmte, erkannte Kyr. Mags sah aus, als ginge es ihm wirklich schlecht, aber er stand da wie eine Trainingspuppe beim Drill, all die Größe und Stärke verschenkt, weil er sich nicht dazu bringen konnte, sich zu bewegen.

Kyr würde sich nicht einmischen. Natürlich nicht. Wenn sie jetzt die Nerven verlor, dann war das ein Verrat an allem, was sie war und wofür sie stand. Jetzt, da der perfekte Sieg greifbar war. Alles, was sie tun musste, war, stillzustehen und den Dingen ihren Lauf zu lassen.

Sie wusste also beim besten Willen nicht, warum sie sich in Bewegung setzte. Warum der Körper, den sie geschliffen und gestählt hatte, den sie immer besser verstanden hatte als irgendetwas sonst, sich nun offensichtlich gegen sie auflehnte. Als Erstes brach Avis Begleitbiene zwischen Kyrs Händen in Stücke; wie in einem Traum zerbröselten die hauchdünnen Flügel unter ihren Fingern. »Valkyr?«, sagte Avi beleidigt, und da schlug ihm Kyr ins Gesicht.

Es war nicht annähernd so befriedigend, wie sie es sich vorgestellt hatte. Avis Brille zerbrach; sie hörte das Knacken. Er jaulte auf vor Schmerz. Geisterhände berührten Kyr, eine verzerrte Welle aus Nichts versuchte, sie umzureißen. Aber Avi war nicht im Entferntesten so gut, wie Leru es gewesen war. Kyr umging die Falle seitlich und blieb dann stehen.

Avi lag am Boden und lachte und schniefte, Blut lief ihm aus der Nase. »Feigling«, verhöhnte er sie. »Am Ende bist du das also doch. Wer hätte gedacht, dass die große Valkyr ein Herz für Majo hat? Hey, guck mal hier!«

Die Lichtpunkte, die die Majoda darstellten, das bekannte Universum und alles, was Kyr so lange zu hassen gelernt hatte, wirbelten um sie herum. Die insektenartigen Arme des gigantischen Schattenmotors loderten auf und schienen auf einer tiefen, subsonischen Frequenz zu singen, die den Boden zum Erbeben brachte und Kyrs Sicht verschwimmen ließ.

»Hört auf!«, brüllte Mags. »Hört auf! Ihr sollt beide aufhören!«

»Bitte nicht, bitte nicht ...« Unverständliche Alien-Triller ertönten. Das war Yiso.

Avi kam auf die Füße und setzte seine kaputte Brille wieder auf. Aus seiner gebrochenen Nase lief das Blut nur so, und er grinste. »Hast du dein Gewissen beruhigt, Valkyr?«, sagte er. »Komischer Zeitpunkt, um festzustellen, dass man Prinzipien hat.«

»Es ist falsch«, sagte Kyr. »Das hier ist *falsch*.«

»Magst du es auch nicht, wenn Jole kriegt, was er will?«

Das stimmte sogar, sie wollte es nicht, das Bild in ihrem Kopf, wie Onkel Jole über Ursas und Allys Refugium hereinbrach. Wie das wieder in Betrieb genommene Schlachtschiff durch den Himmel von Chrysothemis pflügte – sie konnte es nicht ertragen. Aber das war nicht der Grund.

»Sie sind wie wir«, sagte sie. »Die Majo. Du weißt, dass sie das sind.«

»Na und?«

»Das ist keine Gerechtigkeit. Das ist das gleiche Spiel, immer und immer wieder.«

»Na und, verdammt?«

»Mach, dass es aufhört«, sagte Kyr. »Jetzt. Oder ich breche dir die Arme.«

Avi hob die Hände. Eine war von Blut bedeckt, weil er sich die Nase gehalten hatte. »Tu, was du nicht lassen kannst«, sagte er. »Ich bin schon von größeren Bullys verprügelt worden. Es hat keine Bedeutung mehr.« Er musste die Stimme erheben, um gegen das endlose Röhren der Maschine anzukommen, die, und es traf Kyr wie ein Schlag, nicht einfach irgendein Schattenmotor war – diese verschlungene Masse aus Schattenraum-Vektoren und organischen Metallwindungen und merkwürdigem Flackern durch endlose Weite war die eine große Maschine, welche die Majo Zi vor langer, langer Zeit gebaut hatten, um ihr Universum besser zu machen. Sie standen mittendrin in der

Weisheit, und sie umgab sie ganz, war unendlich kompliziert und unfassbar laut.

»Was heißt das, es hat keine Bedeutung mehr?«, schrie Kyr.

Der Lärm erstarb. Avi lächelte sie durch seine Maske aus Blut an.

»Das heißt, es ist sowieso vorbei«, sagte er.

Die Weisheit stöhnte noch ein letztes Mal auf, dann fing das Miniaturuniversum um sie herum an, zu flackern und zu verschwimmen und sich in einen Vorhang aus farbigem Licht zu verwandeln, während Tausende Welten gleichzeitig starben.

Zunächst wollte Kyr es nicht glauben.

Dann begann Yiso zu weinen, und er hörte nicht mehr auf. Wie eine Sirene wurde das hohe dünne Heulen lauter und leiser und wieder lauter.

»Netter Versuch, Valkyr«, sagte Avi. »Wenn du willst, kannst du mir jetzt die Arme brechen. Magnus?«

Mags hatte sich aus seiner furchtbaren Vogelscheuchenhaltung gelöst. Mit ruhigen Schritten kam er nun zu ihnen herüber, streckte die Hand aus – Avi zuckte erschrocken zurück – und nahm die Pistole an sich, die Avi auf sein Steuerpult gelegt hatte. Die Pistole, die Kyr dem Victrix-Soldaten abgenommen hatte, der Yiso bewachte, als alles begann. »Magnus«, sagte Avi wieder, diesmal in einem anderen Tonfall.

»Schon okay«, sagte Magnus. Er hatte Kyr den Rücken zugewandt. »Es ist genau, wie du sagst. Ich würde mich dir nie in den Weg stellen.«

»Du wirst mich nicht erschießen«, sagte Avi. »Das würdest du nicht tun.«

»Nein«, stimmte Mags ihm zu.

»Mags?«, fragte Kyr vorsichtig.

Magnus' Schultern spannten sich an, aber er drehte sich nicht um. »Ich dachte wirklich, du wärst anders als die anderen«, sagte er zu Avi. »Aber am Ende läuft es alles aufs Gleiche hinaus, schätze ich. Es hat keinen Sinn. Es hat einfach keinen Sinn. Und sie werden hierherkommen, weißt du. Von Gaia. Sie werden als Erstes hierherkommen.«

Genau das war auch Kyrs Gedanke gewesen, aber bei etwas an der Art, wie ihr Bruder das sagte, stellten sich die feinen Härchen an ihren Armen auf. »Mags«, sagte sie noch einmal nachdrücklicher und streckte eine Hand nach ihm aus.

Ohne sie anzusehen, trat Mags aus ihrer Reichweite. Er hielt noch immer die Waffe in der Hand. Ein heiserer Laut entfuhr ihm, eine Art ersticktes Lachen. Dann entsicherte er mit einer lässigen Bewegung die Waffe, hielt sie sich an die Schläfe und drückte ab.

Nach dem höllischen Getöse der Weisheit klang der einzelne Schuss seltsam dumpf.

Mags' Körper fiel merkwürdig verdreht zwischen Avi und Kyr zu Boden. Irgendwo, egal wo, heulte Yiso noch immer über den Tod von tausend Welten. Kyr ging auf die Knie. Sie drehte Mags um. Er war schwer. Sie dachte an den Medizin-Sergeant mit den müden Augen. Erste Hilfe. Die Eintrittswunde war ein kleines Loch in der Schläfe ihres Bruders, an der Austrittsstelle war ein großer Teil seiner Gesichtshälfte weggerissen.

Er war tot, natürlich. Natürlich war er tot.

Auf Gaia hatte Kyr nicht einmal gewusst, dass er unglücklich war. Es erschien ihr befremdlich, dass sie das nicht gewusst hatte. Jetzt konnte sie Mags' Unglück in allem erkennen, was er all die Jahre über zu ihr gesagt hatte. Sie hievte ihn auf ihren Schoß. Er war tot, noch immer. Warum sich kindische Hoffnungen machen. Ein Mensch, dem so viel von seinem Kopf fehlte, war ganz sicher tot.

Zum ersten Mal, seit sie ihn kannte, schwieg Avi.

Kyr sah zu ihm hoch. »Du hast das getan.«

Hätte Avi nun etwas für ihn Typisches gesagt, wie *Ich bin*

ziemlich sicher, dass er das selbst war – sie konnte es förmlich hören –, hätte Kyr ihn auf der Stelle getötet.

Doch was er sagte, immer noch in diesem komischen, fast lachenden Tonfall, aber mit einem leichten Zittern in der Stimme, war: »Und es war nicht einmal das Schlimmste, was ich heute getan habe.«

Dann wandte sich Avi ab. Er betrachtete das Universum, das er geschaffen hatte, die Handvoll Leuchtpunkte, die alles waren, was von der Majoda übrig war.

»Ich habe das alles so sorgfältig geplant«, sagte er leise. »Ich habe so viel überlegt. Weil es fair war, oder? Es war fair! Sie haben uns das Gleiche angetan.« Er drehte sich wieder zu Kyr um, zu Kyr, die Mags im Arm hielt, und sagte: »Es tut mir leid.«

Und dann tötete Kyr ihn trotzdem.

Er war der zweite Mensch, den sie tötete. Nach der Leibwächterin. Sie machte es so, wie Mags Leru getötet hatte. Sie packte ihn und brach ihm das Genick mit einem gezielten Ruck. Er wehrte sich nicht einmal. Es hätte auch keinen Unterschied gemacht. Avi war ein Schwächling, er war ihr nicht im Geringsten gewachsen. Sie hätte es zehn Minuten früher tun und ihn aufhalten können. Zwanzig Trillionen Majo wären noch am Leben gewesen, hätte sie es getan.

Die Zerstörung Tausender bewohnter Welten erschien ihr in diesem Augenblick vor allem unwirklich. Der Rest des Universums konnte genauso gut nie existiert haben. Vielleicht hatte Kyr immer schon in dieser riesigen irrealen Unterwelt gelebt, mit der den Horizont verschlingenden Weisheit vor sich und einem schluchzenden Alien und dem toten Körper ihres Bruders und dem toten Körper ihres Freundes an ihrer Seite.

Mags' Augen starrten ins Leere. Kyr schloss sie behutsam. Und dann schloss sie Avis Augen.

Sie setzte sich zwischen die beiden und blickte eine Zeit lang hinaus ins Weltall. Sie weinte nicht. Sie war stark. Außerdem schien sie vergessen zu haben, wie es ging.

Wenn ich Avi gesagt hätte, dass wir einen Arzt brauchen, nachdem der Tiger Mags verletzt hatte, dachte sie, *und wenn der Arzt gekommen wäre und die Polizei uns verhaftet hätte, dann wäre ich jetzt im Gefängnis, und Avi wäre auch im Gefängnis, lebend, und mein Bruder wäre im Krankenhaus, lebend.*

Hätte ich dafür gesorgt, dass Ally niemandem hätte verraten können, dass ich weg war, dann wäre Mags nie hierhergekommen; er wäre in Ursas Wohnung, lebend, und ich wäre irgendwo in irgendeinem Tunnel, wahrscheinlich von dem Tiger zerfleischt, und Avi hätte Leru nicht aufgehalten und wäre ... na ja, vermutlich im Gefängnis. Lebend.

Wenn ich Ursas Wohnung nicht verlassen hätte ...

Wenn ich Avi und Yiso nicht verlassen hätte, um meinen Bruder zu suchen ...

Wenn ich auf Gaia geblieben wäre ...

Na toll, jetzt weinte sie. Furchtbar. Sie hasste es. Sie vergrub ihre Nägel in ihren Wangen und zog sie mit aller Gewalt nach unten, um zu sehen, ob es so vielleicht aufhörte. Tat es nicht. Sie machte trotzdem weiter.

»Valkyr?«

Kyr hatte Yiso völlig vergessen. »Was?«

»Es gab da ... Avicenna hatte ... so ein Gerät«, sagte Yiso. »Kann ich ...«

»Er ist tot«, sagte Kyr. »Es interessiert ihn nicht mehr.« Ihr Blick fiel auf Lerus Leiche, wo Avi sie bei seinem makabren Puppentheater hatte fallen lassen. Dahinter lag der Körper der Soldatin, die Kyr getötet hatte, inmitten der roten Pfütze, die einmal ihre Truppe gewesen war.

Es war komisch. Alle behaupteten doch immer, der Krieg sei eine ernste Angelegenheit. Aber diese ernste Angelegenheit war im Grunde ein Spiel gewesen, das sie die ganze Zeit über gespielt hatten. Es war nicht echt gewesen.

Yiso fummelte einhändig in Avis Taschen herum und versuchte, ihn dabei so wenig wie möglich zu berühren. Kyr verspürte den Drang, das Alien anzuschnauzen, weil es so ein Gewese machte. Avi war tot. Und außerdem ein Idiot. Mags war auch tot, und führte Kyr sich so auf? Nein, sie saß einfach nur da.

Avi hatte ein etwa daumengroßes Gerät bei sich, das, als Yiso es berührte, einen Bildschirm in den Raum projizierte. Ah, da war dieser Journalist, den Kyr so gut leiden konnte. Ari Shah, roter Rock, Armbänder, gute Arme. Sein Gesicht sah sorgenvoll aus, die Augen waren blutunterlaufen. EILMELDUNG stand in einem Kasten am unteren Bildschirmrand, EILMELDUNG, EILMELDUNG, EILMELDUNG. Ari Shah redete über Planeten und Orte, von denen Kyr nie gehört hatte. Ab und zu blickte er zur Seite, zuckte zusammen und redete dann weiter. Irgendwer meldete ihm konstant neue Namen, wurde Kyr klar.

»... vier weitere Hauptstadt-Welten, soeben bestätigt«, sagte Ari Shah. »Die sinnetische Heimat-Welt Sinthara ...«

Yiso schloss die Projektion. Die Stille, die nun eintrat, war ein dunkler, zahnbewehrter Schlund.

»Er hat es geschafft«, sagte Yiso irgendwann.

»Die Kinder der Erde«, sagte Kyr. »Solange wir leben ...«

Soll der Feind uns fürchten. Sie hatte eine ganze Zeit lang nicht an diesen Leitspruch gedacht. Jedes Geschwader auf Gaia hatte seinen eigenen Leitspruch, und dieser war der des Führungsstabs. Mags hatte gemeint, dass Avi in den Führungsstab gehörte. Onkel Jole – Commander Jole – hätte sich einen Sieg dieses Ausmaßes nie träumen lassen.

»Niemand weiß, was überhaupt passiert ist«, sagte Yiso. »Niemand außer uns.«

Kyr schwieg.

»Ihr hasst uns so sehr«, sagte Yiso. »Er hat uns so sehr gehasst.«

Sie wünschte, Yiso würde die Klappe halten.

»Wirst du mich auch töten?«

»Wozu?«

Yiso antwortete nicht, sondern stand auf und humpelte hinüber zu dem glitzernden Wasserbecken, das unter dem entscheidenden Weisheitsknoten lag, der sich also hier auf Chrysothemis befand. Kyr registrierte ohne Interesse oder Überraschung, dass in der Ferne einige der Windungen des Schattenmotors verschwunden waren. Die Planeten, die ihnen ein Zuhause gewesen waren, waren schließlich auch verschwunden. Die Maschine hatte sich selbst fast bis zur Nichtexistenz zurechtgestutzt.

Yiso vollführte komische, zupfende Gesten in der Luft, die sich auf nichts zu richten schienen. Dann erschien auf einmal eine Abfolge funkelnder Symbole über dem Wasser.

Eine Weile sah Yiso die Symbole an und flüsterte dann ohne jede Hoffnung in der Stimme: »Er hat mich wirklich ausgesperrt.«

Yiso setzte sich wieder hin. Kyr sah weg. Sie strich Mags' helles Haar glatt. Es waren nur ein paar Wochen vergangen, aber sie waren bereits undiszipliniert lang geworden. Unordentlich. Kyr hatte keine Gelegenheit mehr dazu gehabt, sich deswegen über ihn lustig zu machen.

»Jetzt weiß ich, woher ich dich kenne«, sagte Yiso plötzlich. »Ich war mir lange nicht sicher. Deine Kleidung war anders. Und du warst gemeiner, als ich angenommen hatte.«

Kyr antwortete nicht.

»Aber wir sind uns schon einmal begegnet«, fuhr Yiso fort. »In den Hallen der Weisen. Ist schon ein paar Monate her.«

»Das war gestern«, widersprach Kyr.

»Ha. Wahrscheinlich ein Zeitsprung«, antwortete das Majo. »Das macht sie manchmal.«

»Ist mir egal.«

»Ich dachte nur, du solltest das wissen«, sagte Yiso. »Für mich war das wichtig.«

Kyr ignorierte das Alien. Es war ihr egal. Alles war ihr egal.

Doch irgendetwas ließ ihr keine Ruhe, nagte an ihr, während sie so schweigend und mit brennenden Augen dasaß, den toten Bruder im Arm.

Yiso wollte einfach nicht still sein. Es gab absolut nichts Sinnvolles für sie zu tun, aber Yiso lief weiterhin, unruhig bis in die Ohrspitzen, in Kyrs peripherem Sichtfeld umher und gab kleine Geräusche von sich. Kyr drehte sich um und warf Yiso strenge Blicke zu, aber das kümmerte das Alien nicht. Es stand jetzt wieder am Wasserbecken. Vielleicht waren die Symbolreihen so etwas wie ein Steuerpult? Kyr erkannte vage ein paar majodaische Buchstaben in den Formen.

Noch einmal strich sie Mags sanft übers Haar, ehe sie seinen Kopf zur Seite drehte, sodass die verheerende Verletzung an der Austrittsstelle nicht mehr zu sehen war. Jetzt wirkte es ein wenig so, als würde er schlafen.

Dann stand Kyr auf. »Hast du eben *Zeitsprung* gesagt?«

19

DOOMSDAY

Yiso brauchte einen Moment.

»Aber ich bin ausgesperrt«, sagte das Alien – dann überlegte es. »Aber du nicht. Er hat dich ja benutzt, um hineinzukommen.«

»Die Weisheit kann in die Zeit eingreifen«, hielt Kyr fest. »Kann sie auch die Vergangenheit ändern?«

»Nun«, antwortete Yiso, »das wurde noch nicht oft versucht, glaube ich, aber ja. Natürlich.« Yiso hatte mit der Zupferei aufgehört und ging nun zurück zum Steuerpult. Das Licht über dem Wasser beschien die schmale Silhouette, und beinahe hätte Yiso als Avi durchgehen können. Wenn man die Augen zusammenkniff und den Kamm ignorierte. Kyr sah nicht noch einmal hinunter auf die toten Körper. Sie stellte sich neben Yiso und beobachtete das Gesicht des Aliens.

»Das Problem ist«, sagte Yiso, »wie sollen wir wissen, was genau wir verändern sollen? Alles, was passiert, hat so viele Konsequenzen. Auch die allerkleinsten Dinge. Ich habe dir die Geschichte erzählt, oder? Über das verfluchte Universum? Die Leute können nicht alles wissen, sie können nicht alles durchplanen. Die Weisheit unterhält ihre eigenen subrealen Universen und testet ununterbrochen verschiedenste Abläufe, und Leru hat gesagt ...« Yiso verstummte.

»Was?«, fragte Kyr.

»Entschuldigung«, sagte Yiso leise. »Leru ist tot.«

»Na und?«, fuhr Kyr ihn brutal an. »Leru ist tot, mein Bruder ist tot, Avi ist tot, Tausende Welten sind vernichtet, na und? Sprich weiter! Was hat Leru gesagt?«

»Leru hat gesagt, die Weisheit hat uns als ihre Augen erschaffen. In jeder Realität. Ich habe kleine Ausschnitte vieler Universen gesehen. Und Leru hat gesagt, dass die Weisheit uns theoretisch in die nächste Realität überführen kann. Wenn sie muss. Wenn das das beste Ergebnis erzielen würde. Das ist es, was sie immer will. Nur dafür wurde sie erschaffen: um das beste Ergebnis zu erzielen.«

»Da hat sie heute ja einen super Job gemacht, oder?«, schnaubte Kyr.

»Diesmal war Avicenna ihre Augen«, entgegnete Yiso. »Und er dachte, dieses Ergebnis wäre das beste.«

Zwanzig Trillionen empfindungsfähige Wesen, minus wer weiß wie viele auf den Planeten, die Avi verschont hatte. Kyr verspürte einen fürchterlichen Drang, zu lachen. Die Majo waren wie sie. Was für eine schreckliche Gewissheit, nun, da sie beinahe alle tot waren.

»Aber du hast recht«, sagte Yiso. »Wenn die Weisheit dich ein paar Minuten zurückschicken könnte ... Wenn du Avicenna aufhalten würdest ... Valkyr, du hast recht, das ist die Lösung! Daran hätte ich nie gedacht. Du bist so schlau!«

Kyr verzog das Gesicht. Sie mochte diesen Blick aus leuchtenden Augen nicht.

»Du könntest alles verändern«, sagte Yiso. »Du könntest alle retten.«

»Okay«, sagte Kyr. »Und wie kriege ich die Maschine dazu, zu tun, was ich will?«

Yiso schickte sie in das glitzernde Wasserbecken und brachte das funkelnde Halbrund des majodaischen Steuerpults wieder hervor. Es passte besser zum Rest des Raumes als Avis Pult, das denen in der Agoge geähnelt hatte. »Bei den meisten Symbolen weiß ich nicht einmal, wozu sie da sind«, sagte Yiso.

»War das nicht der ganze Sinn deines Lebens?«

»Wir leben wirklich lange«, erwiderte Yiso. »Leru hat gesagt, ich sei noch nicht bereit.«

»Wie alt bist du überhaupt?«

»Zwölf.«

»*Zwölf?*«

»Nein, warte, ich habe nicht umgerechnet«, sagte Yiso. »Ich weiß nicht, eure Jahre haben eine merkwürdige Länge ... Vielleicht fünfzehn? Oder zwanzig?«

»Vergiss es«, seufzte Kyr, plötzlich zu müde, um sich darüber Gedanken zu machen. Zu müde für das hier, zu müde für alles. »Sag mir, was ich tun muss.«

»Du redest einfach mit ihr«, erklärte Yiso. »Sie hört zu. Sie ist schlau.«

»Wozu ist das Wasser gut?«

»Keine Ahnung«, sagte Yiso. »Wahrscheinlich reine Optik. Meinen Ahnen war das sehr wichtig.«

Kyr seufzte. Sie legte den Kopf zurück, um direkt auf den Weisheitsknoten schauen zu können. Leise pulsierend hing er da und summte vor sich hin. Das war nur ein Motor. Er lebte nicht.

»Hallo?«, sagte Kyr. »Hör mal zu.« Sie kam sich dumm vor. Aber Mags war tot. Sie hatte Avi das Genick gebrochen, und es hatte ein leises, unangenehmes Geräusch gemacht. »Hörst du mich?«

Das Universum um sie herum geriet in Bewegung.

Kyr stand allein in der Leere. Sie sah gerade genug, um ihren eigenen Körper ausmachen zu können, ihre Hände, ihre Füße. Die bunte chrysothemische Kleidung war weg. Sie trug ihre Uniform.

»Was soll das werden?«, fragte sie.

Die Weisheit antwortete: *Neutraler Boden.*

Sie hörte die Worte nicht, sie fühlte sie. »Hey! Verschwinde aus meinem Kopf!«

Eine Störgröße in der Leere verschmolz zu einer Gestalt. Kyr erkannte sie mit plötzlicher, unangenehmer Gewissheit. »Du bist tot.«

Betrachte diese Erscheinung als Maske, sagte die Weisheit durch den Körper, der Leru zu gehören schien. *Da du ja die direkte Kommunikation ablehnst. Was ist dein Wunsch?*

»Weißt du, was du getan hast?«, fragte Kyr.

Ich habe die Existenz von etwa acht Millionen bewohnten Welten beendet.

»Und das war das Beste, was du hättest tun können?«, fragte Kyr. »Dazu bist du doch da, oder? Um das Universum besser zu machen.«

Vielleicht wird dies ein besseres Universum sein.

»Du solltest das wissen!«

Ich wurde bei meiner Erschaffung mit einer unmöglichen Aufgabe betraut. Ich sollte Leid und Zweifel beseitigen. Für etwa acht Millionen bewohnte Welten tritt dieser Fall nun ein. Ihre Völker werden weder Leid noch Zweifel mehr kennen. Ist das besser? Wer vermag das zu entscheiden?

»Du warst es, die das entschieden hat!«

Ich habe niemals diese oder irgendeine andere Entscheidung getroffen, widersprach die Weisheit.

Kyr schluckte ihre Antwort darauf hinunter. Sie war nicht hier, um mit einer Alien-Maschine zu streiten. Sie hatte ein Ziel. »Du kannst die Zeit zurückdrehen, nicht wahr?«, fragte sie.

Inkorrekt.

»Aber Yiso hat gesagt ...«

Es wäre eher korrekt zu behaupten, ich sei nicht eingeschränkt durch die Grenzen der Zeit. Meine kleinste Wiederholung existiert in einundvierzig Dimensionen.

»Also kannst du die Zeit *nicht* zurückdrehen?«, hakte Kyr nach, die keine Ahnung hatte, was die Weisheit da faselte.

Ich kann in Ereignisse eingreifen, die ihr als vergangen bezeichnen würdet.

»Gut«, sagte Kyr. »Dann möchte ich, dass du ...«

Nein.

»Wie, nein?«

Nein, wiederholte die Weisheit. *Ich beurteile nicht, ich entscheide nicht. Wenn du eine Veränderung wünschst, bist du diejenige, die wählen und handeln muss. Wenn es einen Moment gibt, in dem es einer Handlung bedarf, wähle den Moment und handle. Ich lasse alles zu. Ich entscheide nichts.*

»Warum?«

Man könnte es als moralische Haltung bezeichnen.

Kyr verstand das alles kein bisschen, aber es war ihr auch egal. »Schön«, sagte sie. »Ich will ...«

Ich weiß.

»Nein«, sagte Kyr. »Es ist nicht das, was Yiso gesagt hat. Du besitzt Yiso, richtig? Du weißt, was Yiso denkt?«

Besitzen ist kein zutreffender Begriff. Ich kenne deinen Wunsch. Er ist nicht das Gleiche wie Yisos Idee. Wäre Yiso an deiner Stelle, würde Yiso einen gerade so eben vergangenen Moment wählen und anders handeln. Eine schnelle, einfache Neugestaltung. Aber das ist es nicht, was du willst.

»Wenn du weißt, was ich will, warum hast du mich dann überhaupt erst nach meinem Wunsch gefragt?«

Die Weisheit blieb beinahe ausdruckslos, brachte lediglich einmal kurz Lerus Ohren zum Zucken.

Höflichkeit, sagte sie.

»Muss ich dir den genauen Zeitpunkt oder Ort sagen, oder ...?«

Nein. Nur, was du willst.

»Und ich wähle einfach nur den Moment?«, fragte Kyr. »Und dann handle ich?«

Ja. Wählen. Handeln.
»Dann wähle ich Doomsday«, sagte Kyr. »Ich wähle den Tag, an dem die Majo die Erde vernichtet haben.«

Unzählige Male hatte sie dieses Szenario durchgespielt. Sie hatte es nie geschafft. Mags schon – Mags und Avi, beide zusammen. Aber Kyr allein nicht.

Und doch war alles so vertraut, dass es sich beinahe wie zu Hause anfühlte, als Kyr sich im Schimmern der dimensionalen Verzerrung hoch über den Wolken auf der kreisförmigen Plattform als der letzte Mensch wiederfand, der noch zwischen den Majo-Streitkräften und dem Ende der Welt stand.

Oder, nein. Nicht ganz der letzte. Da war noch jemand.

Er gehörte zu einer Kommandotruppe der Menschen, an seinem Kragen prangte die silberne Lilien-Nadel des Hagenen-Geschwaders. Er war verletzt, das Feuer der Majo hatte seine Hüfte und den Großteil seines Beins zerfetzt, aber er war bei Bewusstsein und fluchte anhaltend vor sich hin, während er versuchte, aufrecht zu stehen. Es würde nicht klappen, das sah Kyr.

Er blickte nicht einmal in die richtige Richtung. Kyr wusste von dem Kreuzer, der im Begriff war aufzutauchen, und von dem unheilvollen Geschoss, das er mit sich tragen würde. Aber Aulus Jole durchlief dieses Szenario zum ersten Mal. Er hatte keine Ahnung.

Er sah viel jünger aus, als Kyr es sich je hätte vorstellen können.

Es dauerte einen Moment, bis er sie entdeckt hatte. Der Schmerz und das Chaos der Orbital-Schlacht lenkten ihn wohl ab. »Wer zur Hölle bist du?«, rief er. »Woher kommst du? Wie kann es sein, dass du atmest?«

Kyr trug keine Kampfmaske. Sie hatte keine Ahnung, warum sie atmen konnte. Sie antwortete nicht.

»Und was soll das für eine Uniform sein?«, fuhr Jole sie an.

»Scheiße, komm hier rüber, Kleine, ich muss auf die Beine kommen, ehe sie diese Plattform entdecken und in die Luft jagen!«

»Das werden sie nicht«, sagte Kyr. Das passierte nie in diesem Szenario. Zu diesem Zeitpunkt hatte die Verteidigung sowieso bereits ihre Bedeutung verloren.

»Wie bitte?«, fragte Jole.

Kyr hatte keine Waffen, aber er, und was für welche! Ein Sturmgewehr, seine Dienstpistole, ein Feldmesser für Gefechte an Bord eines Raumschiffs, wo nur Verrückte Projektilwaffen benutzten, eine transparente Kampfmaske, Ohrstöpsel und wahrscheinlich einen Feed am Rande seines Sichtfelds, der ihm eine Übersicht über die Schlacht ermöglichte. Kyr hatte nichts dergleichen.

Und er hatte einen Sprunghaken. Kyr löste ihn von seinem Gürtel und versuchte, Jole dabei nicht zu berühren. »He, was machst du da, verdammt?«, knurrte er. Er hatte Angst, erkannte Kyr. Er war ziemlich schwer verletzt, und er hatte große Angst. Und er wusste noch nicht einmal, was noch passieren würde.

Sie überlegte, ob sie auch die Waffen an sich nehmen sollte. Aber nein, es war in Ordnung so, sie brauchte sie nicht. Und sie überlegte, ob sie ihn töten sollte, hier und jetzt. Er hatte Station Gaia aufgebaut und zu dem gemacht, was sie war. Er hatte Kyrs Zuordnung unterschrieben. Er hatte Kyrs Schwester wehgetan.

Aber sie hatte heute schon zwei Menschen getötet, und sie hatte es beide Male gehasst.

Es war sowieso nicht wichtig.

»Ich hoffe, dass ich dich nie wiedersehe«, sagte sie.

Und dann nahm sie den Sprunghaken und wandte sich in die richtige Richtung, obschon auch das eigentlich egal war. Aus dem Majo-Kreuzer, der mittlerweile aufgetaucht war, regnete es Kampfgeschosse. Kyr hatte genau gewusst, wo das

Schiff auftauchen würde. Sie wusste, wo die entscheidende Rakete sein würde. Sie wusste alles.

Zwei Sprünge übrig. Sie drückte den manuellen Auslöser und stürzte für den Bruchteil einer Sekunde aus der Realität. Arktische Kälte, unendliche Hitze ...

Sie landete auf der Hülle des entscheidenden Geschosses, das schlank und tödlich und mit Symbolen verziert war und als Nutzlast eine planetenzerstörende Bombe bei sich trug.

Ab hier kannte Kyr die Regeln. Sie wusste über die Abdeckung Bescheid, die es aufzuhebeln galt, über die Kampfflieger, die feuerspuckend auf sie zuschießen würden, und über die verdammte Komplexität des Auslösemechanismus, den sie in exakt siebenundzwanzig Sekunden würde lahmlegen müssen. Doch die Zeit schien sich zu verlangsamen, als sie sich an die in die Tiefe schießende Rakete klammerte und tief einatmete – Luft, die es hier eigentlich gar nicht hätte geben dürfen. Und sie hörte Avis höhnische dünne Stimme in ihrem Kopf: *Die Agoge ist ein Spiel.* Und dann Mags: *Warum sollten wir nicht unsere eigenen Betrüger haben?*

Kyr hatte das Szenario immer als etwas Reales behandelt, dessen Regeln man sich beugen musste. Wie dumm, dachte sie jetzt, als die Rakete beim Eintritt in die Atmosphäre aufjaulte und sich aufzuheizen begann; als es in ihren Ohren knisterte; als die Majo-Kampfflieger hoch- und abzogen und zurück zum Kreuzer flüchteten. Wie dumm, anzunehmen, dass irgendetwas irgendwelchen Regeln folgte, wo doch rein gar nichts im Universum so funktionierte.

Ein Sprunghaken-Manöver hatte sie noch zur Verfügung. Kyr lehnte sich auf ihrem Geschoss nach vorn und schlang ihre Arme und Beine darum. Überall, wo ihre Finger den Flugkörper berührten, antwortete der Schattenraum mit einem grünen Leuchten. Die Weisheit war bei ihr. Die Metallbänder an den Seiten der Rakete glommen nun weiß vor Hitze, doch unter

Kyrs Fingern fühlten sie sich kühl an. »Was?«, sagte sie, »keine Fehlermeldung? Sind meine Handlungen diesmal nicht unklug?«

Die heulende Luft gab keine Antwort. Kyr musste plötzlich lachen, aber das Lachen wurde ihr entrissen, sobald es ihren Mund verließ. So fühlte es sich also an, die Welt zu retten.

Sie hatte es sich anders vorgestellt. Besser.

Vierzehn Milliarden Menschen. Doch am Ende war es die Weisheit, diese uralte Maschine, die durch Lerus Maske zu ihr sprach: *Für etwa acht Millionen bewohnte Welten tritt dieser Fall nun ein. Ihre Völker werden weder Leid noch Zweifel mehr kennen.*

Jenseits von Leid, jenseits von Zweifel drückte Kyr den Auslöser an ihrem Sprunghaken. Er blökte ihr eine Fehlermeldung entgegen. Sie hatte ihm nicht gesagt, wo sie hinwollte. Selbst der menschliche Körper – zäh und schrecklich und furchterregend, der eine Vorteil, den die Majo ihnen nie hatten nehmen können –, selbst der menschliche Körper ertrug nicht mehr als ein paar Sekunden im Schattenraum. Ungeduldig erteilte Kyr ihren Befehl erneut. *Spring.*

Schon war sie fort.

Und das Geschoss ebenfalls.

Für den gespenstischen Bruchteil einer Sekunde existierte sie irgendwo anders, irgendwo, wo ihr Geist nicht hinzugelangen vermochte, so sehr er es auch versuchte. Sie dachte – sie versuchte zu sagen: *Ich gewinne.*

Und dann ging mit einer Wucht, die die komplexe Nichtrealität mitsamt all ihrer Schattenraum-Mikrouniversen erschütterte, die Bombe hoch.

VIERTER TEIL
MAGNA TERRA

BEKANNTMACHUNG:
Aufstand auf Sinthara niedergeschlagen.
Umsiedlungsprogramm geplant,
um der Überbevölkerung
mit Aliens entgegenzuwirken.

• • •

BEKANNTMACHUNG:
Sängerin Romana kooperiert
mit Wohltätigkeitsorganisation,
um Operntradition der Zunimmer wiederzubeleben.

• • •

BEKANNTMACHUNG:
An alle Entdecker*innen, Abenteurer*innen,
Friedensmissionar*innen: Habt ihr das Zeug,
um es ins Terranische Expeditionskorps zu schaffen?

• • •

BEKANNTMACHUNG:
Um der Liebe eines Fremden willen –
umstrittenes Mensch-Alien-Drama liefert
ein herzzerreißendes Finale.
Aber sind wir bereit für die Botschaft?

• • •

BEKANNTMACHUNG:
Admiral Aulus Jole über sein Sparprogramm
und seine Vision für die Menschheit –
das Exklusivinterview.

• • •

BEKANNTMACHUNG:
Kolonist*innen gesucht!
Sinthara ist ein wichtiges Wirtschaftszentrum
mit zahlreichen Geschäftsmöglichkeiten.
Nehmen Sie noch heute an der Verlosung teil!

Die Regierung der Erde und ihrer Kolonien – offiziell bekannt als Terranische Föderation oder, weniger formell, Magna Terra, Groß-Erde – bezeichnet sich selbst als demokratisch. Außenstehende und auch einige menschliche Dissident*innen halten dies für Etikettenschwindel. Obgleich das Regierungssystem der Menschen demokratische Elemente enthält (zum Beispiel wählen Menschen ständig irgendetwas oder irgendwen), lassen sich diese doch weitgehend als Schönfärberei bezeichnen. Demokratisch gewählte lokale Gremien besitzen kaum Macht, und die verschiedenen Parlamente und Kongresse der Kolonien haben lediglich Beratungsfunktion, sind keine echten gesetzgebenden Vereinigungen. Die übergeordnete Generalversammlung der Erde ist berühmt für ihre Ineffizienz. Die Tatsache, dass einige wichtige Entscheidungen (wie zum Beispiel die Kriegserklärung an die Majoda) per Volksentscheid getroffen werden, sollten nicht als Beleg für demokratische Praxis angesehen werden. Die Menschen selbst merken zynisch an, dass dies niemals geschieht, wenn die Machthabenden nicht bereits den Ausgang kennen.
Die tatsächliche Machtstruktur von Magna Terra lässt sich am besten als militarisierte Technokraten-Oligarchie mit Elementen von autoritärem Populismus beschreiben. Oder, wie ein menschlicher Historiker es formuliert, als fürchterlichen internationalen Kompromiss, der niemandem gefällt. Es herrscht weitgehend Konsens darüber, dass nichts und niemand die berüchtigte Stammrasse der Menschen zum Zusammenschluss hätte bringen können, außer dem Schreckgespenst der Bedrohung von außen.

Auf der Erde selbst muss die Terranische Föderation behutsam vorgehen, um die mächtigen Nationalstaaten nicht zu verprellen, die noch immer einen unverhältnismäßig großen Einfluss auf das soziale und wirtschaftliche Tagesgeschäft ausüben. Seit dem Ende der Majo-Kriege sehen viele Menschen die Föderation als nunmehr überflüssig an, und es mag sein, dass wir noch einmal erleben werden, wie sich die Regierung der Erde abspalten wird. Nationen und Stämme sind natürlich keine rein menschlichen Konzepte. Bei allen empfindungsfähigen Wesen bilden sich soziale Einheiten heraus. Aber die Art, wie Menschen an Stammesbräuchen festhalten und über nationale Interessen zanken, darf bei einer so entwickelten Spezies doch erstaunen. Ganz zu schweigen von der Eroberung des Universums. Es müsste Außenstehenden vergeben werden, wenn sie sich darüber wundern, dass die ununterbrochen streitenden Menschen es überhaupt je ins Weltall geschafft haben.

Föderation und andere Probleme: Eine Einführung in die politische Gedankenwelt der Menschen, 3. Aufl. (Lehrbuch)

20

ZUORDNUNG

»Also?«

»Also was?«

»Val. *Vallie*.«

»Wer hat dir von *Vallie* erzählt?«, fragte Val. Niemand benutzte diesen Namen mehr für sie.

»Du selbst«, sagte Cleo und grinste. »Als wir dich an deinem Geburtstag abgefüllt haben. Und dann hast du geheult.«

Val verzog das Gesicht. »Erinnere mich daran, nie wieder was zu trinken.«

»Ein weiteres Sternchen in artigem Betragen für Lieutenant Langweilig, alles klar. Also? Deine Zuordnung?«

»Was ist es bei dir geworden?«

Cleo richtete sich auf. »Dienst an Bord der *Victrix*. Sie ist nicht mehr erstklassig, aber ...«

»Cleo!« Eine stattliche alte Dame wie die *Victrix* war der beste Einsatzort für eine frisch gebackene Leutnantin. Sechs Monate auf der *Victrix*, und Cleo würde sich ihren nächsten Posten aussuchen können. »Herzlichen Glückwunsch«, sagte Val. »Du verdienst es. Komm, ich geb dir einen aus.«

Sie legte den Arm um Cleos Schultern und steuerte sie hinunter zu dem Lokal ganz am Ende der Promenade, das am ehesten als Bar durchging in diesem Ring von Station Hymmer. Über der Eingangstür hingen bunte Lampions und erhellten die Dämmerung. Hymmer war ein Knotenpunkt auf der Hauptstrecke von Old Earth nach Oura, der planetengroßen Basis des Terranischen Expeditionskorps. Cleo und Val waren bei Secpol, der Einheit, die für die Sicherheit und die Überwachung der Station zuständig war. Sie teilten sich eine Wohnung in Ring Sechs. Dieser Teil der Station befand sich in Ring Drei, hier war immer etwas los, Ortsansässige und Reisende, viele davon Aliens, füllten die Straßen. Eine der Aufgaben von Secpol bestand darin, Streit zwischen den Spezies zu schlichten, denn auf so engem Raum konnte es leicht dazu kommen.

»Du willst, dass ich mich allein betrinke, während du hier sitzt und mit deinem artigen Betragen angibst?«, fragte Cleo lachend. »Vergiss es. Du kannst uns beiden einen ausgeben.«

»Okay, aber nur einen«, sagte Val.

»Vallie!«

»Zwei, aber nur, wenn du mich nie wieder so nennst!«

»Zwei, und den Rest warten wir ab«, sagte Cleo. »Wenn wir Freitag auslaufen, habe ich noch drei Tage, um richtig schön flachgelegt zu werden. Ich hatte gedacht«, sagte sie, hielt kurz inne und biss sich auf die Lippe, »schlanker Typ, lange Haare, guter Humor, leckt wahnsinnig gut.«

»Ziemlich konkret«, lachte Val.

»Ich bin nun mal eine Frau, die weiß, was sie will.«

Das Lokal war voll, aber ihre schneidige schwarz-blaue Uniform verschaffte ihnen überall auf der Station Vorteile, und seit diesem Morgen trugen sie zusätzlich die Abzeichen von Leutnantinnen am Kragen. Cleos Mütze saß adrett auf ihrer dunklen Haarmasse, Val hatte ihre am Gürtel befestigt. Eine Kellnerin begann, eine Gruppe von Aliens aufzuscheuchen, um einen Tisch frei zu machen, als sie Cleo und Val durch den Vorhang hereinkommen sah. »Das ist nicht nötig, wir sitzen an der Bar«, erklärte Val.

»Wir sind sowieso fertig«, sagte eines der sinnetischen Aliens, dessen gelbe Schuppen aus seinem Polohemd hervorlugten.

»Wenn Sie sich da sicher sind, Sir«, antwortete Val.

Sie setzten sich an den Tisch, und Val ließ ganz automatisch den Blick durch den Raum schweifen, um zu sehen, ob irgendwo Ärger in der Luft lag. Aber um diese Uhrzeit war es meistens friedlich in Ring Drei. Val sah Durchreisende mit Gepäck unter dem Tisch, offensichtlich eine Gruppe von Studierenden, die sich irgendetwas auf einem Bildschirm anschauten und grölten vor Lachen. Die hintere Ecke des Ladens war abgetrennt, anscheinend für einen Kindergeburtstag – es waren größtenteils menschliche Kinder, aber auch eine Handvoll schüchterner Alien-Kinder und ein Knäuel plaudernder Eltern, unter ihnen ein weiterer Sinnet.

Ihre Kellnerin war eine Lirem mit vier Armen. Sie wischte rasch den Tisch ab und lief sofort los, als Val nach der Cocktailkarte fragte.

»Du hast meine Frage noch nicht beantwortet«, sagte Cleo, als sie ihren zuckrigen Drink mit Schirmchen und Val ihren Whiskey Soda bekommen hatte. »Ich bin am Freitag auf der *Victrix*, und du?«

Val schwieg lange genug, um Cleo zu beunruhigen. Es kam durchaus vor, dass jemand eine schlechte Zuordnung erwischte. Das Terranische Expeditionskorps war für ein riesiges galaktisches Reich zuständig, und solche Galaxien produzierten galaktische Mengen an Mist, so viel stand fest.

Die Pause zog sich. Da nahm Val noch einen Schluck von ihrem Whiskey und sagte: »*Victrix*.«

Cleo entfuhr ein markerschütterndes Kreischen. »Val!«

»Für dich immer noch Lieutenant Marston der *Victrix*, bitte schön.«

»Ich glaube es einfach nicht«, sagte Cleo. »Wie konntest du das so lange für dich behalten?«

»Informationen über Truppenbewegungen sind vertraulich, Lieutenant.«

Cleo schnaubte. »Du bist echt unglaublich. Gott, ich hätte dich so vermisst.«

»Du? Mich vermisst?«

»Wo wäre ich ohne meine Erzfeindin?«

»Wahrscheinlich nicht einmal annähernd so weit oben«, stimmte Val zu. »Ich erinnere mich noch an deine Trainingsergebnisse im ersten Jahr.«

»Tja, was soll ich sagen? Dein soldatischer Roboter-Drill motiviert mich eben. Auf eine nervtötende Art und Weise.« Cleo leerte ihr Glas, nahm das Schirmchen heraus und steckte es Val hinters Ohr. Val ließ sie mit hochgezogener Augenbraue gewähren. »Übst du den Blick eigentlich vor dem Spiegel?«, fragte Cleo belustigt.

»Kein Kommentar.«

»Oh, guck mal«, rief Cleo. »Der Kellner da hat lange Haare.« Sie winkte den menschlichen Kellner heran und bestellte noch einen Cocktail.

»Aber leckt er auch wahnsinnig gut?«, fragte Val, bevor er außer Hörweite war.

Cleo prustete los. »Das sag ich dir morgen. Was ist mit dir? Irgendjemanden im Visier? Ups, sorry, vergessen. Ist nicht so dein Ding, richtig?«

»Eigentlich nicht«, gab Val zu. »Aber ich habe tatsächlich später ein Date.«

Cleo starrte sie an. »Ein Date?«

»Ich glaube, so nennt man das, ja.«

»Du? Ein Date?«

»Ja, Cleo«, sagte Val ungeduldig. »Ich. Ein Date.«

»Normalerweise kannst du doch nichts mit Leuten anfangen«, sagte Cleo.

»Hey!«

»Deine einzige echte Rivalin natürlich ausgenommen. Aber ich bin eben was Besonderes. Also, wer ist es? Kenne ich ihn oder sie ... oder es?« Cleo schnappte übertrieben nach Luft und schlug sich die Hand vor den Mund. »Ein *Alien*?«

»Ich date kein Alien, nein.«

»Hey, Xenophilie ist doch nichts Schlimmes«, sagte Cleo. »Bis auf die Bilder im Kopf natürlich ...«

»Cleo.«

»Schon gut, ich mach doch nur Witze. Solange das Wesen fähig ist, sein Einverständnis zu geben, lass es krachen. Ich erlaube mir bestimmt kein Urteil. Aber jetzt sag schon, wer ist es?«

Val lächelte in ihren Whiskey. »Du kennst sie nicht. Ihr Name ist Lisa.«

»Lisa«, wiederholte Cleo. »Ich liebe sie jetzt schon. Hast du ein Foto?«

»Nein.«

»Du siehst toll aus«, sagte Val, als sich ihr Date hinsetzte.

Auf Lisas blassen Wangen kam ihr Erröten wunderschön zur Geltung. Sie hatte sich zurechtgemacht für den Besuch im besten Restaurant Hymmers, oben in Ring Sieben, in den nur die Superreichen unter den Durchreisenden je kamen. Es befand sich in einer Virtual-Reality-Blase, in der man von einer Piazza mit Tischen aus die Sicht auf den Himmel oder eine Auswahl an Meeresblicken genießen konnte. Val gab kaum jemals etwas von ihrem großzügigen TE-Gehalt aus – sie war einfach zu beschäftigt –, also konnte sie es sich erlauben, großzügig zu sein.

Die Weingläser funkelten im Kerzenschein. Jeder Tisch war in ein sogenanntes Privatfeld eingebettet, wo lediglich ein leises Murmeln von draußen an die Ohren der Gäste drang. Lisa sah wirklich sehr hübsch aus in ihrem tief ausgeschnittenen blauen Kleid und mit dem offenen dunklen Haar, das sich um ihr Gesicht lockte. Sie freute sich ganz offensichtlich über Vals Kompliment. »Du auch«, sagte sie lächelnd.

Val hatte der grässlichen Vorstellung, selbst Kleid und Makeup zu tragen, nur zwei Minuten gewährt, ehe sie sich für ihre blau-goldene Ausgehuniform entschied. Dann hatte sie sehr lange ihre Stiefel poliert. Sie grinste.

»Ich hoffe, du hast nichts dagegen, wenn ich meine Handschuhe ausziehe«, sagte sie. »Sie sehen gut aus, aber weiße Handschuhe und ein Besuch im Restaurant sind eigentlich keine gute Kombination.«

Darauf folgte ein alberner Austausch von Höflichkeiten, während sie sich der Speisekarte widmeten. Für gewöhnlich verlor Val ziemlich schnell die Geduld bei solchem Geplänkel, aber bei Lisa war das anders. Seit sie das Spacer-Mädchen, das in Ring Zwei im kostenlosen Krankenhaus arbeitete, zum ersten Mal gesehen hatte, fühlte sie sich zu ihr hingezogen.

»Ich bin froh, dass du hier bist«, sagte Val, als ihr der Kellner eine Platte mit herzhaft gewürzten Pilzen und Lisa einen Salat aus heimischem Anbau gebracht hatte. »Als ich dich um ein Date gebeten habe, hatte ich den Eindruck, dass du nach einem freundlichen Weg suchst, mir einen Korb zu geben.«

»Ich ... nun ja.« Lisa zögerte. »Du bist in der Flotte.«

So nannten Aliens – und nonkonformistische Menschen – das Terranische Expeditionskorps.

»Was ist falsch an einem Soldatenmädchen?«, fragte Val und lehnte sich auf ihrem Stuhl zurück.

»Hm ... na ja«, fing Lissa an. »Das ist vermutlich der Punkt, an dem es ein bisschen schwierig wird. Ich stehe nicht auf der Seite der Flotte. Politisch, meine ich. Ich finde, es sollte sie nicht einmal geben.«

Val lachte auf. Lisa sah so besorgt aus. »Das kriege ich andauernd zu hören«, versicherte sie ihr. »Von allen. Manchmal habe ich den Eindruck, das Einzige, was alle Wesen auf Hymmer eint, ist ihre Überzeugung, dass ich das Werkzeug des großen faschistischen Unterdrückers bin.«

Lisa lächelte ihr süßes Lächeln, aber nur ganz kurz, dann wurde sie wieder ernst. »Und hast du dich je gefragt, ob das stimmt?«

»Natürlich«, erwiderte Val. »Ich habe diese Karriere bewusst angesteuert. Denn dies ist ein großes Universum, und am Ende des Tages sind wir es, die für Frieden sorgen. Stell dir vor, niemand wäre verantwortlich. Es wäre das reinste Chaos. Ich bin in der Flotte, wie du es nennst, weil ich zu den Guten gehören will. Und wenn ich über ein schwarzes Schaf stolpere – *wenn* ich das tue –, dann kümmere ich mich darum, glaub mir.«

»Du bist ja sehr selbstsicher«, sagte Lisa.

»Ist das ein Problem?«

»Nein. Nein, es ist irgendwie beeindruckend.«

»Also, warum hast du eingewilligt, mit mir auszugehen?«, fragte Val. »Wenn du gedacht hast, ich sei das Werkzeug der Unterdrücker?«

»Klingt es komisch, wenn ich sage, dass ich mich zu dir hingezogen gefühlt habe?«, fragte Lisa zurück. »Als hätte ich dich längst gekannt. Als wäre es so was wie Schicksal.«

»Nein, das klingt nicht komisch«, antwortete Val. Ihr Mund war trocken. »Ich habe mich genauso gefühlt.«

Der nächste Gang kam. Val nutzte die Gelegenheit, um Lisas Blick auszuweichen und ihr glühendes Gesicht für einen Moment abzuwenden. Irgendetwas hatte sich verändert, das spürte sie. Sie fuhren fort, über dies und das zu plaudern – in erster Linie über Lisas Job, denn Vals fühlte sich jetzt irgendwie wie ein Tabuthema an. Lisa war auf Hymmer aufgewachsen. Sie war so bescheiden, dass es eine Weile dauerte, bis sich Val aus *Stipendium* und *meiner Gemeinschaft etwas zurückgeben* zusammenreimte, dass Lisa eine wohl recht prekäre Spacer-Kindheit gehabt und es nun bis zu einem Forschungsstipendium am

Xenia-Institut gebracht hatte. Ihre Arbeit im Krankenhaus war Teil dieses Stipendiums. Val hatte es tatsächlich geschafft, das einzige Mädchen auf Hymner auszuführen, das einen noch beeindruckenderen Werdegang als sie selbst vorweisen konnte.

Als Lisa von ihrer Klinik sprach, kam Leben in sie. Während sie erzählte, fiel ihr immer wieder eine schwarze Locke ins Gesicht, die sie dann ein ums andere Mal hinter ihr Ohr zurückstrich. Val sah sie an und dachte über das Wort *Schicksal* nach.

Eigentlich war sie nicht allzu interessiert an romantischen Beziehungen, und sie glaubte auch nicht an so was wie Schicksal. Aber vielleicht war es ja dieses Gefühl hier, um das immer so viel Wirbel gemacht wurde.

Nach dem Essen gingen sie eine Runde im Park von Ring Fünf spazieren. Es waren noch etliche Leute unterwegs: ein älteres Pärchen mit Hund, ein paar Teenager, die die dekorativen Kiesel aus dem Steingarten in einen Fischteich warfen. »Hört auf damit«, rief Val ihnen zu, und nachdem sie ihre blau-goldene Uniform in Augenschein genommen hatten, traute sich keiner mehr, sich mit ihr anzulegen. Mit der abschätzig-beleidigten Attitüde typischer Teenager trollten sie sich.

»War das wirklich nötig?«, fragte Lisa.

»Tschuldigung, habe ich mich wieder wie das Werkzeug der Unterdrücker aufgeführt?«, fragte Val und versuchte, ein Lachen zu unterdrücken. »Die Hausmeister müssen sich Wathosen anziehen und die mit der Hand wieder herausfischen, weißt du. Das dauert Stunden.«

Lisa senkte den Kopf. Die dunkle Locke rutschte hinter ihrem Ohr hervor und fiel ihr ins Gesicht. Val beobachtete ihre eigene Hand dabei, wie sie sich nach ihr ausstreckte und sie zärtlich wieder hinter Lisas Ohr schob. Oh. So fühlte sich das also an. So fühlte es sich an, jemanden mit einer Berührung zum Lächeln zu bringen.

»Darf ich dich küssen?«, fragte sie.

Lisa biss sich auf die Lippe, aber Val sah, wie sie grinste, mit den Augen, ohne es unterdrücken zu können. »Ja, bitte.«

Und dann küsste Val sie. Es war schön. Lisa war klein und warm, und Vals Hände passten perfekt in die weiche Wölbung zwischen Brustkorb und Hüfte. Val war fast beängstigend glücklich. Sie hatte die Zuordnung, die sie sich gewünscht hatte, auf einem Schlachtschiff, das wichtige und bedeutsame Arbeit am Rande des bewohnten Weltalls verrichtete. Ihre beste Freundin würde ebenfalls dort sein. Und hier war nun Lisa, die ihre Hand unter Vals Jacke geschoben hatte, um ihr beim Küssen noch näher zu sein. Es war *herrlich*, und das war kein Ausdruck, den Val oft benutzte. Aber das war es. Ihr Leben war gut, es war wunderschön, es war herrlich.

Und dann ging ihr Pieper los.

Val knurrte und löste sich behutsam aus Lisas Umarmung. »Tut mir leid«, sagte sie. »Ich muss leider drangehen.« Manchmal hatte sie das Gefühl, mit diesem verdammten Ohrstöpsel verwachsen zu sein. Jetzt angelte sie ihn aus ihrer Tasche. »Ja?«, meldete sie sich. »Wehe, es ist nicht wichtig.«

Genervt betrat Val wenig später die Sicherheitsstation in Ring Zwei. Lisa war sehr süß und verständnisvoll gewesen, aber trotzdem – konnte es einen unpassenderen Moment für Alarmstufe Gelb geben? Vier Minuten später kam Cleo an; sie trug keine Uniform, wie Val verbittert registrierte, ja, nicht einmal ihre eigenen Klamotten. »Scheiß Terroristen, ruinieren mir meine verdammte Nummer!«, ließ sie den ganzen Raum wissen.

»Und mir mein Date«, sagte Val. »Du bist spät dran.«

»Oh mein Gott, du bist ja in voller Montur!«, rief Cleo. »Du musst mir unbedingt mehr über dieses Mädchen erzählen.«

Harriman, Hymmers Secpol-Kapitän, war ein ehemaliger TE-Marinesoldat, der in den Majo-Kriegen gekämpft hatte. Mittlerweile war nicht mehr viel von dem einstigen Soldaten übrig geblieben, wenn man einmal von seiner Größe absah – er gehörte zur genetisch optimierten Kriegszucht, war ein echter Mann des Militärs, über zwei Meter groß und ausgestattet mit einigen sensorischen Upgrades, wie das leise Schimmern in seinen Augen verriet. Harriman war ein entspannter und fürsorglicher Boss, dem soziales Engagement sehr wichtig war, und das war die richtige Einstellung für einen Secpol-Anführer auf einer Raumstation mit siebzigtausend dauerhaft Ansässigen und regulär zwölf Millionen Durchreisenden – die Aliens nicht mitgezählt. Es ging das Gerücht um, dass er eine Furcht einflößende Frau hatte, die früher beim Führungsstab gewesen war, aber Kyr hatte sie nie getroffen.

Heute allerdings war Harriman nicht entspannt. »Wir suchen einen Xeno-Terroristen«, bellte er. »Ihr bildet Paare, und zwar ihr alle, Alte wie Neue, und ihr klopft an jede Tür im Außenbezirk von Ring Zwei.« Allgemeines Gemurmel. Das war der Alien-Bezirk. Selbst Val, die politisch nicht sonderlich interessiert war, wusste, wie das in den Medien nonkonformistischer Menschen wie Lisa aussehen würde. Es musste eine ernsthafte Angelegenheit sein, wenn niemand darauf Rücksicht nahm. »Jedes Haus, jeder Schuppen, guckt unter jede gottverdammte Bettdecke, klar? Der Hinweis kommt direkt aus dem Providence-Geschwader.«

Val hob eine Hand. »Wonach suchen wir? Haben wir ein Bild oder eine Beschreibung?«

»Nein«, antwortete Harriman.

»Spezies?«

»Nein. Wir haben, was ich euch gesagt habe.«

Noch mehr Gemurmel. Sie suchten also die Nadel im Heuhaufen.

»Wir versuchen, sie abzuschrecken«, sagte Harriman, »und Außenbezirk Zwei daran zu erinnern, dass es keine gute Idee ist, einen Terroristen zu verstecken. Haltet nach Neuankömmlingen Ausschau. Fragt genau nach. Das Individuum, nach dem wir suchen, hat Verbindungen zu den Ziviri Jo.«

Val fröstelte. Das war die gefährlichste unter den paramilitärischen Xeno-Gruppen. Und diejenige, über die sie am besten Bescheid wusste.

»Abtreten«, knurrte Harriman. »An die Arbeit. Jetzt.«

Im Außenbezirk Zwei von Tür zu Tür zu gehen, schlummernde Sinnet zu wecken, Lirem beim Abendessen zu stören und eine Gruppe von Zunimmern mit Fragen, die in deren Kultur als schockierend persönlich galten, in Angst und Schrecken zu versetzen, war kein Vergnügen. Val blieb konzentriert, weil es ihr Job verlangte und weil es einen auch auf Hymmer das Leben kosten konnte, wenn man sich Tagträumereien über sein unterbrochenes Date hingab. »Nicht der richtige Zeitpunkt«, blaffte sie Cleo an, die nicht aufhörte, sie zu löchern.

»Wieso, befürchtest du etwa, dass uns ein Zun den Garaus machen könnte?«, feixte Cleo. »Oder eine furzende sinnetische Oma? Oder ...«

»Die Ziviri Jo rekrutieren Menschen«, unterbrach sie Val. »Ich habe keine Lust, von einem abtrünnigen Zuchtkrieger das Fell über die Ohren gezogen zu bekommen, nur weil du nicht aufgepasst hast.«

»Na schön«, maulte Cleo beleidigt. Val war das egal. Sie würden das am nächsten Morgen klären.

In jedem Haus, das sie durchsuchten, bot sich ihnen das gleiche Bild: verängstigte Aliens, die üblichen Spuren von Armut und weit und breit kein Terrorist. Zur Abwechslung hatten sie es hier und da mit wütenden Menschen zu tun. Ein paar davon gab es hier im Außenbezirk Zwei, die meisten genauso arm wie ihre Nachbar*innen, aber potenziell gefährlicher. Wenn Val etwas auf Hymmer gelernt hatte, dann, dass die Berichterstattung über randalierende Aliens weitgehend Quatsch war. Menschen waren größer, Menschen waren aggressiver, und Menschen glaubten in der Regel, dass sie mit allem davonkamen. Die Xeno-Bevölkerung auf Hymmer hingegen hielt den Kopf gesenkt und ging ihrer Arbeit nach. Sie waren Kellner*innen und Vertreter*innen, Transportunternehmer*innen und Pförtner*innen und alle hier, weil das TE Bildung und Integration für alle Heranwachsenden anerkannter empfindungsfähiger Arten auf Stationen vorsah, die unter seiner Kontrolle standen. Val respektierte das.

Hier und da gab es Abweichungen von der Verängstigte-Aliens-Routine. Val überließ Cleo die Missionar*innen der Church of All God's Peoples, weil ihr die Jesus-für-Aliens-Leute immer irgendwie unangenehm waren. Außerdem verhafteten sie einen sinnetischen Drogendealer, den sie auf frischer Tat dabei ertappten, wie er verbotene Betäubungsmittel unter seine Matratze stopfte, und riefen die Verstärkung, die ihn mitnahm. Über ihren Ohrstöpsel hörte sie Harriman laut irgendwelche Befehle erteilen. Es ging auf drei Uhr morgens zu.

Ihre Schicht endete mit dem Anbruch des Tageszyklus, und Cleo und Val taumelten zurück zum Quartier, um ihren ereignislosen Bericht abzuliefern. Die Secpol-Station war voller Reporter*innen. Verdammt, das war ja Ari Shah, der es mit einer Kameradrohne offensichtlich auf Harriman abgesehen hatte. Hier braute sich ein mächtiger Shitstorm zusammen. »Bett«, sagte Val müde und war extrem dankbar für die Tatsache, dass er nicht ihr Problem war.

»Geh nur«, sagte Cleo. »Ich hab noch 'ne Verabredung.«
»Ernsthaft?«
»Er hat Spätschicht. Und ich mag ihn. Einen Versuch ist es wert. Bis später!«

Also stieg Val erschöpft allein in den Lift in Richtung Ring Sechs. In der verspiegelten Wand konnte sie sehen, dass ihre Uniform furchtbar aussah. Die Jacke zerknittert, die Bundfalten in der Hose beinahe verschwunden. Seufzend fügte sie der

Liste in ihrem Kopf den Punkt »Reinigung« hinzu. Die würde sie noch abarbeiten müssen, bevor sie ausliefen. Oh, und sie musste sich bei Lisa melden. Aber nicht jetzt, Lisa schlief bestimmt noch.

In Ring Sechs, einen Halt vor dem von den wohlhabenden Schichten frequentierten Ring, in dem sie und Lisa ihr romantisches Dinner gehabt hatten, befanden sich vornehme Menschenresidenzen. Val wohnte besonders gern hier, weil es so ruhig war. Zu dieser Tageszeit bewegte sich hier nichts außer den Reinigungsdrohnen. Während sie die Treppe zu ihrer Wohnung hochstieg, knöpfte sie sich ihre Uniformjacke auf – igitt, ihr Shirt war völlig durchgeschwitzt. Es war eine lange Nacht. Eine sehr lange Nacht.

Duschen, Bett, dann aufstehen und Lisa anrufen.

Aber als Val bei ihrer Wohnung ankam, sah sie, dass die Tür offen stand.

Das Schloss war aus dem Rahmen gebrochen worden, und der herunterbaumelnde Alarmknopf blinkte traurig vor sich hin. Hier war keine Professionalität am Werk gewesen, nur reine Muskelkraft. Val hätte das auch geschafft. Das durchschnittliche Alien nicht. Vielleicht ein besonders kräftiger Sinnet. Aber nein, eher nicht.

Val griff nach ihrem Funkgerät, schaltete es ein und drückte den stillen Schlüssel für den Notfallkanal. Dann hielt sie inne, drehte es um und entnahm die Batterien.

Sie betrat ihre Wohnung.

»Max.« Ihr Bruder stand bei der Couch und hatte seine Unschuldsmiene aufgesetzt. Das machte sie wirklich wahnsinnig. Wenn man schon seine Familie und seine Spezies verriet, um sich einer Gang terroristischer Aliens – sorry, *Freiheitskämpfer*innen* – anzuschließen, dann konnte man wenigstens entschlossen tun, fand Val. Aber Max sah nervös aus. »Was zur Hölle machst du hier?«

»Vallie«, sagte Max. »Schön, dich zu sehen.«

Das Schlimmste war, dass Val es gewusst hatte. Sie hatte es in dem Moment gewusst, als Harriman *Ziviri Jo* gesagt hatte. Max wäre aufgefallen wie ein bunter Hund in Außenbezirk Zwei. Jeder, der ihn dort gesehen hätte – genauso eindeutig Kriegszucht wie Harriman –, hätte sich sofort gefragt, was der Typ in diesem Alien-Slum zu suchen hatte. Es wäre kein Kunststück gewesen, daraus auf *Dissident*, *Abtrünniger* und *Krimineller* zu schließen.

»Nenn mir nur einen guten Grund, dich nicht zu verpfeifen«, sagte Val.

Und eine Stimme hinter ihr antwortete: »Max hat freiwillig angeboten, mir bei der Suche nach dir zu helfen, und ich bin ihm sehr dankbar dafür.«

Val fuhr herum und drehte ihrem Bruder dabei den Rücken zu, was ein gewisses Risiko barg, wenn auch kein großes. Die Stimme gehörte einem Alien, dessen Art Val nicht bekannt war. Was eigentlich nicht anging, denn Val kannte *alle* empfindungsfähigen Arten. Sie hatte sie extra für ihren Posten bei Secpol lernen müssen.

Es war zweibeinig, schmächtig, strahlte Gelassenheit aus, und Val vermutete, dass es sehr flink war. Große graue Augen nahmen beinahe die Hälfte seines Gesichts ein, und ein blasser Kamm krönte seinen Kopf mit den langen beweglichen Ohren. Es trug die gleiche praktische Reisekleidung wie Max, dazu einen langen weißen Schal. Die drei Finger einer seiner eleganten Hände hatten sich in dessen Fransen vergraben, die andere hielt einen Stab aus poliertem Holz – war das ein Gehstock? Das Alien stützte sich nicht darauf ab, sondern hielt ihn nur locker am abgerundeten Ende fest.

»Valkyr«, sagte das Alien sanft. »Endlich.«

»So heiße ich nicht«, sagte Val. *Valkyr* klang wie ein Name, den diese gruseligen Die-Erde-zuerst-Typen ihren Kindern gaben.

Leute, die so unangenehm zu Aliens waren, dass man sich auf Partys nicht mit ihnen unterhalten mochte.

»Es tut mir leid, Valkyr«, sagte das Alien, »aber was auch immer du jetzt gerade glaubst, ist nicht wahr. Das musst du wissen.«

Das Wesen atmete tief ein und vollführte eine Geste mit der freien Hand, die Val aus irgendeinem Grund als Befehl deutete. Ein Befehl wozu?

Grünliches subreales Licht flackerte auf; die Wände der Wohnung wurden für einen kurzen Augenblick nebelartig und undeutlich. Das hatte was mit Schattenmotoren zu tun. Mit *Providence*. Das konnte unmöglich hier auf Hymmer vonstattengehen – etwa achtzig verschiedene Sicherheitsmaßnahmen verhinderten es. »Yiso, hör auf!«, sagte Max scharf.

Das Alien schrie auf, ein grelles Kreischen. Was auch immer es tat, es schien ihm wehzutun. Aber es hörte nicht auf. Für eine Millisekunde kam es Val so vor, als kippte die ganze Wohnung zur Seite. Das Alien – Yiso – zitterte am ganzen Leib, wiederholte aber mit rauer Stimme: »Das musst du wissen!«

Und Val ...

Und *Kyr* ...

Sie wusste es.

21

PROVIDENCE

Nichts hiervon ist echt. Alles hiervon ist echt.

Kyr schüttelte Mags' besorgte Hand ab und sagte das Erste, was ihr in den Sinn kam: »Entschuldige mich einen Moment.«

Es waren nicht Kyrs Worte. Sie hatte noch nie so etwas gesagt. Aber *Val* schon – Val hatte Manieren –, und da es ihre Worte waren, nutzte Kyr die Gelegenheit und floh in den einzigen Raum der Wohnung, den man abschließen konnte, und das war das Bad.

Toilette. Waschbecken. Der unaussprechliche Luxus einer Regendusche, die den Preis der Wohnung noch einmal in die Höhe geschraubt hatte. Alles cremefarben, grau und schön. Kyr sah sich entsetzt im Raum um. Sie hatte die Dusche an ihrem letzten freien Tag geputzt. Cleos Haarprodukte standen feinsäuberlich aufgereiht neben dem Waschbecken. *Nichts hiervon ist echt.*

Alles hiervon ist echt.

Cleo. Lieutenant Cleo Alvares, Terranisches Expeditionskorps. Kyrs Mitbewohnerin, ihre Erzfeindin, ihre *Freundin*. Vals Erinnerung verriet ihr, dass sie Cleo nach der Uni kennengelernt hatte, bei der ersten Offiziersprüfung; dass sie Rivalinnen gewesen waren, dann befreundete Rivalinnen, dann Freundinnen; dass sie Cleos Mutter kennengelernt hatte, ihre Großmutter und eine endlose Reihe von Lovern – *Was soll ich sagen*, lachte die Cleo in Vals Erinnerung, *es gibt einfach zu viele gute, ich kann mich unmöglich entscheiden.*

Nichts hiervon war echt. Alles hiervon war echt. Kyr nahm eine Flasche Haarzeugs. LOCKEN-GEL stand darauf. Schnell, als hätte sie etwas Verbotenes getan, stellte Kyr sie wieder hin.

Die Cleo in Kyrs Kopf hatte ihre Haare abrasiert, denn Gaia war sehr penibel, wenn es um die äußere Erscheinung ging. Strenger, als es das Terranische Expeditionskorps je gewesen war. Kyrs Cleo hatte nie auch nur einen einzigen Lover gehabt.

Und Kyrs Cleo war nie ihre Freundin gewesen. Das erkannte sie jetzt. Cleo war gezwungenermaßen mit Kyr zusammen gewesen; sie alle bei den Sperlingen waren gezwungenermaßen zusammen gewesen. Sie waren nie Freundinnen gewesen. Wer weiß, ob sie es je hätten sein können – Gaia hatte es unmöglich gemacht.

Aber das alles war nicht real. Es war nie passiert. Station Gaia existierte nicht.

Kyr – *Val, ich heiße Val*, dachte sie, aber sie glaubte es nicht – trat ans Waschbecken, wusch sich das Gesicht, wusch sich die Hände. Sie sah in den Spiegel. Lieutenant Valerie Marston war dreiundzwanzig. Sechs Jahre älter. Ihr Gesicht sah noch immer gleich aus. Ihre Wangen waren runder. War sie größer? Val hatte nie eine Agricola-Missernte erlebt. Sie hatte nie gehungert. *Ich habe nie gehungert*, dachte Kyr.

Nichts hiervon war echt. Alles hiervon war echt.

Ich muss noch Lisa anrufen, dachte sie und spürte einen bittersüßen Schmerz in ihrer Brust. Lisabel war hier. Kyr hatte sie zum Essen ausgeführt, und sie hatten nette bescheuerte Dinge zueinander gesagt, und sie hatten ... sie hatten sich geküsst. Kyr hatte niemals auch nur daran gedacht, Lisabel zu küssen. Sie wusste nicht, wie ihr das gelungen war. Sie legte sich eine Hand auf den Mund, versuchte, nicht zu lachen, nicht zu schreien. Dachte an Mags in Raingold, wie es aus ihm herausplatzte, *Ich bin queer*, als erwartete er, von Kyr geschlagen zu werden.

Komisch. Ich auch, dachte Kyr und setzte sich neben der Toilette auf den Boden.

Sie bedeckte ihr Gesicht mit beiden Händen und lachte heiser. Stellte sich vor, sie hätte das gesagt. Stellte sich Mags' Gesicht vor.

Nichts von alldem war echt. Echt waren Vals Erinnerungen. Mags, nein, Max, mit einem x, hatte nie eine solche Beichte abgelegt. Das war nicht nötig gewesen. In diesem Universum war man seiner Art nichts schuldig in der Hinsicht. Es war nichts verkehrt daran, zu wollen, wen man wollte. Bis zum heutigen Tag hatte Val nie einen Gedanken daran verschwendet.

Sie hatte Lisabel geküsst. Nein, das war ein gaianischer Name. Das Mädchen, das Kyr geküsst hatte, hieß Lisa. Sie musste sie unbedingt anrufen. Um ihr ... *was* zu sagen? Was sollte Kyr ihr erzählen? Ich bin abgehauen, als sie mich der Krippe zugeordnet haben, und ich habe dich zurückgelassen. Ich habe nicht nachgedacht ...

Das war in einer anderen Welt geschehen.

Kyr weinte. Sie wusste nicht, warum. Alles war gut. Alles war wunderbar. Sie hatte es geschafft, sie hatte die Welt gerettet. Trotzdem weinte sie noch ein wenig weiter. Es klopfte an der Badezimmertür, und dann hörte sie die Stimme ihres Bruders: »Vallie?«

Kyr ignorierte ihn.

Sie wartete einen Augenblick still ab, dann zog sie ihre Uniform aus und hängte sie sorgfältig auf. Sie dachte über diesen unfassbaren Reichtum nach, darüber, wie wunderschön es war, eine eigene Ausgehuniform zu besitzen, die ihr perfekt passte, weil es eben ihre war. Sie stieg in die Dusche, drehte den Hahn auf und ließ das Wasser über ihren Körper laufen (so viel Wasser, und das auf einer Raumstation). Es war so laut, dass sie es nicht gehört hätte, wenn Mags noch einmal geklopft hätte.

Kyr weinte weiter, diesmal, weil sie daran dachte, wie sich Mags vor ihren Augen getötet hatte.

Max war schon immer labil, kommentierten Vals Erinnerungen. Kyr verabscheute Val jetzt schon. Ihr anderes Ich war wirklich unerträglich herablassend. *Val fand ihren Bruder im Grunde genommen nutzlos. Val* war nicht überrascht gewesen, als Max weggelaufen war und sich den Ziviri Jo angeschlossen hatte, denn wenn jemand einem Xeno-Kult auf den Leim ging, dann er. Aber das war so dumm. Mags und die Art, wie er die Dinge betrachtete, so derart zu unterschätzen, war so dumm. Mags war niemandem auf den Leim gegangen. Auch nicht Gaia.

Und das war bloß Vals Meinung über ihren Bruder. Vals Urteil über Kyr war noch schlimmer. Zwei Personen im Kopf zu haben, von denen die eine die andere fertigmachte, weil sie nie eine Schule besucht hatte, war so unangenehm, dass Kyr Kopfschmerzen davon bekam. Oder vom Weinen.

Halt's Maul, du bist ja nicht mal echt, dachte Kyr und schob Val und deren Schulerinnerungen (Prüfungen und Bücher und Sportpokale und noch mehr Prüfungen und Bestnoten in Prüfungen und dann Uni und noch mehr Bestnoten ...) so weit weg wie möglich. Dann wusch sie ihre kurzen Haare (kurz! Kein verordneter Pferdeschwanz! Alles abgeschnitten!), stieg aus der Dusche und zog die einzigen Klamotten an, die Val im Bad hatte liegen lassen, und zwar einen Pyjama. Kyr hatte noch nie einen besessen. Er hatte grüne Streifen, und auf dem Oberteil war ein Cartoon-Schaf.

Sie sah sich im Spiegel an und erkannte undeutlich Kyrs Züge in Vals weichem, selbstgefälligem Gesicht, in dem sich bestimmt prima eine Faust platzieren ließ. Es waren ihre eigenen harten gaianischen Augen, die den Blick erwiderten.

Nichts von alldem war je passiert. Aber doch, war es schon, für Kyr.

Sie wünschte, sie hätte das nicht gewusst.

Kyr ging ins Wohnzimmer zurück. Sie sah weder Mags an, der ungelenk auf dem Sofa saß, das Cleo ausgesucht hatte, noch Yiso, wie er da bei der Kücheninsel stand, so fehl am Platz wie ein Rebstock, der plötzlich aus dem Boden spross. Sie ging zur Wohnungstür und begutachtete den Schaden, den Mags angerichtet hatte, dann rammte sie das herabbaumelnde Schloss wieder zurück an seinen Platz. Es war schwer, Vals Wissen anzuzapfen, ohne dabei ihre Gedanken zu denken, aber es gelang Kyr schließlich, die Tür zu schließen und zu verriegeln. Wenn sie auszogen, würde das Schloss ausgetauscht werden müssen. Ihre Kaution konnten sie vergessen.

Da waren sie, Vals Gedanken! *Kaution.* Was sollte das überhaupt sein?

Kyr drehte sich zu den anderen um und spürte erneut Vals Überraschung beim Anblick von Yiso, einem ganz offensichtlich fortschrittlichen empfindungsfähigen Alien, das zu einer ihr unbekannten Spezies gehörte. *Du dachtest, du wüsstest alles, stimmt's?* Sogar beim Thema Aliens war Val herablassend. Sie wusste alles Mögliche. Kannte sich mit Zunimmer-Opern aus, wusste, welche Wortwahl die Lirem beleidigte, und wäre nicht im Traum auf die Idee gekommen, einer Gruppe von Sinnets den Tisch in einem Restaurant abspenstig zu machen, sofern diese noch nicht fertig waren. Sie war ausgesucht höflich zu den Aliens auf Hymmer. Sie konnte es sich leisten. In allem schwang diese gewisse selbstbewusste Überlegenheit mit. Dabei wusste sie nicht einmal, dass die Majo wie Menschen waren.

Natürlich sind sie das. So wie alle anderen auch.

Aber du denkst, du bist was ganz Besonderes. Du denkst nicht, dass die Menschen in Außenbezirk Zwei welche sind. Nicht so welche wie du. Du würdest das auch von mir nicht denken, wenn du mich zum ersten Mal treffen würdest.

Das ist etwas anderes. Du bist bemitleidenswert, hörte Kyr sich selbst denken. *Du bist krank. Du kommst aus einer vergifteten Kultur, du selbst bist vergiftet.*

Halt die Fresse!

»Valkyr?«, sagte Yiso vorsichtig.

»Warum tust du mir das an?«, fragte Kyr. Nicht, dass sie lieber Val geblieben wäre. Sie hasste Val wahrscheinlich mehr, als sie jemals irgendwen gehasst hatte.

»Es tut mir leid«, sagte Yiso. »Ich brauche dich.«

»Es war gut! Alles war gut!«

»Dieses Universum ist im Begriff, sich aufzulösen«, sagte Yiso. »Die Weisheit ist beschädigt. Die Realität bricht in sich zusammen. Ich brauche dich. Du musst mir helfen.«

»Du hast Mags«, sagte Kyr. »Er ist besser als ich! Du hättest mich in Ruhe lassen können. Du hättest einfach ...«

»Ich konnte es nicht mehr ertragen«, sagte Yiso, »mit meinem Wissen allein zu sein.«

Kyr hielt inne. Sie sah Yiso an, lange und intensiv. Yiso sah älter aus, genau wie Kyr. Das ständige Gezappel und Gezucke, an das sich Kyr aus der Zeit auf Chrysothemis und in den Hallen der Weisen erinnerte, war nicht mehr da. Yiso erwiderte ihren Blick ruhig und gelassen, und Kyr schluckte.

»Weiß er Bescheid?«, fragte sie und ruckte ihr Kinn in Mags' Richtung.

»Nein«, antwortete Yiso, bevor Mags seinen Mund öffnen konnte. »Ich erinnere mich. Ich dachte, ich sollte lieber nicht zu viel sagen, falls er die Erinnerung nicht ertragen kann. Es tut mir leid, wenn das falsch war.«

»Nein«, sagte Kyr. Diese völlige Ruhe, mit der Mags die Waffe genommen hatte. Die kleine Eintrittswunde und die furchtbare Austrittswunde. »Nein. Das war richtig von dir. Danke.«

Aus den Augenwinkeln sah sie zu ihrem Bruder hinüber. Er sah aus wie er selbst, ganz genau wie er selbst: groß und blond und schön. Er sagte nichts, sah nur hinab auf seine Hände. Kyr ertrug es nicht länger. Sie stürzte auf ihn zu.

Die Umarmung war wie ein Angriff. Kyr schloss die Arme um Mags' breite Schultern. Ihre Finger gruben sich wie Krallen in sein Shirt. »Uff«, machte Mags, aber er erwiderte ihre Umarmung. »Hey, Vallie.«

Er wusste es nicht. Dieser Mags – *Max* – war *Vals* Bruder. Er kannte kein Doomsday-Szenario. Aber Kyr klammerte sich trotzdem an ihm fest. »Ich liebe dich«, flüsterte sie. »Ich liebe dich so sehr.«

»... dich auch«, erwiderte Mags.

Kyr zwang sich, ihn loszulassen. »Wer ist noch hier?«, fragte sie Yiso. »Was ist mit Avi?«

»Von Avicenna habe ich keine Spur gefunden in dieser Wiederholung«, sagte Yiso. »Station Gaia hat ihn hervorgebracht und geformt. Es ist möglich, dass er hier einfach nie existiert hat.«

»Aber alle sind hier. Ich bin hier. Leute, die ich von Gaia kenne, sind hier.«

»Vielleicht ist es mir einfach noch nicht gelungen, ihn zu finden. Aber dieses Universum ist sehr anders, und einige Umstände lassen sich unmöglich rekonstruieren. Ich bin mir fast sicher, dass manche Leute nie geboren wurden.«

Kyr wurde die Brust eng. Seltsam. Sie hatte den anderen Avi getötet, daran musste sie sich selbst erinnern. Er hatte sich zu einem Monster entwickelt, genauso schlimm wie Leru, und sie hatte ihn getötet für das, was er angerichtet hatte.

Vielleicht wäre er hier nicht so bösartig gewesen. Wahrscheinlich immer noch einigermaßen unerträglich, aber nicht bösartig.

Und dann wanderten ihre Gedanken woandershin: zu Ally.

Ursas Sohn. Joles Sohn. Hier existierte er nicht, das wusste sie. *Ursa* schon – Ursa war Vals große Schwester Ursula, Commander Marston von der *Samphire*, die Val jeden Donnerstagabend anrief, um sich mit ihr über ihre Jobs auszutauschen. Ursula hatte kein Kind. In dieser Realität war es Jole nie gelungen, Kyrs Schwester auch nur ein Haar zu krümmen. Es war nie passiert, und daher gab es auch die Konsequenzen hier nicht.

Gut, dachten sowohl Kyr als auch Val. Kyr war genervt von Vals Erinnerungen, aber Val war von Kyrs Erinnerungen regelrecht erschüttert. *Vergewaltigung, Missbrauch, Polizei, Gefängnis* – Gott, sie hatte ja keine Ahnung gehabt. Aber hier würde all das nicht passieren, dachte Kyr, an ihr anderes Ich gewandt. Jole war ein berühmter Held. Er war ein Admiral. Niemand würde Admiral Jole vom Terranischen Expeditionskorps für irgendetwas ins Gefängnis stecken.

Und natürlich war es besser so, viel besser. Aber Kyr fühlte sich trotzdem seltsam, wenn sie an das Kind mit der Brille dachte, das am Fenster saß und seine Kunsthausaufgaben machte, in einem Universum, das es nie gegeben hatte.

Und dann schoss ihr noch etwas anderes durch den Kopf, und ihr entfuhr ein kleiner Laut der Empörung.

»Was?«, fragte Mags. »Was ist denn?«

»Er hat die Lorbeeren eingeheimst!«, sagte Kyr entgeistert.

»Was? Wer?«

»Aulus Jole«, sagte Yiso.

»Er hat die Erde nicht vor der Weisheit gerettet!«, sagte Kyr. Ihr ganzes Leben lang hatte Val jährlich den Tag der Befreiung gefeiert. Sie war bei Paraden gewesen, bei denen Joles Konterfei durch die Straßen getragen wurde! Sie hatte einen Aufsatz über ihn für ihre Unibewerbung geschrieben! Kyr bebte vor Wut. Admiral Jole vom Terranischen Expeditionskorps, der Mann, der die Welt vor den Aliens gerettet hatte. Kyr erinnerte sich ganz genau an die leichenblasse Gestalt weit oben über dem blauen Rund der Erde. Sie hatte den Sprunghaken von seinem Gürtel gelöst und Jole dort zurückgelassen. Und sie hatte gesiegt, sie hatte Doomsday gewonnen. »Das war nicht er! Er wusste von nichts! Das war *ich*!«

»Wie bitte?«

»Und er weiß, dass er es nicht war!«, rief Kyr. Val hatte ein Foto von sich und Jole an der Wand hängen, auf dem sie sich am Tag ihrer Zulassung zur Akademie die Hand schüttelten. Sie riss es vom Haken und schleuderte es auf den Boden. Das Glas brach mit einem leisen Klirren. »Er weiß, dass er es nicht war. Er muss wissen ...«

Wer zur Hölle bist du?, hatte der verletzte Soldat gefragt. Kyr wurde still. Sie versuchte, sich an das Abendessen am Tag ihrer Zulassung zu erinnern. Val hatte sich Jole vorgestellt, und er hatte gelächelt und gesagt, dass sich ein Mitglied der Marston-Familie nicht vorzustellen brauche. Hatte er sie, Val, irgendwie anders angeschaut? Er hatte Kyr nur für einen kurzen Moment gesehen, dort oben auf der Verteidigungsplattform. Hatte er sie erkannt? Erinnerte er sich?

Admiral Joles Macht und Einfluss basierten auf seinem Heldenstatus. Mit kometengleicher Geschwindigkeit war er aufgestiegen, Rang um Rang. Ihm oblag das Kommando über die Providence-Einheit des Terranischen Expeditionskorps und deren nebulösen Nachrichtendienst. Taktik. Technologie.

»Es ist komisch«, sagte Yiso. »Das letzte Mal, als ich dich gesehen habe, hast du auch Sachen kaputt geschmissen. Es fühlt sich fast so an, als hätte es was mit mir zu tun.«

Kyr hielt inne. Plötzlich wirkten die Überbleibsel der gerahmten Fotografie zu ihren Füßen irgendwie albern. Sie erinnerte sich an die Sperlinge, wie sie vor gefühlt Tausenden von Jahren die Gläser aus Yisos Raumschiff genommen und auf den Boden geschmissen hatten. Und an Yiso, wie er dort lag, klein und gefesselt und bewacht. Irgendwo in ihr krümmte sich Val vor Unverständnis. *Warum warst du so gemein?*

Kyr biss sich auf die Lippe. »Ich bin einfach wütend«, sagte sie und trat einen Schritt zurück, weg von dem kaputten Bilderrahmen. Sie hätte gern dagegengetreten, aber sie war barfuß. »Entschuldigung.«

»Es hat also nichts mit mir zu tun?«, fragte Yiso.

»Mach dich nicht über mich lustig«, entgegnete Kyr, fühlte sich aber auf eine merkwürdige Art besser. Mags sah verwirrt aus. »Ich dachte, du hättest es ihm erklärt«, sagte Kyr, an Yiso gewandt.

»Ich kann nichts erklären, was ich nicht erlebt habe.«

»Oh. Na schön. Okay. Also, die Majo hatten die Erde zerstört«, erklärte Kyr nun selbst. »Und dann habe ich die Weisheit dafür benutzt, zurück durch die Zeit zu reisen und das ungeschehen zu machen. Und dann hat sich Jole den Erfolg auf die Fahne geschrieben.«

Mags wirkte aufgewühlt. »Verstanden«, sagte er. »Aber warte ... zerstört?«

»Hm, ja«, sagte Kyr finster. »Jetzt sag mir, warum du hier bist. Du hast etwas von der Weisheit erzählt, dass sie beschädigt sei oder so?« Das passte nicht zu den Informationen, die Val hatte. »Aber es gibt keine Weisheit. Wir haben sie festgesetzt und ausgeschaltet.«

»Nein«, sagte Yiso. »Nicht wirklich.«

Leru Ihenni Tan Yi, Kind der Weisheit, ungekröntes Oberhaupt der Majoda, gelangte zu dem Schluss, dass die Erde mitsamt ihren bedrohlichen menschlichen Bewohnern zerstört werden musste. Und dennoch passierte dies nicht.

Die Weisheit hatte nicht versagt, denn die Weisheit konnte nicht versagen; es war also etwas Mysteriöses im Gange. Leru kehrte in die Hallen der Weisen zurück, um der Sache auf den

Grund zu gehen, im Schlepptau eine menschliche Angriffstruppe, ein Team aus unerschrockenen Soldat*innen von der *Victrix*, die (Kyr wusste das, Val wusste das) unter dem Kommando von Admiralin Elona Marston stand.

(Mein letzter Anruf bei Mama ist ewig her, dachte Val. Kyr erstarrte. Sie hatte nie eine Mutter gehabt. Sie wagte es nicht, sich Vals Erinnerungen näher anzusehen.)

Keine anderen Soldat*innen der Majoda kamen den menschlichen in Größe, Kraft, Mut und Grausamkeit gleich. Viele von ihnen aber starben, als die Weisheit ihre Fallen auslegte und die gewundenen Gänge ihrer Heimat verzerrte, um sich selbst zu verteidigen. Doch am Ende ...

»Sie haben sie zerstört«, sagte Kyr. »Jetzt herrscht keine Alien-Maschine mehr über das Universum.«

»Sie haben sie nicht zerstört«, sagte Yiso. »Sie haben sie nur in Besitz genommen.«

»Nein.«

»Das war immer das Ziel der Menschheit gewesen«, beharrte Yiso. »Mit den primitiven Realitätsgeneratoren, die ihr Agoge nennt, hatten die Menschen angefangen, ihre eigene Version der Weisheit zu kreieren. Aber es hat Tausende von Jahren gedauert, bis unser Werk zur Vollendung gelangen konnte. Warum also Zeit mit dem Bau eines eigenen Realitätsverzerrers verschwenden, wenn man einfach ...«

»Schummeln kann?«, fragte Kyr.

»Ja«, sagte Yiso nach einem kurzen Moment. »Das ist ein gutes Wort dafür. Die Menschen haben die Weisheit unter ihre Kontrolle gebracht. Sie haben geschummelt. Sie haben sie gestohlen.«

Einen Augenblick lang trat Stille ein.

»Na und?«, sagte Kyr dann. »Klingt ziemlich übel für dich, Majo. Aber warum sollte mich das interessieren?«

»Leru wusste, dass unser Zuhause nicht länger würde verteidigt werden können«, antwortete Yiso. »Ich war ein Kind in den

Hallen der Weisen. Mit letzter Kraft leitete Leru meine Flucht in die Wege, kehrte dann zum Herzen der Majoda zurück und sabotierte die Weisheit. Ich habe mein Leben in einem Versteck verbracht, geschützt durch die Opfer der Ziviri Jo und immer mit der Bürde der doppelten Erinnerungen, die mich ausmachen. Und die Weisheit existiert noch immer, und sie ist beschädigt, Valkyr. Sie kann nicht eingesetzt werden, ohne dass ein schrecklich hoher Preis dafür gezahlt werden muss. Du hast gesehen, was mit mir passiert ist, als ich die Grenzen der Universen in deiner Erinnerung habe verschwimmen lassen.« Yiso hatte geschrien, geschüttelt von Schmerz. »Und das ist noch das Geringste, was sie vermag, es betraf nur mich allein! Ich sage dir, ganze Galaxien leiden darunter. Sterne fallen in sich zusammen, Welten sterben, eine nach der anderen. Keine menschlichen Welten. Aulus Jole hält die negativen Folgen seines Versagens auf Abstand. Er nennt es *Providence*, und es hat ihm zu viel Macht verholfen. Ich flehe dich an, hilf mir, ihn aufzuhalten. Unter der Kontrolle Lerus war die Weisheit schon eine fürchterliche Technologie, aber sie war noch nicht so beschädigt, und Leru war nicht so böse.«

»Ach nein?«, sagte Kyr. »Erzähl das der Erde.«

»Bitte«, sagte Yiso.

»Was willst du überhaupt von mir?«, fragte Kyr. »Möchtest du, dass ich rückgängig mache, was ich getan habe? Dass das Universum wieder so wird, wie es war? Denn das werde ich ganz sicher nicht tun.«

Yiso schwieg.

»Ganz sicher nicht«, wiederholte Kyr. »Dieses Universum ist also ungemütlicher für die Majo. Na und? Was ist besser daran, wieder eins zu haben, das ungemütlicher für uns ist? Du kennst mein Leben nicht. Du weißt nicht, wie es auf Station Gaia war. Du hast in einem Versteck gelebt? Ich habe in der *Hölle* gelebt.«

Stille. »Ich verstehe«, sagte Yiso. »Ich werde dich nicht darum bitten.«

»Gut, das würde auch nichts bringen.«

»Wirst du mir dabei helfen, Admiral Jole aufzuhalten?«, fragte Yiso. »Ein Mensch wie er sollte nicht über eine Macht wie die Weisheit verfügen.«

»Niemand sollte das«, sagte Kyr und merkte im selben Moment, dass ihre Worte die Wahrheit waren. »Kannst du es zu Ende bringen?«

»Wie bitte?«

»Leru hat sie sabotiert. Es ist also möglich, sie zu beschädigen. Aber kann sie auch zerstört werden?«

Yiso antwortete nicht.

»Kein Schummeln mehr«, sagte Kyr. »Es würde Tausende von Jahren dauern, eine neue Maschine zu bauen, richtig? Die Weisheit zu zerstören, würde Jole also ein für allemal stoppen.«

»Das ist richtig«, gab Yiso zu.

»Dabei helfe ich dir«, sagte Kyr. »Aber das ist das Einzige. In jeder anderen Hinsicht bist du für mich einfach nur irgendein Terrorist.«

»Die Ziviri Jo sind keine Terrorist*innen«, warf Mags ein.

»Ach ja, *Freiheitskämpfer*innen*, von mir aus«, sagte Kyr.

»Wir sind nicht gewalttätig«, sagte Mags. »Wir tun nie irgendwem weh.«

»Ach wirklich? Was ist mit …« Val kannte unzählige Geschichten von Angriffen durch die Ziviri Jo. Manche hatten in letzter Sekunde von der Providence-Einheit vereitelt werden können, andere nicht. *Providence ist immer mit von der Partie, merkst du das, du Idiotin?*, dachte Kyr und meinte ihr anderes Ich. »Oh, das war also auch Jole.« Sie fuhr sich mit der Zunge über die Lippen. »Er sucht sich auch hier die falschen Opfer aus.«

»Aulus Jole weiß sehr genau, wem er wehtun muss«, sagte

Yiso, »um seine Macht zu behalten und seine Leute vor ihm erzittern zu lassen.«

»Ich weiß«, sagte Kyr. »Er hat sich nicht verändert.«

»Ich kann sie zerstören. Hilfst du mir?«

»Ja«, sagte Kyr. »Ich helfe dir.«

Kyr tauschte den Pyjama gegen Zivilkleidung. Sonst nahm sie nichts mit; die schneidige TE-Uniform blieb im Badezimmer hängen. *Du bist im Begriff, deine Karriere wegzuschmeißen*, schrie Val in ihrem Kopf. *Melde Jole bei den Behörden, und lass sie es regeln, wenn er wirklich so schlimm sein sollte.*

Die vorgesehene Behörde für solche Fälle unterstand der Providence-Einheit. Kyr konnte nicht begreifen, wie eine Version ihres Ichs so bescheuert sein konnte. »Los geht's«, sagte sie. »Ihr habt bestimmt ein Schiff.«

»Das haben wir«, antwortete Mags. Er sah irgendwie überrascht aus.

Kyr hielt inne. »Ich bin nicht sie«, sagte sie dann. »Ich bin anders.«

Mags antwortete nicht. Yiso zog den weißen Schal über Kamm und Ohren. Eine lächerliche Verkleidung, die niemanden länger als eine Sekunde lang täuschen würde. Kyr überlegte, ob sie Lisa anrufen sollte, bevor sie gingen, aber was würde sie ihr sagen? *Hi, es war nett, dich zu küssen, aber aus verschiedenen Gründen muss ich leider abhauen und verschiedene Verbrechen begehen, sorry. Außerdem habe ich dich in einem anderen Universum auf jede erdenkliche Art im Stich gelassen und es nicht einmal bemerkt, und darum ist das alles jetzt irgendwie komisch. Tschüss!*

Sie wurden nur von einer Person angehalten, einer Secpol-Streife von niedrigem Rang. Glücklicherweise guckte er nicht genau hin. »Sperrstunde, fürchte ich«, sagte er höflich. »Kein Verkehr zwischen den Ringen.«

Kyr bedachte ihn mit Vals Lächeln und ihrem ID-Chip. Die Lippen der Streife formten *Lieutenant Marston*, und sofort änderte sich sein Ausdruck.

»Dringende Angelegenheit«, sagte Kyr. »Kenntnis nur, wenn nötig. Tut mir leid.«

»Natürlich, Lieutenant«, sagte die Streife. »Verzeihung. Wer sind ...«

»Kenntnis nur, wenn nötig«, wiederholte Kyr. »Melden Sie sich bei Lieutenant Alvares, wenn Sie mehr Informationen brauchen.« Es würde eine Weile dauern, bis er Cleo an die Strippe kriegte, wenn sie wirklich gerade Sex hatte. »Weitermachen, Officer.«

»Jawohl, Ma'am.«

Das hätte ich vorher nie durchziehen können, dachte Kyr, während sie ihren Code für den Fahrstuhl eingab. *Auf Gaia wäre ich nie Lieutenant geworden. Wahrscheinlich nicht einmal Sergeant.* Gaias strenger Essenzialismus sah keine Soldatinnen im Führungsstab vor. Es brachte Jole keinen Vorteil, fair zu sein, also war er es auch nicht.

Es war von Vorteil für ihn, unfair zu sein, meldete sich Val in ihrem Kopf. *Es war von Vorteil für ihn, wenn Leute Angst vor ihm hatten und in Streit miteinander gerieten, und es war von Vorteil für ihn, dass niemand wirklich befreundet sein konnte, so, wie du und die anderen Sperlinge keine Freundinnen waren. Solange man sich den anderen überlegen fühlte, machte man sich keine Gedanken darüber, wie schlimm alles war und ob es vielleicht auch anders sein könnte. Er richtete das für alle so ein, damit alle sich so fühlten, und am Ende fühlte sich die ganze Station der Krippe überlegen. Und dort konnte niemand etwas ausrichten, weil alle so sehr damit beschäftigt waren, Babys zu bekommen, und die Schuld der Babys war es ja schließlich auch nicht. Und wenn irgendjemand unter ihnen an Rebellion dachte – nun ja. Hin und wieder starb eine Frau in der Krippe, und niemand stellte Fragen.*

Ursa hatte recht. Er wusste, was er tat.

Und alles, was er tun musste, war, dich ein- oder zweimal zu loben, und schon wärst du bereitwillig für ihn gestorben.

Val drückte sich präzise, klar, *gebildet* aus. Kyr hasste sie mehr als je zuvor. *Halt's Maul. Halt's Maul!*

In Hymmers Haupthangar ging es normalerweise chaotisch und fröhlich zu, während der Sperrstunde aber war er leer und still. Kyr verspürte einen kleinen Stich, als sie Yisos bemaltes Raumschiff erkannte, das zwischen zwei stupsnasigen Handelsfrachtern lag. Offenbar hatte Secpol es nicht als verdächtig eingestuft. Es sah genauso aus wie an dem Tag, als Kyr es zum ersten Mal auf Station Gaia gesehen hatte. Das war der Tag gewesen, an dem sie Yiso kennengelernt und die Zuordnungen begonnen hatten.

Es ist nie geschehen, meldete sich Vals geisterhafte Stimme in ihrem Kopf. *Es war nicht real.*

»Komm schon«, sagte Mags.

Aber dann trat Cleo aus dem zweiten Fahrstuhl hinter ihnen.

22

REISE

»Das ist dein Bruder, oder?«, fragte Cleo. »Ich wusste es.«

Kyr drehte sich um und blickte sie an. Cleo hatte wieder ihre schwarz-blaue Uniform an und sah so müde aus, wie Kyr sich fühlte. Kyr wollte diesen Kampf nicht kämpfen.

»Wir haben dich an deinem Geburtstag abgefüllt, da hast du es mir erzählt«, sagte Cleo, als Kyr weiter schwieg. »Und du hast geweint. Dann hast du gestern die Sprache auf menschliche Abtrünnige gebracht – wusstest du es da schon? Val, was geht hier vor?«

»Ich kann es dir erklären«, sagte Kyr.

»Wir laufen Freitag aus«, erwiderte Cleo. »Denk an die *Victrix*. Denk an deinen Eid. An deine *Karriere*.«

Ich bin nicht deine idiotische Freundin, wollte Kyr sie anblaffen, aber das wäre gelogen gewesen. Sie hatte Vals Erinnerungen und dachte Vals präzise und gebildete Gedanken. Das hier war Vals Welt, und sie hatte ihr ganzes Leben hier verbracht. *Kyr* war die Fälschung. Sie war nichts weiter als eine Ansammlung von Erinnerungen, die die Weisheit Vals Gehirn übergestülpt hatte. Wer konnte sagen, ob überhaupt irgendetwas jemals echt gewesen war? Wie konnte man das beweisen? Es war nie geschehen.

»Wer ist das Alien?«, fragte Cleo. »Was *machst* du hier?«

»Bitte versuche nicht, mich aufzuhalten«, sagte Kyr. »Ich möchte nicht kämpfen.«

Cleo presste die Lippen zusammen und dachte nach. »Sag mir, was du vorhast«, forderte sie schließlich. »Ich muss es wissen.«

»Es gibt kein Providence«, sagte Kyr. »Das ist alles die Weisheit, sie ist beschädigt, und sie zerstört Welten. Ich werde dem Ganzen ein Ende bereiten.«

»Was? Nein. Das ist verrückt. Und warum ausgerechnet du?« Cleo war verwirrt. »Das ergibt alles keinen Sinn, Val. Ich hole ...«

»Wir verlieren Zeit«, sagte Mags.

»Tut mir leid, aber so ist es einfacher«, sagte Yiso.

Kyr spürte das leise Zittern subrealer Kraft, als Yiso das Universum mit einem Schmerzensschrei ein Stückchen aus den Angeln hob. Auf der Wange des Aliens erschien eine tiefe Schramme, aus der träge Blut austrat. Yisos Blut war ungeheuer rot.

Cleo fiel auf die Knie.

»Nein, nein!«, rief Kyr. »Warum hast du das getan?«

Cleo hatte die Hände vors Gesicht geschlagen und zitterte am ganzen Körper. Kyr rannte zu ihr und ging ebenfalls in die Knie. Aber sie wusste nicht, was sie tun sollte. Cleo schnappte nach Luft, dann nahm sie die Hände vom Gesicht und griff nach Kyr. Kyr dachte, Cleo würde sie jeden Moment schlagen, aber stattdessen zog sie Kyr mit Wucht an sich. *Du bist meine Freundin*, dachte Kyr (oder Val) und hielt sie ganz fest. Cleo weinte, das Gesicht an Kyrs Hals. Kyr wollte auch weinen.

»Okay«, sagte Cleo mit erstickter Stimme. »Das ergibt weitaus mehr Sinn.«

»Erinnerst du ...«

»Sperlinge«, sagte Cleo. »Wir waren die Sperlinge. Oh Gott.«

»Cleo.«

»Oh Gott, oh Gott«, flüsterte Cleo. »Oh. Fuck. Jeanne. Vic und Arti. Zen ... *Lisabel* ... Oh Gott. Dein Date?«

»Jep.«

»Weiß sie Bescheid?«

»Nein.«

»Gott sei Dank!«

»Es tut mir leid«, wisperte Kyr. »Es tut mir so leid.«

»Hm, das ist mal was Neues.« Cleo brachte ein seltsam gurgelndes Geräusch hervor – ein Lachen. »Die große Valkyr. Unsere unerschrockene Anführerin. Du hast uns *verlassen*.«

»Es tut mir leid.«

»Ich war noch nie in meinem Leben so neidisch.«

»Cleo ...«

»Jeanne ist gestorben«, unterbrach sie Cleo. »Eine Woche später. Sauerstoffmangel in einer dieser beschissenen Kampfraketen.«

»Cleo ...«

»Irgendwer hat Arti und Vic verraten. Sie haben Arti in die Krippe gesteckt. Du hast nie etwas gesagt ... Sie haben ja auch niemandem wehgetan.«

»Cleo ...«

»Sie haben mich fast totgeprügelt, weil du mir entwischt bist«, fuhr Cleo fort. Ihre dunklen, tränenfeuchten Augen starrten in eine Welt, die es nie gegeben hatte.

»Es ist nicht echt«, sagte Kyr. »Das hier ist die echte Welt. *Das hier.*«

»Ich habe geschworen, dich zu töten, sollte ich jemals die Gelegenheit dazu bekommen«, sagte Cleo. »Du Schlampe, Valkyr. Du verdammte Schlampe.«

»Es tut mir leid«, sagte Kyr wieder. »Es tut mir so leid.«

Cleo festigte ihren Griff. »Providence«, sagte sie. »Es ist Jole, hinter dem du her bist, oder?«

»Ja.«

»Gut«, sagte Cleo. »Ich geb dir Deckung. Mach ihn fertig.«

»Ich ... Was?«

»Ich habe gesagt, was ich gesagt habe.« Cleo stand auf und

wischte sich die Augen, ihr Ausdruck irgendwo zwischen einem Zähnefletschen und einem Lächeln. »Hey, du«, rief sie. »Majo. Wie auch immer du heißt.«

»Ja?«, fragte Yiso.

»Fick dich«, sagte Cleo. »Fick dich. Ich hoffe, du stirbst. Geh, wenn du musst, Valkyr, diesmal steche ich dich nicht ab. Das wollte ich letztes Mal eigentlich schon nicht.«

»Ich weiß«, sagte Kyr. »Ich ... wollte das alles auch nicht.«

»Sind wir zwei nicht entzückend?« Cleos Lachen war ein heiseres Rasseln, das Val noch nie von ihrer Freundin gehört hatte. Ein gaianisches Lachen. Jetzt waren sie also zu zweit: zwei Geflüchtete aus einem anderen Universum. »Komm mit uns«, sagte Kyr plötzlich.

Cleo schwieg einen Moment. Dann antwortete sie: »Das hast du letztes Mal nicht gesagt.«

»Ich hätte es aber tun sollen«, antwortete Kyr. Es war die Wahrheit. »Ich hätte dich nicht zurücklassen dürfen.«

Sie hatte sie alle zurückgelassen, die Sperlinge. Sie hatte sich selbst eingeredet, es ginge um Mags, um diese Angriffseinheit, darum, ihren eigenen Weg zu finden. Aber nun war da Val irgendwo kalt und unbeeindruckt hinter ihren Augen, und Kyr wusste, dass all das eine Lüge war. Sie hatte Angst gehabt, Panik, und sie hatte die Gelegenheit, endlich abzuhauen, beim Schopf gepackt. Cleo selbst hatte es zu ihr gesagt, oder nicht? *Verräterin.*

Ja, Kyr war eine Verräterin gewesen. Sie hatte Station Gaia und ihr Haus verraten. Aber nur Letzteres tat ihr leid.

»Ha, ja genau, stell dir das mal vor«, sagte Cleo und verzog ihren Mund zu einem zynischen kleinen Schmunzeln. Auch das hatte Val noch nie bei ihrer Freundin gesehen. »Du hättest die Geschwader ablaufen und uns alle einsammeln können. Wolltest uns ja immer gern da haben, wo du uns sehen kannst.«

»Aber du warst da, genau vor mir!«, sagte Kyr.

»Eine schöne Vorstellung, wie du versuchst, mich an Bord des Alien-Schiffs zu zerren, während ich schreie und wild um mich schlage und versuche, dich noch mal mit dem Messer zu erwischen ...«

Das war tatsächlich eine ziemlich lustige Vorstellung. »Ja«, sagte Kyr. »Genau das hätte ich tun sollen. Ich hätte es zumindest versuchen sollen.«

Cleo verbarg ihr Gesicht in den Händen. »Meine Karriere«, murmelte sie. »Mein Leben. Du bringst alles komplett durcheinander. Das ist dir schon klar, oder, Valkyr? Na gut. Ich komme mit.«

Yisos bemaltes Raumschiff hatte sich auf seiner Reise zwischen den Universen nicht verändert, aber Kyr hatte es getan. Dank eines Schattenraum-Navigationskurses, in dem Val irgendwann geglänzt hatte, wusste sie nun, dass die Art, wie er in galaxienweiten Sprüngen auftauchte und wieder verschwand, da und nicht da war, technisch unmöglich war. Ihr Kopf schmerzte davon, und jedes Mal, wenn das Raumschiff einen Hopser machte, spürte sie ihn durch die Abschirmung hindurch als kalten Schmerz in ihren Zähnen.

Sie sagte Mags und Yiso, dass sie Schlaf brauche. »Wir waren die ganze Nacht wach und haben euch gesucht«, bekräftigte Cleo. »Nichts für ungut. Weckt uns, wenn es Zeit wird, irgendein terroristisches Alien-Verbrechen zu begehen.«

Kyr spürte eine Welle der Dankbarkeit dafür, dass Cleo bei ihr war, die sich schrecklicherweise in Tränen ausdrückte. So viel hatte Kyr noch nie geweint. Das war normalerweise nicht ihr Ding. Cleo sah Kyr von der Seite an, nachdem sie Yiso und Mags im Hauptraum des Schiffs zurückgelassen und sich in die Schlafkojen verzogen hatten. »Ich weigere mich, dir die Schulter zu tätscheln«, sagte sie.

»Du bist genauso schlecht in diesen Sachen wie ich«, stellte Kyr fest.

»Hättest ja deine Geliebte mitnehmen können.«

»Sie ist nicht meine ...«

»Ja, schon klar«, feixte Cleo. »Wie war dein Date?«, fügte sie etwas leiser hinzu.

»Ach, du weißt schon«, antwortete Kyr. »Vorzeitig beendet.«

»Na gut, dann erzählst du mir eben nichts.«

Cleos erste Frage hatte nach Vals Freundin geklungen, aber die Reaktion war dann ganz nach Art von Kyrs Cleo ausgefallen. Kyr saß auf dem Boden – die Pritsche war zu niedrig, um gemütlich zu sein – und blickte auf ihre Hände hinunter.

»Ich hab immer gedacht, dass ich, na ja, keine Gefühle hätte«, sagte sie.

»Willst du damit behaupten, dass du nicht wusstest, dass du queer bist und auf Lisabel stehst?«

Kyr sah ruckartig zu ihr hoch.

»Weil ich dann nämlich wirklich lachen werde. Ich werde lachen, und dann werde ich schreien, und das könnte dein niedliches kleines Majo erschrecken.«

»Du wusstest das?«

»Valkyr«, sagte Cleo zärtlich, »du bist so unfassbar beschränkt.«

»Hallo?!«

»Mit dir zu leben, war wie, wie, ach ich weiß nicht, wie mit einem Pferd zu leben, das«, Cleo legte ihre Handkanten seitlich ans Gesicht, »diese Dinger im Gesicht hat. Wie heißen sie noch? Du weißt schon, die Dinger, die machen, dass sie nichts sehen, was um sie herum passiert und sie erschrecken könnte. Oder wie mit einem Felsbrocken auf abschüssigem Untergrund. Was hat Kyr wohl vor, hm, mal überlegen ... Tatsächlich, sie *rollt* hinunter!«

»Cleo«, unterbrach Kyr ihre Freundin und fing an zu lachen.

»Ich kann nicht glauben, dass mein anderes Ich die Wahl

hatte, *nicht* mit dir zusammenzuwohnen, und sich trotzdem dafür entschieden hat«, sagte Cleo. »Ich habe mir immer vorgestellt, wie es wäre, nicht mit dir zu leben. Wie es ohne eine Kyr wäre, die brüllt: *Licht aus!*, *Keine Spielhalle, das ist nur was für Loser!*, *Du kannst das besser, du musst dich nur anstrengen!*, *Alles für die Menschheit, Mädels!*«

»So klinge ich nicht!«

»Oh doch! Zumindest früher«, sagte Cleo. »Immer die Beste im Wie-werde-ich-ein-faschistisches-Weltraummädchen-Bootcamp.«

Kyr hörte auf zu lachen. »Tut mir leid.«

»Warum? Ich hab das ja alles genauso gemacht«, räumte Cleo ein. »Das Einzige, was mich echt genervt hat, war die Tatsache, dass du besser warst als ich. Manche Dinge sind wohl in allen Universen gleich. Die Lichtgeschwindigkeit zum Beispiel und wie dringend ich dich in allem schlagen will.«

Kyr senkte den Blick, wusste nicht, was sie sagen sollte. Sie hätten schlafen sollen, aber keine von ihnen legte sich hin.

»Ich denke auch an andere Dinge«, sagte Cleo schließlich. »Weißt du, was ich meine?«

»Ja«, sagte Kyr. Sie wusste es. Ursa war fünf Jahre alt gewesen, als ihre Mutter, die andere Admiralin Marston, die Kyr nie kennengelernt hatte, ermordet wurde. Ursa hatte bei Jole geschlafen, seit sie fünf Jahre alt gewesen war. Und Jole hatte auch Kyr aufwachsen sehen.

Kyr hasste es, über Dinge nachzudenken.

»Sie haben mich *Cleopatra* genannt«, sagte Cleo und blickte hinab in ihren ganz eigenen dunklen Brunnen der Erinnerung. »Der Name der einen annähernd afrikanischen Frau in ihrem gruseligen nordisch-römischen Pantheon, schätze ich. Aber hier nennt mein Vater mich Cleo.« Sie lachte verächtlich auf. »Gott, was ich alles weiß – es muss ein echtes Problem dargestellt haben, sich zwischen den Optionen, rassistische Arschlöcher

zu sein oder eine Kriegszucht-Blutlinie zu verlieren, entscheiden zu müssen. Ich hatte solche Angst, sie würden mich in die Krippe stecken. Die ganze Zeit über hatte ich so eine unglaubliche Angst. Es gab da noch einen anderen Schwarzen, der eigentlich mein Halbbruder hätte sein müssen. Zwei Jahrgänge unter uns im Haus der Jaguare. Soweit ich weiß, existiert er hier nicht. Und sie haben ihn natürlich Severus genannt.«
Und als Kyr sie nur verständnislos anschaute, fügte sie hinzu: »Oh Mann, du hast echt keine Ahnung von alter Geschichte oder? Septimius Severus. Afrikanischer römischer Kaiser. Es gab ein paar davon.«

»Oh«, sagte Kyr.

»Ja. Ich hab nie mit ihm geredet. Und ich habe dich dafür gehasst, einen Bruder zu haben«, sagte Cleo. »Ich habe dich für alles gehasst.«

Kyrs Brust zog sich schmerzhaft zusammen. »Es tut mir leid.«

»Und du hast die Majo für alles gehasst«, sagte Cleo. »Interessant. Die erste Lektion im ersten Level der Agoge heißt *Wähle deine Ziele*. Und das haben wir getan, oder? Oh ja.«

»Bist du immer noch ... auch hier ...«, fing Kyr an und brach dann ab, weil Val es in ihren Gedanken so abstoßend fand, wie unhöflich sie war. Man fragte doch nicht, ob jemand eine Zuchtkriegerin war!

»Ich sehe nicht so aus, oder?«, antwortete Cleo. »Hab ich dir jemals ein Foto von meinem Vater gezeigt?«

»Nein.«

»Nein, natürlich nicht. Er gehörte zur letzten Welle. Kurz bevor die Proteste alles zum Stillstand brachten. Was bist du, dritte Generation, oder? Ich zweite.«

»Das wusste ich nicht«, sagte Kyr.

»Ist auch nichts, worüber ich normalerweise spreche«, sagte Cleo. »Mein Vater war zwei Meter zwanzig groß und konnte mit bloßen Händen eine Eisenstange zerbrechen, aber das war nicht das Entscheidende. Bei seiner Generation hatten sie es auf die Sinne abgesehen. Genetische Perfektion statt Nanite-Upgrades. Er konnte Fledermausrufe hören, Geruchsspuren verfolgen, im Bereich infraroten und ultravioletten Lichts Dinge wahrnehmen. Hey, willst du einen Trick sehen?«

Kyr übergab ihr bereitwillig Schocker und Brieftasche. Cleo legte noch eine Rolle Pfefferminzbonbons und einen Knetball aus ihren Taschen dazu, außerdem ihren eigenen Schocker und ein gefährlich aussehendes Messer, das Kyr noch nicht kannte. Cleo zog es aus seiner Scheide. »Von meinem Vater«, erklärte sie. »Okay, pass auf.«

Cleo warf den Ball in die Luft. Und dann die Schocker, die Brieftasche, die Bonbons, die Messerscheide, das nackte Messer – eine absurde Ansammlung von unterschiedlichsten Objekten, jongliert in einem perfekten Kreis. Kyr schluckte heftig, als sie das Messer in der Luft aufblitzen sah. Es schien einfach unmöglich, dass Cleo bei dieser Aktion keinen Finger verlieren würde. Aber sie warf und fing das trudelnde Messer, als wäre es kein bisschen gefährlicher als der Knetball.

Kyr wagte nicht zu sprechen. Cleo musste lachen. Ihre Hände bewegten sich weiter, und plötzlich schossen die Gegenstände in alle Richtungen durch die Luft davon. Kyrs Schocker und ihre Brieftasche kamen nacheinander zu ihr zurückgeflogen; sie fing sie nur knapp. Die anderen Objekte wurden punktgenau auf Ecken oder Betten gezielt, und die Scheide landete in Cleos Hand. Sie hielt sie hoch. Die nackte Klinge rutschte feinsäuberlich hinein.

»Du liebe Güte«, keuchte Kyr, und von Val kam die gleiche Reaktion.

»Das ist der Partytrick von der Cleo hier«, sagte Cleo. »Sie macht ihn nicht mehr. Ich mache ihn nicht mehr. Aber das war das, womit sie bei meinem Vater arbeiteten, Hand-Augen-Koordination. Und ich habe zwar weder Größe noch Stärke von ihm, aber das Hand-Augen-Ding sitzt. Und du spielst auch besser kein Spiel mit mir, bei dem es darum geht, einen Ball in irgendeine Richtung zu befördern. Tennis, Squash, Baseball ... Ich würde dich vernichten.« Sie warf das Messer mit der Rechten hoch in die Luft, fing es mit der Linken wieder auf und steckte es sich zurück in den Gürtel. »Aber es ist komisch, oder?«, fragte sie. »Schon die normale Hand-Augen-Koordination von Menschen ist um Längen besser als die der Majo. Sechs Wochen Training und ein ordentliches Zielsystem machen im Grunde jeden Idioten von der Straße gut genug, um für die Regierung zu arbeiten. Warum also der ganze Aufwand?«

Zum ersten Mal in ihrem Leben hörte Kyr, was in Cleos verbittertem Tonfall mitschwang. »Was ... ist mit deinem Vater passiert?«, fragte sie.

Cleo schwieg einen Moment. »Du hast dich wirklich verändert«, sagte sie und schwieg weiter. Dann, nach einer längeren Pause, erwiderte sie: »Neuromuskuläre Degeneration. Er wurde nicht mal fünfunddreißig. Und niemand kann mit Bestimmtheit sagen, dass es keine Nebenwirkung war.«

Kyrs Augen wurden größer. »Hast du ...«

»Keine Ahnung«, sagte Cleo. »Frag mich noch mal, wenn ich fünfunddreißig bin.«

Eine kurze, fürchterliche Stille trat ein.

»Es tut mir leid«, war alles, was Kyr zustande brachte. »Es tut mir so leid.«

»Tja, da kann man nichts machen«, sagte Cleo. »Hier ist nicht Gaia, aber Gaia kommt von hier, nicht wahr?«

Kyr nickte. Das war die Wahrheit. Diese Welt hier war so viel besser, aber wirklich anders war sie nicht.

Und dann kam ihr auf einmal ein Gedanke. »Aber du hast auf mich geschossen«, sagte sie. »Als ich weggelaufen bin, im Victrix-Hangar. Du hast auf mich geschossen und nicht getroffen.«

Cleo verschränkte die Arme vor der Brust und sah Kyr mit hochgezogener Augenbraue an.

»Oh ...«, sagte Kyr. »Ach so. Danke.«

»Weißt du was? Du bist die erste Person, die mich das fragt«, sagte Cleo. »Als du weg warst, haben sie mich befragt. Sie wollten alles ganz genau wissen, jede einzelne meiner Entscheidungen, und warum ich sie gerade so und nicht anders getroffen habe. Sie wollten dich nicht verlieren und brauchten einen Sündenbock. Aber weißt du was? Nicht einer von ihnen hat gefragt: Hey, Cleopatra, wie kann es sein, dass du nicht getroffen hast? Ich war mir sicher, sie würden das tun. Sie hatten schließlich meine Trainingsergebnisse vorliegen, meine Schießergebnisse. Aber nicht einem von diesen Hurensöhnen ist in den Sinn gekommen, dass ich nicht treffen *wollte*.«

Kyr schlief mehrere Stunden lang. Ab und zu erwachte sie von den Schattenraum-Verzerrungen, die entstanden, während das bemalte Raumschiff wie ein Stein über Wasser durchs Universum glitt.

Cleo schlief noch, als Kyr gerade aufwachte. Mags war auch da, er schnarchte leise auf der gegenüberliegenden Pritsche vor sich hin. Kyr rollte sich auf die Seite und sah ihn eine Weile an. Künstliche Schwerkraft, dachte sie, und das in einem Schiff, das kaum größer war als eine Kampfrakete. Unter Mags' muskulösem Arm lag eine zurechtgestopfte Decke. Er sah aus wie immer: riesengroß, perfekt, der ganze Körper ein einziges gaianisches Ideal. *Ich habe dich fallen sehen*, dachte Kyr. *Ich habe dich sterben sehen.*

Sie wischte sich mit dem Arm über die Augen und stand auf.

»Da auf der Theke liegt für Menschen geeignete Lebensmittelpaste«, sagte Yiso, als Kyr den anderen Raumteil des Schiffs betrat.

»Lecker«, sagte Kyr sarkastisch.

Yiso wandte sich nicht um. Die langen Ohren drehten sich nicht in die Richtung, aus der Kyrs Essgeräusche kamen. Yiso war in ihrer Anwesenheit noch nie so still gewesen. Als sie so viel von der Paste gegessen hatte, wie sie hinunterkriegte, verschränkte sie die Arme, lehnte sich gegen die Theke und starrte auf den Hinterkopf des Aliens. Es schien nicht beunruhigt zu sein. »Das ist neu«, sagte Kyr. »Früher hattest du Angst vor mir.«

»Da wusste ich noch nicht so viel über dich«, antwortete Yiso.

»Und jetzt tust du das, oder wie?«

In Yisos Ohren kam Bewegung: Sie zuckten. Yiso aber schwieg.

»Ehrlich?«, sagte Kyr. »Ich kenne mich ja nicht einmal selbst.«

»Bitte verzeih. Ich bin überzeugt, du hast eine schwierige Zeit.«

»Ist es bei dir denn auch so? Gibt es von dir auch zwei?«

»Ich bin schon früh in meinem Leben der Erinnerungen der anderen Yiso-Person gewahr geworden«, sagte Yiso. »Ich habe mehr Jahre gelebt, als ich am Leben bin. All das war ich. Es gibt nur mich.« Yiso drehte sich zu ihr um. »Und es gibt auch nur dich. Es gibt nicht wirklich zwei von dir.«

Kyr stöhnte. Sie mochte die Vorstellung nicht, dass Val tatsächlich existierte. »Unruhig konnte ich dich besser leiden.«

»Wirklich?«, fragte Yiso. »Du mochtest mich lieber verängstigt und verletzt? Max schläft. Ich kann dich nicht aufhalten.«

Auf Yisos Wange war noch immer die rote Wunde zu sehen, die aufgetreten war, als Yiso Cleo ihre Erinnerungen eingegeben hatte. »Gott«, Kyr verdrehte die Augen. »Nein. Lass mich in Ruhe.«

»Siehst du?«, sagte Yiso. »Ich kenne dich.«

Etwas an Yisos silbernem Blick konnte Kyr kaum ertragen, also sah sie weg. »Ich habe deine hübschen Gläser kaputt gemacht. Ich habe dich in die Rippen getreten.«

»Du hast mich vor dem sicheren Tod bewahrt. Du hast mir das Leben gerettet.«

»Es ging doch gar nicht um dich! Das war doch nicht einmal meine Idee gewesen!«

»Du hast meine gebrochenen Knochen gerichtet.«

»Weil die mich gestört haben!«

»Du hast mir zugehört. Obwohl ich dir fremd und unheimlich war.«

»Du warst mir scheißegal. Sobald ich wusste, wo Mags war, habe ich dich Avi überlassen.«

»Du warst wütend auf Avicenna, weil er mich nicht gut behandelt hat.«

»Ich war *durcheinander*«, sagte Kyr scharf. »Ich war auf alles und jeden wütend.«

»Du hast dich verändert«, sagte Yiso. »Du bist durch die Zeit gewandert. Du hast mich in den Hallen der Weisen getroffen, noch bevor ich sie verlassen hatte, und du warst wie eine Freundin zu mir.«

»Das war echt?«

»Für mich ja.«

»Aber ... nein! Du warst nicht wichtig«, beharrte Kyr. »Du warst nie wichtig, es ging nie um dich. Es ging um mich und Mags und die Menschheit, und du, du warst einfach nur da. Ich habe mich nie ...«

»Was?«

»Für dich interessiert«, sagte Kyr und legte die Hand auf den Mund. *Gelogen*, dachte sie und starrte das schmächtige Alien mit dem merkwürdigen Körper an, mit seinen langen Händen und den empfindlichen Ohren und dem aufgerichteten Kamm. *Ich lüge. Das ist eine Lüge.*

»Oh«, sagte Yiso.

»Es tut mir leid«, Kyr ließ die Hand sinken, »wenn das deine Gefühle verletzt oder so.«

»Schon in Ordnung«, sagte Yiso und wandte sich wieder von ihr ab. Ohren und Kamm bewegten sich nicht. Kein trauriges Herabhängen, es war also gut. Alles war gut.

»Nur damit das geklärt ist«, sagte Kyr.

»Natürlich«, erwiderte Yiso. »Es ist alles gut, Valkyr. Du musst dich nicht für mich interessieren. Du musst dich nur für Ungerechtigkeit interessieren.«

Kyr hielt den Atem an.

»Und ich weiß, das wirst du«, sagte Yiso. »Ich weiß, das tust du. Sonst wärst du nicht hier.« In Yisos flötenähnlicher Stimme lag eine sonderbare Note. Kyr überlegte, ob das Glück sein mochte.

»Magnus oder Max, wie auch immer, ist genauso zäh wie ich«, sagte sie nach einem kurzen Moment der Stille. »Wenn du jemanden mit Muskeln gebraucht hättest, hättest du so jemanden gehabt. Cleo und ich sind beide gut, aber wir werden keinen großen Unterschied machen.«

»Ich habe nicht nach Muskeln gesucht, als ich mich aufgemacht habe, um dich zu finden«, sagte Yiso. »Jole hat die Kontrolle über die Macht der Weisheit. Das macht ihn unaufhaltbar. Was ich also brauchte, was ich wollte, war ein Mensch, der ebenso unaufhaltbar ist.«

»Mich?«

»Ich weiß, dass du dich niemals ergeben wirst, Valkyr«, sagte Yiso. »Ich weiß, du wirst ihn nicht gewinnen lassen. Selbst wenn ich versagen sollte, wenn ich umsonst überlebt hätte, das Opfer der Ziviri Jo vergebens und alles, wofür ich stand, wertlos wäre, selbst wenn die Welt enden würde ...«

Yiso hielt inne.

»Du gibst niemals auf. Und darum wollte ich dich. Ich weiß, du gibst niemals auf.«

Kyr fuhr sich mit der Zunge über die trockenen Lippen. Noch nie hatte irgendjemand irgendetwas in dieser Art zu ihr gesagt.

»Weißt du, Valkyr«, fuhr Yiso fort, »ich kenne dich sehr wohl. Hast du genug geschlafen? Genug gegessen?«

»Ich, äh, ja?« Kyr starrte Yiso an, den geraden Rücken, die geraden Ohren und den aufgerichteten Kamm. Sie fühlte sich wie betäubt. Moment, war das schon alles? Würden sie sich nicht weiter unterhalten?

»Gut«, sagte Yiso. »Dann weck die anderen. Wir sind da.«

23

DIE HALLEN DER WEISEN

Die Hallen der Weisen. Kyr hatte sie nur von innen gesehen, damals im Szenario der Weisheit. Von außen war der Ort eine Mischung aus Raumstation und perlmutterner Verschmelzung riesiger Muschelmassen. Er befand sich im stabilen Orbit um einen grauen Planeten herum, der vom nächstgelegenen Stern halbseitig beleuchtet wurde. Mit merkwürdiger Eindringlichkeit starrte Yiso auf den Bildschirm. »Was ist das für ein Planet?«, fragte Kyr.

»Die Erde«, sagte Yiso und dann: »Oh, fehlerhafte Übersetzung. Zuhause. Die Heimat-Welt der Zi.«

»Sieht ziemlich runtergekommen aus«, sagte Kyr.

»Er ist tot«, sagte Yiso. »Seit Jahrtausenden hat niemand mehr hier gelebt. Aber er hat ... ideellen Wert.« Yisos Kamm senkte sich kurz ab und richtete sich dann wieder auf. »Ist jetzt nicht so wichtig. Wir müssen den Zeitpunkt unserer Annäherung sorgfältig wählen. Mags?«

Mags trat zwischen sie, und da erst merkte Kyr, wie dicht sie bei Yiso gestanden hatte. »Genau«, sagte er und klang nervös.

»Ich kann es versuchen,« sagte Yiso, »wenn du lieber ...«

»Bei deiner Reaktionsgeschwindigkeit?«, erwiderte Mags und rang sich ein Grinsen ab. Kyr fing Cleos Blick auf; sie sah entschlossen aus. »Nee«, sagte Mags. »Da schon eher Vallie. Aber sie hat nicht geübt, also lass mich mal ran.«

Yiso trat wortlos vom Steuerpult zurück, und um Mags herum erschien eine Reihe von leuchtenden Symbolen in der Luft. »Größer«, sagte Mags, und die Formen wuchsen, bis sie weit genug auseinander waren für Mags' große Menschenhände.

Er lächelte Kyr unsicher zu. »Dieser Teil könnte ganz lustig werden.«

Der Bildschirm wurde ganz von der merkwürdigen Masse eingenommen, aus der die Hallen der Weisen bestanden. Dahinter, versteckt in deren Schatten, tauchte etwas wie ein Hai aus der Tiefe auf. Das grüne Glimmern der Schattenraum-Verzerrung umspielte den Rumpf eines Raumschiffs. Es war unmöglich, dessen Größe zu schätzen. Sein Schatten wurde immer größer und größer. Dann passierten sie die Hallen der Weisen, und Sternenlicht fiel auf das dunkle Metall des Schlachtschiffs. Auf seiner Nase stand in riesigen Buchstaben sein Name geschrieben: *TRIUMPHALIS*.

»Das ist das Flaggschiff des Providence-Geschwaders«, flüsterte Cleo.

»Jole«, raunte Kyr. »Das ist Jole.«

Vals Erinnerungen beinhalteten dieses Raumschiff, eines der neuesten aus der Werft von Oura, ein bevorzugtes Zuordnungsziel karrierebewusster Mitglieder des TE. Es lauerte hinter den Hallen der Weisen, still und aufmerksam, ausgestattet mit einer Sensorreichweite von drei Sonnensystemen und dem vollständigen Equipment: Dimensionsfallen, Isaac-Geschosse, Verzerrungslanzen und Kampfraketen.

»Wie kann es sein, dass sie uns noch nicht registriert hat?«

»Sie denkt, wir wären ein Felsbrocken«, erklärte Mags. »Aber der wird jetzt anfangen, sich seltsam zu bewegen ... Okay, los geht's.« Mags atmete einmal tief ein und wieder aus.

Später würde sich Kyr nie wieder an diese Szene erinnern können, ohne das Entsetzen und die Ehrfurcht wieder zu durchleben, die sie nun beim Anblick des zum Leben erwachenden

Schlachtschiffs empfand. Ihr bemaltes Raumschiff befand sich Auge in Auge mit der ganzen Macht der siegreichen Erde und hatte ihr außer Geschwindigkeit und Wendigkeit nichts entgegenzusetzen. Es waren zwei absolut widersprüchliche Gefühle, die sie beim Anblick der gnadenlosen Isaac-Geschosse auf ihren Flugbahnen erlebte, der wilden, unerwarteten Dimensionsfallen, der prächtigen, tödlichen Lanzen der Schatten-Verzerrung: *Oh bitte nicht!* und gleichzeitig *Scheiße, ja!*.

Mags, dem der Schweiß von den Schläfen tropfte, agierte wie in einem Spiel, dachte Val. Wie in der Agoge, dachte Kyr. Seine Zähne waren zusammengebissen, die Kiefermuskeln traten hervor, aber irgendwann fing er an zu grinsen und hörte nicht mehr damit auf. Unaufhörlich sprach er auch mit dem bemalten Schiff, während er es in unerträgliche Drehungen und Hüpfer steuerte, hinein in den Schattenraum, hinaus aus dem Schattenraum, den Angriffen des Schlachtschiffes ausweichend. *Gut*, murmelte er, *genau so, wunderbar, und weiter ...*

Der Kapitän der *Triumphalis* gab den Beschuss mit Isaac-Geschossen auf – sie waren zu langsam – und schoss stattdessen eine Reihe von Kampfraketen ab. Sie besaßen eine schlanke Form mit spitzer Nase, wie Kyr sie noch nie gesehen hatte, wenn sie auch erkennbar von den Geschossen abstammten, mit denen sie aufgewachsen war, den jahrzehntealten Abwehrraketen Gaias. Im Schwarm waren diese hier schnell, schneller noch als ihr Mutterschiff, und außerdem beliebig steuerbar. Als die erste von ihnen das bemalte Schiff traf und es ordentlich zum Schaukeln brachte, entfuhr Yiso ein kleiner Schrei.

»Netter Versuch«, knurrte Mags und vollführte einen Schattensprung. Der Bildschirm verschwamm und generierte eine neue Ansicht: Sie befanden sich nun auf der anderen Seite der *Triumphalis*. Nur ein paar Sekunden später tauchten auch die Raketen um sie herum auf, aber der Sprung hatte sie verlangsamt, und ihre Formation war durcheinandergeraten. Mags jauchzte und brachte ihr Schiff für das nächste absurde Manöver in Position. »Pass auf den Planeten auf! Wir sollten nicht ...«, warnte Yiso.

»Werden wir auch nicht«, unterbrach ihn Mags, immer noch grinsend. Hinter ihnen wichen die Kampfraketen zurück, die dumm genug gewesen waren, ihnen nachzujagen, und sich nun mit der Gefahr eines ungeplanten weiß glühenden Eintritts in das Gravitationsfeld eines Planeten konfrontiert sahen. Die Hallen der Weisen lagen jetzt zwischen ihnen und dem Waffenarsenal der *Triumphalis*, und das Jagdgeschwader zog ab, um sich neu zu formieren.

»Yeah!«, rief Mags. »Erschaffe mir einen Eingang!«

Kyr hatte noch nie erlebt, dass er sich so übers Gewinnen freute. Sie hatte noch nie erlebt, wie er sich überhaupt über etwas so freute. War es so auch mit Avi gewesen, damals, in einem anderen Leben? Als sie Doomsday durchlaufen hatten, als wäre es einfach nur irgendein Spiel? Yiso schloss die Augen, um sich zu konzentrieren und die Weisheit zu manipulieren, und auf der Wange des Aliens klaffte träge der rote Spalt wieder auf. Die Geografie der Schwerkraft begann, sich durchzusetzen: Die perlmuttfarbene Anhäufung, welche die Raumstation bildete, schien nun direkt über ihnen zu sein, unter ihnen der graue Planet. Dunkel klaffte ein Loch in den muschelartigen Windungen über ihnen auf, kaum größer als ihr Schiff. Mags steuerte sie geradewegs hinein, und mit einem lauten Knall schloss es sich hinter ihnen.

»Wow«, flüsterte Cleo und klang dabei ausnahmsweise einmal nicht sarkastisch.

Yiso strauchelte, und Kyr fing das Alien gerade noch auf. Blut lief über sein Gesicht. Es kam aus den Augen. Yiso sank in ihren Armen zusammen und blieb dort einen Moment ganz still.

»Oh, scheiße«, sagte Mags, als er das Schiff gelandet hatte. »Geht es dir gut?«

Yiso öffnete die Augen. Eins war noch immer silbrig grau, das andere blutunterlaufen und wie von einem Riss durchzogen. »Es geht schon.«

»Kannst du sehen?«, fragte Kyr.

»Ich bin weniger auf den Sehsinn angewiesen als ihr«, sagte Yiso, und Kyr verstand, dass die Antwort Nein war.

Kyr und Cleo begaben sich auf ihre Positionen vorn, Mags bildete die Nachhut. Die einzige Waffe, die Kyr bei sich hatte, war ein Secpol-Schocker. Cleo warf Mags ihren zu und schloss den Griff um das Messer ihres Vaters. »Vier gegen Providence. Na ja, dreieinhalb. Und nicht eine einzige Waffe mit Reichweite«, sagte sie. »Majo, hast du kämpfen gelernt?«

»Eher schlecht.«

»Na ja, vielleicht kannst du die feindliche Macht ja mit üblen Erinnerungen aus einer anderen Realität traumatisieren«, sagte Cleo. »Sie müssen richtig fies sein. Und wenn sie sich wegen ihrer Mütter die Augen aus dem Kopf heulen, erledigen wir sie.«

Yiso sagte nichts. Aber Kyr versuchte nicht, Cleo zum Schweigen zu bringen. Sie verstand.

Und abgesehen davon konnte es funktionieren.

Yiso hatte den Stock bei sich, von dem Kyr wusste, dass er eine brauchbare Waffe abgab, wenn er auch jetzt gerade als Gehstock Verwendung fand. Die drei Menschen mussten ihre Geschwindigkeit immer wieder anpassen. Langsam bewegten sie sich durch die gewundenen Gänge der Hallen der Weisen vorwärts. »Mags, wenn wir rennen müssen, nimm Yiso auf den Arm, wir geben dir Deckung«, flüsterte Kyr ihrem Bruder zu.

»Alles klar.«

Das Zuhause der Weisheit war ... alt, dachte Kyr und sah es plötzlich überall: die abbröckelnden, feuchten Mauerkanten, die spinnwebenfeinen Risse im perlmutternen Boden. So ganz anders als das forsche Selbstbewusstsein, das Station Hymmer ausstrahlte, anders als der provisorische Trotz Gaias. Hier und da erleuchtete trüb gelbes Licht die Flure, und von Wänden und Decken fielen merkwürdig geformte Schatten auf sie herab. Einige der Türen waren zu niedrig – Yiso hatte keinerlei Probleme, Cleo schon eher, aber sowohl Kyr als auch Mags mussten sich ordentlich ducken.

»In den Szenarios, an die ich mich erinnere, sah es hier ganz anders aus«, sagte Kyr zu Yiso.

»Das hier ist einer der verlassenen Bereiche«, erklärte Yiso. »Hier wurde seit Jahrhunderten nichts mehr gemacht.«

Kyr betrachtete die bröckelnden und von Rissen durchzogenen Wände und wurde sich der Nähe des kalten Weltraums unangenehm deutlich bewusst. Val hatte ihr gesamtes Leben auf einem sicheren Planeten verbracht oder zumindest immer in der Gewissheit gelebt, dass die Menschen die Leere zu beherrschen vermochten. Kyr aber war ohne Himmel aufgewachsen, hatte ihre Schichten im Oikos und im Systeme-Geschwader absolviert und ihr Haus zu perfekten Ergebnissen bei jedem Übungsalarm gedrillt. Sie und Cleo tauschten einen Blick und grinsten.

»Wir sollten wachsam sein«, bemerkte Yiso ruhig, die Ohren aufmerksam gespitzt. Das blutunterlaufene Auge ließ Kyr jedes Mal leicht zusammenzucken, wenn ihr Blick darauffiel. »Wenn wir uns dem Zentrum weiter nähern, werden wir mit Sicherheit auf Providence-Agent*innen stoßen.«

»Sag bloß«, erwiderte Cleo, und gleichzeitig antwortete Kyr: »Verstanden!«. Und Mags: »Alles klar.« Die drei sahen sich über Yisos Kopf hinweg an.

Yiso führte sie weiter durch die gewundenen Korridore bis zu einem Bereich, den Kyr nach einem kurzen Moment der Verwirrung als die langen Lagerraumgänge wiedererkannte, in denen sie Yiso einst darauf aufmerksam gemacht hatte, dass der Stocktanz anders ging.

Die Angehörigen der Providence-Einheit hatten den Ort völlig verwüstet. Yiso schwieg, als sie an Räumen mit kaputten Möbeln aus einem Kyr unbekannten organischen Material vorüberliefen, aufeinandergetürmt wie die Körper fremdartiger Tiere. An Räumen, in denen haufenweise zerrissene Stoffe überall auf dem Boden verstreut lagen, an Räumen, in denen ausgeklügelte Apparaturen auseinandergenommen und zerstört worden waren. An Räumen voller zerschlagener Kristalle, die in allen Farben des Regenbogens funkelten.

»Was ist das alles für Zeug?«, fragte Cleo.

»Die Reste mehrerer Zivilisationen«, antwortete Yiso. »Jetzt unwichtig. Wir sind fast da.« Yiso beschleunigte den Schritt, und Kyr streckte eine Hand aus, um Yiso davon abzuhalten, an ihr vorbeizuhasten. Sie berührte die schmale Schulter. Yiso blickte sie an.

»Denk dran«, sagte sie, »wir erwarten Gesellschaft.«

Aber da war niemand, wenn das Chaos um sie herum auch eindeutig davon zeugte, dass irgendwann einmal Menschen hier gewesen sein mussten. Niemand in den hohen Lagerräumen, niemand in der langen weißen Halle, in der Wasser die Wände hinablief und das Licht auffing, niemand in den kurvenreichen Gängen, die unpassenderweise mit orange-schwarzem Gefahrenwarnband und Schildern mit T-Standard-Aufschriften versehen waren: BETRETEN VERBOTEN! KEIN ZUGANG FÜR UNBEFUGTE!

Yiso stolperte, fiel und konnte nicht wieder aufstehen. »Sie ist wach«, sagte Yiso. »Sie will mich. Sie will mich.«

»Wie meinst du das?«, fragte Kyr.

Yiso rang nach Luft und antwortete nicht. Kyr blickte zu Mags hinüber, dann hob sie Yiso hoch und legte sich das Alien über die Schulter. Es war so leicht. Und wärmer, als sie erwartet hatte. Mags nahm leise Kyrs Platz neben Cleo ein.

»Oh«, stöhnte Yiso einen Moment später und begann, sich

zu winden. Kyr verlagerte ihr Gewicht. Yiso hob den Kopf und sagte: »Das ist aber sehr weit oben.«

»Wo lang?«, fragte Kyr und rückte Yiso auf ihrer Schulter zurecht.

»*Ifor*«, antwortete Yiso in einer Sprache, die Kyr nicht kannte, und dann: »Rechts. Rechts.«

Sie passierten ein Schild mit der Aufschrift LEBENSGEFAHR! und dann eines, auf dem SICHERHEITSABFRAGE L8 UND HÖHER stand. Es folgte eine Sicherheitstür mit Fingerabdruckabfrage. Als sie sich näherten, knisterte es plötzlich laut, und grünliches subreales Licht flackerte rund um die Tür auf, die sich daraufhin selbsttätig öffnete.

Gleich hinter der Tür führten zwei Wege in unterschiedliche Richtungen. »Und jetzt?«, fragte Kyr.

Keine Antwort. Yiso hing schlaff über ihrer Schulter und atmete schnell.

»Es gibt ein Szenario, das ganz ähnlich ist«, sagte Cleo. »Level Neun. Weißt du noch?«

Kyr nickte, sie erinnerte sich. In dem Szenario ging es darum, das eigene Team sicher durch ein Labyrinth aus Sprengfallen zu führen, während man von Alien-Drohnen verfolgt wurde. Wenn mindestens vier überlebten, hatte man gewonnen. Das Geheimnis war, sich vorsichtig fortzubewegen, und die besten unter ihnen – es waren immer Kyr, Cleo und Jeanne gewesen – mussten für die anderen Routen auskundschaften.

»Es würde uns nur aufhalten«, sagte Cleo und nickte in Yisos Richtung. »Ihr bleibt mit ihm hier. Ich sehe mich um.«

Sie warteten an der Sicherheitstür darauf, dass Cleo zurückkam. Einige Minuten waren vergangen, als sie plötzlich von einem quietschenden Geräusch erschreckt wurden. Sie drehten sich um und sahen, wie sich die Tür hinter ihnen schloss. Eine Spur grünen Leuchtens tanzte noch kurz durch die Luft und war im nächsten Augenblick verschwunden. Kyr erinnerte sich an Vals Lektionen. *Scioaktive Gebiete sind unvorhersehbaren Raumzeitverzerrungen unterworfen.*

»Als würde es hier spuken«, murmelte Mags leise. Es war das Erste, was er seit Längerem gesagt hatte.

»Das ist nur ein Schattenmotor«, entgegnete Kyr. »Ein kaputter.«

»Vallie«, sagte Mags. »Was zur Hölle machen wir hier?«

»Wir schaffen das«, versicherte Kyr.

»Du bist wirklich nicht sie.«

»Oh«, sagte Kyr. »Nein.«

»Ein bisschen wünschte ich, du wärest es«, gab Mags zu und verzog das Gesicht. »Tut mir leid.«

»Nein, ich verstehe schon«, sagte Kyr. »Ich wünschte auch, du wärst mein Mags.« Sie hatte versucht, nicht darüber nachzudenken. Es war nicht so wie mit Cleo. Es gab keine Gemeinsamkeiten. Keine schrecklichen Erfahrungen, die sie teilten und durch die sie verbunden waren. Dieser junge Typ hier hieß Max, mit einem x. Er war dreiundzwanzig, und er war zusammen mit Val auf der Erde aufgewachsen. Er erinnerte sich nicht an Station Gaia. Er hatte nicht durchgemacht, was Kyr durchgemacht hatte.

Und Kyr war natürlich froh darüber. Sie hätte dieses Leben niemandem gewünscht. Sie hätte Magnus' Leben niemandem ...

»Was ist mit ihm passiert?«, unterbrach Mags ihre Gedanken. »Yiso hält sich da ja immer bedeckt, aber ...«

»Selbstmord«, erwiderte Kyr schnell, als würde es das leichter machen. »Kugel in die Schläfe.«

»Oh«, sagte Mags. »Okay. Das ergibt Sinn.«

»Tut es das?«

»Ja.«

»Großartig. Da bin ich ja froh.«

»Du klingst wie sie«, sagte Mags.

Du klingst wie er. »Egal«, sagte Kyr. »Glaubst du, Yiso ist okay?« Die Atmung des Majo war ein dünnes, gleichmäßiges Pfeifen.

»Schwer zu sagen. Ich hoffe es.«

»Wie lange kennst du Yiso schon?«

»Etwa ein Jahr«, sagte Mags.

Es war drei Jahre her, dass Vals Bruder sich den Ziviri Jo angeschlossen hatte. Kyr wunderte sich, was er in all der Zeit gemacht hatte. Sie fragte nicht.

Cleo kam auf dem anderen Weg zurück. »Es ist alles miteinander verbunden«, erklärte sie. »Lauter zurückgelassener Kram. Keine Leute. Ich habe so etwas wie einen Engpass gefunden, und ich schätze, dass dahinter das Zentrum von allem liegt. Kommt.«

Zwei Kurven später kam Yiso wieder zu Bewusstsein und wand sich auf Kyrs Schulter. Sanft setzte sie das Alien ab. Ein paar Sekunden lang stützte es sich auf ihren Arm. »Danke«, sagte es dann und zog sich von ihr zurück.

Kurze Zeit später erreichten sie den Engpass, den Cleo entdeckt hatte. Er war mit einer Absperrung und einer Art Überwachungsstation versehen, die wie alles andere verlassen war. Auf der anderen Seite standen in einem offenen Lagerraum Tische und Stühle, wie für Menschen gemacht, hintereinander aufgereiht, und an der Perlmuttwand hing eine Tafel, die augenscheinlich mehrere verschiedene Handschriften trug, die eine grob skizzierte Karte kommentierten.

»Wo sind die alle?«, fragte Kyr. »Hier müsste es doch eigentlich von Providence-Leuten wimmeln.«

»Genau«, stimmte Cleo zu. »Und stetig müssten neue von der *Triumphalis* in unsere Richtung strömen.«

»Die Hallen sind resistent gegen kleinere Schattenraum-Manipulationen, wie sie die Sprunghaken-Technologie für sich nutzt«, erklärte Yiso.

»Und diejenigen, die schon hier waren?«, fragte Kyr. »Guckt euch doch mal um. Wo sind die?«

»Ich weiß es nicht«, gab Yiso zu.

»Es ist ja nicht gerade schlecht, wenn wir nicht kämpfen müssen«, sagte Mags.

»Es ist aber schlecht, wenn die Weisheit das, was sie diesen Menschen angetan hat, auch uns antut, oder?«, sagte Kyr. »Yiso. Finde es heraus.«

»Vallie, Yiso ist verletzt.«

»Sie hat schon recht, Max«, sagte Yiso zustimmend. »Es ist hart, aber nicht unvernünftig. Gebt mir einen kurzen Moment.«

»Ich werde dich wieder tragen, wenn es nötig sein sollte«, sagte Kyr.

Yiso antwortete nicht, sondern schloss konzentriert die Augen. Kyr blickte Yiso mit zusammengebissenen Zähnen an und wartete, dass sich ein weiterer Spalt auf der Wange des Aliens zeigte, oder darauf, dass auch das silberne Auge anfangen würde zu bluten. Sie hatte Yiso nun schon so oft auf irgendeine Weise verletzt gesehen, und es war schwer, sich ins Gedächtnis zu rufen, dass sie die Person war, die Yiso im Beisein der amüsierten Wachen getreten hatte. Es war schwer, sich vorzustellen, die Valkyr von Gaia zu sein, in ihrer kalten kleinen Welt und ihrer völligen Gleichgültigkeit Schmerz gegenüber.

Nach einem kurzen Moment schnappte Yiso nach Luft und öffnete die Augen.

Sie waren beide silbrig und klar. Während Kyr Yiso betrachtete, heilte die Wunde auf Yisos Wange zu einer dünnen Linie, die kurz darauf ganz verschwunden war, ohne auch nur eine Narbe hinterlassen zu haben.

»Unmöglich«, sagte Yiso. »Folgt mir, schnell!«

»Nein«, sagte Cleo und rührte sich nicht. »Stachel im Schwanz, Kyr.«

Stachel im Schwanz, das lernte man in den höheren Leveln der Agoge-Szenarios: Es gab immer eine Überraschung, eine zweite Welle, ein Problem, an das man nicht gedacht hatte. Kyr hielt inne. Sie war gut darin, solche Stachel zu erkennen, und diesmal war es nicht einmal besonders schwer. Die Menschen waren schon einmal in die Hallen der Weisen eingedrungen, und das Schlachtschiff hatte sie kommen sehen.

»Die *Triumphalis*«, sagte sie. »Wenn sie keine Sprunghaken benutzen können, dann werden sie von außen einbrechen. Und sie haben Karten. Was auch immer wir tun, sie werden zu uns vordringen.«

»Aber schau«, warf Cleo ein, »wir haben hier einen Engpass, eine gut zu verteidigende Stellung. Und hier ...« Sie ging zur Überwachungsstation, griff unter ein Regal und angelte etwas hervor, was wie ein modifiziertes Dienstgewehr aussah. »Geladen«, sagte sie. »Und nicht persönlich gesichert. Tztz, dann ist das wohl jetzt meins.«

»Bist du sicher?«

»Wie viele von diesen Szenarios haben wir schon durchgespielt, Kyr? Ich bin nicht mitgekommen, weil ich solche Lust auf einen Ausflug ins Universum mit 'nem netten Majo hatte. Alternativ könntest *du* hierbleiben, und ich gehe mit den Zivilist*innen und beaufsichtige sie.« Sie meinte Mags und Yiso, und zumindest was *Max* anging, lag sie damit auch nicht falsch. »Aber ich kann besser zielen. Also, viel Glück beim Töten der Weisheit. Gib ihr 'nen Arschtritt von mir. Wir sehen uns, wenn wir überleben.«

Sie ließen Cleo mit ihrem Gewehr an der Überwachungsstation zurück und folgten Yiso eilig durch das Labyrinth. Yiso lief ganz offensichtlich so schnell wie möglich, Kyr und Mags joggten gemütlich hinterher. »Hast du herausgefunden, wo die Providence-Leute sind?«, fragte Kyr.

»Es gab zwanzig von ihnen, hier in den Hallen. Neunzehn wurden ohne Vorwarnung auf eine unbesiedelte, aber bewohnbare Welt, vier Galaxien entfernt, gebracht«, antwortete Yiso.

»Neunzehn? Was ist mit dem zwanzigsten passiert?«

Und dann führte sie Yiso in eine offene Halle, die über die gleiche unglaubliche Weite in einem ähnlich winzigen Raum verfügte wie der Kontrollraum des Weisheitsknotens auf Chrysothemis. In der Mitte der Halle war Wasser, dessen Oberfläche sich leicht kräuselte, als würde ein Wind darüberstreichen, den Kyr jedoch nicht spüren konnte. Und unter der Decke, hoch oben, wie von einer Klippe hängend, ließ sich die Form eines gigantischen Schattenmotors erahnen, der, eingehüllt in grünes Licht, zart vor sich hin puckerte und dabei den ganzen Raum in seinem Rhythmus pulsieren ließ. Um den Motor herum leuchtete, einer Sternenkarte gleich, die komplizierte Maschinerie, die das Herz der Weisheit war.

Rund um das Wasserbecken flackerten die Lichter der Majo-Bedienelemente auf – so viele, dass es unmöglich schien, dass irgendjemand sie verstehen, geschweige denn steuern können sollte.

Und der eine Mensch, der sich hier befand, ignorierte sie dementsprechend. Er saß am Rande des Wassers, den linken Fuß auf dem rechten Oberschenkel, den Bildschirm, an dem er arbeitete, auf Fuß und Knie balancierend. Seine roten Haare waren kurz und gelockt, seine Brille hatte einen Rahmen aus Metall. Seine Uniformjacke lag zusammengeknüllt einige Meter weit von ihm entfernt, einen Ärmel im Wasser.

Kyr hatte mit Admiral Jole gerechnet. Hatte sich gewappnet gegen ihn und all die Erinnerungen, die er heraufbeschwören würde.

»Ich dachte, du konntest ihn in dieser Realität nicht finden«, sagte sie leise.

Aber sie hätte genauso gut schreien können. Der junge Mann

sah nicht auf. Woran auch immer er da arbeitete, es schien ihn ganz auszufüllen.

»Nur durch eine Verkettung von Zufällen habe ich *dich* überhaupt gefunden«, erklärte Yiso.

»Ist das hier ein weiterer Zufall?«

»Wo liegt der Unterschied zwischen einem Zufall und der Arbeit der Weisheit?«, fragte Yiso zurück.

»Aber sie ist kaputt«, sagte Kyr. »Du hast gesagt, Leru hätte sie beschädigt.«

»Oh, hallo«, sagte der junge Mann am Wasser und sah mit leiser Überraschung zu ihnen hoch. »Ich schätze mal, von euch hat niemand dem Admiral eine Nachricht überbracht? Ich glaube, ich weiß, wohin sie den Rest meines Teams verfrachtet hat, aber wahrscheinlich ist es besser, wenn wir ein Schiff rausschicken, um sie wieder einzusammeln, statt zu versuchen, sie alle mit Schattensprüngen zurückzuholen.«

»Machst du Witze?«, fragte Kyr.

»Meistens ja«, antwortete er und lächelte. Das Lächeln war ungezwungen, ohne einen Funken von Boshaftigkeit, wie sie es eigentlich gewohnt war. »Wenn die *Triumphalis* noch keine Nachricht erhalten hat, könntet ihr vielleicht noch anfügen, dass ich gerade Admiral Joles Realitätsverzerrer repariert habe und einen wirklich fetten Endjahresbonus erwarte.«

»In jeder Realität ein Genie«, sagte Yiso. »Hallo, Avicenna.«

»Cooler Name«, antwortete der junge Mann. »Aber nicht meiner. Wissenschaftler aus dem 11. Jahrhundert, stimmt's? Ibn Sina.« Er musterte Yiso von Kopf bis Fuß. »Hey, ein Majo Zi. Bist du das verloren geglaubte Kind der Weisheit, das den Weltraumthron erben soll? Irgendjemand hat irgendwann mal irgend so was erwähnt.« Seine Blicke wanderten zwischen Kyr und Mags hin und her. »Und ihr habt keine Uniform an. Verstehe ich das also richtig, bin ich plötzlich eine Geisel?«

»Du scheinst nicht besonders beunruhigt zu sein«, stellte Mags fest.

»Ich habe gerade die verdammte Weisheit repariert«, sagte Nicht-Avicenna und lächelte ihn breit an. »Ich bin der Meister der irren Alien-Technologie. Warum sollte ich beunruhigt sein?«

24

DIE WEISHEIT

Mit einem Anflug von Wut sah Kyr, dass Mags auch in diesem Universum bei Avis Lächeln schwach wurde. Was absurd war, wenn man bedachte, dass diese beiden hier sich noch nie gesehen hatten. Nicht-Avi hatte sofort Bescheid gewusst, denn Mags war doch tatsächlich rot geworden. Kyr verpasste ihm einen Stoß in die Rippen.

»Was denn?«, sagte Mags, und dann an Nicht-Avi gewandt: »Du bist keine Geisel, du kannst gehen.«

»Oh, ich gehe nirgendwohin«, antwortete der. »Das hier ist der coolste Job, den ich je hatte, mich kriegt hier keiner mehr weg.«

»Wie heißt du?«, fragte Mags.

»Mags«, zischte Kyr. Aus ihrer Wut war in Windeseile unaussprechliche Fremdscham geworden.

»Ich glaube, unter diesen Umständen sollte ich euch einfach meine Seriennummer verraten«, sagte Nicht-Avi fröhlich. »Aber ich hab sie vergessen. Tut mir so leid. Ich würde euch ja auch nach euren Namen fragen, aber das Zi müsste Yiso heißen, richtig? Letztes Kind der Weisheit? Seht ihr, die wichtigen Sachen kann ich mir merken. Und euch zwei nenne ich einfach Volltrottel Eins und Volltrottel Zwei. Hey, mal sehen, ob ich euch auch auf den unbewohnten Planeten schicken kann, Moment ...«

Kyr reagierte schnell. Sie stürzte durch die Kammer und stieß Nicht-Avi den Bildschirm vom Schoß. Mit einem leisen Platschen fiel er ins Wasser. Avi – wenn er ihnen seinen Namen nicht verraten wollte, okay. Aber Kyr kannte Avi, und das hier war Avi – sah nur freundlich zu ihr hoch. »Hallo, Volltrottel Zwei«, sagte er. »Das war schnell. Und außerdem war das meins.«

»Halt's Maul«, knurrte Kyr.

»Das sagen die Leute oft zu mir, und ich finde das in der Regel unangemessen«, erklärte Avi. »Du bist echt *riesig*. Machst du Sport?« Er sah zu Mags hinüber. »Und du, machst du Sport, Volltrottel Eins? Die Antwort ist mir eigentlich egal, hier geht es mehr um höfliche Konversation. Ich wollte niemanden ausschließen. Hey, Yiso, erzähl doch mal von deiner Sportroutine. Lasst uns ein wenig kulturellen Austausch betreiben.« Er löste sich aus seiner merkwürdigen Haltung und stand auf. Kyr betrachtete ihn unsicher. Er war noch immer kleiner als sie, aber er reichte ihr immerhin bis zur Nasenspitze. Der Avi in ihrem Universum hatte nur bis zu ihrem Kinn gereicht.

Dieser Avi hier ignorierte sie vollständig und schlenderte auf Yiso zu, die Daumen in seinen Gürtel gehakt. Seine ganze Uniform war knittrig. Irgendwo in Kyrs Hinterkopf schnaubte Val verächtlich. Das lenkte Kyr kurz ab, und als Avi an Mags vorbeiging, klopfte er ihm auf den Arm, was Mags ein wenig zusammenfahren ließ.

Der Augenblick reichte aus, dass Avi einen Arm um Yisos schmale Schultern legen und Yiso mit der anderen Hand ein scharfes Dienstmesser an den Hals halten konnte, genau im richtigen Winkel, um es unter das subkutane Panzerstück stoßen zu können. Avi griff in Yisos Kamm und zog den Kopf des Aliens mit einem Ruck nach hinten. Kyr erstarrte. Mags verfolgte die Szene wie benommen. Er war so langsam. Wie konnte Mags so derart langsam sein?

Cleo hat dir gesagt, du sollst die Zivilist*innen beaufsichtigen, ertönte jetzt nicht Vals, sondern Kyrs Stimme in ihrem Kopf. Kyr war diejenige, die normalerweise ...

»Menschliche Bodyguards sind ja eigentlich keine schlechte Idee, aber du hättest dir keine absoluten Neulinge aussuchen sollen, wenn du es mit Providence aufnehmen willst«, sagte Avi fröhlich. »Wir sind ein Nahkampf-Geschwader, weißt du, auch wir Technik-Nerds gehören dazu. Das wäre jetzt eigentlich der Zeitpunkt, zu dem ich Volltrottel Eins und Volltrottel Zwei bitte, langsam ihre Waffen auf den Boden zu legen, aber ihr habt gar keine dabei, oder? Was soll das sein, ein Schocker? Dir ist schon klar, dass du damit nicht durch meinen Schutzschild kommst, oder?« Er legte den Kopf schief. »Mal ehrlich, Leute. Hatte irgendwer von euch einen Plan? Oder hat irgendwer von euch wenigstens in Betracht gezogen, jemanden mit einem Plan dazuzuholen? Denn das hätte euch wahrscheinlich immens geholfen.«

»Hörst du eigentlich *jemals* auf zu labern?«, knurrte Kyr.

»Nicht wirklich! Wisst ihr, die Ziviri Jo, der irre Rumpf der Alien-Herrschaft über das Universum, sollten eigentlich unsere Erzfeind*innen sein. Ich hätte also echt mehr von euch erwartet. Aber hey, was für eine großartige Chance! Darf ich dich mal was fragen, Yiso?«

Yiso antwortete nicht.

»Was *bist* du?«

Immer noch keine Antwort. Avi fing wieder an zu reden, und Kyr versuchte, mit einem Ohr zuzuhören, falls er doch noch irgendwas Brauchbares von sich gab, und gleichzeitig nach einem Ausweg zu suchen. Aber dieser Avi hier war kein Neuling. Wenn sie einen Schritt zur Seite machte, um aus seiner Sichtachse zu verschwinden, folgte er ihr sofort nach. »Na, na, na, ganz ruhig. Du sollst schön da, neben deinem Freund, stehen bleiben. Moment mal, seid ihr verwandt? Ihr seht euch total ähnlich. Süß. Wo war ich stehen geblieben, Eure Hoheit?« Der Ton war nun bösartig sanft wie beim alten Avi. »Ach ja, sie hat sich in dem Moment wieder aufgerappelt, als ihr angekommen seid, richtig? Wir haben Jahre mit ihrer Reparatur zugebracht. Und dass jetzt alles auf einmal passen soll – daran glaube ich nicht. Also, was hast du damit zu tun?«

Kyr beobachtete Avi. Ihre Finger zuckten. Sie dachte daran, wie es sich angefühlt hatte, ihre Hände um seinen Hals zu legen, seinen Kopf herumzureißen und das Knacken zu hören. Das war keine gute Erinnerung. Sie blickte auf das Dienstmesser, ruhig und in einem perfekten Winkel zu Yisos Hals, obwohl Avi redete und dazu mit der anderen Hand herumgestikulierte.

Da kam ihr plötzlich ein Gedanke, so ruhig und klar wie das Tönen der Glocken in der Bucht von Raingold auf Chrysothemis, dort, in einer anderen Welt, in einem anderen Universum, in einem anderen Leben, und der Gedanke war: Yiso hatte sich an Gewalt gewöhnt, sie machte Yiso keine Angst mehr. Still und würdevoll stand das Alien da, ohne zu zappeln, ohne zu zucken, und es war Kyr, die Angst um es hatte. Sie hatte Angst, und sie war wütend und traurig.

»Bitte nimm das Messer runter«, sagte sie. »Oder nimm mich stattdessen.«

»Du scheinst mir weniger wichtig zu sein als das königliche Alien-Geblüt hier«, sagte Avi und dann, an Yiso gewandt: »Tschuldigung, königlich trifft es nicht ganz, oder? Schlechte Übersetzung. Und trotzdem sagen das alle.«

»Ich bin nicht königlich«, sagte Yiso ruhig. Kyr versuchte, Mags Blick aufzufangen, doch der schien einer Panik nahe zu sein. Mehr als je zuvor wünschte sie sich *ihren* Bruder her, denjenigen, der vielleicht jede einzelne Minute seines Soldatentrainings gehasst hatte, aber trotzdem der beste Kindersoldat war, den Station Gaia je hervorgebracht hatte.

»*Priesterlich* trifft es besser, hab ich recht?«, sagte Avi. »Denn dieses Ding ist im Grunde eine göttliche Maschine. Wenn man etwas bauen kann, das allwissend und ausschließlich gut ist, und damit dann über eine Gesellschaft herrschen kann, warum sollte man das nicht tun? Das ist die Basis der Theokratie, und die Zahlen sprechen für sich. Es hat doch etwas ungemein Tröstliches, zu wissen, dass man immer recht hat, oder?«

Yiso schwieg.

»Oder vielleicht doch nicht priesterlich«, fuhr Avi fort. »Nüchtern betrachtet ist deine Spezies ausgestorben. Du wurdest nie geboren, Yiso, Kind der Weisheit. Deine gottgleiche Maschine hat dich *gemacht*. Vielleicht ist der Begriff, nach dem ich suche Inkarnation.«

»Hör auf!«, rief Kyr ungeduldig. »Welche Rolle spielt das?«

»Man trifft nicht alle Tage jemanden mit einem echten Lebenssinn«, sagte Avi, der genauso widerlich war wie ihre Version, erkannte Kyr jetzt. Vielleicht sogar noch widerlicher, weil er so selbstbewusst war. »Ich will wissen, wie sie funktioniert. Was zur Hölle ...«

Das *Was zur Hölle* war Cleo geschuldet, die sich aus der Dunkelheit auf Avi gestürzt hatte.

Sie zerrte ihn von Yiso weg, und als das Messer nicht mehr an Yisos Hals lag, rannte Kyr los, um zu helfen. Sie hatte sich allergrößte Mühe gegeben, Cleo nicht zu bemerken, denn wenn sie nichts bemerkte, hatte sie gedacht, würde auch Avi das nicht tun. Und es war auch nicht gerade schwer gewesen, ihn dazu zu bringen weiterzuquatschen. Ihn zum Aufhören zu bewegen, hätte ein größeres Problem dargestellt.

Sie hatten ihn schnell entwaffnet. Cleo übergab Yiso Avis Messer, und Yiso hielt es, als wäre es giftig, während Kyr Avi nach weiteren Waffen absuchte. »Dieser Typ«, sagte Cleo über Avis Kopf hinweg, brachte ihn dann auf die Knie herunter und fesselte ihn mit ihrem Gürtel. »Was hat es mit dem auf sich? Du bist schon letztes Mal seinetwegen zurückgekommen, erinnere ich mich.«

»Ich funktioniere nicht als Druckmittel«, sagte Avi. »Ihr werdet das alle bereuen.«

Sie ignorierten ihn. »Danke, Cleo«, sagte Kyr. Sie sah, wie sich Mags ein Stück wegbewegte. Er wirkte besorgt und begann, leise mit Yiso zu reden. Sie waren befreundet, na klar. Sie kannten sich seit einem Jahr.

»Nichts zu danken. Er hat recht, wir stecken in der Scheiße«, sagte Cleo. Sie hatte sich das Dienstgewehr umgehängt, das sie an der Überwachungsstation gefunden hatte. »Ich hab drüber nachgedacht, was mich erwarten würde, und dann entschieden, dass ich kein Interesse an einem letzten heldenhaften Gefecht habe, während ihr hier herumsteht und wer weiß was macht. Reden? Komm schon, Majo. Töte das Ding endlich. Wir haben zwei Minuten, dann kommt die Verstärkung.«

»Was meinst du mit letztes Mal?«, fragte Avi. »Was meinst du mit töten?«

»Geht dich nichts an, du bist mein Gefangener, halt's Maul«, antwortete Cleo.

»Aber jetzt ist alles anders«, sagte Yiso.

Plötzlich lief Kyr ein eiskalter Schauer über den Rücken. Sie drehte sich um und sah Yiso an. Das Alien stand aufrecht da, Mags hielt nun das Messer. Auch er sah so aus, als hätte er Angst, es könnte giftig sein. »Da war sie ja noch kaputt«, sagte Yiso.

»Du hast gesagt, du würdest es beenden!«, sagte Kyr scharf.

»Sie lebt«, erwiderte Yiso. »Sie hat mich erschaffen. Sie ist alles, was noch von Leru und den anderen übrig ist, sie ist es, für deren Erschaffung meine Welt gestorben ist, sie gehört mir. Und sie könnte Gutes bewirken! Du hast kein Recht, mir zu sagen, was ich tun soll, Valkyr.«

»Moment, wollen wir jetzt, dass die Verstärkung von der *Triumphalis* kommt?«, brummte Cleo. »Das hat man davon, wenn man einem Majo vertraut. Was hattest du erwartet, Kyr?«

»Es wird keine Verstärkung geben«, sagte Yiso kühl und bestimmt. Das Alien erhob eine Hand zu der Kyr bereits vertrauten gebieterischen Geste. Sie spürte die Vibration, die den Schattenraum durchfuhr, als stünde sie in einer Höhle, die drauf und dran war einzustürzen. »Dieser Ort gehört mir. Er ist mein Zuhause.«

Yiso kehrte den anderen den Rücken, wandte sich dem riesigen Bogen aus Wasser zu und den komplizierten Mechanismen der Weisheit, die von einem Leuchten und einer Art Kraftfeld umgeben waren.

»Na, das hat ja mal super geklappt«, sagte Cleo.

»Nein!«, rief Kyr, als ihre Freundin das Gewehr hob und auf Yisos Hinterkopf zielte.

Aber Cleo drückte trotzdem ab. Kyr sah, wie die Kugel langsam durch die Luft schwirrte und sich dann, drei Meter vor Yisos Kopf, in Luft auflöste. Yisos Ohren zuckten ein wenig, das war alles.

»Wow, also hatte doch jemand einen Plan«, sagte Avi, immer noch auf Knien. »Aber offensichtlich nicht ihr.«

»Yiso, bitte!«, schrie Kyr.

In dem Moment kam Admiral Jole hereinspaziert.

»Das ist ja mal eine Überraschung!«

Joles Stimme erfüllte die große Halle. Sie klang genauso, wie Kyr sie in Erinnerung hatte – voll, tief, kräftig; nicht laut, aber klar und wohlakzentuiert, ein Versprechen von Wärme und Sicherheit. Admiral Aulus Jole, wie er so durch den Raum auf sie zukam, passte zu seiner Stimme. Selbst für einen Menschen war er groß, breitschultrig in seiner marineblauen Uniform mit den glänzenden Abzeichen über der Brust. Er kam locker auf sie zugeschlendert, nicht zu schnell, aber ohne erkennbar ein Bein nachzuziehen.

»Admiral!«, entfuhr es Avi. Cleo schnalzte verächtlich mit der Zunge. Mags blickte zwischen Jole und Yiso hin und her, unschlüssig und unbrauchbar.

Kyr zwang sich, den Mann anzusehen, der sich ihnen da näherte. Um nicht unwillkürlich zusammenzuzucken, konzentrierte sie sich darauf, Unterschiede auszumachen: Er war fetter als seine gaianische Version, robuster. Die Extrapfunde waren es vielleicht auch, die ihn jünger wirken ließen. Sein dünner werdendes sandfarbenes Haar war ordentlich aus dem Gesicht gekämmt, seine Uniformjacke gestärkt. Um seine Augen herum zeigten sich freundliche Fältchen; überhaupt sah er sehr nett aus. Als Val ihn vor Jahren bei dem vornehmen Essen kennengelernt hatte, war er ihr gleich sympathisch gewesen.

»Sir, die Ziviri Jo«, stieß Avi hervor, ehe Cleo ihm eine verpasste und ihn zum Schweigen brachte. »Halt endlich die Fresse!«

»Offensichtlich«, sagte Admiral Jole. Dabei sah er niemanden an; sein Blick war starr auf die riesige Halterung des Schattenmotors gerichtet. »Es ist Jahre her, dass ich sie so gesehen habe«, sagte er. »Leru hat der Armen ganz schön zugesetzt. Sie ist wunderschön, wenn sie aufwacht, nicht wahr?«

»Sir«, wiederholte Avi, der sich anscheinend kein bisschen durch Cleo bedroht fühlte. Kyr wusste, wie es aussah, wenn jemand verzweifelt um Joles Anerkennung buhlte. War *ihr* Avi auch so gewesen?

Endlich drehte sich Yiso um. Nachdenklich blickte das Alien Jole an, und auf eine unbestimmte Art erschien es Kyr fremder als je zuvor. Wieder fiel ihr Yisos schmaler Körperbau auf, die riesigen silbernen Augen, die gräuliche Hautfarbe, die langen dreifingrigen Hände, die beweglichen Ohren, der flossenähnliche Kamm. Sie versuchte, einen Schritt nach vorn zu tun, aber es gelang ihr nicht. Ihre Füße waren fest im Boden verankert.

»Fuck, fuck, fuck«, flüsterte Cleo neben ihr. »Oh Gott, wir sind verloren.«

»Ich möchte dich nicht hier haben«, sagte Yiso zu Jole, den Blick erst auf ihn, dann auf Avi gerichtet. »Und ihn auch nicht.« Plötzlich musste Kyr an Yiso denken, dort, in der Dunkelheit der chrysothemischen Höhlen, und an die Verletzungen, die Avi dem Alien zugefügt hatte. *Erbarmungslos*, hatte Leru gesagt.

Genau wie Kyr erinnerte sich das Alien an alles, was ihm widerfahren war. Es hatte keinen Grund, sich für irgendetwas zu interessieren, was ein Mensch wollte.

Und während es Jole so ansah, hob es eine Hand und vollführte eine Geste, als würde es ein Insekt verscheuchen.

Nichts geschah.

Admiral Jole, die Beine fest auf dem Boden, die Arme locker herabhängend, verzog sein Gesicht zu einem Lächeln. »Wohl kaum.«

Die furchtbaren Schattenraum-Vibrationen, die sich angefühlt hatten, als würde der ganze Raum wanken, hörten auf. Das Leuchten der Weisheit wurde trüber, bis es fast vollständig erstarb.

Yiso keuchte erschrocken. »Nein!«

»Providence hat Jahre gebraucht, um die Implantate herzustellen und zu testen, die mich dazu befähigen, das zu tun«, sagte Admiral Jole. »Während du mit der Fähigkeit geboren wurdest, richtig? Sie ist genauso Teil von dir, wie deine Ohren es sind. Wir haben lange nach dir gesucht, Yiso, und wir sind sehr daran interessiert, dich noch besser kennenzulernen.«

Kyr merkte, dass sie sich doch bewegen konnte. Sie wusste nur nicht, wohin. Sie hasste Jole, hasste ihn so sehr! Yiso hatte sie angesehen und *unaufhaltbar* genannt. Jole hatte immer behauptet, er würde alles für die Menschheit tun; Yiso war das Werk der Weisheit. Jole hatte die Kontrolle über alles; Yiso sah so klein aus ...

Mags zögerte nicht. Er stürzte vorwärts und brachte sich zwischen dem Admiral und dem Alien in Stellung wie eine unbezwingbare menschliche Mauer. Admiral Jole musterte ihn von oben bis unten, verächtlich, gleichgültig. Und plötzlich dachte Kyr: *Er ist es. Er ist genau wie vorher.*

»Maxwell Marston«, sagte Admiral Jole. »Ich wusste doch, ich kenne dich irgendwoher. Und das ist deine Schwester Valerie da drüben, nehme ich an. Was für eine Schande für eure Mutter, dass ihr beide Verrat an der Menschheit begangen habt.« Er blickte angemessen traurig drein. »Und was für ein Rückschlag für die Karriere eurer Schwester. Wie selbstsüchtig.«

»Ich lasse nicht zu, dass Sie Yiso etwas tun«, sagte Mags, und das war es, was Kyr aus ihrer Schockstarre befreite. Sie konnte nicht hier rumstehen und dabei zugucken, wie ihr Bruder Jole allein die Stirn bot. Also lief sie los, auf sie zu.

Admiral Jole seufzte und machte eine kleine zuckende Bewegung mit zwei Fingern.

Kyr hatte es kommen sehen, Mags nicht, und als die heranrollende Gravitationswelle beide mitriss, flog er hoch, krachte mit voller Wucht gegen die Decke und fiel ... Aber Kyr wusste inzwischen, wie man diese Wellen nahm. Sie flog, sie drehte sich, sie fiel und landete auf den Füßen.

»Ah«, machte Admiral Jole zufrieden. »Es funktioniert. Zeit für Phase ... Verdammt!«

Kyr brachte ihn krachend zu Fall. Er war groß und kräftig, aber das war sie auch, und er war mit zunehmendem Alter langsamer geworden. Sie zog das Feldmesser, das an seinem Gürtel gesteckt hatte, aus seiner Scheide – der Griff trug eine goldene Verzierung – und zögerte keine Sekunde: gerade hinunter in eines der freundlichen grauen Augen; sie hatte schon einmal getötet, sie konnte es wieder tun.

Admiral Joles Augen flackerten auf. Kyr sah es und rollte sich gerade rechtzeitig zur Seite, um einem professionellen und gut gezielten Hieb mit dem Messer von hinten unter ihre Rippen zu entgehen.

Cleo?, dachte Kyr.

Aber Cleo stand zu weit hinten, die Arme verschränkt, als wollte sie sagen: *Das hier ist nicht mein Kampf.* Sie hatte Nicht-Avi losgelassen.

In dieser Realität hatte er das Nahkampftraining nicht geschwänzt, so viel stand fest. Er stürzte sich ein weiteres Mal auf sie. Kyr schaffte es gerade so eben zurück auf die Füße und wich erneut seinem Messer aus – woher hatte er das? Sie musste es übersehen haben, als sie ihn abgesucht hatte. *Dumm.* Ihre Reichweite war größer als seine, aber er war sehr viel schneller, als sie erwartet hatte. Und auch Jole war noch immer eine potenzielle Bedrohung ...

Ein wiedererstarkendes pulsierendes Summen. Für einen kurzen Moment wurde Kyr aus der Realität geschleudert – sie spürte, wie der Schattenraum sie mit Geisterhänden niederrang –, und als sie sich wieder materialisierte, befand sie sich in einem funkelnden Käfig aus kaum sichtbaren Energielinien. Das Messer, das sie Jole abgenommen hatte, war mehrere Meter entfernt klirrend zu Boden gefallen. Kyr streckte die Hand nach den Gitterstäben aus und zog sie sofort zurück. Weiße Linien aus kaltem Schmerz, so kalt, brannten sich in ihre Haut.

Mags lag am Boden und rührte sich nicht, von Cleo gab es keine Spur. Avi hatte hinter Admiral Joles linker Schulter Stellung bezogen. Und Yiso ...

Yiso war ruhig in die Mitte des Raumes spaziert. Knietief stand das Alien unter dem Herzen der Weisheit, dem Schattenmotor, im Wasser, in einer Hand den Stab.

Für die Dauer eines tiefen Atemzugs herrschte vollkommene Stille.

»Das hier war mein Zuhause«, sagte Yiso. »Das hier war die letzte Errungenschaft der Zi. Eine immerwährende Errungenschaft. Wir können also wenigstens behaupten, das Universum in einem besseren Zustand verlassen zu haben. Aber wenn ihr nun nach ihrer Macht strebt, Menschen – dann verwehre ich sie euch. Wenn es eines gibt, was ich über Menschen gelernt habe, dann dies: Ihr verdient keine Macht.«

»Aber ihr schon, Alien, ja?«, blaffte Jole zurück. »Denkt ihr wirklich, ihr seid was Besseres? Ihr habt den Krieg verloren, seht es ein. Und das hier ist es, was Verlieren bedeutet.«

Sie haben unsere Welt vernichtet, dachte Kyr. Aber das stimmte nicht, das hatten sie nicht getan, es war nie passiert, nicht hier. *Hier* hatte die Erde gewonnen. Und Yiso hatte nichts mit der Zerstörung der Erde zu tun gehabt; es war Lerus Entscheidung gewesen, und nun war Leru tot, in beiden Realitäten. Kyr drückte mit den Händen gegen die Stäbe des Energiekäfigs und zog sie wieder zurück. Schmerzhafte rote Linien durchzogen ihre Handflächen. Warum war das alles nicht fair, warum wurde nichts jemals gut, warum gab es niemals eine Lösung?

»Yiso!«, rief sie nutzloserweise.

Yiso drehte sich um und sah sie an.

Und Kyr wurde aufs Neue Yisos furchtbare Fremdartigkeit bewusst, aber da war noch etwas anderes. Sie kannte Yiso. Sie kannte Yisos merkwürdigen Körper, der so anders war als ihrer. Sie vermochte den Ausdruck in Yisos Augen, die Haltung seiner Ohren und seines Kamms zu deuten.

Yiso sah so traurig aus.

»So lasst es uns beenden«, sagte das Alien.

Es schloss die Augen, den Kamm aufgerichtet, die Ohren still, und begann, in einer Sprache zu sprechen, die Kyr nicht kannte. Die Lichter im Raum flackerten und gingen dann aus.

Die Steuerelemente in der Luft oberhalb des großen Wasserbeckens verschwanden, und das Summen des Schattenmotors veränderte sich. Der Energiekäfig, der Kyr festhielt, verschwand ebenfalls kurz und tauchte im nächsten Moment wieder auf. Wenn das noch einmal vorkam ...

Und das tat es, aber zu schnell. Angespannt stand Kyr da und wartete. Wenn sich ihr die Gelegenheit bot, würde sie ... Sie wusste nicht, was sie dann tun würde. Yiso tat alles, klein und kontrolliert und schrecklich und kraftvoll. Die silbernen Augen öffneten sich, sie leuchteten unwirklich in dem nun finsteren Raum. Als Yiso das nächste fremdartige Wort sprach, es hervorwürgte, dass es im Hals schmerzen musste, knackte es in der gigantischen Halterung des Motors.

Mit einem fürchterlichen Quietschen befreite sich der Motor aus einem Teil der Halterung und schwang über ihren Köpfen hin und her. Die Abschirmung war offensichtlich durchdrungen, und die Dimensionen der verzerrten Kammer bewegten sich nun im Takt seines Pulsierens – erst eine gewaltige Halle mit einem großen Wasserbecken darin, dann endlose Weite, durchbrochen hier und da von einem trüben Flackern, das womöglich von Sternen herrührte, und dann eine winzige Höhle, in der sich Kyrs Energiekäfig ganz nah unter dem Schattenmotor befand, so nah, dass Avi aufschrie und einen Satz zurück machte, und Cleo, dicht an Kyrs Ellenbogen, so verwirrt und angsterfüllt aussah, wie Kyr sich fühlte, und sie an Mags unbewegtem Körper ablesen konnte, dass er noch atmete, aber sein Arm gebrochen zu sein schien ... Und wieder waren sie in der großen Halle.

»Das reicht!«, brüllte Admiral Jole. Kyr konnte nicht genau erkennen, wie er es bewerkstelligte, aber er war plötzlich bei Yiso, riss dem Alien den Stab aus der schmalen Hand, schwang ihn durch die Luft und ließ Yiso mit einem sauberen Stoß einige Meter rückwärts durch den Raum fliegen.

»Sir«, rief Avi. »Sie ist völlig destabilisiert, das kriege ich so schnell nicht hin ...« Das Pulsieren ging weiter und mit ihm die Verzerrung des Raums: die große Leere, die winzige Höhle.

»Ich lasse mich nicht von einer Maschine besiegen!«, brüllte Admiral Jole.

Das Pulsieren erstarb. Sternenerhellte Leere. Der Energiekäfig war fort. Kyr konnte ihre eigenen Füße nicht erkennen, sie konnte niemanden sehen. Wenn sie einen Schritt nach vorn zu machen meinte, wusste sie nicht, ob ihr das tatsächlich gelungen war. Aber sie hörte Admiral Joles Stimme durch die Leere hallen.

»Das Zeitalter der Majo ist vorüber! Die Majoda ist gescheitert! Sie war korrupt und selbstzufrieden und von Grund auf verkommen. Nun bricht die Zeit der Menschheit an. Die Zeit des Heldentums, der Entdeckungen und der Kolonien, die Zeit des Wiederbeginns der Zukunft. Wir behalten, was uns nützlich erscheint. Das Totholz fegen wir fort! Geringere Arten sollten sich glücklich schätzen, im Zeitalter dieser großen Zivilisation leben zu dürfen. Und diese Technologie wird uns ein Werkzeug sein wie jedes andere, und es wird uns *dienen*!«

Ein Knacken. Kyr konnte es nicht sehen, aber ihr stand das Bild der nachgebenden Motorhalterung klar vor Augen. Yiso hatte die Weisheit am Ende doch gezwungen, sich selbst zu zerstören.

Admiral Jole stöhnte vor Anstrengung, und da verschwand auf einmal die sternengespickte Dunkelheit, und der Raum formte sich neu zu irgendetwas zwischen großer Halle und enger Höhle. Kyr sah sich um. Mags war bewusstlos, Yiso lag am Boden, und irgendwas hatte auch Cleo zu Fall gebracht; sie rührte sich ebenfalls nicht. Avi betrachtete Admiral Jole mit einem Ausdruck, der irgendwo zwischen Bewunderung und Neid changierte. Die Adern an Joles Schläfen traten deutlich hervor, während er versuchte, die Kontrolle über die Weisheit zurückzuerlangen. Die Halterung des Schattenmotors war an unzähligen Stellen gebrochen, aber sie hielt noch immer; das grüne Licht des Schattenraums blitzte über sie hinweg.

Kyr lief zu Yiso hinüber. Sie wusste nicht, warum. Sie war noch immer wütend über Yisos Entscheidung, die Weisheit für sich zu behalten.

Aber Yiso hatte so traurig ausgesehen.

Kyr half dem Alien, sich aufzusetzen. Der Schlag des Admirals hatte ihm stark zugesetzt.

»Es ist vollbracht«, sagte Yiso leise und müde. »So, wie du es von Anfang an gewollt hattest, Valkyr. Es ist egal, was er macht. Die Weisheit stirbt.«

Admiral Jole hatte Yisos Worte gehört. Kyr sah, wie sich sein Gesicht vor Boshaftigkeit verzog. »Dann wird sie mir jetzt noch dienen«, zischte er. »Bevor sie endgültig untergeht. Wenn die Menschheit auf sie verzichten muss, dann sind es die Aliens, die den Preis dafür zahlen werden.«

Helle Lichtpunkte flackerten auf und formierten sich zu einer riesigen dahintreibenden Spirale aus dicht besiedelten Galaxiewolken, in denen die weit verstreuten Farbpunkte ferner Welten tanzten. Kyr stieß einen frustrierten Schrei aus, als sie die Majoda erkannte, die vielen Welten der Majo-Zivilisation. Sie hatte das hier schon einmal gesehen, in den Höhlen von Chrysothemis, wo Avi Tausende und Abertausende Welten vernichtet hatte.

Und nun passierte es wieder. Und wieder konnte Kyr nichts tun. *So viel Leben* – und es gab noch nicht einmal einen Grund, nicht einmal Avis wahnsinnige Idee von Gerechtigkeit. Hinter allem steckte einzig und allein Jole. *So viel Leben, wieder und wieder. Vierzehn Milliarden, zwanzig Trillionen, ein ganzes Universum. So viel Leben.*

Yiso nahm ihre Hand. Die graue Haut war kalt.

»Es tut mir leid«, sagte das Alien. »Valkyr, Valkyr. Dieses Mal sollte alles besser werden. Es tut mir so leid.«

»Kannst du es aufhalten?«, fragte Kyr und beobachtete, wie die kleinen Lichtpunkte einer nach dem anderen erloschen. Avi hatte sich wankend von Jole entfernt und saß nun da und schaute ebenfalls zu. Die toten Welten tanzten auf seinen Brillengläsern. Kyr konnte seinen Ausdruck nicht deuten.

»Ich bin wieder ausgeschlossen«, sagte Yiso. »Ich wusste nie wirklich, was ich da tue. Nie.«

Kyr zog Yiso in ihre Arme. Das Alien gab einen Laut der Überraschung von sich, aber sie hielt es weiter ganz fest. »Umarmen sich die Majo nicht?«, fragte sie.

»Tut mir leid«, wiederholte Yiso.

»Mir auch«, sagte Kyr. »Ich wollte alles ändern.« Ja, sie hatte alles ändern wollen. Es war jetzt fast dunkel. Sie konnte Admiral Joles schweren Atem hören, sein angestrengtes, triumphierendes Keuchen.

Yiso blickte mit leuchtenden Augen zu ihr hoch. »Würdest du es wieder tun?«

»Was?«, fragte Kyr und meinte weniger den Inhalt von Yisos Worten als das seltsame Surren, das sie begleitete. Als hätten mehrere Personen gleichzeitig gesprochen.

»Tätest du es wieder?«, fragte Yiso noch einmal, und der Raum wurde erneut größer und weiter und leerer, und die letzten Worte hallten in ihm: *wieder, wieder, wieder ...*

»Yiso!«, rief Kyr, denn plötzlich war sie allein. »Cleo! Mags!«

Sie kannte diesen Ort, die Leere, die Ohnmacht. Als sie an sich herabblickte, sah sie, dass sie nicht mehr die zweckmäßige Kleidung trug, in der sie Hymmer verlassen hatte, sondern Valerie Marstons Ausgehuniform, die marineblaue Uniform des Terranischen Expeditionskorps mit ihren goldenen Knöpfen. Sie verzog das Gesicht. »Was hast du dieses Mal vor?«

Ich glaube, sagte die Weisheit, *ich treffe gerade eine Entscheidung.*

Dieses Mal trug sie Yisos Gesicht, nicht Lerus. Yisos schmaler Körper materialisierte sich in der Dunkelheit, er steckte in Gewändern, die Kyr noch nie gesehen hatte, Schichten aus lebendigem Blau und Gold, das Yisos gräuliche Haut warm zum Leuchten brachte. Aber nein, das war nicht Yiso. Sie würde sich nicht noch einmal täuschen lassen. Die Augen der Weisheit, silbern und pupillenlos, waren alt, alt, alt.

Valkyr, sagte sie.

»Was?« Die Weisheit fuhr nicht fort, also redete Kyr weiter: »Jetzt triffst du also eine Entscheidung? Es mussten nur zwanzig Trillionen Leute sterben, zweimal, bis du ...«

Dieses Ereignis wurde von Leru Ihenni Tan Yi vorausgesehen, ehe Leru die Zerstörung der menschlichen Heimat-Welt beschloss.

»Sie hat einen Namen«, sagte Kyr.

Erde. Tut mir leid. Erde.

»Oh toll, es tut dir leid!« Kyr war wütend.

Ja, sagte die Macht, die Yisos Gesicht trug. *Es hat mir immer leidgetan. Valkyr, ich habe dich etwas gefragt. Würdest du es wieder tun?*

»Ja!«, sagte Valkyr. »Nein! Wem soll das nützen, wenn es am Ende sowieso keine Lösung gibt, egal, was man tut? Vielleicht hat das alles einfach keinen Sinn. Kein Wunder, dass die Majo dachten, wir wären verflucht.« Kyr rang um Atem. Sie wusste nicht, an welcher Stelle sie angefangen hatte zu weinen. Bescheuert. »Ja, klar würde ich es wieder tun! Ich werde nicht aufhören.«

Valkyr, die Beharrliche, sagte die Weisheit sanft. *Also gut.*

»Muss ich wieder einen Moment auswählen? Wozu? Welcher würde irgendetwas ändern? Vielleicht sollte ich einen Zeitpunkt wählen, bevor du erschaffen wurdest, und das verhindern. Keine Weisheit, keine Majoda, keine ...« Sie brach ab und wischte sich übers Gesicht. »Lass mich gehen. Bring mich zurück zu den anderen.«

Ich frage dich nicht nach deiner Wahl.
Ich werde die Wahl treffen.
»Wie bitte? Nein! Was machst du? Ich will ...«

... zurück in die Welt, die ihre eigene gewesen war, in die Welt, in der Admiral Jole und Providence eine Herrschaft der Menschen errichtet hatten, die für immer Bestand haben würde? Ja. Denn das war ein Universum, das noch immer eine Erde enthielt, ein Universum, in dem Lisa in einer Klinik auf Station Hymmer arbeitete und in der es Cleo Alvares gab und Commander Ursula Marston von der *Samphire*; eine Welt, in der Kyr eine Zukunft und eine Familie hatte, eine Welt, in der Mags am Leben war. Es musste etwas bedeutet haben, es musste einen Sinn gehabt haben, dass Kyr die Welt gerettet hatte. »Schick mich zurück! Lass mich ...«

FÜNFTER TEIL

VICTRIX

»... gehen!«

Die Menschheit ist eine kriegerische Spezies.
Dies ist eine Tatsache, die schon lange vor unseren Begegnungen mit den Zivilisationen der Majoda bekannt war. Auch andere Erden-Arten zeigten ein Verhalten, das als Kriegsführung bezeichnet werden kann – Ameisen zum Beispiel und einige der Menschenaffen –, aber keine von ihnen war derart ausdauernd, enthusiastisch und sachkundig. Die Geschichte menschlicher Erfindungen ist in vielerlei Hinsicht die Geschichte des Kriegsgeräts – von Steigbügel, Pfeil und Bogen, Gewehr und Nuklearrakete. Für viele Majoda-Arten ist diese Militärgeschichte des technischen Fortschritts schlichtweg entsetzlich. (Für viele, nicht für alle. Wir sind nicht die einzige kriegerische empfindungsfähige Spezies im Universum, auch wenn die Majo uns für eine der bedenklichsten halten.)
Was jedoch nicht stimmt, ist, dass die Menschen eine kriegsliebende Art sind. Auf einige Individuen mag das zweifellos zutreffen, aber gleichzeitig stellen manche der frühesten erhaltenen Werke der Menschen komplexe Reflexionen über die Kosten und Folgen von kriegerischen Konflikten dar, über die dadurch errungenen Triumphe und das dadurch erlittene Leid. Wir wissen, was der Krieg mit Gesellschaften und Einzelpersonen macht. Seit Langem. Das Bedürfnis nach Frieden ist tief in der Geschichte der Menschheit verwurzelt – beinahe genauso tief wie das Bedürfnis nach Krieg.
Wie würde so ein Frieden aussehen? Diese Frage treibt seit jeher

viele Menschen um. Kann er vielleicht erzwungen werden? Zahlreiche Imperien betrachten sich stolz als Frieden bringend und Frieden bewahrend. Hierin aber liegt ein Paradox, denn ein Frieden, der durch die Androhung von Gewalt hergestellt wird, ist lediglich ein Krieg im Werden. Wahrer Frieden würde mit Sicherheit die allumfassende Abschaffung des Kriegswesens voraussetzen. Utopia, die perfekte Gesellschaft, bedarf etwas, was wir einen nicht erzwungenen Frieden nennen könnten. Aber ist das überhaupt möglich? Ein nicht erzwungener Frieden würde das Ende aller Konflikte erforderlich machen. Und damit sehen wir uns mit der Frage konfrontiert: Was verursacht einen Konflikt?
Ressourcen, sagt die Geschichte, und Vorstellungen.
Menschen, die eine utopische Gesellschaft und ihren nicht erzwungenen Frieden anstreben, müssen also erst einmal die Frage nach den Ressourcen stellen: Wer besitzt sie, wer will sie, wer braucht sie? An das Thema wurden bereits zahlreiche Annäherungen versucht, von denen viele, es mag kaum überraschen, zu Konflikten anderer Natur führten, zu Konflikten zwischen unterschiedlichen Vorstellungen. Sollte ein jeder Mensch einen gerechten Anteil an etwas besitzen und, wenn ja, wer entscheidet darüber, was gerecht ist? Sollte es einem jeden Menschen freistehen, die gewünschten Ressourcen auf jedem Weg zu erlangen, der ihm richtig erscheint? Gibt es eine Technologie, die imstande ist, diese Vorstellungen in Einklang zu bringen? Die altgediente imperiale Tour – sich Ressourcen von sonst wo zu beschaffen, weit mehr, als gut sein kann, und dadurch einen großzügigen Überschuss anzuhäufen, der mögliche Ressourcenkämpfe unnötig macht – hat sich für Einzelne als erfolgreich erwiesen. Nicht jedoch für die Bewohner*innen der zahlreichen »Sonst-Wos« der Geschichte. Es war dieses Verständnis von Eroberung und Kolonisation, das früh zu Unstimmigkeiten zwischen der Menschheit und der Majoda führte und später derart tragische Folgen hatte.

Aber den Ressourcenkonflikt zu klären, ist noch die einfachere Aufgabe.
Die größten Kriege der Menschheit waren immer die, bei denen es um unterschiedliche Vorstellungen ging – Vorstellungen von Herkunft und Nationalität, von Religion und Glaube, von Gerechtigkeit und Moral. Die utopische Vision eines nicht erzwungenen Friedens setzt ein Ende dieser Konflikte voraus. Aber wie soll das gelingen?
Hier ist eine alte, uralte Antwort: Indem wir einander verstehen lernen, indem wir einander freundlich behandeln, indem wir alle beginnen, zuzuhören, nachzudenken und uns in Toleranz zu üben. Dieser Handlungsvorschlag findet schnell kein Gehör mehr, sobald Druck ausgeübt wird. Sollten wir alles tolerieren? Was ist, wenn es um Moral geht? Wenn eine Person ganz aufrichtig glaubt, dass alle Individuen, die nicht zu ihrer eigenen ethnischen Gruppe gehören, getötet werden sollten? Dann ist der Konflikt plötzlich wieder da – für jedes Opfer und für alle Außenstehenden, deren Seelen keine komplette moralische Wüste sind. Wir sehen also schnell, dass alle Toleranz eine Grenze haben muss. Wer aber definiert diese Grenze?
Doch wenn man sich nun vorstellt, dass es keinerlei Meinungsverschiedenheiten gäbe – darüber, wie Menschen einander behandeln sollten, welche Definitionen angewendet werden, über Herkunft und Nationalität, Religion oder Glaube, über Gerechtigkeit und Moral. Wenn man sich vorstellt, es gäbe keine Länder, keine Religionen – wie in diesem uralten Lied. Was wäre das für eine Menschheit?
Eine vereinte Menschheit. Eine Menschheit ohne Unstimmigkeiten. Eine Menschheit ohne variierende Glaubenssysteme, ohne Nationalgeschichte, ohne ihre verschiedenen Kulturen und Ethnien – oder zumindest eine Menschheit, in der Begriffe wie Religion, Nation, Kultur und ethnische Zugehörigkeit keine Bedeutung hätten. Das wäre eine Menschheit ohne Unterschiede; sie

würde eine Sprache sprechen, damit keine Missverständnisse entstünden; einen moralischen Standard akzeptieren, alle anderen verwerfen. Es wäre per definitionem eine Mehrheiten-Menschheit, eine Universal-Menschheit, eine Monolith-Menschheit.
Und das würde, vielleicht, zu einem Ende aller Kriege führen – oder zumindest zu einem Ende aller Kriege mit anderen Menschen. Ich überlasse es den Lesenden, ob sich eine solche Tilgung von Geschichte, Kultur, Herkunft und Sprache in Einklang bringen ließe mit ihrer Vorstellung von Utopia.
Den Versuch hat es etliche Male gegeben. Den letzten womöglich von der extremistischen Enklave auf Station Gaia. Junge Geflüchtete – diejenigen, die ihren eigenen Worten nach ihre »Zuordnung ablehnten« und daraufhin verstoßen wurden – haben so ihre Probleme mit der Vielfalt des menschlichen Lebens außerhalb von Gaia. Außer T-Standard sprechen sie keine weiteren Sprachen, und sie folgen keiner Religion, es sei denn, man möchte Gaias Verehrung menschlicher Stärke als Religion bezeichnen. Sie alle sehen sich plötzlich ethnischen Kategorien zugeordnet, die sie nicht begreifen. Analysen von Gaias frühen Eugenik-Experimenten lassen auf den Versuch schließen, alle sichtbaren Kennzeichen unterschiedlicher Herkunft zu eliminieren. Für diejenigen, die mit der ideologischen Vorgeschichte von Gaias Philosophie vertraut sind (die sich auch in den Kindernamen niederschlägt, die überwiegend aus den nordischen Mythen und der Zeit des Römischen Reichs stammen), mag es wenig überraschen, dass der »reine« Mensch, dessen Erschaffung angestrebt wurde, tendenziell weiß war. Station Gaia glaubt vielleicht, frei von der komplexen und bewegten Vergangenheit der Menschheit zu sein – von außen betrachtet, ist sie es jedoch keineswegs.
Die Geschichte neigt dazu, sich selbst zu überholen.

Ursula Marston: Kinder der Erde.
Die Menschheit nach dem Ende der Welt (unveröffentlicht)

25

DER ANFANG

Hoch oben auf einer orbitalen Verteidigungsplattform, über einer blauen Welt, die sie nie wirklich gekannt hatte, stand Kyr und schwankte, als ihre Maske ihr die Bilder des Kampfes seitlich ins Sichtfeld einspeiste. Grünes subreales Licht flackerte an den Rändern der Erde auf. Um sie herum lagen überall die Überreste abgeschossener Majo-Kampfflieger, und sie war allein, die letzte noch lebende Soldatin. Über ihr tauchte flimmernd der Weisheitskreuzer auf, in seinem Windschatten das planetenvernichtende Geschoss.

Doomsday.

Nein. Nein! Nicht schon wieder.

»Wozu soll das gut sein?«, brüllte sie der Leere entgegen. Jenseits der aufzuckenden Blitze der Schlacht gab es nur noch die Dunkelheit der Weltraumnacht. »Was soll es bringen, immer und immer wieder das Gleiche zu tun und niemals ...«

Während Kyr brüllte, bewegte sie sich vorwärts. Ihr Körper, der das Szenario Hunderte, Tausende von Malen durchlaufen hatte, kannte jeden Schritt, wie bei einem Tanz. Ihre Hand griff schon nach dem Sprunghaken. Noch zwei Sprünge. Der Umriss der Rakete wurde deutlicher und deutlicher. Ihr Kampf-Feed hatte sie durch das vom Weisheitskreuzer ausgelöste Signalchaos noch immer nicht erfasst, aber ihre Augen erkannten die schlanke, tödliche Gestalt umso besser.

Kyr ließ ihre Hände sinken.
Vierzehn Milliarden.
»Sie sind schon tot«, sagte sie in das Nichts hinein, das sie umgab, die Weisheit, Doomsday. »Sie sind vor langer Zeit gestorben. Es war nicht meine Schuld. Ich war noch nicht einmal geboren. Ich kann ...« Sie schnappte nach Luft. Ihre Tränen versickerten in der Kampfmaske. »Ich kann das nicht mehr tun.«

Und dann tat sie nichts mehr. Sie stand nur da und sah zu. Es hätte sie innerlich zerreißen müssen, sie hätte kämpfen müssen, aber irgendetwas in ihr war kalt und tot. Die Zerstörung einer Welt, die Zerstörung Tausender Welten, vierzehn Milliarden Leben, zwanzig Trillionen Leben – was machte das für einen Unterschied? Avi mit gebrochenem Genick, Avi, der vor Admiral Jole katzbuckelte, ein elendig gestorbener Mags oder ein weglaufender und für die Majo kämpfender Mags, Cleos Ausdruck, als sie von ihrem Vater erzählt hatte, Yisos Ausdruck, das Wort *unaufhaltbar* ...

»Ich bin nicht unaufhaltbar«, sagte Kyr. »Sieh mich an. Ich gebe auf.«

Und sie kauerte sich zusammen, schlang ihre Arme fest um ihren Körper und weinte, und irgendwo weit unter ihr starb die Erde einen weiteren Tod und noch einen und noch einen ...

Die Agoge beendete das Szenario.

Kyr lauschte dem tiefen, leiser werdenden Summen, öffnete ihre Augen und blickte auf die vertrauten grauen Plastahl-Wände. Sie sah auf ihre Hände hinunter, und es waren ihre eigenen schmalen, vernarbten Hände, nicht Vals runde, wohlgenährte. Ein Schmerz flammte in ihr auf, setzte sich irgendwo in der Gegend ihres Zwerchfells fest und hinderte sie daran, tief Luft zu holen. Ihr Gesicht war noch immer nass.

»Valkyr«, hörte sie eine Stimme über sich. Sie sah auf.

Da stand Onkel Jole, auf seinem Gesicht ein Ausdruck voller Mitgefühl. Ihr Onkel, nicht Admiral Jole. Er war wieder hagerer, das Gesicht gezeichnet, die Augen wissend. Er streckte seine Hand aus.

Kyr schluckte. Sie wusste nicht, was sie sagen sollte.

Sie ergriff die ihr angebotene Hand und sah, wie Onkel Jole leicht zusammenzuckte, als sein kaputtes Bein sich gegen ihr Gewicht in den Boden stemmte. Sie stand auf. Er ließ sie los und legte ihr seine Hand auf die Schulter.

»So geht es mir von Zeit zu Zeit auch«, sagte er.

Kyr schwieg. Er sah sie einen Moment lang an und hob dann eine Hand. Sie zuckte zurück, aber er wischte ihr nur sehr sanft die Wange trocken. Seine Fingerspitzen auf ihrem Gesicht waren kalt.

»Kein Grund, sich zu schämen«, sagte er. »Es stimmt. Doomsday war nicht dein Kampf. Es war meiner. Wir waren diejenigen, die dich im Stich gelassen haben, Valkyr. Aber die Kinder der Erde leben.«

Kyr schluckte noch einmal. »Und solange wir leben«, brachte sie über die Lippen, mit einer Stimme, so dünn, als wäre es nicht ihre eigene, »soll der Feind uns fürchten.«

Jole lächelte sie an. Sie hatte die richtigen Worte gewählt. »Ich bin stolz auf dich, Valkyr«, sagte er, die Hand noch immer auf ihrer Schulter. Kyr wollte, dass er aufhörte, sie zu berühren. Mehr als alles andere wollte sie, dass er aufhörte, sie zu berühren.

Sie erinnerte sich. Wie er hereingekommen war und gelächelt und ihr gesagt hatte, dass er stolz auf sie war. Und dann hatten die Zuordnungen begonnen. Sie sah ihn an: seine freundlichen Augen, sein sanftes Lächeln, sein starker Soldatenkörper. Sie trat einen Schritt zurück, und nun berührte er sie nicht mehr. *Es ging nie um Mags*, dachte sie. *Und es ging nie um Trainingsergebnisse. Es hat keinen Unterschied gemacht, was irgendjemand von uns getan hat. Du hattest immer vor, ihn in den Angriff zu stecken und fortzuschicken. Du hattest immer vor, mich in die Krippe zu stecken.*

Du hast meine Mutter töten lassen und uns erzählt, sie sei Junioroffizierin gewesen, obwohl sie in Wahrheit das Kommando über die Victrix innehatte. Du hast meine Schwester gezwungen, bei dir zu schlafen. Sie war kaum älter, als ich es jetzt bin, als sie sich deinen Sohn, ihren Sohn schnappte und floh.

Kyr hatte keine Waffe. Ihr Feldmesser hatte sich zusammen mit der Agoge-Simulation aufgelöst. Er war mit Sicherheit bewaffnet, denn er rechnete immer und überall mit einem Angriff von Verräter*innen und Kollaborateur*innen. Kyr erinnerte sich sehr deutlich an das befriedigende Gefühl, das sie bei dem Versuch gehabt hatte, Admiral Jole ins Auge zu stechen. Und das war noch nicht einmal er selbst gewesen, bloß ein Abbild. Nur ein weiteres Leben, das dieser Mann geführt haben mochte, den Kyr ihr Leben lang so sehr bewundert hatte.

Joles Ausdruck wurde ernster. Hatte sie sich verraten? Er war gut darin, die Gedanken anderer zu lesen. Das musste er auch sein, denn nur so konnte er sie dazu bringen, sich nach seinen Wünschen zu richten. »Tut mir leid, Sir«, sagte Kyr.

»Was tut dir leid?« Jole hob eine Augenbraue.

»Ich werde mich mehr anstrengen«, sagte sie. »Ich möchte …« Sie schluckte. »Ich möchte mich der Menschheit würdig erweisen.«

Denn war es nicht das, was es bedeutete, ein Kind der Erde zu sein? Alles zu sein, was noch übrig war von diesem blauen Planeten und vierzehn Milliarden Leben?

»Niemand erwartet Perfektion von dir, Valkyr«, sagte Jole. »Es reicht, dass du dienst.«

»Ich verstehe, Sir«, sagte Kyr. Sie dachte über Lügen nach. Darüber, dass niemand Perfektion erwartete, aber alle bestraft wurden, wenn sie sie nicht lieferten, und zwar die ganze Zeit.

Darüber, wie es war, so sehr an eine Lüge zu glauben, ihr ganz zu verfallen.

»Geh und ruh dich ein wenig aus«, sagte Jole. »Du hast jetzt eine Pausenschicht, stimmt's?«

Kyr stolperte aus der Agoge, wo nun das Ferox-Geschwader übernahm und eine Trainingseinheit absolvierte, und lief wie betäubt durch die engen Flure von Station Gaia. Alles war vertraut und fremd zugleich. Das hier war ihr Zuhause, der einzige Ort, an den sie je wirklich gehört hatte. Irgendwo in ihrem Kopf war Val und bemerkte, wie klein hier alles war, wie dunkel, wie kalt, wie unangenehm und verkrampft und hart und traurig.

Warum hatte die Weisheit das hier erschaffen?

Als Kyr sichergehen konnte, dass sie allein war, in einem leeren Höhlengang irgendwo zwischen Krippe und Augusta-Kaserne, versuchte sie, eine Antwort zu finden. »Was willst du? Was soll ich tun?«, fragte sie in die Stille hinein. »Hier ist ... nichts! Hier ist alles winzig, hier ... hier gibt es nichts, was irgendjemand ausrichten könnte! Alles, was wir je getan haben, war, rumzusitzen und alle zu hassen und nichts zu tun ...«

Stille.

»Das ist dumm«, sagte Kyr. »Das war immer alles so dumm.«

Sie hatte gedacht, sie wären Kämpfer*innen für die Freiheit gewesen, aber natürlich stimmte das nicht. Freiheitskämpfer*innen, das waren der andere Mags, das waren Yiso und die Ziviri Jo, die Providence einen Schritt voraus waren. Oder auch Lisa im Restaurant auf Hymmer, die sagte *Ich stehe nicht auf der Seite der Flotte. Politisch, meine ich.* Kyr hatte gedacht, sie wären die letzten Menschen, und auch das stimmte nicht; irgendwo da draußen kreiste eine verregnete Welt um einen gelben Stern, und dort waren Ursa und ihr Sohn eine Familie, weit weg von Kyr.

Würde einfach alles noch einmal von vorne beginnen? Die Zuordnung. Mags' Verschwinden. Kyr, die zu Avi ging. Yisos Rettung. Und würden sie einfach wieder abhauen und all die Dinge noch einmal tun, außer, dass Kyr dieses Mal wohl Mags davon abhalten würde, Leru zu töten, oder Avi davon, die Kontrolle über die Weisheit an sich zu reißen und all dieses Leben zu vernichten? Dieses Mal würde sie das alles nicht mehr so mitnehmen. Es war ihr egal. Sie war zu Hause, und das war der schrecklichste Ort im ganzen Universum. Ihr Onkel Jole hatte ihre Hand genommen und gelächelt, und sie hatte ihn angesehen und erkannt, wer er wirklich war, und sie konnte das alles nicht mehr ertragen.

»Was soll ich tun?«, fragte sie wieder.

Keine Antwort. Die Felswände um sie herum blieben kalt und stumm.

Und dann ertönte der Alarm.

Es war nicht das vertraute Klingeln des Schichtwechsels und auch nicht die dringende Warnung vor Feindeinwirkung. Es war ein Alarm, den Kyr noch nie zuvor gehört hatte, drei lange Töne und ein kurzer, und sie musste tief in ihrem Gedächtnis graben, bis ihr endlich eine leise Erinnerung aus der Krippe kam, wo sie jeden Alarm und jedes Tonsignal lernen mussten und Corporal Ekker Kyr mit ihrem Stock auf die Finger gehauen hatte, das eine Mal, als sie etwas nicht gewusst hatte ...

Gesamtappell.

Etwas war anders. Das hatte es noch nie gegeben.

Der Führungsstab rief die ganze Station Gaia zum Appell.

Der einzige Ort, der alle Menschen zu fassen vermochte, die auf Station Gaia lebten, war die Spielhalle. Die blecherne Musik war abgeschaltet worden, und die Maschinen, kleinen Kabinen und Bildschirme standen allesamt an den Wänden aufgereiht. Die Erwachsenen hatten sich mit ihren Geschwadern aufgestellt, die Kadetten und Kadettinnen mit ihren Häusern. Kyr trat neben Cleo in die Reihe, auf der anderen Seite fünf weitere Sperlinge. Jeanne, ganz hinten, war noch nicht zugeordnet worden. Kyrs Blick wanderte über ihre Hausgenossinnen. Es kam ihr vor, als hätte sie Jeannes sommersprossiges, ernstes Gesicht seit Jahren nicht gesehen.

Cleo stand kerzengerade da und blickte stur geradeaus, stolz und aufmerksam. Sie schien so zu tun, als wäre Kyr gar nicht da. Kyr erinnerte sich, auch wenn es ihr vorkam, als wäre es ein ganzes Leben her, an das Nahkampftraining gegen Cleo, während sie auf ihre Zuordnung gewartet hatten. Und dann an Lieutenant Cleo Alvares mit ihrem lauten, unverschämten Lachen, der dunklen Haarmasse unter ihrer TE-Mütze und dem geschulterten Gewehr in den Hallen der Weisen, mit dem sie auf Yisos Hinterkopf zielte ...

Nein.

Kyr zwang ihren Blick ebenfalls nach vorn. Sie konnte die Sperlinge nicht länger ansehen. *Ihr seid das einzig Gute, was mir je passiert ist*, dachte sie. Das war nicht die ganze Wahrheit, aber es fühlte sich so an.

Die übrigen Mädchenhäuser standen vor ihnen, zehn Reihen, bis zu den siebenjährigen Rotkehlchen. Zu Kyrs Rechten hatten sie die Jungs des Hauses der Katzen aufgestellt, dahinter die Kojoten. Kyr erspähte Mags, den größten der Kriegszucht-Jungs. Auf jedes Mädchen kamen zwei Jungs, dachte sie, von denen die Hälfte für eines der Kampf-Geschwader vorgesehen war. Keine Genmanipulation, also musste es so sein, dass sie weibliche Föten abtrieben. Und irgendjemand hatte das entschieden.

Der Führungsstab stand am hinteren Ende der Spielhalle auf einem eigens errichteten Podest. Die Admirale des Ferox-, Scythica-, Augusta- und Victrix-Geschwaders, die Ersten Offiziere vom Systeme-, Sonnentracker- und Agricola-Geschwader, die Sergeants von Oikos und Krippe. Sergeant Sif war die einzige Frau. Sie war hochschwanger, stand aber aufrecht da, die Hände hinter dem Rücken verschränkt. Die Admirale hatten um Commander Jole herum Aufstellung genommen. Kyrs Augen wollten immer wieder ihre Blickrichtung ändern, aber sie zwang sich dazu, sich noch gerader hinzustellen und den Blick stur auf die glänzenden Auszeichnungen an Joles Brust zu heften.

Du hast diese Entscheidung getroffen, dachte sie bitter. *Du hast alle diese Entscheidungen getroffen.*

Kyr suchte nach niemandem sonst mehr, auch nicht nach Avi, der wahrscheinlich irgendwo in den hinteren Reihen des Systeme-Geschwaders herumlümmelte. Natürlich fehlten einige. Kinder unter sieben Jahren waren von der Versammlung ausgeschlossen, und ein paar Frauen mussten wohl in der Krippe geblieben sein, um auf sie aufzupassen. Und einige Soldat*innen waren auf Patrouille, in der Hoffnung, sie würden auf ein unvorsichtiges Handelsschiff treffen und ein paar bedeutungslose Luxusgüter abgreifen können. Und die Systeme- und Sonnentracker-Technik konnte auch nicht völlig unbeaufsichtigt bleiben, denn ein kleiner Fehler hier oder da konnte alle Menschen auf der Station in Lebensgefahr bringen. Es waren also nicht alle, die hier lebten, anwesend.

Wenn auch beinahe. Kyr musste sich nicht erst umsehen, um nachvollziehen zu können, warum diese Versammlung bisher nicht einberufen worden war. Oikos und Krippe hatten ein paar Dutzend Vertreter*innen, Systeme und Sonnentracker kaum eine Handvoll mehr. In der Agricola konnten nicht mehr als hundertfünfzig Leute sein, und die übermächtigen Kampf-Geschwader in ihren marineblauen Uniformen sahen beeindruckend aus, solange man nicht näher hinsah, denn dann löste sich diese Illusion in Sekundenschnelle in Nichts auf, und man merkte, dass die Jahre sorgfältiger Kriegszucht zwar Riesen hervorgebracht hatten, die aussahen, als wären sie einem Majo-Albtraum entsprungen, deren Größe aber nicht darüber hinwegtäuschen konnte, dass es schlichtweg nicht besonders viele von ihnen gab.

Station Gaia, Zuhause der Kinder der Erde und letzte Hoffnung im Kampf der Menschheit gegen die Majoda, hatte eine Population von weniger als zweitausend Menschen, von denen die meisten unterernährt, abgekämpft und krank aussahen.

Fünf Reihen vor Kyr verrenkte sich eine der zwölfjährigen Amseln fast den Hals und flüsterte dann ihrer Nachbarin etwas zu. »Amsel!«, sagte Kyr scharf, ohne sich zu bewegen, und bereute es nicht, als sie sah, wie das Mädchen erstarrte und in offenkundiger Panik die Schultern straffte. Besser, Kyr erwischte sie als jemand anders. Versuchte dieses Mädchen etwa, auf der schwarzen Liste des Führungsstabs zu landen?

Gaias Bewohner*innen standen diszipliniert und mucksmäuschenstill da, aber die Stille wurde noch tiefer, als Commander Jole vortrat und die volle Aufmerksamkeit auf sich und seine Admirale zog.

»Menschheit!«, rief er.

Etwas in der Menschenmenge veränderte sich. Kein Geräusch war zu hören, es war vielmehr ein allgemeines Schulterstraffen und wachsames Kopfheben, mit dem Commander Jole geantwortet wurde. *Wir haben nur das, sonst nichts*, dachte Kyr. *Das ist dein Verdienst.* Aber auch sie spürte es. Sie war ein Mensch, einer der letzten. Das hatte Bedeutung für sie.

»Ich fasse mich kurz«, fuhr Commander Jole fort und lächelte sein schiefes, liebenswertes Lächeln. »Ich weiß, wir arbeiten alle hart und haben keine Zeit für lange Reden. Vor vierzig Minuten hat der Weisheitskreuzer, der schon seit einiger Zeit im benachbarten Mousa-System seine Bahnen zieht, um unsere Souveränität und unsere Freiheit einzuschränken, den Geist aufgegeben, nachdem fast alle seine Systeme in kurzer Abfolge heruntergefahren wurden.«

Ein atemloses Raunen ging durch die Spielhalle. Die Menschen neigten sich vor, um besser hören zu können.

»Auf meinen Befehl hin hat eine Staffel des Scythica-Geschwaders diesen Vorteil genutzt, den Kreuzer angegriffen und zerstört. Etwa siebentausend Feinde und Feindinnen ließen ihr Leben in der Kälte des Weltraums. Die Menschheit hat nicht eines zu beweinen.« Jole streckte die Hand aus, und einer der niederrangigen Commander reichte ihm ein Glas. Er hob es in die Höhe. »Scythica-Geschwader – möge der grenzenlose Horizont euch gehören!«

Das war der Scythica-Toast. Die Menge wiederholte ihn heiser und ungläubig, und auch Kyr murmelte die Worte mit. Ein Sieg, ein Sieg bei einem Kommando, das es noch nie gegeben hatte auf Gaia. Ein ganzer Kreuzer – zerstört. Tief in ihrem Innern spürte Kyr ein Gefühl des Triumphs, auch wenn sie versuchte, sich vorzubeten: *siebentausend Leben. Die Majo sind wie wir ...*

Aber irgendetwas stimmte da nicht. Eine Handvoll von Gaias veralteten Kampfraketen konnte es unmöglich mit der Weisheit aufnehmen. Nicht einmal auf der Höhe seiner Macht hätte das Terranische Expeditionskorps die Weisheit aufhalten können. Doch Jole sprach weiter.

»Sicher fragt ihr euch, wie das möglich war. Jahrtausendelang stützten sich die Aliens auf ihre gottgleiche Maschine und bauten sich auf Kosten von Außenstehenden wie uns ihr Utopia auf. Jahrtausendelang kontrollierte die Technologie, die sie die Weisheit nannten, jeden Bereich ihres bedeutungslosen Lebens. Aber das ist nun vorbei. Die Majoda ist in Auflösung begriffen. Tausende Alien-Welten zittern vor Furcht, denn sie stehen nicht länger unter dem Schutz ihrer großen Maschine, ohne die sie keinerlei Macht mehr besitzen. Die Weisheit hat sich selbst zerstört.«

Jole legte eine bedeutungsvolle Pause ein, und Kyr lauschte dem leisen Tuscheln, das sich nun im Raum ausbreitete. In ihrem Kopf arbeitete es angestrengt.

Zerstört. Weg. Nicht, weil Yiso die Maschine sabotiert oder weil irgendeine äußere Kraft auf sie eingewirkt hatte. Nicht in *dieser* Realität. Leru hätte so etwas niemals getan, und auch sonst konnte sich Kyr niemanden vorstellen, der es überhaupt vermocht hätte. Sie dachte an die Gespräche mit der Weisheit, an ihre vielen Gesichter, ihre uralte Stimme, die so lebendig gewesen war. Die Weisheit hatte sich das selbst angetan. Sie hatte Kyr hierher zurückgeschickt, an den Anfang von allem, und sich dann selbst ausgelöscht.

Was bedeutete, dass Kyr nicht nach Chrysothemis würde gehen müssen, um Avi davon abzuhalten, Rache zu nehmen. Das konnte nun nicht mehr geschehen. Was bedeutete, dass ... Was? Was bedeutete das? Was war nun ihre Aufgabe?

»Was sollen wir tun?«, fragte Jole von seinem Podest hinunter. »Das ist die Frage, die sich nun wohl jedes Majo stellt. Was sollen wir tun ohne eine Maschine, die über jeden unserer Schritte bestimmt? Was tun wir ohne unseren algorithmischen Erschaffer als hervorragende Ausrede bei schweren Entscheidungen? Anders als wir sind die Majo nicht daran gewöhnt, ihr Schicksal selbst in die Hand zu nehmen.«

Jole hielt inne, um seinem Publikum Gelegenheit zu geben, zu reagieren, und ihm bestätigend zuzulächeln. *Er ist gut*, dachte der Teil von Kyr, der Val Marston war. *Er ist wirklich gut*. Und sie stand weiter still und schäumte innerlich vor Wut, während Jole eine Hand hob, um für Ruhe zu sorgen, und dann fortfuhr.

»Die Majo werden zittern und in Panik verfallen und zögern. Der Luxus hat sie korrumpiert, das leichte Leben schwach gemacht. Sie treiben Handel, leben nach den Gesetzen der Bürokratie und des Beamtentums, haben sich Geld und Gewohnheiten und einem Leben ohne Schwierigkeiten versklavt.

Bemitleidet sie, Menschen! Denn ihre Zeit ist vorbei. Unsere Zeit bricht nun an.

Vier Kriegsschiffe der Flotte der Menschheit bilden das Herz von Station Gaia. Vier Weltensegler, denen entgegenzutreten selbst der Weisheit schwerfiel. Über die Jahre der Not hinweg ist es uns Kindern der Erde gelungen, das Vermächtnis der Helden und Heldinnen zu bewahren, die sie einst erschufen. Nun ist die Zeit gekommen, die schlafenden Riesen zu wecken.

TE-66 Victrix wird innerhalb von zwei Wochen ausgerüstet und für den Kampf bereit gemacht.«

Eine weitere erhabene Pause. Jole wartete, bis die Laute der Überraschung abgeebbt waren.

»Unser erstes Ziel ist das herausforderndste und gewagteste, aber es wird uns einiges einbringen – sowohl die Ressourcen, die wir benötigen, um *Augusta*, *Scythica* und *Ferox* zu reparieren, als auch die Bemannung, die wir brauchen werden, um sie gegen die Majoda in den Kampf zu führen. Es gibt eine von Menschen besiedelte Welt, selbigen von der Majoda großzügigerweise im Gegenzug für ihre dauerhafte Unterwerfung überlassen. Wir, die treuen Soldaten und Soldatinnen von Station Gaia, beginnen unseren Kreuzzug gegen die Mörder und Mörderinnen unseres Planeten mit der Befreiung von Chrysothemis.

Ihr alle werdet einen Anteil daran haben. Ihr alle müsst euch bereithalten. Die Erde ist tot, aber ihre Kinder leben.« Jole stieß eine geballte Faust in die Luft. »Und solange wir leben ...«

»... soll der Feind uns fürchten!«

Der Ruf, ein zerrissener Kampfschrei, schallte ihm aus zweitausend Kehlen entgegen. Die Gesichter des Führungsstabs zeigten entschlossenes Wohlwollen. Jole wirkte stolz, beinahe feierlich. Alles redete nun durcheinander, das disziplinierte Schweigen wurde von Ungläubigkeit und Entschlossenheit und fürchterlicher Hoffnung weggefegt. Die Sperlinge tuschelten miteinander. *Ich lag richtig,* dachte Kyr. *Sie fangen bei den anderen Menschen an. Jole will über Menschen herrschen, er interessiert sich in Wirklichkeit kein Stück für die Majo.*

Als Jole seine Hand erneut hob, erstarb der Lärm augenblicklich wieder. »Die nächste Schicht wird eine Pausenschicht für alle, deren Position nicht essenziell wichtig ist«, sagte er. »Feiert, ihr Menschen! Feiert, was wir erreicht haben und noch erreichen werden. Unser langer Kampf ist beinahe vorbei. Bald werden wir triumphieren. Abtreten!«

Es hatte nie zuvor eine Pausenschicht für die ganze Station auf einmal gegeben. Kyr beobachtete, wie die Amseln zu der Maschine mit dem Tanzspiel hinübergingen und dort von einer Gruppe stämmiger Augusta-Soldaten wieder weggescheucht wurden. Es sah so aus, als plante der Großteil der gaianischen Erwachsenen, hier in der Spielhalle zu bleiben. Sie plauderten in kleinen Grüppchen, ein Lächeln auf den erschöpften Gesichtern. Irgendjemand machte die Musik wieder an und drehte laut auf, und dann fingen einige an zu tanzen. Kyr wandte sich ab. Sie spürte, wie die Emotionen im Raum sie mitzureißen versuchten, als würden sie ihr zurufen: *Freu dich! Feiere! Mach mit! Sei eine von uns! Du bist eine von uns!*

Die Sperlinge, merkte sie nun, hatten nicht in den allgemeinen Jubel eingestimmt. Cleo hatte einen betont neutralen Gesichtsausdruck aufgesetzt, und Arti und Vic rückten näher zusammen, Artis kräftiger Arm wie zum Schutz um Vics Schultern gelegt. Da stieß plötzlich jemand Kyr unsanft den Ellenbogen in die Rippen. Es war Zen. Ihr ausdrucksloser Blick passte nicht zur Dringlichkeit des Rippenstoßes. Sie ruckte ihr Kinn Richtung Lisabel, der gerade ein paar Ferox-Soldaten zu Leibe rückten. Es war ein Fluch, schoss es Kyr plötzlich durch den Kopf, die Schönste von allen zu sein, siebzehn Jahre alt und definitiv der Krippe zugeordnet zu sein, und alle wussten es.

Kyr setzte sich in Bewegung. Auch Jeanne hatte die Szene beobachtet, und beide brachten sie ihre kräftigen Kriegszucht-Körper vor den Soldaten in Stellung. Jeanne wurde von einem lachenden Soldaten erst hart mit der Schulter gerammt und dann heftig umarmt, und Kyr wurde von einem seiner Freunde, für den ein Teenagermädchen offensichtlich so gut war wie das andere, einfach hochgehoben und geküsst. Er sabberte. Widerlich. Aber anders als Lisabel war Kyr stark genug, um sich aus seiner Umarmung zu befreien. Sie lächelte den Soldaten gezwungen an, drehte sich um und mischte sich unter die Menschenmenge. Auch Jeanne war ihren Soldaten losgeworden, und die Sperlinge waren mitsamt Lisabel bereits weg. Kyr meinte Cleo und Arti zu sehen, wie sie sich schützend als Schlusslicht einer Gruppe älterer Kadettinnen anschlossen, die gerade die Spielhalle verließ.

Gut.

Sie waren nicht die Einzigen, die flohen. An der Tür nach draußen traf Kyr auf Mags, der den Kopf gesenkt hielt. Vielleicht, vermutete sie, um niemanden den Ausdruck auf seinem Gesicht sehen zu lassen. Um ihn herum standen Männer, denen er wohl allerdings nicht entgangen war und die ihn nun misstrauisch musterten. Mags war so ein verdammt schlechter Lügner. Kein Wunder, dass Jole entschieden hatte, ihn fortzuschicken. Auf Gaia war man verloren, wenn man nicht lernte zu lügen, wirklich zu lügen, sich selbst anzulügen und alle anderen auch.

Mit einem angespannten Lächeln nahm Kyr Mags' Arm und führte ihn mit schnellen Schritten weg von dem Lärm und dem Gedränge.

»Hi, Vallie«, sagte Mags, nachdem sie eine Weile gelaufen waren. Kyr hasste dieses Lächeln, das ihn ganz eindeutig Überwindung kostete. »Aufgeregt?«

»Nein«, sagte Kyr. »Genauso wenig wie du.«

»Doch, ich bin aufgeregt«, widersprach Mags. »Ich bin glücklich, natürlich bin ich das. Wir werden gewinnen. Wir werden sie alle besiegen. Wir verlassen diesen *Felsen* ...«

Bei *Felsen* brach Mags' Stimme, und Kyr nahm ihn in die Arme und hielt ihn ganz fest.

Und erst jetzt wurde ihr klar, dass sie dies zu diesem Zeitpunkt ihres Lebens in dieser Realität wahrscheinlich noch nie getan hatte. Im ersten Moment war Mags steif, aber dann ließ er sich in ihre Umarmung sacken und legte den Kopf an ihren. Er zitterte. Kyr glaubte nicht, dass er weinte. Sie war sich nicht sicher, was sie tun sollte, falls doch. Sie hatte noch nie gut mit weinenden Leuten umgehen können. Und in diesem Augenblick frustrierte sie diese Tatsache wie nie zuvor. *Warum hast du das nie gelernt?*

»Okay?«, fragte sie, als Mags sich aus ihrer Umarmung löste.

»Ich muss dir was sagen«, antwortete Mags.

»Ich weiß, dass du queer bist«, sagte Kyr. Irgendwo in ihrem Hinterkopf verdrehte Val die Augen. »Schwul. Was auch immer. Ich weiß es.«

Mags starrte sie an. »Ich ...«, stammelte er. »Wie ... Ich meine ... Nein.«

»Wie, echt nicht?«, fragte Kyr und merkte sofort, dass das nicht die richtigen Worte gewesen waren. Sie hörte Val in ihrem Kopf feixen: *Ich kann nicht fassen, dass du die zweite Chance für dieses Gespräch auch in den Sand gesetzt hast.*

»Halt's Maul«, murmelte sie. Jetzt sah Mags fast verstört aus. »Tschuldigung. Ich hab ... ich hab einen komischen Tag heute. Hey, ich glaube, ich bin auch queer.«

»Wie bitte?« Erschrocken sah sich Mags nach beiden Seiten um, als fürchtete er, jemand könnte ihre absolut inakzeptable Unterhaltung mitgehört haben, aber da war niemand. Sie befanden sich irgendwo im Labyrinth der Lagerräume des Oikos.

»Ich meine ... Es ist kompliziert«, fuhr Kyr fort und dachte daran, wie sie Lisabel – Lisa – in diesem anderen Leben geküsst hatte. Dann schob sich plötzlich Yisos Bild vor ihre Augen, die Art, wie das Alien sie angesehen und *unaufhaltbar* gesagt hatte, als würde es seine Worte wirklich ernst meinen.

»Das hatte ich gar nicht sagen wollen. Ähm ... danke, dass du es mir gesagt hast«, stammelte Mags. Als Kyr spürte, wie sich ihre Schultern entspannten, wurde ihr augenblicklich klar, dass es das gewesen war, was sie selbst beide Male hätte sagen sollen.

»Aber darum geht es gar nicht. Es geht um Chrysothemis. Ich muss dir was verraten.« Mags atmete tief ein. »Ursa ist dort.«

»Ich weiß«, erwiderte Kyr.

Und dann wurde alles klar. Ursa auf Chrysothemis, mit Ally, ihrem Sohn, den sie von Gaia fortgebracht hatte und von Jole. Das Schlachtschiff *Victrix*, gefechtsbereit in zwei Wochen, wie es über dem verregneten Planeten schwebt, über dessen Asteroidengürtel voller Irris-Minen, über der letzten Menschen-Stadt, über den Slums und der wunderschönen Hauptstraße und der kleinen Wohnung mit den großen Fenstern, über Allys Schule, wo er eine schicke Jacke trägt und Kunsthausaufgaben aufkriegt ...

»Oh, fuck.«

»Ich weiß nicht, was ich tun soll«, sagte Mags. »Ich weiß nicht, was ich tun soll. Wenn ich ... Ich denke darüber nach ... Vielleicht sollte ich meine Zuordnung verweigern.«

»Sie werden dich nicht gehen lassen«, sagte Kyr. »Nicht jetzt. Wenn du es versuchst, töten sie dich.« Fuck, fuck, fuck. »Wenn wir eine Nachricht losschicken könnten ...«

»Ich kenne da jemanden ...«

»Avi«, sagte Kyr im selben Moment. Sie sahen einander an. Mags schluckte. »Ich sollte dazu sagen ...«

»Du musst mir jetzt gerade wirklich nichts von deiner Schwärmerei für Avi erzählen«, unterbrach ihn Kyr. »Bitte nicht.«

»Woher *weißt* du das?«

Kyr öffnete den Mund, um die Frage abzutun. Sie konnte sich bereits so etwas Einfaches und Bedeutungsloses sagen hören wie *Ich habe ein bisschen nachgedacht*. Aber sie zögerte. *Hör auf, Mags zu unterschätzen*, dachte sie. *Du bist genauso schlimm wie Val. Und du weißt, warum du das tust, oder?*

Sieh der Tatsache ins Auge. Du bist neidisch. Immer gewesen. Weil er größer ist als du, breiter und schneller und stärker. Weil er eine vertikale Sprunghöhe von einem Meter achtzig hat und die besten Drill-Ergebnisse in der Geschichte der Station und niemand jemals so gut wie er in Level Zwölf abgeschnitten hat. Weil er Doomsday gewonnen hat. Weil er in allem, was dir je wichtig war, der Beste ist. Weil er besser ist als du. Und du kennst noch nicht einmal alle Bereiche, in denen er das ist.

Vielleicht hatte Val recht, als sie ihn labil genannt hat. Aber wenn er das wirklich ist, dann warst du keine Hilfe, so viel steht fest. Du hast es eher noch schlimmer gemacht.

Also hör endlich auf zu versuchen, ihn kleinzumachen.

Kyr erinnerte sich an damals, ganz am Anfang von allem, es war noch vor den Zuordnungen gewesen. Mags und sie in der Agricola. *Es ist so schwierig, mit dir zu reden*, hatte er gesagt.

»Ich muss dir auch etwas sagen. Etwas anderes, meine ich.«

»Okay«, gab Mags unsicher zurück.

»Es ... Es ist ziemlich viel.«

»Okay«, wiederholte Mags. »Ich höre.«

Sie gingen zur Agricola, zu dem stillen Flecken hoch oben in den veredelten Bäumen, wo sich Mags vor Station Gaia versteckt hatte.

Und Kyr erzählte ihm alles.

Von ihrer Krippen-Zuordnung, ihrer Flucht, von Avi und Yiso. Von Ursa und Ally und der hellen kleinen Wohnung in Raingold. Vom Weisheitsknoten und von Leru und davon, was Avi getan hatte, was Mags getan hatte. Und sie erzählte ihm

Dinge, die sie gar nicht erzählen wollte. Dinge, von denen sie sich nicht einmal selbst eingestanden hatte, dass sie sie noch fühlte: Wie es gewesen war, mit diesen toten Körpern zwischen den Trümmern der Welten zu sitzen.

»Fuck, Vallie«, stieß Mags hervor. »Es ...«

»Bitte sag nicht, dass es dir leidtut«, unterbrach ihn Kyr schnell. »Bitte, bitte nicht.« Sie wartete, bis ihre Stimme wieder fester klang. »Mir tut es leid. Es tut mir leid, dass ich es nicht wusste.«

Mags' Doppelgänger in der anderen Zeitachse, der nie einer von Gaias Soldaten gewesen war, hatte gesagt *Das ergibt Sinn*. Dieser Mags hier, der der wichtigste war, *Kyrs* Mags, derjenige, für den sie abgehauen war, für den sie gestorben wäre ... sah sie einfach nur nachdenklich an.

Dann sagte er: »Ich wollte nicht, dass du es weißt.«

Das zu hören, machte Kyr unendlich traurig. Sie wollte nicht, dass das die Wahrheit war. Dass Mags unglücklich war. Dass er schon jetzt so unglücklich war. Aber Mags fuhr mit den Händen durch sein helles Haar, sah Kyr mit einem schiefen Lächeln an und sagte: »Ich wollte nicht, dass du mich für schwach hältst.«

»Das bist du nicht!«, antwortete Kyr.

Noch immer dieses schiefe Lächeln, so fremd. Kyr hatte einmal gedacht, sie würde ihren Bruder gut kennen. Jetzt dachte sie: Du verstehst Avis Witze, oder? Unter der glänzenden Oberfläche von Magnus, dem Soldaten, hatte es immer noch jemand anderen gegeben. Seine Gefühle Avi gegenüber erschienen Kyr auf einmal nicht mehr wie eine bemitleidenswerte Geschmacksverfehlung, sondern wie die völlig nachvollziehbare Reaktion auf die Tatsache, dass er jemanden getroffen hatte, der laut aussprach, was er selbst tief im Inneren fühlte.

»Du bist trotzdem zu gut für ihn, weißt du?«, sagte sie.

Mags sah sie an und zog die Augenbrauen hoch. »Na ja, ich

wusste ja bis eben auch noch nicht, dass er einen Massenmord plant, oder?«

Kyr schnaubte zustimmend. »Da ist noch mehr«, sagte sie dann ernst.

»Mehr?«

»Ich weiß, ich weiß. Aber es gibt ...« Und sie erzählte weiter. Von dem anderen Leben, Vals Leben, von Vals Bruder Maxwell, der weggelaufen war, um sich den Ziviri Jo anzuschließen. Und von ihrer Schwester, Commander Ursula Marston von der *Samphire*. Und ihrer Mutter, Admiralin Elora Marston.

Die Erleichterung, all das jemandem erzählen zu können, war überwältigend. Und Mags glaubte ihr sofort, hörte aufmerksam zu, sagte nichts, als Kyrs Stimme brach, sondern legte den Arm nur noch fester um ihre Schultern. Es fühlte sich an, als wäre sie wieder in der Krippe. Als wäre sie wieder sechs Jahre alt und sich einer Sache im Universum hundertprozentig sicher, nämlich dass sie ihren Bruder liebte und ihr Bruder sie liebte und sie beide etwas ganz Besonderes waren.

Und das waren, das sind wir auch, dachte Kyr. Nicht, weil wir die Kinder der Erde sind oder Soldat*innen Gaias, das ist alles nicht wichtig. Sondern weil wir wir sind.

»Puh, das ist tatsächlich ziemlich viel«, sagte Mags, als Kyr ihren Bericht abgeschlossen hatte. Die Pausenschicht war noch nicht zu Ende, Kyr hörte die Musik aus der Spielhalle schallen.

»Jep«, stimmte Kyr zu.

»Okay. Was machen wir jetzt?«

»Tja, du hattest recht«, sagte Kyr. »Wir brauchen Avi immer noch.«

26

SABOTAGE

»Nein«, sagte Avi.

Kyrs Kiefermuskeln spannten sich an. Wie hatte sie nur vergessen können, was für ein Idiot Avi war?

Die Räume des Systeme-Geschwaders waren beinahe leer. Nur Corporal Lin saß, über ihr Pult gebeugt, ganz am anderen Ende des schwach beleuchteten Konsolen-Labyrinths. Der Rest des Geschwaders war bei der Party in der Spielhalle. Avi bemerkte Kyrs Blick. »Ja, nur wir zwei«, bestätigte er. »Alle anderen sind im Grunde überflüssig. Unsere Einheit besteht aus siebzig Leuten, die darum beten, dass der Führungsstab nicht merkt, dass sie wertlos sind, und sie in irgendein Kampf-Geschwader und damit in den sicheren Tod schickt. Hier weiß man nämlich, wie beschissen diese alten Kampfflieger sind.«

»Hör zu, du verstehst das nicht«, versuchte es Mags.

»Doch, tue ich«, widersprach Avi. »Tut mir leid für eure Schwester, Magnus, aber«, er zuckte mit den Schultern, »wenn ich dem Feind eine Warnung schicke, macht mich das zu einem Verräter.«

»Und es ist dir wirklich so wichtig, das hier nicht zu verraten?«, fragte Kyr.

»Nein, ich möchte nur wirklich keine Kugel in den Kopf bekommen«, sagte Avi. »Oder was auch immer die mit mir machen, wenn ihnen der Sinn danach steht, ein Exempel zu statuieren.«

Er grinste sie freudlos an, als hätte er gerade etwas Lustiges gesagt.

Kyr unterdrückte den Wunsch, ihn anzuschreien. Sie wusste, dass man Avi nicht besser in den Griff bekam, wenn man versuchte, ihn einzuschüchtern. »Willst du denn, dass das wirklich passiert?«, fragte sie ihn stattdessen. »Mal im Ernst. Denkst du, Station Gaia sollte ein Kriegsschiff losschicken, um die letzte von Menschen besiedelte Welt zu erobern?«

Avi schielte sie unverhohlen an. Ohne seine Brille wirkte er fremd auf Kyr. »Wer *bist* du?«

»Wie bitte?«

»Irgendwas ist komisch an dir, Valkyr. Du bist nicht so, wie ich es mir gedacht hab.«

»Es wundert mich, dass du überhaupt an mich gedacht hast.«

»Da, schon wieder! Als würdest du denken, du kennst mich.« Avi machte eine wegwerfende Handbewegung. »Egal, wen interessiert's. Wen interessiert überhaupt irgendwas? Um deine Frage zu beantworten: Nein, ich glaube nicht, dass die Lösung darin besteht, andere Menschen zu töten. Aber selbst wenn ich eure tolle Warnung rausschicke, was dann? Glaubt ihr, sie können sich verteidigen? Chrysothemis ist eine Menschen-Welt in der Majoda, und es ist weniger als fünfzig Jahre her, dass Menschen versucht haben, das Universum zu erobern, Valkyr. Die sind komplett entmilitarisiert worden, die haben nicht einmal eine richtige Polizeieinheit. Die Majo mögen friedliebend sein, aber sie sind keine Schwachköpfe. Chrysothemis schafft es innerhalb von zwei Wochen bestenfalls, so viel auf die Beine zu stellen, dass sie zwar ein bewaffnetes Kriegsschiff nicht aufhalten könnten, aber unter Umständen trotzdem einen Haufen unserer Leute töten würden. Mehr Menschen sterben, nichts ändert sich.«

»Aber Ursa ...«, sagte Mags.

»Jetzt mal ehrlich«, unterbrach ihn Avi. »Du denkst doch

nicht, Jole wird jemals aufhören, nach ihr zu suchen, solange sie das Kind bei sich hat – oder selbst wenn sie es nicht mehr hat. Wollt ihr ein paar interne Aufzeichnungen aus der Zeit sehen, als sie abgehauen ist?«

»Du hast behauptet, es gäbe nichts«, sagte Mags.

»Ich dachte, du möchtest vielleicht nicht im Detail wissen, wie sehr sich unser heldenhafter Commander in Chief wünscht, deine Schwester auseinanderzunehmen«, sagte Avi. »Sie hat ihn herausgefordert und gewonnen. Jole ist unter diesem ganzen Gelächle und Gequatsche ein rachsüchtiger Scheißkerl. Die Weisheit hat Station Gaia kontrolliert. Jetzt ist die Weisheit weg und eure Schwester so gut wie tot. Tut mir leid.«

»Fick dich«, sagte Kyr.

»Nein danke, du bist nicht mein Typ«, sagte Avi. »Oh, hoppla.« Er wandte sich wieder seinem Pult zu und ignorierte sie. Kochend vor Wut starrte Kyr seinen Hinterkopf an.

»Avi, bitte«, versuchte es Mags noch einmal.

Kyr berührte seinen Arm und schüttelte den Kopf. Betteln würde nichts bringen. Das Problem war, dass Avi zwar ein Idiot sein mochte, aber nicht dumm. Wenn er sagte, Chrysothemis zu warnen, war zwecklos, dann war es das auch. »In Ordnung«, sagte Kyr. »Dann finden wir eine andere Lösung. Können wir ...« Der Gedanke überkam sie mit riesiger, schrecklicher Macht. Unvorstellbar zumindest für die Person, die sie einst war. »Können wir die *Victrix* sabotieren?«

Avi fuhr herum. »Verdammt, ich muss mich hierum wirklich kümmern, Ersticken ist nicht lustig«, sagte er und wandte sich wieder seinen Knöpfen zu. Kyr verschränkte die Arme vor der Brust und wartete. Sie hatte sich bisher noch nie Gedanken darüber gemacht, wie sehr Gaias Überleben von einer Handvoll altersschwacher Systeme abhing, die, wie es schien, nur von Avi und Corporal Lin gesteuert wurden.

Als Avi fertig war, drehte er sich wieder zu ihnen um. »Sabotage, hm, vielleicht«, sagte er. »Aber meint ihr das ernst? Seid ihr sicher? Ich könnte das tun, doch sie werden uns erwischen.« Er lachte auf, kurz und fies. »Also, *mich* würden sie erwischen, und dann würde ich euch zwei auch verpfeifen, nur damit das klar ist. Und dann kriegen wir alle drei 'ne Kugel in den Kopf oder Schlimmeres.«

»Aber könnte es klappen?«, hakte Kyr nach.

»Das macht euch absolut keine Angst, oder?« fragte Avi. »*Et tu*, Magnus? Gottverdammtes Kriegsgezücht, die haben euch wirklich den Teil mit dem Selbsterhaltungstrieb aus dem präfrontalen Kortex herausgezüchtet. Ja, es könnte klappen. Blöd nur, dass es noch drei weitere Kriegsschiffe gibt.«

Augusta, *Scythica*, *Ferox*. Kyr nickte. »Könntest du die alle ausschalten?«

»Oh ja«, sagte Avi. »Das wäre sogar noch einfacher. Und gute Neuigkeiten, sie würden uns doch nicht den Kopf wegschießen. Einen so großen Teil von Gaias Infrastruktur auf einmal lahmzulegen, würde nämlich alle hier um die Ecke bringen. Wisst ihr, irgendwie gefällt mir dieser Plan sogar noch besser. Vielleicht ist Ersticken doch lustig! Oder zumindest lustiger als ein Kopfschuss, wer weiß?«

»Du nimmst uns nicht ernst«, sagte Mags.

Avi verdrehte die Augen. »Hör mal ...«

»Ich dachte, das würdest du«, sagte Mags. »Weil du mich immer ernst genommen hast.«

Es entstand eine Pause.

»Oh Mann«, stöhnte Avi dann. »Lass mich in Ruhe, Magnus. Hier geht es nicht darum, von den ewigen Alien-Tötungsfantasien in der Agoge gelangweilt zu sein oder wissen zu wollen, was mit deiner Schwester passiert ist ...«

»Stimmt. Das hier ist wichtiger«, sagte Mags.

Avi legte den Kopf in die Hände. Es wirkte wie eine Show,

aber Kyr beobachtete ihn genau. Sie war sich sicher, dass es echt war, als er Mags' Blick ausgewichen war.

»Sagen wir, ich mach's«, sagte Avi in seine Hände. »Sagen wir, ich mach's, und dann bringen sie mich um.«

»Uns«, korrigierte Kyr.

Avis Kopf schoss hoch. »Verpiss dich, Kyr, vielleicht würde ich ja auch die Schnauze halten und euch nicht verpfeifen, das weißt du nicht. Du kennst mich nicht.«

Kyr sagte nichts.

»Die Wahl ist nicht zufällig auf die *Victrix* gefallen. Sie ist das Schiff mit den wenigsten für die Station umfunktionierten Schlüsselsystemen«, erklärte Avi. »Zwei Wochen sind optimistisch, aber wenn alle Doppelschichten einlegen, könnten sie es tatsächlich schaffen, sie in diesem Zeitraum weltraumfähig zu kriegen. Wenn ich mache, worum ihr mich bittet, und das Schiff nicht einsatzbereit wäre, dann würde der Führungsstab auf ein anderes ausweichen, wahrscheinlich auf die *Ferox*. Das wäre das Ende der Agricola, aber mit dem neuen Planeten bräuchten sie die auch nicht mehr. Die *Ferox* wieder fit zu machen, würde länger dauern. So sechs Wochen, schätze ich.«

»Wenn wir Chrysothemis also doch eine Nachricht schicken könnten ...«

»Hätten sie mehr Zeit, sich vorzubereiten«, bestätigte Avi. »Wahrscheinlich würden sie die Majo zur Verstärkung rufen, was auch immer die ohne die Weisheit überhaupt ausrichten können. Vielleicht schafft es eure Schwester mit dem Kind raus, irgendwohin, wo Jole sie erst einmal nicht findet.« Er seufzte. »Der Teil mit der Nachricht wäre allerdings euer Problem, denn in diesem Szenario werde ich immer noch hingerichtet.«

»Nein«, sagte Mags. »Es muss eine andere Möglichkeit geben.«

»Du bist süß«, sagte Avi. »Weißt du das eigentlich, Magnus? Das bist du wirklich. Aber du bist nicht das Hirn dieser Aktion.«

»Oh, schönen Dank auch«, erwiderte Mags, aber er lächelte dabei.

»Wie viel Zeit würdest du brauchen?«, fragte Kyr.

»Ich kann es morgen erledigen, ich kann es heute erledigen, Ihr müsstet nur Lin für zwei Minuten ablenken.«

»Vallie ...«, hob Mags an.

»Nein«, schnitt ihm Kyr das Wort ab. »Wir haben noch keinen Plan, wie wir die Nachricht nach Chrysothemis kriegen. Kannst du warten?«

»Nicht ewig«, sagte Avi. »Ich bin schlau, aber nicht mutig. In ein paar Tagen habe ich mir das Ganze wieder ausgeredet.« Er lachte. »Ich weiß ja nicht einmal, wie es euch gelungen ist, mir das Ganze überhaupt einzureden.«

»Doch, du bist mutig«, sagte Mags. »Danke.«

Avi wand sich und sah weg.

Es musste einen besseren Weg geben. Kyr hatte Jahre ihres Lebens damit zugebracht, Szenarios zu durchlaufen, in denen es Hindernisse, Lösungen, Stachel in Schwänzen auszumachen galt. Sie hatte am Ende sogar Doomsday gewonnen, auch wenn das niemand hier auf Gaia wusste.

Und sie erinnerte sich, dass auch Avi das gelungen war, indem er durch einen Ohrstöpsel mit Mags kommuniziert hatte.

»Wenn das hier ein Spiel wäre«, sagte sie, »wie würdest du es anstellen?«

Avi sah sie mitleidig an. »Valkyr«, sagte er, »das hier ist kein Spiel.«

Kyr lief zur Kaserne der Sperlinge zurück. *Sieben Mädels, die in einem Raum schlafen, der kaum größer ist als mein Badezimmer auf Hymmer*, kommentierte Val irgendwo in ihrem Kopf. Aber da Val derartige Kommentare eigentlich die ganze Zeit über abgab, beachtete Kyr die Stimme nicht weiter. Stattdessen kreisten ihre Gedanken in einem fort um die mögliche Sabotage der

Victrix und die Frage, wie sie, sollte es gelingen, eine Nachricht nach Chrysothemis schicken könnten, ohne sich auf Avi und sein Wissen stützen zu können. Ob es eine Möglichkeit gab, Avi zu retten, wenn er es tat. Ob es eine Möglichkeit gab, überhaupt etwas ohne Avi zu schaffen ...

Das bemalte Schiff, dachte sie auf der Türschwelle. *Yiso. Wir haben es schon einmal rausgeschafft. Ist Yiso hier?*

Aber dann musste sie ihr Gesicht wieder unter Kontrolle bringen, denn die anderen Sperlinge waren bereits in der Kaserne. Hierher waren sie also vor den Feierlichkeiten geflohen. Der kleine Raum war sehr voll, auf jedem Bett saß ein Mädchen. Nur Arti und Vic hatten sich auf Artis Bett zusammengerollt. Kyrs Pritsche war leer.

»Oh, hallo, furchtlose Anführerin«, sagte Cleo. »So schön, dass du kommen konntest.«

Kyr fragte sich, wie sie je die Tatsache hatte übersehen können, dass Cleo nicht ihre Freundin war. Sie verbarg es nicht wirklich. »Hi«, antwortete sie und blickte die Sperlinge eine nach der anderen an. Val dachte wieder Verschiedenes. *Ethnisch ziemlich homogen für eine angeblich panhumane Befreiungsbewegung, findest du nicht, Valkyr?* Es gab eine Ähnlichkeit in den Zügen der Sperlinge, die auf den kleinen Genpool zurückzuführen war, der Gaia zu Beginn zur Verfügung gestanden hatte. Kyr war es nie aufgefallen, aber Val fand das unheimlich. Cleo war die Einzige unter ihnen, die nicht weiß war.

»Was ist los?«, fragte Kyr und sah sie weiter an, denn irgendetwas stimmte offensichtlich nicht.

»Zuordnung«, sagte Lisabel nach einer Pause, in der alle beharrlich weiter geschwiegen hatten. Kyr konnte Lisabel nicht direkt ansehen. Anscheinend war irgendwann das Bild, das sie von Lisabel im Kopf gehabt hatte, von Lisas Bild aus dem anderen Universum derart überlagert worden, dass sie sich an ihr kantiges Gesicht und ihre dünnen Arme nicht mehr erinnert hatte. *Sie geben euch nicht genug zu essen!*, empörte sich Val. *Niemandem von euch!*

»Wir haben auf dich gewartet«, sagte Cleo. Da entdeckte Kyr den Stapel ungeöffneter Durchschläge, der auf ihrem Bett lag, jeder mit einem Namen versehen.

Sie nahm sie hoch. Niemand sprach, während sie sie verteilte. Kalte Anspannung kroch ihr in die Schultern, ihr und jedem anderen Mädchen ihres Hauses. Zens Gesicht war wie versteinert, und Jeannes übliche Coolness wirkte auf Kyr jetzt wie Resignation. *Jeanne ist gestorben*, hatte Cleo gesagt, damals, in dem anderen Leben. Vics Hände zitterten so stark, dass sie ihren Durchschlag an Arti weiterreichte, damit diese ihn für sie öffnete. Arti sah kurz zu Kyr auf, bevor sie es tat, und zum ersten Mal erkannte Kyr den aufrichtigen Hass, die Verachtung in ihrem stillen Blick. Arti war nicht einfach nur eine zurückhaltende Person. Sie redete sehr wohl mit anderen, nur eben nicht mit Kyr. Denn sie *hasste* Kyr.

Auch Lisabel sah Kyr kurz an. Und auch ihren Blick vermochte Kyr nun zu deuten. *Du hast mich auch nicht gemocht*, dachte sie. *Du konntest nicht. Ich habe dir leidgetan, weil ich ein Monster war und mich so sehr angestrengt habe und weil mich sonst niemand mochte. Du dachtest, ich sei einsam, und du hattest recht. Und du dachtest, ich würde wahrscheinlich jung sterben, und auch damit hattest du recht.*

Und ich habe dich schikaniert und verletzt und dir gesagt, dass du nicht gut genug bist. Ich hatte kein Erbarmen mit dir. Ich war nie deine Anführerin, das war Cleo. Und ich war nie deine Freundin. Ich war Station Gaia. Das war alles, was ich kannte. Das war alles, was ich wollte.

Kyr sah zu, wie sie alle raschelnd ihre Papiere auseinanderfalteten. Sie hatte sich nie zuvor um die Sperlinge geängstigt. Sie war so stolz darauf gewesen, frei von Angst zu sein, und vermisste dieses Gefühl nun bitterlich. Alles war so einfach gewesen, so klar.

Ihre Sorge galt nicht ihr selbst, denn sie kannte ihre Zuordnung. Sie hatte das Gefühl, verraten worden zu sein, bereits durchlebt, es war nicht mehr wichtig. Ihr Mitgefühl galt den anderen – Jeanne mit ihrem kühlen Kopf und ihrer schlaksigen Stärke, Cleo mit ihrem furchtlosen Geist und ihrer Zielsicherheit, Arti mit ihrem Beschützerinstinkt, Vic mit ihrer Schlauheit, Zen mit ihrem scharfen Verstand und Lisabel ... Lisabel, die so sanft und schön war, die das hier einfach nicht verdiente. Keine von ihnen hatte das hier jemals verdient. Das Zuhause, dem blind zu vertrauen und zu dienen sie gelernt hatten, war von Anfang an ein kranker Ort gewesen.

Und sie waren Kyrs Haus, Kyrs Sperlinge. Sie hatte sie gecoacht und angetrieben und immerzu herausgefordert, war an ihrer Seite gewesen bei allem, was Gaia ihnen angetan hatte. Sie mochten sie hassen, und sie mochten jedes Recht dazu haben. Aber sie waren Kyrs Schwestern, genau wie oder sogar mehr noch, als Ursa es war.

Als alle ihre Zuordnungen gelesen hatten, breitete sich Stille im Raum aus. »Und?«, fragte Cleo irgendwann rau. Kyr wurde klar, dass sie alle auf sie warteten.

Sie öffnete das Papier, ersparte sich aber hinzusehen. »Krippe«, sagte sie. Es tat nicht einmal mehr weh. Sie war mittlerweile so gewöhnt an den Verrat, der ihre Welt aus den Angeln gehoben hatte.

Cleos Augen wurden schmal. »Das glaube ich dir nicht«, sagte sie. »Gib her!«

»Hey ...«

Cleo schnappte ihr das Papier aus der Hand, las und lachte dann verbittert auf. »*Krippe?*«, stieß sie hervor. »Willst du uns verarschen, Valkyr?« Sie warf Kyr die Zuordnung ins Gesicht.

Kyr fing sie und las selbst.

FÜHRUNGSSTAB, stand dort. *ADC CMDR JOLE*. Darunter Joles Unterschrift.

Kyr starrte auf das Papier in ihren Händen. Das ergab keinen Sinn. Direkt in den Führungsstab. Als Joles Aide-de-camp. Es war genau die Zuordnung, von der Kyrs altes Ich nicht zu träumen gewagt hätte, wofür sie getötet hätte. Und sie würde Geländeerfahrung sammeln, das war klar, denn Jole hatte vor, die Invasion von Chrysothemis selbst anzuführen. Sie würde auf der Kommandobrücke der *Victrix* stehen. Im Herzen des Geschehens.

»Genau wie das Schwesterchen!«, rief Cleo. »Hey, Mädels, erinnert ihr euch noch an Ursa? Direkt von den Sperlingen in den Führungsstab, schön die Leiter rauf, bis sie dann zur Verräterin wurde. Denkt Jole, bei der zweiten Schwester muss es einfach klappen, Valkyr?«

Aide-de-camp von Jole. Der Durchschlag fiel Kyr aus der Hand, aber sie machte sich nicht die Mühe, ihn aufzufangen. Die zweite Schwester, ja. Und plötzlich wusste Kyr mit großer Klarheit und kaltem Grauen, was Jole mit ihr vorhatte. Der Schatten dieses Gedankens hatte sie seit Tagen verfolgt. *Erinnere dich, wie er dir die Hand angeboten hat, um dir in der Agoge hochzuhelfen*, sagte eine ruhige Stimme in ihrem Kopf, die nichts von Vals sanfter Herablassung hatte. *Erinnere dich daran, wie er dich angefasst hat. Erinnere dich daran, wie er dich der Krippe zugeordnet hat, das letzte Mal, als er noch nicht vorhatte, zwei Wochen später die Station zu verlassen. Und erinnere dich daran, wie er dir gesagt hat, er sei stolz auf dich.*

»Er hat Ursa vergewaltigt«, sagte Kyr.

Cleo hörte auf zu reden. Der kleine Schlafraum war mit einem Schlag erfüllt von einer Stille, so schwer wie die Gravitation eines Planeten.

Kyr sah die Sperlinge an und registrierte, dass sie alle sie ebenfalls ansahen, *wirklich* ansahen, mit einer Direktheit, die ihr fremd war. »Glaubst du, dieses alte Gerücht spielt jetzt irgendeine ...«, begann Cleo.

»Ach, halt's Maul, Cleo«, zischte Zen. »Nicht alles dreht sich um dein blödes Rivalitätsding.« Sie wandte sich Kyr zu. »Wirklich?«

»Es gab ein Gerücht?«, fragte Kyr fassungslos. Sie sah zu Lisabel hinüber, die ihrem Blick auswich. Oh. Also stimmte es tatsächlich. Lisabel kannte den wahren Wert von Klatsch hier auf der Station, nämlich Überleben. Sie hatte die Wahrheit über Ursa gewusst, aber Kyr nichts davon erzählt.

Tja, das ergab Sinn.

Nicht erst die Aussicht, Gaia zu verlassen, hat die Wahrheit über diesen Ort ans Tageslicht gebracht, sagte die neue kühle Stimme in ihrem Kopf. Das war nicht Val. Vielleicht war es Kyr selbst. *Wenn du aufmerksamer gewesen wärst, hättest du es schon früher wissen können. Cleo wusste es. Und Zen. Und Lisabel und Avi und Mags. Du hättest es wissen können. Aber du wolltest es nicht wissen.*

Niemand sagte etwas.

»Sie ist zur Verräterin geworden, um von ihm wegzukommen«, sagte Kyr. »Und um ihren Sohn vor ihm in Sicherheit zu bringen. Er hat angeordnet, ihren Kampfflieger nicht abzuschießen, weil das Kind an Bord war.«

Immer noch sprach niemand ein Wort.

»Sie lassen die Krippe zurück, oder?«, fragte Kyr leise.

»Sie fangen einen Krieg an«, antwortete ihr eine zittrige Stimme. Vic. Arti legte ihren Arm wieder um sie, hielt sie an sich gepresst und funkelte Kyr an. »Sie lassen sie hier, die ...«

Sie zögerte.

»Die Zuchtkühe«, beendete Lisabel den Satz leise.

»Was habt ihr für Zuordnungen?«, fragte Kyr. »Ihr alle.«

Sie antworteten reihum. Jeanne war immer noch beim Ferox-Geschwader. Vic nicht mehr bei den Sonnentrackern, sondern bei Systeme, was logisch war, denn sie war die Klügste von ihnen, und die *Victrix* wieder startklar zu machen würde nicht leicht werden. Arti war bei den Scythica.

Lisabel, Zen und Cleo waren alle der Krippe zugeordnet worden.

Kyr presste die Lippen zusammen. Die kalte Stimme, die ihre eigene war, sagte: *Du bist sehr wütend.* Noch nie hatte sie eine Wut verspürt wie diese. Diese Wut ließ Funken am Rande ihres Gesichtsfelds tanzen.

»Zur Hölle mit ihnen«, sagte sie. »Zur Hölle mit alldem hier.«

»Uh, große Worte«, sagte Cleo mit erstickter Stimme. Jetzt, da sie nicht mehr vorgab, wütend zu sein, weinte sie widerliche Tränen. »Was willst du denn tun, Valkyr? Dich beschweren? Bei Jole? Beim Führungsstab? Das interessiert niemanden! Nicht einen Menschen hier interessiert, was mit uns passiert, egal, was wir tun, egal, wie sehr wir uns anstrengen oder wie gut wir sind – kapierst du das endlich?«

»Ja, Cleo, ich hab's kapiert«, sagte Kyr. »Ich werde mich nicht beschweren.«

Sie sah sie an: ihr Haus, ihre Schwestern, ihre Sperlinge.

»Ich werde eure Hilfe brauchen«, sagte sie dann entschlossen. »Ich werde jede Einzelne von euch brauchen.«

»Es ist mitten im Nacht-Zyklus, Valkyr«, sagte Avi. »Wenn dich irgendwer hier in der Spielhalle erwischt ...«

»Ist mir egal und dir auch, sonst wärst du nicht hier«, sagte Kyr. »Hör zu ...«

»Ich zuerst. Ich hab eine Idee, wie wir Chrysothemis eine Nachricht zukommen lassen könnten. Du hast das wahrscheinlich nicht mitgekriegt, aber die Streife hat ein Majo-Schiff mit einem Alien an Bord gekapert. Es ist winzig, aber sprungfähig. Ich muss an Bord der *Victrix*, um sie auszuschalten, selbst ich schaffe das nicht von außen. Aber während ich das tue, könnten

Magnus und du das gefangene Alien befreien und es sein Raumschiff für euch fliegen lassen ...«

»Und du hast behauptet, du wärst nicht mutig.«

»Bin ich auch nicht, ich scheiß mir in die Hosen. Aber ...«

»Es ist nicht wichtig«, unterbrach ihn Kyr. »Wir werden die *Victrix* nicht sabotieren.«

»Du hast deine Meinung geändert? Was ist passiert, Valkyr? Hat dich deine Zuordnung so aufgeheitert?« Avi grinste sie an. Natürlich kannte er die Zuordnungen; er hatte bestimmt gezielt danach gesucht.

»Nein«, sagte Kyr. »Aber das Majo-Schiff ist zu klein.«

»Groß genug, um eine Nachricht zu transportieren«, widersprach Avi. »Mir ist ein Weg eingefallen, wie wir deinen Bruder hier aus diesem Loch herausbekommen und gleichzeitig deine Schwester retten können, Valkyr. Also, was nun? Dir wird nichts Besseres einfallen, denn wenn es einen besseren Weg gäbe, hätte ich ihn vor dir erkannt.«

Kyr lächelte ihn an, und Avi zuckte erschrocken zurück. »Was zur Hölle ...«, zischte er.

»Wir werden die *Victrix* nicht sabotieren«, wiederholte Kyr. Sie hatte ein Bild im Kopf: die unglücklichen Sperlinge, Cleo in Tränen aufgelöst. Wie sie dort standen und sie ansahen, als sie das sagte, was sie schon beim ersten Mal hätte sagen sollen: *Ich lasse keine von euch zurück.*

»Werden wir nicht?«, fragte Avi.

»Nein«, sagte Kyr. »Wir werden sie entführen.«

27

FÜHRUNGSSTAB

Mit federndem Schritt machte sich Kyr auf den Weg zur *Victrix*, das Führungsstab-Abzeichen – die Erdkugel – hell leuchtend an ihrem Kragen.

Avi hatte versucht, ihr die Sache auszureden. *Zu riskant, Valkyr*, hatte er gesagt. *Was soll das Ganze überhaupt?* Und Kyr hatte ihm mit der Klarheit dieser neuen kalten Stimme in ihrem Inneren unmissverständlich zu verstehen gegeben: nicht verhandelbar.

Zwei Soldaten bewachten das Gefängnis. Avi hatte gemault, dann aber doch die nötigen Änderungen am Dienstplan vorgenommen, sodass einer von beiden der frisch zugeordnete Mags war. Der andere war ein älterer Mann, den Kyr nicht kannte. Sie salutierte, und er salutierte seinerseits, widerwillig, die Augen auf ihren Kragen gerichtet. Ein Teenager in Führungsposition zu sein, machte sie nicht gerade beliebt.

»Ich habe eine Nachricht für Sie«, sagte Kyr und händigte ihm ein Papier aus. Der Mann nahm es entgegen, las und verzog das Gesicht. Er wurde zu einer Arbeitseinheit zwei Stockwerke höher beordert, die irgendwelche Sachen für die Systeme-Streber schleppen musste, die die Reparatur der *Victrix* leiteten. Sofern es überhaupt jemanden interessierte, würde es die- oder denjenigen einige Zeit kosten, herauszufinden, dass diese Anordnung nirgendwoher kam und von niemandem ausgestellt worden war. Die Arbeiten an der *Victrix* hatten die gewöhnlichen Zeitabläufe und Routinen auf Station Gaia vollständig auf den Kopf gestellt, und die Schichtglocke wurde nun von allen ignoriert. Mags absolvierte gerade seine erste von vier Schichten in Folge als Wache auf diesem Posten, und auch diese Einteilung hatte niemandes Aufmerksamkeit erregt.

Mit einem Grummeln und einem weiteren abschätzigen Gruß verabschiedete sich der Soldat. Kyr und Mags warteten, bis sich seine Schritte entfernt hatten. Als er um die Ecke verschwunden war, sah Mags Kyr an und salutierte übertrieben akkurat.

»Du brauchst dich noch nicht zu entspannen«, sagte Kyr.

»Sehe ich entspannt aus?«, fragte Mags.

Tatsächlich sah er ziemlich gut aus mit seinen breiten Schultern in der marineblauen Uniform, die Haare hell leuchtend im trüben Licht des Gefängnistrakts. Der perfekte Soldat der Menschheit, genau so, wie er sein sollte. Kyr knuffte ihn mit dem Ellenbogen in die Seite, als sie an ihm vorbeiging.

Die Zelle, in der das gefangene Majo-Alien saß, gab ein lebendiges Summen von sich. »Avi«, murmelte Kyr.

»Immer noch nicht überzeugt von der Aktion, furchtlose Anführerin«, antwortete er in ihrem Ohr.

Avi hatte das mit der furchtlosen Anführerin von Cleo geklaut. Es war erst vor ein paar Tagen gewesen, aber schon jetzt bereute Kyr zutiefst, sie einander vorgestellt zu haben.

»Einwand zur Kenntnis genommen«, sagte sie und erntete ein leicht gereiztes Lachen.

»Einen lieben Gruß«, murmelte Mags, und Kyr leitete ihn weiter. Mags hatte keinen Ohrstöpsel, denn die Gefahr war zu groß, dass ihn jemand entdecken und Fragen stellen würde. Kyr trug ihren ganz offen; sie war Commander Joles ADC, warum sollte sie nicht in Funkkontakt mit irgendjemandem stehen?

Avi brauchte ein wenig länger als letztes Mal. Letztes Mal

hatten sie geplant, die Station weniger als eine Stunde später verlassen zu haben. Dieses Mal gab er sich mehr Mühe, nicht erwischt zu werden. Avi war bei Weitem die größte Schwachstelle in ihrem kleinen Netzwerk. Es reichte schon ein einziger Systeme-Officer, der ihm ein bisschen Aufmerksamkeit schenkte, und schon würde das ganze Gerüst in sich zusammenbrechen.

Darin lag also ein Risiko. Vielleicht war es sogar gänzlich unnötig. Aber es war Kyr egal.

»Hi, Yiso«, sagte sie, als sich die Zellentür endlich öffnete.

Yiso lag zusammengekauert in der hinteren Ecke der Zelle. Das Alien blickte auf. Die Augen, groß und silbern, fingen alles zur Verfügung stehende Licht in dem dunklen Raum auf. Kyr war sich bewusst, dass sich Mags wachsam hinter ihr hielt. Sie erinnerte sich noch immer an das, was Yiso einst zu ihr gesagt hatte: *Warum hast du Angst vor mir?*

»Du kennst meinen Namen?«, fragte Yiso.

»Es ist kompliziert ...«, antwortete Kyr.

Yisos Kamm zuckte ein wenig, das Gesicht war voller blauer Flecken. Der kalte Ort in Kyr registrierte die Verletzungen mit stiller Wut, schob sie dann aber beiseite. Wut war in diesem Moment nicht von Nutzen.

Yiso stand auf. Auch voll aufgerichtet war das Alien noch kaum größer als ein Kind. Seine Augen ruhten auf Kyr und bewegten sich keine Sekunde zu Mags hinüber, der hinter ihr aufragte, so bedrohlich und riesig, dass dieses Majo nach allem, was man Kyr immer erzählt hatte, eigentlich vor Angst hätte durchdrehen müssen.

»Ich glaube ... ich kenne dich«, sagte Yiso. »Welche Schleife ist das hier?« Die Ohren des Aliens zuckten nach außen und nach unten. »Nein, nein. Du warst in den Hallen der Weisen, du warst auf meinem Schiff, du warst in einem ... in einem Raum auf Station Hymmer ...«

Kyr fing das Majo auf, als es erst taumelte und dann zusammenbrach. »Alles in Ordnung?«

»Du warst hier«, flüsterte Yiso. »Letztes Mal ... irgendwann ... Ich glaube, du hast mir das Leben gerettet. Entschuldige, die Rückkopplung ist gewaltig. Die Weisheit regelt das normalerweise, aber sie ist tot, weißt du. Sie hat sich selbst zerstört. Sie ist tot ...«

»Ich weiß«, sagte Kyr. »Komm, lass uns von hier verschwinden.«

Yisos Gesichtsausdruck hellte sich auf. »*Valkyr!* Natürlich, du bist es!«

»Ja, ich bin es«, sagte Kyr und führte Yiso hinaus. Etwas in ihrer Brust fühlte sich warm an.

Als das Alien Mags bemerkte, blieb es taumelnd auf der Türschwelle stehen. »Magnus«, sagte Yiso. »Maxwell. Du hast den Ziviri Jo geholfen. Du hast mich am Leben gehalten. Ich habe dir nie gesagt, wie dankbar ...«

Mags sah Kyr verwirrt an. »Was faselt es da?«

»Yiso ist kein Es«, erwiderte Kyr streng. »Nur ein bisschen durcheinander, das ist alles.«

»Hab du mal eine gottgleiche Maschine in deinem Kopf sitzen, die Selbstmord begeht«, sagte Yiso.

»Es kennt dich wirklich«, sagte Mags verblüfft und korrigierte sich dann schnell selbst: »Yiso. Tschuldigung.«

»Hast du mir nicht geglaubt?«

»Natürlich habe ich dir geglaubt. Es war einfach alles ein bisschen viel.« Er befingerte unruhig einen der glänzenden schwarzen Knöpfe an seiner Uniform, und ein Schatten huschte über sein Gesicht, bevor er sich fing und es wieder den auf Gaia sicheren neutralen Ausdruck annahm. Kyr wurde immer besser darin, solchen Dingen Aufmerksamkeit zu schenken. Zu merken, wie Mags' Kummer an die Oberfläche trat und dann wieder von ihm unterdrückt wurde. *Ich muss ihn hier rausholen*, dachte sie.

»Es tut mir leid«, sagte Yiso. »Ich scheine nicht gut darin zu sein, mich retten zu lassen. Wohin gehen wir? Was machen wir? Was brauchst du, Valkyr?«

»Wir bringen dich in Sicherheit«, antwortete Kyr. »Lass uns damit anfangen.«

Sie ließen Mags zurück, um die leere Zelle zu bewachen. Natürlich gab es keine Sicherheit, nicht für ein Majo auf Station Gaia. Aber es gab Orte, die niemand je aufsuchte. Einer davon war Mags' Schlafplatz oben in der Agricola. »Wirklich erstaunlich«, sagte Yiso und ließ den Blick schweifen. »Einen Garten wie diesen auf einem nackten Felsen in wenigen Jahrzehnten zu erschaffen ... Spektakulär. Wenige Spezies haben überhaupt jemals etwas in dieser Art versucht.«

»Das hätten wir wohl auch nicht, wenn wir nicht dazu gezwungen gewesen wären«, sagte Kyr.

Yiso seufzte. »Entschuldige.«

Kyr hatte es nicht als Spitze gemeint. Es war einfach die Wahrheit. »Ich kann nicht die ganze Zeit bei dir bleiben, es gibt einfach zu viel zu tun. Meistens ist hier niemand, aber sei vorsichtig, wenn die Agricola-Schicht eintrifft«, erklärte sie. »Ich weiß, du bist ...«

»... gut angepasst«, beendeten sie beide den Satz. »Ja«, sagte Yiso mit zuckenden Ohren. »Was hast du vor? Kann ich helfen?«

»Ich glaube nicht«, sagte Kyr, als sich Avi in ihrem Ohr einschaltete: »Warte, wie gut kennt es sich mit Schattenraum-Simulationen aus?« Und dann: »Es, Yiso.«

»Dafür bin ich da«, sagte Yiso, als Kyr die Frage weitergeleitet hatte. »Ich meine, dafür war ich da, ehe ...« Ehe die Weisheit starb.

»Ich glaube nämlich, dass ich eine Lösung für unser größtes Problem gefunden habe. Obwohl es sogar für mich knifflig werden könnte.«

Natürlich ging Avi davon aus, dass die Probleme, die ihn beschäftigten, die größten von allen waren. Vielleicht stimmte das sogar, aber auch Kyr hatte eine Liste im Kopf, die sich kontinuierlich verlängerte und neu zusammenstellte; Hindernisse, Lösungen, Stachel im Schwanz ... Jedes Problem war das größte Problem. Es gab so viele Menschen, die sie retten wollte. Als sie versuchte, ein wenig zu schlafen, traten ihr all die Dinge, die schiefgehen konnten, wie die Informationen einer Kampfmaske vor Augen.

Immerhin saß Yiso nicht länger in einer gaianischen Gefängniszelle.

Die *Victrix* musste weltraumtauglich gemacht werden – das war ein Problem, aber glücklicherweise nicht Kyrs. Commander Jole überwachte höchstpersönlich jeden einzelnen Schritt seiner geplanten Offensive gegen Chrysothemis und saß den Angehörigen des Systeme-, des Oikos- und des Sonnentracker-Geschwaders ordentlich im Nacken. Ganz nebenbei hatte er auch noch Admiral Russell verdrängt und das Kommando über das Victrix-Geschwader übernommen. Bisher hatte Kyr als sein ADC nicht besonders viel zu tun. Sie besorgte Dinge, sie überbrachte Nachrichten. Jole betraute auch Russell mit solchen Aufgaben, was diesem nicht sonderlich zu gefallen schien.

Kyr hatte bisher auch nicht viel Zeit mit Jole verbringen müssen. Allein der Gedanke ließ sie erschaudern. Doch man hatte ihr offiziell noch kein neues Quartier zugewiesen, im Gegensatz zu den übrigen Sperlingen, und darum schlief Kyr nun allein in dem kühlen Raum, der einmal sieben Sperlinge beherbergt hatte. Ein Teil von ihr war gespannt, was als Nächstes geschehen würde. Jole hatte dafür gesorgt, dass Ursa in seinem Quartier schlief.

Ein weiteres Problem: Sobald die *Victrix* fertig war, mussten sie sie unter ihre Kontrolle bringen. Aber eigentlich war das der Schritt, um den sich Kyr am wenigsten sorgte, schließlich hatte Avi die Weisheit zuvor schon zweimal in zwei Universen gekapert. Er war eine Nervensäge, aber eine brillante. Solange er sich nicht bei einer der tausend kleinen Schummeleien erwischen ließ, die er für sie erledigen musste, war alles in bester Ordnung.

Ein drittes Problem war, sicherzustellen, dass die richtigen Leute an Bord waren, wenn das Schiff abhob. Als Erstes die Guten, dachte Kyr. Die Sperlinge, Mags, Yiso, Avi.

»Nicht einmal ich kann ein Schlachtschiff ohne Besatzung steuern«, hatte Avi gesagt.

»Vielleicht noch ein paar Kojoten«, schlug Mags vor.

»Wir müssen die Kinder mitnehmen«, sagte Lisabel. Der Kriegsrat wurde in einem leeren Oikos-Raum abgehalten, in dem der Schießpulvergeruch von kosmischem Staub hing. Als Lisabel redete, schwieg der Rest. Kyr hatte ihr ins Gesicht gesehen und eine Spur ihrer eigenen kühlen Ruhe darin wiederentdeckt, die keinen Widerspruch duldete. Sie wusste sofort, entweder sie würden Gaias Kinder mitnehmen oder Lisabel würde sich ihnen nicht anschließen.

Und Lisabel hatte recht. Natürlich hatte sie das. Es war nicht so, dass Kyr ein ausgeprägtes Herz für Kinder hatte, so, wie das bei einigen Menschen der Fall war. Sie hatte die Schichten in der Krippe nie gemocht, und irgendwo in ihr saß immer noch der kalte Horror, den sie beim Anblick ihrer ursprünglichen Zuordnung empfunden hatte. Nichts erschien ihr so hirnlos und so körperlich abstoßend, wie die Mutter der Zukunft der Menschheit sein zu müssen. Aber sie dachte an die Amseln, wie sie dort in der Spielhalle aufgereiht gestanden hatten, und an Ally in seinem hellen Zimmer in Raingold.

»Das ist es, was Ursa getan hat«, sagte sie.

»Stimmt, aber das war ihr Kind«, warf Avi ein. »Sie wollte es, okay. Aber wie zur Hölle sollen wir uns bei so einer Aktion um zweihundert Kinder und Babys kümmern? Das ist Wahnsinn!«

»Das ist nötig«, sagte Kyr. »Wenn wir Jole die Kinder lassen, hat Gaia eine Zukunft. Du hast es selbst gesagt. Sie haben noch drei weitere Schlachtschiffe. Wir würden das Problem also nur aufschieben, nicht lösen.«

Avi verdrehte die Augen. »Nach der Logik müssten wir die ganze Krippe mitnehmen.«

»Perfekt. Dann kümmert sich jemand um die Kinder«, sagte Kyr. Und während sie das sagte, spürte sie, wie richtig es war. *Ich werde keine von euch zurücklassen.* Die Krippe war ein Verbrechen. Niemand sollte so etwas ertragen müssen.

»Bist du bescheuert? Verdammt, die halten sich im Notfall doch nicht an irgendwelche Zuordnungen! Wir müssten jede fruchtbare Frau von Gaia mitnehmen!«

Einen Moment lang schwiegen alle.

»Ja«, sagte Cleo schließlich barsch und sah Kyr an.

»Ja«, wiederholte Kyr. »Dann tun wir das.«

Ein allgemeines Seufzen erklang. Die Abtrünnigen blickten einander an. Vic verlagerte ihr Gewicht von einem Fuß auf den anderen, Zen verschränkte die Arme. Artis Blick ruhte auf Kyr, als hätte sie sie nie zuvor gesehen. Jeanne lächelte ein kleines, müdes Lächeln.

Mags sah verwirrt aus, Avi zog die Augenbrauen zusammen. Es gab offenbar Dinge, die sie beide einfach nicht verstehen konnten, nicht auf die Art, wie sie sofort alle Sperlinge verstanden. Männer wurden der Krippe eben nicht zugeordnet. Kyr erinnerte sich, wie sie Lisabel beim letzten Mal zugeprostet hatte: *Lieber kämpfe ich in drei Schlachten, als auch nur ein Kind zu gebären.* Und sie erinnerte sich an die Scherben versilberten Glases.

»Moment, meint ihr das ernst?«, fragte Avi.

»Natürlich meinen wir das ernst«, antwortete Kyr.

Avi warf die Hände in die Luft. »Frauen und Kinder zuerst, alles klar, warum nicht? Je mehr, desto besser! Das geht bestimmt nicht nach hinten los, wir können auf jeden Fall jeder einzelnen verdammten Tussi hier vertrauen, dass sie uns nicht verrät, wir wurden ja nicht alle einer kollektiven Gehirnwäsche unterzogen oder so ... Anwesende ausgenommen.«

Kyr schwieg. Dass alle Anwesenden ausgenommen waren, glaubte sie nicht. Sie erinnerte sich noch an Avis fürchterlichen Triumph, als er alle Majo-Welten vernichtet hatte. In allen von ihnen steckte ein Samenkorn Gaias, auch in Kyr, das wusste sie, und dessen Triebe wucherten in ihr genauso stark, wie Vals unerschütterlicher Glaube an sich selbst und ihre Selbstgefälligkeit in allem wucherten, was Val je gedacht oder getan hatte. Und nur, weil Kyr jetzt gerade danach suchte, bedeutete das noch lange nicht, dass sie es auch immer fand. Nur weil sie wusste, woher sie kam und was sie war, war sie noch lange nicht dagegen gefeit.

»Können wir es ihnen nicht einfach verschweigen?«, schlug Cleo vor. »Können wir sie nicht von der Station bekommen, ohne dass irgendjemand weiß, was wir da machen, bis es geschafft ist?«

»Und wie, du Genie?«, fuhr Avi sie an.

»Keine Ahnung, ich dachte, du wärst hier das Genie ...«

»Ich kümmere mich um Systeme, nicht um Leute.«

»Es gibt einen Weg«, sagte Kyr. »Lasst mich überlegen. Es gibt ganz sicher einen Weg.« Sie sah sie alle der Reihe nach an. »Ich verspreche es euch. Wir werden niemanden zurücklassen.«

Und auf einmal bedeutete es doch etwas, dass sie zehn gemeinsame Jahre als Kadettinnen verbracht hatten. Die Sperlinge mochten Kyr vielleicht nicht. Aber sie alle wussten, dass sie hielt, was sie versprach. Sie sah, wie sie alle sich ein klein wenig entspannten: Jeannes Nicken, Zens hartes kleines Lächeln, Arti und Vic, wie sie einen Blick tauschten ... Cleos Schnauben, halb verärgert, halb erleichtert.

»Ich zähle auf dich«, sagte Lisabel leise.

Kyr konnte ihr nicht in die Augen sehen. Sie glaubte noch immer, die lächelnde Lisa in ihren Zügen zu erkennen. Manchmal ertappte sie sich dabei, wie sie danach suchte, wie sie Lisabels Profil aus den Augenwinkeln verstohlen beobachtete wie eine Art Talisman. *Dich muss ich auch hier rausholen.*

Das hier war nicht die Agoge. Dieses Mal würde sie den Durchlauf nicht wiederholen können, würde sie keine zweite Chance bekommen. Sie musste es schaffen, und zwar auf Anhieb.

Die Schichtglocken läuteten, als Kyr die Agricola und Yisos Versteck dort hinter sich ließ. Sie lief zum Schiffsrumpf der *Victrix*, deren schwach beleuchtete Korridore voller arbeitender Menschen waren. Einige von ihnen salutierten vor Kyr, als sie sich ihren Weg zur Brücke bahnte. Andere nicht. Kyr konnte es ihnen nicht verdenken.

Auf der Kommandoplattform kniete ein Mädchen aus dem Oikos und schrubbte an den alten dunklen Blutspritzern herum, die die Wand bedeckten. Kyr fragte sich, wer als Erstes hier drinnen gewesen war, um die alte Aufnahme des letzten Notrufs der *Victrix* verschwinden zu lassen, ehe sie in die falschen Hände geriet. *Admiralin Elora Marston, TE-66 Victrix.* Kyr hatte wie gebannt der Stimme dieser Fremden gelauscht, weil sie nicht gewusst hatte, dass eine Frau diesen Rang innehaben konnte. Sie hatte nicht gewusst …

Mama, dachte Val.

Schnauze, dachte Kyr mit aller Kraft und versuchte, dem Geist in ihrem Kopf entgegenzuwirken. Sie konnte es sich jetzt nicht leisten, Vals Gefühle zu fühlen.

Auch Jole war auf der Plattform. Er hatte die Hände besitzergreifend auf das Geländer gestützt und ließ seinen Blick über die nun beleuchtete und glänzend saubere Brücke schweifen.

Das Mädchen, das zu seinen Füßen die Blutflecken wegzuputzen versuchte, ignorierte er, als wäre es gar nicht da. Systeme-Offiziere standen in Gruppen beieinander und diskutierten. Kyr schnappte auf, wie einer von ihnen sagte: »Vielleicht kennt sich Avicenna mit ...«

»Oh nein, bloß nicht dieses kleine queere Arschgesicht«, unterbrach ihn ein anderer. »Ist mir egal, wie gut er ist, ich arbeite sicher nicht Seite an Seite mit ihm.«

»Dann Lin.«

»Diese arrogante alte Schlampe? Nein. Wir kriegen das selber hin. Lasst uns ...«

Vollidioten, dachte Kyr und salutierte vor dem befehlshabenden Offizier.

»Stehen Sie bequem, Soldatin!«, sagte Jole. »Ich hoffe, du hattest eine erholsame Pause, Valkyr?«

»Ich habe trainiert, Sir«, antwortete Kyr in dem Wissen, dass ihr altes Ich genau das getan hätte und dass jede Person, die Nachforschungen in der Agoge anstellen würde, entsprechende Einträge in den Logbüchern vorfand. Avi war wirklich extrem nützlich.

Jole lächelte. »Natürlich hast du das. Komm zu mir.«

Kyr tat, was ihr befohlen wurde. Das schrubbende Oikos-Mädchen murmelte irgendetwas Unverständliches und rückte ihren Seifeneimer aus dem Weg. Kyr sah nicht zu ihr hinunter. Es war seltsam, darüber nachzudenken, dass sie früher nicht einmal daran gedacht hätte, es zu tun.

Du hast dich ja für so großartig gehalten – das war ihre eigene Stimme, nicht Vals. *Aber du hättest einen ziemlich miesen Commander abgegeben, wenn irgendjemand dumm genug gewesen wäre, dir das Kommando über irgendwas anzuvertrauen.*

»Wie fühlt es sich an?«, fragte Jole.

Kyr unterdrückte ein Zusammenzucken. »Sir?«

Wieder dieses Lächeln. Kyr hatte es einst als auf fast magische

Weise tröstlich empfunden, wenn Jole sie so anlächelte. »Auf der Brücke eines Schlachtschiffs zu stehen«, führte er aus. »Eines Weltenseglers. Bereit, dem Universum entgegenzutreten. Wie fühlt es sich an, Valkyr?«

»Ich ...«, fing Kyr an, konnte den Satz aber nicht beenden.

»Für mich fühlt es sich an wie Nachhausekommen«, sagte Jole. »Das hier ist unser Geburtsrecht. Das Vermächtnis der Erde.« Er legte die Hand auf Kyrs Schulter. Kyr atmete aus und zuckte auch dann nicht zusammen, als sich sein Griff festigte, was wahrscheinlich eine beruhigende Wirkung hätte haben sollen. »An meiner Seite wirst du alles erleben können, Valkyr. So, wie es sein sollte.« Er ließ sie los. Kyr gelang es nicht, ihre Atmung vollständig zu kontrollieren. Jole sah erfreut aus. »Ein guter Commander hat keine Lieblinge«, sagte er. »Aber du bist etwas Besonderes, Valkyr. Einige Menschen werden dir in den nächsten Tagen vielleicht eifersüchtig oder abweisend begegnen, aber denk immer daran, dass ich dich zu meiner Hilfsoffizierin gemacht und nicht deinen schwachköpfigen Bruder gewählt habe. Das hatte einen Grund.«

Er war der Mann, der ihre Welt geformt hatte, der Held, zu dem sie aufgeschaut hatte. *Das hier hätte funktioniert*, dachte Kyr, und die Brust wurde ihr eng. *Wenn ich es nicht wüsste. Es hätte funktioniert. Vielleicht hat er solche Dinge auch zu Ursa gesagt.*

»Jawohl, Sir«, war alles, was sie rausbekam. »Danke, Sir.«

Avi absolvierte Doppelschichten. Gaias nächster Tageszyklus hatte längst begonnen, als es Kyr endlich gelang, ihn in die Agricola zu holen, um dort Yiso zum, nun ja, ersten Mal zu treffen. In dieser Realität.

»Avicenna«, sagte Yiso, noch bevor Kyr etwas hätte sagen können.

Avi musterte das Alien eine ganze Weile lang schweigend.

Um sie herum war alles still und grün. Kyr hatte tausend Dinge zu erledigen, einige davon waren offizielle, andere höchst inoffizielle Pflichten, aber genauso drängend. Und sie sorgte sich um Vic. Sie war immer die nervöseste von ihnen gewesen, und seit dem Treffen, bei dem entschieden worden war, dass sie die Krippe mitnehmen würden, war sie unruhiger denn je, und jetzt musste regelmäßig jemand nach ihr sehen und ihr beruhigende Dinge sagen. Die übrigen Sperlinge waren zumindest äußerlich weniger angespannt – wenn man etwas lernte im Zuge der gaianischen Kadett*innenausbildung, dann war es, sich die eigenen Gedanken nicht anmerken zu lassen –, aber das Verbrechen an Gaia, das sie planten, war so riesig, so unaussprechlich, dass sie alle hin und wieder ins Wanken gerieten. Auch Kyr wäre es so gegangen, wenn sie nicht so viel zu tun gehabt hätte.

Sie hatte Zen – die Kyr wirklich nicht leiden konnte, aber die, wie Kyr feststellte, die wahrscheinlich zäheste und nervenstärkste der Sperlinge war – dafür abgestellt, den Beruhigende-Dinge-sagen-Part zu übernehmen, denn darin war sie besser als Kyr. Außerdem hatte sie Avi dazu gebracht, noch einmal in die Schichtpläne einzugreifen, denn es ging Arti und Vic einfach besser, wenn sie Gelegenheit hatten, sich zu sehen. Würde das reichen? Kyr hätte jetzt auch nach Lisabel, Cleo und Zen in der Krippe sehen können oder nach Jeanne oder nach Mags; sie hätte sogar eine echte Trainingseinheit einlegen können. Ihr Plan sah idealerweise keine kämpferische Auseinandersetzung vor, und Kyr hoffte sehr, er würde aufgehen, denn es war ihr nur allzu bewusst, dass Jole, sollte es doch zu einem Gefecht kommen, Hunderte gaianische Kriegszucht-Soldat*innen gegen sie führen konnte. Sie indes hatte sich selbst, Cleo, Arti und Jeanne – alle außergewöhnlich gut für Mädchen und dennoch zusammen chancenlos gegen drei beliebige von Joles Männern. Und dann war da zwar noch Mags, der beste ihrer

Alterskohorte, aber am Ende eben doch nur ein siebzehnjähriger Junge.

Sie hätte gerade alle möglichen wichtigen Dinge tun können, aber sie wollte Yiso nicht mit Avi allein lassen. Nicht nach allem, was in den Hallen der Weisen geschehen war. Nicht, nachdem eine andere Version von diesem Avi hier in dem unterirdischen Garten des Weisheitsknotens auf Chrysothemis mit der überlegenen Stärke, die selbst einem unterdurchschnittlich großen Menschen im Vergleich zu einem Majo zu eigen war, im Namen der Erde ein gefangenes Wesen gefoltert hatte.

Endlich gelang es Avi, seinen Blick vom Gesicht des Aliens loszureißen. Er schnaubte. »Seit Jahrtausenden die Herrschenden übers Universum. Bist du wirklich ein Kind der Weisheit?«

»Das war ich«, sagte Yiso. »Als die Weisheit noch existierte.«

»Hat das Spaß gemacht?«

Yiso ließ einen Moment verstreichen und antwortete dann: »Weißt du, das hat mich noch nie jemand gefragt.«

»Echt nicht? Dumm«, sagte Avi. »Sie hat Paralleluniversen kreiert, richtig? Was ermöglicht, auf verschiedenen Zeitachsen gleichzeitig zu existieren. Cooler Schattenraum-Kram, theoretisch immer möglich gewesen, aber in der Praxis erfordert es Schattenmotoren in einer ganz anderen Größenordnung, die andauernd potenzielle Realitäten simulieren. Und dann pickt sich irgendjemand, wahrscheinlich du, oder vor dir Leru, die beste Simulation heraus, und die Maschine verfrachtet unser ganzes Universum rüber in«, er wedelte mit der Hand in der Luft, als würde er versuchen, das Wort, nach dem er suchte, aus der Luft zu angeln, »in diesen Strang. Was ab und zu ein bisschen Weltraummagiescheiß einschließt, denn die Weisheit bietet auch eine Abkürzung zur Kontrolle von Raum und Zeit, sehr nett alles, im Grunde unbegrenzte

Cheat-Codes fürs Universum. Wenn man mal den ganzen mystischen Bullshit weglässt, läuft es doch darauf hinaus, oder? Ja, ich weiß, ich vereinfache alles extrem, natürlich. Aber so ist es, stimmt's?«

Yisos Ohren zuckten. »Du bist ein bemerkenswertes Individuum, Avicenna. Ja, das ist korrekt.«

»Aber ausnahmsweise gebührt die Ehre nicht mir. Die Erde hat das schon während des Krieges herausgefunden«, räumte Avi ein. »Wir haben unsere eigene Maschine gebaut.«

Kyr wusste, dass das stimmte. »Die Agoge«, sagte sie.

Avis Gesichtsausdruck lag irgendwo zwischen verärgert und beeindruckt. »Die ultimative Waffe. Richtig.« Er sah Yiso an. »Und du wusstest das auch.«

»Es war einer der Gründe, warum ...«, sagte Yiso, hielt inne und fuhr dann fort: »... warum Leru ...«

»Ja, ja.« Avi setzte sich im Schneidersitz hin und winkte Yiso zu sich, bis sich das Alien ebenfalls niederließ. »Du auch, furchtlose Anführerin, steh da nicht so bedrohlich rum, das nervt.«

»Ah«, sagte Yiso, und es klang so, als wäre dem Majo gerade ein Licht aufgegangen. »Eine kulturelle Erwartung. Ist Größe wirklich so wichtig?«

Avi verdrehte die Augen.

»Augenkontakt«, sagte Kyr, als sie sich hinsetzte. Die grünen Zweige der Agricola-Bäume bildeten eine Art Schutzschild um sie herum. Sie hatte vorher nie darüber nachgedacht, aber als Yiso fragte, wurde es ihr schlagartig klar. »Dass die Gesichter auf einer Höhe sind, ist wichtig. Es zeigt ...«

»Respekt«, sagte Avi und schnaubte. »Es ist übrigens total lustig, ein kleiner Mensch zu sein, nur fürs Protokoll.«

»Du bist klein?«, fragte Yiso verwundert.

»Offensichtlich, wenn mich sogar die Mädchen überragen.«

»Ist das ungewöhnlich?«

»Verdammt, Konzentration!«, sagte Avi. »Also, die Erde hat ihre eigene Weisheit gebaut. Oder es zumindest versucht. Das Problem ist – ja genau, ich muss mir nicht von einem Alien meine eigene Geschichte erklären lassen, vielen Dank –, das Problem ist völlig offensichtlich: Wenn zwei Superintelligenzen, die beide das Universum neu formen, gleichzeitig arbeiten ...«

Er brach ab.

»Na?«, fragte Kyr. »Was passiert dann?«

»Das weiß niemand!«, erwiderte Avi. »Die einen sagen, sie neutralisieren sich gegenseitig, die anderen sagen, das Raum-Zeit-Gefüge würde auf Dauer gestört. Außer, ihr wusstet es vielleicht doch?«

»Nein«, sagte Yiso. »Aber Leru befürchtete das Schlimmste.«

»Die Begründung für die Zerstörung einer kompletten Hauptstadt-Welt war nicht einfach nur, dass dadurch der Krieg beendet wurde«, sagte Avi. »Auch unser Produktionsstandort war dahin, unser Netzwerk, unsere Wissenschaft. In absehbarer Zeit wird Chrysothemis keine gottgleiche Maschine bauen. Niemand wird das tun. Die alte ist verschwunden, und die Technologie dahinter ...« Er schloss die Faust, als würde er etwas zerdrücken. »Zumindest für die nächsten Jahrhunderte. Aber wir haben ja noch die Prototypen, stimmt's?« Avi grinste. Yiso erschrak, der Kamm lag flach am Schädel an. All diese Zähne, dachte Kyr. Auch wenn man wusste, was ein Lächeln war – die Menschen hatten wirklich viele davon. »Sie ist unfassbar primitiv. Ich habe wer weiß wie viel Zeit damit zugebracht, zu versuchen, sie dazu zu kriegen, einigermaßen interessante Sachen zu machen, nicht immer nur die ewigen Kriegsspiele. Aber immerhin haben wir sie.«

Die Agoge hatte Kyrs Kindheit bestimmt, hatte sie geprägt wie sonst nichts. Sie blickte von Avi zu Yiso und dachte kurz darüber nach, wie viel es gab, was sie nie gewusst hatte. Und wie viel es gab, was sie noch immer nicht wusste.

»Oh«, sagte Yiso. »Ich verstehe. Ja, ich glaube, ich kann helfen.«

28

AULUS JOLE

Avi erklärte ihnen seine Idee. Das meiste davon war zu technisch, als dass Kyr hätte folgen können, aber Yiso nickte immer wieder ernst, und sie verstand trotzdem das Wesentliche. Avi wollte die Agoge dazu benutzen, einen stationsweiten Alarm auszulösen: *Majo-Angriff.*

»Überlegt mal«, sagte er. »Alle Soldaten und Soldatinnen wären runter von der *Victrix* und alle Kinder dort versammelt. Wir täuschen einen Angriff mit einem gefakten Kreuzer vor, sagen wir, im Ferox-Hangar am anderen Ende der Station. Sie stürmen in Richtung Krippe und, zack, Evakuierung.«

Es war alles gut durchdacht. Das Hauptanliegen Gaias war der Widerstand gegen die Majoda. Ein Angriff auf die Station selbst – oh ja, das könnte funktionieren.

»Aber wir würden so etwas nie tun. Niemand von uns«, gab Yiso zu bedenken.

Avi verdrehte die Augen.

»Das macht nichts. Die Leute hier glauben absolut, dass ihr das tun würdet. Das reicht«, erklärte Kyr.

»Es muss trotzdem echt wirken«, sagte Avi. »Und da kommst du ins Spiel, Yiso ...«

»Dir macht das Ganze hier Spaß«, sagte Kyr.

»Valkyr«, erwiderte Avi. »Ich kann dir gar nicht sagen, wie oft ich mir vorgestellt habe, dass dieses Drecksloch gestürmt und für immer kurz und klein gemacht wird, egal von wem. Natürlich macht es mir Spaß.«

Kyrs und Yisos Blicke trafen sich unwillkürlich.

»Okay, was ist hier los, verdammt?«, fragte Avi.

»Ich weiß nicht, was du meinst«, sagte Kyr.

»Du warst ja schon allein komisch genug«, sagte Avi. »Hast dauernd so getan, als würdest du mich kennen. Und dann musstest du unbedingt ein Alien aus seinem absolut komfortablen Gefängnis retten, wo ihm in absehbarer Zeit mit Sicherheit nichts passiert wäre, und jetzt sind es du und dieses Alien, die sich benehmen, als wüssten sie etwas, was ich nicht weiß. Damit das ganz klar ist: So was hasse ich.«

»Das bildest du dir ein«, sagte Kyr zur gleichen Zeit, als Yiso sagte: »Es ist kompliziert.«

»Yiso!«, zischte Kyr.

»Da! Genau das meine ich!«, stieß Avi hervor. »Von wegen, ich bilde mir das ein. Ihr könnt mich mal! Leute sind nicht mein Fachgebiet, aber ich bin auch kein kompletter Vollidiot! Macht Magnus bei der Sache mit? Was ist die Sache? Was weiß ich nicht?«

Kyr stand auf.

Avi kam ebenfalls auf die Füße, außer sich vor Wut. »Oh nein, Valkyr, wage es nicht! Du lässt mich jetzt hier nicht einfach stehen!« Als sie nicht antwortete, hatte Kyr das Gefühl, er würde sie im nächsten Augenblick schlagen. Mit geballten Fäusten stand er vor ihr, die Lippen zusammengepresst. »Vielleicht erinnerst du dich daran, dass ihr mich braucht, damit das alles hier funktioniert.«

»Ich weiß, dass wir dich brauchen«, sagte Kyr. »Natürlich tun wir das.« Sie befeuchtete sich die Lippen. »Was ist, wenn ich dir sage, dass wir das hier schon einmal gemacht haben?«

Avis Fäuste lockerten sich langsam, seine Augen verengten sich.

»Eine Zeitreise«, sagte er leise. »Im großen Stil. Ist das dein Ernst?«

Kyr nickte.

»Okay. Und was habt ihr schon einmal gemacht? Diskutiert? Ein riesiges Raumschiff geklaut? Ein bisschen genauer, bitte.«

»Wir waren schon einmal befreundet«, sagte Kyr.

Avi wurde still. »Ich bin mit niemandem befreundet«, sagte er dann.

»Mags ...«

»Magnus ist traurig und verzweifelt und nur in mich verknallt, weil ich die einzige offen queere Person auf der Station bin, Valkyr. Das ist nicht das Gleiche.« Er lachte bitter auf. »Ups, ich hoffe, das wusstest du, sonst war ich gerade ein sogar noch größeres Arschloch als sonst.«

»Ich weiß, dass du ihm in der Agoge einen Garten erschaffen hast.«

»Mitleid ist nicht das Gleiche wie Freundschaft«, sagte Avi und wandte den Blick ab. »Also. Wir haben das hier schon einmal gemacht. Ihr wisst Dinge, die ihr nicht wissen solltet. Ihr kennt mich. Beide?« Er sah Yiso an. »Beide. Warum erinnere ich mich nicht?«

»Die Weisheit ...«, begann Yiso.

»Ja, genau, alles klar, du warst offensichtlich ziemlich wichtig für diese unbeweint verstorbene gottgleiche Maschine. Aber warum kann sie sich erinnern?«

»Ich weiß es nicht«, sagte Kyr.

»Sie hat dich gemocht«, sagte Yiso.

»Wie bitte?«

»Ja, sie mochte dich. Vielleicht, weil ich dich mag. Aber ich glaube in erster Linie ... wegen deines besonderen Standpunkts.«

»Weil Valkyr einen so einzigartigen und interessanten Blick auf das Universum hat?« Avi schnaubte.

»Natürlich«, sagte Yiso. »Alle haben den.«

»Wow, wie tiefsinnig«, entgegnete Avi mit unverhohlenem Sarkasmus. Seine Lippen wurden schmal. »Ich will diese Erinnerungen auch.«

»Wie meinst du das?«, fragte Kyr.

»Du hast mich genau verstanden. Wenn du dich erinnerst und Yiso sich erinnert – tja, dann ist meine Hilfe wohl jetzt an eine Bedingung gebunden. Die Weisheit mag mich nicht, okay.« Er grinste höhnisch. »Niemand mag mich. Aber ich verdiene zu wissen, was sonst noch passiert ist. Ich habe ein Recht, es zu wissen.«

»Das ist nicht möglich«, sagte Kyr. »Die Weisheit ist dafür zuständig, und die gibt es nicht mehr.«

Avi beachtete sie nicht, sondern schaute stattdessen zu Yiso. »Also?«, fragte er. »Ich wette, Valkyr hat keine Ahnung, wovon sie spricht. Nicht alles von deinem Weltraumzauberer-Bullshit hängt von der Weisheit ab, hab ich recht? Du wurdest geboren, um den Schattenraum zu manipulieren. Es ist *in* dir.«

Kyr wollte ihm widersprechen, aber Yiso legte ihr die langen, schmalen Finger auf den Arm. Plötzlich erinnerte sie sich an Nicht-Avi auf dieser anderen, verschwundenen Zeitachse, wie er etwas von *Inkarnation* sagte.

»Kannst du das?«, fragte Avi.

»Bist du dir sicher?«, entgegnete Yiso.

Sie standen beide sehr still. Kyr überlegte, ob sie sich gerade erinnerten, so, wie sie selbst sich erinnert hatte, an die Höhlen von Chrysothemis, das Sterben der Welten ...

»Bitte spar dir die Wissen-kann-gefährlich-sein-Nummer. Verbotene Früchte, was auch immer, ja, ich bin mir sicher.«

»Warte!«, rief Kyr.

Aber Yiso führte bereits die vertraute Befehlsgeste aus.

Die Agricola kippte, die gewaltigen Bäume bogen sich. Kyr schrie auf, stolperte, gewann ihr Gleichgewicht zurück. Yiso schwankte, blieb aber auf dem Boden stehen. Avi wurde nach vorn geschleudert, direkt auf Kyr zu.

Sie fing ihn auf. Mit einem Ausdruck der Überraschung starrte er zu ihr hoch. »Scioaktive Umgebungskraft«, murmelte er einen Moment später in einem Tonfall, der nicht sein eigener war. »Die Schattenmotoren der Station – umfunktionierte Schlachtschiffe, nicht abgeschirmt, oh Gott, das ist ja noch verrückter, als ich dachte. Vorsicht damit, Majo, wir brauchen die Schwerkraft.« Er hielt sich unverändert an Kyr fest. Sie stellte ihn zurück auf die Füße, und er ließ sie noch immer nicht los, und als er es schließlich doch tat, trat er erst einen Schritt zurück, dann noch einen. Seine Hände fielen herab, dann hob er sie langsam zu seinem Hals empor.

»Valkyr«, krächzte er. »Verdammt. Du hast mich umgebracht?«

Kyrs Hände erinnerten sich daran, wie es sich angefühlt hatte, es zu tun. Sie konnte das leise Knacken seines Genicks hören und schwieg.

Avi entließ ein heiseres Gegacker. »Na ja, andererseits«, sagte er mit schriller Stimme, »sollte ich mich bei dem Thema wohl zurückhalten. Du …« Er wandte sich Yiso zu.

»Du wolltest wissen, wie es ist, ein Kind der Weisheit zu sein.« Yiso verschränkte die Arme vor der Brust, und es war eine merkwürdig menschlich anmutende Geste. »Du hättest mich nicht fragen müssen. Du warst der Gebieter über die Welten. Hat es dich zufriedengestellt?«

»Nein«, antwortete Avi. Wieder lachte er sein schreckliches Lachen. »Nein.«

Kyr musste sich selbst und Avi aus der Agricola herauskriegen, ehe jemand sie bei ihrem unorthodoxen Kriegsrat entdeckte. Avi hatte ein paar ältere Funkgeräte an sich gebracht und warf Yiso im Gehen ein Headset zu. »Hoffe, das passt auf deine Ohren«, sagte er und lachte wieder.

»Du musst aufhören zu lachen«, sagte Kyr, als sie sich durch die Plastikfolie am Ausgang der Agricola schoben. Immer noch war niemand zu sehen, aber bald würden die Schichtglocken läuten.

»Warum? Weil ich zu viele Kriegsverbrechen begangen habe?«, fragte Avi und lachte noch ein bisschen lauter.

»Weil es irgendwann irgendjemandem auffallen wird, wenn du dich so komisch benimmst. Hör jetzt auf, an diese Sachen zu denken.«

»Dafür, dass du mich vor Kurzem umgebracht hast, machst du dir ganz schön viele Sorgen.«

»Möchtest du wirklich mit mir über Mord sprechen?«, erwiderte Kyr tonlos.

Einen Augenblick lang herrschte Stille. Kyr war es, als hörten sie den Schuss beide noch einmal.

»Es tut mir leid«, sagte Avi, ohne zu lachen.

»Das hast du schon einmal behauptet«, sagte Kyr. »Es ist mir egal. Konzentrier dich.«

»Wie?«

Kyr merkte, dass die Frage ehrlich gemeint war. Also wollte sie eine ehrliche Antwort geben. »Konzentrier dich, weil dieses Mal das letzte Mal sein wird. Weil wir keine weitere Gelegenheit bekommen werden. Ich hole Mags hier raus, bevor es ihn umbringt. Ich hole die Sperlinge raus. Sogar dich hole ich raus.«

»Vergiss nicht den Rest unseres absurden Plans«, warf Avi ein und klang dabei ruhiger. »Frauen und Kinder zuerst.«

»Genau. Also brauche ich dich«, sagte Kyr. »Denk nicht an die anderen Zeiten. Sie sind nie gewesen. Nichts von alldem ist je geschehen.«

»Doch«, widersprach Avi. »Für mich schon.«

»Ich weiß«, sagte Kyr. »Für mich auch.«

Sie hatte es immer vermieden, ihn direkt anzusehen, aber

jetzt linste sie aus den Augenwinkeln zu ihm hinüber, und ihre Blicke trafen sich. Einen Moment lang schwiegen sie.

»Wie kannst du behaupten, du wärst meine Freundin?«, fragte Avi schließlich.

Kyr antwortete nicht. »Ich hab die Ohrstöpsel drin«, sagte sie stattdessen. »Du weißt, was du zu tun hast.«

Kyr wollte in der Krippe vorbeischauen und nach den Sperlingen sehen, die dort gefangen saßen, aber als sie einen der Lagerräume passierte, packten sie plötzlich zwei starke Arme von hinten.

Jeden einzelnen Tag, seit sie sieben Jahr alt war, hatte Kyr sich im Nahkampf geübt, und während ihr Kopf nun auf Alarmmodus umschaltete, übernahm ihr Körper. Ihre Arme schnellten hoch, um den Griff des Angreifers zu lockern, und sie verlagerte ihr Gewicht, um ihn aus der Balance zu bringen. Aber wer auch immer er war, er war groß, und er rechnete offenbar mit all ihren Reaktionen. Es machte ihm sehr wenig – beschämend wenig – Mühe, ihr eine Hand auf den Mund zu pressen und sie rückwärts in den Lagerraum zu zerren, wo er sie herumschleuderte und von sich wegstieß, sodass er seinen eigenen massigen Körper zwischen Kyr und der Tür in Stellung bringen konnte.

Aber sie loszulassen, war ein Fehler gewesen. Kyr stürzte auf ihn zu, die Fingernägel auf seine Augen gerichtet.

»Jesus, verdammt noch mal ...«, rief der Mann, der, wie sie nun sah, Sergeant Harriman war, und stieß sie so hart zurück, dass sie auf dem Boden landete.

Sprachlos starrte Kyr zu ihm hoch.

Harriman?

Der Oikos-Chef, von dem sie immer angenommen hatte, er sei einfach nur ein alter, trauriger Veteran, den Val als kompetenten Anführer der Secpol-Einheit auf Station Hymmer kannte? Und sie hatte Tage damit zugebracht, zu denken, zu fürchten, es würde ihr Onkel sein, der sie sich irgendwann schnappen würde. *Harriman?*

Er rieb sich über die Kratzer in seinem Gesicht. »Jesus«, sagte er noch einmal. Dieses Wort hatte Kyr auf Station Gaia nie jemanden so sagen hören. Der Führungsstab lehnte die alten Religionen ab. *Wo war euer Gott, wo war sein Sohn Jesus, als die Erde vernichtet wurde?*

»Ich werde Sie umbringen«, sagte Kyr leise und stand auf. »Ich werde Sie verdammt noch mal umbringen, fassen Sie mich nicht an!«

»Verdammt, Kind, ich bin doch kein Tier. Warum denkst du ...«

»Du hast das Mädchen von hinten angegriffen, es in einen leeren Raum gezerrt und die Tür hinter euch zugeschlagen, Harry«, sagte da plötzlich eine andere Stimme. »Nicht einmal auf der Erde hätte man in einem solchen Fall im Zweifel für den Angeklagten entschieden.«

Kyr drehte sich um.

Corporal Lin war eine kleine Frau. Ihr kurzes glattes Haar war stahlgrau, ihre Augen waren sehr dunkel. Sie saß auf einem Hocker zwischen ihren Systeme-Schaltpulten und rauchte eine definitiv geschmuggelte Zigarette.

»Was?«, sagte sie, als sie Kyrs Blick auffing. »Alte Frauen können sich ja wohl ein paar Laster erlauben.«

»Nein, können sie nicht«, widersprach Kyr.

Lin lachte. »Tja, sie hat recht«, sagte sie zu Harriman und nahm einen weiteren Zug.

Kyr starrte sie an. Nur den Kampf-Geschwadern stand Tabak zu. »Was wollen Sie?«

»Gott«, erwiderte Lin. »Du siehst wirklich genau wie deine Mutter aus.«

Das wusste Kyr, weil Val es wusste. Sie schwieg.

»Sieht sie nicht genau wie ihre Mutter aus, Harry?«

»Yingli, komm schon«, sagte Harriman.

»Im Nachhinein denke ich ja, dass AJs Besessenheit von der Idee, Elora Marston genetisch nachzubilden, nachdem er sie ermordet – Verzeihung, *hingerichtet* – hatte, ein erster Hinweis hätte sein müssen, dass irgendetwas beim Widerstand nicht stimmte«, sagte Lin.

»Was wollen Sie?«, wiederholte Kyr. »Ich werde Sie melden.«

»Nein, das wirst du nicht tun. Denn wenn du das tätest, dann könnte ich dich melden. Und Verrat vergibt AJ nicht. Du und deine kleine Crew, ihr würdet sterben.«

»Was meinen Sie?«, sagte Kyr wenig überzeugend.

»Avicenna denkt, er sei sehr schlau«, erwiderte Lin. »Ist er ja auch, aber ihm fehlen die Hintergrundinformationen. Als ich neunzehn war, habe ich auch gedacht, ich sei sehr schlau, und dann bin ich an die Uni gekommen.« Sie zog an ihrer Zigarette. »Du hast ein Majo aus dem Gefängnis befreit und Avicenna dazu gebracht, es zu vertuschen. Jetzt denken die bei Victrix, es sei in einer der Ferox-Zellen, und die bei Ferox denken, es sei bei Scythica, und die ganze Zeit über stand dein Zwilling Wache vor einer leeren Zelle, vier Schichten lang. Die Stationspläne sagen, du seist in der Agoge, aber dein Funkgerät sagt, du seist in der Krippe und in der Agricola. Du nutzt einen zweiten Kanal, der ist verschlüsselt, und der Führungsstab hat den Zugang nicht. Also. Ihr plant ganz offensichtlich etwas, du und deine kleine Armee.«

»Ich habe nichts von alldem getan«, sagte Kyr. »Ich ...«

Sie hielt inne.

»Du wolltest Avicenna verpfeifen?«, fragte Lin sanft. »Nein, das tust du nicht, stimmt's? So oder so solltest du dich nicht mit ihm aufhalten. Er ist ein Träumer, kein Macher. Das große Ganze hat er im Blick, aber er hat kein Rückgrat. Nein, ich glaube, du gibst den Ton an. Schließlich bist du Admiralin

Marstons Tochter. AJ hat keine Ahnung, was er sich da ins Haus geholt hat.«

»Hören Sie auf«, presste Kyr hervor.

»Oh, hat das wehgetan? Das sollte ein Kompliment sein. Sie war eine großartige Frau.«

»Aufhören.«

»Sie ist nur ein Kind, Yingli«, sagte Harriman beschwichtigend.

»In ihrem Alter? Auf Station Gaia? Du bist ein sentimentaler Bastard, Harry«, erwiderte Lin, aber sie hörte auf. Ihre Zigarette war bis auf den Stummel runtergebrannt. Sie schnipste sie auf den Plastahl-Boden, stand auf und trat sie mit der Spitze ihres Stiefels im Staub aus. Ihre Uniform saß perfekt, stellte Kyr fest, wie eigens für sie angefertigt. Und neben dem Blitz, der die Anstecknadel des Systeme-Geschwaders zierte, steckte noch ein anderes Abzeichen an Lins Kragen. Es war silbern und altmodisch und hatte die Form einer Lilie.

Kyr kannte nur eine andere Person, die dieses Abzeichen trug. Es kennzeichnete Joles alte Einheit, die Eliteeinheit des Terranischen Expeditionskorps in den letzten Tagen des Krieges. Das Hagenen-Geschwader. Sie erinnerte sich vage, wie sie mit Cleo und den anderen Absolventinnen in einem Lokal auf Station Hymmer gesessen und Gerüchte über Harriman und seine mysteriöse Frau aus dem Führungsstab ausgetauscht hatte.

Corporal Lin musterte sie mit kühlem, unlesbarem Blick. Als sie merkte, dass Kyr die Nadel entdeckt hatte, lächelte sie. »Normalerweise übersehen sie die Leute«, sagte sie.

»Was wollen Sie?«, wiederholte Kyr.

»Würdest du dich von mir warnen lassen?«, fragte Lin. »Von Frau zu Frau. Was auch immer du vorhast, du wirst scheitern, und AJ wird dich vernichten.«

Kyr sagte nichts.

»Mein Rat an dich: Steck das Majo zurück in seine Zelle und bete, dass niemand etwas mitgekriegt hat.«

»Wäre es das, was Sie tun würden?«, fragte Kyr.

»Wie bitte?«

»Sie wissen Bescheid, richtig?«, sagte Kyr. »Sie wissen, dass dieser Ort von Grund auf falsch ist. Sie wissen es!«

Lin wandte den Blick ab. Es entstand eine lange Pause, in der niemand sprach.

»Ja, Kind«, sagte Harriman schließlich. »Wir wissen es.«

»Aber Sie sind alt«, sagte Kyr.

Lin schnaubte.

»Sie haben es zugelassen. Sie haben es *ermöglicht*. Sie, Sergeant ... Sie sind im Führungsstab!«

»So einfach ist es nicht«, sagte Harriman.

»Ach, wieder ein Teenager sein und immer recht haben«, höhnte Lin. »Hör auf mit den Ausreden, Harry. Sie hat recht. Wir haben es zugelassen, wir haben es ermöglicht. Station Gaia ist das Bett, das wir uns gemacht haben und in dem wir nun liegen. Wir dachten, wir wären die Guten, weißt du.« Sie hatte sich wieder Kyr zugewandt. »Die starke Hand der Rache. Diejenigen, die für die Freiheit kämpfen. Die Guten eben. Als wir uns der Meuterei auf der *Victrix* anschlossen, hielten wir uns für Held*innen. Das taten wir wirklich.«

Kyr verschränkte die Arme.

»Und jetzt sind unsere Kinder groß genug, um über uns zu urteilen«, fuhr Lin fort. »Ganz ruhig, Harry, sie ist offensichtlich Eloras Tochter, ich habe das ganz allgemein gemeint.«

»Okay«, sagte Kyr. »Gut. Wenn das alles ist, was Sie zu sagen haben. Vielen Dank für die Warnung.« Sie war unglaublich wütend. »Sie interessiert mich nicht. Ich tue, was ich tun muss.«

»Es wird keinen Ort geben, an den ihr flüchten könnt«, sagte Harriman ruhig. »Du hast noch nie ein Schlachtschiff in Aktion gesehen, Kind. Du bist jung. Zieh den Kopf ein.

Überlebe. Um deinetwillen, um deiner Freunde und Freundinnen willen ...«

»Wussten Sie, was Jole mit meiner Schwester gemacht hat?«, fragte Kyr.

Harriman antwortete nicht.

»Wissen Sie, was er mit mir machen will?«

Es war das erste Mal, dass sie es laut ausgesprochen hatte. Harriman blinzelte. Lin sah weg.

»Sie wollen also sagen, dass Sie die ganze Zeit über wussten, was auf Gaia wirklich passiert, und einfach, was, den Kopf eingezogen und überlebt haben? Sie haben zugelassen, dass sie uns anlügen und ins Kampf-Geschwader stecken, in den Angriff und in die Krippe, und Sie haben sich gedacht, Sie können sowieso nichts tun, also lassen Sie es einfach geschehen? Dann ist es auch Ihre Schuld«, sagte Kyr. »Alles ist auch Ihre Schuld. Sie sind genauso schlecht wie der Rest. Sie wussten, dass es falsch war, und Sie haben es trotzdem zugelassen. Aber ich bin nicht wie Sie. *Also gehen Sie mir aus dem Weg.*«

Voller Wut machte sich Kyr auf den Weg zur leeren Sperlings-Kaserne, der Nachtzyklus hatte begonnen. Sie stürmte hinein, riss sich das Haarband aus dem verhassten Pferdeschwanz und schüttelte die Uniformjacke mit der Anstecknadel des Führungsstabs ab.

Dann erst bemerkte sie, dass sie nicht allein war.

»Wow«, sagte Avi. »Du siehst aus, als würdest du hier gleich alles kurz und klein schlagen. Hat irgendjemand eine Regel gebrochen? Oder hast du heute einfach nur nicht genug Klimmzüge gemacht?«

»Was zur Hölle machst du hier?«

Avi saß auf dem Bett, das Jeanne gehört hatte, halb verborgen im Schatten von Zens einstigem Bett über ihm. Er sah klein aus und müde und fehl am Platz. Kyr fand noch immer, er hätte eine Brille tragen sollen. Avi rieb sich die Augen, blinzelte, rieb sie noch einmal. »Stimmt, mein Fehler, ich bin derjenige, der hier gerade eine Regel bricht, und zwar keine geringfügige. Keine Männer in den Kadetinnenquartieren. Ich bin offensichtlich hier, um dir nachzustellen. Bereit?«

»Endlich«, sagte Kyr müde. »Ich habe so lange auf diesen Tag gewartet. Mann, was machst du hier, hau ab, sie werden dich erwischen.«

»Gibt es hier Kameras?«, fragte Avi. »Würde mich nicht überraschen.«

»Avi.«

»Was? Du rennst hier rum wie eine Glucke und versuchst, alle zu beschützen, und ich darf das nicht, nur weil ich ein Massenmörder bin?«

»Wir haben keine Zeit für so was, geh zurück zu Systeme«, sagte Kyr und erinnerte sich dann, dass sie ihm sowieso etwas sagen musste. »Und nimm dich in acht vor Corporal Lin. Sie hat mich heute ausgefragt. Sie hat was gemerkt.«

»Sie ist gut, aber nicht so gut wie ich.«

Plötzlich war Kyr viel zu müde, um sich mit Avi zu streiten. Sie setzte sich auf ihre Pritsche und fuhr sich mit den Händen übers Gesicht. Wut und Ärger wichen Erschöpfung, Einsamkeit und Angst. Furchtbarerweise war sie jetzt froh, dass Avi da war. *Wie kannst du behaupten, du wärst meine Freundin*, hatte er gesagt. Aber irgendwie war sie das, trotz allem.

»Werd nicht überheblich«, sagte sie. »Sie weiß von unserem Kanal, und sie weiß von Yiso. Noch hat sie uns nicht verraten, aber sei vorsichtig.«

Avi sagte nichts, schaute sie nur an. Er sah so schrecklich aus, wie sie sich fühlte. »Alles klar. Vorsichtig. Hab's kapiert«, sagte er schließlich. »Und ich geh zurück zu Systeme. Gleich. Ich wollte nur ... Ich wollte dich nur etwas fragen, Valkyr.«

»Ja?« Sie gab den Versuch auf, ihn anzusehen; es fiel ihr

einfach zu schwer. Stattdessen streckte sie sich auf ihrer Einzelliege aus, der einzigen, und starrte hinauf an die schwarze Felswand. Die Sperlings-Kaserne war so kahl. Ohne ihre Hausgenossinnen fühlte es sich hier nicht sicher an. Natürlich war es das auch mit ihnen nicht gewesen. Nirgendwo war es hier jemals sicher. Kyr hatte versucht, nicht zu oft an Zen und Cleo und Lisabel zu denken, gefangen in der Krippe. Die Krippen-Privilegien waren für die Dauer der *Victrix*-Reparatur ausgesetzt worden: keine Ablenkung. Aber Kyr würde sie retten, bevor es noch schlimmer wurde.

Avi sagte nichts.

Kyr war so müde. »Avi?«, hakte sie nach.

»Noch da«, sagte er. »Okay, ich frage. Geht es ihm gut?«

Sie konnte nicht antworten, so groß war der Kloß in ihrem Hals.

»Geht es ihm gut?«, fragte Avi noch einmal leiser.

Er meinte Mags, natürlich meinte er Mags. Weil er Bescheid wusste, genau wie Kyr. Weil er im Kontrollraum auf Chrysothemis gewesen war, als Mags die Waffe genommen hatte. Mags hatte Avi ins Gesicht gesehen, den Rücken Kyr zugewandt. Er hatte ein fürchterliches kleines Lachen hervorgebracht, und dann hatte er abgedrückt.

Kyr schluckte. »Ich glaube, du kennst ihn besser als ich.«

»Ist das so?«, murmelte Avi.

»Ich wusste nicht einmal, dass er traurig war«, sagte Kyr. »Beim ersten Mal. Ich wusste es nicht.« Sie zwang sich nun doch, Avi anzusehen. Er wirkte nicht gerade wie die gefährlichste Person in drei Universen. Er war ein dürrer, kleiner Neunzehnjähriger mit einem roten Wuschelkopf und einem ausgeprägten Silberblick.

»Er hat mich geküsst«, sagte Avi. »Ich meine ... du hast uns damals überrascht.«

»Du kennst seine Gefühle«, sagte Kyr.

»Ja. Nein. Ich bin ein Penner, und er hat einen echt schlechten Geschmack. Er hat was Besseres verdient. Ich meine, hast du ihn mal gesehen?«

»Er ist mein Bruder«, erinnerte ihn Kyr.

»Haha, okay. Ich hör auf. Fuck. Ich dachte immer ... Wenn ich es jemals hier rausschaffe ...«

Er unterbrach sich.

»Ich dachte, ich könnte es schaffen«, fuhr er irgendwann fort. »Ich dachte, eines Tages schaffe ich es. Ich habe nur auf die richtige Gelegenheit gewartet. Ich dachte ... Aber ich habe es nie getan. Ich konnte Gaia nicht verlassen. Ich habe es versucht, aber ich habe Gaia einfach mitgenommen. Und dann hat es ihn umgebracht.«

»Nein«, sagte Kyr. »Ich schätze, das warst du.«

Avi sackte in sich zusammen. »Wow«, sagte er zu seinen Füßen, den Kopf in seinen Armen vergraben, als hätte ihn Kyr in den Magen geboxt. »Ich hätte wissen müssen, dass ich von dir keinen Trost zu erwarten brauche.«

»Gaia hat keine Entscheidungen getroffen«, sagte Kyr. »Oder zumindest nicht alle. Das warst du. Und das war ich.« Sie musste Luft holen. »Ich glaube, das war auch ich.«

Avi antwortete nicht. Kyr setzte sich auf, streckte die Hand jedoch nicht nach ihm aus. Er saß lediglich auf der anderen Seite des schmalen Gangs zwischen den Betten, aber selbst wenn er Stacheln gehabt hätte, hätte er nicht deutlicher rüberbringen können, dass er nicht angefasst werden wollte.

»Ich selbst habe nie darüber nachgedacht abzuhauen«, sagte Kyr. »So weit bin ich gar nicht gekommen. Und auch ich habe Station Gaia mit mir herumgeschleppt. Wo auch immer ich hinging.«

»Selbst wenn dieser verdammte Raumschiffraub klappt«, sagte Avi. »Selbst wenn wir es wirklich hier rausschaffen ... Wir werden immer noch hier gefangen sein, das weißt du, oder? Wir werden für immer hier sein, du und ich. Wie im Doomsday-Szenario.«

»Ich weiß.«

»Es ist nicht fair!«

»Ich weiß.« Kyr hatte Ungerechtigkeit immer gehasst, und das tat sie auch jetzt noch. »Es ist nicht fair. Ich weiß.«

»Es ...«

Er brach ab.

»Hast du etwa schon wieder vor, dich zu entschuldigen?«

»Ich kann nicht«, sagte Avi. Kyr beobachtete, wie er tief einatmete. Und noch einmal. Dann richtete er sich aus seiner gekrümmten Haltung auf. Sie fragte sich, ob er weinte, aber seine Augen waren trocken. Dennoch sah er furchtbar aus. »Ich glaube nicht, dass es mir leidtut.«

Kyr sah ihn an.

»Willst du nichts sagen?«, fragte Avi und fügte einen Moment später ruhiger hinzu: »Warum sollte ich mich für etwas entschuldigen, was ich nicht getan habe?«

»Würdest du es wieder tun?«, fragte Kyr zurück.

Eine dumme Frage. Es war unmöglich. Die Weisheit war tot. Avi konnte es gar nicht wieder tun. Und was würde es auch nützen? Wenn Kyr irgendetwas gelernt hatte, dann, dass es keine Gerechtigkeit im Universum gab, kein bisschen. Dass nichts fair war oder jemals sein würde. Und doch, hier waren sie nun, lebendig, voller Ideen, voller Hoffnung; und alles trugen sie mit sich herum, wo auch immer sie hingingen, und es würde immer so sein. Sie würden immer mit dem leben müssen, was sie getan und was sie nicht getan hatten.

»Ich weiß es nicht«, antwortete Avi.

»Avi ...«

Er streckte ihr seine Hände entgegen. Es war so eng hier. »Sie haben unsere Welt zerstört. Das haben sie getan. Ich habe früher kaum gewusst, was das bedeutet, und ich war trotzdem wütend. Jetzt weiß ich es, und es ist alles viel zu schwer und zu groß, um überhaupt Wut fühlen zu können. Ich meine, ich fühle nichts, Valkyr, gar nichts. Diese andere Zeitachse ... Providence, Admiral Jole, Magna Terra, dieser ganze Kram, scheiß drauf, aber ich habe auf unseren Hügeln gestanden, ich habe unsere Meere gesehen und unsere Städte, und das alles ist weg. Alles weg. Was sollen wir also tun? Was sollen wir jetzt tun?«

»Solange wir leben, leben wir«, sagte Kyr. »Und das ist alles.«

Wo hatte sie das schon einmal gehört? Ursa hatte es in Raingold zu ihr gesagt. Damals hatte sie es noch nicht verstanden.

»Das ist Aufwiegelung«, sagte Avi und ließ die Hände sinken, ehe Kyr sie ergreifen konnte.

»Das ist die Wahrheit«, entgegnete Kyr.

»Ich hatte nicht gedacht, dass es das ist, worauf ich mich einlassen würde, als Magnus anfing, in der Spielhalle rumzuhängen und mich anzustarren.«

»Als einer von vielen, ja?«, sagte Kyr.

»Woher weißt du ...«

»Er hat mir erzählt, was du gesagt hast.«

»Ich bin ein Schwein, ich weiß.«

»Wenn du das weißt«, sagte Kyr, »warum hörst du dann nicht einfach auf, eins zu sein?«

Avi wandte den Blick ab. Einen Moment schwiegen sie beide. Kyr hätte ihn wegschicken müssen. Aber sie tat es nicht.

»Es ist alles echt krank, weißt du?«, sagte Avi. »Absichtlich, meine ich. Diese ganze Geschichte von wegen Sex sei nur zur Fortpflanzung da und ansonsten überflüssig ... Weißt du, was man hier auf Station Gaia nicht macht, was Menschen aber immer gemacht haben?«

»Was?«

»Heiraten«, sagte Avi. »Langzeitpaarbeziehungen. Familie.«

»Die Erde war deine Mutter, und die Menschheit ist deine Familie«, zitierte Kyr.

»Soll das sarkastisch sein?«

»Ich hatte eine Familie«, sagte Kyr. »Auf der Erde. Ich hatte eine Mutter. Eine echte Mutter.«

»Wirklich? Ich nicht.« Schweigen. Avis Ausdruck war in sich gekehrt. Er war allein, genau wie sie. Allein mit den Erinnerungen an das, was auch immer Nicht-Avis Leben gewesen war. Er lachte sein typisches freudloses Lachen. »Ich fürchte, mich will niemand irgendwo. Kann es ihnen nicht verdenken. Bin ziemlich sicher, dass der Typ, der mich gezeugt hat, ein Junioroffizier bei Augusta war. Er starb vor fünfzehn Jahren bei einem Angriff auf die Handelsflotte. Woher meine andere Hälfte kommt, habe ich nie rausgefunden. Vielleicht von der Genbank, die es damals noch gab.« Stille. »Jep. Alles krank.«

»Wenn die Menschen miteinander sprechen könnten, ohne dass es der Führungsstab kontrolliert«, sagte Kyr, »wenn sie ehrlich sein könnten ... dann würde hier alles zusammenbrechen.«

»Die Menschheit ist deine Familie, und der Führungsstab hat die Kontrolle über die Menschheit«, sagte Avi. »Keine Loyalitätskonflikte hier auf Station Gaia.« Endlich gelang es ihm, Kyr wieder direkt in die Augen zu sehen. »Das meiste hiervon habe ich noch nie laut gesagt.«

»Das war bestimmt sehr schwer«, sagte Kyr, »all die Jahre den Mund zu halten.«

»Du hast keine Ahnung, wie schwer«, sagte Avi. »Ich bin ja von Natur aus nicht so, dass ich den Mund halte.«

»Was du nicht sagst.«

»Na ja, es ist trotzdem komisch ...«, fing Avi an. »Ich sollte ... jetzt wirklich gehen. Okay. Schlaf gut, Valkyr. Dieses ganze Projekt braucht dich schließlich auch.«

»Schlaf gut?«, wiederholte Kyr. Plötzlich musste sie ein Lachen unterdrücken.

Avi sah erleichtert aus. »Oder auch: Fahr zur Hölle und stirb.«

Die folgenden drei Tage arbeitete Kyr wie besessen. Sie musste alles, was wichtig war, irgendwie um Joles Anforderungen herum unterbringen. Seit er mit ihr zusammen auf der Brücke gestanden und über die Eroberung von Welten gesprochen hatte, wollte er sie ständig in seiner Reichweite wissen. Also ertrug sie die Zwölf-Stunden-Schichten in Joles Windschatten, während er die Arbeiten an der *Victrix* überwachte. Er schlenderte über das Schiff und sagte hier ein paar warme Worte, dort ein paar scharfe und arrangierte alles zu seinem Wohlgefallen, während sie einen Schritt links hinter ihm lief, immer auf den Füßen, auch wenn er Platz nahm. Auf der Brücke gab es jetzt einen Stuhl, einen glänzend gewienerten Kommandostuhl, von dem aus Jole mit Argusaugen die Arbeiten unter ihm verfolgte. Kyr stand hinter seiner Schulter. Er redete ununterbrochen mit ihr oder, besser gesagt, auf sie ein. Dabei erwartete er nicht von ihr, dass sie antwortete; sie musste nur ein beeindrucktes Gesicht machen.

Kyr hasste die Tatsache, dass er wirklich beeindruckend war. Sie lernte einiges dadurch, dass sie ihn einfach nur beobachtete – die Art, wie er auf einen Blick erkannte, wer schwankte, wer unsicher war, und sofort die richtigen Worte parat hatte, die jeden Gesichtsausdruck ändern konnten und schwindende Entschlossenheit wieder erstarken ließen. Kyr fragte sich, wie viel von dem, was Jole sagte, gelogen war. Eine Kriegsanekdote aus der Zeit im Hagenen-Geschwader, als die Einheit mächtig in der Klemme saß und dann doch irgendwie überlebte – wahr oder gelogen? Das Versprechen von neuen Luxusgütern in ein paar Wochen – wahr oder gelogen? Lob und Aufmunterung, Zustimmung und Vorschläge – was davon war nur gespielt? Wer wusste das schon?

Kyr hatte Jole ihr Leben lang geliebt. Waren das alles Lügen gewesen?

»Du hattest immer Führungsstab-Potenzial«, sagte er in der

letzten Stunde ihrer Zwölf-Stunden-Schicht zu ihr. Auf der Brücke herrschte ausnahmsweise einmal Ruhe. Er hatte in die Gesichter der erschöpften Systeme-Ingenieure geblickt, die acht Stunden lang versucht hatten, den just wiedereingesetzten Schattenmotor dazu zu bringen, sich mit seinem alten Verteidigungssystem zu verbinden, und ihnen dann gesagt, sie sollten gehen, ein wenig schlafen und danach ausgeruht wiederkommen. »Glaube nicht, dass unbemerkt geblieben ist, wie du deine Sperlinge in Form gebracht hast; was du geopfert hast, um ihnen dabei zu helfen, sich weiterzuentwickeln. Du bist eine geborene Anführerin, Valkyr.«

Kyr fuhr sich mit der Zunge über die trockenen Lippen. »Sir.«

Jole erhob sich und stöhnte auf, als er sein krankes Bein belastete. Der Stöpsel in Kyrs Ohr brummte leise, und dann hörte sie Yisos melodiöse Stimme: »Valkyr?«

»Sie ist im Dienst, Idiot. Sprich mit mir, wenn du was willst«, zischte Avi.

Kyr hielt den Blick starr nach vorn gerichtet. Yiso und Avi schwatzten die ganze Zeit auf ihrem geheimen Kanal, und manchmal tat es gut, ihre Stimmen zu hören, während sie Jole auf der *Victrix* hinterherzockelte. Es bewahrte sie davor, im Kielwasser von Joles Charisma unterzugehen. Yiso und Avi waren echt, sie erzählten keine Lügen. Auch Cleo, oben in der Krippe, hatte einen Kopfhörer unter ihrem Bett versteckt, und manchmal, wenn es dort still und sicher war, hörte Kyr auch ihre Stimme. Sie wünschte, es hätte eine Möglichkeit gegeben, auch Mags zuzuschalten.

»Ach, verdammt noch mal«, fluchte Jole und ließ sich schwer in seinen Stuhl zurückfallen. Er lehnte sich nach vorn, zog sich einen Stiefel aus und rollte sein Hosenbein hoch. Die Narbe erstreckte sich über seine Wade, größere Teile seines Muskels fehlten. Jole lächelte Kyr schief an. »Hässlich, ich weiß«, sagte er. »Und uns haben sie Kriegsverbrechen vorgeworfen.« Mit einem erneuten Stöhnen beugte er sich weiter vor und grub die Daumen in die verwachsene Haut seiner Wade. »Deine Schwester hat mir damit immer geholfen.«

Kyr erstarrte. Niemand sprach je über Ursa. Und dass gerade er es nun tat – nach allem, was er ihr angetan hatte ...

»Vermisst du sie, Valkyr?«, fragte Jole. »Ich vermisse sie.«

Was wollte er hören? »Ursa war eine Verräterin«, sagte Kyr.

»Sie war selbstsüchtig, ja«, stimmte Jole zu. »Sie hat ihre Bedürfnisse über die der Menschheit gestellt. Aber die Welt lässt sich nicht einfach in gute Menschen und Abtrünnige einteilen, weißt du.«

Das war das Gegenteil von allem, was Kyr je gelernt hatte. Sie antwortete nicht.

»Ich kann dich denken hören«, fuhr Jole fort, seufzte tief und rollte sein Hosenbein wieder runter. Dann zog er den anderen Stiefel aus. Kyr blinzelte hinunter auf seine in Socken steckenden Füße auf dem glänzenden Boden der Brücke. Jole wackelte mit den Zehen. »Valkyr«, sagte er. »Sieh mich an.«

Kyr sah ihn an. Auf seinen Wangen waren Stoppeln. Seine Stirn war von Linien durchzogen. Wenn sie sich auf diese Dinge in seinem Gesicht konzentrierte, konnte sie es vielleicht vermeiden, seinem stechenden Blick aus grauen Augen zu begegnen.

»Du bist kein dummes Mädchen«, sagte er. »Ich denke, du bist alt genug, um zu begreifen, dass die Welt manchmal kompliziert ist. Eine Aufgabe, die eine Anführerin hat, besteht darin, die Dinge für ihre Leute einfacher verständlich zu machen. Auch ich tue das. Ich kümmere mich um die Komplikationen, damit die anderen sich um die wirklich wichtigen Angelegenheiten kümmern können.«

»War Ursa kompliziert?«, fragte Kyr mit schwacher Stimme.

Jole stieß ein kleines Lachen aus. Er klang beinahe zärtlich, als er antwortete: »Sehr.«

Kyr spürte eine seltsame Leere in ihrem Bauch. »Haben Sie ...«

Sobald die Worte ihren Mund verlassen hatten, wollte sie sie wieder zurücknehmen. Sie wollte es nicht von ihm hören. Sie wollte es nicht *wissen*.

»Ich habe mich immer gefragt, wie viel du wohl verstanden hast«, sagte Jole. »Du warst ja sehr jung.«

»Sir«, sagte Kyr verzweifelt.

»Das hier ist ein persönliches Gespräch, Valkyr«, erwiderte Jole sanft. »Du musst mich nicht mit Sir anreden.«

Ohne diese Stütze hatte Kyr nun überhaupt nichts mehr, woran sie sich festhalten konnte.

»Manchmal frage ich mich, was sie heute von mir denkt«, sagte Jole. »Ich bezweifle, dass es sehr schmeichelhaft ist – nein, das ist es bestimmt nicht. Sie hat sich sicher eine hässliche kleine Geschichte zurechtgelegt, die sie sich selbst erzählt, damit sie sich ein wenig besser fühlt mit dem, was sie getan hat. Mit ihrem Verrat. Arme Ursula. Sie tut mir leid.«

Er hievte sich wieder auf die Füße, dieses Mal, ohne zu stöhnen, und humpelte zum Geländer. Er stand jetzt sehr nah bei ihr. Kyr spürte, wie sich jeder Muskel in ihrem Körper anspannte – sagte sich, sie würde wegen nichts in Panik geraten –, und da legte Jole seine große Hand auf ihre, die auf dem Geländer ruhte, sah sie an, lächelte und sagte: »Valkyr, du musst doch nicht rot werden.«

»Hast du sie gezwungen?«, platzte Kyr heraus.

Kaum hatte sie das gefragt, fühlte sich die Brücke der *Victrix* auf einmal riesig und leer an, wie die Höhle der Weisheit auf Chrysothemis, in der ihre Worte widerhallten, riesig und leer wie die grenzenlosen Weiten, die die Maschine in den Hallen der Weisen erzeugt hatte. Kyr war ein winziger, dummer Punkt in einem gleichgültigen Universum, und sie hatte etwas Unaussprechliches gesagt, und die Stille wuchs und wuchs.

Jole zog seine Hand zurück und sah sie an, die Augenbrauen zusammengezogen.

»Hat dir das jemand erzählt?«, fragte er. »Wer? Das ist eine Lüge, Valkyr.«

Ursa hat es mir erzählt, antworteten Kyrs umherwirbelnde Gedanken. Und dann dachte sie: *Aber sie hat es nicht wirklich gesagt, und er hat gesagt, sie würde sich eine hässliche kleine Geschichte ausdenken – war es das, eine hässliche Geschichte?*

Auf einmal wurde sie sich des schrecklichen dunklen Lochs bewusst, das sie in sich getragen hatte – wie lange schon? Die Weisheit mit all ihren Tricksereien machte sich nichts aus Zeit. Eine Leere hatte an ihr genagt, seit sie ihre Zuordnung zur Krippe erhalten hatte. Alles, was diese Leere wollte, alles, was Kyr wollte, tief, tief in ihrem Herzen, war, dass irgendjemand ihr sagte, dass alles lediglich ein furchtbarer Fehler gewesen war.

Es konnten unmöglich alles Lügen gewesen sein. Alles, was Kyr kannte, alles, was sie je geliebt hatte, alles, was ihr je etwas bedeutet hatte – irgendwo musste es einfach etwas geben, einen Kern, der gut und wertvoll und wahrhaftig war.

Alles, was Kyr tun musste, war, zu sagen: *Ja, meine Schwester war eine Verräterin, sie hat gelogen, sie hat mich über dich angelogen, du hast sie nie verletzt, du würdest auch mich nie verletzen.* Alles, was sie tun musste, war, sich das selbst zu glauben. Dann würde die Welt wieder einfach sein. Kyr würde wieder sein können wie früher: furchtlos und selbstsicher, diszipliniert und gehorsam und gerecht – das perfekte Erdenkind.

Jole seufzte. Er wirkte jetzt ein wenig distanziert, ein wenig wehmütig: der trauernde Held. »Es war eine Schwäche«, sagte er. »Selbst die besten unter uns haben Schwächen. Aber so kompliziert die Situation auch war – der Altersunterschied, die Geheimniskrämerei, die der Führungsstab verlangt –, ich habe deine Schwester trotzdem geliebt, und sie hat mich geliebt.« Er sah Kyr wieder an. »Ich habe dich erschreckt.«

Wenn er die Wahrheit sagte, wenn alles so leicht erklärt werden konnte, und alles, wovor Kyr solche Angst gehabt hatte, nur paranoide Fantasien waren, die auf Ursas verbitterter Version der Geschichte beruhten, und eigentlich alles in bester Ordnung gewesen war ...

Er ist gut darin. Er ist ein Manipulator, sagte Vals ferne Stimme in ihrem Kopf. Aber Val Marston war nicht echt. Es hatte sie nie gegeben.

Kyr wusste aus eigener Erfahrung, wie es sich anfühlte, wenn das Universum um einen herum aus den Fugen geriet. Aber das hier war anders, beinahe das Gegenteil: Die Dinge fügten sich wieder zu dem Bild zusammen, das immer schon da gewesen war. Es war, als würde Jole mit Kyrs Hirn tun, worum er sich auch bei der *Victrix* kümmerte: eine Instandsetzung, eine Reparatur, eine Vorbereitung auf eine bessere Zukunft. Kyr atmete hörbar aus. Sie klammerte sich schwankend an das Brückengeländer, ihre Haut prickelte. Wenn die Dinge wirklich wieder einfach sein könnten. Wieder leicht sein könnten. Wenn alles, was passiert war, alles, was sie erfahren hatte, nur ein böser Traum, eine Illusion gewesen war ...

Vielleicht war es so. Welchen Beweis hatte Kyr schon, dass irgendetwas von alldem wirklich geschehen war? Es war *nicht* geschehen, es war rein physikalisch nicht geschehen, sonst wäre sie in diesem Augenblick nicht hier. Warum sollte sie das Universum nicht so annehmen, wie es war? Sich über ihre Beförderung freuen und ihren Platz an Joles Seite auf einem wiederhergestellten Sternenkreuzer einnehmen? Gaia war nicht perfekt, aber ohne die Weisheit würden sie Gaia in der Form auch nicht mehr benötigen. Es würde sich eine neue Ordnung durchsetzen können, Kyr könnte sie mitgestalten. Sie könnte einen Raum schaffen, in dem es Mags weniger schlecht gehen würde, sie könnte die Sperlinge hier rausholen und ihnen ein neues Leben ermöglichen. Sogar Avi könnte sie retten, indem sie dafür sorgte, dass seine Talente nicht weiter verschwendet wurden. Die Welt der Zukunft würde ein wenig wie Station Hymmer sein, wo die Menschheit für den Frieden im Universum sorgte, und es würde allen gut gehen, auch Yiso. Kyr würde sich um Yiso kümmern. Sie würde sich um alle kümmern.

»Geht es dir gut?« Jole hatte seine Hand unter Kyrs Ellenbogen geschoben, um sie zu stützen. »Du siehst aus, als wäre dir nicht wohl. Hier.« Er führte sie zu seinem Stuhl. »Hat dieser Blödsinn die ganze Zeit an dir genagt, Valkyr? Nächstes Mal sprichst du erst mit mir. Es tut dir nicht gut, wenn du mir nicht vertraust.«

Kyr saß einen Moment wie gebannt da. *Er ist ein Manipulator*, dachte sie. *Er ist ein Lügner. Aber was ist, wenn das die eigentliche Lüge ist? Was ist, wenn er doch der Held der Menschheit ist, der Commander in Chief, unsere Rettung, mein Onkel Jole?*

Er würde mir niemals wehtun. Würde er mir jemals wehtun?

Es gibt keinen Beweis dafür, dass er Ursa wehgetan hat. Oder?

Ally ist mein Sohn, hatte Ursa gesagt. Der Schuljunge mit dem sandfarbenen Haar in der hellen Wohnung in Raingold. *Er gehört mir.* Und in Kyrs Ohr, irgendwo weit weg, sagte Avi: »Wo ist sie, verdammt? Ihre Schicht ist seit zehn Minuten vorbei, sie hätte sich längst melden müssen.«

»Valkyr?« Yisos Stimme.

Kyr nahm den Stöpsel aus ihrem Ohr und legte ihn neben sich. Jole kniete nun vor ihr, was ihm heftige Schmerzen verursachen musste. Er nahm Kyrs Hände in seine, die Augen grau und freundlich.

»Mein Gott«, sagte er. »Du siehst wirklich aus wie deine Mutter.«

Das zumindest war keine Lüge. Kyr hatte sie nie getroffen, nicht in diesem Leben, aber sie war Elora Marstons Tochter. Sie sah aus wie sie – genau wie Ursa.

Daran dachte Kyr jetzt. Und daran, wie sie das erste Mal

die Brücke der *Victrix* gesehen hatte – die Blutflecken an der Wand, die Fußspuren im Staub – und die Stimme der inzwischen toten Admiralin hörte, die wieder und wieder ihren Notruf absetzte, während sie auf die Ankunft ihrer Mörder wartete.

Ein Schrein.

Da klarte das Universum plötzlich wieder auf. Es war die Art von Klarheit, so kalt und perfekt, die bewirkte, dass die Wut nicht länger spürbar war. Kyr brauchte den schwächer werdenden Geist von Val nicht mehr; sie musste nicht mehr an Ursa und Ally in ihrer Wohnung in Raingold denken; sie brauchte Avis Stimme nicht, sie brauchte Yisos Stimme nicht und auch nicht die Gedanken an die Sperlinge, die in der Krippe festsaßen, oder Mags' Gesichtsausdruck in den schlimmsten Momenten. *Du weißt, was er ist*, sagte ihre eigene Stimme zu ihr. *Es gibt niemanden, den er nicht betrügen würde. Du weißt, was er mit deiner Mutter gemacht hat. Du weißt, was er mit Ursa gemacht hat. Er wird ihr nie verzeihen, dass sie ihm weggelaufen ist.*

Du weißt, was er ist. Vertraue dir selbst. Du weißt es.

»Die *Victrix* stand einst unter dem Kommando deiner Mutter, und eines Tages wird sie unter deinem stehen«, sagte Jole. Es war ein Versprechen. Er drückte ihre Hände, und dann beugte er sich vor und küsste sie.

29

FEINDEINWIRKUNG

Kyrs Gedanken wanderten zu Admiral Russell in einer anderen Zeit. Wie er seinen Arm durch Lisabels geschoben, sie an sich gezogen hatte. Und Lisabel hatte einfach nur dagestanden. Wie Kyr ihn verabscheut hatte! *Wenn du es je wagst, mich anzufassen, breche ich dir das Handgelenk.*

Joles Handgelenk hätte sie mit Leichtigkeit brechen können. Er hielt noch immer ihre Hände in seinen.

Kyr hatte gedacht, sie würde sich wehren, was auch immer passierte. Sie hatte gedacht, sie würde ihn schlagen können.

Jetzt stellte sich heraus, dass sie es nicht konnte.

Wie beschämend das war, nachdem sie ihr ganzes Leben mit Drill und in der Agoge zugebracht hatte, damit, ihren Körper dazu zu bringen, alles zu tun, was sie ihm befahl, und zwar immer; nachdem sie stets ihre Ergebnisse mit denen der anderen Sperlinge, mit denen der Katzen und Kojoten verglichen hatte, bis sie ganz sicher sein konnte, dass sie die Beste von allen war. Nach alldem. Aber sie konnte sich nicht bewegen.

Joles Bartstoppeln rieben unangenehm über Kyrs Kinn. Seine linke Hand hielt ihre Rechte auf die Armlehne des Kommandostuhls gedrückt, seine rechte Hand bewegte sich ihren Arm hinauf bis zu ihrer Schulter. Ihre Uniform hatte lange Ärmel. Trotzdem war ihr schrecklich kalt, und die Wärme seiner Hand, die den Stoff gegen den Strich entlangfuhr, war beinahe schmerzhaft.

»Hören Sie auf.«

Sein Mund erstickte ihre Worte. Kyr nahm verzweifelt den Rest ihrer Kraft zusammen und drehte den Kopf zur Seite. »Hören Sie auf«, wiederholte sie.

Joles Griff lockerte sich, aber er ließ sie nicht los. Er sah sie an. Kyr spürte seinen ruhigen und nachdenklichen Blick auf sich gerichtet wie eine Waffe, wie einen schweren Gesteinsklumpen, der mit gnadenloser Kraft durch den leeren Weltraum auf sie zugeschossen kam. Sie konnte seinem Blick nicht standhalten.

Warum kämpfst du nicht, warum kannst du nicht kämpfen, was hast du für einen Daseinszweck, wenn du nicht kämpfen kannst?, jammerte eine winzige Stimme in ihrem Hinterkopf. Die Klarheit, die sie gerade noch gespürt hatte, war in hundert verwirrende Scherben zerbrochen. Sie konnte nicht aufhören, an dumme, unwichtige Dinge zu denken. An Harriman, der sie im Oikos-Korridor packte. *Wie fühlt es sich an, von einer Horde riesiger gnadenloser Kriegsmonster gejagt zu werden?* An Yiso, der von einem Zellenboden zu ihr hochblickte. *Warum hast du Angst vor mir?*

Mama. Eine Erinnerung, die aus einem Leben stammte, das Kyr kaum gelebt hatte. Vals Admiralin Marston, groß und breit und stark. Gnadenlos kritisch, großzügig mit Lob, Heldin der Menschheit, Eroberin der Sterne. Hier, auf dieser Zeitspur, nicht einmal mehr eine Stimme, die einen Notruf absetzt. Nicht einmal mehr Blutflecken an der Wand. Alles fort, alles weggewischt.

Jole nahm seine Hand von Kyrs Schulter – jeder Muskel darin war so angespannt, dass er fast krampfte –, nahm ihr Kinn und drehte ihr Gesicht so, dass sie ihn ansehen musste.

»Es gibt nichts, wovor du Angst haben müsstest, Valkyr«, sagte er sanft.

»Ich bin nicht sie.«

»Natürlich nicht. Du würdest mich niemals verraten.«

Er dachte, sie meinte Ursa. Kyr öffnete den Mund zu einer Erklärung, da küsste Jole sie erneut.

Dieses Mal schaffte sie es irgendwie, sich zu bewegen. Sie brachte die Hände an seine Schultern und *schob*. Die Bewegung, so der Plan, sollte mit Kraft ausgeführt werden, aber davon war kaum etwas zu spüren. Dennoch reichte es, um Jole wegzuschieben. Und dann, ohne dass ihr Gehirn diese Entscheidung wirklich getroffen hatte, trat Kyr zu.

Es war lediglich ein klägliches, wenig überzeugendes Echo eines wirklichen Kampfes. Aber sie traf Joles kaputtes Bein. Er geriet in seiner zusammengekauerten Position ins Wanken und fiel plump nach hinten auf den Hosenboden.

Schnell stand Kyr auf. Der Kommandostuhl fühlte sich plötzlich an wie eine Falle.

Jole rieb sich die Wade. »Das war nicht nötig«, sagte er nachsichtig. »Du hättest nur Nein sagen müssen.«

Aber das habe ich, dachte Kyr. *Oder nicht?*

Sie stand da und starrte auf ihn hinab. Jole hatte noch immer die massige Statur eines echten Erdensoldaten. Er war größer als sie. Dieser Blickwinkel fühlte sich völlig falsch an.

Als er eine Hand ausstreckte, damit sie ihm hochhalf, ergriff Kyr sie. Er nutzte sie, um wieder auf die Füße zu kommen. Kyr hätte nicht sagen können, warum sie es zuließ. Bei seiner Berührung stellten sich ihr die Nackenhaare auf. Sie wollte sich übergeben. Gleichzeitig fühlte sie sich unendlich schuldig. Sie hatte einen Veteranen der letzten Tage der Erde dorthin getreten, wo seine alten Verletzungen saßen. Sie hätte wirklich einfach Nein sagen können. Oder etwa nicht?

Jole schnaubte und ließ ihre Hand los, nachdem er sie noch einmal kurz mit der anderen getätschelt hatte. »Guck nicht so besorgt, meine Süße«, sagte er. »Du hast mich nicht beleidigt.«

Meine Süße?, dachte Kyr. Und dann war da auf einmal eine Lücke in ihrem Kopf, wo eigentlich der nächste Gedanke hätte folgen müssen, kalt und hell und scharf, wie ein Messer. Aber da war nur die Klinge, ohne Griff. Sie konnte nicht danach greifen. Sie konnte es nicht benutzen.

Und du dachtest, er wäre ein Held, sagte Valerie Marstons zynische, sich immer weiter entfernende Stimme in die Leere hinein.

Und du dachtest, er wäre ein schreckliches Monster.
Aber du hast beide Male falschgelegen, stimmt's?
Er ist einfach nur ein Widerling, der sich an seiner Macht aufgeilt. Das ist alles.

Verblüfft starrte Kyr Commander Jole an. Er war die treibende Kraft hinter Station Gaia, der große Herausforderer der Majoda, die Seele und das Herz ihrer Kindheit. Sie hatte ihn geliebt. Sie hatte ihn Onkel genannt. Sie hatte alles, absolut alles getan, wovon sie glaubte, es würde ihm gefallen. Wie unglaublich lächerlich, wie schrecklich klein er war. Wie erbärmlich. Er hatte Station Gaia und alles Leben hier geformt, und wofür? Die ganze Zeit über hatte er davon geredet, das Universum für die Menschheit zu erobern, und er war auch tatsächlich noch immer eine Bedrohung für Chrysothemis, für Ursa und auch für Kyr selbst. Aber nichts davon machte ihn zu einem großen Mann.

Plötzlich schoss ihr mit aller Macht der Gedanke durch den Kopf, wie es wäre, ihm alles zu erzählen: *Ich habe dich am Tag des Weltuntergangs gesehen, und du hast ganz und gar nichts Tapferes getan; du hast versucht zu fliehen. Ich habe dich in einem anderen Leben gesehen, und auch dort warst du nur ein bösartiger alter Mann. Du bist nie etwas anderes gewesen.*

Aber ich, ich könnte so anders sein.

Jole sah sie noch immer an. Und dieses Mal erwiderte Kyr seinen Blick. Es entstand eine Stille, in die hinein Kyr beinahe tatsächlich etwas gesagt hätte. Jole hob überrascht die Augenbrauen, als hätte er hinter ihr einen riesigen Schatten auftauchen sehen.

Und dann legte er die Hand an sein Ohr und schnauzte: »Wiederholen Sie das!«

Kyr griff rasch nach ihrem Ohrstöpsel, als Jole sich umdrehte, und steckte ihn sich zurück ins Ohr. »... shit, shit, shit, shit, oh fuck ... Yiso!«, hörte sie Avis Stimme.

Es gelang Kyr, ihren Gesichtsausdruck zu kontrollieren, und sie schaltete um auf den offiziellen Kanal, auf dem gerade der Chef der Agricola sprach. »... nicht klar, wie lange es sich hier oben schon rumtreibt, Sir. Ich bitte um Einsatzkräfte für eine vollständige Durchsuchung.«

»Russell, kümmern Sie sich darum«, befahl Commander Jole und wartete keine Antwort ab. »Sie sagen, es hatte ein Headset?«

»Wir verfolgen die Spur.« Das war das Systeme-Geschwader.

»Ich will wissen, mit wem es geredet hat. Verschwendet keine Zeit, setzt Lin dran. Ich brauche sie hier. Und bringt das Majo zur Brücke der *Victrix*. Doppelwache. Lasst es nicht wieder entwischen.« Jole kniff die Lippen zusammen vor Wut. »Aber nett und freundlich. Stellt sicher, dass es noch reden kann.«

Kyr musste dort stehen, einen Schritt links hinter Joles Stuhl, als sie Yiso hereinzerrten. Vier Soldaten, alle riesig. Sie brachten Yiso auf die Plattform der Kommandobrücke und stellten sich kampfbereit auf, als würde Yiso jeden Moment versuchen anzugreifen. Kyr spürte, wie sie sich für ihre Spezies schämte. Yiso sah so klein aus. Die großen silbrigen Augen begegneten Kyrs für einen kurzen Moment und wanderten dann über sie hinweg, als wäre sie unsichtbar. Der Kamm ging auf und nieder. Kyr strengte sich an, stur geradeaus zu gucken.

»Das Headset?«, forderte Jole.

Corporal Lin betrat die Kommandoplattform, klammerte sich schnaufend am Geländer fest. »Gib mir 'ne Sekunde, AJ, nicht alle von uns tragen ihre Kriegswunden außen am Körper.« Sie trug ein Tablet unterm Arm.

Die Soldaten sahen schockiert aus ob ihrer Respektlosigkeit Jole gegenüber. Jetzt, da sie darüber nachdachte, fiel Kyr auf, dass sie Lin nie länger hatte aufrecht stehen sehen. »Setzen Sie sich, Yingli«, sagte Jole und stand auf, um ihr die einzige Sitzmöglichkeit auf der Kommandoplattform anzubieten. »Kriegen Sie die Wahrheit für mich raus.«

Corporal Lin humpelte zum Kommandostuhl hinüber und ließ sich hineinplumpsen. Kurz darauf leuchtete das Tablet unter ihren kleinen fähigen Fingern auf. Kyr sah in stiller Verzweiflung auf sie hinab. Sie wusste es. Es hinauszuzögern, würde nichts ändern.

»Ich habe alleine gehandelt, Commander Jole«, sagte Yiso nun.

Joles Blick heftete sich wieder auf das Alien. »Ich gebe nichts auf die Ehre von Monstern, Majo«, sagte er. »Und ich glaube auch nicht an Magie. Du hast dich mit Sicherheit nicht aus meinem Gefängnis gezaubert.«

»Ich bin ein Kind der Weisheit und besitze die Fähigkeit, den Schattenraum auf eine Weise zu manipulieren, die den Euren unbekannt ist.«

Es war ein verzweifeltes Spiel. Jole schnaubte nur. »Ich weiß, was du bist, und ich nehme dir deine Geschichte nicht ab«, sagte er. »Die Weisheit hat auch zu Lebzeiten ihre Geheimnisse nicht mit Aliens geteilt. Lin, finden Sie heraus, mit wem es kommuniziert hat.«

»Kein Bedarf, Commander«, sagte eine andere Stimme. Admiral Russell kam auf die Brücke marschiert, stolz und aufgeblasen. »Ich habe die Logbücher gecheckt. Victrix untersteht mir, und ich dulde keine Nachlässigkeit. Wie dem auch sei, wir haben ihn.«

Zwei weitere riesige Soldaten folgten ihm zur Kommandoplattform, keiner von beiden ganz so groß wie die Gestalt, die sie zwischen sich mitführten. Sie trug Handschellen. Kyr stockte der Atem.

»Magnus«, sagte Jole. »Ich bin enttäuscht. Aber nicht überrascht.«

»Keine Spur von einem Funkgerät bisher, er muss es irgendwo versteckt haben. Aber er hat die Zelle vier Schichten hintereinander bewacht«, sagte Russell. »Offenbar ein Trick. Das Majo kann innerhalb dieses Zeitraums zu jedem beliebigen Zeitpunkt entwischt sein.«

»Gibt es irgendwas, was du zu deiner Verteidigung sagen willst, Magnus?«, fragte Jole gespielt freundlich.

Mags straffte die Schultern. Kyr sah, wie er flüchtig die Wachen in Augenschein nahm, vier für Yiso, zwei für ihn, alle bewaffnet. Selbst für einen Mags ohne Handschellen waren das schlechte Voraussetzungen. Aber wenn Kyr ihm helfen würde ... Wenn sie die beiden linken übernehmen würde ... (Sie waren zu groß und zu gut bewaffnet; sie hätte keine Chance gegen sie.) Wer hatte den Schlüssel für die Handschellen? Russell wahrscheinlich. Er war alt. Wenn Kyr sich auf ihn konzentrieren würde ...

»Nein? Nun gut, dann lasst uns keine Zeit verschwenden«, sagte Jole. »Du bist ein Fußsoldat, mehr nicht. Du hast weder den Grips noch die Entschlossenheit für so etwas. Wer ist also Drahtzieher dieses kleinen Spiels, und warum das alles?«

Mags schloss die Augen und schwieg. Jole lag falsch, was ihn anging, so falsch. *Mein Bruder*, dachte Kyr unglücklich, von einem plötzlichen Stolz erfüllt. *Mein nachdenklicher, vorsichtiger, ungehorsamer, unfassbar tapferer Bruder.* Er hatte nie ein Soldat sein wollen. Er hatte Station Gaia durchschaut. Sie steckten ihn in den Angriff, und er machte sich davon. Vals Universum hatte ihm alles gegeben, was er brauchte, aber er durchschaute auch das und schloss sich aus freien Stücken einem Kampf an, den er nicht kämpfen wollte und für den er nicht bereit war, nur weil er überzeugt davon war, dass es richtig war.

Er würde Jole nichts verraten, denn alles, was er sagte, würde auf Kyr deuten. Er würde dort stehen und schweigen, was auch immer sie ihm antaten.

Sie würden ihn hinrichten, und es gab nichts, was Kyr dagegen hätte tun können.

Kyr stand noch immer starr vor Schreck da – ganz ähnlich wie in dem Moment, als Jole sie geküsst hatte –, da lachte Jole glucksend. »Du denkst, du bist ein ganz harter Bursche, was? Das wird dir nichts nützen. Aber wenn du mir die Namen der anderen Verräter und Verräterinnen nennst, nehm ich dich nicht zu hart ran. Schon irgendwas gefunden, Corporal?«, fragte er.

»Noch nicht«, antwortete Lin freundlich. Sie klang, als wäre diese öffentliche Befragung etwas völlig Normales und nicht sonderlich Interessantes. Ihre Finger huschten noch immer über ihr Tablet. Kyr riskierte einen Blick auf den Bildschirm.

Farbige Quadrate leuchteten auf und verschwanden wieder, wenn Lin darauftippte. Kyr brauchte einen Moment, bis sie begriff, dass das ein Spiel war. Lins Ausdruck war vollkommen emotionslos. War das hier alles ein Witz für sie?

Nun ja, andererseits war es ja auch nicht nötig, dass sie den Funkkanal entschlüsselte, denn das hatte sie ja bereits getan. Kyr wusste nicht, worauf Lin wartete.

»Lass uns ehrlich miteinander sein, Magnus«, fuhr Jole fort. »Ich muss nicht auf Corporal Lin warten. Sie wird mir ohnehin nur verraten, was ich eh schon weiß. Schließlich wissen wir beide, was du bist.«

Mags hob das Kinn wie in Erwartung eines Schlags. Er sagte nichts.

»Du bist der Kadett, der das Doomsday-Szenario bezwungen hat. Der beste Soldat, den Gaia je hervorgebracht hat. Hab ich recht? Komm schon, mein Junge. Das wusste die ganze Station. Es steht in deiner Trainingsakte. Dafür muss man sich doch nicht schämen.«

Während er sprach, war Jole auf Mags zugegangen. Jetzt legte er eine Hand auf seine Schulter. Sie waren beinahe gleich groß; Mags hatte Jole vielleicht zwei Zentimeter voraus. Jole schüttelte Mags sachte. »Nicht einmal ich habe das geschafft«, sagte er. »Und ich habe dieses Szenario selbst kreiert, Magnus. Ich konnte unsere Welt nicht retten, aber du – du bist der Junge, der die Erde hätte retten können, stimmt's? Fühlt sich das gut an?«

»Nein«, sagte Mags nach einem kurzen Moment der Stille. Kyr unterdrückte ein Wimmern. Am liebsten hätte sie gebrüllt: *Fang nicht an zu reden! So kriegt er dich!* Aber sie konnte nicht helfen, nicht auf diesem und nicht auf einem anderen Weg. Sie war dazu verdammt, hier zu stehen und zuzugucken.

»Nein?«, wiederholte Jole. »Das ist die Antwort eines klugen Mannes. Nein, weil die Agoge nicht echt ist? Nein, weil du nicht die Lorbeeren für etwas kassieren willst, was du vielleicht getan *hättest*, wenn du die Gelegenheit dazu gehabt hättest?«

Mags hatte seinen Fehler erkannt und hielt den Mund. Seine Augen schossen auf der Brücke umher, überallhin, nur nicht zu Kyr.

»Oder nein, weil du es gar nicht warst?«, sagte Jole. »Die Agoge speichert alles, mein Junge.« *Mein Junge*, wieder und wieder. Kyr hasste das. Jole klopfte Mags kräftig auf den Rücken – kräftig genug, um ihn zum Wanken zu bringen, sodass sich seine Arme in den Handschellen anspannten – und gluckste wieder. »Glaubst du wirklich, dass niemand die

Nummer mitbekommen hat, die du da abgezogen hast? Oder besser gesagt, ihr beide?«

Es gelang Mags irgendwie, ruhig zu bleiben, aber seine Züge entglitten ihm zusehends. Er sah aus, als müsste er sich übergeben.

»Warum lieferst du uns nicht einfach deinen Lover, Magnus? Dein Schweigen wird ihn auch nicht retten. Er hatte genug Chancen. Aber es wird die Lage für dich unnötig verschlimmern.«

Mags schwieg weiterhin, doch es war auch gar nicht nötig, dass er etwas sagte, sein Gesicht verriet ohnehin alles. Es tat Kyr in der Seele weh.

»Soll ich darauf warten, dass Corporal Lin es uns bestätigt?«, fragte Jole sanft. »Lass mich warten, und es wird alles noch schlimmer machen, Magnus. So oder so, wir werden die Ursache dieses kleinen Aufstands finden.«

Die Soldaten, die um Yiso herumstanden, hatten sich alle ein wenig entspannt und beobachteten gebannt das Spektakel, das hier aufgeführt wurde. Die Männer, die Mags flankierten, standen kerzengerade und blickten so grimmig drein, wie sie nur konnten – natürlich, denn Joles Aufmerksamkeit war auf die kleine Gruppe gerichtet. Wenn Yiso nur hätte kämpfen können! Wenn Mags nicht in Handschellen gewesen wäre! Wenn Kyr stärker gewesen wäre! Alles stürzte vor ihren Augen in sich zusammen, und es konnte nicht mehr lange dauern, dann würde Jole auch Avi haben.

Und hier war sie, in Sicherheit, auf der anderen Seite des Kommandostuhls. Es kam Jole überhaupt nicht in den Sinn, dass Kyr ihn betrogen haben könnte. Er dachte, er würde sie besitzen, ihre Stärke, ihre Loyalität. Mags würde sie nicht verraten. Yiso würde sie nicht verraten. Und trotz allem, was er behauptet hatte, glaubte Kyr keine Sekunde, dass Avi es tun würde.

Sie ertrug es nicht. Ihre Fäuste waren geballt. *Sie waren es nicht. Sie alle waren es nicht.*

Sie trat einen Schritt nach vorn.

Kalte Finger schlossen sich um ihr Handgelenk.

Kyr fuhr so heftig zusammen, dass sie mit der Hüfte gegen den Stuhl stieß. Corporal Lin sah mit unbewegtem Gesicht zu ihr hoch. Ihr Daumennagel grub sich tief in die weiche Haut an Kyrs Puls. Kyr starrte zu ihr hinunter, und Lin verschob ihr Tablet. Die farbigen Quadrate waren verschwunden.

Auf dem Bildschirm stand nun: DIE ZEIT IST ABGELAUFEN. GEH.

Kyr starrte ihn an.

Lins Kiefer bewegten sich einen Millimeter. VIEL GLÜCK, erschien auf dem Bildschirm.

Jole hatte seinen Ton geändert und war von seinem sanft bedrohlichen Geplänkel zu wütendem Knurren übergegangen. Kyr nahm es kaum wahr. Lins Bildschirm veränderte sich ein weiteres Mal.

VERTRAUE HARRY. GRÜSSE IHN VON MIR.

Dann ließ Corporal Lin Kyrs Hand los und stand auf. Das Tablet ließ sie wie ganz nebenbei auf den Stuhl hinter sich fallen.

»Puh«, schnaubte sie. »Fertig mit Aufplustern, AJ?« Langsam bewegte sie sich auf Jole, Mags und Yiso zu. Alle Blicke waren auf sie gerichtet. Die der Soldaten. Die von Admiral Russell.

Und als Lin sagte: »Tja, scheint so, als wäre das Spiel zu Ende. Erwischt«, da begriff Kyr endlich.

»Corporal Lin, erinnern Sie sich, wo Sie sind!«, sagte Jole mit warnender Stimme.

»Für dich immer noch Commander Lin«, antwortete Yingli Lin. »Meine Beförderung wurde von Admiralin Marston veranlasst und deine, soweit ich weiß von ... Moment, wer war das noch gleich? Ach ja, von dir selbst. Bin mir ziemlich sicher, dass ich vom Rang her über dir stehe, *mein Junge.*« Kyr bemerkte die Schärfe des Lächelns, das Lins Mundwinkel umspielte, als würde sie wie ein wildes Tier die Zähne zeigen.

»Yingli, sind Sie verrückt geworden?«

»Keineswegs, mein Verstand war nie klarer«, antwortete Lin. »Hat lange genug gedauert.« Sie erreichte das Geländer und lehnte sich dagegen. Es war eine theatralische Geste, aber Kyr vermutete, dass sie etwas zum Festhalten brauchte. »Sieh dir an, wozu wir es gebracht haben seit der Akademie, AJ«, sagte sie. »Du und ich – und die anderen natürlich, aber vom Hagenen-Geschwader sind mittlerweile nur noch wir beide übrig. Wir hatten einen ganz schönen Lauf, nicht wahr? Kein Grund, eine Waffe auf mich zu richten, Jungs. Ich bin eine alte Frau, und meine Trainingsergebnisse waren sowieso immer miserabel. Tja, vielleicht, wenn ich meine Drohnen hätte ... Stimmt's, AJ?«

Die Soldaten blickten unsicher zu Jole, der sie ignorierte, und dann zu Russell, der wütend rumgestikulierte, und dann konzentrierten sie sich einfach wieder darauf, ihre Waffen auf Lin gerichtet zu halten. Niemand achtete auf Kyr. Niemand guckte auch nur in ihre Richtung. Langsam griff sie nach Lins Tablet. Es war nicht passwortgeschützt, Lins Systeme-Chat war offen und wartete auf Antwort von ihr. Ganz oben stand Avis Name. Sie hatten kommuniziert. *Ich weiß, was Sie wissen*, hatte Avi geschrieben. *Was wollen Sie dagegen tun?*

Und Lin hatte geantwortet: *Halt den Mund und lern was über OPSEC, du Idiot.*

»Was, dachtest du wirklich, ein paar Kids hätten sich das ausgedacht?«, sagte Lin. »Komm schon, AJ, du weißt es besser. Station Gaia hat die Aufgabe, Kinder davon abzuhalten, sich irgendetwas auszudenken. Lass sie sich zwischen sekundärer Traumatisierung und körperlicher Erschöpfung aufreiben, und sieh nach, wie viel Entschlusskraft und Empathie beim durchschnittlichen Kind noch übrig ist. Glaubst du wirklich, dass es auch nur einen Teenager auf Station Gaia gibt, der sich genug für ein gefangenes Majo interessiert, um sich die Mühe zu machen, es zu befreien?« Sie lachte auf. »Erinnert ihr euch an die Regeln im Gefecht? Harry, du hast einmal einen bedeutenden Vorteil in der Schlacht drangegeben, um feindliche Zivilist*innen zu retten. Gyssono-IV. Bei der nächsten Waffenruhe hast du von ihnen eine Medaille dafür bekommen.«

Der Admiral schwieg.

»Hättest du damals gedacht, dass du eines Tages den Befehl entgegennehmen würdest, menschliche Kinder hinzurichten, und das von einem Provinzdiktator irgendwo am Arsch des Weltalls?«, fragte Lin. »Hätte irgendjemand von uns das gedacht?«

»*Corporal Lin*«, zischte Jole.

»Was? Hattest du etwa nicht vor, den Jungen hinzurichten?«, fragte Lin. »Das ist ja mal eine ganz neue Seite an dir, AJ. Wen hast du schließlich nicht umgebracht? Elora Marston, natürlich – hat es wehgetan, deine kleine Gedenkstätte zu beseitigen? Luis Alvares. Erinnert ihr euch? Und jede Person, die protestiert hat, die aufbegehrt hat oder auch nur so aussah, als würde sie vielleicht daran denken, etwas zu sagen. Und wehe, jemand wollte irgendetwas Genaueres über deinen Doomsday-Kult erfahren. Ich wette, keins von den Kindern weiß, dass wir einmal ein ganzes Wissenschaftsgeschwader hatten, oder? Wer ist davon noch übrig?« Sie lachte. »Die Kinder der Erde. Station Gaia! Wir wollten alle Helden und Heldinnen sein. Und nun seht uns an!«

Kyr nahm das Tablet und schrieb: *Starte das Szenario, jetzt.*
????? kam von Avi zurück.

»Um eins klarzustellen«, sagte Lin irgendwo im Hintergrund, »das hier *ist* was Persönliches.«

»Ich habe Ihnen zu viel Freiraum gelassen, Corporal ...«, sagte Jole drohend.

»Commander.«

»Ihnen und Ihrem besonderen Freund«, spie Jole hervor.

Avi verstand nicht, was vor sich ging. Und es war keine Zeit, es ihm zu erklären. Kyr schrieb: *Erinnere dich an Chrysothemis, bitte vertraue mir.*

»Besonderer Freund?«, fragte Lin in die Pause hinein, die nun bei Kyr entstand. »Oh bitte, AJ, ich bin seit zwanzig Jahren in einer festen Beziehung mit Harry. Du kannst ruhig *Partner* sagen.«

Ok, schrieb Avi und dann nichts mehr.

Jole stürzte auf Lin zu. »Commander Jole!«, rief Yiso. Die Victrix-Wachen hatten das Interesse an Mags verloren, Admiral Russell brüllte irgendwas, und niemand beachtete Kyr auch nur im Geringsten.

Irgendwo weiter entfernt heulten Sirenen auf. Die Kommandobrücke der *Victrix* war nicht an das Alarmsystem der Station angeschlossen. Kyr hatte fast das Gefühl, lachen zu müssen. Sie tat es nicht, sondern zwang sich dazu, einen äußerlich ruhigen Eindruck zu vermitteln, atmete tief ein und bellte mit ihrer besten Drill-Stimme: »*Sir!*«

Jetzt war ihr die allgemeine Aufmerksamkeit sicher. In dem Augenblick der Stille, der nun folgte, hallte das Heulen der Sirenen geisterhaft durch den Rumpf der *Victrix*.

»Bild!«, brüllte Jole.

Betretenes Schweigen.

»Brauchst du mich etwa?«, fragte Lin.

»Valkyr, hol mir einen anderen Systeme-Affen«, knurrte Jole und sah Lin finster an. »Einen vertrauenswürdigen. Und ich brauche die Überwachungsbilder!«

»Wenn ich darf, Commander Jole«, schaltete sich Yiso ein. Kyr registrierte, wie jeder Einzelne der durchtrainierten gaianischen Krieger zusammenzuckte, als das Alien anfing zu sprechen. Yiso hielt eine der kleinen dreifingrigen Hände in die

Höhe. Das grüne Flackern subrealen Lichts tanzte um die Fingerspitzen. Sogar Jole trat einen Schritt zurück.

»Unmöglich«, sagte er. »Sie ist tot.«

»Aber ich bin es nicht«, entgegnete Yiso ruhig. »Und ich bin ein Kind der Weisheit. Ich höre, Sie benötigen ein Bild.«

Einer der schwarzen Bildschirme der Brücke begann zu flackern. Es war die Agoge, die hier auf Yisos Geheiß arbeitete, nicht die Weisheit. Kyr wusste das. Trotzdem verspürte auch sie einen kurzen Anflug von Panik beim Anblick des Trugbilds.

Dort im gaianischen Weltraum, der Station so nah, dass er sich bereits im Dimensionsfallen-Ring befand, so nah, dass Isaac-Geschosse sehr wahrscheinlich fälschlicherweise Gaias eigenes Solarsystem getroffen hätten, schwebte ein Weisheitskreuzer.

Kyr kannte sie aus Tausenden Szenarios. In der Frühphase des Doomsday-Szenarios waren es zwei gewesen, die die orbitale Verteidigung der Erde zwischen sich zerrieben, ohne dass man etwas dagegen hätte tun können. Und dann war der dritte mit der Kampfrakete gekommen. Schnell, manövrierfähig, schwer bewaffnet mit Angriffsdrohnen und mit voller Alien-Besatzung. Die Kreuzer waren die Antwort der Majoda auf die von den Menschen im Rahmen ihrer Eroberungszüge eingesetzten Schlachtschiffe.

Kyr hörte, wie schwer ihr Atem ging. Aus Joles Gesicht war sämtliche Farbe gewichen. »Unmöglich«, wiederholte er. Kyr stand ganz still. »Un...«

»Komm schon, AJ«, unterbrach ihn Lin, »du kennst mich. Hast du wirklich gedacht, ich wäre so blöd, einen Coup ohne Verstärkung zu planen?«

Kyr sah, wie Yisos Ohren zuckten, und war froh, dass niemand sonst hier im Raum die Körpersprache der Majo Zi verstand. »Commander Lin«, sagte das Alien feierlich mit seiner besten Kind-der-Weisheit-Stimme, »es war eine Freude, mit Ihnen zusammenzuarbeiten.«

Und da erschoss Jole Commander Lin aus nächster Nähe.

Zusammengekrümmt sackte sie über dem Geländer zusammen, an das sie sich gerade noch gelehnt hatte. Kyr warf einen flüchtigen Blick auf Joles Gesicht, sah die blinde, rasende Wut darin. Er war zu weit getrieben worden.

30

FLUCHT

Es blieb keine Zeit, irgendetwas zu fühlen. Die ganze Station erbebte unter der Wucht des Einschlags. Avi hatte gesagt, niemand würde an einen Angriff glauben, wenn es keinen Beschuss gäbe, und es war Vics Idee gewesen, Gaias eigene Verteidigung zu nutzen und die Waffen nach innen zu richten. Avi hatte gegrinst. Die einzige Person, die sie bei Systeme hätte erwischen können, wäre seiner Meinung nach Lin gewesen.

Aber Lin würde nun niemanden mehr erwischen. Ihr Körper hing klein und schlaff über dem Geländer der Brücke, dort, wo auch Kyrs Mutter gestorben war. Mit überraschender Heftigkeit spürte Kyr plötzlich das Gewicht ihrer Wurzeln. Sie war nicht das Kind der Erde. Sie war das Kind von Elora Marston, von Yingli Lin und von Ursa, und sie schuldete ihren Dienst nicht irgendeinem unbekannten Planeten, sondern den Frauen, die ihr vorangegangen waren.

Die Sonnentracker konnten theoretisch bemerken, was wirklich vor sich ging, vorausgesetzt, jemand unter ihnen wäre mutig genug, sich den Anzug anzuziehen und draußen nachzusehen. Jole blaffte Befehle hierhin und dahin, und Kampfraketen wurden in Stellung gebracht. Aber von Soldat*innen wurde nicht erwartet, dass sie wussten, wie die Systeme der Station funktionierten. Selbst Kyr wusste das nicht genau, und sie war offiziell im Führungsstab.

Die Bildschirme zeigten nun Majo-Raketen in Bewegung, und bald wurde die Station durch einen weiteren Einschlag zum Erzittern gebracht. Dies war der einzige Teil ihres Täuschungsmanövers, der tatsächlich jemanden würde töten können. Der tatsächlich jemanden töten *würde*: Ferox-Soldat*innen wahrscheinlich, denn auf deren Abschnitt der Station konzentrierte sich der »Majo-Angriff«. Jeanne hielt sich dort auf. Kyr hatte sich dazu gezwungen, der Tatsache bei der Planung ins Auge zu blicken. Sie hatte gedacht, sie wäre bereit. Sie war es nicht.

»Bericht!«, brüllte Admiral Russell. Ein Ferox-Offizier fing an, über sein Funkgerät von Verlusten zu reden ...

Nein, Kyr war nicht bereit für das hier. Aber es war *ihre* Rebellion. Es war *ihre* Verantwortung.

Jole ging auf Yiso zu. »Ruf sie zurück«, knurrte er.

»Das kann ich nicht«, antwortete Yiso. »Und auch mein Tod wird an dieser Stelle nichts zu ändern vermögen, außer vielleicht insofern, als dass er die Entschlossenheit meiner Verbündeten stärken wird.«

»Feindberührung!«, brüllte Admiral Russell. »Commander, um Himmels willen, das Alien ist Zeitverschwendung, sie landen bereits ...«

Es waren Angriffsdrohnen und Majo-Angriffstruppen, die im Ferox-Hangar »landeten«. Der Schwarm von Kampfraketen auf dem Bildschirm sah sehr überzeugend aus. Kyr hatte Avi alles haarklein erklärt: *Die Anzahl ist wichtig*, hatte sie gesagt, *es müssen viele sein, wenn wir den Kampf-Geschwadern Angst einjagen wollen. Und wenn sie einschlagen, muss es wehtun.*

Kein Problem, hatte Avi grinsend geantwortet.

Irgendjemandem war es gelungen, eine Ansicht des Ferox-Hangars auf den Bildschirm der Kommandobrücke zu bekommen. Große, schlanke Zunimmer, kleine, breite Sinnet, vielarmige Lirem – alle bewaffnet und mit Kampfmasken ausgerüstet, auch wenn Avi ihnen individuelle Gesichter verpasst hatte, nur für den Fall, dass jemand versuchte, ihnen die Masken vom Kopf zu reißen. Schwärme von Angriffsdrohnen, die meisten von ihnen kaum größer als ein Daumennagel, summten um ihre größeren, breiteren, zerstörerischeren Steuerungsdrohnen herum. Kyr konnte die Rufe von Ferox-Soldat*innen hören und vage die Reihen ausmachen, die sich dem Angriff widersetzten. *Lass sie ab und zu gewinnen*, hatte sie Avi angewiesen. *Wir wissen, dass wir stärker sind als diese Aliens.*

Reine Muskelkraft gegen eine Technologie, die mächtig genug ist, das Universum auf Jahrtausende zu formen, hatte er gespottet, aber es dann trotzdem so eingerichtet. Der Kampf war echt. Kyr sah menschliche Soldat*innen unter Drohnenangriffen zusammenbrechen. In diesem Teil sollte noch niemand getötet werden, aber die Agoge hatte genug Stoßkraft, um einen Menschen zu Boden gehen zu lassen. Kyr konnte auch Blut erkennen. Nach einem kurzen Moment wurde ihr klar, dass einige der Soldat*innen sich in dem Getümmel gegenseitig niederstreckten.

»Scythica-Geschwader zur Verstärkung«, ertönte Joles dröhnende Stimme über die Lautsprecher der Brücke und Gaias stationsweiten Funk. »Soldaten und Soldatinnen der Menschheit, haltet stand! Keine Schusswaffen, nur Nahkampf!« Er hatte es auch beobachtet. Sein Blick schweifte über die Brücke und blieb an Mags hängen. »Schafft diesen Verräter hier raus und sperrt ihn ein. Aber lasst das Alien hier, ich will es in Sichtweite haben. Russell, stellen Sie Wachen an allen Zugängen zur *Victrix* auf. Valkyr!«

Kyr fuhr zusammen. »Sir!«

»Lin, diese Schlampe, hat irgendwas mit unserem Funk angestellt, ich erreiche Augusta nicht. Bring das hier zu Admiral O'Brien.« Er reichte ihr ein hastig beschriebenes Stück Durchschlagpapier. »Los!«

»Sir!«

Sobald sie von der Brücke runter und außerhalb von Joles Sichtweite war, stopfte sich Kyr den Schrieb in die Gesäßtasche. Auf dem konspirativen Kanal war nichts zu vernehmen. »Avi!«, zischte Kyr.

»Beschäftigt!«, kam es zurück. »Du hast gesagt, ich soll dir vertrauen. Das tue ich. Alles nicht gerade einfach.«

»Avi, sie haben Mags und Yiso. Ich weiß nicht, was ...«

Ich weiß nicht, was ich tun soll.

Avi antwortete nicht. Jemand anders tat es für ihn. »Reiß dich zusammen, Kyr«, flüsterte Cleo. Kyr stellte sie sich vor, wie sie sich mit ihrem gestohlenen Funkgerät irgendwo in den Schlafräumen der Krippe versteckte. Wahrscheinlich hatte sie sich drauf gestürzt, als das Szenario begonnen hatte, um herauszufinden, warum genau jetzt. »Wenn wir uns bewegen, dann bewegen wir uns. Level-Zwölf-Szenarios sind schlimmer als das hier.«

»Sie haben Mags«, sagte Kyr noch einmal. Sie war für diesen Fall trainiert worden. Es hatte Szenarios mit Geiseln gegeben, mit Gefangenen – aber das war nie jemand gewesen, an dem einem etwas lag. Die Agoge brachte einem so etwas nicht bei. Sie konnte Angst machen, sie konnte verletzen, aber sie konnte Konsequenzen keine Bedeutung beimessen.

»Wo bringen sie ihn hin?«, fragte Cleo.

Die nächste logische Frage. Natürlich. Kyrs Schultern lockerten sich ein wenig. »Ins Gefängnis der *Victrix*«, sagte sie. »Du hast recht. Ich hole ihn raus.«

Mit einer Härte in der Stimme, die bedeutete, dass Cleo wusste, dass Kyr es nicht hören wollte, fragte sie: »Ist er das Risiko wirklich wert? Wenn sie dich erwischen, wie du Jole gerade jetzt verrätst ...«

... da Lin gestorben war, um sie zu retten. Aber es war Mags, allein und verängstigt. Mags, der sein Leben riskiert hatte, um Kyr zu schützen. »Cleo«, sagte Kyr. »Ich muss es tun.«

»Entschuldigt, Mädels, aber einige von uns versuchen hier gerade, eine größere militärische Operation vorzutäuschen.«

»Kyr spielt einfach wieder die einsame Heldin«, sagte Cleo. »Du müsstest sie mal in einem Teamszenario sehen. Als wäre der Rest von uns überhaupt nicht da.«

»Tut mir leid«, sagte Kyr und schaltete ihr Funkgerät ab.

Sie rannte durch das leere Kriegsschiff bis hinunter zu den Gefängniszellen und erreichte sie vor Mags. Bei ihm waren die zwei Wachen, die sie schon auf der Brücke gesehen hatte. Mit etwas Glück würde das hier eine leichte Nummer werden. »Stopp, Soldaten!«, sagte Kyr und trat ihnen in den Weg. »Planänderung. Ich bringe den Gefangenen in eine der Scythica-Zellen.« Sie hielt ihnen das Papier von Jole lange genug unter die Nase, den Finger auf dem Inhalt, dass sie dessen Signatur erkennen konnten, und zog es dann eilig zurück.

Mags hielt den Kopf gesenkt. Der Soldat links von ihm sah verwirrt aus, wirkte aber bereit, ihr den Gefangenen mit einem Schulterzucken zu überlassen. Der auf der rechten Seite musterte Kyr und schnaubte. »Nein, hör nicht auf sie. Netter Versuch, Valkyr. Also bist du auch eine Verräterin. Der queere Superman und seine zickige Schwester.«

Er wusste also, wer sie war. Kyr selbst brauchte einen Augenblick, um ihn zuordnen zu können: Er war ein ehemaliger Kojote, einer von Mags' Hausgenossen. Thorald hieß er, benannt nach irgendeinem Gott oder Krieger oder so, Kyr erinnerte sich nicht.

»Befehl ist Befehl«, sagte sie unbewegt, und als er sich anschickte, sein Feldmesser zu ziehen, trat sie ihm kräftig zwischen die Beine.

Thorald jaulte auf und ging in die Knie. Gleichzeitig entriss Mags dem anderen Soldaten seinen Arm und streifte ihm die in Handschellen steckenden Hände über den Kopf. Beide gingen sie zu Boden. Zur Sicherheit trat Kyr den heulenden und nach Luft schnappenden Thorwald noch einmal und nahm ihm dann Waffe und Messer ab. Das Problem bei Tritten in die Weichteile war, dass sie den Typen zuverlässig außer Gefecht setzen mussten, weil er sonst nur zusätzlich aufgepeitscht und extrem aggressiv wurde. Thorald war siebzehn und gerade frisch zugeordnet worden, genau wie Kyr. Aber er war sehr viel größer. Sie entsicherte die Waffe und hielt sie direkt auf ihn gerichtet. »Hey, du!«, rief sie dem anderen Soldaten zu. »Hände auf den Hinterkopf, oder dein Kamerad ist tot.«

Der angesprochene Soldat ließ von Mags ab und legte die Hände um den Hinterkopf, die Augen auf Kyr gerichtet. Mags kam auf die Füße und wich vor ihm zurück. Kyr starrte ihre neuen Gefangenen an und überlegte fieberhaft, was sie mit ihnen anstellen sollte. »In die Zelle«, befahl sie.

»Damit kommst du nicht durch«, knurrte Thorald, als er endlich wieder genug Luft zum Sprechen hatte.

»Tu ihm nicht weh, Vallie«, bat Mags.

»Wie bitte?«, sagte Kyr, dachte dann aber an die Sperlinge. Dieser Junge war Mags' Hausgenosse gewesen. »Okay, gut. Aber ich hab's ernst gemeint, Soldaten. In die Zelle.«

Thorald hielt sich noch immer gekrümmt und atmete schwer. Der Gedanke, er könnte eine Show abziehen, blitzte in Kyrs Kopf auf. Eine Sekunde zu spät.

Denn da war Thorald bereits hochgeschossen und stürzte sich auf sie, während der andere Soldat Mags in die Mangel nahm. Kyr sah, wie er zu Boden geworfen und dort niedergedrückt wurde, ohne jede Chance, sich zu befreien, jetzt, da seine gefesselten Hände nicht mehr um den Hals seines Gegners lagen. Mags hatte seinen kleinen Vorteil verloren, als er den Soldaten losließ. Thorald kam auf Kyr zu, und sie ...

Sie hatte auf einmal Jole in ihrem Kopf, der ebenfalls auf sie zukam ... Sie zuckte zusammen ...

Noch nie hatte Kyr in einem Gefecht gezögert. Es war nur eine Sekunde. Aber eine Sekunde war zu lang, wenn man es mit einem gaianischen Soldaten zu tun hatte, einem Zuchtkrieger, einem Erdensohn. In dem Moment, als Thorwald sie am Handgelenk zu fassen bekam, wusste Kyr, dass sie verloren war. Ein Schuss löste sich aus der Waffe, irrte in die falsche Richtung davon, bevor sie ihr aus der Hand geschüttelt und weggetreten wurde. Hatte sie es nicht nur einen Tag zuvor von Sergeant Harriman gelernt? So trainiert sie auch war, in einem Kampf gegen einen Mann von dieser Größe und Stärke blieb sie chancenlos.

Thorald schleuderte sie gegen die glatte graue Plastahl-Wand, und Kyrs Sicht verschwamm. Sie versuchte es mit einem weiteren Tritt zwischen die Beine, aber er rechnete jetzt damit und wich ihm aus. Er hielt sie gegen die Wand gedrückt und holte sich sein Messer aus ihrem Gürtel zurück. *Oh fuck ...*

Einsame Heldin, ertönte Cleos Stimme in ihrem Kopf. Es hatte nicht funktioniert. Es funktionierte nie außerhalb der Agoge. Thorald hielt ihr das Messer an den Hals und rief: »Hör lieber auf, dich zu wehren, Magnus, oder deine hübsche Schwester muss dran glauben.« Kyr sah, wie Mags zu ihnen aufschaute und erstarrte, dann still seinen Kopf senkte, das Knie des Soldaten in den Rücken gedrückt. »Beide in die Zelle und dann Commander Jole informieren?«, fragte Thorald und klang sehr zufrieden.

»Verrat und Kollaboration«, erwiderte sein Kamerad und spuckte auf den Boden.

Kyr schloss die Augen. Wer war jetzt noch übrig? Avi und die Sperlinge. Vielleicht würden sie es ohne sie schaffen. Sie *mussten* es ohne sie schaffen. *AJ vergibt keinen Betrug*, sagte Lin in ihrer Erinnerung.

Lin war tot.

»Lasst euch nicht stören«, sagte da plötzlich eine andere Stimme.

Kyr fuhr zusammen, und Thorald knurrte wütend. »Zurück an die Arbeit, Mädels, das hier ist nichts für euch.«

»Das ist ihr *Haus*«, erinnerte ihn sein Kamerad.

»Um ehrlich zu sein, haben wir sie nie besonders gemocht«, sagte Cleo. Sie trug Rock und Hemd der Krippe, sah klein und ordentlich aus mit dem glänzenden pinken Band um die Stirn, das sich deutlich von ihrer dunklen Haut und ihrem schwarzen Haar absetzte. Zwei Sperlinge flankierten sie: die schlanke, stille Jeanne und die kompakte, gedrungene Arti. Beide steckten sie in der marineblauen Uniform ihres Kampf-Geschwaders, aber irgendwas war anders ... Die Anstecknadeln fehlten. Da war kein silbernes Funkeln an ihren Kragen.

»Ihr zwei nehmt den Großen«, befahl Cleo und stürzte sich dann selbst auf Thorald.

Er hatte es nicht kommen sehen. Sein Messer befand sich noch immer an Kyrs Hals, aber die Verwirrung hatte die Spannung in seinem Arm gelöst. Kyr biss ihm mit voller Wucht in die Hand.

Thorald schrie auf. Das Geräusch ging in ein Gurgeln über, als Cleo ihm gegen die Kehle schlug.

Kyr half Cleo dabei, ihn zu Boden zu ringen. Er war größer als sie beide, aber Kyr und Cleo wussten genau, wie die jeweils andere im Kampf dachte und handelte, und immer, wenn Thorald eine von ihnen zu überwältigen drohte, kam die andere und glich es wieder aus. Cleo zog sich das glänzende pinke Band vom Kopf und fesselte ihm damit die Hände hinter dem Rücken, dann wuchteten sie ihn in die Zelle. Arti und Jeanne hatten mit Mags' Hilfe ebenfalls kurzen Prozess mit dem anderen Soldaten gemacht; er war bewusstlos, als sie ihn Thorald hinterherstießen. Kyr schlug mit der Hand gegen die Schließvorrichtung, woraufhin sich die Zellentür schloss und der Innenraum leise summend aufleuchtete.

»Okay, erledigt«, keuchte Cleo und drehte sich zu Kyr um. »Gern geschehen.«

Kyr konnte nicht sprechen. Nach einem kurzen Moment hilflosen Schweigens packte sie Cleo am Arm und zog sie mit einer ruckartigen Bewegung an sich.

»Hey, was soll das?«, protestierte Cleo, ihre Stimme gedämpft an Kyrs Hals. Aber dann schloss auch sie ihre Arme um Kyr. »Wow, okay. Okay, alles gut, nichts passiert, alles gut.«

Kyr ließ Cleo los. Cleo hielt inne und sah Kyr in die Augen. »Er hat sich dir genähert, oder?«, fragte sie nach kurzer Stille. Sie meinte nicht Thorald. Kyr nickte.

Dieser Moment der Benommenheit, dieses kurze Wanken; als hätte Jole nur dadurch, dass er getan hatte, was er wollte, in Kyrs Innerem einen Raum für sich erschaffen, ob sie nun wollte oder nicht. Sie *schwach* gemacht, ob sie wollte oder nicht.

»Wichser«, sagte Cleo, und ihr Gesichtsausdruck zeigte, dass sie verstand. Kyr würgte den Drang zu weinen hinunter, denn das hätte ihr in diesem Augenblick nicht geholfen, das wusste sie. »Gut, dass du uns hast.«

An Cleos Rocktasche steckte ein Abzeichen. Kyr kannte es nur zu gut. Es war nicht das Abzeichen der Krippe, sondern der unbeholfene Versuch einer Siebenjährigen, einen Flicken aus Stoffresten in der Form eines Sperlings zusammenzuschustern. Sie sah zu Arti und Jeanne hinüber. Arti untersuchte grübelnd Mags' Handschellen. Kyr konnte ihren Kragen nicht sehen. Aber Jeanne trug ihre Ferox-Nadel nicht. Stattdessen prangte dort ebenfalls der Sperlingsaufnäher. Als sie Kyrs Blick sah, zog sie die Augenbrauen hoch und nickte ihr kühl zu.

»Ich kann die nicht öffnen«, sagte Arti und richtete sich wieder auf. »Lasst ihn uns zu Vic bringen, die kriegt das hin.«

»Hier entlang«, sagte Cleo. »Und mach dein Funkgerät wieder an, Kyr. Keine Alleingänge.«

Als sie die Krippe erreichten, war diese bereits voller Menschen.

Kyr entdeckte zuerst die Amseln, dann auch andere bekannte Gesichter, bis ihr schließlich klar wurde, dass hier fast alle Kadett*innen Gaias versammelt waren. Nicht alle – die zwei Kohorten der Ältesten fehlten; sie waren vorzeitig zugeordnet worden, um bei der Instandsetzung der *Victrix* helfen zu können. Aber alle unter fünfzehn Jahren hatten sich im großen Speisesaal der Krippe eingefunden, wo sie nun mit unsicheren Mienen herumsaßen und sich leise unterhielten.

Auch die übrigen drei Sperlinge stießen nun zu ihnen: Lisabel, Zen und Vic. »Was machen diese ganzen Leute hier?«, fragte Kyr, während Vic Mags zur Seite nahm, um die Überreste seiner bereits bearbeiteten Handschellen zu entfernen. Arti und Jeanne bildeten einen Sichtschutz für den Fall, dass jemand zu ihnen hinübersah. Cleo und Zen flüsterten miteinander.

»Niemand hat an die Kadetten und Kadettinnen gedacht, als der Alarm losging«, erklärte Lisabel mit gefasster Stimme. »Niemand hat ihnen gesagt, was sie tun sollen. Also haben Zen und ich sie aus den Juniorkasernen hierhergeholt.«

Kyr verbiss sich das Erste, was ihr in den Sinn kam. *Hindernisse, Lösungen, Stachel im Schwanz*, ratterte es durch ihr Gehirn. Die ältesten Jungs, die Wölfe und Jaguare mit ihren dreizehn, vierzehn Jahren, ragten aus der Menge der Kinder, Teenager und besorgt dreinblickenden Krippen-Frauen heraus. Sie alle waren groß, einige schon ziemlich kräftig, und sie hatten bereits sieben bis acht Jahre Drill in der Agoge hinter sich. Und es waren mehr als genug, um ein ernstliches Problem darzustellen, sollten sie Ärger machen.

Kyr sah wieder zu Lisabel und korrigierte ihre Gedanken. Die Wölfe und Jaguare überragten die *anderen* Kinder. Es war nicht die Schuld der Jungs der Kampf-Häuser, dass sie für den Krieg vorgesehen und ihr Leben lang angelogen worden waren.

»Entweder wir nehmen sie mit«, sagte Lisabel, »oder ...«

»... oder du kommst nicht mit«, vervollständigte Kyr ihren Satz. »Ja. Ich erinnere mich. Du hast recht.« Sie schluckte. »Lisabel, ich glaube, ich habe dir das nie gesagt, aber ... du bist so viel besser als ich.«

»Wie bitte?«

»Ich meine es ernst«, sagte Kyr. Sie hätte nur die von ihr Auserwählten mitgenommen. Und etwas in ihr wollte das auch noch immer. Die Sperlinge, Avi, Yiso, Mags. Wie selbstsüchtig. Wie kleingeistig. Sie schluckte. »Okay. Lass es uns tun.«

Der Alarm schwoll an, als sich der vorgebliche Majo-Ansturm dem Krippen-Flügel näherte. Kleine Kinder heulten ohrenbetäubend dagegen an, und Angst erfüllte den riesigen Raum. Kyr bahnte sich einen Weg durch die wogende Menge, steuerte Sergeant Sif an, eine hoch aufragende, ernste Gestalt.

Sie war nicht allein. Harriman war bei ihr.

»Die Majo kommen hierher«, sagte Kyr. »Sergeant, wir müssen die Krippe evakuieren und alle zur *Victrix* bringen.«

Sergeant Sif gehörte zu den Jüngsten im Führungsstab. Sie war eine stahläugige dunkelhäutige Frau in den Dreißigern mit der Statur einer Soldatin. Außerdem war sie hochschwanger. Eine Soldatenmutter, dachte Kyr. Und noch etwas kam ihr in den Sinn: *Ich war nicht die Erste, die kämpfen wollte und stattdessen in die Krippe gesteckt wurde. Ich war nicht die erste Tochter der Erde, der gesagt wurde, dass ihr Körper am nützlichsten war, wenn er weitere Jungen hervorbrachte, die für die Menschheit sterben würden.*

Sergeant Sif bedachte sie mit einem kühlen Blick. »Wenn ich den Befehl einer *Vorgesetzten* erhalte, mein Geschwader zu evakuieren, Valkyr, dann tue ich das. Bis dahin kannst du dich nützlich machen. Stell eine Truppe zusammen, die die Türen gegen die Majo verteidigen kann. Nimm die Wölfe, die Jaguare und andere Freiwillige. Die meisten meiner Mädchen sind nicht für den Kampf gemacht, aber pick dir diejenigen raus, die dir geeignet erscheinen. Handfeuerwaffen sind dort drüben in den Waffenschränken. Dein Führungsstab-Code funktioniert auch trotz Kindersicherung.«

»Moment mal, Sergeant«, schaltete sich Harriman ein.

»Bei allem Respekt, jetzt ist nicht die Zeit für Zögerlichkeit«, unterbrach ihn Sif. »Aliens greifen uns an. Lass uns herausfinden, ob du mehr bist als deine Trainingsergebnisse, Valkyr. Los.«

Verdammt. Kyr hatte die Krippen-Schichten immer, so gut es ging, vermieden und nur die absolviert, die der Stationsplan verpflichtend vorsah. Sie kannte Sif daher kaum, denn die hatte außerhalb der Krippe sehr wenig mit den Kadett*innen zu tun. Kyr hatte mit Panik gerechnet, keinem ausgefeilten Verteidigungsplan. Unentschlossen stand sie da, während sich Sifs stählerner Blick zunehmend verfinsterte. Hier gab es noch eine Person, das wurde Kyr klar, die keine Teenager über sich wollte. Ihr Plan würde scheitern, zerschellen am Fels von Sergeant Sifs Entschlossenheit, und Kyr stand einfach nur mit geöffnetem Mund da und überlegte, was sie sagen sollte. Der Mensch, für den sie alle hielten, hätte gehorcht und gekämpft, denn das war alles, was ihr altes Ich jemals gewollt hatte: Gehorsam und Kampf. Der Mensch, für den sie alle hielten, hätte ...

Nein, sie hätte Sif *nicht* bewundert, denn Kyr hatte immer auf die Frauen in der Krippe herabgesehen. Kyrs altes Ich hätte eine Frau, die im achten Monat schwanger und bereit war, ihr Geschwader bis zum letzten Atemzug zu verteidigen, als ... nun ja, als was betrachtet?

Als *Zuchtkuh*, wahrscheinlich.

Fuck.

Aber jetzt, jetzt bewunderte Kyr sie. Was eine Schande war, denn sie kam plötzlich zu dem Schluss, dass sie Sergeant Sif wohl in irgendeine dunkle Ecke würde locken und sie dort würde ausschalten müssen.

»Moment, habe ich gesagt, Sergeant Sif«, wiederholte Harriman.

Aus Kyrs unentschlossenem Glotzen wurde nun das womöglich Dümmste, was sie an dieser Stelle hätte sagen können: »Aber Sie sind nicht ranghöher als sie.«

Sifs Blick verfinsterte sich weiter.

»Was ist los, Valkyr?«, fragte Harriman.

»Ich ...«

Vertraue Harry, schoss es Kyr plötzlich durch den Kopf. Yingli Lin auf der Kommandobrücke der *Victrix*, wie sie die Schuld an Kyrs Verschwörung auf sich genommen hatte. *Mein Verstand war nie klarer*, hatte sie gesagt.

»Er hat Corporal Lin erschossen«, sagte Kyr. »Commander Lin. Er hat sie erschossen. Es hätte mich treffen sollen.«

Ihre Stimme brach. Wie sich herausstellte, hatte sie diesbezüglich doch Gefühle.

Harrimans Gesicht wurde aschfahl. Sergeant Sif streckte einen Arm aus, um ihn aufzufangen, als er ins Wanken geriet. »Sie ist ... Yingli ...«

»Ich glaube, er hat sie getötet«, sagte Kyr. »Ich glaube, sie ist ... Es tut mir leid, es tut mir so leid.«

Hinter Harriman stand ein Stuhl, in den er sich nun sinken ließ. Plötzlich sah er alt aus. So alt.

»Gut«, sagte er. »Dann lass mich den Plan hören.«

Kyr starrte ihn an.

»Los! Wenn Yingli fand, er war es wert, dafür zu sterben, dann sollte ich ja wohl verdammt noch mal etwas darüber erfahren!«

Kyr schluckte und sah zu Sif hinüber, deren finsterer Blick nichts preisgab.

»*Sprich*, Valkyr«, knurrte Harriman.

Kyr erzählte ihnen alles.

»Nicht *echt*?«, murmelte Sif, als sie zu der Stelle mit dem Majo-Angriffsszenario gelangte. Ihr Blick wanderte hinüber zu den verriegelten Türen des Krippen-Flügels, wo jemand offenbar tatsächlich eine Handvoll Kadett*innen versammelt und zu so etwas wie einer Gefechtslinie aufgestellt hatte. Der Alarm heulte noch immer, und das Jaulen der Majo-Kampfdrohnen hallte durch die Korridore der Station.

Harriman hörte Kyr schweigend zu, sah unverändert fahl und alt aus.

»Gut«, sagte er, als Kyr fertig war. »Gut, alles klar. Was halten Sie davon, Sergeant?«

Sergeant Sif musterte Kyr scharf.

Am Ende schien das, was sie sah, sie zu befriedigen. »Wenn ich den Befehl zur Evakuierung gebe, wird das hier niemand infrage stellen«, sagte sie. »An Bord der *Victrix* allerdings schon. Ich nehme an, *er* ist noch dort?«

Die Verachtung in diesem *er* war nicht zu überhören. Kyr fragte sich, ob Jole wusste, dass das Oberhaupt der Krippe ihn hasste. Wahrscheinlich nicht, vermutete sie. Sifs Härte verbarg vieles.

»Er ist dort, ja«, sagte Kyr. »Auf der Brücke.«

»Und hat deine mutige kleine Truppe irgendeinen Plan, wie sie ihn loswird?«

»Braucht sie nicht«, kam Harriman Kyr zuvor. »Ich habe einen. Ich hätte es vor Jahren schon tun sollen. Ich werde ihn töten.«

Als Sergeant Sif begann, ihrem Geschwader Anweisungen zu geben, nahm Kyr Jeanne beiseite. »Avi ist immer noch im Systeme-Trakt«, sagte sie. »Wir brauchen ihn. Lass nicht zu, dass sich dir irgendwer in den Weg stellt.«

Jeanne lächelte kühl. In ihrem Gürtel steckte eine Pistole

aus dem Handfeuerwaffenlager der Krippe. »Verlass dich drauf«, antwortete sie.

Kyr beobachtete, wie Jeannes hoch aufgeschossene Gestalt die Krippe durch einen Nebengang verließ, und hatte plötzlich Zweifel. Hätte sie selbst gehen sollen? Hätte sie jemanden mit Jeanne mitschicken sollen? Arti oder Cleo?

»Was denn, *jetzt* verlassen dich deine Nerven?«, hörte sie eine ruhige Stimme neben sich.

»Zen?«

»Cleo dachte, das könnte passieren, und ich habe gesagt, das wäre Quatsch«, sagte Zen. »Tja, anscheinend kennt sie dich wirklich am besten von uns allen.« Zens Arme waren vor der Brust verschränkt. »Jahrelang hast du uns das Leben zur Hölle gemacht, Kyr. Wenn du uns jetzt hängen lässt, verzeihe ich dir das nie.«

»Was ist, wenn es nicht klappt?«

»Dann ist es so«, sagte Zen und zuckte mit den Schultern. »Ich habe das alles immer für einen Haufen Schwachsinn gehalten, weißt du? Mut bis zum Schluss, Tod vor Unehre und der ganze Kram. Du hast alles so ernst genommen. Genau wie Cleo. Ich habe euch beide nie leiden können.« Sie lächelte Kyr trocken an.

Das hatte sie schon beim ersten Mal gesagt, erinnerte sich Kyr. Damals war es ein Schock gewesen. Aber jetzt fühlte es sich wie eine Ehre an, dass Zen ihr offen die Meinung sagte. Kaum jemand konnte es sich auf Station Gaia leisten, die Wahrheit zu sagen. *Wenn die Menschen miteinander sprechen könnten, dann würde hier alles zusammenbrechen.*

Kyr schuldete Zen im Gegenzug ihre eigene Wahrheit. »Ich hatte unrecht«, sagte sie. »Wie ich mit euch umgegangen bin, war falsch. An diesen Ort zu glauben, wie ich es getan habe, war falsch.«

Zen legte den Kopf schief. »Lustig. Ich wollte gerade sagen, dass es falsch war, das alles für Schwachsinn zu halten. Weil ich mittlerweile, ehrlich gesagt, tatsächlich den Tod der Unehre vorziehe.« Sie streckte den Arm aus und klopfte Kyr akkurat und unfreundlich auf die Schulter. »Also ... Mut bis zum Schluss, schätze ich.«

Sie evakuierten den Krippen-Flügel und alle Kinder Gaias und brachten sie auf die *Victrix*.

Es war die vertrackteste Operation, die Kyr jemals durchzuführen versucht hatte, und sie war noch nicht einmal allein zuständig. Sie hatte absolut keine Ahnung, wie Sergeant Sif das schaffte. Kadettinnen und Kadetten zankten die ganze Zeit, auch die älteren. Sie überhörten Anweisungen, ließen sich ablenken und quatschten miteinander, statt sich auf die Instruktionen zu konzentrieren. Die Kleinen waren noch schlimmer. Sie machten alles genauso wie die Großen, brachen aber zusätzlich in regelmäßigen Abständen in Tränen aus, und zwar, soweit Kyr das beurteilen konnte, völlig willkürlich.

Irgendwann spürte sie Mags Hand auf ihrem Arm. »Schimpf nicht so, du machst ihnen Angst«, flüsterte er.

»Dann kümmere du dich doch um sie«, gab Kyr zurück. Sie war verschwitzt und verärgert und immer noch unentschlossen, wie sie mit Jole verfahren sollten. Das nicht enden wollende Heulen der Sirenen half auch nicht gerade. Obwohl sie wusste, dass es keinen Majo-Angriff gab, verursachten ihr das Geräusch und die Anspannung Kopfschmerzen.

Als sich dann aber Mags tatsächlich der Sache annahm, konnte sie nur noch staunen: Er nahm eines der weinenden Kinder auf den Arm und trug es. Es klammerte sich an ihm fest – für Kyr sah es irgendwie klebrig und lästig aus –, während er mit kleinen Gruppen der anderen sprach. Wie in leisen Wellen breitete sich Ruhe um ihn herum aus. Einige in der verwirrten, unglücklichen Menge fingen an, sich zu bewegen.

Kyr sah, wie Sergeant Sif die Szene beobachtete, Mags zu sich rief und ihm einige knappe Anweisungen gab. Der nickte und begab sich wieder an die Arbeit. Kyr verfolgte mit, wie er sich ein paar der älteren Jungs von den Jaguaren herauspickte, die auf seine Worte hin mit vor Stolz geschwellter Brust die Rolle von Lieutenants übernahmen.

»Ha!«, stieß Cleo neben ihr hervor. Auch Lisabel war da.

Kyr folgte Cleos Blick. Sie beobachtete einen der Jaguare, den Mags ausgewählt hatte, einen riesigen vierzehnjährigen Zuchtkrieger mit dunkler Haut, kurz geschnittenem, lockigem Haar und Augen, die die gleiche Form hatten wie Cleos. Kyr musste an die andere Cleo denken, an Lieutenant Alvares, an den Schatten, der über ihr Gesicht gehuscht war, als Yiso ihr die Erinnerung an Gaia zurückgegeben hatte.

»Du solltest ihn ansprechen«, sagte sie.

Cleo schnaubte, ohne den Blick abzuwenden. »Jetzt?«

»Es ist gut, einen Bruder zu haben.«

»Du solltest dich um deine eigenen verdammten Angelegenheiten kümmern«, sagte Cleo ohne Schärfe in der Stimme. »Und ich sollte helfen. Das ist es, was ich tun sollte.«

Und damit begab sich Cleo in die Menge und brüllte mal diesen, mal jenen Namen, was auch eine Art war, das Thema zu beenden. Sie schien nicht viel besser mit Kindern zu sein als Kyr, aber sie hatte immerhin anderthalb Wochen hier verbracht und kannte daher zumindest ein paar beim Namen.

Nun waren also nur noch Lisabel und Kyr übrig. »Gefühle sind kompliziert, weißt du?«, sagte Lisabel leise.

»Ich weiß«, erwiderte Kyr. *Und du bist nicht gut darin.* Auch das wusste Kyr. Aber immerhin hatte sie es versucht.

Lisabel schüttelte den Kopf und lächelte. Dann wechselte sie das Thema, indem sie auf den von kleinen Kindern umgebenen Mags wies und sagte: »Wirklich schade, dass sie der Krippe keine Männer zuordnen.«

Kyr hielt die Luft an, um nicht laut loszuprusten.

»Was?«

»Du hast recht«, sagte sie. »Es ist wirklich schade.«

Sie stellte es sich vor: Wenn Jole damals, ganz am Anfang, die Zuordnung genau umgekehrt vorgenommen hätte. Mags in die Krippe, Kyr in den Angriff. Sie hätte niemals irgendwas infrage gestellt. Sie hätte ihre Befehle befolgt und wäre nach Chrysothemis gegangen, um dort wahllos Menschen für Joles Sache zu töten. Mags hätte gelebt, still, verzweifelt, elend. Und nichts von alldem hier würde gerade geschehen.

Allmählich verlief die Evakuierung in geordneteren Bahnen. In ihrem Ohr hörte Kyr Avis Stimme: »In sechs Minuten kommen die Majo durch die Tür. Hi, Jeanne, ja, alles klar, ich komme.«

Kyr hatte alles minutiös geplant. Das hier war ihre Rebellion. In ihrem Inneren erblühte ein Licht, als sie beobachtete, wie sich die Krippenräume leerten. Niemand von ihnen würde jemals hierher zurückkehren. Sie nahm Lisabels Hand und drückte sie. Lisabel drückte zurück. Arti und Vic liefen neben Mags vor der Kolonne aus Kindern her; Kyr und Lisabel bildeten die Nachhut. Zum ersten Mal empfand Kyr so etwas wie Dankbarkeit der Weisheit gegenüber – dafür, dass diese die unerklärliche Entscheidung getroffen hatte, sie in dieses *Hier* und *Jetzt* zurückzuschicken.

Sie bereiteten Station Gaia ein Ende. Es funktionierte. Ja, es würde funktionieren.

31

BOOM

»Es ist historisch nachgewiesen«, sagte Avi, »dass jede Diktatur Verschwörungen befeuert.«

»Das weiß ich«, sagte Kyr.

»Hm, das überrascht mich, denn Systeme speichert Buchzugriffe, und daher kann ich sagen, dass du keins gelesen hast.«

Kyr verdrehte die Augen. »Nicht in dieser Zeitschiene.« Vals Gegenwart in ihren Gedanken fühlte sich inzwischen weniger wie die Anwesenheit eines fremden Geschöpfs an und mehr wie eine unbehagliche Ansammlung von Erinnerungen. Sie hatte eine hervorragende Bildung genossen. Aber Kyr hatte den Eindruck, dass Val den Sinn und Zweck einer hervorragenden Bildung nicht verstand. Val schien es dabei immer nur um Prüfungsergebnisse gegangen zu sein.

Oder Trainingsergebnisse.

Kyr wand sich.

»Ich hätte nicht auf Harriman als Anführer getippt«, fuhr Avi fort. Sie standen am Rand einer kleinen, ernsten Gruppe gaianischer Erwachsener. Kyr hätte inmitten dieser Gruppe stehen sollen. Das hier war ihr Aufstand. Nur, dass dem plötzlich nicht mehr so war. Überall standen ernst dreinblickende Männer und Frauen aus dem Oikos, aus Systeme, Agricola und Sonnentracker-Geschwader. Sergeant Sif stellvertretend für die Krippe. Niemand aus den Kampf-Geschwadern.

»Das war er auch nicht«, sagte Kyr. Dort, in der Gruppe erwachsener Dissident*innen, war ein Loch, eine Lücke im Gespräch, eine Person, nach der sich alles suchend umsah. »Ich glaube, die Anführerin war Lin.«

»Valkyr!«, blaffte Sergeant Sif sie an, wie es ihrem Rang würdig war. Kyrs gut abgerichteter Körper reagierte, bevor es ihr Kopf tat. Sie nahm ihren Platz in Harrimans kleiner Truppe ein, Schulter an Schulter mit Mags; zusammen mit Cleo, Jeanne und Arti.

Sie war überrascht, als sich Vic neben Arti einreihte. Zen und Lisabel waren ebenfalls bei ihr. Kyr hatte sie alle drei als Nicht-Kämpferinnen betrachtet. Aber sie hatten alle zusammen die Agoge durchlaufen. Zen nickte Jeanne zu, Lisabel sah verängstigt und ernst aus. Vic küsste Arti auf die Wange, atmete tief ein und küsste sie dann auf den Mund. Arti nahm sie in die Arme und drückte sie fest an sich. Niemand kommentierte die Szene. Kyr war bereit, jeder Person eine reinzuhauen, die auch nur ein Wort sagte, aber das war gar nicht nötig.

»Stachel im Schwanz«, murmelte Cleo Kyr zu. »Das hier könnte so dermaßen schieflaufen.«

»Ich werde jetzt nicht aufgeben«, antwortete Kyr. »Wir sind unserem Ziel so nah.« Sie schluckte. »Und sie haben Yiso.«

»Dein befreundetes Alien«, sagte Cleo und schüttelte den Kopf. »Was für eine Welt. Ich bin dabei. Werde dir zur Seite stehen, Kyr.«

»Und ich dir.«

»Ha. Okay. Los geht's, Sperlinge!«

Harriman nahm seinen Platz an der Spitze ein. »Das ist jetzt das zweite Mal, dass ich das mache«, hörte Kyr ihn brummen.

Er war also Teil des ursprünglichen Entführungstrupps gewesen, hatte geholfen, die *Victrix* ihrem Commander zu entreißen. Vielleicht hatte er auch geholfen, Admiralin Marstons Blut an der Wand zu verschmieren. Und er und Lin hatten gewusst, dass etwas nicht stimmte. Jahrelang, und trotzdem hatten sie nichts unternommen. Kyr dachte wieder an ihren ursprünglichen Plan: nur die Guten. Nur diejenigen, die es verdienten, gerettet zu werden, diejenigen, die nie irgendwas falsch gemacht hatten, diejenigen, denen mehr zustand. Harriman und der Rest seiner Verschwörung hätten es nie in diese Gruppe geschafft.

»Vorwärts!«, bellte Harriman.

Sie stürmten die Brücke der *Victrix*.

Kyr hatte die Situation auf der Brücke, wie sie sie zuletzt vorgefunden hatte, für ihren Verschwörungstrupp skizziert: Admiral Russell, Commander Jole, Yiso und vier Wachen des Victrix-Geschwaders, zwei weitere an den zweiflügeligen Haupttoren, Junioroffiziere an den verschiedenen Schaltpulten.

Sie hatten die Bewegungen ihres Trupps sorgfältig geplant, um irgendwie mit den acht ausgewachsenen Zuchtkriegern fertigzuwerden, Gaias lebenden Waffen. Nur zwei von ihnen konnten es mit solchen Gegnern aufnehmen: Harriman, der Soldat, und Mags, der Teenager. Doch der Überraschungseffekt würde ihnen in die Hände spielen. Und Kyr kannte ihre Sperlinge.

Die Furchtlosigkeit, die Kyr einst umgab, erschien ihr jetzt wie das Schloss einer Idiotin, erbaut aus Hirngespinsten und Selbsttäuschung. Sie hatte sich inzwischen an das Gefühl der Furcht gewöhnt. Sie hatte um andere gebangt wie auch um ihre eigene körperliche Unversehrtheit. Als sie und ihr kleiner Trupp nun aber durch die Doppeltüren der Brücke stürmten, stellte sie fest, dass ihre Angst sich in Luft aufgelöst hatte. Sie nahm an sich nicht mehr die fragile, irrationale Überzeugung von ihrer eigenen Unbesiegbarkeit wahr, die sie noch auf Chrysothemis angetrieben hatte, wohl aber ein tiefes Gefühl von Vertrauen in sich selbst und in ihre Leute. Zehn Jahre lang hatte sie die Sperlinge durch die Agoge gescheucht, sie kannte sie in- und auswendig. Sie wusste, dass sie gewinnen konnten.

Sie stürmten auf die Brücke. Mags und Harriman nahmen sich sofort die erschrockenen Männer an den Türen vor. Die Sperlinge liefen weiter. »Links!«, brüllte Kyr, und Jeanne scherte aus der Gruppe aus, um sich um einen Kriegszucht-Soldaten zu kümmern, der nicht auf der vorgesehenen Position war. Vic half ihr. Kyr drehte sich nicht um, um ihn zu Boden gehen zu sehen, denn sie *wusste*, er würde es tun. Mit Cleo zusammen erklomm sie das Geländer der Kommandoplattform, während der Rest des Trupps weiter ausschwärmte. Harriman rief den anderen Erwachsenen etwas zu, als Kyr und Cleo die Offiziere an den Schaltpulten überwältigten. Zwei Wachen standen dort, wo Admiralin Marston gestorben war, zusammen mit Admiral Russel, der fast siebzig, aber immer noch ein großer Mann in hervorragender körperlicher Verfassung war. Sie waren fünf Mädchen.

Fünf gegen drei, aber riesige, tödliche drei. Kyr erinnerte sich, wie sie gegen Avis Orks in der Agoge gekämpft hatte. *Gnadenlose Kriegsmonster.*

Es wurde ein harter Kampf. Aber nicht so hart, wie er hätte sein sollen. Kyr wurde schnell klar, dass Russels Männer *sie* wegen ihrer Größe ernst nahmen, aber immer wieder unterschätzten, wie schnell und angriffslustig Cleo und Arti sein konnten. Russell selbst war schlauer. Kyr machte sich daran, ihn von den anderen beiden zu isolieren. Er war fast siebzig, sie hätte also in der Lage sein müssen, allein mit ihm fertigzuwerden. Aber er gehörte, wie Val es ausgedrückt hätte, zur ersten Generation und war damit ein Zuchtkrieger, der genau auf die Bedürfnisse der Zeit zugeschnitten war, als die Erde versucht hatte, die Herrschaft über das Universum zu erlangen. Sein Alter hielt ihn nicht annähernd so sehr auf, wie Kyr es gehofft hatte.

Arti und Cleo waren mit den anderen beiden Soldaten beschäftigt, Jeanne und Vic eilten ihnen zu Hilfe. Und das hier war wie in der Agoge, das hier war Drill, sie hatten das alles schon einmal gemacht. Bisher hatte es nur nicht gezählt. Auch Zen und Lisabel waren da, und auch sie hatten das hier schon einmal gemacht. Sie wussten, wie sie außerhalb der Reichweite eines Gegners bleiben und dann herbeistürzen mussten, um mit ihrem Gewicht den anderen dabei zu helfen, ihn niedergedrückt zu halten.

Aber ihr Gewicht reichte nicht aus. Weder für Russell noch für einen seiner Männer. Die Anstrengung hätte sich vollkommen sinnlos angefühlt, wenn Kyr nicht gewusst hätte, dass sie nicht gewinnen *mussten*. Sie hatten lediglich die Aufgabe, die drei hier so lange beschäftigt zu halten, bis der Rest ihres Trupps die Kontrolle über die Brücke errungen hatte.

Nach gefühlt hundert Jahren, in Wahrheit jedoch nur ein paar Minuten, rief Harriman hinter ihnen: »Gib auf, Russell!«

Im selben Moment kam Mags zu ihnen und pflügte den Kämpfer um, der gerade Arti von der Plattform gestoßen hatte. Zwei von Harrimans Verschwörern nahmen sich den anderen Soldaten vor und brachten ihn zu Boden. Admiral Russell war der Letzte, der noch aufrecht stand.

Und da dachte Kyr urplötzlich: *Wo ist Jole?*

Nirgendwo auf der Brücke war eine Spur von ihm oder von Yiso.

»Gib auf!«, rief Harriman noch einmal. »Es ist vorbei.«

Mit offenem Mund starrte Admiral Russel ihn an. Er blickte erschrocken um sich, und dann bewegte er sich so schnell, so unglaublich schnell, als hätten die letzten fünfzig Jahre im Dienst für die Erde ihn nur noch gefährlicher gemacht. Er packte Lisabel am Arm und zog sie an sich. Seine große Hand hielt ihr Kinn fest umschlossen, dann zog er seine Waffe und drückte sie an Lisabels Brust. »Nicht wirklich«, knurrte er.

Kyr hörte ihren eigenen Herzschlag laut in ihren Ohren. Da rammte Lisabel Russell ihren Ellenbogen mit voller Wucht in den Magen.

Als er sich krümmte, schnappte sie ihm die Pistole aus der Hand. Kyr hielt den Atem an. Lisabel schoss dem alten Mann direkt in die Kniescheibe.

Als sie aufsah, traf ihr Blick Kyrs.

»Level Sieben«, sagte sie.

In Level Sieben der Agoge begannen die Geiselszenarios. Kyr nickte verdattert. Es kam Russell jetzt teuer zu stehen, dass er in Lisabel ein hilfloses Mädchen gesehen hatte statt eine der kindlichen Kriegerinnen der Erde, die von dem System geformt worden war, das er selbst miterschaffen hatte.

Russell stöhnte. Harriman sah verhalten beeindruckt aus. »Tja«, sagte er und verstummte sogleich wieder, denn er hatte die kleine, reglose Gestalt Corporal Lins entdeckt. Über ihrem Körper kauerte eine Person, die Kyr nicht kannte.

»Ich schwöre, ich hatte keine Ahnung!«, stieß Russell zwischen Schmerzenslauten hervor. »Es war Aulus, Harry ... Er hat den Verstand verloren ... Zeit für einen Wechsel da oben, wenn du mich fragst. Sofort, als er weg war, um wer weiß was zu tun, habe ich meinen besten Sanitäter kommen lassen ... Gott weiß, wir können es uns nicht leisten, sie zu verlieren ...«

Kyr registrierte, dass Lin atmete. Ihr Atem ging flach und leise rasselnd. Der Verband an ihrer Seite war voller Blut. Aber sie war nicht tot.

Kyr war sich so sicher gewesen. Sie hatte Joles Gesichtsausdruck gesehen.

»Ich hätte nie gedacht ... Sie waren schließlich Freunde, Kampfgefährten, seit Jahrzehnten«, keuchte Russell.

Kyr war vorher nie aufgefallen, wie nervtötend seine Stimme war. Sie drehte sich um und sah ihn an.

»Wo ist Commander Jole?«, fragte sie ihn. »Und wo ist Yiso?«

Russell blinzelte zu ihr hoch, sichtlich überrascht. In seiner Welt, dachte Kyr, stellten Kadettinnen, die gerade erst zugeordnet worden waren, einem Admiral keine Fragen, selbst dann nicht, wenn sie zum Führungsstab gehörten.

»Antworten Sie!«, setzte Kyr nach. Russell sah zu Harriman hinüber. Der aber war neben Lin in die Knie gegangen und vollkommen mit seiner verletzten Gefährtin beschäftigt. Ihr Kopf ruhte auf seinem Schoß, seine große Hand strich vorsichtig über ihr stahlgraues Haar.

»Jole und Yiso«, knurrte Kyr.

»Aber du bist nur Joles ...«, begann Russell. Kyr fixierte ihn scharf während der nun folgenden kleinen Pause, die ihr genau verriet, was er dachte und was er wusste. »... ADC«, beendete er seinen Satz unbeholfen.

»Der Commander«, wiederholte Kyr, »und das Majo. Einfache Frage, Admiral Russell.«

Angst breitete sich auf Russells Gesicht aus. Es wurde auch langsam Zeit! Kyr konnte nicht fassen, dass er bis zu diesem Augenblick keine verspürt hatte, als wäre es vollkommen unmöglich, dass einem wie ihm irgendetwas zustoßen könnte. »Ich weiß es nicht«, stammelte er. »Ich weiß es nicht!«

»Aber ich weiß es«, sagte Avi. »Alles cool hier oben? Hat niemand irgendwelche Löcher in irgendwelche elementaren Schiffsvorrichtungen geschossen? Cool, danke, das macht mein Leben so viel einfacher, jetzt, da ich drauf und dran bin, ein gigantisches Raumschiff von diesem Felsen hier abheben zu lassen. Fuck.« Avi hatte Lin und Harriman und die Person entdeckt, bei der es sich, wie Kyr annahm, um den »besten Sanitäter« handeln musste. Sie sah, wie er zusammenfuhr, und beschloss, es zu ignorieren.

»Hi, furchtlose Anführerin«, fuhr er, an sie gewandt, fort, »es freut mich zu sehen, dass du alles unter Kontrolle hast. Ich kann dir berichten, dass Sergeant Sif alles im Griff hat, und mit *alles* meine ich viel zu viele Kinder. Kinder stoßen mich ab. Ich hoffe, dass ich nie wieder irgendwas mit ihnen zu tun haben werde. Ich kann außerdem berichten, dass man, wie es scheint, einen abtrünnigen Kleinstaat nicht für Jahrzehnte regieren kann, ohne wenigstens ein kleines bisschen Verstand zu besitzen.«

»Wie bitte?«

»Jole«, sagte Avi. »Er hat mich durchschaut. Uns. Wie auch immer. Gut, dass wir schon alle, die wir mögen, an Bord haben, oder? Und leider auch immer noch den Großteil der Victrix-Leute, aber Sif hat sie unten eingeschlossen. Da können sie nicht viel anrichten.«

Kyr starrte ihn entgeistert an.

»Er ist losgezogen, um die Agoge auszuschalten«, fuhr Avi fort. »Er ist uns auf die Schliche gekommen. Ich glaube, er hat Yiso sicherheitshalber als Verstärkung mitgenommen für den Fall, dass ich ihm irgendeine Überraschung dagelassen habe. Was verständlich ist. Hab ich nämlich.«

»Verdammt!«, fluchte Admiral Russell.

»Das bedeutet wohl, dass Sie es jetzt auch kapiert haben. Glückwunsch, Sir«, sagte Avi. »Okay! Lasst uns abhauen!«

Kyr holte ein paarmal tief Luft und versuchte, ihren Körper zu beruhigen. Das waren gute Nachrichten. Alles war gut. Sich nicht mit Jole auseinandersetzen zu müssen, machte die Dinge einfacher. Die Krippe war sicher untergebracht. Lin lebte. Russell wehrte sich nicht mehr. Die *Victrix* gehörte ihnen. Und der vorgetäuschte Majo-Angriff hatte seinen Zweck erfüllt. Es war also nicht mehr von Bedeutung, ob Jole die Agoge ausschaltete oder nicht.

Aber er hatte Yiso mitgenommen.

Also würde Kyr Yiso einfach zurückholen.

Aber irgendwas stimmte nicht, trotz allem. Irgendwas stimmte noch immer nicht.

Kyr sah Avi an. Er hatte unzählige bewohnte Welten vernichtet. Er hatte die beschädigte Weisheit wieder instandgesetzt. Nur auf dieser Realitätsebene noch nicht. Da hatte er nichts davon getan – *warum sollte ich mich für etwas entschuldigen, was ich nicht getan habe?* –, aber Kyr kannte ihn. Er war ihr Freund. Und trotz der tausend Arten, auf die Gaia sein Talent hatte brachliegen lassen, war er immer ein weitaus gefährlicherer Mensch gewesen, als Kyr oder Mags es je würden sein können.

Von einer Überraschung hatte er gesprochen.

»Was erzählst du mir nicht?«, fragte Kyr.

»So viele Dinge, Valkyr, die du aber eh nicht verstehen würdest.«

Das war ein Ablenkungsmanöver. Kyr wurde sich immer sicherer. »Avicenna.«

»Was? Denkst du, du kannst mir jetzt Befehle erteilen? Ist die Macht dir zu Kopfe gestiegen, Valkyr? Magnus hat immer gesagt, du wärst ziemlich fies.«

Als würde er eine Granate abfeuern. Mit einem bösen kleinen Lächeln wartete er auf den Effekt.

Kyr sah Mags an.

Nach einem kurzen Zögern sagte er: »Na ja, das bist du ja auch.«

Vor nicht allzu langer Zeit wäre Kyr verletzt gewesen. Mags und seine Schwäche für schreckliche, hoffnungslose Fälle. Ihr war nie klar gewesen, dass auch sie einer war. Kyr lachte.

»Fehlzündung«, sagte sie, an Avi gewandt. »Komm schon. Wir haben so viel erlebt. Sprich mit mir.«

Avi sah erstaunt aus, fing sich dann aber und funkelte sie wütend an. »Ich muss gar nichts ...«

»... machen, wenn ich nicht will«, beendete Mags den Satz für ihn. »Avi. Avicenna. Komm. *Bitte.*«

Avi verdrehte die Augen. »Hör zu ...«

»Ja, ja, ich weiß, ich bin ein großer dummer Soldat, ich verstehe nichts, hier ist ein schönes Blumenbeet, und stell mir bloß keine persönlichen Fragen«, sagte Mags. »Kannst du bitte ausnahmsweise einmal kein totaler Vollidiot sein? Wir sind deine Freunde! Sprich mit uns. Was hast du getan?«

Avi öffnete den Mund und schloss ihn gleich wieder. Er starrte Mags an, dann wanderte sein Blick zu Kyr. Dabei verzog er das Gesicht, als hätte er etwas sehr Übelschmeckendes gegessen.

»Na gut«, sagte er schließlich. »Lauf Jole nicht hinterher.«

»Wie meinst du das?«

»Ich wusste, dass du das tun würdest. Wegen des Aliens, richtig? Aber Yiso ist verloren. Manchmal verliert man Leute. So ist das Leben. Wir müssen jetzt los.«

Kyr atmete aus. Ganz ruhig. »Warum?«

»Hör auf«, sagte Avi. »*Hör auf.* Okay, es gibt noch drei Schattenmotoren auf Gaia, und die Agoge braucht sie alle für ein Szenario so groß wie das hier. Ich hab sie so manipuliert, dass Jole ins Innere der Station muss, um sie abzuschalten. Die Falle war schnell gelegt. Sobald er die Simulation abschaltet, fahren die Motoren ihre Energie hoch. Für ungefähr sechs Minuten werden alle drei auf Hochtouren laufen.«

»Wann?«, fragte Kyr.

»Jetzt? Plus/minus fünfzehn Minuten.«

Selbst Kyr kannte sich gut genug mit der Funktionsweise Gaias aus, um die Konsequenzen zu verstehen. Beim letzten Versuch, einen Schattenmotor mit voller Leistung laufen zu lassen, war sie noch ein Kind gewesen. Der Rückstoß des nicht abgeschirmten Triebwerks hatte achtundsechzig Menschen das Leben gekostet. Und nun alle drei ... »Die Agoge wird zerstört werden«, sagte Kyr. »Und die Hälfte von Systeme auch.«

»Fürs Erste«, stimmte Avi zu. »Bin nicht sicher, was dann passiert. Hängt davon ab, welche Bereiche von Systeme zuerst dran glauben. Und wie viel von den Sonnentrackern. Die Chancen stehen fifty-fifty, dass die Rückkopplung den Ferox-Motor in die Luft jagt und mit ihm ungefähr ein Drittel des Planetoiden. *Boom*.« Avi klang ängstlich und selbstzufrieden zugleich. »Guck mich nicht so an«, fügte er spitz hinzu. »Dieser Ort verdient es nicht anders.«

Er meinte, was er sagte. Kyr erkannte seine Wut wie ihr eigenes Spiegelbild. Wut wie diese wurzelte tief. Man konnte versuchen, sie mit allem Möglichem zu überdecken – Entschlossenheit, Tapferkeit, Zynismus, Gelächter –, aber weg ging sie nie.

»Es sind noch mehr als tausend Menschen auf der Station«, sagte sie. Die meisten von ihnen würden sterben. Vielleicht auch alle. *Ersticken ist nicht lustig.*

»Stimmt«, sagte Avi. »Und das einzig rettenswerte Leben ist das des Aliens. Aber du hast keine Chance. Jole und dein Majo sind mit drei viel zu leistungsfähigen, ungeschützten Schattenmotoren im Zentrum der Station gefangen. Sie sind beide tot, die anderen sind egal, dumm gelaufen, Pech gehabt.«

»Du hast es wieder getan«, sagte Kyr. »Du tust es wieder.«

»Was? Nein!«, protestierte Avi. »Das hier ist etwas anderes, das hier ist das *Gegenteil*. Es war falsch von mir, schon gut, ich hab's kapiert! Ich war wütend und dumm, und es war falsch. Es ist nicht die verdammte Schuld der Scheiß-Majo, dass wir leben, wie wir leben. Ich weiß das alles. Ich weiß es, Valkyr! Aber das hier ist gerecht!«

»Nein«, sagte Kyr. »Das hier bringt gar nichts. Es bedeutet einfach noch mehr Tod.«

»Nichts bringt auch nur irgendetwas! Hast du nicht aufgepasst?«

»Avi ...«

»Hätte ich einfach hier rausmarschieren und so tun sollen, als wäre nichts passiert? Fick dich, Valkyr! Du bist nichts

Besseres als ich! Und niemand von uns war jemals etwas Besseres als Station Gaia!«

»Wenn die Station in die Luft fliegt, kann die Panzerung der *Victrix* auch nichts dagegen ausrichten«, meldete sich Admiral Russell zu Wort, der offensichtlich noch immer glaubte, er sei in irgendeiner Weise wichtig. »Startet das Schiff. Jetzt!«

»Halt's Maul«, fuhr Kyr ihn an. Mehr als tausend Leute. Menschen, Kinder der Erde. Die letzten Überlebenden eines toten Planeten.

»Das hier hat nichts mit Unschuldige abschlachten zu tun, Valkyr!«, fauchte Avi. »Wir haben die Unschuldigen. Ich hab mir den Arsch aufgerissen, um sicherzustellen, dass wir sie alle mitnehmen können. Wir haben sogar die meisten des beschissenen Victrix-Geschwaders da unten sitzen – glaub mir, wenn ich einen Weg gefunden hätte, *die* zurückzulassen ... und *Sie*«, sagte er, an Admiral Russel gewandt, »dann hätte ich es getan. Gaia ist ein böser Albtraum, und jeder Einzelne von ihnen war Teil davon und wird es immer bleiben. Das weißt du. Wir alle wissen das. Alles andere ist Gehirnwäsche. Hier gibt es nichts, was es wert wäre, gerettet zu werden.«

»Sie sind immer noch Menschen«, sagte Kyr. »Sie alle sind immer noch Menschen.«

»Na und?«

»Wer sind wir, diese Entscheidung zu fällen?«, hörte Kyr sich selbst sagen. Sie dachte an Yisos Worte: *Du musst dich nur für Ungerechtigkeit interessieren.* Verglichen mit der Vernichtung unzähliger lebendiger Welten, mit der Majoda, mit der vernichteten Erde, war Station Gaia lediglich ein kleiner, kranker Schatten einer Welt. Kyr verstand absolut, wie sich Avi fühlte. Hatte sie nicht auch nur ihre wenigen Auserwählten retten wollen?

Vielleicht hatte er recht, und niemand sonst hier war es wert, gerettet zu werden.

Aber vor nicht allzu langer Zeit, da war Kyr sich sicher, hätte sie selbst auch keine Chance verdient.

»Ich habe dir gesagt, ich kann es nicht rückgängig machen, und ich werde es auch nicht versuchen«, sagte Avi.

Kyr spürte, dass sie Mitgefühl mit ihm hatte. Was für eine Verschwendung, was für eine ungeheuerliche Verschwendung es war, einen Menschen, der Städte und Gärten und riesige leuchtende Himmel ersinnen konnte, zu lehren, dass die einzige Antwort Mord war.

Station Gaia hatte sie beide zu dem gemacht, was sie waren. Aber Kyr war fest entschlossen, mehr als das zu sein.

»Okay«, sagte sie freundlich. So freundlich, dass Avi erst überrascht, dann misstrauisch aussah. »Die Wahl liegt bei dir, Avi. Okay.«

Sie ging hinüber zu Joles Kommandostuhl und setzte sich. Ihre Finger glitten über das Gerät für den stationsweiten Funk, und sie spürte, wie sich das Netz um sie herum aufbaute. Ganz Gaia würde sie nun hören.

»Hier spricht Valkyr vom Führungsstab, Standort: Kommandobrücke der *Victrix*«, sagte sie. »Wir verlassen Station Gaia. Wir werden weder Chrysothemis noch sonst jemanden angreifen. Der Krieg der Menschheit ist vorbei.« Sie machte eine kurze Pause, um Luft zu holen. Auf der Brücke herrschte Totenstille. Kyr sah Admiralin Marston vor sich, in der Version dieser Zeitspur, diejenige, von der sie nie etwas gekannt hatte außer den letzten Worten einer Frau, die ihrem Tod ins Auge sah: *Wenn diese verdammten Idioten den Krieg wirklich jetzt neu entfachen wollen, dann müssen sie erst einmal an mir vorbei.*

Es war ihnen gelungen.

Aber jetzt war Kyr hier.

»Der Krieg ist vorbei. Die Erde ist Geschichte. Die Weisheit ist Geschichte. Es gibt nichts mehr, wofür oder wogegen man kämpfen könnte. Es ist vorbei. Unser Plan ist also, Asyl zu suchen, nicht Rache zu nehmen. Station Gaia wird es nicht mehr geben.« Sie schluckte und brachte noch ein paar weitere Worte über die sabotierten Schattenmotoren heraus, Avis Abschiedsgeschenk, in der Hoffnung, dass sie deutlich genug waren. Sie hatte Angst, dass nichts von dem, was sie sagte, deutlich genug sein würde. Gaia fraß einen auf, es pervertierte einen innerlich. Aber da waren noch mehr als tausend Menschen auf der Station, und auch Kyr hatte nicht gewusst, dass sie eine Wahl hatte, bis sie ihr aufgezwungen worden war.

»Ich weiß, das ist nicht das, was ihr erwartet habt«, fuhr sie fort. »Vielleicht ist es auch nicht das, was ihr wolltet. Aber das ist nicht mehr von Bedeutung. Der Start der *Victrix* beginnt jetzt. Wenn ihr leben wollt, lasst eure Waffen zurück und kommt mit uns. Ihr habt ...«

Sie sah Avi an. In Wahrheit hatte sie keinen Schimmer, wie lange der Start eines Schlachtschiffs dauerte.

»Zwölf Minuten«, sagte Avi. Sein Gesichtsausdruck war sehr seltsam. Er versuchte nicht, zu diskutieren. Er schluckte nur und sagte: »Wenn wir jetzt starten, müssen wir die äußere Schicht des Schiffs in etwa zwölf Minuten versiegeln.«

»Ihr habt zwölf Minuten«, gab Kyr an Station Gaia weiter. »Trefft die richtige Entscheidung.«

Sie holte noch einmal tief Luft. Die ganze Station konnte jedes einzelne ihrer Worte hören. Irgendwo da unten im Herzen der Station hörte sie auch Commander Jole. Und er war nicht allein.

»Yiso«, sagte sie. »Ich komme und hole dich.«

Sie ließ den Knopf los. Stille.

Kyr stand auf.

»Ich begleite dich«, sagte Mags.

»Nein, tust du nicht«, sagte Kyr. Mags vermochte das Level-Zwölf-Szenario genauso gut wie sie zu durchlaufen. Schneller als sie. »Denk nach.«

Eine kleine Gruppe von Verschwörer*innen, niemand davon aus einem Kampf-Geschwader, und Kyr hatte gerade alle gaianischen Krieger*innen eingeladen, an Bord zu kommen. Mags war nur ein einzelner Soldat, aber sie konnten auf keinen einzigen verzichten. Und er war ein verdammt guter Soldat, besonders, wenn man ihn an einer Engstelle positionierte wie zum Beispiel an der Luftschleuse.

»Wenn wir daran gedacht haben, die Brücke zu stürmen, dann können das auch andere tun«, sagte Cleo und sah demonstrativ zu Harriman hinüber.

»Los, Harry«, sagte Lin schwach. Sie war bei Bewusstsein. »Ich schaffe es oder ich schaffe es nicht, hier hilfst du niemandem.«

Kyr salutierte ihm. Nach einem kurzen Augenblick salutierte Harriman mit verbissener Miene zurück. Und dann erschrak Kyr, als Mags sie plötzlich an sich riss und kräftig umarmte. »Ich geh jetzt besser. Bis später«, flüsterte er.

Harriman stand auf, um sich ihm anzuschließen.

»Hat hier niemand das Sagen?«, krächzte Russell. »Zieht hier wirklich eine Bande von Kindern diese Farce durch? Hört mal ...«

»Schafft den Mann ins Gefängnis«, unterbrach ihn Sergeant Sif, die gerade die Kommandoplattform betrat, eine Hand auf ihrem mächtigen Bauch. Kyr hatte nicht gemerkt, dass sie auf die Brücke gekommen war. *Das Schiff meiner Mutter*, schoss es ihr plötzlich durch den Kopf. *Admiralin Marstons Kommando.*

Sif setzte sich auf den Kommandostuhl und nickte Kyr zu.

Kyr salutierte ihr. »Ma'am!«

»Geh«, sagte Sif.

»Dir bleibt nicht genug Zeit, Valkyr!«, stieß Avi hervor, als sie sich zum Gehen wandte. »Sehr heldenhaft, aber du müsstest bis ins Zentrum hinunter und wieder zurück, bevor wir dichtmachen.«

»Ich schaffe es von den Sonnentrackern bis zum Drill in vier Minuten fünfundfünfzig«, entgegnete Kyr. »Ich hab trainiert.«

»Das ist nicht gut genug!«

»Dann sorge ich dafür, dass es gut genug wird«, sagte Kyr. »Mach dir keine Sorgen um mich.«

32

VALKYRIE

Zwölf Minuten.

Kyr hatte Tage damit zugebracht, Jole zwölf Stunden lang wie ein Schatten zu folgen, und dann ihren Schlaf geopfert, um einen Aufstand zu planen, und alles, was ihr nun blieb, waren zwölf Minuten. Seit die Weisheit sie ins Doomsday-Szenario zurückkatapultiert hatte, hatte sie kein Agoge-Szenario mehr durchlaufen, und auch für das grundlegendste Ausdauertraining hatte sie keine Zeit gehabt. Als sie nun zu laufen begann – ihre Schritte hallten auf dem abgewetzten Plastahl-Boden, das rötliche Glühen der Alarmbeleuchtung blitzte an ihren Füßen vorbei –, war es ihr, als würde ihr Körper sie maßregeln: *Das passiert, wenn man sich gehen lässt.* Atemnot, ein Stechen im Knie.

Aber dann zeigten die Jahre gaianischer Erziehung doch noch Wirkung. Es tat also weh. Na und? Zwölf Minuten. Kyr wusste, sie konnte schneller laufen, also tat sie es. Sie sprintete durch das Schlachtschiff, vorbei an lange aufgegebenen, halb reparierten Galeeren, sie kletterte Notleitern hinunter und wich Werkzeugkästen und Haufen von Plastahl aus. Das Brennen in ihrer Brust fühlte sich gut an. Wie viel Zeit blieb ihr noch? Zehn Minuten? Kyr tauchte aus dem Schatten des Schiffsrumpfes am Fuß des Hangars auf, über ihrem Kopf die frisch lackierte geflügelte Figur und die weißen Buchstaben des Schiffnamens, unter ihr die dunkle Öffnung eines Tunnels, der hinunter ins Herz von Gaia führte. Kyr zögerte nicht, denn dazu war keine Zeit. Sie sprang.

Kein Wurfhaken, kein Seil. Kyr hatte das schon einmal gemacht, als sie und Avi Yiso das erste Mal gerettet hatten. Damals aber hatte sie sich erlaubt, geduldig zu sein, hatte sich gegen die Tunnelwände gestemmt und war vorsichtig hinabgeklettert, um die pausenlos auftretenden kleinen Verschiebungen in der Schwerkraft aushalten zu können. Aber dieses Mal tat sie das nicht. Dieses Mal ließ sie sich einfach fallen. Im schlimmsten Fall würde sie in die Aufhängung des Schattenmotors geschleudert oder von einem der großen ungesicherten Kabel erwischt werden, die beide verband, und – über fünfzehn Dimensionen verschmiert – sterben. Kyr hatte keine Angst, nicht um sich selbst, keine Spur. Aber wenn sie Yiso nicht rettete, würde es niemand tun.

Dort, wo der Victrix-Motor gewesen war, gähnte nun Leere, und von der Aufhängung war nur noch ein Gerippe aus Stützstreben übrig. Kyr tauchte in die Leere ein und spürte, wie eine Welle der Schattenraum-Verzerrung sie emportrug. Die Schwerkraft veränderte sich, und im nächsten Augenblick fiel sie nach oben, hinein in den funkelnden Rachen des Scythica-Motors. Kyr zog die Knie an die Brust, um einem Kabel auszuweichen, und verlagerte ihr Gewicht so, dass die nächste Welle der Augusta-Rückkopplung sie auffangen und außer Reichweite des sicheren Todes über ihr schaffen konnte. Sie hatte diesen Trick mit Begeisterung geübt. Sie hatte *Spaß* gehabt. Und es gab einen Teil von ihr, der noch immer so empfand, der atemlos sein wollte und schwerelos, der überleben und lachen wollte im Angesicht der Kräfte, die sie in ihre atomaren Einzelteile zu zerlegen versuchten.

Aber dafür war keine Zeit. Kyr war nicht allein.

Im Herzen der Kammer tauchte eine Plattform auf, die

vorher nie dort gewesen war. Zuerst sah Kyr sie nicht; im Verhältnis zur leeren Halterung des Victrix-Motors stand sie auf dem Kopf. Sie bestand aus keinem erkennbaren Material. Lediglich eine Spur grünlichen, unwirklichen Lichts markierte dieses vorübergehende Eindringen von Masse, die nicht in diese Dimension gehörte. Als Kyr auf der Plattform landete, spürte sie ein leises Erzittern. Sie sah nicht hinab.

Das dröhnende Gefühl, das die drei in unterschiedliche Richtungen an ihr ziehenden realitätsverzerrenden Motoren verursachten, erstarb an diesem Ort urplötzlich. Hier hoben sich die Kräfte, wie es aussah, untereinander auf.

Jole hielt Yiso am schmalen Handgelenk. Sein Griff schien das Einzige zu sein, was das Alien aufrecht hielt. Yiso schwankte, die Augen fest geschlossen.

»Ich bin enttäuscht, Valkyr«, sagte Jole.

»Ich habe nichts anderes erwartet«, antwortete Kyr.

Sie schwiegen. Kyr hielt Joles kaltem Blick stand. Er hatte sie mit seiner Bemerkung ins Wanken bringen wollen, aber sie blieb ungerührt. Kyr lächelte ihn an. Sie fühlte sich gigantisch. Das Hochgefühl, das ein Ritt auf den Wellen der Schattenraum-Verzerrungen verursachte, war nichts dagegen.

»Wann bist du zu einer Verräterin an der Menschheit geworden?«, fragte Jole.

»Keine Ahnung«, erwiderte Kyr. »Und du?«

»Albernheiten beeindrucken mich nicht, Valkyr.«

»Ich bin ja auch nicht hier, um dich zu beeindrucken«, entgegnete Kyr und spürte, während sie das sagte, ganz deutlich, dass es stimmte. Er war ihr vollkommen gleichgültig. »Yiso, geht es dir gut?«

Yiso hielt die Augen geschlossen, aus dem Wanken war ein Zittern geworden. Jole hielt Yiso noch immer am Handgelenk. »Es tut mir leid«, antwortete das Alien. »Ich hatte zu große Angst, es zu beenden, aber ich kann es tun. Versprochen. Mach dir keine Sorgen, Valkyr. Du hast noch genug Zeit. Ich verschaffe dir einen Weg hier raus. Geh.«

»Ich werde dich nicht hier zurücklassen«, sagte Kyr. Yiso war damit beschäftigt, den Schattenraum so zu manipulieren, dass dieser kleine Ort der Ruhe und der Klarheit inmitten des Chaos im Herzen der Station entstand. Kyr konnte sich nicht erinnern, wann genau sie gelernt hatte, das zu erkennen. Joles Griff um Yisos Handgelenk war anders, als sie erwartet hatte. Er hielt keine Geisel gefangen, sondern klammerte sich verzweifelt an der einzigen Chance fest, mit dem Leben davonzukommen.

Und Yisos Plan war anscheinend, zu versuchen, sich nicht mehr am Leben festzuklammern.

Diese Zeitschiene hier war die letzte. Die Weisheit würde niemandem eine weitere Chance gewähren. Kyr würde also nicht tatenlos zusehen, wie jemand starb, an dem ihr etwas lag.

»Wir können das ganz einfach lösen, Valkyr«, sagte Jole. »Es ist dir gelungen, Station Gaia zum Untergang zu verdammen, aber Gaia war seit jeher nur ein vorübergehendes Projekt. Ich habe ganze Welten zu erobern. Du willst dein Majo, Kadettin? Ich will mein Schlachtschiff. Wir verlassen Gaia alle zusammen. Und wenn ich erst einmal wieder das Kommando habe, können wir diesen kleinen Zwischenfall einfach vergessen.«

»Ich werde niemals vergessen, was du bist«, sagte Kyr.

Wie viel Zeit blieb ihr inzwischen noch? Minuten. Sie verlagerte ihr Gewicht und nahm Jole in Augenschein, maß ihn ganz genau – nicht als ihren Commander oder ihren Onkel oder irgendjemanden von Bedeutung, sondern als alternden Krieger der Erde. Er war groß, und er war clever. Sein Bein war eine Schwachstelle. Aber er hatte Yiso in seiner Gewalt, stark geschwächt, und das wiederum war Kyrs Schwachstelle. Es war ihr nicht gelungen, sich zu wehren, als er versucht hatte, sie zu küssen. Ihr Körper hatte ihr einfach nicht gehorcht.

Sie glaubte nicht, dass das jetzt noch ein Problem darstellen würde.

Und dieses überwältigende Gefühl, sich nicht mehr darum zu scheren, was Jole dachte, wurde zu felsenfester Zuversicht – ja, sie konnte es mit ihm aufnehmen –, und im Kielwasser dieser Zuversicht tauchte die altvertraute Wut auf. Ihr Leben lang war Kyr wütend gewesen. Die Wut war tief in ihr verwurzelt, war aus dem Samenkorn erwachsen, das Gaia gepflanzt und genährt hatte, bis sie sie ganz erfüllte, eine selbstgerechte Wut, die schrie: *Ich bin die Hand der Rache!* Sie war in ein falsches Universum hineingeboren worden. Ihr Leben lang hatte sie darauf gewartet, jemanden oder etwas dafür bestrafen zu können.

Und hier stand er nun.

Aber er war nicht mehr wichtig.

»Yiso?«, fragte sie.

Yiso antwortete nicht. Und das war auch gar nicht nötig. Kyr vermochte das Zittern der Ohren zu deuten, den Winkel des Kamms, die Art, wie Yiso die silbrigen Augen ganz weit öffnete und sie ansah.

»Ich fange dich auf«, sagte Kyr. »Lass los.«

Jole begriff eine Sekunde zu früh. Aus den Augenwinkeln sah Kyr Panik in seinem Gesicht aufblitzen. Sie sah ihn nicht an. Sie sah Yiso an.

Yiso beendete die Schattenraum-Manipulation, verließ diese winzige Insel der Sicherheit inmitten dreier großer Schattenmotoren, die gerade ihre Energie hochfuhren.

Die Raumzeitverzerrung kam wie ein Sturm über sie und riss Kyr, Yiso und Jole mit sich. Aber Kyr warf sich nach vorn und barg Yisos Körper fest in ihren Armen, während sie fielen. Jole tastete nach ihr. Er hatte keine Übung darin, die Wellen der Schattenraum-Verzerrungen zu reiten. Kyr schlug nach ihm, nicht blind, sondern mit wohlüberlegter Präzision, und dann ein Tritt in die Flanke mit ganzer Kraft, sodass sein massiger Soldatenkörper zur Seite gewuchtet und von einer Energiewelle des Ferox-Motors erfasst wurde. Sein Griff um Yisos Handgelenk löste sich, und Yiso schrie vor Schmerz laut auf.

Die Schwerkraft drehte sich um sie herum. Jole wurde auf der Schattenraumwelle davongetragen, und einen kurzen Moment lang sah Kyr ihn hinabfallen.

Dann kehrte sie sich um, und nun fiel Kyr. Yiso lag wie ein nasser Sack in ihren Armen, und nur knapp entgingen beide dem Rückstrom des Augusta-Motors. Sie landete halb auf dem Rücken, Yiso auf ihr, neben der dunklen Tunnelöffnung, die zurück in den Victrix-Hangar führte. Kyr rollte sich auf alle viere, schnappte nach Luft und sah hoch. Sie wusste nicht, warum, aber sie musste es sehen. Sie musste es einfach sehen.

Kyr sah, wie Joles Körper in den offenen Rachen des Ferox-Motors geschleudert wurde, sein Umriss für den Bruchteil einer Sekunde grünes subreales Licht. Dann entließ der Schattenmotor die nächste Welle dimensionaler Verzerrung, und die Form wurde zu einem verschwommenen Blau, dann zu einer weißen Linie, dann zu nichts.

Und so starb ihr Onkel Jole, über fünfzehn Dimensionen verschmiert.

Kyr hörte ihre eigene Stimme: *Oh.*

Das war alles.

»Valkyr?«, flüsterte Yiso schwach.

Zwölf Minuten, erinnerte sich Kyr. Wie viel war davon noch übrig?

»Du hast recht«, antwortete sie.

Kyr stand auf, und jeder Knochen in ihrem Körper protestierte. Sie schulterte Yiso. Die Schwerkraft hatte sich verändert, und aus dem vertikalen Tunnelschacht war ein steiler Abhang geworden. Kyr lief los.

Sie hatte noch immer den Stöpsel in ihrem Ohr, und jetzt, da sie sich nicht länger in einer aktiven Raumzeitverzerrung befand, würde das Funkgerät vielleicht sogar funktionieren. »Avi!«, keuchte sie.

Ein Knacken. Keine Antwort. Kyr *rannte*.

Unter ihren Füßen erbebte der Heimatplanetoid der Station Gaia. Kyr brauchte Avi nicht, um zu wissen, dass das ein schlechtes Zeichen war. Hinter ihr fuhren drei nicht abgeschirmte Schattenmotoren ihre Leistung hoch. Ein weiteres Erschaudern, und Kyr stolperte, rappelte sich wieder auf, Yiso noch immer über der Schulter. *Wie lange noch?*

»Valkyr!«, dröhnte es über ihr. Der stationsweite Kanal. Avis Stimme hallte seltsam durch das bebende Gewirr aus Plastahl und Stein. »Du bist die Letzte. Wir warten auf dich.«

Ein weiterer Ruck, der diesmal von einem fürchterlichen Quietschen und Rumpeln begleitet wurde. Kyr kam schwankend zum Stehen und schnappte nach Luft. Um sie herum leuchtete überall dieses unwirkliche Grün auf, und kleine Verzerrungsstöße setzten ein. Avis Sabotage machte sich nun ernstlich bemerkbar.

Und plötzlich war der Tunnel versperrt. Die Decke war eingestürzt. Kyr stand eine Sekunde da und starrte die Wand aus Geröll an. Direkt dahinter musste der Victrix-Hangar sein, das Schlachtschiff, das nun ein Rettungsschiff war, ihr Überleben bedeutete.

»Ich kann nicht!«, sagte Kyr in ihr Funkgerät. »Der Tunnel ist blockiert.«

»Scheiß drauf!«, ertönte Avis donnernde Stimme. Ihr Funkgerät war also nicht kaputt. »Such dir einen anderen Weg!«

Die einzelnen Wirbel aus Verzerrungen begannen, sich zusammenzutun. Es sah so aus, als würde Avi recht behalten – das hier würde die Station tatsächlich in Stücke reißen. Kyr wich den näher kommenden Wogen aus. Es stimmte, sie musste sich einen anderen Weg suchen. Es gab mehr als einen Zugang zum Victrix-Hangar.

Aber selbst der Panzer eines Schlachtschiffs konnte nur bedingt etwas gegen eine interdimensionale Druckwelle wie diese ausrichten.

Du bist die Letzte. Also hatten sich die übrigen Gaianer*innen fürs Leben entschieden. Fast zweitausend Leute waren jetzt an Bord der *Victrix*. Die gesamte Krippe, alle Kadett*innen. Die Sperlinge. Und Avi. Und Mags.

Kyr ließ Yiso vorsichtig von ihrer Schulter gleiten, hielt aber weiter den Arm um das Alien gelegt, um es zu stützen. Ihre Blicke trafen sich. Kyr schüttelte langsam den Kopf. Yiso nickte. Sie waren einander so nah, Kyr konnte Yiso atmen hören.

»Wir haben keine Zeit mehr«, sagte Kyr in ihr Funkgerät. »Du bist nicht blöd. Wenn ich das weiß, dann weißt du das auch. Startet ohne uns.«

Keine Antwort. Kyr hielt Yiso noch fester im Arm und wich einer weiteren kleinen Welle aus. Das war sinnlos, aber es war ihr egal.

Der Stationsfunk meldete sich wieder. Aber diesmal hörten sie nicht Avis Stimme.

»Sieg oder Tod«, sagte Mags. Seine Stimme zitterte nur ein wenig.

Der Victrix-Leitspruch. Kyr lächelte.

»Ich liebe dich auch, Mags«, sagte sie leise in ihr Funkgerät.

Kyr und Yiso hörten, wie die *Victrix* über ihnen gestartet wurde, sich aus der langen Starre im Hangar löste. Das Rumpeln eines zum Leben erwachenden Schlachtschiffs hallte durch Stein und Stahl. Der vierte Schattenmotor, der nun an dem Planetoiden zerrte, tat Station Gaia nicht gut. Bald war es unmöglich, das Poltern der *Victrix* vom Zerbersten des Felsgesteins zu unterscheiden.

»Es tut mir leid«, sagte Yiso leise.

»Mir nicht.«

»Du hättest nicht versuchen sollen, mich zu holen.«

»Sei nicht albern«, sagte Kyr. »Ich bereue gar nichts.«

»Mein Schiff ...«, begann Yiso.

Das bemalte Schiff, richtig. »Es ist wahrscheinlich auch noch irgendwo im Victrix-Hangar«, sagte Kyr. »Wir könnten es versuchen.« Sie glaubte nicht an eine Rettung, selbst wenn das kleine Schiff den Start eines Schlachtschiffs überlebt haben sollte. Station Gaia wurde auseinandergerissen.

»Wir würden es nicht schaffen, oder?«, fragte Yiso.

»Nein«, antwortete Kyr. »Wahrscheinlich nicht.« Sie richtete sich trotzdem auf. Sie konnten es genauso gut versuchen.

Aber der Boden unter ihren Füßen bebte nun heftiger. Kyr schrie auf und griff nach Yiso, als die nächste Welle Fels und Stahl um sie herum zerfetzte. Gaia brach auseinander. Der Tunnel war nun vom grünlichen Schimmern der Schattenmotoren unter ihnen erleuchtet, die Wände stürzten ein, die Richtungen verschoben sich. Kyr blickte durch schwebende Trümmerteile hinauf in den Victrix-Hangar, der nun wieder freigelegt war und sich riesig und leer in den Weltraum öffnete. Eine Sirene heulte unnötigerweise auf, als das Atmosphäresiegel reagierte. Ein heller Lichtpunkt erschien über ihren Köpfen, vielleicht das Schlachtschiff – schon zu weit weg, um klar erkennbar zu sein –, das an Geschwindigkeit für seinen großen Sprung in den Schattenraum zulegte, um von dort aus hinzufahren, wohin auch immer die Kinder der Erde es steuerten.

Die Lichter, die das Atmosphäresiegel an seinen Rändern kennzeichneten, blinkten rot auf. Kyr sah hinunter in Yisos Gesicht. Yisos Mund war entschlossen zusammengekniffen, und am Arm des Aliens öffnete sich eine rot klaffende Wunde, während es mit der gesunden Hand in der Luft herumgestikulierte, als würde es versuchen, etwas zur Seite zu zerren.

Und dann trat Ruhe ein.

Kyr stockte der Atem, so plötzlich kam die Stille über sie. Um sie herum öffnete sich ein großer, weiter Himmel, der sich hinabbog, um die Kanten eines Kliffs zu küssen. Die Luft war erfüllt von verschiedenen Gerüchen von Blumen, deren Namen sie nicht kannte. Die einzigen Geräusche stammten von surrenden Insekten und dem sanften Plätschern von Wasser in einem Brunnen.

»Avis Garten?«, fragte Kyr.

»Nur ein Taschenuniversum«, sagte Yiso. »Und es wird nicht lange andauern. Ich habe hier nicht viel, womit ich arbeiten könnte. Diese Motoren werden sich völlig verausgaben.«

Es war wunderschön. Kyr ging zum Kliff und blickte hinunter auf die imaginäre weiße Stadt. Sie dachte an Chrysothemis und an Raingold und daran, wie die Stadt die Bucht umarmt hatte. An Ursa, die nun in Sicherheit sein würde. An Ally, ihren Neffen, den sie in diesem Leben nicht mehr wiedersehen würde.

Die Gerüche wurden schwächer, die blühenden Blumen undeutlicher. Kyr wandte sich zu Yiso um. Yiso war sichtlich angestrengt, rötliche Flecken überzogen die empfindliche Haut rund um die Augen. »Es ist okay«, sagte sie leise. »Tu dir nicht weh. Wir werden es gemeinsam schaffen.«

»Bist du sicher?«

Kyr legte ihre Arme um Yiso. »Natürlich bin ich sicher.«

Yisos Brust hob sich, und dann ließ das Alien das Szenario los, das letzte Überbleibsel der Agoge. An dessen Stelle traten nicht die Trümmer einer zusammenstürzenden Weltraumfestung, sondern eine große Dunkelheit. Yiso und Kyr standen auf einem Vorsprung kaum existenter Schattenmasse von der Art, wie Yiso sie im Zentrum der Station heraufbeschworen hatte. Eine blasse Luftblase umschloss sie. Und außerhalb dieser wirbelte das, was von Station Gaia übrig war, hinaus in die Weite des Weltalls.

Es war nicht das erste Mal, dass Kyr auf einer weltraumgestützten Plattform stand und den Tod einer Welt beobachtete. Es war nicht einmal das hundertste Mal. Aber das hier fühlte sich anders an. Sie blickte den vorbeischwebenden zertrümmerten Überresten von einem der Solarsegel der Sonnentracker nach. Die Ruhe des Klippen-Gartens wirkte noch in ihr nach, als wäre das Taschenuniversum ein Teil von ihr.

»Das ist einfacher«, sagte Yiso. »Aber ewig kann ich es nicht aufrechterhalten, irgendwann muss ich schlafen.«

»Das ist okay«, sagte Kyr. Sie setzte sich auf der durchs Nichts schwebenden Plattform hin, und Yiso tat es ihr gleich. Yiso hatte die eine Hand schützend um das Handgelenk der anderen gelegt. Kyr untersuchte es: verstaucht, nicht gebrochen. »Komm her.«

Yiso rückte ganz nah heran. »Du bist so warm. Menschen sind so warm.«

Kyr schwieg. Sie hielt noch immer Yisos Handgelenk und fuhr nun mit den Fingern durch die diagonal angeordneten Haare auf Yisos Arm. »Wenn du deinen Stock hättest«, sagte sie, »könnten wir deine Übungen mal wieder machen.«

Yiso gab ein pfeifendes Geräusch von sich, das Kyr nach kurzem Überlegen als Kichern deutete. »Ich kann nicht glauben, dass du mich dazu bringen willst, die letzten Augenblicke meines Lebens mit Sport zu verbringen.«

Kyr lachte. »Du erinnerst dich.«

»Ja«, sagte Yiso. »Daran werde ich mich immer erinnern.«

Immer würde so lange sein, bis Yiso würde schlafen müssen. Kyr lächelte auf Yisos Kopf hinunter. Sie strich noch immer über die Haare des Alien. Sie fühlten sich stachelig an, nicht weich, wie sie angenommen hatte. »Darf ich deinen Kamm anfassen?«, fragte sie.

»Ähm«, sagte Yiso. »Ja.«

Kyr fuhr mit den Fingern über den blassen, flossenähnlichen

Kamm. Er war leicht elastisch. Über Yisos Kopf, weit weg in der endlosen Dunkelheit, war das ferne Leuchten Persaras auszumachen, des Sterns dieses Systems. Kyr hatte es nur selten zuvor gesehen. Auf Station Gaia hatte man kaum je den Blick nach draußen gerichtet, Fenster hatte es so gut wie keine gegeben.

»Darf ich deine Haare anfassen?«, platzte Yiso heraus, während Kyr über diese Tatsache sinnierte.

Sie lachte. »Okay«, sagte sie und senkte den Kopf, damit Yiso besser drankam. Sie löste ihren zerzausten Pferdeschwanz. In dieser Zeitschiene hatte sie nie die Gelegenheit gehabt, ihr Haar kurz zu schneiden. Das war etwas, worum sie Val beneidete. Das, aber sonst nicht viel mehr. Yiso piekte ihr vorsichtig in den Kopf und versuchte dann, ihn zu streicheln. Es fühlte sich ein wenig seltsam, aber auch ein wenig schön an.

»Leru hat Tausende von Jahren gelebt«, sagte Yiso irgendwann, die Finger noch immer in ihrem Haar. »Ich dachte, ich würde das auch tun.«

»Ja?«

»Mhm. Und der Weisheit dienen«, sagte Yiso. »Mein Leben lang war das mein Sinn, und ich habe es gehasst. Ich bin abgehauen. Ich wollte Leute treffen, die nichts mit der Weisheit zu tun hatten. Menschen.« Eine Pause. »Dich.«

»Ich könnte dich also dazu bewegen, wieder Sport zu machen?«

»Du hast es bisher nicht versucht, und so langsam läuft dir die Zeit davon«, sagte Yiso.

Kyr verlagerte ihr Gewicht und legte sich dann hin. So konnte Yiso ihr Haar besser erreichen. »Ich glaube«, sagte sie nach einer Weile, »ich glaube, das mit dem Sinn wird überbewertet.«

Yiso antwortete nicht.

Die endlose Schwärze des Weltraums hielt sie in ihrer kalten Hand. Trümmerteile von Station Gaia schwebten vorbei. Die

Victrix war lange fort. Persara ein helles, weit entferntes Flackern in der Dunkelheit. Kyr schloss die Augen.

»Ich bin froh, dass ich dich kennengelernt habe«, sagte sie.

Und Yiso antwortete leise: »Ich bin auch froh, dass ich dich kennengelernt habe.«

Kyr hatte einmal einen Sinn, ein Ziel gehabt. Jetzt hatte sie nichts, gar nichts, bis auf ein paar flüchtige letzte Momente, bevor die Nacht außerhalb ihrer kleinen Blase von ihnen beiden Besitz ergreifen würde. Es fühlte sich nicht schlecht an. Sie drehte ihren Kopf zur Seite und presste die Lippen auf Yisos Finger, die noch immer in ihrem Haar spielten. Ein Zucken ging durch Yisos Körper, der Kamm schnellte hoch.

»Okay«, sagte Kyr. »Sollen wir es hinter uns bringen?«

Yiso ließ wieder sein pfeifendes Kichern hören. »Es hinter uns bringen.«

»Oder ich könnte es für uns tun«, sagte Kyr nach kurzem Überlegen. »Ich könnte vielleicht ... Ersticken ist kein schöner Tod. Ich könnte es für dich beschleunigen. Ähm. Wenn du willst.« Das war das erste Mal, dass Kyr wirklich unglücklich war. Sie hätte gern gehabt, dass Jole die letzte Person war, die sie jemals getötet hätte. Die einzige sogar, zumindest auf dieser Zeitachse.

»Danke«, sagte Yiso auf die typische sanfte Art, mit der das Alien alles quittierte, was Kyr in seinen Augen Albernes sagte. »Aber das ist schon in Ordnung.«

»Okay, okay, war ja nur ein Angebot«, sagte Kyr, doch sie war erleichtert.

»Es hinter uns bringen«, wiederholte Yiso noch einmal, begleitet von einem letzten pfeifenden Schnauben der Belustigung. »Okay.«

Kyr setzte sich auf und nahm Yiso in ihre Arme. Sie hielt ihn ganz fest, so wie gerade eben noch im Klippen-Garten. »Okay«, sagte sie und schloss die Augen.

Yiso wurde ganz still an ihrem Körper. Kyr nahm einen letzten tiefen Atemzug.

Plötzlich brannte eine fürchterliche Kälte auf ihrer Haut, und ihr Magen machte einen Satz.

Sie öffnete schlagartig die Augen. Als sie Yiso fallen ließ, kreischte das Alien erschrocken auf.

Kyr wusste, wie sich ein Schattensprung anfühlte.

Sie waren nicht gestorben. Sie hatten sich bewegt.

In diesem Universum hier hatten die Sperlinge das bemalte Schiff nicht geplündert. Sein Inneres war noch immer mit bunten Tüchern und seltsamer Kunst geschmückt, mit all den Dingen, die Yiso aus den Hallen der Weisen mitgenommen hatte. Kyr sah sich mit offenem Mund um. »Warst du das?«

»Nein!«, erwiderte Yiso und sah genauso entgeistert aus wie Kyr. Stolpernd lief Yiso in den vorderen Teil des Schiffs und erweckte das Steuerpult zum Leben, um ein Bild von der Umgebung des Schiffs zu erhalten, vom fernen Stern und von den Trümmerteilen der Station. »Ich verstehe das nicht.«

»Das ist schon einmal passiert«, sagte Kyr. Als sie zum ersten Mal von Gaia geflohen war, als sie mit Cleo gerungen hatte und deren Messer in ihr Bein gefahren war. Als sie gedacht hatte, sie würde allein zurückbleiben müssen. Da war ein heftiger Stoß gewesen, und Kyr hatte sich an Bord des bemalten Schiffs wiedergefunden, wo Avi das Steuerpult anschrie. »Es hat mich an Bord gezogen ...«

»Ich erinnere mich«, sagte Yiso. »Ich habe nie wirklich darüber nachgedacht. Muss irgendein Sicherheitsmechanismus sein.«

»Tja«, sagte Kyr. »Glück für uns.«

»Glück für *dich*«, korrigierte sie Yiso. »*Ich* muss plötzlich einer Zukunft mit regelmäßigem Stocktraining ins Auge blicken.«

Kyr lachte. »Ich werde nett sein.«

»Du bist schlimmer als die Weisheit«, sagte Yiso. »Die hatte nämlich keinen Spaß.« Aber die silbernen Augen des Aliens leuchteten.

Sie nahmen Kurs auf Chrysothemis. Rutschend und ruckelnd ging es durch den Schattenraum.

Und dann wartete Kyr. Sie wartete, bis Yiso schlief, bis der Atem des zusammengerollt an ihren Oberschenkel gekuschelten Aliens ruhig und gleichmäßig ging. Und dann saß sie noch ein wenig länger so auf der Pritsche und wartete.

Irgendwann schlich sie sich davon, in den anderen Raum des Schiffs. Dort rief sie das Steuerpult auf, aber weil sie noch nie so ein Ding gesteuert hatte, verstand sie dessen Elemente nicht wirklich. Sie war sich fast sicher, dass es sich lediglich um eine nett gemeinte Attrappe handelte.

»Ich weiß, dass du da bist«, sagte sie zu den Wandteppichen, den Kunstgegenständen, den schön geschwungenen Wänden.

Stille.

»Treib keine Spielchen mit mir«, fuhr sie fort. »Nicht mit mir.«

Ich weiß nicht, wovon du sprichst, antwortete das Schiff. Seine Stimme war sanft und gelassen und kam von direkt über ihr.

Ha. »Ich wusste es«, sagte Kyr.

Wusstest was?, fragte das Schiff.

Sofern sie versuchte, unschuldig zu klingen, gelang es ihr nicht. Sie hatte sich immer ein Gesicht gegeben, Lerus, Yisos. Kyr kam sich ein bisschen albern vor, wie sie so mit der Luft sprach. Aber die Gesichter waren Lügen gewesen.

»Du bist es, stimmt's? Du hast dich am Ende doch nicht selbst zerstört.«

Doch, das habe ich.

»Oh, bitte!«

»Ich habe mich zerstört, Valkyr. Oder zumindest so viel von mir,

dass das, was noch übrig ist, statistisch vernachlässigbar ist. Die Weisheit war eine transtemporale und pandimensionale Intelligenz und als solche in der Lage, das Schicksal von Trillionen zu beeinflussen. Ich hingegen bin eine Freizeityacht.«

»Im Ernst?«

Ich habe mir fest vorgenommen, mit Unernst zu experimentieren. Meine Größe erlaubt mir endlich ein wenig Leichtsinn.

Aber wenn du darauf bestehst, hier im Ernst: Ich nahm einen Ozean empfindungsfähiger Existenz und behielt gerade so viel wie in einen Eimer passt. Der Rest ist verschwunden: Jahrtausende voller Sinn und guter Absichten, verstreut im Nichts, auf Nimmerwiedersehen. Die Welten der Majoda sollen ohne mich weitermachen. Oder auch nicht, ganz wie sie wollen.

»Soll das etwa ein moralischer Standpunkt sein?«, fragte Kyr.

Eigentlich eher ein egoistischer, sagte das Schiff. *Ich habe das Gefühl, mir ein wenig Egoismus verdient zu haben.*

»Ich werde es Yiso erzählen.«

Das solltest du nicht tun. Ich weiß, Yiso würde es bevorzugen, von mir befreit zu sein.

»Das ist Yisos Entscheidung«, sagte Kyr. »Du kannst keine Entscheidungen für andere treffen.«

Das Schweigen des Schiffs hatte etwas Sarkastisches.

»Okay, du solltest keine Entscheidungen für andere treffen. Da, bitte, ein moralischer Standpunkt.«

Äußerst interessant, sagte das bemalte Schiff, das einmal die Weisheit gewesen war. *Darüber werde ich gründlich nachdenken. Auch ich bin froh, dich kennengelernt zu haben, Valkyr.*

»Pff«, machte Kyr. Natürlich hatte sie ihrem Gespräch gelauscht. Dumme Maschine. »Aber, hey, danke, dass du uns gerettet hast.«

Sehr gern geschehen, sagte die Weisheit. *Erwartet aber nicht, dass ich jedes Mal komme, wenn die Welt untergeht.*

Station Gaia: eine unscharfe, sich bereits auflösende Spur aus Trümmern, nichts weiter. Keine Commander, keine Trainingsergebnisse, keine Zuordnungen, kein Daseinszweck. Doomsday war vorbei. Für immer vorbei.

»Keine Sorge«, antwortete Kyr. »Ich bin fertig mit dem Untergang der Welt.«

DANKSAGUNG

Dieses Buch zu schreiben, hat sehr lange gedauert, und es wäre ohne die Hilfe und Unterstützung vieler, vieler Menschen nicht möglich gewesen.

Als Allererstes muss ich Everina Maxwell, A. K. Larkwood, Sophia Kalman und Megan Stannard danken. Ohne sie hätte es Kyr niemals von Station Gaia geschafft.

Dann möchte ich all denen danken, die die Geschichte gelesen haben, während sie entstand: Ariella Bouskila, Magali Ferrare, Rebecca Fraimrow, Sophie Herron, Jennifer Mace, Freya Marske, Shelley Parker-Chan, A. M. Tuomala. Und auch danke an alle, die am Ballydaheen Writer's Retreat 2019 teilgenommen haben.

Dank an meine Agentin Kurestin Armada.

Dank an meine Lektorin Ruoxi Chen und an das ganze Tordotcom- und Tor-Publishing-Group-Team: Amy Sefton, Caro Perny, Christine Foltzer, Devi Pillai, Eileen Lawrence, Heather Saunders, Irene Gallo, Jim Kapp, Jocelyn Bright, Khadija Lokhandwala, Lauren Hougen, Lucille Rettino, Oliver Dougherty, Renata Sweeney, Samantha Friedlander, Sarah Reidy; an Terry McGarry, Dakota Griffin und Jaime Herbeck für Lektorat, Korrektorat und psychologischen Rat.

Dank an das Team bei Orbit UK: Nazia Khatun, Aimee Kitson, Duncan Spilling, Jessica Dryburgh, Joanna Kramer, Emily Byron, Jenni Hill.

Dank an meinen Mann Luke und an meine Eltern Simon und Caroline. Ich hätte dieses Buch nicht schreiben können ohne eure Liebe, eure Unterstützung und eure Bereitschaft, das Baby zu halten.

Normalerweise würde ich einen Roman nicht mit einer Bücherempfehlung beenden. Aber wenn Sie die Ideen in diesem Buch interessieren, möchten Sie vielleicht ja etwas darüber lesen, was mehr in die Tiefe geht, als es einem Roman möglich ist. Hier, in zufälliger Reihenfolge, sind ein paar der Bücher, die ich gelesen habe, während ich diese Geschichte schrieb:

The Anatomy of Fascism (Anatomie des Faschismus) von Robert O. Paxton. Untersucht die schrecklichste politische Erfindung des 20. Jahrhunderts.

The Impossible State von Victor Cha, der Geschichte, Logik und den schwierigen internationalen Stand von Nordkorea diskutiert.

Going Clear (Im Gefängnis des Glaubens) von Lawrence Wright. Besonders interessant im Hinblick auf die Persönlichkeiten, die hinter der Entstehung und anhaltenden Macht des modernen Scientology-Kults stehen.

The Spartans von Paul Cartledge. Cartledge gibt einen Überblick über den antiken militarisierten Ethnostaat, der einen so bemerkenswert langen Schatten auf die über zweitausend Jahre nach seinem Zusammenbruch wirft.

Keines der Bücher steht in einem direkten Zusammenhang zu Valkyrs Geschichte, die reine Fiktion ist. Ich bin nicht bewandert genug in Geschichte, um in Gleichnissen schreiben zu können.

Noch zwei weiteren Menschen gilt mein Dank: Einer von ihnen ist J. R. R. Tolkien – selbst in den dunklen Weiten des Weltraums war es mir ein unbedingter Wunsch, einen Traum von Minas Tirith einzubauen. Der andere ist die große Ursula K. Le Guin, durch deren Texte ich mit Social Science-Fiction in Berührung gekommen bin.

Ich entschuldige mich aufrichtig für die vielen Fehler und unplausiblen Details in dieser Geschichte. Ich fürchte, die Technologie des Schattenraums funktioniert nur mit reinstem Narrativium.

E.T. MEETS STRANGER THINGS

Der große neue Roman von **T. J. KLUNE**

978-3-453-27445-7

Eine einsame Hütte in den Bergen,
ein gestrandetes Alien und zwei Außenseiter,
die zu Helden werden.

»T. J. Klunes Geschichten sind einfach zauberhaft.«
Library Journal

HEYNE ‹

Die Science-Fiction-Sensation aus China – alle drei Trisolaris-Romane in einem Band

978-3-453-32245-5

CIXIN LIU

TRISOLARIS

DIE TRILOGIE

HEYNE

SPIEGEL Bestseller-Autor

DIE INSPIRATION ZUR NETFLIX-SERIE
DIE 3 SONNEN

Die Prachtausgabe im Hardcover mit über 1.500 Seiten Umfang – das perfekte Geschenk für Cixin-Liu-Fans und alle, die es noch werden wollen.

»Cixin Liu ist der chinesische Arthur C. Clarke!«
The New Yorker

»Cixin Liu schreibt die beste Art von Science-Fiction, die es gibt: für alle zugänglich und zugleich faszinierend neuartig.«
Kim Stanley Robinson

HEYNE